ICH
KANN DICH
SEHEN

ICH KANN DICH SEHEN

CAROL WYER

Übersetzt von Katalin Sternberg

bookouture

Herausgegeben von Bookouture, 2022

Ein Imprint von Storyfire Ltd.
Carmelite House
50 Victoria Embankment
London EC4Y 0DZ

www.bookouture.com

ISBN: 978-1-80314-426-9
eBook ISBN: 978-1-80314-425-2

1

Zuerst dachte Amber, das trommelnde Geräusch käme von draußen, doch als sie sich auf der harten Matratze aufrichtete, stellte sie fest, dass das Trommeln in ihrem eigenen Kopf war. Die Dunkelheit umhüllte sie wie eine dicke Decke. Sie konnte weder Wände noch die Umrisse irgendwelcher Möbelstücke erkennen. Ihre Stirn hämmerte so sehr, dass sie vor Schmerz zusammenzuckte. Er hatte sie unter Drogen gesetzt.

Amber fragte sich, ob er sie vergewaltigt hatte, während sie bewusstlos gewesen war. Sie ließ die Hände über ihre Oberschenkel gleiten, doch dann zögerte sie, als sie einen ihr unbekannten, rauen Stoff zwischen ihren Fingern fühlte. Sie hatte ihren kurzen, schwarzen Faltenrock getragen. Ihre beste Freundin Sam nannte ihn ihren ›Verführerrock‹. »Da bleibt den Männern der Mund offenstehen«, hatte Sam gesagt. »Du hast so schöne Beine. Wenn du den zu einem Seidenoberteil trägst, hast du die perfekte Kombination.« Der verdammte Hurensohn hatte sie ausgezogen, und nun trug sie irgendein Kleidungsstück, das nach Desinfektionsmittel roch. Sie zog daran und fühlte, wie es an ihrem Rücken nachgab. Sie drehte sich ein wenig, fuhr mit der Hand ihren Rücken hinunter und spürte die nackte Haut ihrer Pobacken. Das Kleidungsstück war hinten offen, lediglich an einigen Stellen von Schnüren zusammengehalten. Es war ein Krankenhauskittel.

Eine Welle des Schmerzes in ihrer Stirn ließ sie laut aufheulen. Sie schien sich in einem Krankenhaus zu befinden, aber warum? Sie war in keinen Unfall verwickelt gewesen. Sie drehte ihren Kopf nach links und rechts, um festzustellen, ob sie verletzt war. Dies konnte keine Krankenstation sein. Es roch nicht wie in einem Krankenhaus. Das Bett war in eine Ecke des Raumes geschoben und rechts neben sich konnte sie die Wand spüren. Unter ihren Fingerspitzen fühlte sie die reliefartige Struktur der Tapete. Ihr Zimmer zu Hause hatte auch so eine Tapete, eine mit Blumen und Kringeln, die sie und ihre Mutter zusammen ausgesucht hatten. Amber zeichnete mit ihren Fingern oft die Muster darauf nach, wenn sie im Bett lag und sich wünschte, sie müsste nicht zur Schule gehen.

Amber überkam der verzweifelte Drang, nach ihrer Mutter zu rufen und sich an ihrer mageren Schulter auszuweinen. Ihre Mutter war nicht gerade der fürsorgliche Typ, doch in diesem Moment wünschte Amber sich nichts sehnlicher, als zu Hause auf ihrem gemütlichen Sofa zu sitzen und sich von ihrer Mutter dafür tadeln zu lassen, dass sie so eine dumme Kuh war.

Sie setzte sich auf die Bettkante und in ihrem Kopf drehte sich alles, als sie nach einem Nachttisch und einer Lampe tastete. Doch ihre ausgestreckten Finger fanden nichts als Luft. Sie rappelte sich auf, ihre nackten Fußsohlen trafen auf kalte Bodendielen, und sie begann, sich auf der Suche nach einem Lichtschalter an der Wand entlangzutasten, tat jeden Schritt mit Bedacht, um nicht auf einen scharfen Gegenstand zu treten. Ihre Hände trafen auf etwas Hölzernes – einen Türrahmen – und ihre Finger glitten den Rahmen entlang, fanden den Türknauf und drehten ihn. Die Tür blieb fest verschlossen. Sie zerrte mit beiden Händen daran und stieß leise, verzweifelte Laute aus, als ihre Panik wuchs und sie sich fragte, warum sie in einem verschlossenen Raum eingesperrt war. Vergeblich tastete sie die Umgebung nach einem Lichtschalter ab. Sie wollte sehen, wo sie sich befand, und herausfinden, wie sie entkommen könnte. Sie würde sich weiter vorwagen müssen und hoffte, dabei nicht über irgendwelche Möbelstücke zu stolpern.

Mit ausgestreckten Fingern untersuchte sie ihre Umgebung, bewegte ihre Arme auf und ab, um den Raum vor ihr zu ertasten. Abgesehen von dem Bett schien der Raum zunächst leer. Sie traf auf eine weitere Wand, lehnte sich dagegen und schnappte nach Luft, jeder ihrer stockenden Atemzüge klang gequält und verängstigt. Sie hatte die Orientierung verloren, war verwirrt und ihr war übel. Sie ließ sich auf die Knie fallen und kroch auf allen vieren weiter, in der Hoffnung, das Bett wiederzufinden. Stattdessen stieß sie sich das Knie an der harten Kante irgendeines Möbelstücks und schrie auf. Sie verstand nicht, was gerade mit ihr geschah. Blut rann ihr übers Gesicht. Sie berührte es und fragte sich, ob sie womöglich doch in eine Art Unfall verwickelt gewesen war. Das würde die Situation erklären. Sie befand sich in einem Krankenhaus und musste sich erholen. Sie begann vor sich hinzumurmeln. »Alles ist okay. Alles ist okay.« Es gab keine andere Erklärung, redete sie sich ein.

»Krankenschwester«, krächzte sie, ihre Stimme kaum mehr als ein schwaches Flüstern. »Krankenschwester«, rief sie nun lauter. Ihre Stimme klang seltsam und hohl. Der Schmerz in ihrer Stirn hatte von Neuem eingesetzt und löschte jeden anderen Gedanken aus. Sie brauchte Schmerzmittel. »Krankenschwester!« Der Klang ihrer eigenen Verzweiflung machte ihr Angst. Sie musste einfach in einem Krankenhaus sein. Alles andere war unmöglich. In ihren Schläfen dröhnte es und das Hämmern ihres Herzens erfüllte den Raum. Sie hob ihre Arme noch einmal und fand die Wand. Sie tastete sich daran entlang, fand die Tür wieder und zerrte ohne Hoffnung am Türknauf. Erschöpft von der Anstrengung stolperte sie gegen das Bett und sackte darauf zusammen.

Mit den Fingerspitzen berührte sie ihren Kopf. Schon der leichte Druck war mehr, als sie ertragen konnte. Ein Laut, eine Mischung aus Stöhnen und Schreien, entwich ihren trockenen Lippen. Sie war in einem Albtraum gefangen. Das musste es sein. Sie schlief. Als sie noch jünger gewesen war, hatte sie wieder und wieder von einem Fremden geträumt, es war immer derselbe Traum gewesen, in dem sie ihr Schlafzimmer betrat und einen dunklen Umriss vor dem Fenster erspähte. In dem Traum ließ ein klopfendes Geräusch sie dann zusammenzucken und in diesem Moment wusste sie jedes Mal, dass der Mann auf der anderen Seite der Glasscheibe gekommen war, um sie zu töten. Sie konnte sich nicht bewegen, ihre Augen waren auf die Türklinke gerichtet, die ganz langsam nach unten gedrückt wurde. Die Tür, die fast immer verschlossen war, öffnete sich Zentimeter um Zentimeter. Der Mann kam, um sie zu holen. Ein langes Fleischermesser wurde durch den Spalt geschoben und die schreiende Amber wachte unter ihrem Bett auf. Ihre Mutter eilte dann jedes Mal in ihr Zimmer und schaffte es mit viel gutem Zureden, dass sie ihr Versteck unter dem Bett verließ. Dann blieb sie bei ihr sitzen, streichelte ihr Haar und gab beruhigende Laute von sich. Das hier musste einer dieser realistischen Albträume sein, und sie würde bald aufwachen, den Lärm des Fernsehers im Stockwerk unter sich und die Stimme ihrer Mutter hören, die ihr zurief, dass es Zeit sei, aufzustehen und zur Schule zu gehen.

Sie wünschte sich nichts mehr als einfach aufzuwachen. Die Dunkelheit und die erdrückende Stille ließen sie vor Angst erstarren. »Mum!«, schrie sie. »Hilf mir!«

Sie hielt den Atem an, doch das Dröhnen in ihrem Kopf übertönte jedes andere Geräusch. Dann jedoch hörte sie es – ein leises Quietschen.

»Hallo?« Sie bereute sofort, etwas gesagt zu haben. Ein eisiges Grauen fuhr ihr durch die Adern. Sie hörte das leise Geräusch schlurfender Füße, dann wieder Stille. Jemand befand sich bereits in dem Raum, doch sie bekam keine Antwort, und das war noch viel beängstigender. Sie hatte nichts, mit dem sie sich verteidigen könnte. Amber glitt auf den Fußboden, kroch unter das Bett und rollte sich zusammen, die Faust in den Mund gesteckt, wie sie es als Kind oft getan hatte.

Ganz kurz erhellte ein Lichtstrahl den Boden und sie musste blinzeln. Amber sah ein Paar Turnschuhe. Sie gehörten ihm. Er hatte sie getragen, als er ihr die Tür geöffnet hatte. Das alles schien eine Ewigkeit her zu sein. Sie hatte vor der Haustür gestanden, voller Selbstvertrauen, hatte ihr dunkles Haar kokett nach hinten geworfen und ihre vollen Lippen zu einem Schmollmund geformt, sicher, dass er sie begehrte. An viel mehr konnte sie sich nicht erinnern. Das einladende Wohnzimmer mit dem riesigen Ledersofa ... das Licht so weit heruntergedimmt, dass sie kaum sein Gesicht ausmachen konnte ... sein sinnlicher Duft ... das Glas Champagner, das auf dem Tisch auf sie wartete. Seine gemurmelten Worte: »Mach es dir bequem, trink den Champagner und ich bin in einer Minute zurück, um dein Glas nachzufüllen.« Die Bläschen in dem Getränk stiegen kreisförmig nach oben und explodierten in ihrem Mund, als sie daran nippte und so tat, als tränke sie oft Champagner. Dann erinnerte sie sich daran, vom Sofa gerutscht, hilflos auf den Teppich geglitten zu sein ... ein dunkler Schatten lachte ... dann nichts mehr. Ihre Schultern bebten vor Angst, als sie versuchte, ihre Schluchzer zurückzuhalten. Sie drohten hervorzubrechen und ihr Versteck zu verraten. Geh weg. Bitte geh weg. Bitte lass mich in Ruhe. Der Lichtstrahl erlosch und der Raum war wieder in Dunkelheit getaucht.

»Komm raus, komm raus, wo immer du bist.«

Sie versuchte die Angst, die ihre Kehle emporstieg, herunterzuschlucken.

»Ich weiß, wo du bist, Amber. Komm jetzt raus.«

Ihr ganzer Körper zitterte. Sie wiederholte das Mantra in ihren Gedanken. Geh weg. Geh weg. Geh weg. Ein plötzlicher

Luftzug und eine Wolke fauligen Atems. Er hatte sich auf den Boden sinken lassen.

»Ich kann dich sehen«, flüsterte er.

Ihr Keuchen wurde immer lauter. Seine Stimme verlor ihre Verspieltheit. »Komm da raus oder ich ziehe dich an deinen Haaren raus.« Die beiden letzten Worte sagte er lauter und in einer höheren Tonlage.

Amber konnte sich nicht bewegen. Instinktiv wich sie seinen Händen aus. Sie hörte ein Knurren und das Bett wurde einfach weggehoben. Sie rollte sich fest zusammen und kreischte, als er an ihren Haaren riss und ihren Kopf nach hinten zerrte, bis sie dachte, die Haut würde ihr vom Gesicht gezogen. Schmerz durchzuckte ihre Stirn wie Messerstiche und sie musste nach Luft schnappen.

»Jetzt bist du nicht mehr so von dir überzeugt, was, Amber?«

Die honigweiche Stimme, die sie so anziehend gefunden hatte, jagte ihr nun einen Schauer über den Rücken. Sie klang so falsch.

»O Kleines, du scheinst eine Pfütze gemacht zu haben.«

Sie fühlte, wie ihr der Urin die Beine herunterlief. Seine Stimme begann zu verblassen und ihr wurde warm, als sich ein Gefühl der Taubheit über sie legte. Nichts schien mehr real zu sein. Nun hörte sich die Stimme wie die ihrer Mutter an.

»Ich sollte eigentlich deine Nase hineinreiben, so macht man das mit ungezogenen kleinen Schlampen.«

Sie brach zu seinen Füßen zusammen.

»Steh auf, Amber.«

Sie versuchte aufzustehen, doch ihre Beine schienen nicht mitmachen zu wollen, ihr Rücken schmerzte, und ihr Herz raste. Sie fiel gegen die Wand, stemmte sich mit den Händen dagegen und fand die Balance wieder. Sie schluckte den Kloß in ihrem Hals hinunter und sah ihm ins Gesicht.

»Was willst du von mir?« Ihre Worte waren kaum mehr als ein leises Quieken.

»Nichts, was du mir geben könntest«, zischte er.

»Warum tust du mir das an?«

»So viele Fragen. Du bist wohl ein ganz schön neugieriges Schulmädchen, was?«

Ein Licht ging an. Seine Hände schossen hervor und krallten sich in ihre Schultern. Sie schrie auf, als er sie herumdrehte, sodass sie vor einem Spiegel stand. Erschrocken öffnete sie den Mund, ihre Augen füllten sich mit Tränen. Das Mädchen im Spiegel sah nicht länger aus wie eine attraktive, kokette junge Frau. Es sah aus wie ein verängstigtes sechzehnjähriges Schulmädchen. Die Wimperntusche, die sie so sorgsam für ihn aufgetragen hatte, war unter ihren Augen verlaufen wie bei einem tragischen Clown. Ihr Haar war vor Blut ganz verfilzt und klebte an ihrem Kopf, und über ihre Wangen zogen sich braunrote Flecken. In ihre Stirn war ein Wort eingeritzt, das sie laut nach Luft schnappen ließ.

Er stand hinter ihr, ein Nachtsichtgerät verdeckte den Großteil seines Gesichtes, und er grinste. Es war ein Grinsen, bei dessen Anblick Amber aufschrie und sich loszureißen versuchte. Sie schlug nach ihm, ihre Hände flatterten ängstlich umher.

Er schaltete die Taschenlampe aus, der Raum wurde erneut in tiefe Dunkelheit getaucht und sie taumelte gegen die Wand.

»Es ist zu spät, Amber. Jetzt gehörst du mir.«

2

TAG EINS – MONTAG, 16. JANUAR

DI Tom Shearer schüttete sich mehrere bunte Gummibärchen direkt aus der Packung in den Mund, dann bot er das Tütchen PC Anna Shamash an. Sie verzog das Gesicht und schüttelte den Kopf.

»Wie Sie möchten«, murmelte er, schüttete sich die restlichen Gummibärchen in den Mund, knüllte die Tüte zusammen und kaute geräuschvoll. Das fruchtige Aroma der Süßigkeiten erfüllte den Porsche. Anna starrte an den dunklen Gebäuden vorbei auf das gigantische Amazon-Lagerhaus in der Ferne. Sie hatte gelesen, es sei so groß wie elf Fußballfelder und darin werde jede Art von Ware gelagert, die man sich nur vorstellen könne. Sie fragte sich, wie viele der über tausend Angestellten dort wohl im Moment wie verwirrte Bienen an den Regalen entlangschwirrten und die abertausenden Produkte, die jeden Tag im Lager ankamen oder es verließen, zu dieser gottlosen Stunde in Regalen verstauten oder ihnen entnahmen, sie verpackten und versandten. Wenigstens waren diese Mitarbeiter nicht mit DI Shearer in ein Auto gepfercht und mussten eine Selfstorage-Anlage in Rugeley beobachten. Im Moment würde sie gern mit jedem von ihnen tauschen.

Tom pickte mit einem Fingernagel in der Lücke zwischen seinen Schneidezähnen herum, zog ein Stückchen von einem grünen Gummibärchen hervor und lutschte an der klebrigen, grünen Substanz.

»Was?«, sagte er. »Noch nie gesehen, dass jemandem was zwischen den Zähnen hängen bleibt?«

Anna wandte sich ab. Es war eine lange Nacht gewesen. Sie war immer noch genervt davon, dass sie den Kürzeren gezogen hatte und nun mit Shearer in diesem engen Angeber-Porsche feststeckte. Er war selbst in bester Laune keine gute Gesellschaft und sein Auto war einfach nur peinlich. Auf der Polizeidienststelle machten sie alle Witze über ihn, ließen abgedroschene Sprüche ab über dicke Autos, die die Penisgröße kompensieren mussten. »Hey, Anna, was ist der Unterschied zwischen einem Pavian und einem Porsche?« Sie hatte nur mit den Schultern gezuckt. »Bei einem Pavian sitzt das Arschloch hinten.« David Marker hatte sich bei diesem Spruch fast an seinem Käsesandwich verschluckt. Anna wünschte, David säße an ihrer Stelle jetzt in dem Auto. Die ganze Situation war ihr unangenehm. Shearer hatte darauf bestanden, seinen Privatwagen zu nehmen und behauptet, es sei das letzte Fahrzeug, in dem Kriminelle einen Polizisten vermuten würden.

»Falls sie uns bemerken, werden sie einfach denken, wir wären ein Pärchen, das rummacht.«

Anna hatte sich bei dem Gedanken geschüttelt. Er war alt genug, ihr Vater zu sein, und außerdem ein furchtbarer Griesgram.

Neben ihnen erhoben sich die vier gigantischen Kühltürme eines Kraftwerks, jeder davon mit roten Warnlichtern ausgestattet, damit etwaige Flugzeuge sie nicht übersehen konnten. Die vertrauten Türme, die schon seit Jahrzehnten einen Teil der Skyline von Rugeley darstellten, waren nun außer Betrieb und würden irgendwann abgerissen werden. Anna spähte hinaus in den vom Mond erhellten Himmel und sah ein paar

Wolken vorbeiziehen. Der Wind hatte zugenommen und es war kälter geworden. Sie rieb ihre Hände aneinander, die taub geworden waren.

»Soll ich die Heizung wieder anschalten?«

»Nein, alles gut.« Sie setzte sich auf ihre Hände, um sie zu wärmen. Wenn er jetzt den Motor wieder startete, würden sie nur unnötige Aufmerksamkeit auf den Wagen lenken. Sie hatten ihn schon Stunden zuvor am Straßenrand neben den Kühltürmen und gegenüber der Selfstorage-Anlage geparkt. Eines der Einsatzfahrzeuge stand neben dem Kreisverkehr in Position, der die Einfahrt zum Towers Business Park darstellte, ein anderes am entfernten Ende der Straße am Eingang des Amazon-Verteilungszentrums und in der Nähe eines McDonald's, der rund um die Uhr geöffnet hatte. Annas Magen knurrte. Sie hatte seit dem Nachmittag nichts mehr gegessen, als sie ein paar Minuten Zeit gehabt hatte, sich ein Sandwich zu holen. Im Moment würde sie für einen Hamburger töten. Sie fragte sich, ob Mitz – der Vegetarier war – reingegangen war und sich etwas zu essen geholt hatte, während sie alle warteten. Er war voller Mitgefühl gewesen, als er gehört hatte, dass sie die Observation in Shearers Auto absolvieren musste.

»Eine ganze Nacht in Shearers Tussimagneten mit dem Alten höchstpersönlich. Ich kann mir nicht viel Schlimmeres vorstellen, außer vielleicht die Nacht in einem Einsatzfahrzeug mit Gareth Murray zu verbringen.«

Gareth, einer der neuesten Rekruten, war unglaublich übereifrig. Das würde sich anfühlen, als wäre man mit einem aufgeregten Hundewelpen im Auto. Wenigstens redete Shearer nicht viel. Falls sein Auto tatsächlich ein Frauenmagnet war, zog er wohl nur weniger intelligente Frauen an, überlegte sie. Sie rutschte auf dem ungemütlichen, tiefen Sportsitz umher und stieß sich schon zum x-ten Mal in dieser Nacht ihre Knie am Armaturenbrett an. Draußen lag die Selfstorage-Anlage noch immer in Dunkelheit. Dabei war die Information, die sie erhalten hatten, so vielversprechend gewesen. Angeblich würden Drogendealer auftauchen und mehrere Kilo hochqualitatives Heroin, das sie in einer der Einheiten versteckt haben sollten, herausholen. Bei einem Wert von ungefähr fünfzigtausend Pfund pro Kilo wäre das eine extrem eindrucksvoller Fang und würde dem ganzen Team viel Anerkennung bescheren. Shearer wollte das unbedingt; der Geruch von Entschlossenheit mischte sich mit seinem Aftershave und durchdrang das ganze Auto. Es war kein Geheimnis, wie ehrgeizig Shearer war. Er wollte seine Karriere vorantreiben, und wenn das heute klappte, würde es ihm den Weg zu einer Beförderung ebnen. Das nervte Anna. Ihrer Meinung nach sollte Robyn mit ihnen hier sein, nicht Shearer. Robyn verdiente es, dieselben Chancen geboten zu bekommen wie Shearer.

Das ganze Team war hoch motiviert gewesen, als sie vor ungefähr acht Stunden angekommen waren und sich verteilt hatten. Dieser anfängliche Enthusiasmus hatte sich jedoch mittlerweile verflüchtigt. Bis jetzt war die ganze Nacht eine reine Zeitverschwendung gewesen. Sie fragte sich, was ihr Mischling Razzle wohl gerade machte. Wahrscheinlich schlief er auf ihrem Bett, wo auch sie jetzt eigentlich sein sollte. Sie unterdrückte ein Gähnen. Shearer würde nur einen dummen Kommentar ablassen, wenn er mitbekam, dass es ihr schwerfiel wach zu bleiben.

Er seufzte und zappte durch ein paar Radiosender, bevor er sich für Heart FM entschied und anfing, bei Queen mitzusingen. Anna hob eine ihrer dunklen, gezupften Augenbrauen.

»Schauen Sie nicht so überrascht. Das ist genau meine Ära. Die beste Musik aller Zeiten ist aus den Achtzigern«, sagte er.

»Es gab ein paar gute Künstler, aber mir ist die Musik von heute trotzdem lieber.«

»Natürlich ist sie das. Sie sind ein paar Generationen jünger als ich. Sie können nicht viel älter sein als mein Sohn.«

»Ich bin fünfundzwanzig.«

»Wirklich? Sehen aus wie zwölf.« Seine Mundwinkel hoben sich, was ihn attraktiver wirken ließ. »Das war's jetzt aber mit den Komplimenten. Habe gerade mein Tageskontingent ausgeschöpft.«

Eine Weile pfiff er zur Musik, dann richtete er sich plötzlich auf.

»Da tut sich was.«

Anna spähte aus dem Autofenster und entdeckte, was er gesehen hatte. Eine Gestalt in einem Kapuzenpullover näherte sich ihnen auf dem Radweg. Anna hielt die Luft an. Der Mann lief entspannt an ihnen vorbei, weder änderte er die Richtung noch sah er zu ihnen hinüber.

»Nur ein Jogger«, sagte sie.

Shearer blickte auf die Uhr. »Es ist zwanzig vor sechs. Bisschen früh, um an einem Montagmorgen im Januar joggen zu gehen, vor allem, wenn die Temperaturen da draußen zwei Grad unter dem Gefrierpunkt liegen.«

»In zwanzig Minuten gibt es einen Schichtwechsel bei Amazon. Vielleicht ist er auf dem Weg zur Arbeit.«

Shearer nickte. »Ja. Das könnte sein. Total verrückt, bei diesem Wetter joggen zu gehen, aber möglich.«

Er trommelte mit den Fingern herum und Anna hätte ihm am liebsten einen Klaps auf die Hände gegeben. Er lehnte sich nach vorne, wischte mit seinem Ärmel über die angelaufene Scheibe und beobachtete den Mann, der nun in gleichmäßigem Tempo an dem Verteilungszentrum vorbeilief.

»Ich habe jetzt die Nase voll. Einheit Eins und Zwei, irgendwas los bei euch?«

Die Stimme von Sergeant Mitz Patel meldete sich über Funk. »Negativ. Nichts bis auf eine riesige getigerte Katze, die vor einer halben Stunde eine halb verdaute Maus vor dem McDonald's rausgewürgt hat.«

»Nichts, Boss.« PC David Marker, der heute ein Team mit Sergeant Matt Higham bildete, klang wie immer ganz ruhig.

»Moment mal. Der Jogger kommt zurück.« Anna ließ sich tiefer in den Beifahrersitz sinken, um zu vermeiden, dass sie entdeckt wurde. »Er wird uns sehen.«

»Nicht bewegen«, sagte Shearer, die Augen auf den Mann draußen gerichtet. Sie stieß mit dem Ellbogen gegen den Schaltknüppel und verzog das Gesicht. »Geht nicht. Ich bin zu groß für dieses Auto. Ich glaube, ich brauche das nächstgrößere Modell.«

Er grinste schief, dann verfinsterte sich sein Gesicht. »Verdammt. Er ist stehen geblieben. Bindet sich die Schuhe.« Eine Falte erschien auf Shearers Stirn. »Er spricht mit jemandem. Er muss über eine Freisprechanlage telefonieren. Irgendwas ist da faul. Scheiße! Er bewegt sich Richtung Wohngebiet. Einheit Eins, er kommt auf euch zu. Nehmt ihn fest und überprüft ihn. Kann sein, dass er mit alldem nichts zu tun hat, aber ich will kein Risiko eingehen.«

Sie beobachteten weiter das Selfstorage-Lagerhaus. Autoscheinwerfer näherten sich. Sobald die Schicht zu Ende war, würde der Verkehr auf der Straße zunehmen. Ein schwarzer Audi fuhr mit Fernlicht an ihnen vorbei, sodass Anna die Augen zusammenkneifen musste. Shearer grummelte neben ihr. »Ich habe das schreckliche Gefühl, dass das hier schief gehen wird.«

Kaum hatte er das gesagt, schallte Matts Stimme aus dem Funkgerät.

»Boss, ein schwarzer Audi ist gerade rangefahren und der Verdächtige ist eingestiegen, Kennzeichen Oskar, Bravo, sechs, sechs.« Das Funkgerät knackte laut. »Sie fahren Richtung Rugeley-Stadtzentrum. Wir bleiben an ihnen dran. Ich wiederhole, wir bleiben an ihnen dran.«

Tom wägte seine Möglichkeiten ab. »Einheit Zwei, wir gehen rein. Wir können nicht länger warten.«

Er stieß die Tür auf und marschierte auf die Halle zu, sein Atem bildete weiße Wölkchen in der Luft. Anna folgte ihm.

Die kalte Luft griff nach ihren Wangen wie eisige Finger. Shearer hatte recht. Niemand ging bei diesen Temperaturen joggen. Der Mann musste mit der Gang in Verbindung stehen. Sie hoffte, dass Matt und David sie erwischt hatten. Mitz und Gareth erreichten sie und kauerten, gekleidet in schusssichere Westen, wie schwarze Käfer vor den riesigen Metallgittern.

»Nach welchen Einheiten müssen wir noch mal suchen?« Shearer stampfte mit seinen Füßen über den frostüberzogenen Boden und blickte finster.

»Nummer 127, 128 oder 129. Der Informant war sich nicht ganz sicher, welche Einheit die Gang nutzt.«

Tom ließ ein genervtes Zischen hören. »Er hat auch gesagt, dass die Gang hier noch mehr Zeug abladen würde, und da es jetzt schon fast sechs ist und es weit und breit keine Spur von ihnen gibt, würde ich sagen, der Informant ist verdammt unzuverlässig. Wir müssen es trotzdem versuchen.«

Gareth Murray hob die Stimme. »Brauchen wir die Ramme für das hier, Boss?«

»Um Himmels willen, natürlich nicht. Der Inhaber wird sich nicht bei uns bedanken, wenn wir sein Eigentum mit einer Ramme bearbeiten. Sie sehen zu viel fern. Ich habe den Zugangscode. Die Ramme ist für die Mieteinheiten. Für die haben wir keine Schlüssel. Bringen sie euch heute an der Polizeischule überhaupt nicht mehr bei, den gesunden Menschenverstand einzusetzen?«

Shearer hämmerte einige Zahlen in ein Eingabefeld neben dem Rolltor und wartete. Anna warf Mitz einen Blick zu. Er zuckte mit den Schultern. Shearer hatte mal wieder schlechte Laune. Sie sollten wirklich diese Drogen finden oder es würde unmöglich sein, mit ihm zusammenzuarbeiten. Der Mechanismus wurde aktiviert und das Rolltor öffnete sich mit einem Quietschen. Sie schlüpften ins Innere. Shearer betätigte einen Schalter, die Neonröhren sprangen an und enthüllten die ungeheure Größe der Anlage. Mieteinheiten, jede durch ein Rolltor gesichert, säumten einen Korridor nach dem anderen.

Gareth blieb der Mund offenstehen. »Meine Güte, wie viele von diesen Einheiten gibt es hier denn?«

Mitz sah sich um. »Mehrere Hundert. Einige sind nicht größer als ein begehbarer Kleiderschrank, und andere sind so groß wie eine Doppelgarage. Die Inhaber berechnen den Mietpreis nach der Größe der Einheit und man kann hier so ziemlich alles einlagern. Die Mieter haben vierundzwanzig Stunden am Tag Zugang zu ihren Einheiten und jede lässt sich abschließen. Man kann sogar eine persönliche Alarmanlage anfordern.«

Shearer blickte Mitz finster an. »Genug Geschwätz. Finden Sie die Einheiten. Sie nehmen die 127, Anna die 128 und ich nehme mir die 129 vor. Murray – Sie warten draußen und halten Wache.«

Im Gänsemarsch folgten sie Shearer, ihre Schritte hallten laut in dem riesigen Raum. Sie konnten noch immer die Geräusche vorbeifahrender Autos von draußen hören. Der Schichtwechsel hatte begonnen. Shearers Funkgerät knackte.

»Haben das Auto verloren, Boss. Haben es zur Fahndung ausgeschrieben. Haben aber den Verdächtigen gekriegt. Wurde aus dem Auto geworfen und am Straßenrand zurückgelassen. Es geht ihm gut. Wir nehmen ihn zur Vernehmung mit.«

Shearer trat gegen ein Rolltor in der Nähe. Der laute Knall hallte über den Korridor.

»Verdammte Scheiße. Okay. Halten Sie mich auf dem Laufenden. Wir sehen uns auf der Dienststelle.«

Das Trio suchte weiter nach den Einheiten, schließlich blieben sie vor den geschlossenen Rolltoren stehen. »Mit Vorhängeschlössern gesichert, so wie wir vermutet hatten. Wir werden die hier brauchen.« Mitz hob die Bolzenschneider, die er getragen hatte, und durchtrennte die Schlösser an Einheit 129.

»Was zur Hölle?« Shearers Mund öffnete sich überrascht, als er ins Innere der Einheit spähte.

Ein riesiger Dalek starrte zurück, die enorme Gestalt füllte den ganzen Raum aus. »Der Erste, der es wagt, ›Eliminieren!‹ zu rufen, kriegt meinen ganzen Zorn zu spüren. Denken Sie nicht mal dran.« Ein Cyberman-Kostüm war neben dem Dalek ausgestellt, und dahinter stand vor der Rückwand eine leicht abgenutzt wirkende Tardis, die offensichtlich als Requisite eingesetzt worden war.

Mitz drehte sich im Raum hin und her, wobei er dem gepanzerten Dalek auswich. »Ich bezweifle, dass wir hier drin irgendwelche Drogen finden werden.«

»Ich glaube, wer auch immer diesen ganzen Krempel gekauft hat, muss dabei auf Drogen gewesen sein«, murmelte Shearer und blätterte durch die *Doctor Who*-Zeitschriften. »Wir sollten alles gründlich absuchen.«

»Man kann in den Dalek reinklettern«, sagte Mitz.

Shearer hob die Augenbrauen. »Woher wissen Sie das?«

»Genau so einer war vor einer Weile in den Nachrichten. Hat eine Menge Geld eingebracht. Der Moderator ist damit im Studio herumgefahren.«

Shearer lächelte amüsiert. »Ich denke, ich werde der Versuchung widerstehen, damit durch das Lagerhaus zu kurven, so verlockend das auch klingen mag. Machen Sie weiter. Überprüfen Sie die anderen Einheiten. Ich werde mich um die seltsamen Figuren hier kümmern.«

Mitz öffnete die Einheit nebenan für Anna. Verglichen mit der ersten war diese ziemlich leer. Mehr als hundert Schuhkartons waren auf dem Boden aufgestapelt. An einer Wand hing ein Spiegel und davor lag ein roter Teppich.

»Da steht jemand auf schicke Schuhe«, sagte Mitz, als Anna den ersten Karton öffnete und ein paar sehr teure High Heels der Marke Louboutin zum Vorschein kamen. Er zog sein

Notizbuch hervor und warf einen Blick auf die Informationen darin.

»Der Mieter der Dalek-Einheit ist ein gewisser Julian Fisher und der Mieter dieser Einheit ist, oh, ein Jeremy Gubbins.«

Anna hielt ein Paar funkelnder, silberner Stilettos in die Höhe. »Sieht so aus, als hätte Mr. Gubbins einen Schuhfetisch. Schade, sind nicht in meiner Größe. Vielleicht handelt es sich um gestohlene Ware. Oder seine Frau hat die Einheit in seinem Namen gemietet und lagert ihre Schuhe hier aus Sicherheitsgründen ein. Na ja, ich überprüfe mal lieber alle Kartons. Könnten ja Drogen darin versteckt sein.« Auf der Suche nach einem Päckchen mit Drogen schob sie ihre kalten Finger ins Innere eines Paares rot glitzernder Stilettos. Nach der Anzahl der Kartons zu urteilen, würde das hier eine ganze Weile dauern.

Mitz überließ Anna diese Aufgabe und brach die dritte Einheit auf. Das Licht dort funktionierte nicht und trotz der Beleuchtung draußen war es dort drinnen dunkel. Er ließ den Lichtstrahl seiner Taschenlampe umherwandern und stellte fest, dass die Einheit bis auf eine große hölzerne Truhe leer war. Es war eine von der Sorte, die gern als Gepäckstücke benutzt wurde, und sie stand am anderen Ende des Raums. Mitz klemmte sich die Taschenlampe zwischen die Zähne und versuchte, das Vorhängeschloss aufzubrechen.

»Anna, könntest du kurz herkommen und meine Taschenlampe halten?«

Sie erschien an der Tür. »Du Glücklicher. Nur eine einzige Truhe. Ich werde den ganzen Morgen brauchen, um all die Schuhkartons zu überprüfen.«

»Kannst du die Lampe halten, während ich versuche, sie aufzukriegen, und dafür helfe ich danach dir?«

Ihre langen Schatten tanzten über die Blechwand, als Mitz sich auf die Knie sinken ließ und versuchte, das Vorhängeschloss an der Truhe zu knacken. Zunächst wollte es partout nicht nachgeben, doch er zog und stemmte so lange daran herum, bis es mit einem befriedigenden *Klonk* endlich aufsprang. Er zerrte an dem schweren Deckel, doch er wollte sich nicht öffnen lassen. Anna eilte ihm zur Seite und gemeinsam versuchten sie ihn hochzustemmen. Unter Stöhnen gelang es ihnen schließlich ihn anzuheben, und erleichtert seufzend klappten sie ihn auf.

»Das war deutlich schwieriger als erwartet.«

Ein erdiges, käsiges Aroma stieg ihnen als Begrüßung aus der Truhe entgegen, als sie hineinblickten.

In der Truhe lagen Bettlaken.

»O bitte sag mir jetzt nicht, dass wir uns die ganze Mühe gemacht haben, nur für eine Truhe voller Bettwäsche.«

Mitz nahm das erste Laken heraus. Es war aus billiger, cremefarbener Baumwolle und ordentlich zusammengelegt worden. Darunter befanden sich noch mehr Laken, die wahllos hineingeworfen worden waren.

Mitz befühlte die Laken. »Unter dem hier ist etwas.«

Anna rümpfte die Nase. »Riecht wie ranzige Butter.«

Ein spürbarer Schauer der Erregung durchlief sie, als er den Stoff in der Erwartung, einen Vorrat an Heroin zu enthüllen, anhob. Anna leuchtete mit der Taschenlampe in die Truhe und schnappte nach Luft. Unter dem Laken befanden sich keine Tütchen mit Drogen. Dort lag, eingewickelt in Plastikfolie und die Arme vor der Brust überkreuzt, eine Leiche.

3

Robyn legte sich richtig ins Zeug. Sie setzte zum Sprint an, spürte das Ziehen in ihren Oberschenkelmuskeln und konnte kaum die Erleichterung erwarten, die sie verspüren würde, wenn sie das Ziel endlich erreicht hatte. Sie ignorierte das leichte Brennen in ihren Muskeln und flog wie auf Autopilot weiter, die Luft strömte in ihre Lungen ein und aus.

Doch ihre Gedanken waren nicht beim Laufen. Sie konnte die Verärgerung nicht abschütteln, die wie eine giftige Wolke über ihr hing. Tom Shearer war auf eine Beförderung aus. Seitdem der neue Chief Inspector, Richard Flint, auf der Dienststelle eingetroffen war, scharwenzelte Tom um den Mann herum. Sie hatte den Verdacht, dass Shearer Flint dazu überredet hatte, ihm den Drogenfall zu übertragen, obwohl der Informant, der auf der Dienststelle angerufen hatte, mit ihr gesprochen hatte, nicht mit Shearer. Sie erinnerte sich noch einmal an das Gespräch zurück, das sie mit dem DCI geführt hatte.

»Der Informant hat sich nicht speziell an Sie gewandt, DI Carter, Sie waren lediglich gerade in der Nähe, als das Telefon klingelte. DI Shearer hat mehr Erfahrung mit solchen Fällen.

Er war bereits an mehreren Razzien der Derbyshire Police beteiligt.« Einen Moment lang wünschte sie sich sehnlichst, Louisa Mulholland säße ihr gegenüber und nicht dieser rothaarige Mann, dessen Gesicht so haarlos und rund war, dass er aussah wie ein übergroßer Schuljunge. Sein Auftreten war brüsk, doch anders als Louisa sah er Robyn nie direkt in die Augen und starrte stattdessen auf einen Punkt zu ihrer Linken. »Ich würde es bevorzugen, wenn Sie sich mit Stephen Hobbs beschäftigen würden. Es gab einen Überfall auf eines seiner Geschäfte. Eine Reihe von wertvollen Mobiltelefonen wurde gestohlen.«

Stephen Hobbs war ein angesehener Unternehmer, dem eine Kette von Handyläden gehörte. Er war für seine Wohltätigkeitsarbeit bekannt und veranstaltete jedes Jahr einen Wohltätigkeitsball auf seinem Anwesen, an dem einige der prominentesten und einflussreichsten Personen des Vereinigten Königreichs teilnahmen. Zweifellos wollte Flint sicherstellen, dass Hobbs die bestmögliche Unterstützung von der Polizei erhielt, um seinen eigenen Nutzen daraus zu ziehen.

Robyn störte sich mehr an seinem herablassenden Ton als an seinen Worten und argumentierte weiter. »Ich stimme Ihnen zu, dass DI Shearer in diesem Bereich mehr Erfahrung hat als ich, Sir, aber wenn Sie mir nicht gestatten, diesen Fall zu übernehmen, wird sich daran auch nie etwas ändern. Ich werde nie in der Lage sein, die nötige Erfahrung zu sammeln, und Sie werden Drogenfälle immer an ihn übertragen.«

Flints dünne Lippen wurden noch schmaler.

»Ich werde Sie nicht enttäuschen. Der Informant, Freddie, wird mich zurückrufen und mir mitteilen, wann genau etwas geplant ist.«

Flint atmete tief und hörbar ein und seine Stimme klang plötzlich, als spräche er mit jemandem, der etwas einfach gestrickt war. »DI Carter, ich kann Ihnen versichern, dass ich Sie in der Zukunft nicht übergehen werde, aber wenn eine so große Menge Heroin im Spiel ist, ist es doch nur logisch, wenn ich meinen erfahrensten Officer darauf ansetze. Ich werde dieses Thema nicht weiter diskutieren. Wenn Sie sich an den Superintendent wenden wollen, nur zu, aber ich kann Ihnen versichern, dass er in dieser Sache voll hinter mir steht.«

Sie hätte gern noch weiter argumentiert, aber es hatte keinen Zweck. DCI Flint hatte sich bereits entschieden. Fairerweise musste sie sich eingestehen, dass Tom sich mit diesem Sieg zumindest nicht gebrüstet hatte. Dennoch sollte sie jetzt an seiner Stelle in diesem Lagerhaus sein.

Sie war umgeben von vor Anstrengung verzerrten Gesichtern, und die trommelnden Füße auf den Laufbändern übertönten den wummernden Beat von ›Eye of the Tiger‹. Ihre Freundin Tricia war heute nicht da, sonst hätten sie zusammen trainieren und sich gegenseitig antreiben können. Doch so waren ihre Gedanken abgeschweift, Robyn hatte mit einem zu hohen Tempo angefangen und zahlte nun den Preis dafür. Ihr Beine wurden schwer und ihr Herz schlug zu schnell. Sie trieb sich weiter an, den Raum um sie herum nahm sie nur noch verschwommen war, und konzentrierte sich ganz auf ihren Atem. Ihr Top klebte ihr am Rücken und Schweißperlen tropften ihr in die Augen, brannten und nahmen ihr die Sicht. Doch sie würde ihren Rhythmus nicht unterbrechen, um sie wegzuwischen. Dafür war sie bereits zu nah am Ziel. Die Anzeige am Laufband zeigte ihr an, dass sie nur noch hundert Meter bewältigen musste. Ihre Füße trommelten auf das immer schneller werdende Laufband, sie spürte ein Ziehen im Oberschenkel, das sie jedoch ignorierte, und rannte die letzten paar Schritte, ihre Atemzüge rasselnd und abgehackt. Der Schmerz wurde stärker, es fühlte sich an, als würde sich ein Messer in ihre Hüfte bohren. Sie unterdrückte ein Stöhnen und verringerte rasch das Tempo, hielt an und stolperte vom Laufband.

»Hey, alles okay bei dir?« Jay, der Manager des Studios, kam auf sie zu.

»Nur etwas überdehnt. Geht gleich wieder. Ich muss mich nur etwas dehnen. Ich war nicht konzentriert genug. Hatte einen schlechten Tag bei der Arbeit.«

»Solche Tage kenne ich. Wenn du eine Massage brauchst, sag Bescheid. Kath ist frei. Sie kann sich um dich kümmern. Versuch mal, das Bein zu kühlen.«

»Danke. Das wird schon wieder.«

Robyn versuchte ein paar leichte Dehnübungen. Sie war nicht nur genervt von Flint und Shearer, sondern auch von sich selbst. Sie hatte schon an mehreren Marathons und Triathlons teilgenommen und sollte es eigentlich besser wissen, als sich beim Training von ihren Gefühlen ablenken zu lassen. Sie humpelte in die Umkleide, schluckte ein paar Ibuprofen und duschte, während sie über ihre Karriere nachdachte.

Es war schwierig gewesen, zur Truppe zurückzukehren, nachdem sie ihren Verlobten Davies verloren hatte. Louisa Mulholland hatte eine zentrale Rolle dabei gespielt, Robyn wieder auf Kurs zu bringen. Doch Louisa hatte vor Kurzem eine neue Stelle in Yorkshire angenommen und Robyn mit der Einladung zurückgelassen, ihr dorthin zu folgen. Robyn liebte ihren Job und den Großteil des Teams in Stafford und doch fragte sie sich, ob sie nicht einen Wechsel in Erwägung ziehen sollte. Die Rivalität zwischen Shearer und ihr sorgte für schlechte Stimmung und Flint hatte sie von Anfang an nicht leiden können.

Sie ließ sich auf die Bank fallen, lehnte ihren Kopf gegen den Spind und schloss die Augen. Sie war fast vierzig, unverheiratet, hatte weder Eltern noch einen festen Freund. Sie konnte gehen, wohin sie wollte. Natürlich würde sie, sollte sie wegziehen, ihren Cousin und besten Freund Ross und seine Frau Jeanette zurücklassen, die sie bei jeder Gelegenheit bemutterte. Sie würde auch Amélie, Davies' Tochter, nicht mehr oft sehen. Am Donnerstag war sie mit Amélie und ihrer besten Freundin verabredet, sie wollten ins Kino gehen. Der

Gedanke daran zauberte ein Lächeln auf ihr Gesicht. Nein, solange sie Amélie hatte, würde sie in Staffordshire bleiben. Das Mädchen wurde schnell erwachsen und war ein sogenannter ›Tweenager‹ – in sechs Monaten war ihr dreizehnter Geburtstag. Robyn konnte nicht bestreiten, dass sie das Mädchen liebte. Wenn Davies noch am Leben wäre, hätte Amélie regelmäßig bei ihnen übernachtet. Robyn wäre ihre Stiefmutter gewesen, eine Rolle, die sie voll und ganz genossen hätte. Scheiß auf Flint, dachte sie, schüttelte den Kopf und stand auf, wobei ihr ein kurzes Wimmern entfuhr, als sie die Hüfte belasten musste. Sie sollte lieber nach Hause gehen und die Verletzung kühlen. Wenn sie nicht richtig in Form war, würde Flint sie bei noch ganz anderen Dingen übergehen als nur bei einer Drogenrazzia.

Sie fischte ihr Mobiltelefon aus der Tasche und schrieb Amélie eine Nachricht: *Freue mich aufs Kino am Donnerstag. Was würdest du gern sehen? Habe gehört, La La Land soll gut sein.*

Die Antwort kam fast sofort:

Würde lieber Bob, der Streuner *gucken. Florence sagt, der ist traurig.*

Okay, dann bring ich eine Packung Taschentücher mit, falls wir alle weinen müssen.

Florence sagt, wir werden sicher weinen.

Dann wohl lieber gleich zwei Packungen. Ich hole dich gegen halb fünf ab.

Super. Bis dann.

Florence und Amélie waren schon seit Jahren befreundet

und waren ständig zusammen im Haus einer der beiden anzutreffen. Die Eltern von Florence lebten in der Nähe von Uttoxeter und trainierten Rennpferde. Robyn erinnerte sich, dass
Christine Hallows, Florences Mutter, einmal zu ihr gesagt
hatte, dass es keine Rolle spiele, ob sich Florence für Pferde
interessiere – solange das Mädchen glücklich und gesund war,
könne sie werden, was immer sie auch wolle. Robyn bewunderte Florences Eltern, die ihr einziges Kind abgöttisch liebten.

Robyn dachte, dass sie ihrem Kind wohl auch gestattet
hätte, seine Träume zu verfolgen und es dabei unterstützt hätte.
Doch so, wie die Dinge lagen, blieb ihr nur die traurige Erinnerung an das, was hätte sein können, da sie nach Davies' Tod
eine Fehlgeburt erlitten hatte. Sie versuchte, die Erinnerungen
zu verdrängen. Sie hatte schon zu viele Tränen vergossen. Nun
hatte sie Amélie und damit auch Florence. Vielleicht würde sie
die beiden vor dem Film sogar noch auf eine Pizza einladen.

Sie drehte das Wasser in der Dusche so heiß wie möglich
und ließ das dampfende Wasser alle negativen Gedanken
wegspülen. Als sie aus der Dusche trat, fühlte sie sich schon
viel besser. Die Tabletten hatten den Schmerz in ihrer Hüfte
betäubt und die Gedanken an Amélie hatten ihre Laune gebes-
sert. So konnte sie Flint und Shearer gegenübertreten.

Als sie ihren Kofferraum öffnete, um ihren Seesack darin zu
verstauen, klingelte ihr Handy. Es war Anna Shamash.

»Boss, Sie müssen sofort herkommen.« Annas Stimme klang
aufgeregt.

»Haben Sie die Drogen gefunden?«

»Nein. Da waren keine.« Das Telefon summte aufdringlich.
Da rief sie noch jemand an – DCI Flint.

»Einen Moment, Anna. Ich muss einen anderen Anruf
annehmen.«

»DI Carter, ich weiß, Sie haben Feierabend, aber es gab
eine neue Entwicklung und ich brauche Sie dringend zurück
auf der Dienststelle.«

Robyn konnte fühlen, wie sich ihre Mundwinkel hoben. »Hat es mit der Drogensache zu tun, Sir?«

»Es steht damit in Verbindung.«

»Dann fällt das sicherlich in die Zuständigkeit von DI Shearer.«

Sie hörte ein genervtes Zischen. »DI Carter, ich brauche in dieser Sache Ihr Fachwissen.«

Robyn widerstand dem Drang, Flint noch weiter aufzuziehen. »Ich bin in fünfzehn Minuten da.«

Sie beendete das Gespräch und schaltete zurück zu Anna. »Ich bin auf dem Weg. Während ich fahre, können Sie mir erzählen, was passiert ist.« Robyn startete ihren Golf und verließ den Parkplatz des Fitnessstudios, den Schmerz in ihrer Hüfte ignorierte sie. Ihre Gedanken begannen zu rasen und ihr Herz schlug immer schneller in Erwartung dessen, was vor ihr lag.

4

Der Frost der vergangenen Nacht hatte künstlerische, verschlungene Muster auf der Windschutzscheibe hinterlassen. Sie sahen so hübsch aus, dass Ross sie am liebsten dort gelassen hätte. Er hatte allerdings einen Auftrag zu erledigen und konnte nicht einfach herumstehen und warten, bis die weiße Schicht von selbst in der Sonne geschmolzen war. Er zückte eine Kreditkarte und zog die Kante über die Scheibe. Winzige weiße Flocken stoben in alle Richtungen davon und schneiten auf seine schwarzen Schuhe. Er schüttelte sie auf dem Gehweg ab, bevor er in sein Auto stieg, den Schal noch immer um den Hals. Er ließ den Motor an und drehte die Heizung voll auf. Ein Blick aufs Display verriet ihm, dass die Außentemperatur drei Grad unter null lag. Immerhin sah es so aus, als würde es ein sonniger Tag werden.

Es war gut, dass zumindest die Sonne schien, denn er war nicht gerade bester Stimmung. Er hatte gerade einen Anruf von einer Frau bekommen, Susanne Carlisle, die vor lauter Schluchzen kaum hatte sprechen können, und Ross hasste es, wenn Frauen so heulten. Irgendein Mistkerl hatte ihren

Hundewelpen gestohlen, und obwohl die Polizei bereits verständigt war, wollte sie, dass Ross nach dem Tier suchte.

»Sie ist 'n Staffordshire Bullterrier und so ein lieber Hund. Sie würde keiner Fliege was zuleide tun. Ich hoffe, wer auch immer sie mitgenommen hat, kümmert sich gut um sie. Ich könnt's nich ertragen, wenn ihr was zustoßen würde.«

Dann war sie erneut in Tränen ausgebrochen. Ross hatte aufmunternde Worte gemurmelt und ihr versprochen, sich sofort an die Arbeit zu machen. Er hatte schon früher vermisste Haustiere wiedergefunden und hoffte, dass dieses nicht einem Auftragsdiebstahl zum Opfer gefallen und in einen anderen Teil Großbritanniens gebracht worden war.

Die Sonne blendete ihn, als er auf die Schnellstraße fuhr, und er kniff die Augen zusammen. Er tastete im Handschuhfach nach seiner Sonnenbrille, doch dann fiel ihm ein, dass er sie zu Hause herausgenommen hatte, um sie zu putzen, und sie dann dort vergessen hatte. Er fluchte und klappte die Sonnenblende herunter. Es war also einer dieser Tage.

Er war sich nicht sicher, ob er am richtigen Ort war, obwohl sein Navi ihn hierher gelotst hatte. Die Gallow Street lag verborgen in einem Labyrinth von Straßen am Rande von Derby und war eine der schäbigsten, deprimierendsten Straßen, in denen er je gewesen war. Die Ziegelmauer, die auf der linken Seite lag, als er in die Straße abbog, war voller obszöner Graffitis, genau wie die einzige verbliebene Glasscheibe der Bushaltestelle ein Stück weiter die Straße runter. Er fuhr langsam und hielt Ausschau nach Haus Nummer Vierzig. Die Häuser waren eine Mischung aus der Architektur der 1950er-Jahre und diversen modernen Anbauten. Einige verfügten über Veranden, die mit Fahrrädern und allerlei anderem Kram vollgestellt waren. Andere hatten geteerte, ölbespritzte Einfahrten statt Vorgärten. Die Hausnummern wurden niedriger, je weiter er fuhr. Das Haus, nach dem er suchte, war aber noch ein gutes Stück entfernt.

Zwei junge Männer, die Hände in den Taschen ihrer tief sitzenden Jeans vergraben, blickten ihm finster nach, als er an ihnen vorbeifuhr. Braune Mülltonnen standen willkürlich herum und prägten das Bild zu beiden Seiten der Straße. Doppelhaushälften wechselten sich ab mit Reihenhäusern, die braun gestrichene Türen, aber keine Fassaden hatten. Er sah verschmierte Glasscheiben, die seit Monaten niemand mehr geputzt hatte, und kaputte Gerätschaften und verwahrloste Fahrzeuge, die an der Straße vor sich hin rosteten. Ross fragte sich, ob er sein Auto lieber woanders abstellen und zum Ziel laufen sollte. Endlich erspähte er Haus Nummer Vierzig, und nachdem er ans entfernte Ende der Straße gefahren war, parkte er sein Auto neben einem kleinen Lebensmittelladen und ging zu Fuß zurück zu dem Haus.

Er klingelte und hörte den gedämpften Klang einer ihm unbekannten Melodie tief im Inneren des Hauses. Ihm war unbehaglich zumute. Er hörte ein Rascheln hinter der Tür und dann, wie ein Riegel zurückgeschoben wurde. Die Tür öffnete sich und ein Mädchen im Teenageralter kam hinter einer Sicherheitskette zum Vorschein und beäugte ihn mit abweisender Miene, eine Hand an der Tür, um sie jederzeit wieder zuschlagen zu können.

»Was wollen Sie hier? Meine Mum interessiert sich nicht für irgendeine Doppelverglasung oder anderes Zeug, was Sie uns verkaufen wollen.«

»Hi, ich bin wegen eures Hundes hier. Mein Name ist Ross Cunningham von R&J Associates. Deine Mum hat mich angerufen.«

Das Mädchen drehte sich um und rief: »Mum, hast du den Typen wegen Princess angerufen?«

Er hörte das Quengeln eines kleinen Kindes und die Antwort der Mutter. »Ja. Ist er das? Lass ihn rein.«

»Warten Sie kurz.« Mit einem Knallen fiel die Tür ins Schloss. Die Kette rasselte ein paar Mal, dann wurde die Tür wieder geöffnet und das Mädchen winkte ihn herein. Ross folgte ihr durch einen Flur, der mit zwei Kinderrädern zugestellt war, auf dem Boden lagen mehrere Jacken in Häufchen auf dem Boden. Er trat hinter dem Mädchen in die Küche. Dort war eine Frau mit blondiertem Haar und entnervtem Gesichtsausdruck gerade dabei, ein Kleinkind zu füttern. Der kleine Junge schüttelte wütend den Kopf. »Nein«, schrie er. »Nein, nein, nein!«

»Brandon, Schluss jetzt.« Das Mädchen ging zu dem Kind hinüber und hob ihn mit ihren dünnen Armen auf. Sie hielt ihn fest im Arm, bis er sich beruhigt hatte. »Na, komm. Ich geh mit dir in den Laden und wir holen uns Schokolade. Lass uns deine Jacke holen. Mum, ich treffe mich draußen mit Veronica. Bis zum Abendessen bin ich wieder da.« Sie nickte Ross kurz zu und ging mit dem Jungen auf dem Arm hinaus. Ross streckte der Frau seine Hand entgegen. »Ross Cunningham.«

»Oh, Mr. Cunningham. Vielen Dank, dass Sie hergekommen sind. Ich mach mir fürchterliche Sorgen um Princess und wusste nicht, wen ich sonst anrufen oder was ich sonst tun könnte.« Ihr Gesicht sah völlig zerknautscht aus, die Augenlider schwer und die Augen vom Weinen ganz rot. »Ich weiß, sie ist nur 'n Hund, aber sie bedeutet mir so viel.«

Susanne Carlisle war Ende vierzig, doch mit den dunklen Ringen unter den Augen, dem fahlen Teint und den eingesunkenen Wangen hätte man sie auch für Ende fünfzig halten können.

»Die Bullen war'n schon da, aber in die setze ich keine große Hoffnung. Der Typ hat irgendwas in seinen Block gekritzelt und ist dann wieder abgehauen. Hat gesagt, er würde sich erkundigen, aber es gäbe Wichtigeres zu tun«, sagte sie schniefend.

»Was genau ist denn passiert?«

»Ich hab Princess rausgelassen, damit sie ihr Geschäft erledigen kann. Ich hab grad mit meinem Arzt telefoniert, weil ich neue Medikamente brauch, und als ich sie wieder ins Haus gerufen hab, war sie weg. Ich hab gerufen und gerufen, aber da war keine Spur von ihr. Ich bin rüber zu der griesgrämigen Alten, die neben uns wohnt, und hab sie gefragt, ob sie irgendwas geseh'n hat. Natürlich hat sie nix geseh'n. Eigentlich komisch, weil die sonst immer alles mitkriegt.«

»Wie alt ist Princess?«

»Sie ist noch ein Baby. Ich hab sie vor drei Monaten von einem Züchter bekommen. Sie ist wunderschön.« Susanne zückte ihr Handy und gab es Ross. Auf dem Bildschirm war ein Bild von einem Staffordshire Bullterrier zu sehen, der mit einem Hundespielzeug im Mund in die Kamera blickte. »Ist sie nicht niedlich? Sie ist auch der liebste Hund der Welt. Sogar noch lieber als Dolly.« Sie scrollte durch die Fotos. »Dolly hat mir durch wirklich schwierige Zeiten geholfen. Ich leide an Depressionen und sie hat mir das Leben gerettet. Deswegen hab ich mir Princess geholt.« Unvermittelt stand sie auf und ging hinüber zur Küchentheke. Sie zog ein Taschentuch aus einer Box und schnäuzte sich die Nase. »Wollen Sie 'n Kaffee oder so?«

»Kaffee wäre wunderbar. Kein Zucker. Meine Frau hat mich auf eine dauerhafte Diät gesetzt. Denkt, ich bekomme Diabetes, wenn ich auch nur einen Teelöffel davon anrühre.«

Sie füllte Wasser in den Kessel und griff nach zwei pinken Tassen. »Princess hilft mir, mich zusammenzureißen. Ohne sie würd ich wahrscheinlich aufgeben und mich total geh'n lassen. Ich musste Dolly vor sechs Monaten einschläfern lassen. Das war der schlimmste Augenblick meines Lebens.« Ihre Hand schwebte kurz über einer Keramikdose mit der Aufschrift ›Teebeutel‹. »Ich hab's verdammt noch mal gehasst, mich von ihr verabschieden zu müssen.« Sie zog zwei Teebeutel aus der Dose und ließ sie in die Tassen fallen. »O verdammt noch mal! Sie haben Kaffee gesagt, oder?« Sie nahm den Beutel wieder heraus und löffelte stattdessen etwas Kaffeepulver in die Tasse.

Ross schenkte ihr ein Lächeln. Sie erwiderte es schwach. »Ich weiß, dass in der Presse viel über diese Hunderasse geschimpft wird, aber Staffys sind wirklich total verspielt, super mit Kindern und haben ein tolles Temperament. Ich würd mir nie eine andere Rasse zulegen. Princess ist perfekt. Sie ist 'n treuer Begleiter. Ich kann's nicht ertragen, sie nicht bei mir zu haben, Mr. Cunningham.«

»Nennen Sie mich doch Ross.«

Sie nickte vage, als hätte sie seine Worte nur halb wahrgenommen. »Sie werden sie finden, nicht wahr?«

»Ich werde mein Bestes geben.«

»Sie haben schon früher vermisste Haustiere aufgespürt. Das hab ich auf Ihrer Website seh'n. Meine Lauren hat sie für mich gefunden. Sie hat alle Nachbarn gefragt, aber keiner hat was geseh'n. Überrascht mich auch nicht, keiner von denen hält viel von uns, also würden sie wahrscheinlich auch sagen, dass sie nix gesehen haben, wenn Princess in ihrem Wohnzimmer sitzen würde. Wir hatten über die Jahre immer mal wieder Probleme mit denen. Mein Ex Trevor war immer ziemlich frei heraus. Er hat sich mit fast jedem in dieser Straße angelegt. Hatte 'ne große Fresse und war 'n jähzorniger Kerl.«

»Er wohnt nicht mehr bei Ihnen?«

»Nee, hat sich vor sechs Monaten abgesetzt. Hat sich mit irgendeinem Flittchen verpisst, das ihm über den Weg gelaufen ist. Kann nicht behaupten, dass ich besonders traurig darüber war. War nicht einfach, mit ihm zusammenzuleben. Weiß nich, warum ich es so lang mit ihm ausgehalten hab. Bin aus meiner Heimatstadt weg und in dieses Rattenloch gezogen. Würd sofort zurückgeh'n, aber das kann ich mir nich leisten.«

»Dann sind sie ursprünglich gar nicht aus Derby?«

Sie hob überrascht die Augenbrauen. »Woll'n Sie mich auf den Arm nehmen? Hör'n Sie das nich daran, wie ich rede? Klar bin ich nich von hier. Ich bin aus London. Wohn hier erst seit vier Jahren. Bin erst 2013 hergekommen, als Lauren vierzehn war. Weiß nich, wie ich ohne sie zurechtkommen würde, Mr. Cunningham. Sie hilft mir, mit allem fertig zu werden.«

»Ross«, beharrte er. »Ich fange mit den Nachbarn an.«

»Lauren hat schon jeden in der Straße gefragt, aber ich kann mir nicht vorstellen, dass keiner was geseh'n hat. Ist 'n neugieriges Pack hier.«

»Vielleicht rücken sie mir gegenüber mit der Sprache raus. Da muss ich ansetzen. Mal sehen, wie gut ich mit Ihnen zurechtkomme, und dann versuchen wir herauszufinden, was mit Princess passiert ist.«

Sie blickte ihn aus hellgrauen Augen an, die aussahen, als wäre ihnen jede Farbe entzogen worden. Susanne brauchte seine Hilfe. Sie war eine Frau am Ende ihrer Kräfte und Ross hoffte, dass er helfen könnte, sie zu retten.

5

Robyn schleppte sich in ihr Büro und ließ sich mit einem leisen Stöhnen auf ihren Stuhl fallen. Die Verletzung an der Hüfte machte ihr Sorgen. Sie würde sie noch einmal kühlen müssen.

Aus dem Nichts tauchte plötzlich Shearer auf, das Kinn unrasiert. »Sie sehen fertig aus.«

»Haben Sie mal in den Spiegel geschaut?«

»Da ist wohl jemand heute Morgen mit dem falschen Fuß aufgestanden«, witzelte er. »Ich sehe immer so fertig aus. Liegt am Job. Also, Sie haben von unserem Fund gehört.«

»DCI Flint hat mich ins Bild gesetzt. Keine Drogen?«

Er schüttelte den Kopf. »Ich werde gleich noch mal den Kerl befragen, den wir festgenommen haben. Er behauptet, er wisse überhaupt nichts über irgendwelche Gangs und sei einfach nur joggen gewesen, als neben ihm ein Auto gehalten habe. Er sagt, er ist hingegangen, um herauszufinden, was der Fahrer wollte, und wurde dann ins Auto gezogen. Dann wurde er wieder rausgeworfen, als sie unser Einsatzfahrzeug abgehängt hatten. Ich glaube ihm kein Wort. Er ist ziemlich bereitwillig in diesen Audi gestiegen. Ich werde versuchen, ihn davon zu überzeugen, mit mir zu reden.« Sein Mund verzog sich zu einem Lächeln, doch seine kornblumenblauen Augen erreichte es nicht. »Ich werde mich ein bisschen bei ihm einschmeicheln und ihm zu verstehen geben, dass es ihm nichts bringt, für einen Haufen dreckiger Drogendealer dichtzuhalten.« Er knackte mit den Knöcheln und streckte seine Finger.

»Arthritis? Muss an Ihrem Alter liegen«, sagte sie.

»Oh, da ist aber jemand fies heute. Ich dachte, es würde Ihnen gefallen, einen saftigen neuen Fall in die Fänge zu bekommen.«

Robyn seufzte. »Ja, sorry. Das war zu schnippisch. Ich hoffe, Sie sehen bald Ergebnisse.« Sie wusste, dass sie ihre Frustration nicht an Shearer auslassen sollte, so sehr er ihr manchmal auch auf die Nerven ging. Es war schließlich nicht seine Schuld, dass sie sich die Hüfte verletzt hatte oder dass sie sich jedes Mal so provoziert fühlte, wenn sie mit DCI Richard Flint sprach. Sie musste sich zusammenreißen.

»Gut, ich bin dann mal weg, habe eine harte Nuss zu knacken. Viel Glück mit der Leiche.«

Shearer verschwand so schnell wie er gekommen war, und er ließ den nicht unangenehmen Duft seines Aftershaves zurück. An der Tür traf er auf Anna Shamash und raunte ihr etwas zu. Sie antwortete ihm, dann schlüpfte sie in den Raum und schloss die Tür hinter sich. Ihre Augen lagen tief in ihren Höhlen, und ihre vollen Lippen waren zu einer grimmigen Linie zusammengepresst.

»Tag, Boss.«

Robyn hob den Kopf und betrachtete Anna. »Sieht so aus, als wäre die Nacht in Shearers Tussimagnet genauso schlimm gewesen, wie ich mir das vorgestellt hatte.«

»Schlimmer. Selbst wenn er beste Laune hat, ist er nicht gerade Mr. Charisma und seine Autositze waren die unbequemsten, auf denen ich je gesessen habe. Ich kann mich immer noch nicht wieder richtig aufrichten.«

»War aber trotzdem ein interessanter Montagmorgen, oder?«

»Es war jedenfalls nicht so, wie irgendeiner von uns erwartet hatte.«

»Ich muss mit dem Gerichtsmediziner sprechen. Lust auf einen Ausflug? Dann können Sie mich über alles informieren.«

»Ich muss noch einen Bericht für DCI Flint fertigmachen, dann bin ich frei.«

Robyn schnappte sich ihre Autoschlüssel, warf sich ihren Mantel über und wartete an der Tür, die Hand an der Klinke. »Ich bin sicher, er wird Verständnis dafür haben, dass Sie etwas früher gehen. Sie können mich über den Fall informieren, bevor sie nach Hause gehen. Haben Sie schon zu Mittag gegessen?«

Anna schüttelte den Kopf. »Hatte keine Zeit dafür. Wir mussten auf die Spurensicherung warten und die Umgebung absuchen. Mitz hat ein paar Burger und ein Happy Meal für Shearer geholt. Ich wollte nichts.«

Robyns Lippen verzogen sich zu einem Lächeln. »Ein Happy Meal?«

Anna kicherte. »Ja, er hat es aufgegessen und dann das Super-Mario-Spielzeug, das dabei war, auf sein Armaturenbrett gestellt. Er ist wohl doch nicht durch und durch schlecht, schätze ich.«

»Kommen Sie. Wir holen uns nebenan einen Kaffee und ein Sandwich.«

In dem Café in der Nähe der Dienststelle war es ruhig, es waren nur wenige Gäste da und Craig, der Barista, machte gerade die Kaffeemaschine sauber. Robyn bestellte für sie und überließ es Craig, die Bestellung an ihren Tisch zu bringen.

»Die Leute von der Spurensicherung meinten, sie hätte da schon ein paar Monate gelegen. Sie war in Plastikplanen eingewickelt und unter Laken versteckt.« Anna rümpfte die Nase. »Sie war ziemlich ausgetrocknet, aber ihr Körper war mit so einer grauen, wachsartigen Substanz überzogen.«

»Das nennt man Leichenwachs«, antwortete Robyn. »Der Fachbegriff lautet Adipocire. Es besteht aus gesättigten Fettsäuren.«

Craig brachte den Kaffee und die Sandwiches. Anna riss ein Päckchen Zucker auf, schüttete ihn in die Tasse und rührte um, Schaum und Schokoladentopping vermischten sich.

»Ja, Harry McKenzie hat mir dasselbe erzählt. Ich hatte das noch nie gesehen. Es war ehrlich gesagt ziemlich grauenhaft und ein ganz schöner Schock. Da waren wir auf der Suche nach einem Haufen Heroin, und plötzlich starrte uns ein Paar toter Augen an.« Sie wickelte ihr Sandwich aus, biss hinein und kaute langsam. Anna schluckte. »Harry McKenzie war sehr gründlich.«

Robyn nippte an ihrem Kaffee und nickte zustimmend. »Einer der besten Gerichtsmediziner, die wir je hatten. Er erwartet mich in einer Stunde. Möchten Sie mich begleiten, ein wenig mehr über die Forensik lernen und herausfinden, wie das Mädchen gestorben ist?«

»Ist auf jeden Fall besser, als Berichte zu schreiben.« Anna dehnte ihren Nacken und neigte ihren Kopf von der einen Seite zur anderen. »Wie schaffen Sie das?«, fragte sie.

»Wie schaffe ich was?«

»Einfach weiterzumachen? Ich war die ganze Nacht auf und bin total fertig, ich könnte sofort ins Bett kriechen. Aber Sie und Shearer, Sie legen regelmäßig Zwanzig-Stunden-Schichten ein und machen dann einfach weiter, als hätten Sie einen einge-bauten Super-Akku oder so.«

»Kaffee und Adrenalin. Das funktioniert zumindest für mich. Für Shearer kann ich nicht sprechen.«

»Gummibärchen nehme ich mal an. Er hat sich drei

Packungen davon reingestopft, während wir da draußen waren.«

»Da haben Sie's.«

»Ich muss wohl meine Ernährung umstellen.« Mit einem letzten Bissen vernichtete sie ihr Sandwich und leckte sich dann die Finger ab. »Das habe ich dringend gebraucht. Danke, Boss.«

Robyn riss ein Stück von ihrem eigenen Käsesandwich ab und steckte es sich in den Mund. Der Käse schmeckte nach gar nichts, war nur weiches, gummiartiges Zeug. Sie würgte ihn herunter und nahm erneut einen Schluck von ihrem Kaffee. Sie mochte das Essen nicht besonders, aber es war immer besser, etwas im Magen zu haben, bevor man der Gerichtsmedizin einen Besuch abstattete. Einige Polizeibeamte zogen einen leeren Magen vor, aber Robyn hatte herausgefunden, dass bei ihr das genaue Gegenteil funktionierte. Sie hatte schon viele Leichen gesehen, und obwohl die Toten ihr keine Angst einjagten, war es doch nicht so, dass der Anblick ihr gar nichts ausmachte. Diese Körper, in denen nun kein Leben mehr war, hatten einmal die Seele eines Menschen beherbergt. Sie ließ sich die letzten Überreste des schokoladigen Kaffeeschaums in den Mund laufen.

Anna kippte sich ihren eigenen Kaffee in den Mund, leckte sich die Lippen und deutete auf Robyns Sandwich. »Haben Sie keinen Hunger?«

»Es schmeckt nicht besonders. Ich hätte Huhn nehmen sollen, wie Sie.«

»Wenn das Angebot noch steht, würde ich Sie gerne zu Harry McKenzie begleiten. Ich fühle mich nicht mehr so erschöpft und würde gerne mehr über das Opfer erfahren.«

»Gesprochen wie eine wahre Polizistin.« Als Robyn aufstand, zogen sich Wellen von Schmerz durch ihr Becken und ließen sie zusammenzucken.

· · ·

Harry McKenzie huschte um den Tisch herum. Darauf lag das Mädchen aus der Truhe. Ihre Hände waren leicht verkrampft, auf ihren Fingernägeln waren noch immer Reste von pinkem Nagellack zu erkennen. Ihre Haut war bereits stark verwest. An vielen Stellen hatte sie sich abgelöst und die Knochen an ihrer Stirn und den Wangen freigelegt. Ihre vollen Lippen, die sich im Tod leicht zusammengezogen hatten, waren geöffnet und ließen weiße ebenmäßige Zähne erkennen, und über ihrer hohen Stirn ringelte sich ihr dunkles, kurzes Haar, einst so voller gesundem Glanz, noch immer in kleinen Korkenzieherlocken. Robyn seufzte leise. Das Mädchen war wunderschön gewesen.

Harry war ganz in seinem Element und erklärte Anna alles. Diese saugte jedes Detail in sich auf, die Pupillen geweitet und den Mund leicht geöffnet. Robyn hörte den beiden zu, als Harry mit seinen runden, eulenartigen Brillengläsern seinen Kopf neigte und wild gestikulierend erläuterte, wie er zu dem Schluss gekommen war, dass es sich bei dem Opfer um ein Mädchen im Teenageralter handelte.

»Das Hauptindiz ist das Becken«, begann er, seine langen Finger deuteten auf die Hüfte des Mädchens auf dem Tisch. »Das Becken einer Frau ist anders geformt als das eines Mannes. Und eine Untersuchung der Symphysis Pubica, dem Gelenk, an dem die Knochen zusammentreffen«, sagte er mit einem Blick auf Annas gerunzelte Stirn, »sowie anderer Knochen ihres Körpers, halfen bei der Bestimmung ihres Alters.«

Anna knabberte an ihrer Unterlippe herum, begierig darauf, mehr zu erfahren.

»Aber wie können Sie von den Knochen auf das Alter einer Person schließen? Das verstehe ich nicht.«

Harry deutete auf das Schlüsselbein, das durch die pergamentdünne Haut erkennbar war. Robyn blickte auf das Mädchen. Haut löste sich von ihrem Gesicht wie Streifen von

Seidenpapier und die perfekten, freiliegenden Zähne grinsten, als lachte das Mädchen in eine Kameralinse. Harry fuhr fort. »Die Knochen wachsen während der Wachstumsphase eines Kindes. Sie beginnen schon in der Gebärmutter zu wachsen, aber sind erst im Erwachsenenalter voll ausgebildet. Die Knochen dieses Mädchens sind noch nicht voll ausgebildet. Ich würde sie auf ungefähr sechzehn Jahre schätzen.«

Robyn riss sich vom Anblick der gelblich verfärbten Leiche los. »Ist sie schon lange tot?«

Harry neigte den Kopf von einer Seite zur anderen. »Ihr Körper war vor Insekten und Aasfressern geschützt, das hat zusammen mit dem Leichenwachs dazu beigetragen, dass er relativ gut konserviert wurde.«

»Ich dachte immer, diese Substanz würde nur auftreten, wenn eine Leiche im Wasser gelegen hat.« Im schummrigen Licht des Leichenschauhauses erschienen Annas Augen riesig. Harry schüttelte den Kopf.

»Normalerweise schon, aber durch die Plastikplane, in die sie eingewickelt war, war die Umgebung wohl feucht genug. Es gibt auch Hinweise darauf, dass der Körper kühl gelagert wurde – eingefroren. Als er dann aufgetaut ist, haben sich kleine Wassertröpfchen darauf gebildet.«

Robyn umrundete den Tisch. Die Leiche befand sich zwar in einem besseren Zustand, als wenn sie unter der Erde gelegen hätte, das Gesicht des Mädchens war jedoch trotzdem bis zur Unkenntlichkeit entstellt. Ihr Gehirn verarbeitete die neuen Informationen. Die Leiche war eingefroren gewesen, bevor sie in die Truhe gelegt wurde. Robyn fragte sich, ob es für den Täter zu gefährlich geworden war, sie weiter in einem Kühlraum zu lagern. Solche Räume fand man in Restaurants oder anderen Einrichtungen, in denen Fleisch gekühlt werden musste. Hatte das Mädchen vielleicht an einem solchen Ort gearbeitet?

Harry räusperte sich hustend. »In diesem Fall ist sie vor

ungefähr fünf oder sechs Monaten gestorben. Ich würde sagen, zwischen Mitte Juli und Mitte August letzten Jahres.«

Robyn neigte den Kopf zur Seite. »Können Sie schon etwas zur Todesursache sagen?«

»Bei diesem Grad der Verwesung ist es schwierig, genaue Aussagen zu machen.« Er zog ein Stückchen der durchscheinenden Haut zurück. »Es scheint oberflächliche Verletzungen an der Stirn und weitere Wunden am Rest des Körpers zu geben, aber die könnten auch post mortem entstanden sein. Sie könnten durch einen scharfen Gegenstand verursacht worden sein, oder sie könnte sich bei einem Sturz gegen eine scharfe Kante verletzt haben. Das hier ist es, was sie letztendlich das Leben gekostet hat.« Er deutete auf eine Wunde im unteren Bereich an der Vorderseite ihres Halses. »Die Luftröhre, beide Halsschlagadern und die Speiseröhre wurden durchtrennt«, sagte er, »Ich denke, die Todesursache ist eine Schnittverletzung an der Kehle durch eine scharfkantige Waffe.«

Robyn verschränkte die Arme und ließ ihren Blick ein weiteres Mal über den Körper wandern. Könnte es sein, dass das Mädchen in einem Restaurant gearbeitet hatte, dort angegriffen worden und dann in einer sehr großen Gefriertruhe versteckt worden war? Oder war sie ermordet und dann in der Kühltruhe eines Wohnhauses verstaut worden, die genug Platz für einen Körper dieser Größe bot? Beide Szenarien waren möglich.

Anna sprach sehr langsam, so als müsste sie die Informationen erst noch verarbeiten. »Also, unser Opfer ist ein sechzehnjähriges Mädchen, dem vor fünf Monaten die Kehle durchgeschnitten wurde und das dann in eine große Plastikhülle gewickelt, für einige Zeit eingefroren, dann wieder aufgetaut und in eine verschlossene Truhe in einer privat gemieteten Lagereinheit verfrachtet wurde.«

Harry schob sich die Brille von der Stirn wieder auf die Nase und bedeckte die Leiche mit einem Laken. »Das trifft es ziemlich gut. Ich werde Ihnen so bald wie möglich den fertigen Bericht zukommen lassen. Ich habe auch zahnärztliche Unterlagen zu ihrer Identifizierung angefordert, Sie sollten also bald einen Namen bekommen. Wenn Sie mich nun entschuldigen würden, ich muss weitermachen.«

Draußen suchten sich ein paar schwache Sonnenstrahlen ihren Weg durch die grauen Wolken. Anna, die einen nachdenklichen Eindruck machte, warf einen Blick zum Himmel und blinzelte, als sie das Krankenhaus verließen. »Meine Grandma hat immer gesagt, Sonnenstrahlen sind Leitern, die vom Himmel herabführen. Ich habe nie verstanden, ob sie damit meinte, dass Leute darauf in den Himmel klettern können, oder dass diejenigen im Himmel hinausgeworfen werden und wieder hier landen.«

Robyn nahm einen tiefen Atemzug. Der Verwesungsgeruch war in ihre Nasenlöcher eingedrungen und hatte einen schlechten Geschmack in ihrem Mund hinterlassen. Sie wusste, dass es nie leicht war, sich mit dem Tod auseinanderzusetzen, und Anna hatte sich gut geschlagen.

»Soll ich Sie nach Hause fahren?«

Anna warf einen Blick auf ihre Uhr. »Danke. Das wäre nett. Ich habe Razzle seit gestern nicht mehr gesehen. Ich hole ihn bei meiner Mum ab und mache einen Spaziergang mit ihm. Das wird mir helfen, meine Gedanken wieder auf etwas anderes als dieses arme Mädchen zu lenken.«

»Gute Idee. Danach sollten sie sich eine gute Mütze Schlaf gönnen, damit sie morgen wiederkommen können und bereit sind, denjenigen zu finden, der ihr das angetan hat. Verwenden Sie Ihre Energie darauf, mir dabei zu helfen, ihren Mörder zu finden.«

Anna starrte hinaus auf die Straße. »Das werde ich. Ich weiß nur nicht, wie sie das alles schaffen können, Tag für Tag.«

»Motivation. Sobald Sie die gefunden haben, können Sie ewig weitermachen. Nachdem zu schließen, was ich bisher von

Ihrer Arbeitsweise gesehen habe, werden Sie gut klarkommen. Sie müssen nur noch ein wenig abhärten und sich eine dickere Haut zulegen.«

»Wollten Sie deswegen, dass ich Sie ins Leichenschauhaus begleite? Damit ich die Leiche sehe?«

»Ich hatte gehofft, dass Sie dann dasselbe empfinden würden, was ich jedes Mal empfinde, wenn ich mit Fällen wie diesem zu tun habe.«

Anna dachte einen Moment nach, dann sagte sie ernst und mit bewegtem Gesicht: »Ich möchte das Richtige tun für sie. Ich möchte Gerechtigkeit für sie und ihre Familie. Als ich so neben ihr stand und ihren zerschundenen Körper angesehen habe, weggeworfen wie Abfall, da hatte ich das Gefühl, ihr näherzukommen. Sie war nur ein Mädchen, wahrscheinlich ging sie noch zur Schule, hatte das ganze Leben noch vor sich, und dieses Leben hat ihr jemand genommen. Diesen Jemand will ich jetzt finden und ihm das Handwerk legen.«

»Und genau das ist die richtige Motivation«, sagte Robyn und zwinkerte ihrer Kollegin zu.

6

Der Verkehr nahm zu und selbst für einen Montagnachmittag war viel los, als sie das Krankenhaus und Stoke-on-Trent auf der A50 hinter sich ließen und Richtung Cheadle fuhren, wo Anna lebte.

Auf dem Weg nach Hause war Anna sehr still und spielte gedankenverloren mit einer dunklen Haarsträhne, die sich aus ihrem Zopf gelöst hatte. Ihr Gesicht war so ernst wie immer und strahlte mit ihren klaren, mandelförmigen Augen und den dunklen Augenbrauen einen Hauch von Traurigkeit aus. Zweifellos verarbeitete sie, was sie eben gesehen und gehört hatte. Robyn bewunderte sie für ihre Tapferkeit. Sie hatte beim Anblick der Leiche keine Miene verzogen und stattdessen sogar noch konstruktive Fragen gestellt. Sie überließ Anna ihren Gedanken, dankbar dafür, dass sie Teil ihres so engagierten Teams war.

Anna wohnte in einer Doppelhaushälfte aus Backstein mit einer ansehnlichen Rasenfläche davor. Es lag am Ende einer Straße, die zu beiden Seiten von identisch aussehenden Häusern gesäumt wurde.

»Danke, Boss. Wir sehen uns morgen. Ich gehe jetzt mal

lieber Razzle abholen. Falls meine Mum ihn nicht so sehr verhätschelt hat, dass er sich weigert, wieder mit nach Hause zu kommen.« Sie lief die Auffahrt hinauf und blieb nur einmal kurz stehen, um dankend die Hand zu heben.

Es war schon fast fünf Uhr, daher entschied sich Robyn, nach Uttoxeter zu fahren und dort die A518 nach Stafford zu nehmen, eine landschaftlich schönere Strecke, obwohl es zu dieser Uhrzeit auch dort nicht mehr viel anderes zu sehen geben würde als die sanften Lichter der Häuser, die entlang der Straßen verstreut standen. Aber die Strecke war angenehmer, als sich auf der Schnellstraße durch die Lkws zu schlängeln. Sie hatte keine Lust, einen Radiosender zu hören, also wählte sie eine CD mit Klavierkonzerten und ließ ihre Gedanken wandern, während Beethovens Fünfte Sinfonie aus den Lautsprechern ertönte.

Es war Davies gewesen, der ihr klassische Musik nähergebracht hatte. Ihr Musikgeschmack war sehr vielseitig, in ihrer Sammlung befanden sich hauptsächlich diverse Künstler aus den Achtzigern und eine bunte Mischung modernerer Künstler, wie zum Beispiel – welche Ironie – The Killers, was ihn immer sehr amüsiert hatte. Davies, dessen Radio immer auf Sender mit klassischer Musik eingestellt gewesen war, hatte sie dazu ermutigt, sich seine Lieblingsstücke anzuhören. Er behauptete standhaft, dass klassische Musik besser fürs Gehirn sei – eine Behauptung, von der sie nie gewusst hatte, ob es sich um eine Tatsache oder reine Fiktion handelte. Nun war sich Robyn nicht mehr sicher, ob sie diese Musik heute immer noch hörte, weil sie ihr tatsächlich gefiel und sie glaubte, dass sie ihr Denkvermögen anregte, oder weil sie sie an Davies erinnerte ...

Davies, den Kopf an die Rückenlehne seines Sessels gelehnt, die Augen geschlossen, einen Stift in der Hand und ein Kreuzworträtsel auf dem Knie. Mozarts 23. Klavierkonzert und sein Kopf, der sanft im Takt wippt.

*Es ist eines seiner Lieblingsstücke. Sie nimmt das Kreuz-
worträtsel von seinem Schoß und seine Augen öffnen
sich verträumt.*

»Hallo. Ich habe dich nicht reinkommen hören«, sagt er.

*Sie setzt sich auf sein Knie, schlingt ihm die Arme um
den Hals und gibt ihm einen Kuss.*

*So bleiben sie eine Weile sitzen, ineinander verschlun-
gen, während die Musik sie umhüllt. Ihr Herz fühlt sich
ganz leicht an. Das Leben könnte nicht besser sein.*

Das Licht der Straßenlaternen ergoss sich über das Pflaster
und die eingehüllten Gestalten, die durch die Kälte eilten, um
schnell ihre warmen Häuser zu erreichen. Sie dachte gerade an
das Mädchen aus der Truhe, als ihr Blick auf eine Gestalt fiel,
die ihr bekannt vorkam. Es war Florence Hallows, sie trug eine
Schuluniform und einen großen Rucksack auf dem Rücken und
ein paar Plastiktüten in den Händen. Robyn verlangsamte ihr
Fahrzeug, fuhr ihr Fenster herunter und rief nach ihr. Das
Mädchen hob ruckartig den Kopf und kam herüber zu dem
Golf.

»Hey«, sagte Robyn. »Hast du was Nettes gekauft?«, fragte
sie und deutete auf die Tüten. Florence wurde rot.

»Bloß Unterwäsche«, antwortete sie. »Habe einen neuen
BH gebraucht.«

Robyn nickte. Sie wollte das Mädchen nicht in Verlegenheit bringen. Erwachsen zu werden konnte manchmal
schwierig sein. »Ist deine Mum auch hier?«

Florence schüttelte den Kopf. »Sie muss arbeiten.«

»Wie kommst du denn nach Hause?«

»Mit dem Bus. Ich nehme immer den Bus«, antwortete
Florence.

Die Vorstellung bereitete Robyn Sorgen. Florence, die noch immer rote Wangen hatte, war noch so jung und verletzlich und wollte gleich allein zur Bushaltestelle laufen. Das Bild des Mädchens aus der Truhe erschien wieder vor ihrem inneren Auge. »Steig ein. Ich fahre dich nach Hause«, sagte sie. Auf keinen Fall wollte sie, dass Florence im Dunkeln allein nach Hause ging, selbst wenn es erst fünf Uhr nachmittags war.

Florence zögerte eine Sekunde lang, dann warf sie ihren Rucksack auf den Rücksitz und kletterte auf den Beifahrersitz, die Plastiktüten fest an sich gepresst.

»Danke. Das wäre wirklich nicht nötig gewesen«, sagte sie. »Ich hätte auch den Bus nehmen können. Das mache ich immer so.«

»Ist kein Problem. Ich suche sowieso nach einer Ausrede, damit ich mich von der Dienststelle fernhalten kann«, sagte Robyn mit einem Grinsen. Sie mochte Florence, die normalerweise immer ein fröhliches Gesicht hatte und einen temperamentvollen Charakter, der perfekt dazu passte. An diesem Montagnachmittag war ihre Stimmung jedoch etwas gedämpfter.

»Wie läuft's in der Schule?«, fragte Robyn.

Florence zuckte die Schultern, eine typische Teenagergeste. Robyn rügte sich innerlich dafür, eine so dumme Frage gestellt zu haben. Sie wechselte das Thema. »Amélie hat mir erzählt, dass du am Donnerstag gerne *Bob, der Streuner* gucken würdest.«

»Ja, der klingt gut. Auf Facebook reden alle darüber. Außerdem muss er einfach gut sein – da geht's um eine Katze mit rotem Fell. Eine rote Katze, die einem Drogensüchtigen das Leben rettet.« Sie schüttelte ihr rotblondes Haar. »Ein Rotschopf rettet den Tag.«

Robyn lächelte. Florence machte oft Witze darüber, dass sie rotes Haar hatte, auch wenn ihr Lächeln diesmal etwas angespannter zu sein schien als sonst. Sie war früher für ihre Haarfarbe ausgelacht worden. Robyn fragte sich, ob das noch immer der Fall war.

»Der Film basiert auf einer wahren Geschichte, weißt du?« Florence blickte auf ihr iPhone, auf dem eine Benachrichtigung erschienen war. Sie las die Nachricht und legte das Handy zurück in ihren Schoß. Dann fuhr sie fort. »Es gibt auch ein Buch dazu, aber ich möchte mir lieber die verfilmte Version anschauen.« Beim Gedanken daran, ein Buch zu lesen, rümpfte sie die Nase.

»Bob«, sagte Robyn. »Das ist ein super Name für eine Katze.«

Florence stimmte ihr zu. »Es ist irgendwie witzig, oder? Wenn ich eine rote Katze hätte, würde ich sie Amber oder Apricot nennen.«

»Oder Apricat«, sagte Robyn in der Hoffnung, Florence ein Lächeln zu entlocken. Florence schenkte ihr eines. Dann wurde sie still und tippte auf ihrem Smartphone herum, und das mit einer Gewandtheit, um die Robyn sie nur beneiden konnte. Robyn schaltete das Radio an und stellte es auf Radio 1. Florence lächelte sie an.

»Ich mag diesen Song«, sagte sie. »Das ist Ed Sheeran. Sein neues Album ist wirklich gut. Er ist auch selbst ziemlich cool. Wusstest du, dass er früher eine Brille getragen und gestottert hat und wegen seiner roten Haare gemobbt wurde? Und jetzt ist er ein berühmter Popstar und eine Menge Mädchen stehen auf ihn.« Sie blickte aus dem Fenster in die Dunkelheit. Robyn vermutete, dass sie in Gedanken gerade Parallelen zu dieser Geschichte zog, und fragte sich wieder, ob Florence noch immer gehänselt wurde. Vielleicht konnte Amélie ihr mehr darüber sagen.

Das Mädchen begann mitzusingen und für eine Weile war sie wieder die fröhliche Florence, die Robyn kannte. Doch sobald der Song zu Ende war, wandte sie ihre Aufmerksamkeit wieder dem Smartphone zu und begann eine weitere Nachricht zu tippen.

Robyn bog in die dunkle Straße ein, die zu dem Gestüt am Rande von Doveridge führte, nur drei Meilen von Uttoxeter entfernt, doch nicht in der Richtung, in die sie eigentlich musste. Das riesige Farmhaus lag im Dunkeln, doch die Ställe und die Reithalle dahinter wurden von großen Flutlichtern erhellt. Mehrere Reiter trabten durch die Halle, die Rücken durchgedrückt, auf ihren Pferden auf und ab hüpfend. Die Tiere taten brav, was ihre Reiter wollten, und warme Luft stieb in weißen Wolken aus ihren Nüstern. Robyn erkannte Christine Hallows, die Jeans und eine Jacke von Barbour trug und sich über den Zaun lehnte, während sie die Reiter beobachtete und ihnen immer wieder Anweisungen zurief. Sie hatte keine Ahnung, dass ihre Tochter gerade nach Hause gekommen war.

»Danke, Robyn«, sagte Florence. Sie drehte sich, um sich ihren Rucksack von Rücksitz zu angeln und zog ihn auf ihren Schoß.

»Kein Problem. Der sieht schwer aus. Hast du viele Hausaufgaben zu erledigen?«

Florence nickte. »Physik und Englisch. Nicht unbedingt meine Lieblingsfächer.«

»Hol dir erst mal was zu essen und dann schaffst du das«, sagte Robyn.

»Ich habe in der Stadt ein Sandwich gegessen. Ich fange lieber gleich damit an. Vielen Dank noch mal. Wir sehen uns am Donnerstag.«

»Ich freue mich schon auf Bob«, antwortete Robyn mit einem Lächeln.

Florence stieg aus und ging auf die Haustür zu, sperrte auf und verschwand im Haus. Robyn setzte mit dem Golf zurück, wendete und fuhr davon. Sie warf einen Blick in den Rückspiegel und sah, wie im ersten Stock ein Licht anging. Sie fragte sich, ob es vernünftig war, Florence ein so selbstständiges Leben führen zu lassen. Christine und Grant vergötterten ihre Tochter, doch eine leise Stimme in Robyns Kopf fand es falsch, dass sie sich so wenig um das Mädchen kümmerten. Es erschien ihr nicht richtig, dass Florence schon so unabhängig war. Sie war erst dreizehn. Sie schüttelte den Kopf. Sie wurde überfürsorglich auf ihre alten Tage. Es stand ihr nicht zu, Florence' Eltern zu verurteilen. Sie mussten schließlich ihren Lebensunterhalt verdienen und taten das immerhin von zu Hause aus.

Robyn ließ die Straße zum Gestüt und damit auch alle Gedanken an Florence hinter sich. Das Auto heulte auf, als sie auf der Straße Richtung Stafford beschleunigte. Sie hatte mehr Zeit als geplant außerhalb der Dienststelle verbracht und musste dringend dorthin zurück. Es galt, das Mädchen aus der Truhe zu identifizieren und einen Mörder dingfest zu machen.

7

TAG ZWEI – DIENSTAG, 17. JANUAR

Am nächsten Morgen war das Büro voller Uniformierter und die Luft darin geschwängert von Schweiß und Testosteron. Der dreißigjährige PC David Marker, der mit seinem breiten Kreuz aussah wie ein Rugbyspieler, rieb sich die dunklen Stoppeln auf seinem Kinn und hämmerte auf die Tasten der Kaffeemaschine ein, dann grummelte er laut, als der schwarze Kaffee in seinen Pappbecher plätscherte. Mitz Patel war am Telefon, das Gesicht angespannt und konzentriert, und kritzelte etwas in seinen Notizblock. Sergeant Matt Higham, der dunkle Ringe unter den Augen hatte, hatte in dem kleinen Raum einige Probleme dabei, sich aus seiner schusssicheren Weste zu schälen, und als er es geschafft hatte, warf er sie mit einem erleichterten Seufzen auf seinen Stuhl.

»Verlogener kleiner Penner«, sagte Matt bereits zum dritten Mal. »Ich hoffe, Shearer reißt ihm die Eier ab, wenn er ihn findet.«

»Um Himmels willen, regen Sie sich ab, Matt.« Robyn drängelte sich den Weg zu ihrem Schreibtisch frei. »Sollten Sie nicht alle in Shearers Büro sein? Er ist für den Drogenfall verantwortlich, nicht ich.«

David antwortete ihr. »Ich dachte, hier sind wir besser aufgehoben. Er ist nicht gerade glücklich darüber, wie es in dem Fall gerade läuft. Der kleine Mistkerl, den wir aufgegriffen haben, hat uns falsche Informationen gegeben. Das ist schon das zweite Mal in diesem Fall, dass sich die Informationen, die wir erhalten haben, als ein Haufen Scheiße herausgestellt haben, und davon abgesehen mussten wir mal wieder in aller Herrgottsfrühe anfangen. Der Schlafentzug macht sich so langsam bemerkbar. Da führt uns jemand ganz schön an der Nase herum.« Er versetzte der Kaffeemaschine einen Stoß.

Robyn hob die Stimme. »Reißen Sie sich zusammen. Sie machen das Ding noch kaputt. Ich weiß, dass sie gerade unzufrieden sind, aber ihren Frust an meiner Kaffeemaschine auszulassen, ist auch keine Lösung.«

»Boss, das hier ist für Sie.« Mitz reichte ihr ein Stück Papier.

Robyns Lippen wurden schmal, als sie las, was darauf stand. »Okay, Leute. Ich habe hier was zu erledigen, also wenn Sie sich nicht ruhig verhalten können, gehen Sie bitte raus und lassen dort Dampf ab. Anna, bitte recherchieren Sie diesen Namen für mich. Die üblichen Sozialen Medien, all diese Dinge. Ich möchte alles wissen, was Sie über sie herausfinden können.«

Mitz setzte sich. »Brauchen Sie Hilfe? Ich glaube nicht, dass wir in nächster Zeit gebraucht werden.« Noch bevor er zu Ende gesprochen hatte, bellte Shearers Stimme durch den Korridor.

»Matt, schwingen Sie ihren Arsch hierher und bringen Sie David gleich mit.«

Matt griff nach seiner Jacke.

»Auf in den Kampf. Komm schon, David. Mal sehen, was seine Lordschaft diesmal will.« Die beiden trampelten den Korridor entlang. Mitz zuckte mit den Schultern.

»Sieht so aus, als wäre ich noch mal davongekommen.«

»In diesem Fall könnten Sie statt Anna diesen Namen für mich überprüfen und mir dann alle Details zu diesem Selfstorage-Lagerhaus mitteilen, die Sie finden können: wie es organisiert ist, wie viele Einheiten es dort gibt, Besitzer und Nutzer. Alles, was Sie für relevant halten. Ich möchte mit dem Inhaber sprechen. Anna, Sie begleiten mich besser. Wir müssen zur Familie des Mädchens und ihnen die Nachricht überbringen.«

Robyn schwieg während der Fahrt und dachte darüber nach, was sie der Familie des verstorbenen Mädchens sagen sollte. Die gelangweilte Stimme des Navis verkündete: »In hundert Metern links abbiegen.« Es kam ihr vor, als führe sie seit Ewigkeiten die gleichen Straßen entlang, gesäumt von endlosen, in einem deprimierenden Grauton gestrichenen Reihenhäusern neben anderen ebenso eintönig braun gestrichenen Häusern, die den Eindruck von Elend, Armut und Depression noch verstärkten. Als sie am Gemeindezentrum vorbeikam, erspähte sie den Namen der Straße. Sie waren fast am Ziel. Vor ihnen zockelte ein alter Mann auf seinem Elektromobil die Straße entlang, eine Decke über die Knie gelegt und eine Wollmütze tief in die Stirn gezogen. Sie hupte ihn nicht an. Das Pflaster des Bürgersteigs war aufgerissen, uneben und so voller Löcher, dass er wieder herunterkippen würde, wenn er darauf führe.

Sie kam an einem Imbiss vorbei, wo es Fish and Chips gab, und suchte nach einem Parkplatz. Nummer Einhundertdreiundvierzig war eingeklemmt zwischen einem Haus mit hohen, grauen Wänden in Steinoptik, die in den Siebzigern vielleicht angesagt gewesen waren, im Jahr 2017 allerdings grauenhaft aussahen, und einem roten Backsteinhaus mit einer weißen Haustür und Kunststofffensterrahmen. Auf ihr Klingeln erschien eine winzige Frau, deren Kopf überproportional groß erschien, ein Eindruck, der von den riesigen Lockenwicklern in ihrem Haar herrührte. Sie kniff die Augen zusammen, die von langen, dunkel getuschten Wimpern umrandet waren, und schürzte die karmesinroten Lippen. »Ja?«

»Wir sind auf der Suche nach Mr. Vincent Miller. Ist er zu Hause?«

Die Frau nickte, die Lockenwickler wippten auf ihrem Kopf auf und ab.

»Ich bin DI Robyn Carter. Das hier ist PC Anna Shamash. Dürfen wir für einen Moment reinkommen?« Robyn und Anna hielten der Frau ihre Dienstausweise hin, und die Frau schien in sich zusammenzusacken. »Es geht um Carrie, oder?«, sagte sie, ihre Stimme kaum mehr als ein Flüstern.

»Können wir hereinkommen und uns unterhalten?«

»Was hat die dumme Kuh jetzt wieder angestellt? Er wird ausrasten, wenn sie verhaftet worden ist.« Sie hielt die Tür für sie auf und bedeutete ihnen einzutreten.

»Sie war schon immer ein verdammtes Problem. Es ist so viel ruhiger, seit sie abgehauen ist. Keine Streitereien mehr, keine Wutausbrüche. Es sind Drogen, oder? Sie gibt sich mit den falschen Leuten ab. Die nehmen hier alles Mögliche: Klebstoff, Emma, Alkohol. Es war ein Vollzeitjob, sie unter Kontrolle zu halten. Er hat sein Bestes getan, aber sie ist stur. Ein bisschen wie ihr alter Herr. Ich habe Vince gewarnt, dass sie Mist bauen würde.« Die Frau sprach weiter, während sie mit den Händen ihre Taschen abtastete. Sie zog ein Feuerzeug und ein Päckchen Zigaretten hervor, fischte eine heraus und hielt sie sich an die Lippen. »Ich habe recht, oder? Geht es ihr gut?«

»Sind Sie Mrs. Miller?«

Die Frau schüttelte den Kopf. »Ich bin seine Lebensgefährtin. Leah.«

»Leah, könnten Sie bitte Mr. Miller holen?«

»O ja. Natürlich. Er war gestern lange wach. Ist noch im Bett. Warten Sie einen Moment. Ich gehe ihn holen.«

Sie verschwand und ließ die beiden Polizeibeamten in der modern eingerichteten Küche zurück. Neben der Spüle stand eine rote Plastikschüssel mit der Aufschrift ›Tiger‹. Darin befanden sich ein kleines, graues Stück Fleisch und andere kaum identifizierbare Stückchen. Ein kräftiger Knoblauchgeruch hing in der Küche und verursachte Robyn leichte Übelkeit.

»Alles in Ordnung?«, fragte sie Anna, deren Gesicht blass geworden war.

»Alles gut. Ich weiß nur nicht genau, wohin mit mir. Ich fühle mich etwas fehl am Platz«, sagte Anna.

»Denken Sie an etwas anderes – Razzle oder so. Es ist am besten, sich nicht allzu sehr auf den Moment zu konzentrieren.«

Gerade als Robyn anfing sich zu fragen, ob sie wohl den ganzen Vormittag hier herumstehen würden, erklang über ihnen ein Poltern und sie hörten die Dielen knacken, als Vince sich im Raum über ihnen bewegte. Schließlich tauchte er auf. Er trug schmutzige Jeans und ein zerknittertes Sweatshirt, das locker an seinem dürren Körper hing. Er musterte sie mit trüben Augen, sein Kinn war unrasiert, graue Stoppeln bohrten sich durch die fahle Haut. »Wo ist sie und was hat sie angestellt?«

»Mr. Miller, ich bin DI Robyn Carter und das ist PC Anna Shamash.«

»Ist mir egal, wer Sie sind. Sagen Sie mir einfach, in was Carrie schon wieder hineingeraten ist und fertig. Ich habe nur zwei Stunden Schlaf bekommen und muss später zur nächsten Schicht. Muss die ganze verfluchte Strecke bis nach Gatwick fahren, dann nach Swansea und wieder zurück nach Birmingham, daher bin ich gerade nicht in Stimmung für lange Vorstellungsrunden.«

Robyn sah ihn an und hoffte, dass er das Mitgefühl, das sie empfand, in ihren klaren Augen lesen konnte. »Mr. Miller, möchten Sie sich für eine Minute setzen?«

»Nein, möchte ich verdammt noch mal nicht. Spucken Sie's einfach aus, okay?«

Robyn wollte ihm eine so schreckliche Nachricht nicht überbringen, während er eine solche Feindseligkeit ausstrahlte. »Sir, bitte setzen Sie sich.«

Als er langsam zu verstehen begann, ließ er sich auf einen Stuhl fallen. Robyn sprach in sanftem Ton. »Sir, heute wurde die Leiche eines jungen Mädchens gefunden. Wir glauben, es handelt sich um Ihre Tochter Carrie. Es tut mir sehr leid, Ihnen diese furchtbare Nachricht überbringen zu müssen.«

Die Frau stieß einen kurzen Schrei aus und sackte gegen den Küchenschrank. »Nein! Das kann sie nicht sein.«

Vince straffte die Schultern und schüttelte unmerklich den Kopf. Er räusperte sich, versuchte zu sprechen, räusperte sich erneut. Die Feindseligkeit, die er zu Beginn ausgestrahlt hatte, war verschwunden. Er schien vor Robyns Augen zu schrumpfen. »Wie können Sie sicher sein, dass sie es ist?«

»Mr. Miller, es ist definitiv Carrie. Sie wurde durch einen Gebissabgleich identifiziert.«

Leah stöhnte. »O Gott!«

Anna ging zu ihr hinüber. »Soll ich Ihnen einen Tee machen oder etwas anderes?«

Leah schüttelte den Kopf. Vince rührte sich nicht. Seine Augen flackerten vom Tisch über die Schüssel auf der Theke zum Herd und wieder zurück. »Wie?«

»Wir denken, sie wurde ermordet, Sir. Es tut mir sehr leid.«

»Es tut Ihnen leid«, sagte er. »Es tut *Ihnen* leid.« Er spuckte ihr die Worte regelrecht ins Gesicht. »Nein, das tut es nicht. Sie bedeutet Ihnen nichts. Für Sie ist sie nur eine Leiche. Aber nicht für mich.« Sein Gesicht verzerrte sich und seine Hände begannen zu zittern, als hätten sie ein Eigenleben entwickelt. »Sie ist mein kleines Mädchen. Sie ist alles für mich! Ich glaube Ihnen kein Wort. Sie ist es nicht. Ich werde sie verdammt noch mal anrufen und Ihnen beweisen, dass Sie falschliegen. Da muss eine Verwechslung vorliegen. Sie ist es nicht. Sie kann es nicht sein.« Er tippte eine Nummer in sein Mobiltelefon, hielt es sich ans Ohr, wiederholte das Ganze und gab dann schließlich auf.

»Wo haben Sie sie gefunden?«, fragte er.

»In Rugeley. Ihre Leiche wurde in einer Selfstorage-Einheit dort entdeckt.«

»Wann?«

»Gestern. Wir sind sofort hergekommen, als wir sie identifiziert hatten.«

Seine Stimme zitterte. »Wie? Wie ist sie gestorben? Sagen Sie es mir. Ich will es wissen.«

Robyn zögerte, bevor sie schließlich antwortete. »Wir glauben, sie wurde mit einem Messer angegriffen.«

Er nickte, schien die Informationen zu verarbeiten, dann sprach er sehr leise. »Was werden Sie jetzt unternehmen?«

»Alles in unserer Macht Stehende, Mr. Miller.«

Ganz plötzlich, wie von Zauberhand, änderten sich seine Emotionen. Angriffslust trat an die Stelle von Kummer. »Wenn Sie nicht herausfinden, wer das getan hat, dann werde ich es tun, und dann werden Sie stattdessen mich verhaften müssen. Wenn ich den jemals in die Hände bekomme, dann schlage ich ihn zu Brei.«

8

Amber wusste nicht mehr, ob es Tag oder Nacht war. Sie wusste nicht, wie lange sie schon auf dieser Matratze lag. Der Eimer, der in der Ecke stand, stank nach Urin und Exkrementen. Er hatte ihn dort für sie hingestellt, und anfangs hatte sie sich geweigert, ihn zu benutzen. Doch irgendwann hatte sie es nicht mehr ausgehalten, sich schluchzend über den Eimer gehockt und gehofft, dass er sie nicht dabei beobachtete.

Der Krankenhauskittel war nicht besonders warm, also hatte sie sich unter dem Bettlaken eingerollt, damit die kühle Luft, die sie im Rücken spürte, sie nicht mehr erreichen konnte. Er war wahnsinnig und würde sie töten. Sie hatte bereits so viele Tränen vergossen, dass sie nun keine mehr übrighatte, und ihr Gesicht war rotzverschmiert. Für eine Weile war sie eingedöst und hatte von zu Hause geträumt, hatte im Traum unter ihrer Daunendecke gelegen, die nach Sommerblumen duftete, einem Wäscheparfüm, das ihre Mum bei jedem Waschgang verwendete. Plötzlich schreckte sie auf. Der Duft nach Sommerblumen war verschwunden, nur der faulige Gestank aus dem Eimer hing in der Luft. Sie hätte ihn gerne abgedeckt, doch sie hatte den ganzen

Raum abgesucht und nichts gefunden, was sie dafür hätte benutzen können.

Zu ihrer Linken befand sich die verschlossene Tür. Wenn sie drei Schritte an der Wand entlangging, traf sie auf einen hölzernen Schreibtisch, den sie nicht anheben konnte. Sie hatte ihn auf der Suche nach irgendwelchen Schubladen abgetastet, die sie als Waffe einzusetzen hoffte, doch die Schubladen waren entfernt worden. Da war nichts als Staub, der sich in die Rillen ihrer Handflächen legte, die mittlerweile wund gescheuert waren, weil sie so viel auf dem Boden herumgekrochen war, um sich im Zimmer zu orientieren. Wenn sie sich erneut nach links wandte und sieben Schritte ging, würde sie den stinkenden Eimer erreichen, sie musste immer genau aufpassen, damit sie ihn nicht aus Versehen umstieß. Noch weiter links befand sich der Spiegel, in dem sie gesehen hatte, was er ihrem geschundenen Gesicht angetan hatte. Danach kam sie wieder zum Bett. Der Raum war ein Gefängnis. Sie wimmerte leise. Niemand konnte sie hören. Sie hatte eine halbe Ewigkeit lang gegen die Tür getrommelt, gerufen und geschrien, doch niemand war gekommen.

Sie setzte sich auf, ihre Füße berührten den Boden, und versuchte ihren rasenden Herzschlag zu beruhigen. Es musste einen Ausweg geben. Der Raum konnte nicht völlig abgedichtet sein, andernfalls könnte keine Luft hineingelangen. Es musste eine Entlüftung geben. Sie stand auf und tastete sich einmal mehr zur Tür, bewegte ihre Hände auf und ab auf der Suche nach einem vernagelten Fenster oder irgendetwas anderem, das ihre Hoffnung nähren könnte.

Ein schlurfendes Geräusch. Das Rasseln von Metall. Er war zurückgekommen. Jede Hoffnung auf eine Flucht verflog, als sie das Schloss klicken hörte. Sie sank auf dem Bett zusammen und wickelte sich in das Laken. Die Tür sprang auf und wurde sofort wieder geschlossen. Er trug einen Fahrradhelm, auf dem eine helle Lampe angebracht war, deren gleißender Lichtstrahl durch den Raum wanderte wie ein gigantisches, eingesperrtes Glühwürmchen. Er blendete sie, als sie versuchte, ihn anzusehen. Sie gab auf und schaute weg.

»Amber«, sagte er sanft in einem Ton, der dem ihrer Mutter so ähnelte. Sie fühlte, wie ein Schluchzen in ihrer Kehle aufstieg. Sie würde ihre Mutter nie wiedersehen.

»Oh, Amber. Komm raus, komm raus, wo auch immer du bist.«

Seine Stimme war nun ein bösartiges Flüstern. Er wollte sie noch mehr verängstigen. Ihre Angst verwandelte sich in Ärger.

»Ich verstecke mich nicht. Ich sitze auf dem Bett.«

»Ich weiß.«

In diesem Moment beschloss sie, dass sie ihm keine Angst mehr zeigen würde. Er konnte sie mal.

»Meine Eltern sind sicher auf der Suche nach mir. Mein Vater ist sehr einflussreich. Er hat Freunde in wichtigen Positionen, auch bei der Polizei. Der Großteil davon sucht nach mir, und du wirst damit nicht durchkommen.«

Sie hörte, wie er durch die Zähne die Luft einsaugte. Ein kleiner Hoffnungsschimmer breitete sich in ihr aus. Er dachte darüber nach, was sie gesagt hatte. »Und wenn ich dich gehen lasse, versprichst du dann, dass du niemandem von mir erzählst?«

Sie fühlte sich plötzlich ganz leicht. »Nein. Ich werde keinem was sagen, versprochen. Ich werde sagen, dass ich mich im Wald verlaufen habe oder bei Freunden gewesen bin.«

Er dachte über ihre Worte nach. Sie wand sich auf dem Bett, versuchte, eine bequemere Position einzunehmen. Die Haut auf ihrer Stirn war wund und brannte fürchterlich, und ihre Gliedmaßen fühlten sich so schwach an, als wäre sie über Nacht gealtert. Sie wartete noch immer. Sie wünschte sich so sehr, ihren Dad und ihre Mum wiederzusehen, dass es wehtat. Sie würde nie wieder so dumm sein. Wenn er ihr die Chance gab, ihre Fehler wieder auszubügeln, würde sie es tun. Sie würde die perfekte Tochter sein. Sein Schweigen gab ihr Hoffnung. Dann hörte sie ein leises Kichern, das zu einem lauten, grausamen Lachen anschwoll.

»Netter Versuch, Amber, aber deine Mummy und dein Daddy sind für eine Woche weggefahren. Sie haben den Flieger nach Faro genommen. Weißt du das etwa nicht mehr? Du bist zu Hause geblieben, ganz allein, ein großes Mädchen, das keinen Aufpasser mehr braucht.«

»Sie werden sich Sorgen machen, dass ich mich noch nicht bei ihnen gemeldet habe. Sicher sind sie nach Hause gekommen, um nachzusehen, was los ist«, sagte sie, ein Schluchzen brannte in ihrer Kehle.

»Ich denke nicht.« Sie hörte etwas rascheln, und plötzlich erhellte der Bildschirm eines Smartphones die Dunkelheit. Sie wusste, dass es ihr eigenes war. Sie erkannte den Sperrbildschirm, der sie und ihre beste Freundin Sam zeigte. Sie streckten ihre Zungen heraus, enge Oberteile spannten sich über ihren Brüsten, von ihren Ohren baumelten bunte Ohrringe und ihre Augen strahlten. Sie lachten. Sie waren zusammen im Pub gewesen, hatten gelogen und behauptet, schon alt genug zu sein. Dort hatten sie getrunken, bis der Laden dichtmachte, und dann, auf dem Weg zurück zu Sams Haus, hatten sie für dieses Selfie posiert. Sie erkannte das hübsche Mädchen auf dem Bild kaum wieder. Sie berührte ihre empfindliche Stirn, strich mit den Fingerspitzen über die Wunde und wimmerte. Sie war nicht länger hübsch.

»Hi, Mum. Freu mich, dass ihr so eine tolle Zeit habt. Macht euch keine Sorgen. Hier ist alles gut. Hab euch lieb. Amber.« Die flüsternde Stimme verhöhnte sie.

»Hi, Mum. Ich hab daran gedacht, den Müll rauszubringen. Macht euch keinen Kopf. Ich wünsche euch viel Spaß. Hab euch lieb, Amber.« Er kicherte wieder.

»Siehst du, Mummy und Daddy denken, dass du ein braves kleines Mädchen bist. So, jetzt lass uns mal diese Fotos durchgehen und entscheiden, welches uns am besten gefällt. Welches würdest du nehmen?«

Sie hasste die Art, wie er jedes Wort flüsterte. Wollte er ihr damit noch mehr Angst einjagen? Sie bereitete sich gerade darauf vor, ihm zu sagen, dass er damit aufhören sollte, als er sich plötzlich neben sie auf das Bett fallen ließ. Es gab ein wenig nach unter ihrem gemeinsamen Gewicht. Er war ihr so nahe, dass sie die Wärme spüren konnte, die von seinem Körper ausging, und den Geruch wahrnahm, den er immer verströmte. Anfangs hatte sie ihn als sinnlich empfunden, ein moschusartiger Duft, der sie erregt hatte. Nun wurde ihr davon übel. Sie rückte von ihm ab, doch er packte sie am Handgelenk, während er durch die Fotogalerie auf ihrem Handy scrollte. Jedes Bild verstärkte den Schmerz in ihrem Herzen noch. Sie würde alles dafür tun, wieder das Mädchen auf diesen Bildern sein zu dürfen.

»Mir gefällt keines davon. Die sind alle zu aufgesetzt. Als würdest du es zu sehr darauf anlegen. Schau mal, wie nuttig du darauf aussiehst.« Er stand auf. Sie dachte, er würde vielleicht wieder gehen, doch stattdessen richtete er den Strahl seiner Lampe auf sie. Sie musste blinzeln. »Los, Amber, sag Cheese.«

9

Florence Hallows schüttelte ihr dichtes Haar zurück und machte einen Schmollmund. Sie richtete ihr Smartphone so vor sich aus, dass ihre Brüste in der Kamera größer und ihre Hüfte schmaler erschienen, und drückte auf den Auslöser. Dann setzte sie sich auf ihr Bett und überprüfte die Fotos, die sie bisher aufgenommen hatte. Ihr gefiel keines davon. Die anderen Mädchen auf der Website sahen so verführerisch aus, und ihre Schmollmünder ließen sie sexy wirken. Sie dagegen sah eher aus wie ein Frosch, der versuchte, eine Himbeere aufzublasen. Sie warf das Smartphone aufs Bett und kniete sich vor ihrer Kommode auf den Boden. In der untersten Schublade tastete sie nach dem Päckchen, das sie unter ihren Slips versteckt hatte, dem Päckchen, das sie dabeigehabt hatte, als Robyn sie entdeckt hatte. Als sie gefragt hatte, was darin war, war sie rot angelaufen. Ihr wäre nie im Leben eine Erklärung dafür eingefallen. Der Stoff raschelte zwischen ihren Fingern, als sie ihn hervorzog.

Sie stand auf und überprüfte, ob sie die Tür abgeschlossen hatte. Das Letzte, was sie jetzt gebrauchen konnte, war, dass ihre Mutter einfach hereinplatzte, wie das so ihre Angewohnheit war. Normalerweise hatte sie dafür keinen besonderen Anlass, sondern wollte sich nur mit ihrer Tochter ›unterhalten‹ und so tun, als interessiere sie sich für ihr Leben. Sie wäre mit dem Plan ihrer Tochter ganz sicher nicht einverstanden, doch das waren Mütter ja nie. Alle im Internet beschwerten sich über ihre Eltern. Florence fand allerdings, dass es ihr besser ging als den meisten, denn ihre Eltern behandelten sie wie eine Erwachsene und verbrachten die meiste Zeit in den Ställen bei den Pferden, was bedeutete, dass Florence den Großteil der Zeit sich selbst überlassen war. Allerdings nervte es sie oft, wenn ihre Mutter mal wieder versuchte, ›cool‹ zu wirken und ihr endlos Fragen über ihr Leben stellte, obwohl sie sich in die Gedankenwelt eines Teenagers nicht einmal ansatzweise hineinversetzen konnte.

Ihre Mum hatte keine Ahnung, wie es war, jung zu sein. Sie hatte Florence einmal dabei ertappt, wie sie sich die Realityshow *The Only Way is Essex* ansah und war der Meinung, dass nichts davon echt wirke und ›zu ihrer Zeit‹ alles ganz anders gewesen sei. Florence hatte sie ignoriert. Die Leute in der Show waren echt, keine Schauspieler – es waren glamouröse, wunderschöne Mädchen mit genauso attraktiven Partnern. Sie sah sich alle möglichen Realityshows an. Ihr Lieblingsformat war *Ex on the Beach*. Was sie alles geben würde, um einen so perfekten Körper zu haben wie die Mädchen in dieser Show. Sie war bereit für einen festen Freund. Sie sah viel älter aus als andere Mädchen ihres Alters, und sie verhielt sich auch viel reifer. Das Problem war nur, dass sie unter den ganzen Idioten in ihrer Klasse ganz sicher keinen Freund finden würde. Die waren alle so kindisch, dass sie kotzen könnte. Manchmal hing sie eine Weile in den Ställen herum und hoffte, dort auf ein paar männliche Reiter zu treffen. Doch bis jetzt war keiner, den sie dort gesehen hatte, ihr Typ gewesen. Die Jungs, die Florence gefielen, waren älter und würden sich nie auf eine Beziehung mit einem

Mädchen in ihrem Alter einlassen, selbst wenn es nette Titten hatte.

Florence legte das Päckchen auf ihr Bett und strich über den Stoff im Inneren, spürte die zarte Spitze, die man so leicht zerreißen könnte. Traute sie sich? Sie nahm den roten BH heraus und hielt ihn an ihren Körper, dann ließ sie ihn zurück aufs Bett fallen, streifte Jeans und Unterwäsche ab und schlüpfte in den BH und den dazu passenden Slip. Sie nahm unterschiedliche Posen vor dem Spiegel ein, lehnte sich nach vorn, stellte ein Bein auf einen Stuhl und beschloss es zu wagen.

Sie stellte den Timer für die Kamera ihres Smartphones, platzierte es auf ihrer Kommode und legte sich aufs Bett. Sie lag auf dem Bauch, die Hände unters Kinn gestützt, die Beine hinter sich überkreuzt und machte einen Schmollmund. So blickte sie in die Kamera und wartete auf den Auslöser. Dann glitt sie vom Bett, sah sich das Foto an und grinste. Darauf wirkte sie fünf Jahre älter. Sie fand, man könne sie darauf durchaus für achtzehn halten. Man sah einen Hauch Dekolleté und lange, nackte Beine, die länger und wohlgeformter schienen als in der Realität. Es war perfekt. Dieses Foto würde sie nehmen. Sie schälte sich aus der Unterwäsche, verstaute sie wieder in dem Päckchen und versteckte es in der Schublade. Dann zog sie sich wieder an und griff nach ihrem Smartphone.

Florence hatte nur zufällig von der App erfahren. Sie war gerade unterwegs zu den Naturkunderäumen gewesen, als sie gehört hatte, wie sich einige Mädchen aus der Abschlussklasse darüber unterhalten hatten. Eine von ihnen, Kylie Walker, hatte den anderen gerade berichtet, dass sie dort einen Typen kennengelernt hatte, der unfassbar gut aussah und mit dem sie sich am Wochenende treffen würde. Florence hielt sich hinter den Mädchen, um weiter zuhören zu können, und sobald sie den Namen der App, Fox or Dog, herausbekommen hatte, probierte sie sie selbst aus. Es war leicht, sich dort anzumelden, obwohl die App eigentlich nur für Leute ab achtzehn war. Fox or Dog war eine Dating-Website mit einer eigenen App, die man sich kostenlos herunterladen konnte und die sicherstellte, dass Nutzer sich nur mit anderen Nutzern aus derselben Gegend unterhalten und treffen konnten. Sie deckte einen Radius von zwanzig Meilen ab. Anfangs hatte sie noch gedacht, dass sie nie damit durchkommen würde, sich dort anzumelden. Doch dann hatte sie Fotos von Mädchen gesehen, die sie aus der Schule kannte und die nur ein oder zwei Jahre älter waren als sie. Also hatte Florence entschieden, ihr erstes Foto hochzuladen. Das war ihre Chance, jemanden wie Pete Wicks aus *TOWIE* zu finden.

Es gab Regeln. Die Nutzer der App mussten einen Benutzernamen festlegen, bestätigen, dass sie über achtzehn waren und ein Profilfoto hochladen. Andere Nutzer bewerteten das Foto dann mit einem Emoji – entweder ein Fuchs oder ein Hund, je nachdem, ob ihnen das Foto gefiel. Wenn zwei Nutzer sich gegenseitig mit einem Fuchs bewerteten, konnten sie sich Privatnachrichten schreiben. Das alles machte einen sehr aufregenden Eindruck auf Florence. Das Schlimmste, das in ihren Augen passieren konnte, war, dass Leute einen als Hund bewerteten und dann negative Kommentare auf dem Profil hinterließen, aber darüber machte Florence sich keine Gedanken. Das Foto, das sie hochlud, war das beste, das sie bisher aufgenommen hatte, und sie wusste, dass sie darauf gut aussah. Sie überprüfte auf ihrem Smartphone die Uhrzeit. Kurz vor acht. Sie hatte gerade noch genug Zeit, um sich wieder abzuschminken und sich für die Schule fertigzumachen. Das Frühstück würde sie ausfallen lassen. Ihre Mutter war gerade im Hof beschäftigt und ihr Vater war schon früh aus dem Haus gegangen. Keiner würde etwas bemerken. Sie sah sich noch einmal das Foto an und lächelte.

Ihren Benutzernamen hatte sie bereits ausgesucht. Sie hatte sich für Kitten entschieden – also Kätzchen – was ihrer

Meinung nach unschuldig und verspielt klang. Sie lud das Foto als ihr Profilbild hoch und drückte auf dem Bildschirm auf ›Bestätigen‹. Dann beobachtete sie, wie es auf ihrer Profilseite erschien und warf ihm einen Luftkuss zu, wie um sich selbst Glück zu wünschen. Vielleicht war das ihre Chance, die wahre Liebe zu finden.

10

Vince Miller hob den Kopf aus seinen Händen. Seine Tränen hatten nasse Spuren auf den Stoppeln seines unrasierten Kinns hinterlassen.

»Ich hätte sie anrufen sollen«, sagte er leise. Leah legte den Arm um seine Schulter.

»Du konntest das ja nicht ahnen«, flüsterte sie, ihre Miene war ernst. Sie blickte Robyn an. »Carrie war sehr unabhängig. Sie hat uns klar zu verstehen gegeben, dass sie nichts mehr mit uns zu tun haben wollte. Sie wäre nicht ans Telefon gegangen, selbst wenn wir sie angerufen hätten.«

Vince schob ungehalten ihren Arm weg. »Sag das nicht, Leah.« Seine Stimme wurde lauter. »Es war unsere Schuld. Sie hat wahrscheinlich darauf gewartet, dass ich endlich anrufe. Sie wäre nie weggegangen, wenn ich nicht so ein verdammter Sturkopf gewesen wäre.«

Leah erhob sich. »Ich gehe raus, eine rauchen. Ich muss das alles erst einmal begreifen.«

Vince ignorierte sie. »Es war meine Schuld«, wiederholte er.

Leah seufzte. »Es war nicht seine Schuld. Carrie konnte

sehr stur sein, wenn sie sich etwas vorgenommen hatte«, sagte sie, bevor sie leise die Tür hinter sich schloss.

Robyn wartete darauf, dass Vince weitersprach. Er stützte sich auf den Armlehnen seines Sessels ab und wuchtete sich hoch. Dann ging er hinüber zum Fenster, wo er eine chinesische Glückskatze vom Fensterbrett nahm und mit dem Daumen darüberfuhr.

»Wir hatten einen schlimmen Streit an dem Tag, an dem sie weggegangen ist. Es war wirklich dumm. Sie hatte Leah den ganzen Tag schon provoziert, die beiden waren sowieso nie einer Meinung. Es war schwer für Carrie, nachdem ihre Mum gestorben war. Für mich war es auch schwer, aber ich musste ja für Carrie da sein, und wir haben es irgendwie geschafft. Es ging uns eigentlich ganz gut, wenn man bedenkt, wie viel ich arbeite. Ich war für sie da und sie für mich. Sie hat sich ums Wäschewaschen, Bügeln und andere Hausarbeiten gekümmert. Sie hat sogar für mich gekocht, wenn ich Spätschicht hatte. An meinen freien Tagen haben wir alle möglichen Sachen unternommen. Wir waren zusammen einkaufen oder haben zu Hause einen albernen Film angeschaut und uns Essen bestellt.« Er strich noch einmal über die Katze, bevor er sie zurück auf die Fensterbank stellte. Draußen rannten zwei Jungen an der Einfahrt vorbei, so schnell, dass ihre Beine nur verschwommen zu erkennen waren. Einen Moment lang schien er ganz in Gedanken versunken. »Eine Weile standen wir uns wirklich nah.«

Robyn lächelte ihn aufmunternd an. »Wann haben Sie Ihre Frau verloren, Mr. Miller?«

Er atmete tief ein. »Vor vier Jahren. Sofia hatte einen Schlaganfall. Sie war gerade bei der Arbeit – sie hat in einer Bäckerei gearbeitet – und ist einfach umgekippt. Als der Krankenwagen endlich eintraf, war es schon zu spät. Sie war erst vierzig Jahre alt. Ich kann immer noch nicht glauben, dass das passiert ist.«

»Das muss ein fürchterlicher Schock für Sie beide gewesen sein«, sagte Robyn.

»Carrie war anfangs am Boden zerstört, aber sie ist ein starkes Mädchen.« Er unterbrach sich, als ihm einfiel, dass seine Tochter ermordet worden war. Seine Stimme brach. »Ich wünschte, ich wäre in dieser Nacht nicht so hart zu ihr gewesen. Sie war wirklich kein schlechtes Kind. Es war nicht das erste Mal, dass sie weggelaufen ist, aber ich hätte Kontakt zu ihr aufnehmen sollen, sie überreden sollen, wieder zurückzukommen. Sie müssen mich für einen schrecklichen Vater halten.«

Robyn schüttelte den Kopf. »Überhaupt nicht. Ein Kind großzuziehen ist nicht einfach.«

Schniefend hielt er weitere Tränen zurück. »Da haben sie nicht unrecht. Am Anfang habe ich es gut hingekriegt. Sofia zu verlieren, hat uns enger zusammengeschweißt. Ich denke, dass Carrie Angst hatte, auch mich zu verlieren. Sie hat Zeit gebraucht, um mit der Situation klarzukommen, aber sie hat es geschafft. Wir beide haben das. Ich dachte, sie käme gut klar, aber dann hat sie plötzlich angefangen, sich zu verändern. Wenn ich ganz ehrlich bin, war das etwa zu dem Zeitpunkt, als ich Leah kennenlernte. Carrie hat angefangen, in der Schule mit den Unruhestiftern rumzuhängen. Sie wurde beim Rauchen und Trinken erwischt. Das Problem war, dass sie immer schon älter ausgesehen hat, als sie wirklich war. Das waren Sofias Gene. Sie war Spanierin und Carrie hat ihr Aussehen geerbt. Sofia war wunderschön. Ich habe Bilder von ihr.« Er ging langsam zu einer Kommode, öffnete die oberste Schublade und nahm ein gerahmtes Foto heraus. Er reichte es Robyn, der die Ähnlichkeit zu Carrie sofort auffiel – sie hatte dieselben prägnanten Wangenknochen und großen Augen und denselben honigfarbenen Teint.

»Leah möchte nicht, dass ich es aufstelle. Ist nicht so toll, wenn man ständig von einem Bild der Vorgängerin angestarrt wird. Auch darüber hat Carrie sich oft aufgeregt. Sie hat das

Foto immer rausgeholt und auf das Regal gestellt und dann hat Leah es immer zurück in die Schublade gelegt. Es war ein ständiger Kampf. Ich habe es immer gehasst, wenn ich gehört habe, wie sie sich anschreien. Ich liebe beide, aber manchmal war es mir einfach zu viel. Carrie hat sich immer über Leah beschwert und Leah sich über Carrie.« Er ließ die Schultern wieder hängen. »Vielleicht wäre das alles nie passiert, wenn ich Leah nicht getroffen hätte.«

»Haben sie sich oft gestritten?«, fragte Robyn.

»Regelmäßig. Letztes Jahr wurde es noch schlimmer, und Carrie war manchmal ein wahrer Albtraum«, sagte er. »Es war nicht das erste Mal, dass sie abgehauen ist. Normalerweise kam sie immer nach ein paar Tagen zurück. Es ging dabei fast immer um Leah.«

»Aber es waren nur verbale Auseinandersetzungen?« Robyn beobachtete aufmerksam seine Reaktion.

»Meistens haben sie sich nur angeschrien. Einmal hat Carrie einen Teller nach Leah geworfen, sie aber nicht getroffen. Ich habe das Scheppern gehört und bin rüber gegangen, um herauszufinden, was los war, aber keine der beiden wollte mir sagen, was passiert war.«

»Sie halten es aber nicht für möglich, dass Leah Carrie irgendwie verletzen würde, oder?«

Er schüttelte den Kopf. »Niemals. Sie hätte ihr nie etwas zuleide getan. Denken Sie nicht einmal dran«, sagte er und deutete warnend mit einem Finger auf sie.

»Nein, Mr. Miller. Das wollte ich auch nicht andeuten. Ich versuche nur, einen Eindruck davon zu bekommen, warum Carrie von zu Hause weggelaufen ist.«

Er nahm einen tiefen Atemzug, kehrte zu seinem Sessel zurück und sank hinein. »Es war total dämlich. Ich hatte eine schlimme Woche bei der Arbeit gehabt. Hatte Nachtschicht und konnte tagsüber nicht schlafen, weil die beiden sich ständig ankeiften oder Türen knallen ließen. Ich musste in dieser

Nacht nach Newcastle fahren und hatte nicht die beste Laune. Carrie hatte eine Zigarette in der Hand und ich habe sie deshalb angepflaumt. Ich hatte schon immer was dagegen, dass sie rauchte. Dann sagte sie auch noch, dass sie gleich mit einem Jungen losziehen würde, von dem ich noch nie was gehört hatte. Ich habe es ein bisschen übertrieben und ihr gesagt, dass sie wie ein Flittchen aussehe und so nirgendwo hingehen werde. Wir haben uns furchtbar gestritten.« Seine Augen füllten sich mit Tränen. »Sie warf mir vor, dass sie mir egal wäre, dass mir Leah viel wichtiger wäre als sie und dass ich Sofia nie wirklich geliebt hätte. Sie sagte, wenn ich sie geliebt hätte, dann hätte ich Leah nie bei uns einziehen lassen. Dann hat sie mich ausgelacht. Sie sagte, ich hätte überhaupt keine Ahnung, was sie noch so triebe, und dass Rauchen nichts sei im Vergleich zu den anderen Sachen, die sie machte. Ich war total wütend und habe ihr gesagt, dass sie sich gefälligst zu benehmen hätte und nett zu Leah sein müsste, solange sie unter meinem Dach wohnte. Das war's dann. Sie hat mir einen Blick zugeworfen, bei dem mir das Blut in den Adern gefror. ›Dann lebe ich eben nicht mehr unter deinem Dach. Ich habe sowieso schon andere Pläne. Du kannst dein verdammtes Dach und deine Hure behalten‹, hat sie gesagt. Dann kam Leah rein und das hat alles noch schlimmer gemacht. Ich sagte zu Carrie, sie solle ihre Sachen packen und erst wiederkommen, wenn sie gelernt hätte, sich zu benehmen. Sie hat sich wie eine wildgewordene Katze mit ausgefahrenen Krallen aufgeführt und Leah regelrecht angefaucht. Ich hatte einfach genug. Ich hatte die Schnauze voll von all den Streitereien. Ich konnte den Frieden nicht aufrechterhalten.«

»Aber sobald sich alle wieder beruhigt hatten, wollten Sie doch sicher Kontakt zu ihr aufnehmen und sicherstellen, dass sie in Sicherheit war?«

Er schüttelte den Kopf und Tränen liefen ihm über die Wangen. »Ein paar Mal war ich kurz davor, aber Leah dachte, dass Carrie von selbst nach Hause kommen würde, wenn sie dazu bereit war, so wie sonst immer. Sie hatte gehört, dass Carrie in der Nähe bei einer Freundin untergekommen war, die mit ihr zur Schule ging, also dachte ich, es wäre besser abzuwarten, bis sie zurückkäme. Tatsache war, dass es hier viel angenehmer war, wenn sich Carrie und Leah nicht ständig an die Kehle gingen. Ich wollte nicht, dass dieses Theater wieder losging. Es war einfacher, alles so zu belassen, wie es war. Können Sie das nachvollziehen?«

Robyn seufzte leicht. »Sie müssen sich zwischen den beiden hin- und hergerissen gefühlt haben.«

»Das habe ich. Ich liebe beide, aber Carrie war manchmal so schwierig. Ich konnte den Gedanken nicht ertragen, dass Leah mich wegen Carrie verlassen könnte. Nachdem Sofia gestorben war ... Ich wollte nicht noch einmal so einen Verlust durchmachen müssen.« Er unterbrach sich und schluchzte. »Aber jetzt habe ich meine Carrie verloren.« Er senkte den Kopf. Seine Schultern zitterten, als er leise schluchzte. Leah kehrte zurück und setzte sich neben ihn, zog ihn zu sich heran und tröstete ihn. Robyn zog sich ans Fenster zurück, um dem Paar etwas Raum zu geben.

»Könnte ich mir Carries altes Zimmer bitte ansehen?« Robyn sah Leah an, deren Augen rot und angeschwollen waren.

»Ihr Name steht auf der Tür«, sagte sie leise.

Robyn ließ Anna bei dem Paar zurück und stieg die Treppe hinauf. Aus Carries Zimmer konnte man auf die Straße blicken und es war gerade groß genug für ein Einzelbett, einen cremefarbenen Sessel aus Lederimitat mit einem violetten Kissen darauf, eine Wandnische, die wohl als Kleiderschrank diente und von einem schimmernden, silbernen Vorhang verdeckt wurde, und einen weißen Tisch, über den Make-up, Shampooflaschen und andere Haarpflegeprodukte verteilt waren. Die cremefarbenen Wände waren mit einer Collage aus Schwarz-Weiß-Fotos bedeckt, deren Motive eine Kombination aus High

Heels und Herzen aller Art darstellten: herzförmige Steine und Wolken, Kaffeetassen, in deren Schaum Herzen gemalt waren, und in Sand gezeichnete Herzen. An die Wand über ihrem Bett hatte sie eine Lichterkette mit herzförmigen Lämpchen gehängt, und über das Bett selbst war eine violette Bettdecke gebreitet, sauber und glattgebügelt, die auf Carries Rückkehr zu warten schien.

Das Fensterbrett war vollgestellt mit herzförmigen Schachteln jeder Größe. Robyn griff nach der kleinsten der Pappschachteln und öffnete sie. Die Kreolen-Ohrringe, die darin lagen, sahen billig aus; die Vergoldung des einen hatte sich bereits gelöst und enthüllte angelaufenes Metall. Doch die herzförmigen, kristallenen Ohrringe schimmerten im Licht. In den anderen Schachteln befanden sich alle möglichen Dinge – Nagellack in unmöglichen Farben, falsche Fingernägel, Haaraccessoires, ein Schlüsselanhänger mit ihrem Namen darauf und eine kleine, schwarze Porzellankatze. Hinter dem silbernen Vorhang verbargen sich mehrere Kleidungsstücke: Pullover und T-Shirts lagen zusammengefaltet auf Regalbrettern, außerdem waren da noch verschiedene Schuhe und ein Paar Stiefel. Entweder hatten Carrie die Sachen nicht gefallen, die sie hier zurückgelassen hatte, oder sie hatte vorgehabt, irgendwann zurückzukommen.

Robyns Misstrauen wuchs. Auf dem Fensterbrett stand ein Foto von Carrie mit ihrer Mutter. Wenn sie tatsächlich vorgehabt hätte, nicht zurückzukommen, dann hätte sie dieses Foto und auch die Kristallohrringe sicherlich mitgenommen. Sie öffnete die oberste Schublade der Kommode und durchsuchte sie. Sie war vollgestopft mit T-Shirts, Nachthemden und Socken, und die Sachen waren nicht annähernd so ordentlich eingeräumt worden wie die hinter dem Vorhang. Robyn nahm die Kleidungsstücke heraus und erspähte etwas Glänzendes ganz hinten in der Schublade. Es war ein Päckchen ungenutzter Kondome. Sie suchte weiter und fand eine halb volle Zigarettenpackung samt Feuerzeug sowie eine mit blauem Samt überzogene Schachtel. Sie hob den Deckel ab und eine silberne Halskette kam zum Vorschein, in deren Anhänger Carries Name eingraviert war. Schweren Herzens legte sie die Klamotten zurück in die Schublade. Ein leises Husten ließ sie herumfahren. Leah starrte sie an.

»Sie ist meinetwegen weggelaufen, wissen Sie?« Leah betrat das Zimmer. »Ich habe Vince gesagt, dass ich mit Ihnen reden möchte. Ich habe ihn bei Ihrer Kollegin zurückgelassen. Sie scheint nett zu sein. Sie macht ihm gerade eine Tasse Tee.«

Robyn schloss die Schublade und wandte sich der Frau zu, deren Gesicht vom Weinen noch immer fleckig war.

»Möchten Sie sich unten unterhalten?«, fragte sie.

Leah ging hinüber zum Fenster und blickte hinaus. »Nein. Hier ist es gut.« Sie nahm das Foto von Carrie und ihrer Mutter vom Fensterbrett und sah es sich an. »Ich wollte alle ihre Sachen loswerden. Vince sagte, ich solle sie nicht anrühren für den Fall, dass sie zurückkäme. Deswegen sieht das Zimmer immer noch genauso aus. Ich habe hier aufgeräumt und geputzt, weil er das so wollte, aber ich habe mir die ganze Zeit über gewünscht, dass sie für immer wegbleibt. Und genau so ist es jetzt auch gekommen. Mein Wunsch wurde erfüllt und ich fühle mich verdammt schrecklich. Ich konnte sie wirklich nicht leiden. Sie wusste genau, wie sie mich treffen konnte, und an manchem Tagen hätte ich ihr am liebsten eine verpasst. Natürlich habe ich das nie getan.«

Sie blickte Robyn an. »Sie hat mich von dem Tag an gehasst, als ich hier einzog. Sie hat mir klar zu verstehen gegeben, dass niemand ihre Mutter ersetzen würde und sich niemand zwischen sie und ihren Dad stellen könnte. Doch das habe ich getan. Vince und ich waren wahnsinnig verliebt ineinander. Er glaubte, Carrie würde irgendwann damit klarkommen, aber ich wusste, dass das nie passieren würde.«

Leah ließ sich auf das Bett sinken. Es dauert einen Moment

lang, bis sie weitersprach. »Ihr Verhalten hat mich wahnsinnig gemacht. Und wenn sie mit einer ihrer Freundinnen – Jade – unterwegs war, wurde es noch schlimmer. Diese Jade ist genauso ein kleines Biest.«

Leah sah Robyn an und schüttelte den Kopf. »Wir waren hier dauerhaft im Kriegszustand.«

»Was ist in der Nacht passiert, als sie weggelaufen ist, Leah?« Robyn stand neben der Kommode und wartete darauf, dass Leah antwortete.

»Sie ist mir schon den ganzen Nachmittag auf die Nerven gegangen, saß im Wohnzimmer herum, den Fernseher auf volle Lautstärke, und starrte die ganze Zeit nur auf ihr verdammtes Handy. Ich habe sie gebeten, den Fernseher auszuschalten, weil ich spüren konnte, dass eine Migräne im Anmarsch war. Die kriege ich immer, wenn ich gestresst bin. Sie hat mich einfach ignoriert, also bin ich rübergegangen und habe den Fernseher selbst ausgeschaltet. Wir haben uns gegenseitig angeschrien. Sie behauptete standhaft, dass sie gerade ferngesehen hätte, und ich sagte, das könne nicht sein, weil sie die ganze Zeit auf ihr verdammtes Handy gestarrt habe, vermutlich hat sie die ganze Zeit Nachrichten an ihre dämlichen Freunde geschrieben, wie sie es immer macht. Dann meinte sie, wenigstens habe sie Freunde, und dass sie jetzt mit ihnen ausgehen würde. Sie stürmte aufgebracht in ihr Zimmer, aber das war ziemlich normales Verhalten bei ihr. Ich bin in die Küche gegangen und habe eine Tasse Tee gekocht. Nach diesem Streit und wegen der Migräne war ich so orientierungslos, dass ich mit dem Gesicht gegen eine Schranktür geknallt bin, die ich hatte offenstehen lassen. Hat einen ganz schön blauen Fleck hinterlassen.« Sie rieb sich über den imaginären Fleck auf ihrer Wange. »Das hat das Fass zum Überlaufen gebracht. Vince war oben und hat versucht, vor der Arbeit noch etwas Schlaf zu kriegen, aber ich bin ins Schlafzimmer gegangen, habe einen Koffer aus dem Schrank gezerrt und angefangen, meine Klamotten reinzupacken. Glauben Sie mir, ich bin nicht stolz darauf, was ich getan habe, aber ich war verzweifelt. Er sah den Bluterguss in meinem Gesicht und fragte mich, was passiert war. Ich sagte ihm, dass Carrie und ich gestritten hatten und dass ich genug von ihr hätte. Ich wollte ausziehen. Sie hätten sein Gesicht sehen sollen. Er sah so ... gebrochen aus. ›Ich rede mit ihr‹, hat er gesagt. Ich habe ihn total vollgeheult. Ich wusste, dass er mit Tränen nicht umgehen konnte. Ich habe das volle Programm abgezogen. ›Entweder sie oder ich. Entweder fängt sie endlich an, sich mir gegenüber respektvoller zu verhalten oder ich bin weg‹, habe ich zu ihm gesagt. Vince ist gegangen, um mit ihr zu reden. Den Rest hat er Ihnen schon erzählt.«

Eine dicke Träne rollte ihre Wange hinunter. »Er wird sich immer die Schuld dafür geben, nicht wahr? Er wird immer denken, er ist dafür verantwortlich. Aber das ist er nicht. Ich habe die Situation ausgenutzt und dadurch diesen letzten Streit zwischen ihnen ausgelöst. Ich *wollte*, dass er sie rauswirft. Ich habe ihn auch davon abgehalten, sie anzurufen. Ich habe ihm erzählt, ich hätte gehört, dass es Carrie gut gehe und dass sie bei ihrer Freundin Jade untergekommen sei, obwohl ich das Gerücht gehört hatte, dass sie dort nicht mehr war.« Sie hob den Kopf, ihre Augen war rot umrandet und nass vom Weinen. »Die ganze Zeit habe ich gehofft, dass Carrie sich ein neues Leben aufbauen und nie wieder zurückkommen würde. Und nun wird sie tatsächlich nie wieder zurückkommen.«

11

Robyn und Anna ließen Vince Miller und Leah in der Obhut eines Opferschutzbeamten zurück und machten sich auf den Weg zu der Selfstorage-Anlage in Rugeley, um mit deren Inhaber Dev Khan zu sprechen. Als sie auf den Towers Business Park zufuhren, waren die Kühltürme von einer gespenstischen blauen Wolke eingehüllt, und man konnte nur noch die Spitzen erkennen. Sie sahen aus wie riesige, graue Vulkane, die sich aus einem uralten, nebligen Tal erhoben.

»Meine Mutter hat vor ungefähr einem Monat eine Broschüre von dieser Selfstorage-Anlage in ihrem Briefkasten gehabt«, sagte Anna. »Sie lag ein paar Tage lang auf der Arbeitsfläche herum und ich habe mit meinem Dad ein paar Witze darüber gemacht. Habe ihn gefragt, ob Mum da irgendwas einlagern wollte, von dem ich besser wissen sollte.« Annas Vater war früher Polizist gewesen und hatte in London gearbeitet. »Er hat gelacht und meinte, ›nur ein paar Goldbarren, für die wir im Haus keinen Platz mehr haben‹. Er ist so ein Scherzkeks.«

Robyn lächelte. Anna gab sich Mühe, eine fröhliche Stimmung zu schaffen, doch Robyn fragte sich, warum der Inhaber der Anlage bei dieser Truhe nicht misstrauisch geworden war und warum er so kurz angebunden geklungen hatte, als sie am Telefon mit ihm gesprochen hatte. Sie hoffte, dass er bei einem persönlichen Treffen etwas gesprächiger sein würde.

Dev Khan wartete draußen vor der Lagerhalle auf sie. Er saß in seinem Van, die Tür hatte er offengelassen, und starrte auf sein Smartphone. Dann verstaute er es in der Tasche seines langen, schwarzen Wollmantels und begrüßte sie. Der Kälte wegen hatte er den Kragen seines Mantels aufgestellt und einen einfachen, blauen Schal um seinen Hals gelegt. Dazu trug er dunkle Jeans und glänzende Schuhe und sah ganz genauso aus wie der knallharte Unternehmer, der er ja auch war. Er tippte den Zugangscode an der Eingangstür ein und stand dann wartend davor, während der Mechanismus darin summend zum Leben erwachte. »Ich hasse diese Jahreszeit«, sagte er. »Ich hatte eigentlich gehofft, für ein paar Wochen verreisen zu können. Im Januar passiert hier für gewöhnlich nicht viel und ich könnte wirklich ein bisschen Sonne gebrauchen. Aber es ist unglaublich viel los, seit wir eine große Promoaktion für die Anlage gestartet haben. Haben einen Riesenhaufen Broschüren ausliefern lassen. Hat zwar ein Vermögen gekostet, war aber jeden Cent wert. Fast alle Einheiten sind jetzt vermietet, und zwar sowohl in diesem als auch in unseren anderen Lagerhäusern. Ist also gut fürs Geschäft, aber weniger gut für meinen Urlaub in der Sonne.« Aufgrund seines starken Dialekts vermutete Robyn, dass er aus Manchester stammte, und ihre Vermutung wurde bestätigt, als sie ihn fragte, wie viele Lagerhäuser er besaß.

»Fast fünfzig. Das erste haben wir in meiner Heimatstadt eröffnet, in Manchester, und vor zwei Jahren haben wir auch in Staffordshire und in den Midlands welche hochgezogen. Das Geschäft boomt. Es ist wirklich unglaublich, wie viele Leute noch zusätzlichen Stauraum benötigen. Wir bieten Einheiten in der passenden Größe für so ziemlich alles an – von kleinen

Schachteln für persönliche Gegenstände wie Rechnungen oder private Dokumente, solche Sachen bis hin zu ganzen Autos, wenn jemand das möchte. Oben in Manchester haben wir sogar ein paar Lamborghinis eingelagert.«

Er schaltete die Deckenbeleuchtung ein und der Korridor vor ihnen wurde hell erleuchtet und ließ verschlossene Einheiten auf der rechten und linken Seite erkennen. »DI Shearer meinte, ich solle erst mal dafür sorgen, dass der Bereich leer bleibt. Haben Sie irgendeine Vermutung, wann ich die betroffenen Einheiten wieder vermieten kann?«

Seine Worte überraschten Robyn. In einer seiner Einheiten war die Leiche eines Mädchens gefunden worden, und ihn interessierte lediglich, wann er sie wieder vermieten konnte. »Es sollte nicht mehr lange dauern. PC Shamash und ich würden uns die betreffende Einheit gerne ansehen. Die Forensiker sind bereits fertig damit, und sobald wir sie uns angesehen haben, sollte es das gewesen sein. Nach meinen Informationen haben Sie die Einheit an eine Frau vermietet, eine gewisse Mrs. Joanne Hutchinson.«

Er nickte energisch. »Das ist richtig. Das war kurz vor Weihnachten. Ich war zufällig gerade hier an dem Tag, an dem sie vorbeikam. Normalerweise führe ich hier keine Leute herum, aber sie wollte sich ein paar der Einheiten ansehen und ich hatte gerade Zeit.« Er zuckte mit den Schultern. »Sie war Ende dreißig, blond, ungefähr so groß wie Sie und sehr schlank. Trug hellblaue Jeans, eine dunkelblaue Lederjacke und ein passendes Stirnband. Ich fand sie ziemlich attraktiv. Sie hat mir erzählt, sie würde gerade eine schlimme Scheidung durchmachen und wollte ein paar Möbelstücke hier einlagern, die sie nicht ihrem Mann überlassen wollte – antike Stücke, die sich schon seit Jahren im Besitz ihrer Familie befanden. Es war eine unkomplizierte Vereinbarung. Sie hat die Miete für drei Monate im Voraus bezahlt, damit sie genug Zeit hätte, in ihr neues Haus umzuziehen. Und sie hat bar bezahlt, damit ihr

Mann nicht herausfinden konnte, wo sie die Möbel und Wertsachen versteckt hatte.« Er sah den Ausdruck auf Robyns Gesicht und erklärte: »So was kommt öfter vor, als Sie denken. In diesem Gewerbe sehen wir einen Haufen seltsamer Dinge. Ich war nicht da, als sie ihre Sachen vorbeigebracht hat, aber Frank war da. Er ist so was wie unser Wachmann und behält das Lager im Auge. Wir haben auch Überwachungskameras, aber Frank ist tagsüber da, falls mal jemand Hilfe beim Ein- oder Ausräumen braucht, und damit hier jemand anwesend ist.«

»Hat sie hier irgendwelche Kontaktdaten hinterlegt?«, fragte Robyn.

Khan errötete leicht. »Das hat sie, und in Anbetracht dessen, was die Polizei heute gefunden hat, habe ich sie mir genauer angesehen. Es hat sich herausgestellt, dass sie sowohl eine falsche Adresse als auch eine falsche Telefonnummer angegeben hat. Das ist natürlich mein Fehler. Ich hätte das gleich überprüfen müssen, aber ich war an dem Tag in Eile und sie schien wirklich nett zu sein. Ich hatte keinen Grund zu der Annahme, dass sie irgendwas im Schilde führte. Ihre Geschichte klang plausibel und sie hat gleich für drei Monate bezahlt, daher dachte ich nicht, dass sie sich aus dem Staub machen könnte.« Er zuckte mit den Schultern.

Anna kritzelte etwas in ihren Notizblock. »Mr. Khan, ist Ihnen zufällig aufgefallen, mit was für einem Auto Mrs. Hutchinson hier ankam?«

»Nein, ich habe mich gerade im Lager mit jemandem unterhalten, als sie reinkam. Ich glaube, es war Karl – er ist schon seit ich diese Anlage eröffnet habe der Mieter von Einheit 43. Ich kann Ihnen seine Nummer geben.«

Robyn hielt sich an seiner Seite, als sie den Korridor entlanggingen und dann vor Nummer 127 Halt machten. Er wandte sich ihr zu. »Niemand ist hier drin gewesen, seit die Forensiker gegangen sind. Sehen Sie, es tut mir wirklich leid. Ich hatte noch nie eine Leiche in einer meiner Einheiten. Ich mache mir Sorgen, dass die Medien davon Wind bekommen könnten. Das wäre wirklich schlecht fürs Geschäft.«

»Für die Familie des Opfers ist es sicherlich schlimmer«, sagte Robyn eisig.

Er biss sich auf die Lippe. »Da haben Sie recht. Das war respektlos. Ich habe es nicht so gemeint. Ich bin nun einmal Unternehmer und meine Unternehmen sind mein Leben. Ich habe mit siebzehn Jahren angefangen sie aufzubauen. Sie sind so ziemlich alles, was ich im Leben habe, daher wirke ich auf Sie möglicherweise etwas hartherzig. Aber ich kann Ihnen versichern, das bin ich nicht. Der Tod dieses Mädchens ist schrecklich. Ich kann nur mit solchen emotionalen Sachen nicht gut umgehen, das ist alles. Ich hoffe, Sie verzeihen mir das.«

Sie nickte kurz. »Darf ich fragen, ob sie die Aufnahmen der Sicherheitskameras speichern?«

»Das tun wir.«

»Besteht die Möglichkeit, dass Sie Aufnahmen von dieser Mrs. Joanne Hutchinson haben?«

»Das kann ich leider nicht beantworten. Die Kameras laufen vierundzwanzig Stunden am Tag, aber die Aufnahmen werden nach achtundzwanzig Tagen gelöscht. Sie war am achtzehnten Dezember hier. Ich werde Frank fragen, an welchem Tag sie die Truhe hergebracht hat, und Sie können natürlich alle Aufnahmen der letzten achtundzwanzig Tage haben. Es könnte ja sein, dass sie mal hergekommen ist, ohne dass es jemand vom Personal mitbekommen hat.«

Er ließ die beiden Frauen allein und das Echo seiner Absätze hallte auf dem Betonboden, als er zum Ausgang marschierte. Die Einheit war unverschlossen, lediglich mit gelbem Absperrband gesichert. Robyn duckte sich darunter hinweg und blieb im Eingang stehen.

Anna folgte ihr. »Heute Morgen hat das Licht hier drin nicht funktioniert, lag aber nur an einer losen Fassung. Wir haben es für die Spurensicherung wieder repariert. Sie haben den ganzen Raum abgesucht, aber keinen einzigen Fingerabdruck gefunden, nicht einmal einen Teilabdruck.«

Robyn ließ ihren Blick durch den Raum schweifen und schritt die Wände ab. Er war etwa vierzig Quadratmeter groß. Ziemlich viel Platz für eine einzige Truhe. Sie vermutete, dass Joanne Hutchinson keine Aufmerksamkeit auf sich hatte lenken wollen, und eine zu kleine Einheit anzumieten, hätte sicherlich für Misstrauen gesorgt und nicht zu der Geschichte gepasst, die sie Dev Khan erzählt hatte und laut der sie hier verschiedene Möbelstücke und Wertgegenstände einlagern wollte.

Die Truhe stand mit offenem Deckel in der Ecke und der Geruch dessen, was darin gelegen hatte, war noch immer wahrnehmbar. Robyn kniete sich daneben auf den Boden. »Die sieht viel länger aus als eine gewöhnliche Lagertruhe.«

»Wir haben sie abgemessen«, antwortete Anna. Sie zog ihren Notizblock hervor und las: »Sie ist hundertsiebzig Zentimeter lang und achtzig Zentimeter hoch und breit.«

Robyn neigte den Kopf. »Das kommt mir verdächtig groß vor. Könnte eine Sonderanfertigung sein. Ein Meter siebzig ... Ich frage mich, wie groß unser Opfer war. Hat sie die Truhe komplett ausgefüllt?«

»Sie war leicht auf die Seite gedreht und unter ihren Füßen war ein Laken reingestopft, aber ja, sie hat den Platz ziemlich gut ausgefüllt.«

»Ich frage mich, ob sie extra für das Mädchen angefertigt wurde.« Robyn starrte die Truhe an, die Lippen geschürzt. »Okay, ich habe genug gesehen. Lassen Sie uns zu Mr. Khan zurückgehen, und dann würde ich mich gerne mit dem Mann unterhalten, der Joanne Hutchinson mit der Truhe geholfen hat, und mir diesen Karl ansehen, dem Mieter von Einheit 43, vielleicht ist ihm ihr Fahrzeug aufgefallen.«

Draußen im Hof unterhielt sich Khan an der Laderampe

gerade mit einem bulligen Mann. Er winkte sie zu sich. »Das hier ist Frank. Er wird Ihnen geben können, was Sie brauchen. Wie ich schon vermutet hatte, hat Mrs. Hutchinson die Einheit am achtzehnten Dezember gemietet, von diesem Tag existieren also leider keine Aufnahmen mehr. Ihre Sachen hat sie aber erst zwei Tage später hergebracht, von diesem Tag könnten wir also noch welche haben.« Er warf einen Blick auf sein BlackBerry.

»Heute ist der siebzehnte Januar und sie hat die Truhe vor genau achtundzwanzig Tagen hergebracht, also sollten alle Aufnahmen von diesem Tag noch gespeichert sein. Frank wird sie für sie herunterladen. Und hier ist die Telefonnummer des Mannes, der Einheit 43 gemietet hat, Karl London. Falls sie keine weiteren Fragen mehr haben, muss ich jetzt aber leider wirklich los.«

»Sie haben uns sehr geholfen.«

»Jederzeit gerne. Lassen Sie mich wissen, wann ich die Einheit wieder vermieten kann.«

Sein Smartphone vibrierte und er lächelte die Frauen entschuldigend an. Dann entfernte er sich und stieg mit dem Handy am Ohr, pausenlos sprechend, in sein Auto und fuhr davon.

Frank war in seinen Fünfzigern – groß und dürr, mit unrasiertem Gesicht und schweren Lidern. »Das ist eine fürchterliche Sache. Hat mir einen richtigen Schauer über den Rücken gejagt. Ich habe diese Truhe da reingetragen und hatte keinen Schimmer, was sich darin befand. Ich fühle mich so verantwortlich. Das arme Mädchen.«

»Sie trifft keine Schuld, Sir. Können Sie uns etwas mehr über die Frau erzählen, die die Truhe hergebracht hat?«

»Ich war nicht da, als sie zum ersten Mal hier war, aber ich kann mich noch daran erinnern, wie sie die Truhe hergebracht hat. Sie hat mich zu sich gerufen. Meinte, sie bräuchte Hilfe und ›ob es mir große Umstände bereiten würde‹, ihr zur Hand zu gehen. Hat sich ziemlich hochtrabend ausgedrückt. Ich war im Lager gerade dabei, ein kaputtes Rolltor zu reparieren. Bin hingegangen, um ihr zu helfen. Die Truhe war auf dem Dach ihres Transporters festgemacht und ich habe versucht, sie runterzuholen, aber sie war ein bisschen zu lang, um sie da allein runterzukriegen. Ich habe sie gefragt, ob sie am anderen Ende mitanfassen könnte, aber sie meinte, das ginge nicht, weil sie sich den Rücken verrenkt hätte. Zufällig kam da gerade so ein Typ vorbei. Ich habe ihn hergerufen und er hat mir geholfen.«

»Können Sie den Mann beschreiben?«

Frank sah Robyn ungläubig an. »War halt ein Kerl mit Mütze, Mantel und Hose. Ich habe ihn mir nicht genauer angesehen, weil sie die ganze Zeit keine Ruhe gegeben hat, von wegen wir sollen die Truhe bloß nicht fallenlassen und so. Er kam rüber, hat am anderen Ende mitangefasst und mir geholfen, das Ding von dem Transporter zu kriegen. Mrs. Hutchinson meinte, dass wir die Truhe waagrecht halten müssten, weil Wertsachen darin seien, also haben wir jeder ein Ende gepackt, sie für sie ins Lager getragen und in ihrer Einheit abgestellt. Und dann ist er wieder abgezogen. Viel fällt mir zu ihm nicht ein. Ich habe mich auf die Truhe konzentriert und darauf, nicht gegen irgendwelche Wände zu stoßen.«

»Der Mann hat nicht gesagt, wohin er unterwegs war?«

»Nein. Wir haben überhaupt nicht miteinander geredet.«

»Würden Sie ihn wiedererkennen, wenn sie ihn noch mal sehen würden?«

»Vermutlich schon.«

»Und wo war Mrs. Hutchinson, als sie die Truhe abgestellt haben?«

»Sie stand am Eingang herum.«

»Sie hat keinen Blick in die Truhe geworfen, nachdem Sie sie in ihrer Einheit abgestellt hatten?«

»Nein. Sie hat mich gebeten, die Einheit wieder abzuschließen und ihr den Schlüssel zu geben. Sie musste los und den Transporter zurückgeben, den sie gemietet hatte.«

»Kam Ihnen das ungewöhnlich vor?«

»Wir sehen hier alles Mögliche. Sie kam mir nicht ungewöhnlicher vor als viele andere von den Leuten, die hier ihre Sachen abladen. Ich hatte nur den Eindruck, dass sie in Eile war, das ist alles. Und sie war sehr höflich, das sind hier bei Weitem nicht alle. Sie hatte Angst, dass ihr Mann rausfinden könnte, wo sie die Truhe hingebracht hatte, und sie dann verpfänden oder die Sachen darin verkaufen würde, um seine Spielsucht zu finanzieren. Wenn ich auch nur einen Moment lang gedacht hätte, dass da eine Leiche drin sein könnte ...« Er schauderte und schob seine Hände in die Taschen.

»Sie haben sich nicht zufällig das Kennzeichen des Transporters gemerkt, mit dem sie da war?«

Frank schüttelte den Kopf. »Die Türen an der Rückseite waren offen, als ich rauskam, und ich war ganz auf die Truhe konzentriert. Vielleicht hat der Kerl mit der Beaniemütze es gesehen, aber ich nicht.«

»Anna, würde es Ihnen etwas ausmachen, mit Frank noch kurz über die Aufnahmen der Überwachungskameras zu sprechen? Ich möchte mich noch ein wenig umsehen.«

Sie überließ es der jungen Polizistin, die Befragung weiterzuführen und sah sich die Überwachungskameras auf dem Gelände an. Wenn Frank die Wahrheit gesagt hatte, dann hatte sich diese Mrs. Hutchinson genau so positioniert, dass sie auf den Aufnahmen unentdeckt bliebe. Joanne Hutchinson hatte ein gewagtes Kunststück vollbracht, doch warum hatte sie die Leiche einer jungen Frau in dieses Lagerhaus gebracht? Lebte sie hier in der Nähe? Und war ihr bewusst gewesen, was sich in der Truhe befand? Sie mussten die Frau in Blau so schnell wie möglich finden.

12

Bei jedem der Häuser war er auf dieselbe Reaktion gestoßen – mürrische Gesichter, die ihn durch den Türspalt beäugten. »Nee, hab nichts gesehen.«

Am Tag zuvor hatte Ross an jede Tür in der Gallow Street geklopft, und nun stattete er den Häusern, bei denen niemand aufgemacht hatte, einen erneuten Besuch ab. Sein Job verlangte Geduld und Menschenkenntnis – und Ross hatte beides im Überfluss.

Er klopfte an eine braune Tür und wartete ab. Niemand öffnete. Er wandte sich ab, um es beim nächsten Haus zu versuchen, als er plötzlich eine Bewegung hinter einem Vorhang im Erdgeschoss wahrnahm. Er dachte gerade darüber nach, ob er erneut anklopfen sollte, als er Lauren sah. Sie trug enge Jeans, Ugg Boots und einen Mantel aus Kunstfell und kam gerade aus einem Geschäft. Sie blieb einen Moment stehen, senkte den Kopf und blickte auf ihr Smartphone.

»Hi, Lauren!«, rief er. Sie blickte auf, starrte ihn eine Weile an, dann hob sie zögernd eine Hand zum Gruß. Er überquerte die Straße.

»Sie fragen rum wegen Princess?«, sagte sie.

»Ja, ich habe es bei allen Häusern in eurer Straße und den Nebenstraßen versucht. Das ist mein zweiter Versuch, ich will mit denjenigen reden, die bei meinem letzten Besuch nicht zu Hause waren. Das Pärchen da drüben will einfach nicht aufmachen.«

Sie lächelte schwach. »Die sind wahrscheinlich high. Sind sie meistens. Ich habe schon mit Roxanna, die dort mit ihrem Freund lebt, gesprochen. Sie ist okay, wenn sie nicht gerade zugedröhnt ist. Sie haben nix gesehen.«

»Danke. Das erspart es mir, umsonst an die Tür zu hämmern. Vielleicht denken sie, ich will ihr Haus nach Drogen durchsuchen.«

Er grinste, während er ihr nachsah, als sie die Straße entlanghastete. Als sie außer Sicht war, hörte er ein Husten. Er wandte sich um. Es war ein großes Mädchen mit blauem Lippenstift und einer passenden Strähne im Haar.

»Sie hab'n an unsere Tür geklopft. Was woll'n Sie?«

»Sind Sie Roxanna?«

»Jap. Hat Lauren Ihnen das gesagt? Ich hab geseh'n, dass Sie mit ihr geredet hab'n.«

»Ja, es geht um den Hund ihrer Mum.«

»Princess, jap.«

»Ich versuche herauszufinden, wer sie mitgenommen hat.«

»Ich war's jedenfalls nich.« Das Mädchen verschränkte die Arme vor der Brust und starrte Ross an. »Und ich hab Lauren schon gesagt, dass ich ihn nich geseh'n hab.«

Ross schüttelte den Kopf. »Sie haben mich missverstanden. Ich versuche herauszufinden, ob Sie hier in der Straße irgendjemanden gesehen haben, den Sie nicht kannten. Jemanden, der Ihnen verdächtig vorkam, der vor Mrs. Carlisles Haus herumlungerte, so was in der Art, ungefähr um halb neun am Montagmorgen.«

Roxanna entspannte sich ein wenig und verlagerte ihr Gewicht. »Ich bin nich sicher, wie spät es genau war, aber ich bin in den Laden gegang'n, weil wir keine Milch mehr hatten. Ich bin an ihrem Haus vorbeigegang'n. Hab niemanden mit Princess geseh'n.« Sie kaute auf ihren Wangen herum. »In der Straße stand ein Lieferwagen, und der Fahrer stand an der Rückseite, die Tür war offen.«

»Können Sie ihn irgendwie beschreiben?«

Sie schüttelte den Kopf. »Stand mit dem Rücken zu mir. Er hat 'n großes Paket ins Auto geschoben. Normaler Körperbau, würd ich sagen. Hatte ne Baseballkappe auf und ne dunkle Hose an. Mehr kann ich Ihnen nich sagen.«

»Ist Ihnen zufällig aufgefallen, von welchem Lieferdienst der Wagen war?«

»Jap. War einer von hier, Anytime Delivery. Hab die hier schon öfter geseh'n.«

»Das könnte mir weiterhelfen. Vielleicht ist dem Fahrer jemand aufgefallen.«

»Jap.« Sie betrachtete ihn mit ihren stark geschminkten Augen. »Also, war's das dann?«

»Danke. Ja.«

»Reggie, mein Mann, hat gesagt, Sie würd'n von Kopf bis Fuß wie 'n Bulle aussehen.«

»Aber Sie sind trotzdem rausgekommen, um mit mir zu sprechen.«

»Hab ne Wette mit ihm laufen. Ich hab gesagt, Sie verkaufen Versicherungen. Schätze, ich schulde ihm jetzt zehn Pfund.«

»Ich bin mittlerweile nicht mehr bei der Polizei. Ich bin Privatdetektiv, also sind Ihnen die zehn Pfund wohl sicher. Sie können ihm jedoch gerne sagen, dass ich Versicherungen verkaufe, wenn Sie wollen.«

Sie grinste ihn an und schlenderte davon. Ross kratzte sich nachdenklich am Ohr. Warum sollte ein Lieferant ein Paket *in* seinen Wagen räumen? Er erwog mögliche Szenarien. Es bestand die Möglichkeit, dass Princess in den Wagen geklettert war, während die Tür offenstand, dann beim nächsten Halt herausgesprungen war und sich verlaufen hatte. Selbst wenn er möglicherweise sonst nichts gesehen hatte, war dem Fahrer vielleicht jemand aufgefallen, der sich in der Nähe von Susanne Carlisles Haus herumtrieb. Es lohnte sich auf jeden Fall, dem nachzugehen. Ross war sich sicher, dass er, wenn er nur genug Spuren verfolgte, irgendwann ein Ergebnis erzielen würde. Er spazierte zurück zu seinem Wagen und hatte das Gefühl, dass sich seine Chancen, den vermissten Hund zu finden, deutlich erhöht hatten.

13

Robyn tippte auf das Whiteboard. Darauf waren ein Foto der Truhe und ein Foto des in eine Plastikhülle eingewickelten Mädchens Carrie Miller zu sehen. Robyn hatte den Namen ihres Vaters, Vince Miller, darübergeschrieben, zusammen mit dem Namen seiner Lebensgefährtin, Leah Fall. Sie sprach mit Anna und Mitz, den einzigen Mitgliedern ihres Teams, die sie für diese Ermittlung zur Verfügung gestellt bekommen hatte.

»Die Freundin, Leah, war nicht unbedingt Carries größter Fan, aber da Carrie ausgezogen und in jeder Hinsicht kein Teil ihres Lebens mehr war, kann ich mir nicht vorstellen, dass sie das Mädchen tot sehen wollte, außer Carrie hätte sich dazu entschlossen, wieder zurückzukommen und Leah wollte das verhindern. Ich bin nicht davon überzeugt, dass sie zu einem Mord in der Lage wäre, geschweige denn tatsächlich einen begangen hat. Sie passt auch nicht auf die Beschreibung von Joanne Hutchinson und hat ein solides Alibi für sowohl den achtzehnten als auch den zwanzigsten Dezember, da war sie bei der Arbeit. Allerdings müssen wir in dieser Phase der Ermittlungen jede Möglichkeit in Betracht ziehen, daher überprüfen Sie bitte beide, Mitz. Und tragen Sie so viele Informationen über Mr. Millers Leben zusammen wie möglich. Ich will wissen, ob er Schulden hat, sich bei jemandem unbeliebt gemacht oder sich im Pub mit jemandem geprügelt hat, solche Dinge eben für den Fall, dass es sich hier um einen Racheakt handelt.« Sie wackelte ein wenig mit dem Kopf, um den anderen zu verstehen zu geben, dass sie das zwar für abwegig halte, aber es nun einmal dennoch überprüft werden müsse.

Robyn war extrem gut darin, andere Menschen zu lesen. Davies, der selbst über ausgezeichnete Vernehmungstechniken verfügt hatte, hatte ihre Fähigkeit, andere Menschen zu durchschauen und instinktiv zu wissen, ob sie die Wahrheit sagten, immer bewundert. Leah hatte ihr ihre Seele offenbart. Sie hatte Carrie nicht leiden können, und doch hatte Robyn das Gefühl, das spiele überhaupt keine Rolle. Und was Vince Miller anging, so hatte sie das Gefühl, dass er seiner Tochter niemals etwas zuleide getan hätte. Andererseits hatten ihre Ermittlungen Robyn schon oft in eine unerwartete Richtung geführt und überraschende Hinweise zutage gefördert. Auch dieser Ansatz könnte zu Ergebnissen führen, also würde sie ihn verfolgen, auch wenn sie davon überzeugt war, dass keiner der beiden Carrie etwas angetan hatte.

Sie schrieb den Namen ›Jade North‹ auf das Whiteboard. »Das ist eine von Carries engsten Freundinnen. Ich würde mich gern mit ihr unterhalten. Sie ist vielleicht dazu in der Lage, uns mehr über Carrie und ihre Lebensweise zu erzählen.«

Auf eine Seite schrieb sie mit einem roten Stift den Namen Karl London. »Karl mietet die Einheit 43 in dem Selfstorage-Lagerhaus. Er könnte Joanne Hutchinson oder ihr Fahrzeug gesehen haben, als sie am achtzehnten Dezember im Lagerhaus war, dem Tag, an dem sie – wie wir wissen – mit Dev Khan gesprochen und ihre Einheit im Voraus bezahlt hatte. Bis jetzt konnten wir leider noch keinen Kontakt zu Mr. London aufnehmen. Sein Handy springt gleich zum Anrufbeantworter.«

In Großbuchstaben schrieb sie ›Joanne Hutchinson‹ dazu,

in die Mitte des Whiteboards. »Das ist die Frau, die wir am dringendsten finden müssen. Wir haben den Namen durch unsere Datenbank laufen lassen und alle Frauen mit diesem Namen überprüft. Keine davon lebt in der Nähe, und diejenigen, die am nächsten an Rugeley wohnen, passen alle nicht auf ihre Beschreibung. Die Frau hat bei der Selfstorage-Anlage falsche Kontaktdaten hinterlassen, daher können wir davon ausgehen, dass es sich auch bei dem Namen nicht um ihren echten handelt. Es bleibt uns also nur die Beschreibung ihres Aussehens. Sowohl Dev Khan als auch Frank Cummings beschreiben sie als Mitte dreißig, blond, schlank, circa einen Meter fünfundsiebzig groß und sehr eloquent. Khan meinte, sie sei ›attraktiv‹ gewesen, und Cummings hat bestätigt, dass sie eine gut aussehende Frau war, ›hübsch zurechtgemacht wie eine Schauspielerin, ein Model oder eine Stewardess‹. Das bringt uns nicht besonders viel, daher müssen wir noch jemand anderen finden, der sie oder ihr Fahrzeug gesehen hat, und das bezieht sich auch auf den Fremden, der dabei geholfen hat, die Truhe aus dem weißen Transporter zu laden. Anna, wie weit sind Sie mit den Aufnahmen der Überwachungskameras aus dem Lagerhaus gekommen?«

Anna fuhr sich durch die Haare. »Ich habe mir die gesamten Aufnahmen vom zwanzigsten Dezember, als sie die Truhe dort hingebracht hat, genau angesehen und ich konnte sie nirgends entdecken. Ich habe ein paar Sekunden gefunden, in denen Frank die Truhe einen Korridor entlang trägt, aber keine Spur von der mysteriösen Frau.«

Mitz stöhnte genervt.

Anna seufzte. »Ich habe alle Leihwagenfirmen in der Nähe kontaktiert und nach diesem Tag gefragt. Keine hat irgendwelche Aufzeichnungen über eine Joanne Hutchinson. Ich habe allen die Beschreibung dieser Frau zugemailt, aber bisher hat sie keiner erkannt.«

»Versuchen Sie es als Nächstes mit Firmen etwas weiter

weg.« Sie tippte mit ihrem Stift gegen das Whiteboard und hinterließ lauter kleine, kreisförmig angeordnete rote Punkte darauf. Robyn fragte sich, wie die Truhe überhaupt in den Transporter gekommen war, wenn man zwei Leute brauchte, um sie wieder auszuladen. Könnte die Frau einen Komplizen gehabt haben? Sie sprach ihre Vermutung aus.

»Klar, außer sie hat noch einen anderen Unschuldigen dazu gebracht, das Teil für sie einzuladen.« Mitz zuckte mit den Schultern.

»Möglich. Verdammt, ist das frustrierend. Okay, schauen wir mal, was wir noch so haben.« Robyn schrieb den Namen Frank Cummings auf das Whiteboard und verband ihn durch eine Linie mit Joanne Hutchinson, dann malte sie ein Fragezeichen. »Ich werfe jetzt mal eine Idee in den Raum. Was, wenn Dev oder Frank da mit drinstecken? Bisher sind sie die einzigen beiden Personen, die diese Frau gesehen haben. Sie könnten entweder Komplizen sein oder sich ihre Existenz sogar nur ausgedacht haben.« Robyn fand außerdem, dass es wirklich sehr praktisch war, dass Dev Khan die Kontaktdaten dieser Joanne nicht überprüft hatte und sich von ihr bar und im Voraus hatte bezahlen lassen. Sie fügte seinen Namen den anderen auf dem Whiteboard hinzu und erläuterte ihren Gedankengang.

Mitz meldete sich zu Wort. »Mr. Khan hat DI Shearer gestern den Türcode gegeben, damit er ins Lager kommt, aber er wusste nicht, welche Einheiten er durchsuchen wollte. Ich frage mich, ob die Truhe noch da gewesen wäre, wenn er das gewusst hätte?«

Robyn nickte ihm zu. »Allerdings, und dasselbe trifft auch auf Frank Cummings zu.«

Anna schüttelte den Kopf. »Aber Sie haben ihn gesehen, Boss. Diese Sache hat Frank total mitgenommen. Seine Hände haben ganz schön gezittert, als wir mit ihm gesprochen haben. Er hat selbst eine sechzehnjährige Tochter und war völlig geschockt darüber, dass er eine Truhe mit der Leiche eines

Mädchens darin herumgetragen hat. Wir haben uns darüber unterhalten, während er die Aufnahmen der Überwachungskameras heruntergeladen hat, und nach seiner Reaktion zu urteilen, glaube ich nicht, dass er mit dem Mord irgendwas zu tun hatte.«

Robyn war geneigt, die Meinung ihrer Kollegin zu teilen. »Klingt plausibel. Also, Dev Khan ist ein intelligenter Mann. Es ist höchst unwahrscheinlich, dass er in seinem eigenen Lagerhaus eine Leiche verstecken und damit das Risiko eingehen würde, dass sie dort entdeckt wird. Wenn wir diese mysteriöse Frau nicht finden können, dann müssen wir uns mit beiden, ihm und Frank, noch einmal unterhalten. Haben Sie irgendwelche Hinweise gefunden, die uns auf die Spur des guten Samariters bringen könnten, der Frank beim Ausladen geholfen hat?«

Anna blätterte durch ein paar Dokumente. »Er taucht einmal auf den Überwachungsaufnahmen auf, als er gerade das Lagerhaus verlässt, also werde ich mich mal mit einer Aufnahme seines Gesichts im Towers Business Park umsehen und herausfinden, ob irgendjemand dort ihn identifizieren kann.« Sie hielt das körnige Foto eines Mannes hoch, der den Kopf gesenkt hielt und eine Beaniemütze, eine Daunenjacke und feste Arbeitsstiefel trug.

Robyn schwenkte ihren Stift in kleinen Kreisbewegungen herum, als dirigiere sie ein Orchester. »Das ist ein Hoffnungsschimmer.« Sie deutete erneut auf das Whiteboard. »Um das Ganze mal zusammenzufassen: Im Moment haben wir eine Hauptverdächtige, Joanne Hutchinson. Wir werden weiterhin ein Auge auf Mr. Khan und Mr. Cummings haben, den beiden Zeugen, die mit der Frau gesprochen haben. Wir müssen den mysteriösen Mann, unseren ›guten Samariter‹, ausfindig machen, der Frank beim Ausladen der Truhe geholfen hat, um von ihm weitere Informationen zu erhalten. Wir warten noch auf eine Rückmeldung von Karl London, um herauszufinden, ob er Joanne Hutchinson oder ihr Fahrzeug gesehen hat, sie identifizieren und somit ihre Existenz bestätigen kann. Mr. Miller und seine Lebensgefährtin schließe ich für den Moment aus, wir werden die beiden aber wie besprochen überprüfen. Gibt es noch etwas von Ihrer Seite?«

Alle betrachteten aufmerksam das Whiteboard. Es war Robyns bevorzugte Technik, einfach alles niederzuschreiben, was sie wussten, als handele es sich um Puzzleteile, und sie ermutigte ihr Team, deren eigene Gedanken, Vermutungen oder was auch immer ihnen für die Untersuchung des Falls hilfreich erschien, hinzuzufügen.

»Anna, die Truhe?«

Anna überprüfte eine Liste in ihrem Notizblock. »Ich suche noch immer nach Unternehmen, die solche Truhen herstellen. Unsere Truhe hat definitiv eine ungewöhnliche Größe und wurde vermutlich maßgefertigt. Ich sehe mir auch Unternehmen an, die große Plastikhüllen aus Polyethylen fertigen.«

»Dazu ist mir ein Gedanke gekommen«, wurde sie von Mitz unterbrochen. »Mein Sofa kam in so einer Schutzhülle aus Polyethylen an, die der, in die Carrie eingewickelt wurde, sehr ähnelt.« Mitz war vor Kurzem in den Anbau über der Garage seiner Eltern gezogen, den seine Großmutter bis zu ihrem Tod bewohnt hatte. »Könnten neue Möbel darin eingewickelt gewesen sein?«

»Da könnten Sie etwas auf der Spur sein, Mitz. Ich bin mir noch nicht sicher, wie wir diese Information verwenden können, aber ich bin mir trotzdem sicher, dass sie sich als hilfreich erweisen wird.« Sie schrieb die Worte ›Hülle‹ und ›Möbelabdeckung?‹ auf das Whiteboard und trat einen Schritt zurück.

Robyn straffte die Schultern und atmete tief durch. Carrie Miller hatte ihr Zuhause am achtundzwanzigsten Juli 2016 verlassen. Sie war nicht als vermisst gemeldet worden und dann sechs Monate später in einer maßgefertigten Truhe wiederaufgetaucht. Das bereitete ihr Kopfzerbrechen. Sie deutete auf Jades Namen und sagte dann leise: »Das hier stört mich am meisten – warum hat niemand Carrie Miller als vermisst gemeldet oder zumindest ihrem Vater gegenüber seine Sorgen geäußert? Ich kann verstehen, warum ihr Vater nicht das Gefühl hatte, dass irgendetwas vorgefallen sein könnte, denn nach ihrem furchtbaren Streit war er davon überzeugt, dass sie am Leben und irgendwo in der Nähe untergekommen war, und zwar dank der Unwahrheiten, die ihm seine Partnerin Leah erzählt hatte. Aber was ist mit ihren Freunden? Hätten die sich nicht gefragt, wo sie ist, und mit Vince oder Leah darüber gesprochen? Was ist mit dieser sogenannten besten Freundin von Carrie, Jade North? Sicherlich wäre ihr der Gedanke gekommen, dass ihr etwas zugestoßen sein könnte. Ich will jeden von Carries Freunden überprüfen, über Social Media und diesen ganzen Kram. Finden Sie so viele Leute aus ihrer alten Schule wie möglich, und finden Sie heraus, warum es keinem von ihnen seltsam vorkam, dass sie sich nicht mehr bei ihnen gemeldet hat.«

Anna kritzelte eine weitere Notiz in ihren Block und malte einen Kreis darum. Robyn tippte erneut auf das Whiteboard. »Im Moment ist das Bild, das sich uns hier bietet, noch zu verwirrend. Wir müssen es in kleinere, überschaubare Teile zerlegen und herausfinden, warum niemand Carrie Miller in den sechs Monaten, die sie in dieser Truhe verbracht hat, vermisst hat. Legen wir los. Mitz, Sie fangen mit Mr. Miller an. Anna, finden Sie für mich ein paar Namen ihrer Freunde. Ich denke, es ist an der Zeit, dass wir ein paar Antworten bekommen, damit wir anfangen können, dieses Puzzle zusammenzusetzen.«

Christine Hallows hantierte gerade in der Küche herum, als Florence von der Schule nach Hause kam und versuchte, so schnell wie möglich in ihrem Zimmer zu verschwinden, um ihren Handyakku aufzuladen. Während der Mathestunde war ihrem Smartphone der Saft ausgegangen und sie musste dringend auf Fox or Dog nachsehen, ob irgendwelche Jungs ihr eine Fuchs-Bewertung gegeben hatten. Sie hatte immer wieder versucht, sich dort einzuloggen, doch jedes Mal, wenn sie ihr Handy in der Hand hatte, war ihre beste Freundin Amélie aufgetaucht. Sie wollte nicht, dass Amélie das mit der App herausfand. Es war nicht so, dass sie damit ein Problem hätte, aber Amélie war alles, was Florence gerne sein wollte. Ihr war bewusst, dass sie ein bisschen eifersüchtig darauf war, wie hübsch und intelligent ihre beste Freundin war. Sie könnte sich vor Fuchs-Emojis und Bewunderern wahrscheinlich kaum retten. Florence spielte in ihrer Freundschaft immer die zweite Geige und diesmal wollte sie etwas für sich behalten.

Ihre Mutter rief nach ihr, als sie gerade die Treppe hinaufeilen wollte, und sie musste auf der ersten Stufe stehen bleiben. Sie ließ die Schultern hängen, als sie in die Küche ging, die von einem scharfen Knoblaucharoma erfüllt war. Ihre Mutter stand am Herd und pustete gerade auf einen Esslöffel mit Auflauf, um ihn abzukühlen.

»Florrie, meinst du, da muss noch mehr Pfeffer rein?«

Sie trug ihr übliches Outfit, bestehend aus einer schmuddeligen Reithose und einem Pullover. Ihre Haare wurden von einem Stirnband zurückgehalten, ihr Gesicht war ungeschminkt, sie hatte einen gesunden Teint und rosige Wangen. Florence dachte oft, dass ihre Mutter noch hübscher aussehen könnte, wenn sie Make-up auflegen würde, doch Christine Hallows war keine Frau, die viel Zeit auf Äußerlichkeiten verschwendete. Sie war so mit sich zufrieden, wie sie war. Nun reichte sie ihrer Tochter einen weiteren Löffel und Florence schnupperte daran.

»Mum, ich glaube nicht, dass der Pfeffer das Problem ist. Du hast viel zu viel Knoblauch reingetan.«

»Ich bin ganz sicher, dass ich mich an das Rezept gehalten habe«, sagte Christine, wischte sich die Hände an ihrer Hose ab und setzte ihre Lesebrille auf. »Mist! Du hast recht. Ich habe eine ganze Knolle reingetan. Hier im Rezept steht aber eine Zehe. Was soll's, Knoblauch ist gut fürs Herz.«

»Ist auch total super, wenn man gerne Mundgeruch haben will. Ich glaube, ich werde das Abendessen auslassen. Sonst will morgen in der Schule niemand neben mir sitzen.«

Christine schob sich die Brille wieder über die Stirn auf den Kopf. »Ich mach dir was anderes.«

»Lass mal, ich finde schon was.«

»Bist du sicher?«

Florence war daran gewöhnt, sich ihr Essen selbst zu organisieren: Das lag teils daran, dass die Arbeit ihrer Eltern zur Folge hatte, dass sie zu allen möglichen Zeiten außer Haus waren. Teils war es auch von ihr gewollt. Ihre Mutter bestand immer darauf, ihr riesengroße Portionen auf den Teller zu häufen, und Florence hatte sowieso schon Probleme, ihr Gewicht zu halten.

Florence zappelte herum, sie wollte unbedingt auf Fox or Dog nachsehen, was sich getan hatte. »Ich habe keinen großen Hunger. Habe viel zu Mittag gegessen.«

»Na ja, wenn du sicher bist ... im Kühlschrank ist ein Haufen Käse und auch kalter Braten, falls du Hunger bekommst.«

Ihre Mutter erspähte jemanden draußen im Hof und winkte. »Der Hufschmied ist da, ich muss los. King Harold The Third hat heute Morgen eins seiner Hufeisen verloren. Nimm dir einfach was von dem Auflauf, falls du deine Meinung änderst. Wir sehen uns später.« Sie hauchte ihrer Tochter einen Kuss zu, eilte davon und überließ Florence sich selbst.

Florence schoss die Treppe hinauf, riss die Tür zu ihrem Zimmer auf und ließ sich aufs Bett fallen. Sie zerrte das Ladekabel zu sich heran und stöpselte es in ihr Smartphone. Es waren drei Nachrichten von Amélie eingegangen, in denen es um ihren Kinobesuch mit Robyn am Donnerstag ging. Anscheinend wollte Robyn herkommen und sie abholen, was sie ein wenig störte. Sie hatte eigentlich gehofft, den Bus nehmen zu können und die anderen dann im Kino zu treffen. Nur kleine Kinder wurden abgeholt und dann wieder nach Hause gefahren.

Florence öffnete die Dating-App und landete auf ihrer Profilseite. Sie scrollte bis unter ihr Foto und schnappte nach Luft. Es waren zwanzig Hunde-Emojis unter ihrem Bild hinterlassen worden, sowohl von Jungs als auch von anderen Mädchen. Sie hatte nicht damit gerechnet, dass die Leute sie so schnell bewerten würden. Ihr Herz wurde schwer wie Blei, und wenn da nicht auch drei Fuchs-Emojis gewesen wären, hätte sie sich vielleicht gleich wieder von der App abgemeldet. Der erste Fuchs kam von einem Jungen namens Baz, den sie kannte. Er ging auf dieselbe Schule wie sie und war eine Stufe über ihr. Er hatte sich für den Benutzernamen ›Killer‹ entschieden und sah auf seinem Bild ziemlich cool aus, aber sie wusste, dass er in Wahrheit unter fürchterlicher Akne litt und roch, als könne er mal ein Bad gebrauchen. Die anderen lachten hinter seinem Rücken oft über ihn. Der zweite war nicht ihr Typ. Er sah groß und sportlich und viel zu selbstbewusst aus und hatte ein breites Grinsen aufgesetzt, das seine extrem gebleichten Zähne offenbarte. Der letzte allerdings sah einfach perfekt aus. Er nannte sich ›Hunter‹, also ›Jäger‹, und seine Beschreibung lautete: *Suche nach dem perfekten Mädchen, sie sollte süß sein und mich zum Lachen bringen können.*

Sie betrachtete sein Foto. Er sah gut aus, hatte das dunkle Haar zu einer schicken Tolle nach oben gegelt, lächelte breit und hatte strahlende, blaue Augen. Sie war begeistert. Alles, was sie tun musste, war einen Kommentar unter seinem Bild zu hinterlassen und das Fuchs-Emoji hinzuzufügen, dann könnten sie sich Nachrichten schreiben. Sie knabberte an ihrer Unterlippe herum und überlegte, was sie schreiben sollte, um sein Interesse zu wecken. Mehrmals fing sie an zu tippen, nur um dann alles wieder zu löschen. Schließlich entschied sie sich für: *Wenn süß für dich Sommersprossen und eine Stupsnase bedeutet, könnte ich die perfekte Wahl sein. Ich bin ein echter Witzbold, und wenn meine Sprüche dich nicht zum Lachen bringen, dann werde ich einfach so lange deine Zehen kitzeln, bis du dich nicht mehr halten kannst.* Sie zögerte. Der letzte Teil war doof. Sie rief sich die perfekten Mädchen aus *The Only Way is Essex* ins Gedächtnis, löschte ihre Nachricht und ließ nur den ersten Satz stehen, denn sie hoffte, dass er dann neugierig werden und mehr über sie herausfinden wollen würde. Dann zögerte sie. Hätte sie diesen Hunter im echten Leben getroffen, hätte sie sich niemals getraut, so dreist zu sein, aber so fiel es ihr irgendwie leichter. Sie fühlte sich viel selbstbewusster. Sie drückte auf ›Senden‹ und beobachtete, wie ihr Kommentar und das Fuchs-Emoji unter seinem Bild erschienen. Sie scrollte zurück zu ihren ersten beiden Bewunderern und war kurz davor, unter dem Bild des ersten, Baz, einen Daumen nach unten zu hinterlassen, als ihr ein Kommentar auffiel, den jemand anderes daruntergeschrieben hatte: *Es würde besser für dich laufen, wenn du ab und zu Seife benutzen würdest, du Loser.* Sie las sich die anderen Kommentare durch, in denen es meistens um Baz' Körperpflege ging. Er tat ihr leid. Er war eigentlich ein ganz netter Typ, wenn man mal davon absah, dass er nicht gut roch. Die Kommentare waren gemein und sie wollte nicht auch noch dazu beitragen, dass er sich schlecht fühlte. Also beschloss sie, gar kein Emoji zu hinterlassen – weder Hund noch Fuchs. Dann kehrte sie zu ihrem eigenen Profil zurück. Die Zweifel und der Kummer, den die Hunde-Emojis bei ihr ausgelöst hatten, hatten sich in Euphorie darüber verwandelt, dass ein so gut aussehender Typ Interesse an ihr zeigte. Sie zuckte mit den Schultern. Vielleicht würden die Kommentare unter Baz' Foto ja tatsächlich dazu führen, dass er sich in Zukunft mehr um seine Körperpflege kümmerte. Sie kuschelte sich in ihr Bett und überlegte, was sie wohl zu Hunter sagen würde, wenn sie sich endlich virtuell unterhalten könnten. Es war so aufregend zu wissen, dass jemand einen toll fand.

15

Hinter ihren Schläfen pochte es. Ihre Kehle fühlte sich wund an, wenn sie schluckte. Amber Dalton war sich bewusst, dass er sich im Zimmer befand, doch sie war so schwach, dass es ihr egal war. Während der letzten Stunden hatte sie unter Übelkeit gelitten, sie hatte furchtbare Bauchkrämpfe und nun fühlte sie sich furchtbar schwach. Sie war davon überzeugt, dass sie sterben würde.

»Trink etwas. Du musst durstig sein«, zischte er. Seine Stimme erinnerte sie an die Schlange aus dem Film Das Dschungelbuch.

Sie versuchte etwas zu sagen, doch aus ihrem Mund kam nur ein kraftloses Krächzen. Er schlenderte zu ihr herüber, der Lichtschein seiner Stirnlampe schmerzte in ihren Augen, und reichte ihr eine Flasche Orangensaft. Sie hob einen Arm, der ihr tonnenschwer vorkam. Sie konnte die Flasche kaum greifen. Sie hob sie an ihre spröden Lippen und nippte daran. Das süße Getränk befeuchtete ihre trockene Kehle. Nun trank sie gieriger und in großen Schlücken, bis sie nur noch Luft einsaugte, und gab ihm die Flasche dann zurück.

»Besser?«

Sie nickte. Sie hatte keine Ahnung, warum er sie am Leben hielt. Er hatte ihr schon seit einer Weile nichts mehr zu essen angeboten, und der Saft war die erste Flüssigkeit, die sie seit Stunden zu sich genommen hatte. Er ließ sich auf das Bett sinken, das Smartphone in der Hand. Das Display leuchtete auf, ein blauer Schein in der Dunkelheit.

»Ich möchte dir gern etwas zeigen. Es wird dir helfen zu verstehen, warum du hier bist. Ich wette, du hast keine Ahnung, nicht wahr?«

Sein unheimliches Flüstern machte Amber mittlerweile keine Angst mehr. Sie schüttelte den Kopf. Ihr Wille war gebrochen, doch tief in ihrem Inneren hatte sie noch immer ein kleines Fünkchen Hoffnung, dass er sie gehen lassen könnte, wenn sie tat, was er verlangte.

»Schau dir das hier an.« Er zeigte ihr ein Foto. Und plötzlich verstand sie. Sie schüttelte erneut den Kopf, der sich so schwer anfühlte, dass sie die Bewegung kaum kontrollieren konnte.

»Es tut mir leid. Ich wollte nicht …«

»Das spielt keine Rolle, du hast es trotzdem getan. Die Konsequenzen haben dich nicht interessiert.«

»Ich … es …«

»Jetzt weißt du, warum du hier bist. Konsequenzen, Amber. Alles im Leben hat Konsequenzen.«

Der Orangensaft, den sie getrunken hatte, rumorte in ihrem Bauch. Ihre Kraft reichte nicht, um es zum Eimer zu schaffen. Sie drehte sich auf die Seite und erbrach sich von Krämpfen geschüttelt auf den Boden. Die Magensäure verätzte ihre Kehle und sorgte dafür, dass sie noch mehr schmerzte.

Seine Stimme triefte vor gespielter Sorge. »Oh, Amber, du armes Mädchen. Du scheinst etwas Schlechtes getrunken zu haben. Sieh nur, wie krank es dich macht. Nur zu deiner Information, du wirst bald tot sein. Es war der Saft. Er enthielt Ethylenglykol. Frostschutzmittel. Ich wollte eigentlich Botox verwenden, dasselbe Zeug, das eitle Leute gern benutzen, um ihr *jugendliches Aussehen zu bewahren. Erschien mir ziemlich passend für dich, aber leider war es zu schwierig zu bekommen. Du trinkst schon Frostschutzmittel, seit du hier angekommen bist, mit jedem einzelnen Schluck. Jedes Mal ein bisschen, ohne es zu ahnen. Das Gift wirkt langsam, die Wirkung hängt von der Dosierung ab. Bis jetzt habe ich dir nur ganz kleine Dosen verabreicht. Ich wollte, dass du zuerst leidest. Ich wollte, dass du Angst und Verwirrung empfindest. Jeden Tag habe ich es genossen, dabei zuzusehen, wie dein Wille schwächer und schwächer wurde. Ich wollte, dass du verstehst.« Er stieß ein schrilles Lachen aus, das sie bis ins Innerste erschütterte. »Jetzt habe ich dir gezeigt, wie falsch dein Verhalten war, und es ist Zeit für dich zu gehen. Ich bin so froh, dass du es geschafft hast, lange genug zu leben, um deine Situation zu begreifen. Auf Wiedersehen, Amber. Und liebe Grüße an Carrie Miller.«*

16

Dieser Tag wurde immer länger, dachte Robyn. Vor acht Stunden erst hatte sie die Identität des Mädchens aus der Truhe erfahren. Seitdem hatte sie mehrere Leute befragt, darunter auch Carries Vater und seine Partnerin, sich mit dem Inhaber des Lagerhauses unterhalten, ein Meeting mit ihrem Team abgehalten, und nun war sie schon zum zweiten Mal an diesem Tag unterwegs nach Derby, wo sie sich mit dem Schulleiter der Fairline Academy unterhalten wollte, der Schule, die Carrie bis Juni 2016 besucht hatte.

Während der Fahrt hatte sie über die neuen Erkenntnisse nachgedacht, die sie seit acht Uhr dieses Morgens gewonnen hatten. Sie musste so viele Informationen über Carrie Miller wie nur möglich von ihren ehemaligen Lehrern und Freunden zusammentragen, und sie musste irgendwie die Verbindung zu Joanne Hutchinson herstellen. Weder Vince noch Leah hatten je von einer Mrs. Hutchinson gehört und auch die Beschreibung der Frau war ihnen nicht bekannt vorgekommen. Robyn war nun mehr denn je davon überzeugt, dass die Frau einen falschen Namen angegeben hatte, doch wer hatte Carrie so sehr gehasst, dass er sie hatte umbringen wollen? Oder hatte es sich um eine Zufallstat gehandelt? Und war diese Frau nur eine Komplizin oder der Täter, nach dem sie suchten?

Robyn hielt am Eingang und wartete, während ein paar Nachzügler, eine Gruppe von Jungs, die Straße entlang auf die Bushaltestelle zu schlenderten, die Krawatten ihrer Uniformen bereits abgenommen und die Rucksäcke achtlos über die Schultern geworfen.

Die Fairline Academy unterschied sich stark von der Schule, die Robyn selbst besucht hatte und an der die Klassen nur aus achtzehn bis zwanzig Schülern bestanden hatten. Sie konnte sich nicht vorstellen, eine so riesige Schule – oder Akademie wie in diesem Fall genannt – zu besuchen, an der über siebenhundert Schüler in den zahllosen Klassenräumen unterrichtet wurden. Robyn hatte eine eher ruhige Ausbildung genossen und einen großen Teil davon an einer kleinen Schule am Rande eines Dorfes verbracht. Selbst nachdem sie an eine weiterführende Schule gewechselt war, hatte es keine Konflikte oder Dramen innerhalb der Klassen gegeben. Natürlich gab es die übliche Grüppchenbildung und die beliebten Mädchen wollten mit Robyn nichts zu tun haben. Aber das interessierte sie nicht. Sie verbrachte ihre Zeit stattdessen mit den sportlicheren Mitschülern, die wie sie selbst auch Teil der zahlreichen Schulmannschaften waren.

Kevin Winters, der Schulleiter, begrüßte sie mit einem müden Schulterzucken und einem schlaffen, feuchten Händedruck. Robyn widerstand dem Drang, sich die Hand an ihrem Rock abzuwischen. »Es war eine stressige Woche«, sagte er erklärend. Er saß in seinem Stuhl, den Rücken durchgedrückt, die Hände flach auf den Schreibtisch gelegt. »Meine Sekretärin hat versäumt mir mitzuteilen, wobei es bei diesem Treffen geht. Ist einer unserer Schüler in Schwierigkeiten geraten?« Seine kleinen, schwarzen Augen bohrten sich in die Robyns.

»Ich bin wegen Carrie Miller hier.«

Mr. Winters legte für einen Moment den Kopf in den

Nacken, dann seufzte er. »So gerne ich auch dazu in der Lage wäre, leider kenne ich nicht jeden Schüler an der Fairline Academy persönlich. Allerdings erinnere ich mich immer an diejenigen, die irgendwie hervorstechen – ob nun auf eine gute oder eine schlechte Art. Miss Miller befindet sich leider in der zweiten Kategorie. Ich musste mich ihrer leider wegen diverser Disziplinarmaßnahmen annehmen. Letztes Jahr äußerte sie sich einem Mitglied des Personals gegenüber beleidigend, und sie wurde mehrere Male in Gesellschaft einiger anderer Schüler ertappt, die alle im Verdacht des Missbrauchs von Lösungsmitteln standen. Wir konnten keine handfesten Beweise dafür finden, aber sie wurden im vergangenen Schuljahr alle für eine Woche vom Unterricht ausgeschlossen. Sie war eine arrogante junge Dame, intelligent, aber faul und notorisch streitsüchtig. Sie hat letztes Jahr ihre GCSE-Prüfungen abgelegt und sehr schlechte Noten bekommen. Sie hätte deutlich bessere Ergebnisse erzielen können, wenn sie nur gewollt hätte. Nun sagen Sie mir doch, warum Sie hier sind. Sie ist mittlerweile nicht mehr an dieser Schule, sie hat uns im letzten Sommer verlassen. Ich hoffe, sie ist nicht in noch ernstere Schwierigkeiten geraten.«

Robyn schüttelte den Kopf. Sie wunderte sich darüber, denn wenn Mr. Winters sich an all diese Details über Carrie erinnern konnte, dann musste er doch auch wissen, von welch signifikanten mildernden Umständen Carries Leben geprägt gewesen war. Sie hoffte, dass er sie mit etwas Feingefühl behandelt hatte, als sie ihm gegenübergestanden hatte. »Ich muss Sie leider darüber informieren, dass Carrie gestern tot aufgefunden wurde.«

Mr. Winters blinzelte ein paar Mal, dann atmete er hörbar aus. »Das sind furchtbare Neuigkeiten. Sie mag in meinen Augen nicht die liebenswerteste junge Dame gewesen sein, aber es tut mir dennoch leid, das zu hören.«

»Ich hatte gehofft, Sie könnten mir vielleicht mitteilen, mit welchen Schülern sie befreundet war. Ich würde mich gerne mit ihnen unterhalten.«

Er nickte beflissen. »Lassen Sie mich nachdenken, Jade North und Harriet Cornwell fallen mir ein. Außerdem sollten Sie mit Maneesh Shah sprechen, das war ihr Klassenleiter, da könnten Sie Glück haben. Vielleicht hält er sich hier noch irgendwo auf, ich rufe ihn kurz an.« Er zückte sein Handy, überflog eine Reihe von gespeicherten Telefonnummern und rief schließlich eine an. Nach einer Weile schnaubte er und schüttelte den Kopf. »Natürlich, heute ist sein Fußballabend. Er leitet eine AG auf dem örtlichen Sportplatz. Leider habe ich keinen Zugriff auf die Adressen der Schüler, vor allem, wenn es sich auch noch um ehemalige Schüler handelt. Sie werden warten müssen, bis meine Sekretärin morgen wieder da ist.«

»Ich werde mich gleich morgens wieder melden.«

Mr. Winters sah an ihr vorbei, seine Augenlider zuckten. »Ich glaube, Miss North lebt mittlerweile in Mickleover. Jade war Carries beste Freundin. Sie haben viel Unfug zusammen gemacht. Wo auch immer Carrie hingegangen ist, Jade war dabei.« Sein Kopf bewegte sich langsam und rhythmisch von einer Seite zur anderen, wie ein riesiges, rosafarbenes Pendel. »Heutzutage werden Jugendliche von so vielen externen Faktoren beeinflusst. Es ist schwierig sie anzuleiten, geschweige denn ihnen Bildung zu vermitteln.« Er löste seine Hände vom Tisch, wobei er zwei schwitzige Abdrücke darauf hinterließ, und stand auf, um Robyn hinauszubegleiten. »Es tut mir leid um Carrie. Eine solche Verschwendung jungen Lebens.«

Robyn rief bei Mitz an, um weitere Informationen über die Mädchen einzuholen. Ein paar Minuten später rief er sie zurück.

»Jade North wurde vor drei Monaten wegen einer Schlägerei in Derby festgenommen. Hat nach einer durchzechten

Nacht ein anderes Mädchen angegriffen. Die örtliche Polizei wurde gerufen. Laut Polizeibericht wurde sie aber auf Kaution freigelassen. Die ganze Familie ist der Polizei bereits bekannt. Die Eltern wurden schon wegen Ruhestörung und antisozialen Verhaltens gemeldet. Jade hat die Fairline Academy Mitte April letzten Jahres verlassen und arbeitet jetzt in Teilzeit an einer Tankstelle in Derby.«

Robyn war nicht weit von Mickleover entfernt, und da es gerade einmal halb fünf war, entschied sie sich dazu, Jade einen Besuch abzustatten. Früher am Tag hatte sie Vince Miller gefragt, ob er etwas dagegen hätte, wenn sie Jade die Neuigkeiten überbrachte, statt ihm das zu überlassen. Sie wollte die Reaktion des Mädchens prüfen. Ihr Vorschlag hatte ihn erleichtert.

Warum hatte Carries Verschwinden Jade nicht misstrauisch gemacht? War sie möglicherweise in den Mord verwickelt? Während sie noch ihre Gedanken sortierte, tippte sie die Adresse in ihr Navi ein und machte sich auf den Weg nach Mickleover – früher vom Bergbau geprägt, heute von bezahlbarem Wohnraum – um herauszufinden, ob Jade vielleicht etwas über Carries Verschwinden wusste.

Jade Norths Kiefer bewegte sich in einem gemächlichen Rhythmus auf und ab, während sie einen Kaugummi kaute. Sie hatte die Arme verschränkt, in der einen Hand hielt sie eine Zigarette und blickte Robyn finster an.

»Ich kriege nur zehn Minuten Pause. Die will ich nicht für eine Unterhaltung mit so jemandem wie Ihnen verschwenden.«

»Ich brauche Ihre Hilfe, Jade. Es geht um Carrie Miller.«

Die junge Frau nahm einen tiefen Zug von ihrer Zigarette und blies den Rauch dann langsam aus. Er ringelte sich über ihrem Haar, das nach einer Mischung aus dunklem Ansatz und billiger Drogeriefarbe aussah, und verschwand dann vor dem grauen Himmel. Sie lehnte sich gegen die Steinmauer in ihrem Rücken. »Was ist mit ihr?«

»Haben Sie in letzter Zeit etwas von ihr gehört? Auf der Fairline Academy waren Sie gute Freunde.«

»Schule war Schule. Jetzt sind die Dinge anders. Wir sind nicht mehr dort.«

Robyn nickte, nahm eine entspanntere Körperhaltung an, um das Mädchen nicht einzuschüchtern, und lehnte sich neben sie an die Wand. Sie spürte ein Pochen in der Hüfte. Von der vielen Fahrerei hatte sie wieder stark zu schmerzen begonnen.

»Ich verstehe. Manchmal verliert man den Kontakt zu Freunden, vor allem, wenn man in eine andere Gegend zieht.«

Jade schnaubte und zog erneut an ihrer Zigarette.

»Also, keine einzige Nachricht oder so?«

»Nichts.« Jade wandte sich ab und blickte Robyn nicht mehr in die Augen. Es war klar, dass sie nicht die Wahrheit sagte.

Robyn nickte und schlug sanftere Töne an. »Jade, Sie und Carrie waren gute Freunde. Ich kann nicht glauben, dass Sie den Kontakt nicht aufrechterhalten haben. Hatten Sie einen Streit?«

Jade schüttelte den Kopf. »Ich muss zurück an die Arbeit.«

Robyn entschied sich für eine andere Vorgehensweise. Freiwillig würde Jade ihr keine Informationen liefern. Sie streckte den Arm aus, eine freundliche Geste. »Es tut mir sehr leid, Ihnen das mitteilen zu müssen, aber wir haben gestern Morgen Carries Leiche gefunden.«

Das Gesicht des Mädchens wurde bleich. Die Hand, in der sie die Zigarette hielt, begann zu zittern. Schließlich senkte sie den Kopf, um die Tränen zu verbergen, die sie nicht mehr zurückhalten konnte.

»Es tut mir wirklich leid.«

Jade schien die Fassung zurückzugewinnen, hob den Kopf und neigte ihn in einer schnellen Bewegung zur Seite. »Wo haben Sie sie gefunden?«

»Rugeley.«

»Dann kann es nicht Carrie sein. Sie ist gerade in Spanien. Sie hat mir Nachrichten geschickt. Hat so einen Typen kennengelernt, sich verliebt und ist mit ihm nach Südspanien abgehauen. Das hat sie mir erzählt.« Jades Stimme wurde lauter.

Robyn legte eine Hand auf die Schulter des Mädchens. »Soll ich jemanden für Sie anrufen? Ich kann mit Ihrem Chef sprechen und ihn bitten, Ihnen den Rest des Tages freizugeben. Das muss ein fürchterlicher Schock für Sie sein.«

Jade sah verwirrt aus. »Das kann nicht Carrie sein. Hören Sie. Sie hat uns verdammt noch mal alle hier zurückgelassen und ist mit Ben durchgebrannt.« Sie zog ein Smartphone aus der Tasche. Dann tippte sie auf dem Display herum und reichte es Robyn. Sie sah Facebook-Nachrichten und die Unterhaltung erstreckte sich über mehrere Monate. Es war ein ganzes Archiv von Unterhaltungen zwischen den beiden Mädchen. Carrie beschrieb darin ihr Leben in Spanien und ihre Beziehung mit ihrem neuen Freund. Das alles sollte ein Geheimnis bleiben – nur Jade wusste von Ben. Seine Familie war reich und würde einen fürchterlichen Schock bekommen, sollte sie herausfinden, dass Ben mit einem Mädchen verschwunden war, statt sein Studium fortzuführen. Er war sich sicher, dass seine Eltern ihm einen Privatdetektiv auf den Hals hetzen würden.

»Haben Sie Ben je kennengelernt?«, fragte Robyn.

Jade zog ein letztes Mal an ihrer Zigarette und drückte sie dann an der Wand aus. »Sie hat ihn online kennengelernt. Ich habe ihn tatsächlich nie gesehen. Sie hat ihre Beziehung vor uns allen geheim gehalten. Ich nehme an, sie wollte nicht, dass ihre Familie ihn abschreckte.« Sie schniefte. »Ich fand es seltsam, dass sie ihn nie zu uns mitbrachte. Vielleicht dachte sie, ich würde ihn auch abschrecken. Wie auch immer, ihr Vater muss von Ben erfahren haben und sie hatten einen heftigen Streit. Carrie ist von zu Hause weggelaufen, und diesmal endgültig. Sie hat sich noch nie mit Leah verstanden, es war also keine große Überraschung. Als sie mich in der Nacht nach dem Streit angerufen hat, habe ich ihr angeboten, bei mir unterzukommen, aber sie meinte, sie würde zu Ben gehen. Und dann war sie plötzlich auf dem Weg nach Spanien. Hat sich nicht von mir verabschiedet. Sie ist mit ihm in ein Flugzeug gestiegen, er hatte wohl Zugriff auf einen Treuhandfonds, und schon waren sie unterwegs in den Süden.«

Robyn tippte auf das Handy. »Jade, ich muss das hier als Beweismittel beschlagnahmen.«

»Warum? Carrie ist in Spanien und quicklebendig.« Sie deutete auf das Smartphone. »Sie können die Nachrichten doch lesen. Diese Leiche, die sie gefunden haben, ist nicht Carrie.« Ihre Stimme klang schrill. Robyn hielt das Handy fest in ihrer Hand. »Sie kann es nicht sein.«

»Es besteht kein Zweifel daran, dass es Carrie ist. Es tut mir sehr leid, Jade. Kommen Sie mit mir rein und wir erklären die Situation Ihrem Chef. Ich nehme Sie mit auf die Dienststelle, damit wir das alles aufschreiben können, und dann wird Sie jemand nach Hause fahren.«

Jades Augen wurden groß. »Nein«, flüsterte sie.

Robyn führte das vollkommen verwirrte Mädchen davon, ihre Gedanken überschlugen sich. Die Mädchen hatten seit dem achtundzwanzigsten Juli 2016, als Carrie ihr Zuhause verlassen hatte, Nachrichten ausgetauscht, und zwar bis zum zwanzigsten Dezember, dem Tag, an dem Joanne Hutchinson in der Selfstorage-Anlage in Rugeley auftauchte, mit einer Truhe, in der sich die Leiche von Carrie Miller befand, die zu diesem Zeitpunkt vermutlich schon seit mehreren Monaten nicht mehr am Leben war.

17

Die Büros von Anytime Delivery lagen nur drei Meilen von der Gallow Street entfernt. Die Rezeption war unbesetzt. Ross drückte auf die Klingel auf dem Tresen und hörte ein entferntes Klingeln irgendwo in den angrenzenden Lagerräumen. Endlich öffnete sich die Tür und ein Mann Ende vierzig erschien im Eingangsbereich. Er trug einen schmutzigen Overall und die Luft war plötzlich erfüllt von dem Geruch von Schmieröl.

»Tut mir leid, Kumpel. Hab gerade einen der Lieferwagen repariert. Konnte die Mutter nicht halb aufgeschraubt zurücklassen. Musste das noch fertigmachen, ich bin heute allein hier. Das hat man davon, wenn man der Chef ist, was?«

»Kein Problem.« Er legte seine Privatdetektiv-Lizenz auf den Tresen. »Ich benötige ein paar Informationen. Einer Ihrer Fahrer hat am Montag etwas in der Gallow Street ausgeliefert. Ich würde mich gerne mit ihm unterhalten.«

»Über was?«

Ross zuckte verlegen die Schultern und ließ seinen Charme spielen. »Einen vermissten Hund.«

»Einen Hund?«

»Ich bekomme alle möglichen Aufträge wie diesen. Einmal sollte ich ein vermisstes Schwein finden.«

Der Mann brach in schallendes Gelächter aus. Ross sprach weiter. »Ich hoffe, dass Ihr Fahrer mir weiterhelfen kann. Möglicherweise hat er gesehen, wie der Köter die Straße entlangrannte oder wie ihn jemand weggezerrt hat. Die Besitzerin ist völlig verzweifelt. Der Hund bedeutet ihr und ihrer Familie wirklich viel.« Dabei ließ er es belassen. Die Miene des Mannes war weicher geworden.

Er wischte seine schmutzigen braunen Hände an einem ebenso schmutzigen Lappen ab und schaltete dann seinen Computer an. »Gallow Street, Montag.« Er klickte mit seiner Maus und biss die Zähne zusammen. »Ich möchte eigentlich nicht jedem Hinz und Kunz persönliche Informationen anvertrauen.«

»Oder einem Ross.« In Ross' Augenwinkeln bildeten sich kleine Fältchen, als er grinste. »Ich verzweifle langsam und möchte der Besitzerin wenigstens sagen können, dass ich es versucht habe. Es geht um mehr als nur irgendein Hündchen. Er ist eines dieser Hunde, die Leuten dabei helfen, mit Krankheiten zu leben.« Er hob flehend die Augenbrauen.

»Ich weiß, was Sie meinen. Wie diese Hunde, die es merken, wenn jemand kurz vor einem Anfall steht. Ich hab eine Fernsehsendung darüber gesehen. Das war wirklich faszinierend. Oh, na gut.« Der Mann griff nach Ross' Lizenz und sah sie sich an. »Privatdetektiv, was?«

Ross lächelte. »Ist nicht so spannend, wie man sich das immer vorstellt.«

Der Mann nickte und klickte erneut mit seiner Maus.

»Okay, Gary Sessions war gestern in der Gegend unterwegs. Er hat einen Halt in der Gallow Street eingelegt.«

»Könnte ich mich mit Gary unterhalten?«

»Er ist vorhin nach Buxton aufgebrochen. Sie sollten ihn

auf seinem Handy erreichen können, allerdings ist das Signal dort wirklich miserabel. Ich gebe Ihnen seine Nummer.«

Ross steckte die Notiz mit der Nummer ein. »Vielen Dank. Ich werde versuchen, ihn zu erreichen.«

»Nichts zu danken. Ich geh dann mal lieber zurück zu dem kaputten Lieferwagen. Kann es mir nicht leisten, dass eines der Dinger zu lange ausfällt.« Sein Handy klingelte. »Ja, sicher. Lass mich kurz nachsehen.« Er schlenderte zurück ins Lager und ließ Ross allein zurück. Ross lehnte sich über den Tresen, um einen Blick auf den Bildschirm zu werfen, der noch immer erleuchtet war, und lächelte. Dort waren alle Fahrer aufgelistet, inklusive ihrer Adressen und Kontaktdaten. Ross notierte sich Garys Adresse und ging. Sein Navigationsgerät verriet ihm, dass Gary Sessions nur eine halbe Meile entfernt wohnte.

18

TAG DREI – MITTWOCH, 18. JANUAR

»Letzte Nacht habe ich geträumt, ich wäre beim Speeddating in Indien. Jede der Frauen hatte ihre Eltern mitgebracht. Es war weniger ein Traum als ein Albtraum.« Mitz hob seinen Pappbecher mit Tee und grinste seine Kollegen freundlich an, die im Büro saßen. Er war der einzige annehmbare Junggeselle ihrer Polizeidienststelle. Robyn wunderte sich laufend über diese Tatsache. Der einzige Nachteil, den er als Partner hätte, war sein berufliches Engagement. Das war auch der Grund dafür, dass er sogar an seinem freien Tag auf der Dienststelle anzutreffen war.

Robyn, die der Fall zunehmend frustriert hatte, lächelte. Er hatte diese Wirkung auf seine Mitmenschen. Mitz glitt auf seinen Stuhl und fing sofort an zu tippen. Robyn drehte sich auf ihrem Bürostuhl und starrte auf das Whiteboard, dann drehte sie sich weiter und sah mit leerem Blick durch das Fenster, durch das heute nur wenig Licht fiel. Schwere Wolken hingen am Himmel und trugen nicht gerade dazu bei, ihre Stimmung zu heben. Sie stand auf, streckte ihre Beine, um die Schmerzen in ihrer Hüfte ein wenig zu lindern, und ging dann zum Fenster hinüber. Sie schob die Lamellen der geschlossenen Jalousien auseinander und spähte hinaus auf den Parkplatz unter ihnen. Eines der Einsatzfahrzeuge verließ ihn gerade. Sie beobachtete, wie es auf die geschäftige Straße einbog, und wandte sich dann wieder den anderen zu. Matt, David und Mitz saßen an ihren Schreibtischen, zwischen sich Trennwände, um wenigstens ein bisschen Privatsphäre an den Arbeitsplätzen zu schaffen. Abgesehen von einer Pinnwand waren die hellblauen Wände nackt. An der Rückwand waren Schränke aneinandergereiht, und auch die Kaffeemaschine hatte dort ihren Ehrenplatz. Daneben arbeitete Anna schweigend an ihrem Computer. Es war ein nüchterner, funktionaler Raum.

Matt Higham hatte die Füße auf seinen Schreibtisch gelegt. Er legte den Kopf in den Nacken und gähnte mit weit geöffnetem Mund. »Meine Schwiegermutter ist wirklich beängstigend. Seit Poppy auf der Welt ist, sagt sie uns alle fünf Minuten, wie wir mit der Kleinen umgehen sollen. ›Macht dies nicht, macht jenes nicht. Sorgt dafür, dass Poppy ein Unterhemd trägt. Ihr solltet lieber richtige Windeln benutzen und nicht diese Wegwerfdinger‹. Das Leben war so viel ruhiger, bevor wir Poppy bekommen haben.«

»Und du meinst, du hast Probleme? Da solltest du meine Schwiegermutter treffen. Ich glaube, sie war in einem früheren Leben mal ein Velociraptor«, murmelte David. »Wie ist deine Mum so?«, fragte er Anna.

»Überheblich, immer schlecht gelaunt und kann Idioten nicht ausstehen. Wir sind uns sehr ähnlich. Und jetzt lass mich in Frieden. Im Gegensatz zu einigen hier habe ich zu tun.«

»Da ist heute Morgen wohl jemand mit dem falschen Fuß aufgestanden.«

Anna tippte einfach weiter und grummelte: »Halt die Klappe, David.«

David wandte seine Aufmerksamkeit wieder der Kontaktliste zu, die er gerade überprüfte. Robyn lenkte ihre Gedanken wieder auf ihre Notizen. Sie hatte Carries Mobilfunkanbieter kontaktiert und die Bestätigung erhalten, dass der letzte Anruf von ihrem Telefon am achtundzwanzigsten Juli ausgegangen war, der Nacht, in der sie von zu Hause weggelaufen war. Der Mörder musste ihr Handy benutzt haben, um Jade damit Nachrichten zu schreiben. Er oder sie hatte es vielleicht sogar verwendet, um Carries Facebook-Status zu aktualisieren. Es waren auf jeden Fall Nachrichten versendet, aber keine Anrufe getätigt worden.

Anna hatte sich Zugang zu Carries Facebook-Account und ihren Sicherheitseinstellungen verschafft und ihnen erklärt, wie man davon ausgehend den Standort des Besitzers ermitteln konnte. »Wenn sich das Gerät in ein anderes als sein gewöhnliches Netzwerk einwählt, dann wird in den Einstellungen der jeweilige Standort angezeigt, allerdings ist der meist nicht sehr genau.«

Die Nachrichten bis zum zwanzigsten Dezember waren alle von Derby aus abgeschickt worden, daher vermutete Robyn, dass entweder Carrie oder ihr Handy in der Gegend geblieben waren. Anna durchforstete nun Carries Facebook-Account, um herauszufinden, ob noch an weitere Freunde Nachrichten versendet worden waren. Während sie tippte, ließ sie die anderen an ihren Gedanken teilhaben. »Vielleicht irre ich mich, aber könnte Jade North irgendwas mit der Sache zu tun haben?«

Robyn dachte über diese Möglichkeit nach. »Ich werde sie auf unsere Liste setzen, Anna. Sie schien gestern Nachmittag aufrichtig erschüttert, als ich ihr von Carrie erzählt habe, aber ich verstehe, worauf Sie hinauswollen. Jade lebt in Derby.« Sie fügte Jades Namen den Notizen auf dem Whiteboard hinzu und rief sich das Mädchen mit den schlecht gefärbten Haaren in Erinnerung. Sie war am Ende zusammengebrochen und ihr Vorgesetzter hatte das Mädchen, das vor Trauer ganz außer sich war, nach Hause gefahren. Robyn hielt es für unwahrscheinlich, dass Jade etwas mit Carries Tod zu tun hatte. Doch sie konnte die Tatsache, dass sie anscheinend die einzige Person gewesen war, zu der Carrie noch Kontakt gehabt hatte, nicht ignorieren. Außerdem lebte sie in Derby. Weiter weg wurde eine Tür zugeschlagen und sie vernahmen eine vertraute Stimme, als Shearer sich dem Büro näherte. Matt richtete sich auf seinem Stuhl auf wie ein Hund in Erwartung seines Herrchens.

Shearer marschierte in den Raum, sein Handy ans Ohr geklemmt und mit der linken Hand herumwedelnd wie ein aufgeregter Dirigent. »Das ist Ihre letzte Chance. Wenn Sie das vermasseln, dann verbringen Sie die kommende Nacht in einer Zelle, und zwar mit dem schlimmsten Zellengenossen, den ich auftreiben kann.« Robyn warf ihm einen verstohlenen Blick zu. Shearer trug einen schicken schwarzen Anzug und eine gestreifte Krawatte, seine Lacklederschuhe glänzten.

Er beendete das Telefongespräch mit einem knappen »Okay« und wandte sich dann an Matt. »Unser nichtsnutziger Spitzel Freddie behauptet, dass einer der Dealer, hinter denen wir her sind, sich gerade im Barley Mow in Milford volllaufen lässt. Er sagte, der Kerl sei vor etwa fünfzehn Minuten dort angekommen. Trägt wohl Jeans, eine dunkelblaue Jacke und eine Baseballkappe mit dem BMW-Logo darauf. Machen Sie sich auf den Weg dorthin. Ich glaube nicht, dass Freddie sich trauen würde, uns noch mal mit falschen Informationen zu versorgen.«

Matt und David sprangen gleichzeitig auf und hasteten aus dem Büro.

»Ich werde diesen Spitzel verdammt noch mal umbringen, wenn er uns schon wieder an der Nase herumführt. Ich schwöre, der hängt selbst in diesem Drogending mit drin. Er macht sich über uns lustig. Ich habe die Schnauze voll davon, seinen falschen Hinweisen nachzugehen.«

Robyn sah ihn an. »Sie scheinen mir ein bisschen zu schick

angezogen für Mitte der Woche, Tom. Von Polizeiarbeit ganz zu schweigen.«

Er wischte sich ein wenig Staub vom Revers. »Muss zu einer Beerdigung.«

»Oh, tut mir leid, das zu hören.«

»Ein alter Schulfreund, Vaughn. Wir hatten uns schon seit Jahren nicht mehr gesehen, aber nach meiner Scheidung haben wir übers Internet wieder Kontakt aufgenommen.«

Robyn zog die Augenbrauen hoch, sie bildeten zwei perfekte Halbkreise. »Sie sind auf Facebook?«

Seine Nasenlöcher weiteten sich, als er schnaubte. »Sie machen wohl Witze. Nie im Leben. Das ist nichts für mich. Ich habe mich auf einer Website namens ›Old Friends of Sandwell‹ angemeldet. Dort hat Vaughn meinen Namen entdeckt und mir geschrieben. Damals waren wir beste Freunde. Er war in der sechsten Klasse unser Vertrauensschüler.«

Annas Kopf schoss hinter ihrem Bildschirm hervor. »Sandwell. Sie sind in Sandwell zur Schule gegangen?«

»Und was ist daran so bemerkenswert? Ist es so undenkbar, dass ein Bulle eine Privatschule besucht hat?«

»Nein, das ist es nicht. Bin nur vor Kurzem über den Namen gestolpert.«

Shearer zuckte mit den Achseln. »Habe dort einige meiner besten Jahre verbracht. Das war noch vor dem Leben, der Arbeit und meiner Scheidung. Das hier ist meine alte Schulkrawatte. Ich habe sie behalten als Erinnerung daran, dass das Leben nicht schon immer so scheiße war.« Er hielt die grüngraue Krawatte behutsam zwischen seinen Fingern und betrachtete sie kummervoll. »Ich gehe wohl lieber. Die Beerdigung beginnt um zwölf.«

Robyn wurde von einer Welle des Mitgefühls für den Mann durchflutet. Es war sicherlich nicht einfach, mit ihm zurechtzukommen, aber er hatte mehr als nur ein paar Enttäuschungen erlitten. »Haben Sie nach Feierabend Lust auf einen

Drink? Ich bin um sieben hier fertig«, fragte sie, und er musterte sie eine Sekunde lang mit seinen grau-blauen Augen.

Dann blinzelte er. »Warum nicht? Ich komme dann im Büro vorbei.« Sein Mund öffnete sich, als wolle er dem noch etwas hinzufügen, dann schloss er ihn wieder, wandte sich mit einem Nicken ab und ging.

Anna starrte Robyn an, doch die hob einen Finger. »Er hat mir leidgetan, okay?«

»Was immer Sie sagen, Boss.«

»Ich hatte da einen Gedanken, auf den mich Shearer gebracht hat – könnten Sie die Schulwebsite von Carries Schule, der Fairline Academy, überprüfen? Vielleicht gibt es da auch so einen Online-Treff für ehemalige Schüler.«

»Klar. Ich bin mit ihrem Facebook-Profil durch. An dem Tag, nachdem sie von zu Hause abgehauen war, hat sie eine Statusmeldung gepostet.« Robyn stand auf, um einen besseren Blick auf Annas Bildschirm zu haben.

»Da steht: ›Ich habe die Nase voll von der ganzen Negativität und den dummen Kommentaren auf Facebook, also werde ich es in Zukunft nicht mehr nutzen. Ich werde hier nichts mehr posten. Ihr könnt alle weiter eure törichten Kommentare und lächerlichen Statusmeldungen schreiben. Aber macht euch nicht die Mühe, mir Nachrichten zu schicken. Ich werde nicht darauf antworten. Ich habe jetzt Besseres zu tun. Es ist an der Zeit für mich, ein neues Leben zu beginnen und mein altes zurückzulassen.‹ Sie klingt wirklich genervt.«

Das Wort ›töricht‹ machte Robyn stutzig. Das schien ihr nicht in den normalen Wortschatz eines Teenagers zu passen, und vor allem nicht zu einem, der bis dato hauptsächlich mithilfe von Emojis und Sprachnachrichten kommuniziert hatte. Carrie hatte alle möglichen Kommentare geschrieben – über Prominente, Fernsehshows, die sie gesehen hatte, und darüber, wie unfair das Leben doch war. *Erzähl mir was Neues*, dachte Robyn. Sie hatte eine endlose Reihe von Selfies hochgeladen, mit Schmollmund, nachdenklichem Gesichtsausdruck oder herausgestreckter Zunge. Außerdem waren da noch weitere Bilder, auf denen modische Schuhe zu sehen waren, die sie gerne hätte, herzförmige Tattoos, die sie sich stechen lassen wollte, und eine Menge herzförmiger Gegenstände, die sie irgendwo entdeckt hatte. Robyn erinnerte sich an das Schlafzimmer des Mädchens. Carrie war keineswegs so tough, wie sie sich im Internet gab.

Robyn betrachtete das hübsche Gesicht des Mädchens, das einen Arm um seine Freundin Jade gelegt hatte – eine junge Frau, die pures Selbstvertrauen ausstrahlte. Im direkten Vergleich wirkte Jade selbst mit ihrem gefärbten Haar regelrecht farblos, wenn auch scheinbar zufrieden in der Gegenwart dieses anderen Mädchens mit den strahlenden, bernsteinfarbenen Augen, den vollen Lippen und den fraulichen Kurven. Carrie war nicht einfach nur hübsch. Die Art, wie sie ihren Kopf hielt, wie eine Herausforderung, an jeden gerichtet, der sie ansah, trug noch zu ihrer außergewöhnlichen, südländischen Schönheit bei. Robyn fühlte einen Stich im Herzen. Der Mörder hatte dieses wunderschöne Wesen ausgelöscht, ein Mädchen im Teenageralter. Der Täter hatte dafür gesorgt, dass ihre Freunde glaubten, sie verhielte sich wie ein Arsch und vernachlässige sie einfach, und dabei lag sie die ganze Zeit in eine Plastikplane gewickelt in ihrem Versteck. Robyns spürte ein Pulsieren in ihrer Schläfe. Dieser Mörder würde ihr nicht entwischen. Sie würde ihn jagen und sicherstellen, dass Carrie und ihrer Familie Gerechtigkeit zuteilwürde.

»Lassen Sie mich mal einen kurzen Blick darauf werfen.« Robyn glitt auf den Platz, den Anna für sie frei machte, und überflog die Posts aus dem Jahr 2016. Wenn es um Facebook ging, verhielt sich Carrie wie ein typischer Teenager und hatte fast sechshundert Freunde auf der Plattform. Bis auf die letzte Nachricht hatte sie jedoch nie angedeutet, dass irgendjemand dort ihr auf die Nerven ging. Robyn scrollte noch weiter nach unten und fand ein paar Posts, in denen es um die Schule ging und wie sehr sie Carrie langweilte. Ein fester Freund wurde nirgends erwähnt. Robyn erhob sich und überließ Anna ihren Platz wieder.

Robyn tippte auf den Bildschirm. »Drucken Sie die Seite aus, dann werde ich sie mir noch mal ansehen. Wenn der Täter das geschrieben hat, sagt es eine Menge aus über ihn oder sie. Er oder sie ist offensichtlich kein Fan von Facebook-Nutzern und was sie so posten. Könnte das ein Hinweis sein? Hat er oder sie sich über etwas aufgeregt, das Carrie gepostet hat? Gehen Sie alle Posts durch und sehen Sie nach, ob es da noch irgendetwas gibt, das uns weiterhelfen könnte. Hat sie noch anderen Freunden als Jade Direktnachrichten geschickt, nachdem sie das Haus ihres Vaters verlassen hatte? Sicherlich würde jemand, der Facebook regelmäßig verwendet, Nachrichten an viele verschiedene Leute senden?«

Anna schüttelte den Kopf. »Das würde man meinen, aber tatsächlich hat sie nur mit drei anderen Mädchen Nachrichten ausgetauscht. Da ist zum einen Harriet Cornwell, eine ehemalige Schülerin der Fairline Academy; Siobhan Connors, sie arbeitet in dem Tesco-Supermarkt in Uttoxeter; und zu guter Letzt Amber Dalton, eine Schülerin in Sandwell. Daher war ich auch so überrascht, als Shearer die Schule erwähnt hat. Ich hatte eben erst bei Google danach gesucht.«

»Was für ein Zufall. Was waren das für Nachrichten?«

»Hier.« Anna reichte ihr einen Ausdruck und Robyn las:

Von Carrie Miller an Harriet Cornwell: *Ich habe die Nase voll von meinem alten Leben. Ich werde ein neues Leben beginnen, also muss ich von hier weggehen. Ich habe einen richtig tollen Typen kennengelernt und möchte mir etwas Neues aufbauen.*

Von Carrie Miller an Amber Dalton: *Du scheinst mir*

*sehr ähnlich zu sein. Ich hoffe, wir können uns bald
kennenlernen.*

Von Carrie Miller an Siobhan Connors: *Du scheinst
mir sehr ähnlich zu sein. Ich hoffe, wir können uns bald
kennenlernen.*

Die Nachrichten klangen seltsam und gestelzt in ihren
Ohren.

Nicht nur, dass die letzten beiden völlig identisch waren, es
war auch keine davon in dem Plauderton verfasst, der die
Nachrichten an Jade North geprägt hatte. Robyn war über-
zeugter denn je, dass der Täter diese Nachrichten verschickt
hatte. »Wann wurden die gesendet?«

»Ein paar Tage, nachdem sie verschwunden war – am
zweiten August«, sagte Anna.

»Und danach kam nichts mehr?«

Anna schüttelte den Kopf.

»Es ist merkwürdig, dass Carrie nur an diese vier Personen
Nachrichten gesendet hat. Das ergibt nur einen Sinn, wenn wir
davon ausgehen, dass der Killer sie geschrieben hat. Dann bleibt
allerdings immer noch die Frage nach dem Warum. Mitz, wie
kommen Sie voran?«, fragte Robyn.

Mitz drehte sich mitsamt seinem Stuhl in ihre Richtung.
»Ich bin immer noch dabei, Vince Miller und seine Freundin zu
überprüfen. Bisher habe ich nichts Verdächtiges gefunden. Der
Fahrer dieses Transporters, Karl London, der am selben Tag in
dem Selfstorage-Lagerhaus war wie Joanne Hutchinson, hat
mich zurückgerufen.. Er kommt heute Nachmittag her für eine
Befragung.«

»Ich überlasse Ihnen diese Befragung, wenn das in
Ordnung ist. Anna, organisieren Sie sich bitte die Kontaktinfor-
mationen dieser Mädchen und sprechen Sie sofort mit ihnen.«
Sie überprüfte die Liste auf ihrem Schreibtisch, in der sie sich

die Hinweise notiert hatte, denen sie nachgehen wollte. »Hat schon jemand Carries Klassenleiter, diesen Maneesh Shah, ausfindig gemacht oder mit ihm gesprochen?«

Anna hob kurz den Blick von ihrem Bildschirm. »Ich habe heute Morgen bei ihm angerufen. Er sagte, Carrie hätte ihr Potenzial nicht ausgeschöpft. Sie habe zu den Unruhestiftern in der Klasse gehört und sei an manchen Tagen unberechenbar gewesen.«

»Carrie war also ein Wildfang und hat gerne für Ärger gesorgt.« Robyn starrte aus dem Fenster. Draußen hatte sich ein dunkler, grauer Wolkenvorhang gebildet, der diesen Tag noch düsterer erscheinen ließ. Sie rieb sich abwesend die Hüfte. Sie schmerzte nicht mehr so sehr wie zuvor, aber gab ihr deutlich zu verstehen, dass auch sie nicht jünger wurde.

»Ich könnte mich persönlich mit Mr. Shah unterhalten und versuchen, noch ein bisschen mehr aus ihm herauszubekommen«, sagte Robyn zu niemand Bestimmtem.

Mitz hob den Kopf und grinste. »Aber verspäten Sie sich nicht zu ihrem heißen Date mit DI Shearer.«

Robyn gab ein Knurren von sich. »Wenn das jemand anders als Sie gesagt hätte, würde ich ...«

»Boss!« Die Dringlichkeit in Annas Stimme ließ Robyn mitten im Satz verstummen. »Da ist eine Vermisstenanzeige für eines unserer Mädchen. Ihre Eltern haben sie vor etwas über einer Woche als vermisst gemeldet, am achten Januar.«

»Wer?«

»Amber Dalton, unser Sandwell-Mädchen.«

19

Florence saß in einer der Toilettenkabinen und tippte auf dem Display ihres Smartphones herum. Hunter hatte ihr geschrieben und wollte an diesem Nachmittag um drei Uhr mit ihr chatten, während einer seiner Arbeitspausen. Sie hatte ihm nicht sagen wollen, dass sie noch zur Schule ging und daher nicht mit ihm sprechen konnte, doch sie wollte ihm auch nicht absagen und damit riskieren, dass er das Interesse verlor. Also hatte sie während des Kunstunterrichts Bauchschmerzen vorgeschoben und Miss Cousins erzählt, sie leide unter ›Frauenbeschwerden und Krämpfen‹. Miss Cousins war viel zu zurückhaltend, um ihre Aussage zu hinterfragen, und entschuldigte das Mädchen. Sie fühlte sich eigentlich gar nicht wie eine schlimme Lügnerin, denn sie hatte aus lauter Vorfreude auf das Gespräch mit Hunter während der Mittagspause überhaupt nichts essen können. Was, wenn er sie doof fand, oder wenn er herausfand, dass sie erst dreizehn war? Auf ihrem Profilbild hatte sie es mithilfe von Make-up geschafft, älter auszusehen, aber es war etwas ganz anderes, wenn sie mit jemandem, der um einiges älter war als sie, eine tatsächliche Unterhaltung führen musste.

Sie hatte die Toiletten schon fast erreicht, als sie auf Mr. Chambers traf. Elliot Chambers war erst seit kurzem Lehrer an der Delia-Marsh-Schule, er war erst Anfang des laufenden Schuljahres von der Universität an die Schule gekommen. Jedes Mädchen in ihrer Klasse, auch Amélie, war in ihn verliebt. Er war Anfang zwanzig und hatte dunkle, traurige Augen. Mit seinem glattrasierten Gesicht, seiner lässigen Eleganz und dem dunklen, lockigen Haar erinnerte er sie an Harry Styles von One Direction. Mr. Chambers unterrichtete Englisch und betreute die Theatergruppe und hatte schon jetzt großen Eindruck auf seine Schüler gemacht. Er war enthusiastisch, viel cooler als die anderen Lehrer und interessierte sich tatsächlich für seine Schüler.

»Hi, Florence. Geht es dir gut? Solltest du nicht gerade im Unterricht sein?«

»Ja, Sir. Kunst.« Sie war sich nicht sicher, ob sie es schaffen würde, Mr. Chambers etwas vorzumachen. Er war ein Experte, wenn es ums Schauspielern ging. »Bin nur auf dem Weg zur Toilette.« Mehr traute sie sich nicht zu sagen.

»Natürlich. Lass dich von mir nicht aufhalten. Du möchtest sicher so schnell wie möglich zurück in den Unterricht. Kunst ist eines deiner Lieblingsfächer, nicht wahr?«

»Ja.« Sie starrte an das entfernte Ende des Korridors, dann auf ihre Füße, unsicher, wohin sie ihren Blick richten sollte. Das Herz schlug ihr bis zum Hals. Sie wollte Hunter nicht warten lassen.

»Miss Cousins hat mir den Kunstraum gezeigt und an der Wand hingen mehrere deiner Bilder.« Er lächelte sie an. Wenn sie nicht so darauf versessen wäre, endlich mit Hunter zu sprechen, hätte sie diese Unterhaltung wirklich genossen. Sie wurde nicht von vielen Leuten gelobt, schon gar nicht von derart attraktiven Männern.

»Nun, ich muss wohl weiter. Habe noch einige Arbeiten zu korrigieren«, sagte er und schenkte ihr im Weggehen ein breites

Lächeln, das ihre Knie weich werden ließ. Florence eilte zu den Toiletten, sperrte sich in einer der Kabinen ein und ließ sich auf den Sitz fallen.

Sie strich sich ihr Haar von den Schultern, atmete einmal tief durch und öffnete die Fox or Dog App. Hunters Bild wurde ihr angezeigt und verriet ihr, dass er bereits online war. Florence fing an zu tippen.

Kitten: Hi Hunter.

Hunter: Hey Kitten! Du hast es geschafft.

Kitten: Ich kann ein paar Minuten Pause machen. Hoffe, ich werde hinten im Büro gerade nicht gebraucht.

Hunter: Wo arbeitest du?

Florence hatte diese Frage erwartet.

Kitten: Bin Sekretärin bei einem kleinen Unternehmen.

Es war besser, keine zu genauen Angaben zu machen. Sie wollte nicht, dass er versuchte, sie zu finden. Sie war sich nicht einmal sicher, wie weit sie überhaupt mit ihm gehen wollte. Im Moment reichte es ihr aus, eine reine Online-Beziehung mit jemandem zu führen, der die echte Florence nie zu Gesicht bekommen würde, das pummelige junge Mädchen, das nicht besonders gut in der Schule war, sich beim Sport nicht sehr geschickt anstellte und den Großteil seiner Freizeit mit Tagträumen und Lesen verbrachte.

Hunter: Da musst du wohl stundenlang vor einem Bild-schirm sitzen.

Kitten: Ja. Es ist okay. Manchmal werde ich zu Konferenzen ins Ausland geschickt. Letztes Jahr wurde ich zu einem Meeting in Barcelona geschickt und in einem Hotelzimmer in einem Fünfsternehotel untergebracht.

Florence fragte sich, ob sich das erwachsen anhörte oder nur nach Angeberei.

Kitten: Solche Sachen kommen aber nicht so oft vor. Meistens hänge ich nur im Büro rum.

Das klang schon besser. Langsam begann sie der unangenehme Geruch der Toiletten zu stören. Sie hätte stattdessen in den Park laufen und sich dort auf eine Bank setzen sollen.

Hunter: Wow. Barcelona. Hast du ein Glück. Ich habe nicht so viel Spaß. Arbeite als Programmierer. Das klingt beeindruckend, aber ich verbringe viel zu viel Zeit eingepfercht in einem Raum mit einem Haufen Nerds. Einer von denen ist ein total seltsamer Kerl.

Florence kicherte und schickte ihm einen Lachsmiley.

Hunter: Magst du die Star Wars-Filme?

Kitten: Die sind okay.

Hunter: Bitte erzähl mir jetzt nicht, dass du auf Mädchenfilme stehst.

Florence schob sich auf dem Toilettensitz hin und her. So langsam wurde ihr Po taub. Sie mochte solche Filme, aber sie wollte nicht zu mädchenhaft klingen, indem sie das zugab. Zum Glück waren ihre Eltern meist den ganzen Tag im Stall beschäftigt, sodass sie jede Menge Gelegenheit hatte, jeden Film anzusehen, der sie interessierte. Ihre Mum vertraute darauf, dass sie ›vernünftig‹ war. Beide Elternteile behandelten sie genauso wie die Stallmädchen, die alle mindestens siebzehn waren.

Kitten: Ich liebe Horrorfilme. Die Final Destination-Reihe fand ich super.

Hunter: Die waren der Hammer. Teilweise aber ziemlich blutig. Die Saw-Reihe hat mir auch gefallen. Hast du die gesehen?

Hatte sie nicht, aber sie konnte sich ungefähr vorstellen, um was es ging.

Kitten: Die waren genial. Habe mich aber beim Anschauen ein paar Mal richtig erschreckt.

Hunter: Dann macht es dir also nicht aus, dich ein bisschen zu gruseln.

Kitten: Gibt nicht viel, was mir Angst macht. Außerdem sind das ja nur Filme. Ist ja nur Schauspielerei und Make-up. Aber ich mag den Nervenkitzel. Manchmal fühlt es sich gut an, Angst zu haben.

Florence fand, dass sie sich ziemlich cool anhörte. Hunter schien das auch zu denken und schickte ihr einen Daumen hoch.

Hunter: Ich mag starke Frauen. Dann hast du auch keine Angst vor Spinnen?

Kitten: Nein.

Das war komplett gelogen. Florence hasste diese Tiere, aber das würde sie Hunter sicher nicht erzählen. Sie schickten sich weiter Nachrichten hin und her und schließlich, viel zu früh für Florence, war es Zeit, das Gespräch zu beenden.

Hunter: Hast du Lust, bald wieder zu chatten?

Florence atmete erleichtert auf. Er mochte sie. Ihre Mundwinkel hoben sich.

Hunter: Ich melde mich bald wieder bei dir. Allerdings nicht vor Donnerstagabend. Ich muss noch einen Auftrag für einen Kunden fertigmachen.

Florence wartete ungefähr eine Minute, bevor sie ihm antwortete, um nicht zu interessiert zu wirken. Dann fiel ihr ein, dass sie am Donnerstag nach der Schule eine Verabredung im Kino hatte. Dann müsste sie rechtzeitig um acht oder halb neun wieder zurück sein. Das würde sie schaffen.

Kitten: Alles klar. Dann vielleicht bis Donnerstag.

Sie hörte Stimmen draußen vor der Kabine. Die Toilettentür öffnete sich mit einem Quietschen. Sie verhielt sich still.

Hunter: Ich freu mich darauf.

Sie seufzte und starrte ihr Handy einen Moment lang an. Sie fühlte sich nicht mehr wie eine Dreizehnjährige oder wie ein Mauerblümchen. Florence Hallows hatte einen festen Freund.

20

DCI Neil Forge von der Derbyshire Police winkte Robyn in sein Büro. Er sah aus wie ein Mann, der schon so viel Schreckliches miterlebt hatte, dass es für ein ganzes Leben reichen würde – tiefe Falten hatten sich in seine Stirn gegraben, und er hatte tiefe Furchen zwischen den Augenbrauen, die mit den Jahren immer prägnanter geworden waren. Mit einer Körpergröße von zwei Metern füllte er nicht nur seinen Stuhl aus, sondern den ganzen Raum. »Setzen Sie sich, DI Carter. Ich rede nicht lange um den heißen Brei herum. Die Techniker haben sich den Laptop von Amber Dalton angesehen. Wir hatten gehofft, darauf etwas Hilfreiches zu finden – immerhin scheinen Teenager ihr gesamtes Gefühlsleben im Internet offenzulegen. Amber ist da jedoch eine Ausnahme und verwendet ihren Laptop nur für die Schule.« Er beugte sich über einen Stapel Papiere und zog mehrere Blätter daraus hervor, die er Robyn reichte. Amber hatte eine Menge Zeit mit der Suche nach Informationen über Gedichte aus dem Ersten Weltkrieg, die Wirtschaft und diverse Schriftsteller wie Shakespeare und Milton verbracht.

Er fuhr fort. »Wir haben nichts gefunden, das uns alarmierend erscheint. Es handelt sich um einen Suchverlauf, wie man ihn von einer engagierten Schülerin erwarten würde. Die Techniker haben außerdem auch nach gelöschten Browserverläufen, Cookies und versteckten Dateien gesucht, aber auch das führte ins Nichts. Sie besaß den Laptop erst seit Weihnachten – er war ein Geschenk ihrer Eltern. Aufsätze, einige Notizen, das war's im Wesentlichen.«

»Wir haben mittlerweile Zugang zu ihren Social-Media-Accounts, auf die sie in der Regel mit dem Smartphone zugegriffen hat. Auf Instagram hat sie seit Silvester nichts mehr gepostet, das letzte Bild ist ein Foto von einem Feuerwerk, unter den sie allen ein ›mega 2017‹ gewünscht hat. Auch auf ihrer Facebook-Seite hat sie seit dem zweiten Januar nichts mehr gepostet. Das war der Tag, an dem ihre Eltern nach Portugal aufgebrochen sind. Es scheint, als hätte sie einfach keine Lust mehr gehabt, diese Plattformen zu nutzen. Das hier war ihre letzte Nachricht.« Er reichte Robyn ein Blatt und sie las:

Keine Lust mehr auf Facebook. Zu viel Heuchelei hier. Werde es eine Weile nicht mehr benutzen. Vielleicht auch für immer. Das überlasse ich Leuten, die gerne rumheulen oder andere kritisieren.

Robyn konnte spüren, wie sich die Härchen in ihrem Nacken aufstellten. Sprache und Tonfall dieser Nachricht waren der Nachricht, die Carrie angeblich in ihrer Facebook-Chronik gepostet hatte, sehr ähnlich. Das wäre ein zu großer Zufall, um ihn zu ignorieren. Sie hoffte sich zu irren, denn falls sie richtiglag, würde das bedeuten, dass Amber Dalton in Gefahr schwebte. Sie musste mit ihren Eltern sprechen und herausfinden, wo sich Siobhan Connors aufhielt, das andere Mädchen, das eine Direktnachricht von Carries Handy bekommen hatte.

»Könnten Sie ihre Profilseite mal für mich aufrufen?«, fragte Robyn.

»Klar, warten Sie einen Moment.« Amber Daltons Profil erschien auf dem Bildschirm. Amber in Schwarz-Weiß, die großen Augen auf einen Punkt in der Ferne gerichtet, die Arme um die langen Beine geschlungen. Sie saß auf einer Steinmauer vor einem hohen Wohnblock aus den Sechzigerjahren. Die Wand hinter ihr zierte ein Graffiti: ›Das Leben ist scheiße‹. Amber hätte mit ihrem entrückten Gesichtsausdruck, dem Spitzenoberteil mit den bauschigen Ärmeln, der engen Jeans und den Ugg Boots genauso gut Werbung für ein Modelabel machen können. Sie strahlte Traurigkeit und Schönheit aus, so als ermüde sie das Leben an sich.

»Hat Amber irgendjemandem auf Facebook Privatnachrichten geschrieben?«

»Sie war überhaupt nicht mehr aktiv.«

Robyn rieb sich abwesend die schmerzende Hüfte. Carrie hatte Privatnachrichten an Siobhan Connors und Amber gesendet und geschrieben, dass sie hoffte, sie bald kennenlernen zu können. Amber dagegen hatte niemanden kontaktiert, weder über Facebook noch über Textnachrichten.

»Also hatte keiner ihrer Freunde versucht, Kontakt zu ihr aufzunehmen?«, sagte sie.

»An den Kommentaren unter ihren Posts in ihrer Facebook-Chronik lässt sich ablesen, dass sich einige davon gefragt haben, was mit ihr los ist.«

Er scrollte weiter nach unten. »Es gibt einige, die ihr geraten haben, mal eine Pause einzulegen, oder die kleine Herzen auf ihrer Seite hinterlassen und ihr gesagt haben, dass sie ›für sie da sind, wenn sie reden möchte‹. Diese hier fragt: ›Was ist denn los mit dir, du Miesepeter? Wieder schlecht drauf? Ruf mich an.‹ Das hat eine ihrer Freundinnen aus Sandwell geschrieben, Samantha Dancer. Sandwell ist zwar ein Internat, aber Amber ist nur eine Tagesschülerin. Das bedeutet, sie ist jeden Tag nur bis neun Uhr da. Sie hat ein Zimmer im selben Wohnheim wie Samantha, die dauerhaft dort wohnt, daher müssen sie sich oft über den Weg laufen. Wir haben schon mit Samantha gesprochen und sie hat uns erzählt, dass es ziemlich normal ist, dass immer mal wieder eine von ihnen ein bisschen deprimiert ist. Amber ist da keine Ausnahme, allerdings haben ein oder zwei Schüler ausgesagt, dass es ihr überhaupt nicht ähnlichsieht, so ein Drama zu machen. Samantha hat es auf den Schulstress zurückgeführt. Amber will unbedingt in Oxford oder Cambridge studieren und hat sich richtig ins Zeug gelegt. Samantha vermutet, dass ihre Eltern sie unter Druck setzen, und fragte sich, ob Amber der Druck vielleicht zu viel geworden sein könnte und sie deshalb weggelaufen ist. Sie hat Nachrichten auf Ambers Handy hinterlassen, aber nie eine Antwort bekommen. Zu dem Zeitpunkt hatte sie selbst viel für die Schule zu tun, daher ging sie davon aus, dass auch Amber sich voll auf die Arbeit konzentrierte. Erst als das Schuljahr anfing, wurde ihr klar, dass Amber verschwunden war.

Wir haben uns mit jedem von Ambers Freunden in Sandwell unterhalten, aber viele hatte sie nicht. In den letzten Monaten war ihr das Lernen wichtiger als ihre Freundschaften. Aber sie haben alle bestätigt, was wir bereits vermutet hatten – Amber Dalton ist ein intelligentes, attraktives Mädchen, für das Bildung an erster Stelle steht.«

»Sind seit dem Aufruf im Fernsehen irgendwelche Hinweise aus der Bevölkerung eingegangen?«

»Das Übliche. Die Leute rufen an und behaupten, sie überall im Land gesehen zu haben – Sie wissen ja, wie das läuft. Wir verschwenden so viele Ressourcen darauf herauszufinden, wie viele dieser Hinweise tatsächlich plausibel sind.«

»Auch nichts von einem der Nachbarn?«

»Die wussten nicht einmal, dass sie zu Hause ist. Es befinden sich sechs Häuser dort, alle weit auseinander. Jedes hat eine eigene Auffahrt und ist eingezäunt. Diese Leute sind sehr auf ihre ›Privatsphäre‹ bedacht.« Er schnaubte verächtlich.

»Irgendwelche Verwandten?«

»Nur eine Großmutter in Wales. Keine Onkel oder Tanten. Bei ihrer Großmutter ist Amber nicht. Falls sie wirklich weggelaufen ist, dann kann sich niemand erklären, warum. Ihre Eltern bitten sie oft, mal eine Pause von den Schularbeiten einzulegen. Aber sie behaupten standhaft, dass sie keine Probleme in der Schule hat, dass sie die perfekte Tochter ist – keine Streitereien oder Misserfolge. Sie sagen, sie ist ein glücklicher, zufriedener Teenager.«

»Hat sie einen Freund?«

»Sie ist eine Zeit lang mit einem Jungen aus ihrem Jahrgang gegangen, aber sie hat sich letztes Jahr im April von ihm getrennt, um sich auf ihre GCSE-Prüfungen konzentrieren zu können.«

»Kennen Sie seinen Namen?«

»Justin Bolt.«

Robyn notierte den Namen zusammen mit der Adresse des Jungen. DCI Forge lehnte sich zurück. »Ich habe noch immer ein wenig Hoffnung, dass sie unversehrt wieder auftaucht. Sie ist jetzt seit zwei Wochen verschwunden und ihre Eltern sind davon überzeugt, dass sie entführt wurde. Es ist sehr unwahrscheinlich, dass sie weggelaufen ist. Wir haben das ganze Gebiet abgesucht, aber es gibt keine Spur von ihr.«

»Konnten Sie ihr Smartphone orten?«

»Es wurde zuletzt am siebten verwendet – einen Tag, bevor ihre Eltern zurückgekehrt sind. Ein Funkmast in Derby hat das Signal des Telefons empfangen. Seitdem war es immer ausgeschaltet und wir waren nicht in der Lage, es erneut zu lokalisieren.«

Wieder ein Telefon, das in Derby genutzt worden war. Lebte der Killer dort oder hatte Amber ihr Handy an diesem Tag selbst verwendet? Robyn machte sich in Gedanken eine

Notiz. In dieser Ermittlungsphase war jede Information relevant.

»Ich weiß, es ist eine ungewöhnliche Bitte, aber meinen Sie, ich könnte mit den Eltern sprechen?«, fragte sie.

»Es *ist* ungewöhnlich, aber sie tun alles, was irgendwie helfen könnte. Die beiden sind das, was man als aufrechte Bürger bezeichnen würde. Er ist Wirtschaftswissenschaftler, sie engagiert sich bei verschiedenen Wohltätigkeitsorganisationen. Es ist furchtbar zu sehen, was sie durchmachen. Sie vergöttern Amber. Und vertrauen blind auf unsere Fähigkeit, ihre Tochter zu finden. Ich wünschte, wir könnten ihnen bessere Nachrichten überbringen.«

Robyn spürte einen sauren Geschmack in ihrer Kehle aufsteigen. Die Nachricht, die auf Ambers Facebook-Seite hinterlassen worden war, hatte ihre Befürchtungen bestätigt und sie hatte kaum noch Zweifel daran, dass das Verschwinden von Amber mit dem von Carrie zusammenhing. Und da es kein Lebenszeichen von Amber gab und ihr Handy ausgeschaltet war, befürchtete Robyn, dass das Mädchen nicht mehr am Leben war. Mit diesem Gedanken im Hinterkopf rief sie auf der Dienststelle an und bat Anna, Kontakt zu Siobhan Connors aufzunehmen.

21

Robyn fuhr zurück nach Uttoxeter. Das Haus der Daltons lag auf dem Weg in dem Dorf Tutbury, das hauptsächlich seiner mittelalterlichen Burgruine wegen bekannt war. Als sie an der Festung vorbeifuhr, dachte sie sorgfältig darüber nach, was sie ihnen sagen würde. Sie wollte ihnen keine unnötigen Sorgen bereiten, doch sie musste schnell arbeiten und so viel herausfinden wie möglich, wenn auch nur der Hauch einer Chance bestehen sollte, Amber lebend zu finden.

Bianca Dalton, eine zierliche Frau mit sehr reiner, porzellanartiger Haut und tiefgründigen, dunklen Augen, schien sich besser zu halten als ihr Ehemann. Mr. Dalton, groß und gebeugt, mit spärlichem, sehr feinem weißen Haar und einer runden, metallenen Brille auf der Nase, die ihn wie einen Professor wirken ließ, sah gequält aus. Bei Robyns Anblick weiteten sich seine Augen. »Ist sie ...?«

»Nein, Charles. Sie haben sie noch nicht gefunden. Das ist DI Carter von der Staffordshire Police. Sie hat ein paar Fragen über eine Freundin von Amber. Sie hat vorhin angerufen. Ich sagte ihr, dass sie vorbeikommen könne.« Mrs. Daltons Tonfall war charmant und melodisch.

»Sie sind sich sicher, dass das für Sie in Ordnung ist? Ich möchte Sie nicht belästigen.«

»Natürlich ist es in Ordnung. Wir helfen, wo wir können. Es tut gut, sich auf etwas anderes zu konzentrieren. Seit wir wieder zu Hause angekommen sind, haben wir uns nicht getraut, das Haus zu verlassen, für den Fall, dass das Telefon klingelt und Amber uns erreichen möchte, oder falls sie zurückkommt und wir dann nicht hier sind, um sie willkommen zu heißen.«

Mrs. Dalton führte ihren Ehemann am Ellbogen zu einem großen Sessel, und er setzte sich. Er wirkte wie betäubt. Sie wandte sich an Robyn. »Charles gibt sich selbst die Schuld. Wir hätten darauf bestehen müssen, dass sie uns nach Portugal begleitet, aber nein, wir haben es zugelassen, dass sie allein hier zurückblieb. Amber sagte, sie hätte noch Schularbeiten zu erledigen und wollte nicht hinterherhinken. Wie viele Mädchen in ihrem Alter hätten lieber gelernt, statt sich an einem Pool zu sonnen? Möchten Sie eine Tasse Tee, Inspector?«

»Nein, vielen Dank. Ich möchte Ihnen keine Umstände machen.«

»Das macht überhaupt keine Umstände. Ich habe eine ganze Kanne gekocht, bevor sie kamen.«

»Nur, wenn Sie sicher sind. Mit Milch, aber ohne Zucker bitte.«

»Dann fühle ich mich wenigstens nicht ganz so nutzlos.« Die Tasse klapperte auf der Untertasse und erzeugte ein anhaltendes Klirren. Mrs. Dalton stellte sie auf dem Tisch ab. »Wem will ich hier etwas vormachen? Ich fühle mich absolut nutzlos. Ich sitze nur hier herum und warte darauf, dass etwas passiert, bete, hoffe. Ich ertrage es nicht, nichts zu wissen.«

»Aber, aber, Bianca«, sagte ihr Mann, der langsam aus seiner Betäubung erwachte. »Wir dürfen nicht aufgeben. Wir müssen stark bleiben. Für Amber, wenn sie nach Hause kommt.« Seine Stimme verwandelte sich in ein Wimmern.

Robyn konnte ihm nicht noch mehr Schmerz zufügen. Er war völlig am Ende. Amber war elf Tage zuvor als vermisst gemeldet worden, und noch immer hatte niemand einen Hinweis auf ihren Aufenthaltsort. Robyn fühlte sich unwohl dabei, den beiden noch weitere Informationen abzuverlangen, wo sie doch so offensichtlich litten. Sie hätte stattdessen ein Treffen mit dem Opferschutzbeamten vereinbaren sollen, der sich um die Daltons kümmerte. »Hören Sie, ich werde mit den für Ambers Verschwinden zuständigen Beamten sprechen. Ich möchte Sie in dieser schweren Zeit nicht behelligen.«

»Ist diese Freundin von Amber auch verschwunden?« Bianca Dalton starrte Robyn an und schien die Situation plötzlich zu verstehen. »Nein, antworten Sie darauf nicht. Ich möchte weiter daran glauben, dass Amber in Sicherheit ist und bald nach Hause kommt. Ich möchte nicht wissen, was mit diesem anderen Mädchen geschehen ist. Stellen Sie einfach Ihre Fragen, und wenn wir sie beantworten können, werden wir das tun.«

»Sagt Ihnen der Name Carrie Miller etwas?«

Bianca zuckte mit den Schultern und sah zu ihrem Ehemann, der nachdenklich die Augenbrauen zusammenzog. »Nein, ich kann mich nicht erinnern, dass Amber diesen Namen je erwähnt hätte. Ist sie eine von Ambers Freundinnen aus Sandwell?«

Robyn schüttelte den Kopf. »Nein. Wir sind uns nicht sicher, woher die beiden sich kennen. Möglicherweise nur über die sozialen Netzwerke.«

Charles schüttelte erneut den Kopf. »Amber hat sie nie erwähnt und sie war sicherlich nie hier zu Besuch. Amber hat schon lange niemanden mehr eingeladen. Sie hatte beschlossen, dass ihre Ausbildung an erster Stelle steht. Ihre Schule setzt große Hoffnungen in sie.«

Robyn folgte seinem Blick zu einem gerahmten Foto seiner

Tochter, auf dem man sie beinahe für ein Model halten konnte. Mit ihrem hellen Teint, der dem ihrer Mutter ähnelte, ihren großen, von langen Wimpern umrahmten Augen, ihrer perfekten, geraden Nase und den vollen Lippen sah sie aus wie eine jüngere Version von Sophie Marceau.

»Wann haben Sie zum ersten Mal bemerkt, dass Amber verschwunden war?«

»Nicht, bevor wir von unserer Reise zurückkehrten, am achten Januar. Das war vor zwölf Tagen«, sagte sie, und ihre Brust hob sich. Dann erlangte sie die Kontrolle zurück und fuhr fort. »Sie schrieb uns jeden Tag Nachrichten, während wir weg waren, daher dachten wir, es wäre alles in Ordnung. Ich erinnerte sie daran, den Müll rauszubringen und sie antwortete, das hätte sie erledigt. Als wir nach Hause kamen, war die Haustür abgesperrt, das Essen, das ich für sie vorbereitet hatte, war immer noch im Kühlschrank und die Mülleimer waren nicht ausgeleert worden. Wir haben sofort die Polizei gerufen. Inspector Forge glaubt, dass sie kurz nach unserer Abreise das Haus verlassen hat.« Bianca nahm einen tiefen Atemzug. »Wir haben bei allen ihren Freunden nachgefragt und bei meiner Mutter. Amber war bei keinem von ihnen. Die Polizei ist von Haus zu Haus gegangen und hat Befragungen durchgeführt, aber niemand hat sie gesehen. Wir haben darauf gewartet, dass sie sich wieder meldet, aber es gab weder weitere Nachrichten noch Anrufe von ihr. Die letzte Nachricht, die wir von ihr bekommen haben, ging einen Tag vor unserer Rückkehr ein und darin wünschte sie uns viel Spaß an unserem letzten Tag.« Biancas Augen füllten sich mit Tränen.

»Inspector Forge hat uns zu einem Hilfeaufruf im Fernsehen geraten, was wir vor zwei Tagen auch gemacht haben, am Samstagabend. Bis jetzt haben wir noch nichts Neues gehört. Die Polizei sagt, sie gehen Hinweisen nach. Es kommt mir vor, als sei sie einfach wie vom Erdboden verschluckt. Ich wünsche mir so sehr, ich hätte darauf bestanden, dass sie uns begleitet. Sie hätte ihre Schularbeiten auch in dem Ferienhaus erledigen können. Als ich sie gefragt habe, ob sie allein klarkommen würde, meinte sie, ich solle aufhören, mir Sorgen zu machen.«

Bianca schüttelte den Kopf. »Sie ist so ein gutes Mädchen. Ich weiß, das sagen alle Eltern, aber Amber ist es wirklich. Sie ist perfekt. Ich könnte mir keine bessere Tochter wünschen.«

»Die Polizei tut alles in ihrer Macht Stehende, um sie zu finden.« Robyn konnte es kaum ertragen, Bianca anzusehen, die nun wieder Hoffnung geschöpft zu haben schien. »Könnte ich mir bitte Ambers Zimmer ansehen?«

Biancas Miene verdüsterte sich. »Ich weiß zwar nicht, was das bringen soll, aber in Ordnung. Fassen Sie nichts an. Ich möchte, dass alles so ist, wie sie es verlassen hat, wenn sie nach Hause kommt.«

Charles stand auf, um Robyn zu begleiten. Er schien die Kontrolle über seine Emotionen wiedererlangt zu haben. »Ich werde sie nach oben begleiten. Bianca, könntest du noch ein wenig Tee holen, mein Schatz?« Seine Frau nickte.

Charles führte Robyn durch den eichengetäfelten Eingangsbereich und die mit Teppich ausgelegte Treppe hinauf. »Sie spielt die Starke. Aber es wird sie umbringen, sollte Amber irgendetwas zugestoßen sein. Sie bedeutet uns alles.« Er blieb stehen und wandte sein Gesicht Robyn zu. »Die Beamten, die hergekommen sind, uns Beistand zu leisten, denken, dass sie tot ist, glaube ich. Aber irgendwo da draußen ist mein kleines Mädchen. Sie hat Rückgrat. Sie hat einen starken Willen. Sie wird zu uns zurückkehren«, sagte er und wiederholte es noch einmal, wie um sich selbst davon zu überzeugen. Dann stieg er weiter die Treppe hinauf. Robyn folgte ihm, beunruhigt von dem Kribbeln, das ihr über den Rücken lief. Amber war mit ihren Eltern über Nachrichten in Kontakt geblieben, während diese im Urlaub gewesen waren. Jade North hatte Nachrichten erhalten, die angeblich von Carrie stammten, als diese längst getötet worden war. Robyn konnte einfach das Gefühl nicht abschütteln, dass Amber Dalton einem Killer in die Hände gefallen war.

_22_

Auf dem Rückweg zur Dienststelle überschlugen sich Robyns Gedanken. Sie fürchtete, es mit einem Serienmörder zu tun zu haben, und dass sie sich gerade erst am Anfang einer Mordserie befanden. Wie viele weitere Opfer würde sie fordern? Ihre andere Sorge war, dass sie noch nicht genug Beweise dafür hatte, um DCI Flint von ihren Befürchtungen zu überzeugen. Es war mehr als unwahrscheinlich, dass er sie aufgrund einer einzigen Leiche ernst nehmen würde. Ihre Vorgesetzten waren nicht immer bereit dazu, sich auf ihre Intuition einzulassen. Louisa Mulholland war da anders gewesen, aber nun, da sie fort war, würde es sich deutlich schwieriger gestalten, ihre Vorgesetzten davon zu überzeugen, dass sie recht hatte.

Sie wünschte, sie könnte sich mit Davies über das alles unterhalten. Er war immer der eine Mensch gewesen, der bedingungslos an sie geglaubt hatte. Der Schmerz über seinen Verlust fühlte sich an wie ein Schlag auf die Brust. Sie würde nie darüber hinwegkommen.

»Davies, was soll ich nur tun?«, fragte sie, und wusste doch, dass nur die Stille ihr antworten würde.

Sie rieb sich den Nacken. Ein dumpfer Schmerz hatte sich

in ihrem Kopf ausgebreitet. Sie hatte wieder vergessen zu essen und hatte Unterzucker. Wenn Davies noch am Leben wäre, hätte er sie wahrscheinlich angerufen, um sie ans Essen zu erinnern ...

»Komm her und setz dich hin. Ich habe dir ein Sandwich gemacht. Runter damit.« Davies lehnt sich in ihre Richtung, seine sanften Augen ruhen auf ihr. »Du tust dir selbst keinen Gefallen, wenn du nichts isst.«

Robyn hebt das Ciabatta-Brötchen vom Teller. Salat und Tomaten, dazwischen einige Scheiben Leerdammer-Käse, eine Lebensmittelflagge in Grün, Rot und Gelb. Ihr Magen knurrt. Davies lacht. »Siehst du. Dein Körper sagt dir, dass er großen Hunger hat.«

»Ich hatte keine Zeit zu essen«, sagt sie, beißt in das mehlbestäubte Brot und genießt den süßen Geschmack der Kirschtomaten, mit denen er es belegt hat. Er weiß, dass das ihre Lieblingstomaten sind.

Er ist wie immer gut gekleidet, in ein weißes Shirt und Jeans. Sein Gesicht ist glattrasiert, das dunkle Haar trägt er lässig nach hinten gelegt auf eine Weise, die es gleichzeitig stylish und ungekämmt aussehen lässt, und seine Augen funkeln, während er ihr dabei zusieht, wie sie das Sandwich in ihren Mund schiebt.

»Unsinn. Du kannst nicht mit leerem Magen weitermachen. Ich verstehe, dass diese Fälle dich komplett vereinnahmen, aber du darfst deinen Körper nicht vernachlässigen. Er ist wie eine Maschine, und dein Gehirn braucht Treibstoff. Ich will einen ausführlichen Bericht darüber, dass du etwas gegessen hast, während

ich weg bin. Du weißt genau, was passiert, wenn ich zurückkomme und du dich in ein Skelett verwandelt hast«, sagt er mit einem breiten Grinsen. »Dann werde ich dich mit allem möglichen ekelhaften, kalorienreichen, fettigen Zeug füttern, bis du mich um Gnade anflehst. Wie auch immer, versprich mir, dass du dich gut um dich kümmerst, während ich weg bin.«

Sie nickt. Davies hat oft mit Fällen zu tun, die noch viel anspruchsvoller sind als ihre. Er spricht nie darüber. Er arbeitet für den Militärgeheimdienst und darf über seine Einsätze daher nicht reden. Überhaupt weiß sie nur aufgrund eines zufälligen Treffens in der Polizeidienststelle von seinem Job, als er dort auftauchte, um einen Verdächtigen zu befragen, der wegen Besitzes von Utensilien zum Bau einer Bombe verhaftet worden war. Sie hatte beobachtet, wie Davies mit ernstem Gesicht in den Vernehmungsraum geführt worden war. Sein gepflegtes Äußeres war ihr gleich aufgefallen, aber dann hatte sie sich wieder ihren Aufgaben zugewandt. Einer ihrer Kollegen ließ durchsickern, dass der Fremde in der Dienststelle, der vom Polizeipräsidenten höchstselbst hergebeten worden war, für den Geheimdienst arbeitete. Später war sie ihm auf dem Flur begegnet, wo sie vor der uralten Kaffeemaschine stand. Obwohl sie sie mit netten Worten umgarnt, dann mit der Hand darauf geschlagen und das Ding schließlich verflucht hatte, hatte sie ihren dringend notwendigen Kaffee nicht bekommen. Davies, sichtlich amüsiert, hatte den Vorschlag gemacht, zusammen das Café in der Nähe aufzusuchen. Ihr Geplauder war zu einem Date geworden und ein Date führte zum nächsten.

In Davies hatte sie ihren Seelenverwandten gefunden.

Er war viel weiser, als seine vierzig Jahre vermuten lassen würden, er war ruhig und geduldig. Er hatte es geschafft, dass sie ihren Schutzpanzer ablegte und sie mit offenen Armen empfangen. Ihr Wohlergehen lag ihm immer am Herzen, denn Robyn vergrub sich regelmäßig in ihrer Arbeit. Seine eigene führte ihn dagegen oft von ihr weg. Für den Rest der Welt war er nur ein Unternehmensberater für Unternehmen, die sich auf den Bau von Mikrochips spezialisiert hatten – ein langweiliger Job, der nun einmal viele Geschäftsreisen mit sich brachte. Niemand außer Robyn und seiner Ex-Frau Brigitte wusste, welchem Beruf er tatsächlich nachging. Keine von ihnen würde die Wahrheit je preisgeben. Die Wahrheit hätte Davies in Gefahr gebracht.

»Iss auf«, sagt Davies. »Du bist zu dünn.«

»Es ist nur die Arbeit. Du weißt doch, wie es ist, wenn ich mich mit einem Fall verzettele.«

Davies sitzt neben ihr, streichelt ihr Gesicht, lehnt sich dann vor, um sie zu küssen. »Dann solltest du deinen Job vielleicht aufgeben und über ein neues Leben als Mutter nachdenken.«

Ihr Herz klopft. Es gibt nichts, was sie lieber tun würde. Nächstes Jahr werden sie heiraten und ein Kind würde ihr Glück vollkommen machen. Sie blickt in seine Augen, ihr ganzer Körper ist erfüllt von Wärme und der Liebe zu diesem Mann. Sie nickt und ein klitzekleines Lächeln schleicht sich auf ihr Gesicht. Er hebt ihre Hände an und küsst ihre Handrücken.

Sie schüttelte den Kopf, versuchte, die Erinnerungen abzuschütteln. Davies war nicht mehr da, um sicherzustellen, dass sie auf sich achtgab. Er war in Marokko gestorben und mit ihm ihre Liebe und jede Hoffnung auf zukünftiges Glück.

Es war kurz vor sieben, als Robyn zur Dienststelle zurückkehrte. Tom Shearer wartete in ihrem Büro, den obersten Knopf seines Hemdes hatte er geöffnet. Silberne Strähnen durchzogen sein dunkles Haar und reflektierten das Licht , als er sich nach vorne lehnte, um seine Schuhe zu betrachten. »Dachte schon, Sie hätten mich versetzt«, sagte er.

Sie öffnete einer ihrer Schreibtischschubladen und kramte darin herum, auf der Suche nach Aspirin. Sie warf sich ein paar davon in den Mund und schluckte sie trocken herunter. Shearer beobachtete sie.

»Wir können es auch lassen, wenn Ihnen das lieber ist«, sagte er.

»Ich würde doch einen Kollegen nicht so enttäuschen. Außerdem könnte ich wirklich einen Drink gebrauchen.«

Sie verließen die Dienststelle, überquerten die Straße und liefen über den Parkplatz des Pubs.

Shearer drückte die Tür auf. Stimmengewirr drang heraus, wie um sie zu begrüßen. In einer Ecke sahen sie eine Gruppe von Polizisten, die zu Shearers Team gehörten. David Marker sah zu ihnen herüber und hob die Hand. Robyn nickte ihm zu. »Möchten Sie sich zu ihnen setzen?«

»Ein Drink an der Bar wäre mir lieber. Ich war den ganzen Nachmittag mit der Truppe eingesperrt. Ich glaube nicht, dass sie meine Gesellschaft schon so früh wieder zu schätzen wüssten. Ich hatte heute nicht die beste Laune. Unser Verdächtiger war nicht besonders kooperativ, daher habe ich ihn für die Nacht in eine Zelle verfrachtet, um herauszufinden, ob er morgen früh vielleicht etwas zugänglicher ist. Er ist im Moment noch nicht besonders gesprächsbereit, aber werde meinen Charme spielen lassen.« Robyn nahm einen stählernen

Ausdruck in seinen Augen wahr. Sie fischte ihr Portemonnaie aus der Tasche.

»Was möchten Sie trinken?«

»Geht auf mich.«

»Ich habe Sie eingeladen.«

»Hören Sie auf, die Harte zu spielen. Diese Runde geht auf mich. Glauben Sie nicht, ich wäre Ihnen nicht dankbar dafür, dass sie mich eingeladen haben. Bisher bin ich immer allein hergekommen, habe zu viel getrunken und die Truppe da drüben wahrscheinlich noch mehr genervt als ohnehin schon. Auf diese Weise schaffe ich es wenigstens, einigermaßen nüchtern zu bleiben. Vor einem andern DI möchte ich lieber nicht das Gesicht verlieren.«

»Dann tun Sie sich keinen Zwang an.« Sie stopfte ihr Portemonnaie zurück in die Handtasche und zog einen Hocker zu sich heran. »Ich würde gerne ihre Meinung zu etwas hören.«

»Die paar grauen Zellen, die ich noch habe, stelle ich Ihnen gerne zur Verfügung«, knurrte er und winkte den Barkeeper zu ihnen her. »Zwei Flaschen Stella. Ist das in Ordnung für Sie?«, fragte er.

»Klar. Ist in Ordnung.«

Sie stießen an. Sie bemerkte seine abgeknabberten Fingernägel und einen abstehen Hautfetzen an seinem Daumennagel. Davies hatte immer saubere, ordentliche Fingernägel gehabt, die er regelmäßig in ihre eckige Form gefeilt hatte.

»Auf abwesende Freunde«, sagte er und nahm einen langen Zug aus der Flasche. Sie blinzelte und die Vision von Davies verschwand. »Auf abwesende Freunde.«

Er nahm mehrere hörbare Schlucke und stellte die Flasche dann mit einem Knall zurück auf die Bar. »Das hat gutgetan. Was für ein Scheißtag. Bringt einen dazu, über die eigene Sterblichkeit nachzudenken. Da bin ich nun in meinen Vierzigern, geschieden, mit einem Sohn, der mich kaum wahrnimmt, und vergrabe mich komplett in meiner Arbeit. Ich saß heute in der Kirche bei Vaughns Beerdigung und habe mich gefragt, wie mein Leben wohl aussehen würde, wenn ich nicht Polizist geworden wäre. Würde ich dann für irgendein Unternehmen arbeiten, zu Hause eine Ehefrau, Ferien in der Algarve machen und Kinder haben, denen ich nicht total peinlich wäre? Dann habe ich mir die Gesichter der Männer um mich herum genauer angesehen, die damals noch junge Burschen mit Träumen und Hoffnungen waren, und ich sah, dass das Leben aus ihren Augen verschwunden war. Denen ging es auch nicht besser als mir. Stecken fest zwischen Kreditraten, Sorgen und Druck von außen, vermutlich mit verstopften Arterien oder durch Stress ausgelösten Krankheiten, von denen sie noch nicht einmal wissen, dass sie sie haben. Ich bin vermutlich glücklicher mit dem, was ich tue, selbst wenn ich weiß, dass es in unserer Gesellschaft ein paar wirklich kranke Arschlöcher gibt. Das lässt einem keine Ruhe, oder? Es gibt Tage, da will ich einfach nur laut schreien, aber dann nutze ich diese Energie, richte sie auf die Aufklärung eines Falls und versuche, die Welt zu einem besseren Ort zu machen.«

Robyn nickte. Shearer hatte noch nie so zu ihr gesprochen. Normalerweise war er so sarkastisch oder brüsk, dass sie manchmal dachte, er habe überhaupt kein Mitgefühl. »Ich verstehe das.« Sie setzte ihre eigene Flasche an die Lippen. Shearer sah ihr dabei zu.

»Wir sind wie zwei Seiten derselben Münze«, sagte er. »Sehen Sie uns nur an. Sitzen nach der Arbeit in einer Bar, weil wir sonst nirgendwohin können, haben niemanden, mit dem wir unsere Zeit verbringen könnten, und nichts anderes zu tun, als darüber nachzudenken, was wir heute geschafft oder nicht geschafft haben.«

Sie stellte die Flasche wieder auf die Bar. »Wir schaffen vieles. Es ist eher eine Berufung als ein bloßer Job und nicht jeder ist dafür geeignet. Das findet man schnell heraus, wenn man sich dafür entscheidet. Und was das Leben außerhalb der

Arbeit angeht – na ja, ist das nicht irgendwie überbewertet? Ich wette, diese Männer waren der Meinung, Ihr Leben sei viel aufregender als ihr eigenes. Das Gras ist immer grüner ...«

Er nickte zustimmend. »Berechtigtes Argument. Ich bin ein bisschen weinerlich wegen der Beerdigung. Vaughn war ein großartiger Typ. Er war nicht wie der Rest von uns. Er war der Schlaueste von uns, hatte die Nase immer in einem Buch. Hat mir immer wieder bei Mathe geholfen. Es war schon früh klar, dass er zu Höherem bestimmt war. Ist nach Cambridge gegangen und hat einen spitzen Abschluss gemacht und dann noch einen Master in Philosophie draufgelegt.«

»Dann ist Ihnen das Lernen wohl nicht so leichtgefallen wie ihm.«

Er stieß ein kurzes, bellendes Lachen aus. »Ich war einer von den schlimmen Fingern. Habe jede Unterrichtsstunde geschwänzt, die ich schwänzen konnte. Ich war eher der sportliche Typ. Es gab immer mal wieder Zeiten, in denen Vaughn Rückendeckung brauchte. Ich war sein Bodyguard, wenn man das so nennen will, und dafür hat er mir in der Schule geholfen. Habe möglicherweise ein oder zwei Aufsätze abgegeben, die ich nicht selbst geschrieben hatte.«

»Ging es um Mobbing? Mussten Sie ihn davor beschützen?«

»Es war kein richtiges Mobbing. Es war eher Tradition. Die Jüngeren mussten sich von den Älteren einiges gefallen lassen. Die Jungs aus dem Abschlussjahr kamen öfter in unser Wohnheim und haben uns aus den Betten geschubst, uns gezwungen kalt zu duschen, unsere Schuhe versteckt, solche Dinge. Ich war groß und ein wenig rabiater als sie. Kam aus einer Sozialwohnungssiedlung. Eines Nachts haben sie mich aus dem Bett geschubst und ich bin auf dem Boden gelandet, in meine Decke eingerollt. Dann haben sie einen anderen Typen in eine Badewanne geworfen, in die sie vorher, na ja, das überlasse ich mal Ihrer Vorstellungskraft. Vaughn haben sie ausgezogen und ihn dann mit Klebeband umwickelt. Da bin ich wild geworden, habe es sogar geschafft, dem Anführer die Nase zu brechen. Danach hat sich das alles beruhigt. Im Jahr darauf teilten Vaughn und ich uns ein Zimmer. Die älteren Jungs haben sich nie mehr getraut, uns zu belästigen.« Er nahm einen letzten Schluck aus seiner Flasche. »Noch eins?«

»Warum nicht? Ich muss nicht fahren. Ich gehe später noch mal zurück und sehe die Unterlagen durch. Die Leute aus Derbyshire suchen nach einem vermissten Mädchen, und ich denke, es könnte vielleicht mit meinem Fall zusammenhängen. Sie geht nach Sandwell. Und so wie es aussieht, ist sie ebenfalls eine Kandidatin für Oxbridge.«

Shearer öffnete den Mund, um etwas zu sagen, klappte ihn dann aber wieder zu und winkte dem Barkeeper. Robyn warf einen Blick auf ihr Smartphone, während er zwei weitere Flaschen öffnete. Shearer wandte sich ihr wieder zu. »Sprechen Sie mit ihrer Hausbetreuerin. Die wird das Mädchen besser kennen als sonst jemand.«

»Das ist eigentlich Sache der Derbyshire Police. Ich arbeite immer noch daran herauszufinden, was Carrie zugestoßen ist.«

»Ich würde mich trotzdem mit ihr unterhalten.« Er sagte etwas zum Barkeeper, der gerade mit ein paar Tüten in den Händen zurückkehrte. »Hier«, sagte Shearer und schob ein Päckchen Nüsse in ihre Richtung. »Wenn Sie die Nacht durcharbeiten wollen, werden Sie Energie brauchen. Kann ja nicht zulassen, dass Sie verhungern.«

Robyn legte den Kopf schief. »Vorsicht, Tom. So langsam klingen Sie wie ein ganz normaler, netter Kerl.«

Er warf den Kopf zurück. »Keine Chance. Ab morgen bin ich wieder genauso unausstehlich wie sonst. Also machen Sie das Beste draus.«

· · ·

Nach einem zweiten Drink mit Shearer kehrte Robyn in ihr Büro zurück, wo sie sich eine Aussage von Karl London durchlas, dem Mann, der Einheit 43 gemietet hatte und der sich am Achtzehnten in dem Lagerhaus aufgehalten hatte – dem Tag, an dem Joanne Hutchinson dort Einheit 127 gemietet hatte.

London waren keine Fahrzeuge aufgefallen. Er war zu beschäftigt damit gewesen, seine Einheit auszumisten, und er hatte seinen Wagen so vor der Tür geparkt, dass die Sicht nach draußen völlig versperrt war. Er erinnerte sich daran, dass er Joanne Hutchinson gesehen hatte, und bestätigte, dass sie eine attraktive Frau war, in Blau mit einem passenden Haarband gekleidet, die ›scharf‹ aussah und sich ›vornehm‹ ausdrückte.

Obwohl er nun der dritte Mensch war, der Joanne Hutchinson gesehen haben wollte, spielte Robyn mit dem Gedanken, dass die Frau überhaupt nicht existierte, und Dev Khan oder Frank Cummings oder sogar beide zusammen, die Geschichte nur ausgeheckt und Karl London dazu gebracht hatten, diese zu bestätigen. Khan verstand sich gut mit Karl London, also hielt sie es für möglich. Was sie immer noch verblüffte, war die Tatsache, dass Joanne Hutchinson auf keiner der Aufnahmen der Überwachungskameras auftauchte, denen man nur schwer entgehen konnte. Sie hatte die Frage ›Hat Dev Khan sich Joanne Hutchinson nur ausgedacht?‹ auf ein neongrünes Post-it geschrieben und dachte weiter über diese Theorie nach. Auf die Idee mit den Post-its hatte Davies sie gebracht. Er hatte sie eines Tages über Akten grübelnd vorgefunden, als sie gerade Notizen auf ein DIN-A4-Blatt gekritzelt hatte ...

Robyn gähnt und streckt sich. »Es ist hoffnungslos.«

Davies blickt auf, schaltet die Nachrichten aus, die er sich gerade angesehen hat, und schlendert zu ihr herüber. Der köstliche Kiefernduft seines Duschgels haftet seiner Haut an, und sie möchte am liebsten aufhören zu arbeiten und ihn küssen. Er beugt sich über ihre Schulter und studiert ihre Notizen. »Nimm es mir nicht übel, aber du würdest besser vorankommen, wenn du deine Gedanken ein wenig sortieren würdest«, sagt er. Robyn grunzt.

»Für dich ist das okay. Du hast ein unglaublich logisches Gehirn. Ich muss die Dinge auf meine Art machen, und das bedeutet organisiertes Chaos. Am Ende komme ich ans Ziel.«

Er schenkt ihr ein breites Lächeln. »Ich weiß, dass du das tust. Ich habe ein enormes Vertrauen in deine Fähigkeiten. Aber ich zeige dir mal einen kleinen Trick, der mir immer hilft.«

Er bückt sich und kramt in seiner braunen Aktentasche herum, die ihn auf jede seiner Missionen begleitet. Er zieht einen Block Post-its in allen möglichen Farben daraus hervor.

»Da sind sie ja. Schreib ein oder zwei Ideen, nicht mehr, auf einen dieser Zettel. Nimm verschiedene Farben, wenn du also zum Beispiel über eine Person schreibst, machst du deine Notizen auf gelbe Zettel. Wenn es um einen anderen Verdächtigen oder eine andere Idee geht, nimmst du eine andere Farbe. Breite sie vor dir aus, auf dem Tisch oder dem Boden. Du kannst sie neu sortieren, wenn du möchtest, aber du kannst damit wie mit einem großen Puzzle umgehen. Wenn du noch mal über jede deiner Ideen nachdenkst, wird sich alles schließlich zu einem Gesamtbild zusammensetzen lassen. Du wirst bald merken, dass es hilft.« Er legt die

*Haftnotizen vor ihr ab und gibt ihr einen Kuss auf den
Kopf.*

Für eine Weile vergaß sie den Fall und dachte stattdessen an
den Mann, den sie noch immer liebte. Seit dem Hinterhalt in
Marokko waren fast zwei Jahre vergangen. Sie sollte in der Lage
sein weiterzuleben, ohne ihn zu existieren, nicht mehr jeden
Tag an ihn denken zu müssen, oder vielleicht sogar einen
anderen Menschen zu finden, dem sie nahe sein konnte. Doch
sie konnte es einfach nicht. Sie war in einer Zeitschleife gefangen, die Erinnerungen und die Liebe zu einem Mann, der sie
nicht mehr in seine Arme schließen und ihre Liebe erwidern
konnte, gaben sie nicht frei. Sie hatte sich einer Psychoanalyse
unterzogen, bevor sie in den Polizeidienst zurückgekehrt war.
Der Therapeut, der mit ihr gearbeitet hatte, hatte ihr gesagt,
dass sie Zeit brauchen würde, um zu heilen. »Wie lang?«, hatte
sie gefragt. Er hatte ihr nur ein trauriges Lächeln geschenkt, ihr
jedoch keine Antwort gegeben.

Gegen ein Uhr morgens gab sie es auf, sich mit den Post-it-
Zetteln zu beschäftigen, und begann stattdessen, sich mit den
Unterlagen zu befassen, die sich auf ihrem Schreibtisch ange-
sammelt hatten, während sie die Daltons besucht hatte. Anna
hatte Harriet Cornwell befragt, eines der Mädchen, denen
Carrie Nachrichten auf Facebook geschrieben hatte. Sie hatte
sich über ihr Verschwinden nicht sonderlich besorgt gezeigt,
schien zu beschäftigt mit ihrem Neugeborenen, um sich über
eine alte Schulfreundin den Kopf zu zerbrechen, die mit ihrem
Freund durchgebrannt war. Annas Bericht war sehr detailliert,
und sie hatte Robyn zusätzlich noch eine Tonaufnahme der
Befragung geschickt, die sie sich anhören konnte. Robyn lehnte
sich in ihrem Stuhl zurück und drückte auf ›Play‹. Sie bewunderte die Art und Weise, wie Anna die Informationen aus der

abweisenden jungen Frau herausgekitzelt hatte. Harriet hatte sich zuerst gegen eine Befragung gesträubt, war vor Annas Hartnäckigkeit schließlich jedoch eingeknickt.

Anna: Haben Sie sich denn gar keine Sorgen um Carrie gemacht?

Harriet: Carrie hatte immer ihren eigenen Kopf. Manchmal konnte sie eine eigenwillige Kuh sein, wenn sie sich gerade danach fühlte. Sie hat sich oft ewig lange über ihren Dad und seine Freundin beschwert und ist dann einfach rausgestürmt. Das hat sie ständig gemacht, wenn wir abends zusammen unterwegs waren. Ich habe es irgendwann aufgegeben, ihr nachzurennen.

Einmal ist sie um zwei Uhr morgens den ganzen Weg von Derby nach Uttoxeter gelaufen. Ihr hätte alles Mögliche zustoßen können, aber das war ihr egal. Am nächsten Tag ist sie aufgetaucht, mit einer Flasche Wein und voller Reue. So war sie eben – in der einen Minute himmelhochjauchzend, dann wieder zu Tode betrübt. Ich konnte das irgendwie verstehen. Ihre Mum ist gestorben, als sie noch ein Kind war, und mit ihrem Dad und Leah kam sie nicht klar. Carrie ist schon ein paar Mal einfach abgehauen, das letzte Mal letztes Jahr im Januar. Da ist sie bei Freunden in Nottingham untergekommen. Als ich diese Sachen auf Facebook und ihre Nachrichten gelesen habe, dachte ich einfach, sie hatte mal wieder einen ihrer Wutanfälle.

Anna: Wer waren diese Freunde, bei denen sie untergekommen war?

Harriet: Keine Ahnung. Sie hat danach nicht mehr über

sie gesprochen. Ich glaube nicht, dass sie richtig mit ihnen befreundet war. Waren wahrscheinlich nur ein paar Typen, die sie im Club kennengelernt hatte. Sie war da nicht so wählerisch, wenn Sie verstehen, was ich meine.

Anna: Sie hatte also lockere Beziehungen?

Harriet: Jap. Sie bindet sich nicht gerne. Wenn sie mich fragen, dann sah sie zwar gut aus und so, fuhr auf alles ab, aber tief im Inneren hatte sie Angst davor, jemanden an sich heranzulassen. Sie hat schon mit einigen Jungs in der Schule Schluss gemacht. Sie musste sich nie Mühe geben, um einen Freund zu finden, aber sie hat keinen lange behalten.

Anna: Was meinen Sie, wenn Sie sagen, ›sie fuhr auf alles ab‹?

Harriet: Sie war abenteuerlustig.

Anna: Hat sie Drogen genommen?

Harriet: Hin und wieder. Aber nur leichtes Zeug – Speed und solche Sachen. Sie hat auch manchmal gekifft, aber sie hat nie harte Sachen genommen. Sie war kein Junkie, wenn es das ist, was sie wissen wollen.

Anna: Und nachdem Sie die Nachricht von Carrie bekommen hatten, in der sie von ihrem neuen Freund erzählte – haben Sie da versucht, sie zu erreichen?

Harriet: Ja. Ich habe sie ein paar Mal angerufen. Es ging immer nur die Mailbox ran. Habe ihr eine Nachricht

*hinterlassen und von meinem Baby erzählt. Ich dachte,
sie würde vielleicht wissen wollen, dass der Kleine auf
der Welt ist, aber sie hat weder zurückgerufen noch eine
Glückwunschkarte geschickt. Ich dachte, sie wäre eine
blöde Kuh, weil sie mich einfach ignoriert hat, und
vermutete, dass sie wahrscheinlich eifersüchtig war,
daher habe ich mir danach keine Gedanken mehr um sie
gemacht. Habe sie eine Bitch genannt. Wie konnte ich
das nur tun? Sie war keine, nicht wahr? Sie konnte mir
nicht mehr antworten, weil sie tot war.*

Robyn warf einen Blick auf ihre Uhr. Es war schon fast drei, aber sie war noch nicht müde. Sie fühlte sich rastlos. Sie musste dieses Rätsel lösen. Carrie war sehr leichtfertig mit Männern umgegangen. Hatte sie jemanden kennengelernt, wollte ihn dann verlassen und bezahlte das mit dem Leben? Wenn ja, wo passte dann Amber Dalton ins Bild? Und passte auch Siobhan Connors dazu oder lag Robyn mit dieser Befürchtung daneben?

Sie stand auf, streckte sich und trottete hinüber zum Whiteboard. Sie hatte zwei mögliche Opfer. Eines war im Juli oder August 2016 getötet worden und dann am zwanzigsten Dezember 2016 in diese Selfstorage-Anlage verfrachtet worden. Das andere war irgendwann vor dem achten Januar 2017 verschwunden. Eines hatte eine Schule in Derby besucht, während das andere Schülerin an einer Privatschule in Sandwell in Derbyshire gewesen war. Die einzige Verbindung zwischen den beiden, die Robyn entdecken konnte, war die, dass beide Opfer Schulen in Derbyshire besucht hatten. Sie notierte diesen Gedanken auf einem Post-it und klebte es dann auf das Whiteboard. Sie überlegte, welche Rolle es wohl spielen mochte, dass die Mobiltelefone beider Mädchen in Derby verwendet worden waren, und schrieb dann ›Handys – Derby‹

auf einen weiteren Zettel, den sie dem Whiteboard hinzufügte, das mittlerweile zu einer bunten Collage geworden war. Robyn lief in ihrem Büro auf und ab, überzeugt davon, dass sie irgendetwas übersah.

Sie versuchte, die beiden irgendwie anders miteinander in Verbindung zu bringen. Sie notierte ›attraktiv‹ und ›nur wenige enge Freunde‹. Sie starrte ihre Notizen an, dann klebte sie sie ans Whiteboard. Sie konnte keine Verbindung zwischen diesen Fakten herstellen. Mit einem tiefen Seufzen nahm sie sie wieder weg und las den Rest von Annas Bericht.

Anna war es nicht gelungen, Siobhan Connors, das andere Mädchen, das eine Nachricht von Carrie bekommen hatte, persönlich zu erreichen, daher hatte sie dem Mädchen eine Nachricht auf ihrer Mailbox hinterlassen. Außerdem hatte sie die Managerin des Supermarktes, in dem Siobhan arbeitete, kontaktiert und diese hatte ihr bestätigt, dass sie sich Sonderurlaub genommen hatte. Bis sie das Mädchen erreichen konnten, befanden sie sich in einer Sackgasse. *Siobhan war nicht erreichbar.* Robyn spürte, wie sich ihr Herzschlag beschleunigte. Hatte sie sich wirklich Sonderurlaub genommen, oder befand sie sich nun ebenfalls in den Händen des Killers? Anna hatte eine Adresse hinzugefügt – eine Mietwohnung in Uttoxeter, die Siobhan zusammen mit ihrem Freund bewohnte. Robyn notierte sich die Namen der drei Mädchen und starrte sie an. Derby, Sandwell, Uttoxeter. Die drei Mädchen bewegten sich in komplett unterschiedlichen Kreisen. Sie besuchten weder dieselbe Schule, noch arbeiteten sie zusammen. Wo lag die Verbindung? Es musste das Internet sein. Das Trio war auf Facebook angemeldet, sie waren dort jedoch keine ›Freunde‹. Anna hatte ihr erklärt, dass man auf Facebook Nachrichten an jeden schreiben konnte, selbst wenn man dort nicht befreundet war. Während Carrie auf der Seite mit Jade und Harriet befreundet war, lag der Fall mit Amber und Siobhan anders. Was sollte also diese seltsame Nachricht, dass sie sie kennenlernen wollte? Sie las die Nachricht, die Carrie angeblich geschrieben hatte, noch einmal: *Du scheinst mir sehr ähnlich zu sein. Ich hoffe, wir können uns bald kennenlernen.*

Robyn schüttelte den Kopf. Das ergab einfach keinen Sinn für sie. Sie zog das Foto von Siobhan Connors aus den Unterlagen. Sie war wunderschön, genau wie die anderen jungen Frauen, mit großen, olivgrünen Augen, dunkler Haut und dunkelbraunem Haar, das zu einem kantigen, abgestuften Bob geschnitten war, der ihre elfenhaften Gesichtszüge noch betonte. Sie war älter als die anderen beiden und befand sich in einer festen Beziehung. Sie notierte sich den Namen des Mannes – Adam Josephs. Sie wollte sich mit beiden unterhalten.

Robyn gähnte. Es war fast sechs Uhr dreißig. Sie hörte eine Tür zuschlagen. Die Dienststelle erwachte wieder zum Leben. Es waren drei Tage vergangen, seit sie Carrie gefunden hatten. Robyn musste ihren Mörder finden. Sie durfte keine Zeit verlieren, besonders, wenn er vorhatte, noch weiter zu morden.

23

Ross beobachtete das Haus schon seit einigen Tagen und war inzwischen davon überzeugt, Princess gefunden zu haben. Gary Sessions war nicht gerade begeistert darüber, dass er beim Lunch unterbrochen wurde.

»Was woll'n Sie? Ich versuch hier noch was zwischen die Zähne zu bekommen, bevor ich zurück an die Arbeit muss«, knurrte er. Irgendwo im Inneren seines Hauses bellte ein Hund.

»Tut mir leid, Sir«, sagte Ross und wedelte mit der Lizenz, die ihn als Privatdetektiv auswies. »Ich habe Grund zu der Annahme, dass sie einen Hund von einem Grundstück in der Gallow Street gestohlen haben.«

»Verpissen Sie sich. Der Hund gehört mir.« Gary Sessions stand auf, er war etwa ein Meter fünfundsechzig groß, hatte sehr dunkle Augen, einen rasierten Kopf und einen muskulösen Nacken, auf dem ein Tattoo in Form eines großen Totenschädels prangte. »Hab ihn gekauft, klar?«

»In diesem Fall gibt es kein Problem, und wenn Sie das beweisen können, werde ich Sie nicht weiter behelligen.«

»Hab ihn von einem Züchter.« Der Mann starrte Ross finster an.

»Dann sind Sie sicher im Besitz der entsprechenden Dokumente, Sir.«

»Wer zur Hölle sind Sie überhaupt? Könnten ja auch irgendein Gauner sein, der meinen Hund will. Warum verpissen Sie sich nicht einfach?« Gary schob die Haustür auf und starrte Ross wieder finster an, als diese an dessen Fuß abprallte.

»Ich ruf die Polizei, wenn Sie sich nicht vom Acker machen«, schrie er, und Speicheltröpfchen flogen aus seinem Mund. Ross sprach mit ruhiger Stimme weiter.

»Das wäre auch in Ordnung, Sir. Warum rufen wir nicht dort an? Dann können wir dieses Problem klären.« Im Inneren des Hauses heulte der Hund melancholisch.

»Ich hab die Schnauze voll von diesem Unsinn. Verschwinden Sie von meinem Grundstück.«

»Sie bestehen weiterhin darauf, dass das Tier da drin Ihnen gehört?«

»Ja, verdammt noch mal. Zum letzten Mal, hauen Sie ab oder ich versetz Ihnen eine Tracht Prügel, die Sie nie wieder vergessen werden.«

Gary Sessions' Nacken verfärbte sich rötlich und er atmete schwer. Er erinnerte Ross an eine kampfbereite Bulldogge.

»Der Hund, nach dem ich suche, hat einen Mikrochip implantiert, über den er und sein Besitzer ganz einfach ermittelt werden können.«

Eine Sekunde lang starrte Gary ihn fassungslos an. Er blinzelte ein paar Mal. Dann erklang hinter ihm eine weitere Stimme.

»Gary, du Vollidiot. Das verdammte Tier ist gechippt.« Eine Frau tauchte hinter Gary auf. Sie hatte das ganze Gespräch mitangehört. Sie war etwa so groß wie Gary, mit kurzem Haar und einem Piercing in der Nase. »Wer sind Sie?«

Ross hielt erneut seine Lizenz hoch. »Privatdetektiv, Madam. Sie müssen Mrs. Sessions sein.«

»Es spielt verdammt noch mal keine Rolle, wer ich bin. Gary hat den Köter auf der Straße gefunden. Wir dachten, jemand hätte ihn ausgesetzt, nicht wahr, Gary?«

Gary drehte ruckartig den Kopf, sah den Ausdruck in den Augen seiner Frau und nickte mehrmals. »Jap, war draußen unterwegs. Sah hungrig aus. Ich habe ihn zu mir gepfiffen. Wir mögen Hunde, also dachten wir, wir kümmern uns ein wenig um ihn.«

»Und er trug kein Halsband?«

»Nee, Kumpel. Deswegen hatten wir ja keine Ahnung, wo er herkam.« Garys Augen wurden schmal.

»Und Sie haben den Fund auch nicht der Polizei gemeldet, um herauszufinden, ob der Hund vielleicht als vermisst gemeldet worden war? Oder waren mit ihm beim Tierarzt, um herauszufinden, ob das Tier gechippt wurde?«

»Hören Sie mal, ich hab Ihnen doch schon gesagt, dass der Hund auf der Straße herumgelaufen ist. Wir haben ihn bei uns aufgenommen, wie verantwortungsvolle Bürger das eben tun. Wir haben ihn gefüttert und uns um ihn gekümmert. Hatten keine Zeit, um herauszufinden, was für einem leichtsinnigen Bastard der weggelaufen ist.«

»Halt die Klappe, Gary.« Seine Frau schob sich an ihm vorbei, ihr Körper füllte den ganzen Türrahmen aus, die dicken Arme hatte sie vor der Brust verschränkt. »Gary sagt die Wahrheit. Worum geht es Ihnen? Sind sie einer von diesen Typen, die eine Belohnung abstauben wollen? Wenn es nämlich eine gibt, steht die ja wohl uns zu. Wir haben das Tier gefunden und werden es Ihnen nicht so einfach überlassen, damit Sie dann die Belohnung einstreichen können.«

Ross schüttelte den Kopf. »Es gibt keine Belohnung. Die Besitzerin ist ziemlich pleite. Es handelt sich um eine alleinerziehende Mutter.«

»Wie kann Sie dann einen Privatdetektiv engagieren?« Sie hob die Augenbrauen.

»Ich habe mich bereit erklärt, den Fall umsonst zu untersuchen. Sie ist verzweifelt. Ich könnte es nicht ertragen, jemanden so unglücklich zu machen. Ihr Hund bedeutet ihr alles, aber sie kann sich meine Bezahlung nicht leisten. Nun, kann ich den Hund bitte mitnehmen, oder muss ich die Polizei hinzuziehen? Ich habe überhaupt kein Problem damit, die anzurufen und ihnen die Situation zu schildern.«

»Oh, um Himmels willen, nehmen Sie den verdammten Köter mit. Er scheißt sowieso überall hin und jault die ganze Zeit. Aber kein Wort zu den Bullen. Wir haben ihn nur gefunden, wie ich Ihnen schon gesagt habe. Alles legal.«

»Selbstverständlich, Mrs. Sessions.«

Ross wartete geduldig, während Gary das Tier einfing und zur Haustür zerrte. Ein Stück Seil war um dessen Hals gebunden. »Sehen Sie, hab ich doch gesagt, kein Halsband.«

»Hallo, Princess«, sagte Ross. Der Hund blickte zu ihm auf. Sein Schwanz klopfte gegen den Türrahmen. »Zeit, dich nach Hause zu bringen.«

24

TAG VIER – DONNERSTAG, 19. JANUAR

Mitz lehnte sich näher an den Bildschirm seines Computers heran, so als hielte er all die Antworten auf die Fragen für ihn bereit, die ihn beschäftigten. Auf seinem Kinn zeigten sich die ersten Stoppeln, ungewöhnlich für einen Mann, der so sehr auf sein Erscheinungsbild achtete und niemals in ungebügelten Hemden auf der Dienststelle erschien, immer umgeben von einer äußerst angenehmen Duftwolke aus Deodorant, Bodyspray oder Aftershave.

Robyn fühlte sich nicht ganz so gepflegt und spürte noch immer die Auswirkungen der durchgearbeiteten Nacht und die Frustration darüber, dass sie einfach keine Fortschritte machte. All ihren Bemühungen zum Trotz waren sie noch immer keinen Schritt weiter gekommen in ihrem Bestreben, die Frau in Blau aufzuspüren, Siobhan Connors hatten sie immer noch nicht erreicht und von Amber Dalton fehlte nach wie vor jede Spur. Sie hatten einige von Carries ehemaligen Schulfreunden und ihre Nachbarn befragt, doch keine nützlichen Informationen erhalten, und um all dem noch die Krone aufzusetzen, stand Robyn nun auch noch ein Gespräch mit DCI Flint bevor.

Flint bedeutete ihr mit einer Handbewegung sich zu setzen.

Der Bericht, den sie verfasst hatte, lag vor ihm auf dem Tisch. Er legte seine Hände darauf und begann zu sprechen, seine Worte klangen bemüht.

»Ich habe mir ihre Befürchtungen durchgelesen und ein wenig darüber nachgedacht.«

Sie wartete auf das unvermeidliche ›aber‹, das nun kommen musste.

»Aber es gibt nur wenig Grund zu der Annahme, dass das Verschwinden von Amber Dalton in irgendeiner Weise mit dem von Carrie Miller zusammenhängt.« Er hob einen Finger, als sie den Mund öffnete, um zu widersprechen. Sie machte ihn wieder zu.

»Sie begründen Ihre Annahme damit, dass es da eine Verbindung über Facebook-Nachrichten gibt, und das ist nicht ganz von der Hand zu weisen. Es ist jedoch nicht ausreichend, um eine polizeiliche Untersuchung zu rechtfertigen.« Sie wollte erneut widersprechen, doch Flint warf ihr einen eindeutigen Blick zu und sie schwieg. »Ich habe mich mit DCI Forge darüber unterhalten, der das Verschwinden des Mädchens untersucht. Dort vermutet man aktuell, dass sie von zu Hause weggelaufen ist. Weitere Befragungen unter ihren Freunden haben ergeben, dass sie von ihren Eltern wohl ziemlich unter Druck gesetzt wurde, damit sie gute Noten schrieb und die Aufnahmeprüfung für Oxbridge schaffte. Amber hat einer ihrer Freundinnen erzählt, dass sie den Erwartungen ihrer Eltern niemals gerecht werden könnte und dem Ganzen manchmal am liebsten ›entfliehen‹ würde. Tatsächlich hat sie derselben Person außerdem noch erzählt, dass sie davon träumte, wegzulaufen. Aufgrund dieser neuen Informationen ermitteln die Kollegen dort in diese Richtung.«

»Welcher ihrer Freunde hat denn mit der Polizei gesprochen? Ich hatte eigentlich den Eindruck, dass sie eine Vorzeigeschülerin war.«

»Es spielt keine Rolle, woher diese Information kommt. Die

Derbyshire Police kümmert sich um das Verschwinden von Amber Dalton. Das liegt nicht in unserem Zuständigkeitsbereich. Carrie Miller dagegen schon. Wenn Sie außer diesen Facebook-Nachrichten nicht noch andere konkrete Hinweise vorlegen können, kann ich Ihnen nicht gestatten, weiterhin unsere Ressourcen dafür einzusetzen und im Nebel herumzustochern.«

»Sir, ich muss wirklich widersprechen ...«, setzte sie an.

Er hob die Hand und unterbrach sie damit. »Zur Kenntnis genommen. Welche Fortschritte haben Sie im Fall Carrie Miller gemacht? Haben Sie die Frau, die die Truhe abgeliefert hat, schon gefunden?«

»Wir sind noch immer auf der Suche nach ihr, Sir.«

»Keine Verdächtigen bisher?«

Sie schüttelte den Kopf.

»Und den gestrigen Nachmittag haben Sie damit verbracht, sich mit Ambers Eltern zu unterhalten?«

»Ich hatte gute Gründe für meine Annahme, dass die Fälle miteinander in Verbindung stehen«, sagte sie mit trotzigem Blick.

»Da bin ich mir sicher.«

Doch sein Tonfall zeigte deutlich, dass er der Meinung war, sie habe ihre Zeit verschwendet, statt sich auf Carrie Miller zu konzentrieren.

»Sir, Sie haben meinen Bericht gelesen. Ich bin mir sicher, dass die Fälle zusammenhängen, und ich habe die Befürchtung, dass wir es hier mit einem potenziellen Serienmörder zu tun haben. Amber Dalton und Siobhan Connors könnten ebenfalls in Gefahr sein, und ich denke, wir sollten etwas unternehmen.«

»Ich kann Ihre Befürchtungen nachvollziehen, aber leider sind die Hinweise, die Ihre These untermauern, einfach nicht ausreichend. Geben Sie mir mehr und ich werde Sie unterstützen.« Er hob die Hände mit geöffneten Handflächen in einer resignierten Geste. »Konzentrieren Sie sich jetzt fürs Erste auf

Carrie Miller. Die Zeit läuft, DI Carter. Ich möchte, dass diese Joanne Hutchinson gefunden wird, und zwar bald.«

Robyn blickte auf ihre Armbanduhr, die ihr anzeigte, dass es vierzehn Uhr fünfzig war. Sie musste blinzeln, durch den Schlafentzug waren ihre Augen ganz verklebt. Sie würde Flint entweder mehr Beweise oder einen Verdächtigen präsentieren müssen. Ihre Instinkte trogen sie selten, und sie war sich ganz sicher, dass Amber und Siobhan in Gefahr waren. Sie musste nachdenken. Sie würde sich ein paar Stunden freinehmen und sich entspannen. Auch das hatte Davies ihr beigebracht: Indem sie eine Weile nicht mehr über die Sache nachdachte, die ihr solches Kopfzerbrechen bereitete, konnte sie eben diese Sache danach deutlich klarer sehen. Sie sah noch einmal auf die Uhr. Sie würde sich abmelden und mit den Mädchen ins Kino gehen. Vielleicht würde ihr das helfen.

Sie konnte das ansteckende Lachen von Sergeant Matt Higham hören, eine wahre Klangexplosion, und dann das Trampeln schwerer Stiefel im Korridor. Er klopfte an die Tür ihres Büros. »Kann ich Ihnen irgendwie helfen, Boss?«

»Ich dachte, Sie gehören zu Shearers Team.«

»Haben die Bastarde drangekriegt. Freddie, der Spitzel, hatte tatsächlich recht mit diesem Mann im Pub. Weiß nicht, was DI Shearer zu ihm gesagt hat, aber er hat alle für die Festnahme nötigen Informationen ausgespuckt. Konnten vier Kriminelle festnehmen und haben einen ganzen Schrank voll feinstem Stoff gefunden – ein riesiger Vorrat an Heroin und Pillen. Shearer freut sich wie der sprichwörtliche Schneekönig. Er ist im Moment bei DCI Flint. Der klopft ihm zweifellos gerade auf die Schulter. Hat uns gesagt, wir sollen uns gefälligst ›zurück zu DI Carter trollen‹. Und dann hat er noch gesagt: ›Fragen Sie sie, warum sie immer noch aussieht wie ein Panda, der gegen einen Boxchampion angetreten ist und verloren hat, wenn sie doch laut Dienstplan schon längst nicht mehr hier sein sollte‹.«

»Charmant wie immer also.« Robyn freute sich für Tom. Seine Hartnäckigkeit hatte sich ausgezahlt. Es klang ganz so, als hätte nicht nur Robyn sich die ganze Nacht um die Ohren geschlagen.

»Ich freue mich, dass sie wieder da sind. Wir haben einige Hinweise, denen wir nachgehen müssen. Mitz, geben Sie den beiden Helden hier, Matt und David, bitte ein paar Namen, um die sie sich kümmern können. Und geben Sie David die Abmessungen der Truhe, dann kann er sich damit befassen. Matt, sobald Mitz Ihnen alle Details mitgeteilt hat, fahren Sie bitte noch mal zu diesem Selfstorage-Lagerhaus zurück und finden den Mann, der Frank Cummings dabei geholfen hat, die Truhe auszuladen. Er arbeitet vielleicht dort in der Nähe oder hatte in einem der anderen Gebäude in der näheren Umgebung zu tun. Anna hat ein Foto von ihm aus den Aufnahmen der Überwachungskameras.«

»Haben Sie heute nicht eigentlich frei?« Matt Higham grinste sie an.

»Doch, aber ich nehme mir nur ein paar Stunden. Später bin ich wieder da.«

Matt grinste noch immer. »Um zu überprüfen, ob wir auch brav unsere Arbeit machen?«

»Ganz genau, denn sobald ich einen Fuß vor die Tür setze, spazieren Sie hier herum, trinken Kaffee und machen sich über unseren Vorrat an Keksen her. Die Dose ist gerade erst aufgefüllt worden.«

Er klimperte unschuldig mit den Wimpern. »Ich kann einfach nicht anders. Ich bin süchtig nach den Dingern. Die sind einfach perfekt dafür, um sie in den Kaffee zu tauchen.«

»Erzähl keinen Mist«, sagte Mitz. »Die besten Kekse zum Eintauchen sind ganz eindeutig die von Rich Tea.«

Robyn kramte ihre Schlüssel unter der Akte hervor, die sie gerade gelesen hatte.

»Bitte sagen Sie mir, dass Sie sich anständiger Polizeiarbeit widmen und nicht den ganzen Nachmittag mit einer Diskussion über die besten Kekse zum Eintunken verbringen werden.«

»Natürlich, Boss. Da gibt es gar keine Diskussion. Kekse mit Puddingcreme gewinnen sowieso immer.«

Sie schüttelte den Kopf in gespielter Verzweiflung. Diese Bande war schlimmer als ein Haufen Kinder. Zumindest hatte sie ein gut gelauntes Team. Dafür war sie sehr dankbar.

»Wir sehen uns später, Kinder. Ich hoffe, Sie benehmen sich, ansonsten muss ich DI Shearer bitten, Sie zu beaufsichtigen.«

Sie schloss die Tür hinter sich und warf einen Blick auf die Uhr. Sie hatte noch Zeit für eine schnelle Dusche, dann musste sie Amélie und Florence abholen. Sie konnte den beiden nicht schon wieder absagen. Sie versprach ihnen schon seit Ewigkeiten, endlich mit ihnen ins Kino zu gehen. Es war vermutlich ein Segen, dass ihr selbst keine Kinder vergönnt gewesen waren. Sie wäre niemals imstande gewesen, beiden Rollen gerecht zu werden – der eines Detectives und der einer Mutter. Sie spürte ein vertrautes Ziehen in der Brust. Es wäre schön gewesen, wenn sie es wenigstens hätte versuchen können.

25

Florence konnte ihre Aufregung kaum im Zaum halten. Hunter wollte heute Abend wieder mit ihr chatten, aber vorher musste sie noch mit Amélie und Robyn ins Kino gehen.

Normalerweise hätte sie sich auf den Ausflug ins Kino gefreut, aber heute wäre sie lieber nicht hingegangen. Sie wollte sich Antworten auf mögliche Fragen überlegen, die Hunter ihr stellen könnte, und sich für ihren Freund hübsch machen. Denn das war er mittlerweile für sie.

Hunter hatte ihr ganzes Leben verändert, obwohl sie bisher erst ein einziges Mal miteinander gechattet hatten. Bevor sie Hunter kennengelernt hatte, war sie ein dummer Teenager gewesen, voller Ängste und verzweifelt auf der Suche nach Anerkennung. Amélie war alles, was sie nicht war. Es war nicht so, dass Florence es ihrer Freundin übel nahm, dass diese so intelligent und hübsch war. Aber es war nun einmal so, dass sie Amélies weniger attraktive Freundin war. Sie war die biedere, langweilige Freundin, die in den Naturkundestunden nie eine Frage richtig beantworten konnte und keine Ahnung von Bruchrechnen hatte, während Amélie immer alles so leichtzufallen schien. Wenn Amélie eitel und zickig gewesen wäre, so wie viele der anderen Mädchen, hätte Florence sie sofort fallen gelassen, doch sie war schlicht und einfach ein nettes, ruhiges, kluges und gelassenes Mädchen, für das ihre Freundin immer an erster Stelle stand. Das konnte Florence nicht ignorieren.

Im vergangenen Jahr hatte sich Florence in einen älteren Jungen verliebt, im Glauben, er habe Interesse an ihr. Doch dann hatte sich herausgestellt, dass er nur mit ihr gesprochen hatte, weil er auf Amélie stand. Sie war sich so dumm vorgekommen. Aber egal, nun hatte sie einen Jungen, der an ihr interessiert war, und nur an ihr.

Sie überprüfte erneut ihr Aussehen. Sie hatte eine Ewigkeit damit verbracht, ihre Augenbrauen etwas buschiger wirken zu lassen. Ihre echten Augenbrauen waren praktisch unsichtbar. Aber die, die sie jetzt hatte, waren super und sie sah mindestens drei Jahre älter damit aus. Sie ging vielleicht nur ins Kino, aber sie wollte so gut aussehen wie nur möglich. Sie ließ sich auf ihr weiches Kissen sinken und seufzte. Es spielte keine Rolle, wie viel Make-up sie auflegte, sie konnte ihrem Alter nicht entkommen. Sie würde Hunter die Wahrheit oder zumindest einen Teil der Wahrheit sagen müssen. Er rechnete mit jemandem über achtzehn. Sie betrachtete ihre neonpinken Fingernägel. Sie hatte falsche Nägel über ihre eigenen, abgekauten Nägel geklebt und einer davon begann bereits sich abzulösen. Sie suchte nach dem Nagelkleber und versuchte, etwas davon unter den Nagel zu quetschen, sie hoffte, dass er dann hielt. Sie würde Hunter sagen, dass sie sechzehn war. Das war wenigstens nicht allzu weit entfernt von ihrem tatsächlichen Alter.

Sie sah sich in ihrem großen Zimmer um. Es glich eher einem Künstleratelier als einem normalen Zimmer. Auf einer Seite stand eine richtige Staffelei und darauf lehnte ein Porträt von Sampson The Third, einem der wertvollsten Pferde ihrer Eltern. Er war wirklich ein prachtvolles Exemplar, und Florence hatte mehrere Tage damit verbracht, seine majestätische Ausstrahlung und das intelligente Funkeln in seinen

Augen mit ihren Pinseln einzufangen. Von hier aus hatte sie perfekte Sicht auf die Ställe unten. Die Ställe und die Pferde malte sie am allerliebsten. Ihre Mutter und ihr Vater leisteten ganze Arbeit. Die Pferde waren sehr gepflegt, sie wurden fast rund um die Uhr trainiert, traten bei Wettbewerben an und wurden gut versorgt, und wenn die beiden sich einmal gerade nicht um die Tiere kümmerten, dann waren sie unterwegs und hielten entweder Ausschau nach neuen Pferden, die sie ausbilden konnten, oder hielten sich auf den Rennstrecken auf.

Florence war als Kind geritten, doch der Sturz von einer Stute brachte sie zu der Entscheidung, nie wieder ein Pferd besteigen, daran hatte auch das Flehen ihrer Eltern nichts geändert. Sie hatte eine Weile in den Ställen gearbeitet und die Stallmädchen unterstützt, doch sie hatte eine schwere Allergie gegen das Heu und Stroh dort entwickelt und konnte beim Ausmisten gar nicht mehr aufhören zu niesen. Am Ende hatte Christine Mitleid mit ihrer Tochter gehabt und musste zugeben, dass sie einfach nicht für das Leben mit Pferden geschaffen war. Meist hielt sie sich von dem Ganzen und damit auch von ihren Eltern fern. Es stellte sie vollkommen zufrieden, im Haus zu bleiben und zu malen oder zu zeichnen, und Florence hatte damit nie irgendwelche Probleme gehabt oder sich Sorgen darüber gemacht, bis sie im vergangenen Jahr plötzlich und ohne Vorwarnung festgestellt hatte, dass ihr Körper sich veränderte und sie sich hin- und hergerissen fühlte zwischen dem Bedürfnis, weiterhin Kind sein zu dürfen, und dem Wunsch, eine junge Frau zu sein.

Ihre Mutter war unten im Wohnzimmer mit dem Staubsauger zugange. Sie erwartete einen potenziellen Käufer für zwei ihrer Pferde. Ihre Mutter war keine begnadete Hausfrau, und es war sicherer, ihr während einem ihrer Putzanfälle aus dem Weg zu gehen. Wenn Florence sich jetzt nach unten wagte, würde sie mit Sicherheit dazu aufgefordert werden, mitzuhelfen. Eine leise Stimme meldete sich in ihrem Kopf und sagte, der wahre Grund sei, dass ihre Mutter sie nicht sehen sollte, bis es zu spät wäre, sie zu bitten, sich wieder abzuschminken und ihr unangebrachtes Outfit zu wechseln. Sie zog an ihrem Top. Es bedeckte ihre wachsende Oberweite, ließ den Blick auf ihren Bauch jedoch frei. Florence hatte während der vergangenen paar Wochen nicht viel gegessen und ihr Bauch, der sonst immer etwas mollig gewesen war, war nun viel flacher.

Das Display ihres Handys leuchtete auf. Es war eine Nachricht von Amélie: *Sind unterwegs. Wir sehen uns in zehn Minuten.*

Sie zögerte. Sie hatte eigentlich keine Lust auf den Film. Sie könnte noch immer absagen und behaupten, dass sie sich nicht gut fühlte. Sie tippte etwas, zögerte dann erneut. Sie würde trotzdem rechtzeitig zu Hause sein, um mit Hunter zu chatten. Sie müsste nur sicherstellen, dass Robyn nicht noch mit ins Haus kam, um sich mit ihrer Mum zu unterhalten oder sie mit Amélie festhing, statt schon online zu sein. Sie würde sich im Kino irgendeine Ausrede einfallen lassen.

Unten war Christine gerade dabei, gründlich sauber zu machen. Sie schenkte ihrer Tochter ein Lächeln und schaltete den Staubsauger aus. »Fast fertig. Du siehst ...« Sie schürzte die Lippen und suchte nach den richtigen Worten, »sehr erwachsen aus.«

Sie wusste, dass ihre Mutter nicht begeistert war, aber damit musste sie nun einmal zurechtkommen, wenn es nach Florence ging. Es war schließlich ihr Körper und sie würde damit tun, was immer sie wollte. Christine sah sie mit demselben Blick an, mit dem sie in der Regel auch ihre Lieblingspferde bedachte, den Kopf zur Seite geneigt. »Weißt du, du musst nicht so schnell wie möglich erwachsen werden. Es passiert ganz von selbst und schneller, als man denkt. Das mit dem Make-up hast du wirklich gut hinbekommen, aber ohne bist du noch viel hübscher.«

Florence schnaubte und ließ die Schultern hängen, wodurch ihr kurzes, glitzerndes Top ein wenig mehr von ihrer Taille bedeckte. Da war sie wieder, diese typische mütterliche Missbilligung. Was wusste ihre Mutter denn schon über Make-up oder Klamotten? Sie sah immer aus, als hätte sie in einer Scheune übernachtet. »Ich bin dreizehn«, grummelte sie und wusste doch, dass sie diese Debatte bereits verloren hatte, ehe sie überhaupt richtig begonnen hatte.

»Und wärst gerne zwanzig. Ich weiß, Schätzchen.«

Florence wand sich. Ihre Mutter nannte sie immer Schätzchen, wenn sie sie manipulieren wollte. Aber diesmal würde das nicht funktionieren. Sie hielt an ihrem Standpunkt fest und würde sich sicherlich nicht abschminken.

Christine kam auf sie zu und nahm sie näher in Augenschein. »Süße, du gehst mit Amélie ins Kino, nicht in einen Nachtclub.« Sie sah den finsteren Ausdruck auf dem Gesicht ihrer Tochter und änderte plötzlich ihre Strategie. »Du bist ein wunderschönes Mädchen. Du hast es gar nicht nötig, diese ganze Kriegsbemalung zu tragen.« Dann machte sie eine Pause und schenkte ihr ein Lächeln, doch zur Antwort schlug ihr nur trotzige Stille entgegen.

Florence verschränkte die Arme und reckte ihr Kinn vor. »Es ist keine Kriegsbemalung. Nur weil du keinen Wert darauflegst, dich hübsch anzuziehen, heißt das noch lange nicht, dass ich es nicht tue.« Sie biss sich auf die Zunge. So hatte sie das eigentlich nicht sagen wollen. Es war unfair. Sie wollte doch nur von ihrer Mutter wegkommen, bevor diese auf die Idee kam, es könne einen Jungen in Florence' Leben geben.

Christine seufzte. »Ich denke, es ist an der Zeit, dass wir ein Gespräch führen.«

»Ich weiß schon alles über Sex, also mach dir keine Mühe.«

Die Unterhaltung wurde von Robyns Autohupe unterbrochen. Christine wandte sich ein letztes Mal an ihre Tochter. »Lass uns reden, wenn du nach Hause kommst.«

»Von mir aus«, sagte Florence und wandte sich zum Gehen, froh, sich dieser Situation entziehen zu können. Als sie die Tür hinter sich ins Schloss fallen ließ, spürte sie einen Anflug von schlechtem Gewissen. Ihre Mum wollte nur das Beste für sie. Sie würde sich später bei ihr entschuldigen.

26

Ross fand einen Parkplatz vor dem Geschäft in der Gallow Street. Der Hund hatte die Fahrt auf dem Beifahrersitz verbracht und mit heraushängender Zunge und leicht hechelnd aus dem Fenster geblickt. Ross war davon überzeugt, dass das Tier lächelte, und hatte sich mit ihm unterhalten wie mit einem Menschen.

»Ja, jetzt bist du zu Hause. Aber schmeiß mich nicht um, weil du es so eilig hast, zurück zu deiner Mum zu laufen.« Princess war aufgestanden und konnte es kaum erwarten, aus dem Auto zu springen. Ihr wedelnder Schwanz klopfte mit einem stetigen donk, donk, donk gegen die Sitzlehne.

»Los geht's, Hündchen, lass uns deine Besitzerin sehr glücklich machen.«

Princess sprang aus dem Auto und blieb dann neben ihm stehen, während er mit einer Hand versuchte, das Fahrzeug abzusperren, und in der anderen locker das Seil hielt, das um ihren Hals geschlungen war.

»Du bist ziemlich gut erzogen, was?« Ross tätschelte den Kopf des Hundes. Princess stupste ihn liebevoll mit der Nase an.

»O mein Gott!« Der Schrei ließ ihn zusammenzucken. Lauren rannte auf ihn zu, fiel auf die Knie und bedeckte das Gesicht des Tieres mit Küssen. »Sie haben sie gefunden. Sie sind ein verdammt toller Detektiv.«

Ross zuckte die Schultern. »Hatte Glück.«

Lauren stand auf. Auf ihren hochhackigen Schuhen überragte sie Ross um einige Zentimeter. Sie strahlte ihn an. »Mum wird sich so freuen. Kann ich sie nehmen?«

»Klar.« Ross reichte ihr das Seil.

»Wo war sie?«

»Ein Lieferant hatte sie mitgenommen. Hat behauptet, er hätte sie allein herumstreunend gefunden. Ich fand es wichtiger, Princess mitzunehmen, als mit ihm darüber zu streiten. Ist es nicht wert, deswegen die Polizei zu rufen. Ich glaube, er dachte, es gäbe eine Belohnung und er könnte sie dann einstreichen. Solche Sachen passieren relativ oft.«

Princess zog an ihrer Leine, den Schwanz steil aufgestellt und wollte nach Hause.

»Ich habe nicht dran geglaubt, dass Sie sie wirklich finden würden, wissen Sie?« Princess schnupperte an einer braunen Papiertüte, auf der das Logo einer großen Fast-Food-Kette prangte und die jemand auf dem Bürgersteig zurückgelassen hatte. »Suchen Sie auch nach vermissten Menschen?«

»Habe ich schon gemacht. Warum?«

»Ich glaube, eine meiner Freundinnen ist verschwunden.«

»Du glaubst?«

»Ich bin nicht ganz sicher. Sie heißt Siobhan Connors. Sie hat sich vor ein paar Wochen von ihrem Freund getrennt, und wir wollten uns eigentlich auf einen Drink treffen – einen Mädelsabend machen – sodass sie besser damit klarkommt. Aber sie ist nicht aufgetaucht. Ich habe ihr geschrieben und eine ganz seltsame Antwort von ihr bekommen, dass sie so einen Typen übers Internet kennengelernt hätte und mit ihm weggegangen wäre. Kam mir ziemlich komisch vor. Sie hätte mir doch sicher schon früher von ihm erzählt?«

»Was ist mit ihren Eltern? Hast du mit ihnen gesprochen?«

»Ich habe ihre Nummer nicht. Beide leben in Irland, haben aber mittlerweile andere Partner. Sie haben sich getrennt, als Siobhan noch klein war, und sie hat nicht mehr viel mit ihnen zu tun. Sie ist allein rübergekommen, als sie siebzehn war und Adam kennenlernte. Es wurde ernst zwischen den beiden und sie sind zusammengezogen. Ich habe sie in einem Club in Derby kennengelernt. Wir haben genau dasselbe Getränk bestellt. Da sind wir ins Gespräch gekommen, haben uns mit Wodka-Shots betrunken und die ganze Nacht getanzt. Sie hat danach bei uns übernachtet. Adam war ganz schön genervt. Sie hatten eine von diesen On-off-Beziehungen. Sie wissen schon, viele Streitereien und Geschrei und am Ende verträgt man sich doch wieder.«

»Hat Adam irgendeine Idee, wo sie sein könnte?«

»Ich habe ihn angerufen. Meinte, es wäre ihm scheißegal, wo sie ist oder mit wem. Er hat die Schnauze voll von ihren Launen. Ich habe auch ihre Chefin angerufen, Lucy. Sie hat gesagt, Siobhan hätte sich aus persönlichen Gründen Sonderurlaub genommen, was auch immer das heißen soll. Sie klang ziemlich verärgert darüber, dass Siobhan einfach abgehauen ist, ohne vorher Bescheid zu sagen.«

»Hast du darüber nachgedacht, sie als vermisst zu melden?«

»Pff«, machte Lauren. »Ich würde wie ein Idiot dastehen, wenn ich den Bullen sagen würde, dass sie vermisst wird. Sie hat mir ja erst vor zwei Tagen eine Nachricht geschrieben.« Sie zückte ihr Handy und las vor:

Hi, Lauren. Mir geht's super. Mein neuer Freund ist wundervoll. Werde eine Weile nicht nach Hause kommen. X

»Klingt, als hätte sie beschlossen, sich eine Auszeit zu nehmen. Es könnte ja sogar sein, dass sie diesen Kerl schon kennengelernt hat, während sie noch mit Adam zusammen war.«

Lauren schüttelte den Kopf. »Nee. Es war immer ›Adam hier‹ und ›Adam da‹. Sie hat nie einen anderen erwähnt.«

»Wenn du eine Nachricht von ihr bekommen hast, warum machst du dir dann Sorgen?«

Lauren blickte ihn mit großen Augen an. »Es klingt einfach nicht nach ihr. Nichts davon klingt nach ihr. Ich weiß, das hört sich verrückt an, aber ich habe das Gefühl, dass ihr etwas zugestoßen ist.«

»Ruf sie an.«

»Habe ich versucht. Ich bin ja nicht blöd. Aber es geht immer nur die Mailbox ran und das ist auch seltsam. Es ist, als wolle sie nicht mit mir sprechen.«

»Du machst dir wahrscheinlich völlig umsonst solche Sorgen, aber ich werde mir das mal ansehen.«

»Das würden Sie tun? Ich mache mir wirklich Sorgen um diese blöde Kuh. Völlig irre, sich mit jemandem abzusetzen, den man gerade erst im Internet kennengelernt hat. Absoluter Wahnsinn. Ich kann nicht glauben, dass sie mir das nicht erzählt hätte.«

Lauren steckte ihr Handy wieder ein. Sie zog sanft an dem Seil. Princess trottete neben ihr her auf Haus Nummer Vierzig zu.

»Das ist das Beste, was diese Woche passiert ist. Ich kann es gar nicht erwarten, Mums Gesicht zu sehen.«

27

Robyn warf einen Blick auf das junge Mädchen auf dem Rücksitz, das auf seinem Handy herumtippte, und dann auf Amélie, die nur mit den Schultern zuckte. Die beiden waren ein seltsames Paar: Florence war ein bisschen mollig, schüchtern, mit Sommersprossen auf der blassen Haut und buschigem, rotblondem Haar, das nicht zu bändigen war. Amélie dagegen hatte dunkles Haar, eine schlanke Figur, eine selbstbewusste, intelligente Ausstrahlung und besaß eine Schönheit, die sich gerade erst zu entfalten begann.

Robyn freute sich darüber, dass Florence sie begleitete. Ihrer Meinung nach fehlte es dem Mädchen an Selbstvertrauen. Die Florence, die heute auf den Rücksitz ihres VW Golfs geklettert war, unterschied sich aber deutlich von der Florence, die sie sonst kannte. Robyn winkte Christine zu, die mit einem verkniffenen Lächeln auf den Lippen in der Haustür stand und dem Auto nachblickte, als sie davonfuhren. Florence dagegen hatte sie begrüßt und ihre Aufmerksamkeit dann sofort auf ihr Smartphone gerichtet, für ihre Mutter hatte sie keinen Blick mehr übrig gehabt.

Amélie, die auf dem Beifahrersitz neben Robyn saß, schien

es nicht im Geringsten seltsam zu finden, dass ihre Freundin sich derart zurechtgemacht hatte. Für einen kalten Nachmittag im Januar war Florence eindeutig nicht warm genug gekleidet und trug einen leuchtend pinken Lippenstift, der ihrem Teint nicht unbedingt schmeichelte. Sie tippte weiter auf ihrem Handy herum und stieß einen leisen Fluch aus.

»Alles okay?« Amélie wandte sich zu ihrer Freundin um.

»Mein Nagel ist abgebrochen.« Florence hielt ihr den pink lackierten falschen Fingernagel hin.

»Tu ihn in deine Tasche. Du kannst ihn ja später wieder ankleben. Morgen in der Schule kannst du die sowieso nicht tragen. Einer der Lehrer wird dich bitten, sie abzumachen.«

Florence machte ein finsteres Gesicht. »Das weiß ich. Ich wollte sie nur heute ausprobieren«, sagte sie.

Amélie zuckte die Schultern.

Robyn bemerkte den Ausdruck auf Florence' Gesicht und wedelte mit ihren unlackierten Fingern. Ihre Nägel waren kurz geschnitten und hätten dringend mal ein wenig Aufmerksamkeit gebraucht.

»Meint ihr, ich sollte meine auch mal machen lassen?«

»Ich habe eine Nagelfeile dabei. Wenn du möchtest, könnte ich sie ein bisschen damit aufhübschen.«

Florence zog eine Nagelfeile aus ihrem Geldbeutel.

»Wunderbar. Gutes Essen, ein Film und eine Maniküre.« Robyn grinste Florence an, die das Lächeln erwiderte. Die angespannte Stimmung hatte sich aufgelöst.

Für Florence konnte der Film gar nicht früh genug enden. Sie hatte zweimal behauptet, sie müsse auf die Toilette und hatte sich hinausgeschlichen, um ihr Smartphone zu überprüfen und nachzusehen, ob Hunter gerade auf Fox or Dog aktiv war. Sie sah sich auch immer öfter die Profile anderer Mädchen an und hoffte, dass er nicht noch mit anderen chattete. Heute fand sie unter ihrem Bild wieder fünf Hunde-Emojis und ein Mädchen namens Sex Muffin hatte geschrieben:

Kitten, ich glaube, du hast dein Bild mit Photoshop bearbeitet. Gib's zu!

Florence lief rot an. Sie sah sich das Profil von Sex Muffin an, und zu ihrer Verlegenheit kannte sie das Mädchen aus der Schule. Sie gehörte zur Abschlussklasse. Es könnte sein, dass das Mädchen sie tatsächlich erkannt hatte. Als sie zu ihrem eigenen Profil zurückkehrte, hatte sich noch ein weiteres Mädchen in die Unterhaltung eingeklinkt:

Sex Muffin, da könntest du recht haben. Dieser Schmollmund ROFL. Kitten, du bist kein verdammtes Supermodel. LOL

Florence Lippen begannen zu zittern. Warum waren sie so gemein zu ihr? Sie antwortete:

Seid nicht so fies.

Ihre Hand zitterte, während sie die Worte tippte. Ihr war bewusst, dass sie weder so dünn noch so hübsch war wie die meisten anderen Mädchen in ihrer Klasse, doch es tat trotzdem weh, diese Kommentare zu lesen. Sie wollte auf keinen Fall, dass Hunter sie entdeckte. Vielleicht würde er dann das Interesse an ihr verlieren. Plötzlich klopfte es an die Tür ihrer Toilettenkabine. Sie zuckte zusammen. Robyn stand davor.

»Florence, geht es dir gut?«

Florence drückte auf die Spülung, steckte das Handy zurück in die Tasche und verließ die Kabine mit einem verlegenen Gesichtsausdruck. »Tut mir leid, Robyn. Ich glaube, ich habe mir den Magen verdorben.«

Robyn nickte, doch ihre Augen waren schmal. Florence

wand sich unter ihrem Blick. Es war schier unmöglich, dieser Frau etwas vorzumachen. »Ich fühle mich aber schon besser.« Sie wusch ihre Hände und folgte Robyn zurück in den Kinosaal, in Gedanken noch immer bei Fox or Dog und ihren Befürchtungen, dass Hunter später vielleicht nicht mehr mit ihr reden wollen würde.

»Sieh mal, ich bin vielleicht keine deiner Schulfreundinnen, aber du kannst mit mir reden, weißt du?«

Florence wählte ihre Worte mit Bedacht. Sie konnte Robyn nicht von Hunter erzählen, sonst würde diese Information sofort bei ihrer Mutter landen.

»Nein, es ist nichts, wirklich. Ich habe nur Bauchschmerzen, mehr nicht.« Florence hoffte, dass Robyn es nun gut sein lassen würde.

»Wenn du mal jemanden zum Reden brauchst, ruf mich einfach an.«

Florence nickte. »Danke. Das mache ich.« Sie war dankbar, als Robyn sich endlich wieder dem Film zuwandte. Und um ihre Ausrede noch ein bisschen überzeugender wirken zu lassen, hielt sie sich den Bauch, als sie sich wieder auf ihren Platz gleiten ließ.

Robyn konnte sich nicht auf den Film konzentrieren. Sie hatte über die verschwundenen Mädchen nachgedacht, bis Florence plötzlich aufgestanden war und sich mit einem entschuldigenden Lächeln an ihr vorbeigedrückt hatte. Beim ersten Mal hatte sie dem nicht viel Aufmerksamkeit geschenkt, doch Florence' Rastlosigkeit konnte nur bedeuten, dass auch sie anderen Gedanken nachhing. Als sie daher zum zweiten Mal verschwand, wartet Robyn vor der Toilette auf sie, ihre Ausrede hatte sie misstrauisch gemacht. Sie war sich sicher, dass Florence sich in der Kabine mit ihrem Smartphone beschäftigte. Was auch immer sie da tat, es musste ihr so wichtig sein, dass sie sich dafür eine schlechte Ausrede einfallen ließ, um einen Film zu verlassen, den sie eigentlich hatte sehen wollen, und sich in einer Toilettenkabine zu verstecken. Die Heimlichkeit des Ganzen gefiel Robyn nicht. Vielleicht sollte sie mit Christine darüber reden, doch sie konnte sich noch gut an den besorgten Gesichtsausdruck der Frau erinnern, als sie Florence abgeholt hatten.

Als Amélie nach dem Film zur Toilette ging, versuchte sie erneut, mit Florence zu sprechen. Sie probierte es mit Themen, von denen sie wusste, dass sie das Mädchen interessierten, dann fragte sie, wie es in der Schule lief, aber es brachte alles nichts. Florence ließ sich nicht aus der Nase ziehen, was sie so beschäftigte. Robyn sah ihr Vorhaben vereitelt und ärgerte sich darüber, dass es ihr nicht gelang, das Vertrauen des Mädchens zu gewinnen. Möglicherweise vermutete Christine bereits, dass irgendetwas mit ihrer Tochter nicht stimmte.

Florence beharrte weiterhin darauf, dass sie Bauchschmerzen habe, und hielt sich hinten auf dem Rücksitz den Bauch, um die Geschichte überzeugender zu machen. Hin und wieder verzog sie das Gesicht, als ob sie Schmerzen hätte, wenn ihre Augen im Rückspiegel auf die Robyns trafen. Als sie das Haus erreichten, bedankte sie sich.

»Du solltest was gegen diese Bauchschmerzen unternehmen«, sagte Robyn und hoffte, dass Florence ihren Tonfall richtig deuten und verstehen würde, dass sie nicht gerade eine überzeugende Vorstellung abgeliefert hatte. Florence murmelte irgendwas von wegen früh zu Bett gehen und sprang aus dem Auto, bevor sie ihr ins Haus folgen konnten.

Nach dem Ausflug ins Kino machte Robyn sich Sorgen um Florence. Als sie das Amélie gegenüber ansprach, meinte diese, es könne vielleicht mit einem Jungen zu tun haben, sie habe ihr jedoch nichts davon erzählt. Das ergab in Robyns Augen durchaus Sinn. Eine Beziehung könnte zweifellos dafür sorgen, dass Florence sich plötzlich anders verhielt. Auch Amélie würde bald beginnen, sich zu verändern, und ihre Beziehung zu Robyn könnte darunter leiden. Sie erinnerte sich daran, wie geheimnistuerisch sie selbst während der Pubertät geworden war. Sie hatte keinen Zweifel daran, dass sie ihrer Mutter ab und zu Kummer bereitet hatte. Es war eben nicht leicht, wenn man kein Kind mehr war und sich plötzlich in einer Lebensphase wiederfand, in der man eigentlich schon wie ein Erwachsener behandelt werden wollte, dafür aber noch nicht ganz bereit war.

»Na, wie hat dir Bob gefallen?«, fragte Robyn, als sie das Thema Florence abgeschlossen hatten.

»Es war super. Du weißt ja, wie sehr ich Katzen liebe. Grandmas Katze Pipette ist wunderschön. Ich frage Mum ständig, ob wir nicht auch eine Katze haben könnten. Ich hätte so gerne eine, aber Richard hat eine Katzenhaarallergie. Jedes Mal, wenn wir Grandma besuchen, hört er gar nicht mehr auf zu niesen. Er hat zwar gesagt, dass es ihn nicht stören würde, wenn wir uns eine zulegen würden, aber Mum ist sich nicht sicher. Ich werde einfach weiterbetteln müssen, was?« Ihre Mundwinkel hoben sich und sie schenkte Robyn ein breites Lächeln, das dem ihres Vaters sehr ähnelte.

»Dad hätte auch gerne eine Katze gehabt. Ich kann mich noch daran erinnern, dass er mir mal eine Geschichte über eine Katze namens Mog vorgelesen hat, die ein paar Kätzchen geholfen hat und dann in den Himmel kam.« Sie seufzte leise. »Denkst du, es gibt einen Himmel, Robyn?«

Robyn war überrascht, dass sie Davies erwähnte. Sie hatte schon eine ganze Weile nicht mehr über ihn gesprochen. Die Frage hatte sie kalt erwischt, sie war aus dem Nichts gekommen.

»Ich glaube, dass es viel mehr im Leben gibt als das, was wir erfassen können«, antwortete sie. »Wir sind nicht in der Lage zu durchschauen, um was es im Universum wirklich geht.«

Amélie dachte über diese Antwort nach, dann sah sie Robyn an. »Danke.«

»Für was?«

»Dafür, dass du mich nicht wie ein kleines Kind behandelst. Ich bin mir nicht sicher, wo Dad jetzt ist oder was der Himmel eigentlich sein soll, aber ich stelle mir gerne vor, dass er irgendwo im Universum ist, auf uns aufpasst und auf uns herablächelt.«

Robyn nahm eine Hand vom Lenkrad und griff nach der Amélies. Sie wünschte, Davies könnte sehen, was für eine wundervolle Tochter er hatte. Robyns Herz schmerzte bei dem Gedanken, dass das Mädchen neben ihr, wie sie selbst auch, noch immer mit dem Verlust zu kämpfen hatte.

Nachdem sie auch Amélie zu Hause abgesetzt hatte, kehrte Robyn auf die Dienststelle zurück und verbrachte mehrere Stunden damit, sich ihre Notizen noch einmal anzusehen und zu versuchen, den Fall zu entschlüsseln. Erneut erstellte sie eine Liste an möglichen Verdächtigen. Sie umkreiste Dev Khans Namen und erwog die Möglichkeit, dass er mit Frank Cummings und Karl London unter einer Decke steckte. Könnte er wirklich derjenige sein, der Carrie in dieser Truhe versteckt hatte? Das erschien ihr sehr unwahrscheinlich. Sie schloss die Augen und dachte noch einmal darüber nach, bevor sie sich der Notiz zuwandte, die Mitz für sie zurückgelassen hatte.

Vincent Miller, ein Lastwagenfahrer, der die letzten zwölf Jahre beim selben Unternehmen angestellt gewesen war, hatte keinerlei Vorstrafen. In einem Bericht des Unternehmens wurde er als zuverlässiger Angestellter beschrieben, der auch bereit war, hin und wieder Überstunden zu machen. Es gab keine Hinweise auf gewalttätiges Verhalten und bis zu diesem Zeitpunkt nichts, das darauf hindeutete, er könne irgendetwas mit dem Mord an seiner Tochter zu tun haben.

Sie seufzte und suchte weiter. Jemand hatte Carrie umgebracht. Sie starrte auf das Foto, das sie an das Whiteboard geheftet hatte, und fragte sich, was für ein Mensch ein junges Mädchen töten würde. Es war ihre Aufgabe herauszufinden, wer zu einer solchen Tat fähig war.

28

TAG FÜNF – FREITAG, 20. JANUAR

Es war kurz nach zehn, als Robyn am Freitagmorgen in der Dienststelle eintraf. In den frühen Morgenstunden war sie endlich eingeschlafen und hatte ihren Wecker überhaupt nicht wahrgenommen. DCI Flint stand in ihrem Büro und unterhielt sich gerade mit Mitz. Er überreichte ihr einen Bericht, sein Gesicht war sehr ernst. »Amber Dalton«, sagte er schlicht.

Robyns Herz wurde schwer. »O nein.« Sie überflog die erste Seite. Die Leiche von Amber Dalton war am Cannock Chase gefunden worden. Sie war in eine Plastikplane eingewickelt und unter einem Laubhaufen in der Nähe eines Waldpfads versteckt worden.

»Es tut mir leid. Die Derbyshire Police hat sie identifiziert. Ich habe alle relevanten Informationen angefordert. Sie werden an Sie weitergeleitet, damit Sie überprüfen können, ob es eine Verbindung zwischen dem Mord an Amber Dalton und dem an Carrie Miller gibt.«

Robyn sank auf ihren Stuhl, fuhr sich mit den Fingern durch die Haare und schloss die Augen. Zwei wunderschöne junge Frauen, die das ganze Leben noch vor sich gehabt hatten, waren einfach ausgelöscht worden, ermordet und dann in großen Mülltüten aus Plastik wie Abfall entsorgt. Sie dachte an die verängstigten Eltern, die versuchten tapfer zu sein, und die gehofft hatten, dass ihr geliebtes Kind zu ihnen zurückkehren würde. Robyn war sich nicht sicher, ob sie weitermachen konnte. Ihr Herz war so schwer. Doch dann sah sie das Gesicht Amélies vor ihrem inneren Auge und ihre Entschlossenheit kehrte zurück. Sie musste den Täter finden, bevor er noch weitere Mädchen ins Visier nahm.

»Mitz, ich werde den Bericht durchsehen. Könnten Sie währenddessen mit den Freunden des Mädchens sprechen? Vor allem mit ...« Sie blätterte durch einen Stapel Notizen auf ihrem Schreibtisch, jede war mit einem Namen versehen. »Samantha Dancer«, fuhr sie leise fort. »Ich suche nach irgendeiner Verbindung zwischen Amber und Carrie. Bitten Sie die Techniker darum, sich noch einmal Ambers Laptop anzusehen. Ich weiß, beim letzten Mal haben sie nichts Auffälliges entdeckt, aber sie *muss* einfach irgendeine Website besucht haben, die uns Hinweise liefern könnte. Und kann jemand mit Ambers Ex-Freund, Justin Bolt, sprechen?«

»Das übernehme ich, Boss.«

Anna erschien in der Tür, ihr Gesicht war grau und sie blickte finster. »Habe gerade erfahren, dass Amber Dalton gefunden wurde.«

Mitz nickte. Ohne aufzublicken, reichte Robyn Anna die erste Seite des Berichts. Das Telefon klingelte und unterbrach sie beim Lesen. »DI Carter.« Sie wusste sofort, wer dran war. Es war dieses leise Hüsteln. Diese verdammte Frau war wie ein Frettchen im Hosenbein. Wie hatte sie so schnell Wind von der Sache bekommen? Amy Walters war eine örtliche Journalistin, die nach einem Sensationsbericht über den Fall des Leoparden von Lichfield im November 2016 zur Chefredakteurin befördert worden war. »Amy, Sie kriegen von mir keinen Kommentar.«

»Legen Sie nicht auf. Ich kann Ihnen vielleicht helfen.«

Robyn klemmte sich den Hörer unters Kinn und hielt ein Bild vom Fundort ins Licht. Amber Dalton war übel zugerichtet worden, ihr Gesicht war voller Blut, die Augen offen und glasig. Ein großes Stück Haut war aus ihrer Stirn geschnitten worden und hatte eine rechteckige Fläche rohen, roten Fleisches zurückgelassen. Das Mädchen trug einen einfachen Krankenhauskittel und war mit Polyethylenfolie umwickelt. Die Todesursache stand noch nicht fest, doch die Forensiker hatten erklärt, dass sie bereits seit über einer Woche tot sein musste und die Leiche erst am Tag zuvor dort abgelegt worden war. *Während ich mit Amélie und Florence im Kino war?*

»Wie? Wie könnten *Sie* mir helfen?«

Robyn wollte sich auf die Fakten konzentrieren und im Moment beschäftigte sie das fehlende Hautstück auf der Stirn des Mädchens am meisten. Amy Walters war die allerletzte Person, mit der sie sich jetzt herumschlagen wollte, doch diesmal würde sie eine Ausnahme machen. Robyn wünschte sich so sehr, endlich das Monster zu finden, das diesem Mädchen das Leben genommen hatte, dass sie sogar die Hilfe dieser verachtungswürdigen, hinterhältigen Journalistin annehmen würde, die beinahe ihre letzte Mordermittlung zum Scheitern gebracht hatte, indem sie Informationen zurückgehalten hatte.

»Ich habe einen Zeugen, der glaubt, etwas beobachtet zu haben, das mit dem Fall Carrie Miller in Verbindung steht.«

»Um wen handelt es sich? Warum hat diese Person sich mit dieser Information nicht an die Polizei gewandt?«

»Meine Quelle möchte anonym bleiben.«

»Um Himmels willen, Amy. Sie wissen doch, wie das läuft. Wenn jemand uns wichtige Informationen vorenthält, kann ich ihn oder sie einfach zu einer Befragung herbringen lassen.«

»Das bezweifle ich. Treffen Sie mich in einer halben Stunde am Wyevale Gartencenter an der Wolseley Bridge.«

»Ich stecke bis zum Hals in Arbeit.«

»Es wird sich für Sie lohnen.«

»Wenn Sie mich an der Nase herumführen wollen ...«

»Tue ich nicht. Wir sehen uns in einer halben Stunde.«

Robyn knallte den Hörer auf die Gabel. Ambers blicklose Augen starrten sie an. »Verdammte Scheiße.«

Mitz blickte zu ihr hinüber und Robyn schüttelte den Kopf. Sie fluchte nur selten. Wenn es darum ging, ihre Emotionen unter Kontrolle zu halten, konnte ihr niemand das Wasser reichen. Doch diesmal, das wusste sie, war ihr anzusehen, dass sie am liebsten noch viel mehr tun würde als nur zu fluchen. Zwei Mädchen waren tot. Sie musste Harry McKenzie bitten, noch einmal einen Blick auf Carries Stirn zu werfen, und endlich Siobhan Connors finden. Aber stattdessen hatte sie nun eine Verabredung zum Tee mit einer aalglatten Journalistin. Sie straffte die Schultern und heftete, ohne ein weiteres Wort zu sagen, das Foto von Amber Dalton neben das von Carrie Miller ans Whiteboard. Dann stapfte sie aus dem Büro.

Das Gartencenter befand sich direkt neben dem Kanal. Um diese Uhrzeit waren dort nur wenige Besucher anzutreffen. Ein blauer BMW fuhr auf den Parkplatz neben ihr. Amy Walters stieg aus dem Wagen, sie trug einen schicken schwarzen Mantel und einen roten Rock, kombiniert mit einer dicken Strumpfhose und hochhackigen Stiefeletten. Robyn hatte sie noch nie zuvor ohne die große Segeltuchtasche gesehen, die sie sonst immer über der Schulter trug. Sie stieg ebenfalls aus und stand der Journalistin gegenüber.

»Ich habe keine Zeit für irgendwelche Spielchen, Amy.«

Amys Augen wurden schmal. »Ich auch nicht.«

»Wo ist dann ihr Zeuge?«

»Was springt für mich dabei raus?« Amy grinste süffisant.

Robyn fühlte, wie ihr die Hitze den Hals emporkroch. »Wie

wär's, wenn Sie sich zur Abwechslung mal wie eine verantwortungsbewusste Bürgerin verhalten würden? Ich untersuche ein schweres Verbrechen. Wenn Sie nichts Hilfreiches für mich haben, können Sie wieder abziehen. Und wagen Sie es ja nicht, irgendeinen Teil dieser Unterhaltung abzudrucken oder ich werde ...«

Amy hob beschwichtigend die Hände. »Das hier ist alles vertraulich. Ich möchte helfen. Ich will nur ein Krümelchen – etwas, irgendetwas, das sie mir sagen können. Kommen Sie schon, Robyn. Ich möchte nicht auf unzuverlässige Quellen zurückgreifen müssen. Das ist ein heikles Thema. Es geht um ein ermordetes Mädchen. Sie denken doch nicht wirklich, dass ich daraus eine Sensation machen möchte, oder?«

»Geben Sie mir zuerst Ihre Informationen.«

Amys Lippen zuckten. »Und wenn der Fall abgeschlossen ist, geben Sie mir ein Exklusivinterview, so wie letztes Jahr im Fall des Leoparden von Lichfield?«

»Wenn Ihr Zeuge glaubwürdig ist und mir gute Hinweise liefert, werde ich darüber nachdenken. Mehr Zugeständnisse kann ich im Moment nicht machen. Ich habe beim letzten Mal ziemliche Schwierigkeiten bekommen, weil ich mit Ihnen gesprochen hatte.«

»Es wäre auch nicht für die Zeitung. Ein Teil davon schon. Ich arbeite gerade an einem Buch über Mörder – was sie zu ihren Taten bewegt und so. Ich möchte ein paar Details zu dem Fall. Ich werde nicht offenlegen, dass ich irgendetwas davon von Ihnen habe. Wenn Sie mir nicht helfen wollen, muss ich tiefer graben und das könnte für die Familien der Opfer noch mehr Leid bedeuten. Haben wir einen Deal?«

Robyn starrte die Frau an, sie konnte die Abscheu, die sie empfand, fast auf der Zunge schmecken. Amy war absolut rücksichtslos. Sie würde vor nichts und niemandem zurückschrecken, wenn es für sie eine gute Story bedeutete. Es war besser, wenn sie die Informationen von Robyn bekam, als dass die karrierebesessene Amy Walters Carries Freunde und Eltern mit ihren Fragen verfolgte. »Erst der Zeuge.«

Amy zuckte die Schultern. »Okay. Kommen Sie mit.«

Sie betraten das Gartencenter, liefen an den ausgestellten Pflanzen vorbei und betraten das Café. Auf der einen Seite befand sich ein Spielbereich für Kinder, auf der anderen standen mehrere lackierte Tische und Stühle sowie eine lange Verkaufstheke. Alle Tische waren leer, bis auf einen. In einer entfernten Ecke saß eine Frau, die Hände um eine Porzellantasse gelegt. Amy bestellte zwei Tassen Kaffee.

Die Frau in der Ecke blickte erst auf, als die beiden ihren Tisch schon fast erreicht hatten. Ihre Augen suchten nervös den Raum ab, bewegten sich kontinuierlich von einer Seite zur anderen wie die eines gefangenen Tieres. »Sie allein?« Sie hatte einen starken osteuropäischen Akzent. Amy nickte, zog einen Stuhl heraus und setzte sich.

»Das hier ist DI Carter. Du kannst ihr anvertrauen, was du mir gesagt hast.«

Die Frau neigte den Kopf von einer Seite zur anderen. »Niemand hat gesehen, ihr hergekommen seid?«

Amy rutschte mit ihrem Stuhl näher an den Tisch heran und sprach sehr sanft. »Niemand hat uns gesehen. Ivanka, du musst DI Carter sagen, was du gesehen hast.«

Ivanka war Ende fünfzig, hatte scharf geschnittene Gesichtszüge, dunkles Haar und trug einen unförmigen Mantel. »Okay.« Sie schwieg eine Weile lang. Robyn lehnte sich zurück, sie wollte nicht, dass die Frau sich bedrängt fühlte. Amy wandte ihren Blick nicht von Ivanka.

»Ich war auf Weg zu Arbeit. Da habe ich gesehen weiße Transporter vor Lagerhaus.«

Robyn wartete.

»Ich habe gesehen diese weiße Transporter und hinten in Laderaum war große Kiste, nein, nicht große *Kiste*, sondern war große Truhe wie für Verreisen. Ich habe gesehen Mann. Er hat versucht, Truhe zu tragen. Aber er hat nicht geschafft. Er hat gerufen Mann, der vorbeikam. Diese Mann hat geholfen, Truhe zu heben und dann in Lagerhaus zu tragen. Ich bin weitergegangen zu Arbeit. Habe nicht gedacht, dass irgendwas seltsam ist. Dann letzte Montag, ich war wieder auf Weg zu Arbeit und ich habe gesehen viele Polizei. Ich bin vorbeigelaufen und habe gesehen Polizei trägt selbe Truhe. Auf Arbeit alle haben gesagt, dass eine Leiche war in Lagerhaus und ich habe gedacht: Leiche war in diese Truhe.«

Robyn fühlte plötzlich das Adrenalin durch ihre Adern rauschen. Ivanka war an dem Tag an dem Selfstorage-Lagerhaus vorbeigekommen, an dem Joanne Hutchinson die Truhe mit Carries Leiche dort abgegeben hatte. Sie hatte Frank gesehen, zusammen mit dem Mann, der ihm beim Tragen der Truhe geholfen hatte, und sie hatte möglicherweise auch einen Blick auf Joanne Hutchinson erhaschen können.

»Ist gute Information.« Die Frau stand auf und zog ihren Mantel enger um sich.

Amy schüttelte den Kopf. »Nicht so schnell, Ivanka. DI Carter muss dir noch ein paar Fragen stellen.« Sie lächelte Robyn an.

»Ivanka, diese Information hilft uns sehr weiter. Sie haben die beiden Männer gesehen, die die Truhe getragen haben?«

Ivanka nickte.

»Und haben Sie bei den beiden auch eine Frau gesehen?«

Ivanka nickte erneut. »War dünne Frau mit gelb-weiße Haare. Hatte blaue Jeans und blaue Lederjacke, sehr teuer, ich denke. Mir haben gefallen ihre Schuhe. Sehr hohe Absätze.«

Robyn nickte und schenkte der Frau ein ermutigendes Lächeln. »Haben Sie auch das Nummernschild des Transporters gesehen?«

»Nein. Es war weiße Transporter und hatte orange Viereck mit weiße Buchstaben. Zwei Buchstaben, ich glaube, vielleicht drei.«

»Ist Ihnen sonst noch irgendetwas aufgefallen?«

»Mann, der geholfen hat tragen. Er ist gegangen Pillen holen.«

»Pillen?«

Amy klinkte sich ein. »Ivanka meint, er ist zu dieser Firma gegangen, die Vitaminpillen herstellt und vertreibt – Vitamed. Die haben ihren Sitz im Towers Business Park.«

Robyn zog ihr Handy aus der Tasche und schickte eine Nachricht an Mitz. Er sollte dafür sorgen, dass jemand diese Firma überprüfte. Je schneller sie diesen fremden Mann auftreiben konnten, desto besser.

»Würden Sie mich zur Dienststelle begleiten und uns noch weitere Fragen beantworten, Ivanka?«

Die Frau schüttelte vehement den Kopf. »Nein. Ich nicht gehe dorthin.« Sie zog sich in ihren Mantel zurück.

»Es wäre nur, damit ich das alles dokumentieren kann. Und wir könnten Ihnen vielleicht dabei helfen, sich noch an ein wenig mehr zu erinnern?«

Ivanka erhob sich abrupt. »Nein. Keine Fragen mehr. Ich habe gesagt alles, was ich weiß. Ich muss weg.«

Robyn stand auf, um sie am Gehen zu hindern, doch Amy legte ihr eine Hand auf den Arm und schüttelte den Kopf. Sie setzte sich wieder. Ivanka schob die Hände in ihre Manteltaschen, zog die Schultern hoch und blickte zu Amy.

Amy lächelte sie an. »Mach dir keine Sorgen. Du hast das Richtige getan.«

Ivanka nickte mit zusammengepressten Lippen. »Du halten Versprechen.«

»Das weißt du doch.«

Ohne ein weiteres Wort stapfte Ivanka davon. Amy lehnte sich in ihrem Stuhl zurück, ein kleines Grinsen auf dem Gesicht. Robyn fühlte sich provoziert.

»Warum möchte Ivanka nicht direkt mit der Polizei sprechen, ohne die ganze Geheimniskrämerei?«

Amy stützte ihre Ellbogen auf den Tisch und sprach sehr leise. »Das kann sie nicht. Sie ist in einem Zeugenschutzprogramm. Sie hat vor einigen Jahren wichtige Beweise vorgelegt, die ihren Ehemann belasteten. Er hatte seinen Geschäftspartner erschossen und wurde daraufhin zu einer lebenslänglichen Gefängnisstrafe verurteilt. Sie hat furchtbare Angst, dass er herausfindet, wo sie ist, und dann jemanden schickt, der sie erledigt.«

»Besonders viel hat sie uns aber nicht gesagt.«

»Sie hat mir noch mehr erzählt als Ihnen. Ich habe das Gespräch mit ihr aufgezeichnet, aber ich wollte, dass Sie sie zuerst kennenlernen, bevor ich Ihnen die Aufnahme vorspiele. Darauf verrät sie noch mehr. Nicht viel mehr, aber immerhin.«

»Wie kommt es, dass sie sich an Sie gewandt hat, und nicht an die Polizei? In der Regel wenden sich Menschen, vor allem wenn sie keine Aufmerksamkeit auf sich ziehen wollen, nicht zuerst an Presseleute mit so einer Geschichte.«

Amy schlug die Beine übereinander. »Als ich zehn Jahre alt war, haben sich meine Eltern getrennt und meine Mum musste eine Vollzeitstelle in Exeter annehmen, um weiterhin das Haus abbezahlen zu können. Das bedeutete aber, dass sie mich nicht mehr von der Schule abholen konnte. Daher hat sie eine Frau angeheuert, die mich abholen, mir ein Abendessen hinstellen und sich mit mir beschäftigen sollte, bis sie von der Arbeit kam. Die Frau, die sich um mich kümmerte, hatte keine eigenen Kinder und wurde wie eine zweite Mutter für mich.«

Robyn hob die Augenbrauen. »Ivanka?«

»Damals hieß sie noch nicht Ivanka. Ich kann ehrlich sagen, dass ich diese Frau liebe. Ich möchte ihr neues Leben auf keinen Fall gefährden. Sie arbeitet als Köchin in dem Pub im Towers Business Park. Ich war für ein Geschäftsessen dort und habe sie entdeckt. Sie hat mich zuerst nicht erkannt, aber als sie sich mir endlich anvertraute, musste ich ihr schwören, niemandem davon zu erzählen.

Sie war völlig aufgelöst, als sie erfuhr, wer ich war – dass jemand aus ihrer Vergangenheit sie gefunden hatte. Vor ein paar Tagen hat sie dann in der Redaktion angerufen und nach mir gefragt, nach mir persönlich. Sie wollte ihre neue Identität nicht gefährden, indem sie mit irgendwem anders sprach.« Amy schlug die Beine wieder auseinander und lehnte sich erneut nach vorne. »Ich habe Ihnen alle Informationen mitgeteilt, die ich habe. Jetzt müssen Sie mir gestatten, über diesen Fall zu schreiben.«

Robyn rutschte unbehaglich auf ihrem Stuhl herum. Ihre Hüfte schmerzte. »Okay. Aber noch nicht jetzt. Da gibt es zu viele sensible Informationen und ich möchte nicht, dass sie jetzt schon an die Öffentlichkeit dringen. Ich kann es mir nicht leisten, dass diese Frau irgendwie vorgewarnt wird.«

»Das sehe ich ein. Ich werde Ihnen das komplette Gespräch mit Ivanka per E-Mail schicken. Ich habe das Gerücht gehört, dass die Leiche in der Truhe ein junges Mädchen war, eingewickelt in Plastik.«

»Ich kann Ihnen im Moment nicht mehr verraten.«

Amy nickte knapp. »Ich werde vorerst nur über die gesicherten Tatsachen berichten. Aber ich möchte bald die ganze Geschichte hören, DI Carter. Ich will nicht, dass mir irgendwer zuvorkommt. Das verstehen Sie sicher. Wahnsinnsstorys wie diese verkaufen sich wie warme Semmeln.«

Robyn trank ihren Kaffee aus und erhob sich. Amy war viel näher an der Wahrheit, als ihr bewusst war. Das hier war groß. Wenn die Morde an Carrie und Amber zusammenhingen, dann war Robyn wahrscheinlich auf der Suche nach einem Serienmörder.

29

Robin rauschte ins Büro, riss sich den Mantel von den Schultern und rief alle zu einem spontanen Meeting zusammen. Alle drehten sich in ihren Stühlen zu ihr um und blickten sie an. David Marker hatte seine Finger in einer Familienpackung Maltesers und hielt sie Robyn hin, die ablehnte.

»Wir haben eine Zeugin, die uns ihren Namen nicht nennen kann, weil sie in einem Zeugenschutzprogramm ist. Sie hat am achtundzwanzigsten Dezember Joanne Hutchinson vor dem Selfstorage-Lagerhaus gesehen.«

»Das ist gut. Ich hatte schon Zweifel daran, dass Joanne Hutchinson überhaupt existiert«, sagte Matt. »Ich hatte schon in Erwägung gezogen, dass Dev Khan, Frank Cummings und Karl London sich verschworen haben, Carrie Miller umzubringen und sich dann die Geschichte mit dieser Frau ausgedacht haben.«

Robyn lächelte dünn. »Ich auch, Matt. Wir werden aber trotzdem weiter nach der Frau suchen, denn diese Zeugin behauptet nun, sie und ihren weißen Transporter gesehen zu haben. Auf dem Transporter habe sich ein oranges Quadrat mit weißer Beschriftung befunden, die Zeugin glaubt, zwei oder drei Buchstaben gesehen zu haben. Matt, gehen Sie bitte alle Autovermietungen durch, die solche Transporter vermieten und die ihre Fahrzeuge mit orange-weißen Logos versehen. Ich weiß, dass Anna die Vermietungen bereits kontaktiert hat, aber wir müssen da etwas übersehen haben. Vielleicht handelt es sich auch um ein Fahrzeug, dass Joanne sich nur ausgeliehen und nicht selbst gemietet hat. Überprüfen Sie alle lokalen Unternehmen und nehmen sie Kontakt zu denen auf, die orange-weiße Logos auf ihren Fahrzeugen haben. Die Zeugin glaubt außerdem, dass unser unbekannter Helfer, der Frank beim Tragen der Truhe unterstützt hat, danach zu einem Unternehmen namens Vitamed weitergegangen ist. Wenn wir diesen Mann finden, kann er uns vielleicht mehr über Joanne Hutchinson sagen. Matt, Sie haben schon mit den Leuten bei Vitamed gesprochen, oder?«

»Ich habe mit dem Mädchen am Empfang gesprochen. Die hat ihn nicht erkannt. Sie hat mir gesagt, dass die meisten ihrer Kunden Stammkunden seien und sie ihn noch nie gesehen habe.«

Anna wedelte mit einem großen Schwarzweißbild herum. »Wir konnten die Aufnahmen der Überwachungskameras etwas verbessern, damit man ihn besser erkennen kann. Soll ich es damit noch mal versuchen?«

»Wer auch immer von Ihnen zuerst dazu kommt.« Robyn schwieg einen Moment lang. »Hier ist ein Rätsel für Sie: Unsere Zeugin hat mir verraten, dass die Frau in Blau, die sich als Joanne Hutchinson ausgibt, Stiefeletten mit sehr hohen Absätzen getragen hat, als sie dort an dem Selfstorage-Lagerhaus war, um die Truhe abzugeben. Frank Cummings hat uns gesagt, dass Joanne nicht beim Entladen der Truhe helfen konnte, weil sie Rückenschmerzen hatte. Aber wenn man Rückenschmerzen hat, dann trägt man doch sicherlich flachere Schuhe? Ich hatte vor kurzem Probleme mit der Hüfte und ich würde für kein Geld der Welt in ein Paar Stilettos schlüpfen und darin herumstolzieren.«

David kicherte. »Sorry, Boss. Aber die Vorstellung, Sie könnten irgendwo herumstolzieren, und dann auch noch in Stilettos, bringt mich zum Lachen. Die passen nicht wirklich zu diesem uniformierten Officer-Look.«

»Das tun sie allerdings nicht.« Sie schenkte ihm ein kurzes Lächeln. »Warum sollte Joanne Hutchinson für einen Besuch in einem Selfstorage-Lagerhaus so hohe Absätze tragen? Und behindern einen solche Dinger nicht beim Autofahren?«

»Vielleicht hat sie behauptet, sie habe Rückenschmerzen, um die Sicherheitskameras besser vermeiden zu können, oder damit sie auf der Truhe keine Fingerabdrücke hinterlassen kann.« David steckte sich ein Stück Schokolade in den Mund.

Robyn nickte. »Das ist gut möglich.«

»Oder sie ist einfach daran gewöhnt, solche Transporter zu fahren. Viele Frauen haben heutzutage Jobs, in denen sie mit Lieferwagen oder Lastwagen Waren ausliefern müssen. Meine Frau kommt mit ihrem Fahrzeug ganz gut klar.« Matt zuckte die Schultern und grinste jungenhaft.

Robyn rieb sich übers Kinn. »Da haben Sie Recht, Matt. Daran hatte ich nicht gedacht. Sie könnte auch einfach ein Paar flache Schuhe im Auto haben, die sie zum Fahren trägt. Ich lasse mich natürlich gerne eines Besseren belehren. Und nun haben wir noch ein zweites Opfer, das eine Facebook-Nachricht von Carrie Miller bekommen hat, und das genau wie Carrie ebenfalls verschwunden ist.« Sie deutete auf das Foto von Amber Dalton. »Amber Dalton, sechzehn Jahre alt, eine intelligente, enthusiastische Schülerin an der Sandwell, einer Privatschule in Derbyshire. Soweit wir wissen, hat sie noch nie irgendwelche Schwierigkeiten gemacht. Kein fester Freund. Sehr gewissenhaft, verantwortungsbewusst sogar. Die Eltern lassen sie für ein paar Tage allein, um in den Urlaub zu fahren. Sie weigert sich, sie zu begleiten und behauptet, sie habe noch Schularbeiten zu erledigen. Während die Eltern weg sind, schickt sie ihnen Textnachrichten und beantwortet wiederum ihre, und erst bei ihrer Rückkehr bemerken sie, dass Amber von zu Hause verschwunden ist, und verständigen die Polizei.« Sie tippte auf das Foto. »Die Derbyshire Police hat die gesamte Gegend abgesucht und nichts gefunden, was auf Ambers Aufenthaltsort hingedeutet hätte. Es gab keine Zeugen. Ihre Eltern werden nicht verdächtigt.

Amber wurde vor etwa sieben bis zehn Tagen getötet. Der Todeszeitpunkt liegt zwischen dem achten und dem dreizehnten Januar. Laut Gerichtsmedizin wurde sie irgendwann in den frühen Morgenstunden des Zwanzigsten an den Ort gebracht, an dem sie dann gefunden wurde. Nach einer Untersuchung der Gewebeproben und dem Grad der Verwesung ist man dort außerdem zu dem Schluss gekommen, dass sie für ein paar Tage gekühlt worden sein muss, bevor sie dann dorthin gebracht wurde. Ich muss Sie vermutlich nicht daran erinnern, dass auch Carries Leiche eine Zeit lang gekühlt wurde, und das macht mir Sorgen. Es handelt sich mit ziemlicher Sicherheit um denselben Täter. Amber wurde in einem flachen Grab aufgefunden, bedeckt von Blättern und Farn am Cannock Chase, wo er auf die Penkridge Park Road trifft.« Sie deutete auf ein rotes Kreuz auf der Karte, die den Fundort markierte.

Matt Higham hielt seinen Kugelschreiber in die Luft. »Ich finde es auffällig, dass die Leiche hier nicht annähernd so gut versteckt war wie beim ersten Mal. Ich meine, Joanne Hutchinson hat keine Mühen gescheut, eine Einheit in einer Selfstorage-Anlage gemietet, Carries Leiche in eine Truhe gepackt und diese dann in einer verschlossenen Einheit versteckt, die vielleicht nie geöffnet worden wäre, wenn wir dort nicht nach Drogen gesucht hätten. Carrie hätte dort für mehrere Monate liegen können, wenn nicht sogar Jahre. Als der oder die Täter Ambers Leiche versteckt haben, haben sie sich nicht annähernd so viel Arbeit gemacht. Zum einen war das

Grab, in dem sie lag, nicht einmal besonders tief, auch der Ort ist nicht schwer zu finden, direkt am Waldrand in der Nähe eines Pfades, wo eine hohe Chance besteht, dass jemand vorbeikommt und das Grab entdeckt.«

»Guter Punkt. Worauf könnte das hindeuten?«

Matt dachte über die Frage nach und rieb sich über seine Glatze. David schluckte ein Stück Schokolade herunter und sagte dann: »Sie wird langsam unvorsichtig? Oder sie konnte Ambers Leiche nicht so weit tragen?«

Mitz spielte mit einem Pappbecher herum. »Wenn sie einen Komplizen hätte, dann hätte er sie ja weitertragen können, also könnte es ein Hinweis darauf sein, dass sie allein arbeitete. Oder sie hatte möglicherweise nicht genug Zeit, um ein besseres Versteck für Ambers Leiche zu finden.«

»Oder sie wird langsam anmaßend«, fügte Matt hinzu. »Vielleicht hat sie an Selbstvertrauen gewonnen. Ein größeres Ego. Das kommt immer wieder vor. Ein Krimineller kommt mit einem Verbrechen davon und macht später Fehler, weil er nicht mehr so detailliert vorausplant. Oder sie wollte einfach, dass Amber gefunden wird.«

Anna lehnte sich vor, die Ellbogen auf ihrem Schreibtisch. »Was ist, wenn sie schnell handeln musste, weil sie vermutete, dass wir ihr auf der Spur sind?«

Robyn kaute auf ihrer Lippe herum. »Ja, das sind alles gute Hypothesen. Ich wünschte, es gäbe irgendeinen Zeugen, dem etwas Verdächtiges in der Nähe des Fundorts aufgefallen wäre. Das Parkhaus in der Nähe des Birch Valley Forest Centre ist nachts geschlossen, also muss Joanne, oder wer auch immer die Leiche dort abgeladen hat, sein oder ihr Auto an der Straße geparkt und die Leiche von dort aus weiter Richtung Wald transportiert haben. Unter Umständen müssen wir hier die Öffentlichkeit um Mithilfe bitten. David, gehen Sie doch bitte mal die Häuser an der Penkridge Park Road ab und fragen Sie die Leute dort, ob sie irgendetwas gesehen haben.« Sie schrieb das Wort ›Facebook‹ auf das Whiteboard. Darunter fügte sie die Namen Amber Dalton, Carrie Miller und Siobhan Connors hinzu. »Diese Mädchen stehen alle irgendwie in Verbindung, nicht nur durch diese Nachrichten auf Facebook, sondern auch noch auf irgendeine andere Weise. Ich statte heute Siobhan Connors' Freund einen Besuch ab, Adam Josephs. Siobhan hat sich Sonderurlaub genommen und ich möchte sie unbedingt finden.«

David knüllte die leere Tüte zusammen. »Denken Sie, sie hat etwas mit den Morden zu tun?«

»Das kann ich im Moment absolut nicht sagen. Es wäre gut, wenn wir Ambers und Carries Smartphones unter die Lupe nehmen könnten, um herauszufinden, welche Webseiten sie besucht und welche Apps sie verwendet haben. Das würde uns ein großes Stück voranbringen. Aber leider haben wir die Geräte nicht. Ich hoffe, dass Siobhan vielleicht ein wenig Klarheit in diese ganze Sache bringen kann. Aber in Anbetracht der Tatsache, dass die Umstände ihres Verschwindens dem von Amber und Carrie sehr ähneln, mache ich mir da keine allzu großen Hoffnungen.« Sie warf den Stift auf ihren Schreibtisch. »Mitz, hatten Sie Glück bei Ambers Ex-Freund?«

»Die Nachricht von Ambers Tod hat die Schule noch nicht erreicht, daher habe ich den Schulleiter gebeten, mit einigen der Schüler, die mit ihrem Verschwinden in Verbindung stehen, sprechen zu dürfen. Er war außerordentlich kooperativ. Der Ex-Freund ist ein Junge aus der Oberstufe namens Justin Bolt. Ihm zufolge war das zwischen ihm und Amber nichts Ernstes. Sie hat sich dazu entschlossen, sich auf die Schule zu konzentrieren, statt mit ihm herumzualbern. Er meinte, Amber sei manchmal ein wenig zu sehr ›von sich eingenommen‹ gewesen, daher sei er nicht verletzt gewesen, als sie ihn fallenließ. Er sagte, er hätte sich sowieso irgendwann von ihr getrennt, weil er sich für sie geschämt habe. Sie hat sich einem anderen Mädchen aus ihrem Haus, Shannon Right, gegenüber wohl

ziemlich zickig verhalten. Es gab an der Schule einen Musikwettbewerb. Amber und drei andere waren ausgewählt worden,
ihr Schulhaus Chapel dort zu vertreten, und die vier waren
wohl die absoluten Favoriten. Amber nahm diesen Wettbewerb
sehr ernst und als sie ihn nicht gewannen, gab sie Shannon die
Schuld daran und nannte das Mädchen ›total behindert‹. Nun
ist es aber so, dass Shannon Right das Asperger-Syndrom hat
und in Tränen ausgebrochen ist. Amber weigerte sich, sich zu
entschuldigen und rauschte ab. Justin fühlte sich danach ›ein
bisschen scheiße‹, aber Amber wollte nicht nachgeben. Er
meinte, da habe sie eine Seite von sich gezeigt, die er nie zuvor
gesehen hatte.«

»Interessant. Amber war wohl doch nicht so perfekt, wie
uns alle erzählen wollen. Ist Shannon Right noch immer an der
Schule?«

Mitz fuhr mit dem Finger seine Notizen entlang. »Sie hat
Sandwell nach den GCSE-Prüfungen verlassen. Lebt mit ihren
Eltern in Lichfield. Sie behauptet, dass sie in der Schule nicht
viel mit Amber zu tun hatte. Aber sie hat zugegeben, dass es in
dem Haus eine Gruppe beliebter Mädchen gab – eine sehr
enge Clique – und dass die anderen Mädchen versuchten,
möglichst unauffällig zu bleiben. Shannon gehörte zu Letzte-
ren. Amber hing mit den beliebten Mädels rum. Sie meinte
auch, dass Amber eigentlich okay war, wenn sie nicht mit den
anderen zusammen war, aber wenn sie in der Gruppe unterwegs waren, spielte sie sich wohl ziemlich auf und konnte
manchmal sogar grausam sein.«

»Moment mal. Carrie wurde ganz ähnlich beschrieben.«
Anna blätterte durch die Unterlagen auf ihrem Schreibtisch.
»Ihr Klassenlehrer Maneesh Shah von der Fairline Academy
sagte, dass sie zu einer Gruppe Mädchen gehörte, die bekannt
dafür war, dass sie andere Mädchen drangsalierten – nämlich
diejenigen, die in ihren Augen weniger ›cool‹ waren. Er hatte
Carrie und Jade in der Vergangenheit mehrmals wegen

Mobbing verwarnen müssen. Während einer Schulstunde drangsalierten sie eines der anderen Mädchen so sehr, dass es in Tränen ausbrach.«

»Das ist interessant. Zwei Mädchen, die sich anderen gegenüber manchmal ziemlich boshaft aufführten. Das könnte wichtig sein.« Robyn schrieb ›Mobber?‹ auf das Whiteboard. »Wer ist Ambers Hausbetreuer?«

»Deborah Hampton. Sechsunddreißig Jahre alt. Verheiratet mit einem gewissen Dan, zwei Kinder. Sie ist dort seit drei Jahren Hausbetreuerin.«

»Anna, vereinbaren Sie für mich bitte einen Termin bei ihr, irgendwann im Laufe des Tages. Und dann rufen Sie bitte bei Jade North an, Carries Freundin. Lassen Sie sie herkommen. Ich möchte gerne ein wenig mehr über diese Sache wissen.«

30

»*Siobhan, kannst du mich hören?*«

Siobhan Connors versuchte zu antworten, doch sie konnte es nicht. Ihre Zunge bewegte sich einfach nicht. Tatsächlich wollte ihr keiner ihrer Körperteile gehorchen und tun, was ihr Gehirn ihnen schreiend befahl. Sie musste aus dieser Gefängniszelle entkommen. Zumindest vermutete sie, dass es eine Gefängniszelle war. Es stank furchtbar – nach Bleichmittel und altem Schweiß. Der Lichtschein, der von der Lampe auf seinem Helm ausging, schien ihr ins Gesicht und sie musste die Augen zusammenkneifen. Sein Gesicht lauerte ganz nah vor ihrem, er grinste sie breit an. Sie spürte einen Schreckensschrei in ihrer Brust aufsteigen, doch es kam kein Laut über ihre Lippen. Er hatte ihr ein Stück Stoff in den Mund gestopft, dass in ihrem Rachen kitzelte und Würgereize auslöste.

»Wehr dich nicht. Ich mache dich in einer Minute los. Alles wird gut. Ich wollte nur, dass du verstehst, warum du hier bist.« Er legte einen Finger an seine vollen Lippen. Sie dachte, sie wüsste, was er von ihr erwartete, und versuchte zu nicken. Doch sie schaffte es nicht. Stattdessen kam ein Laut aus ihrem Mund,

der sich anhörte wie ein gedämpftes Stöhnen. Er sprach weiter, flüsternd, seine Worte langsam und betont.

»Braves Mädchen. Ich habe mir die Fotos auf deinem Handy angesehen. Ich hoffe, du hast nichts dagegen. Dieses hier ist wirklich der Wahnsinn. Damit könntest du auf dem Cover einer Zeitschrift abgedruckt sein.« Er drehte das Handy so, dass sie das Bild sehen konnte. Darauf abgebildet war Siobhan, die in einem Bikini posierte, ihre vollen Brüste drückten sich gegen den dünnen, goldenen Stoff des Oberteils. Die winzige Bikinihose ließ den Blick frei auf ihre perfekt gerundeten Pobacken, die Haut golden und gebräunt, denn sie war vor dem Urlaub mit Adam mehrere Male im Sonnenstudio gewesen. Es war ein toller Ausflug gewesen, mit endlosem Sonnenschein und vielen Drinks in Ayia Napa. Adam hatte das Foto gleich am ersten Tag gemacht. Später an diesem Tag hatte Siobhan, trunken vor Glück und betrunken vom Rum, das Foto auf Facebook hochgeladen, damit jeder die wilde, sexy, sorglose Siobhan sehen konnte – dieselbe Siobhan, die das Glück hatte, sich in einer so engen und glücklichen Beziehung zu befinden.

Sie versuchte die Erinnerungen zu verdrängen. Sie war weder in Zypern noch am Strand. Sie lag auf einem Bett. Nein, es war kein Bett. Dafür war es weder breit noch weich genug. Es war ein Tisch, eine Liege, wie sie in Schönheitssalons für Massagen verwendet wurden. Der Mann vor ihr schüttelte den Kopf und zischte: »Ein bisschen frivol, was? Man sieht eine Menge Haut, und trotzdem hast du beschlossen, dieses Foto in deiner Facebook-Chronik zu posten, wo es jeder sehen kann, den es interessiert. Du wolltest, dass dich Männer in diesem mikroskopisch kleinen Bikini sehen und sich wünschen, mit dir zusammen sein zu können. Und zweifellos wolltest du auch all deinen Freundinnen zeigen, dass du nackt so viel besser aussiehst als sie. Damit sie sich unsicher fühlen und sich wünschen, sie könnten so aussehen wie Siobhan Connors. Es muss toll sein, so fantastisch zu sein wie du. Wie ich sehe, haben über hundert Leute dieses Foto ›geliked‹. Und was ist mit diesem hier?« Er scrollte mit seinem Daumen durch die Bilder und hielt bei einem inne, das Siobhan nackt vor einem Spiegel zeigte. »Dieses hier liebe ich. Ich konnte dieses nuttige Foto allerdings nicht auf Facebook finden. Ich vermute mal, sie haben das nicht durchgehen lassen. Hast du es dann privat verschickt?« Er streckte seine Zunge heraus und leckte langsam über den Bildschirm.

Siobhan hatte vor Wut und Angst Tränen in den Augen und versuchte sie wegzublinzeln. Sie würde diesem Freak nicht geben, was er wollte. Was auch immer er mit ihr anstellte, sie würde sich daran erinnern und es ihm heimzahlen. Sie würde Adam bitten, ihn sich vorzunehmen. Adam würde ihm den Hals umdrehen. Sie mochte ihn vielleicht verlassen haben, doch sie wusste, dass er noch nicht mit ihr abgeschlossen hatte. Er würde noch immer alles für sie tun. Gedanken schwirrten durch ihren Kopf. Dieser Typ wollte ganz offensichtlich Sex mit ihr haben. Er lechzte geradezu danach. Siobhan war schon früher Männern wie ihm begegnet, sie wollten verzweifelt mit ihr schlafen, hatten aber auch Angst vor ihr. Vermutlich stand er auf SM-Sachen, da sie sich in einer Art Keller zu befinden schienen und sie an das Bett gefesselt war. Das würde sie aushalten können. Auch Adam hatte sie schon einmal gefesselt und ihr einen solchen Klaps auf den Arsch gegeben, dass sie danach eine Woche lang nicht mehr hatte sitzen können. Sie stand nicht wirklich darauf, aber sie konnte es ertragen, wenn sie dafür nur ihre Freiheit wiederbekäme. Sie würde ihn mit ihr machen lassen, was er wollte, und sich ganz demütig geben, und dann, sobald er sie gehen ließ, würde sie ihm so hart in die Eier treten, dass er niemals mehr in der Lage sein würde, es wieder zu tun.

Er starrte das Foto an. »Du bist mir vielleicht eine, Siobhan«, sagte er, seine Stimme war sanft und charmant. »Es muss so viele Männer um dich herum geben, die deinen wunderschönen Körper streicheln, dich lieben und dir Freude bereiten wollen.«

Er lächelte sie an. Seine Worte waren ihr unangenehm. ›Ihr Freude bereiten‹, das klang so seltsam und altmodisch. Dieser Typ musste noch Jungfrau sein. Ein jungfräulicher Freak.

»Würde es dir gefallen, wenn ich dir Freude bereiten würde?« Er ließ seinen Kopf in den Nacken fallen, die Lampe auf seinem Helm warf dunkle Schatten auf die Zimmerdecke über ihr, und er lachte. Es war ein unnatürliches, hohes Lachen. Dann, in einer einzigen fließenden Bewegung ließ er sich auf sie fallen, stützte sich nur mit den Armen ab. Die Lampe blendete sie nun vollständig und zwang sie, ihre Augen zu schließen. Das Blut gefror in ihren Adern. Das hier war nicht nur irgendeine seltsame Sexfantasie. Ihr Körper erregte ihn nicht im Mindesten. Ihre Gedanken rasten. Plötzlich wurde ihr bewusst, dass sie nicht mehr ihre eigenen Kleider trug. Der Stoff, den sie nun am Körper hatte, war kratzig und ihre Beine waren nackt. Sie befand sich in schrecklicher Gefahr.

Sie versuchte, sich unter ihm wegzudrehen, doch er hob einen seiner starken Arme und drückte ihren Kopf nach unten. Sie konnte den Fesseln, die sie an die Liege banden, nicht entkommen. Sie wand sich, versuchte sich zu befreien. »Tss, tss, tss«, machte er. »Für den nächsten Teil musst du aber stillhalten.« Mit diesen Worten erhob er sich von ihr und sie öffnete die Augen, wünschte sich jedoch sofort, sie hätte es nicht getan.

»Das wird wehtun«, sagte er singend und mit schriller Stimme und streichelte den Griff eines großen Messers. »Worte können wehtun, weißt du?« Ihre Pupillen vergrößerten sich, wurden zu riesigen schwarzen Scheiben. Sie war außerstande die Augen zu schließen, ihr Blick hing am Anblick der riesigen Messerklinge vor ihr.

»Was meinst du, was ich jetzt mit dir anstellen werde? Du hast keine Ahnung, nicht wahr? Ich werde dich nicht töten ... Noch nicht.« Über das Rauschen in ihren Ohren hinweg konnte sie seine Worte kaum verstehen. Seine Zungenspitze kam wieder zum Vorschein, schnellte zwischen seinen Lippen hervor wie die

einer Schlange, und er behielt sie konzentriert zwischen den Zähnen wie ein Kind, das versucht zu schreiben. Dann schnitt er mit der Messerspitze in die Haut auf ihrer Stirn. Zuerst spürte sie gar nichts, doch dann fühlte sie plötzlich eine Welle weißer Hitze, als ihr eine warme Flüssigkeit übers Gesicht und in die Augen lief, und sie fing an zu schreien.

einer Schlange, und er behielt sie konzentriert zwischen den Zähnen wie ein Kind, das versucht zu schreiben. Dann schnitt er mit der Messerspitze in die Haut auf ihrer Stirn. Zuerst spürte sie gar nichts, doch dann fühlte sie plötzlich eine Welle weißer Hitze, als ihr eine warme Flüssigkeit übers Gesicht und in die

31

»Ich kann Ihnen gar nich genug danken.« Susanna Carlisle war auf die Knie gesunken und umarmte den Hund. »Sie wissen nich, wie viel mir das bedeutet.«

Ross hatte eine Idee. Der Schrei, den sie beim Anblick ihres Hundes ausgestoßen hatte, hatte ihm fast die Trommelfelle zerfetzt und er war schon lange nicht mehr so enthusiastisch umarmt worden. Brandon beobachtete das Geschehen etwas gelangweilt, in einer Hand hielt er einen schäbig aussehenden Buzz Lightyear.

»Ich werd sie nie wieder aus den Augen lassen.« Sie untersuchte den Hund auf irgendwelche Verletzungen. »Wo is ihr Halsband?«

»Der Mann, der sie gefunden hat, hat behauptet, sie hätte keines getragen.«

»Das glaub ich nich. War ein Gutes. Aus richtigem Leder. Gefunden? Wo war sie denn?«

»Nur ein paar Meilen von hier entfernt. Ich kann mir nicht vorstellen, dass sie weggelaufen ist. Sie wurde gekidnappt, da bin ich mir sicher. Ich vermute, dass er darauf spekuliert hat, dass Sie eine Belohnung aussetzen und er diese dann einstreichen könnte, wenn er den Hund zurückbringt.«

»So 'n Idiot. Haben Sie ihn bei der Polizei gemeldet?«

»Ich werde die Polizei darüber informieren, machen Sie sich keine Sorgen. Sollten noch weitere Hunde verschwinden, wird er sicherlich Besuch von den Jungs in Blau bekommen.«

»Ich hatte auch schon über eine Belohnung nachgedacht. Lauren wollte nach einem Lohnvorschuss fragen und hätte den dafür angeboten. Is sie nicht wundervoll?«

Lauren zuckte die Schultern. »Das wär's mir wert gewesen, wenn wir sie dadurch zurückbekommen hätten.«

»Sie is ein liebes Kind. Weiß nich, was ich ohne sie machen würde. Wär ne Katastrophe.«

»Jetzt werd nicht sentimental«, knurrte Lauren.

Brandon hob einen ebenfalls schäbigen Plastik-Cowboy auf. »Peng, peng, peng.« Er strahlte Ross an und der grinste zurück. Brandon kletterte von seinem Stuhl und stapfte auf seinen starken Beinchen zu ihnen herüber.

»Ist das etwa Woody?« Ross ging in die Knie, um mit dem Jungen zu sprechen, der ihm den Cowboy reichte. Der Hund gesellte sich zu ihnen.

»Pinzäss«, sagte Brandon.

»Ganz genau, Brandon. Das ist Princess und sie geht nie wieder weg.«

Ross gab ihm das Plastikspielzeug zurück und erntete dafür ein wundervolles, breites Lächeln.

»Okay, du spielst mit Lauren«, sagte Susanne. »Ich muss Mr. Cunningham bezahlen.«

Als sie sich entfernte, um das Geld zu holen, ließ Ross die liebevolle Familie auf sich wirken: Lauren, die den Bauch ihres Bruders kitzelte und ihm ein glucksendes Lachen entlockte; und Susanne, die ihrer Tochter einen Kuss zuwarf, als sie sich unbeobachtet wähnte. Ihm fiel auf, wie sauber und ordentlich ihr Zuhause war, ohne ein Übermaß an materiellem Besitz, dafür aber erfüllt von Liebe.

»Ich möchte keine Bezahlung«, sagte er.

»Aber das haben wir doch vereinbart. Ich hab das Geld. Es is unser Notgroschen, und das hier war ein Notfall. Sie haben uns Princess zurückgebracht. Das is jeden Penny wert. Sie haben doch sicher auch Rechnungen zu bezahl'n. Sie können das alles doch nich umsonst machen.«

Ross zuckte die Schultern. »Stimmt, aber ich verbuche das als meine gute Pfadfindertat. Es hat nicht lange gedauert, sie aufzuspüren, und es reicht mir völlig, Sie so glücklich zu sehen. Entschuldigung, das war ein bisschen kitschig.«

Lauren verzog das Gesicht. »Ja, das klang wie aus einem dieser schnulzigen Filme.«

Susanne stand die Verwirrung ins Gesicht geschrieben. »Aber warum? Das is Ihr Job. Sie haben sie gefunden und ich sollte Sie dafür bezahlen. Das ergibt doch keinen Sinn. Ich will auch nichts geschenkt haben. Ich bin vielleicht nich reich, aber auch kein Fall für die Wohlfahrt.«

»Ich will kein Geld von Ihnen, aber es gibt etwas, mit dem Sie mir helfen könnten. Verraten Sie mir, wo ich einen Hund wie Princess finden kann.«

Susannes Miene hellte sich auf. »Sie woll'n einen Staffy?«

»Ja. Ich denke schon seit Längerem darüber nach, mir einen Hund zuzulegen, und ich denke, so einer wie sie würde zu mir passen.«

Lauren klinkte sich ein. »Ich weiß, wo es einen gibt. Ich habe ein Foto auf der Website von Dogs Trust gesehen. Ich rufe mal bei denen an. Ich habe eine Freundin, die dort arbeitet.«

»Ich bezahl Sie trotzdem, keine Diskussion.« Susanne stöberte ihn ihrem Portemonnaie herum und zog ein paar Geldscheine daraus hervor. Sie hielt sie Ross vor die Nase und wedelte damit herum. »Nehmen Sie es. Ich hab auch meinen Stolz.«

Ross zögerte einen Moment, dann nahm er das Geld. »Ich sag Ihnen was. Ich suche nach Siobhan und dafür hilft Lauren mir mit dem Hund. Wie klingt das?«

Lauren nickte. »Das wäre wirklich cool.«

Brandon ließ seinen Astronauten zufrieden durch die Luft sausen und Susanne ließ sich neben ihm auf den Boden sinken. Princess ließ sich daneben nieder. Das ganze Bild strahlte Zufriedenheit aus. Ross und Jeannette hätten auch gerne eigene Kinder gehabt. Er seufzte. In diesem Leben bekam man nicht immer, was man sich wünschte.

Er schlenderte aus dem Haus und dachte nach. Vielleicht hatten er und Jeannette keine Kinder, doch mit ihrer aufgestauten Liebe könnten sie sicherlich auch ein loyales Haustier überschütten.

32

Robyn ordnete die Post-its auf ihrem Schreibtisch neu an. Sie wollte mit Adam Josephs sprechen und mehr über Siobhan in Erfahrung bringen, doch sie hatte in etwa einer Stunde erst einmal ein Meeting mit Ambers Hausbetreuerin. Falls sie noch Zeit dafür hatte, würde sie es danach versuchen. Außerdem wollte sie herausfinden, ob es irgendwelche Fortschritte gab, was den Transporter betraf, den Joanne Hutchinson genutzt hatte. Sie schrieb eine Notiz für David, der sich darum gekümmert hatte.

»Geht was voran?« Shearer sah fertig aus. Seine Krawatte hing lose um seinen Hals und sein Hemd sah aus, als hätte er mehrere Nächte darin geschlafen.

Robyn schüttelte den Kopf. »Es ist jetzt schon fünf Tage her, dass wir Carrie Miller gefunden haben, und alles, was ich habe, sind lose Enden. Ich finde immer wieder neue Puzzleteile, aber dann stelle ich fest, dass es die falschen sind und sie nicht zusammenpassen.«

»Haben Sie als Kind auch so gerne gepuzzelt?«

»Wenn Sie mir nur auf die Nerven gehen wollen, können Sie auch wieder abziehen. Ich habe ohnehin schon mehr als genug zu tun.«

»Also wirklich. So spricht man doch nicht mit einem besorgten Kollegen.« Er schenkte ihr ein kleines Lächeln und hielt eine braune Papiertüte hoch. »Ich wette, Sie haben das Mittagessen mal wieder ausfallen lassen.«

Ihre Mundwinkel zuckten. »Woher wussten Sie das denn?«

»Sie sind reizbar. Niedriger Blutzucker wahrscheinlich«, witzelte er.

»Sie sind wirklich witzig.« Sie öffnete die Tüte und warf einen Blick hinein. Shearer hatte einen Salat, einen Joghurt und einen Müsliriegel für sie ausgewählt.

»Meine Güte, Tom. Das ist eine Premiere. Warum sind Sie so nett zu mir?«

»Gewöhnen Sie sich nicht daran. Ich war sowieso zufällig im Café, um mir ein Sandwich fürs Mittagessen zu holen, und da kam mir der Gedanke, dass sie so nett waren und mit mir auf einen Drink ins Pub gegangen sind. Dachte, ich erwidere den Gefallen. Das ist alles. Wir sind quitt. Jetzt kann ich wieder mein übliches sarkastisches Selbst sein, wieder der Kollege, mit dem man unmöglich arbeiten kann.«

»Ah, der Tom Shearer, den wir alle lieben und hassen.«

»Ich bin jetzt für ein paar Tage weg. Flint schickt mich vorübergehend nach Newcastle. Die brauchen dort meine Expertise. Dachte, ich schau mal nach, wie es bei Ihnen läuft, bevor ich mich absetze.«

»Ich raufe mir die Haare. Mein ganzes Team ist unterwegs und befragt Leute und ich habe das Gefühl, einfach nicht schnell genug voranzukommen. Tatsächlich wollte ich gerade nach Uttoxeter aufbrechen und dort ebenfalls eine Befragung durchführen. Das ist einer der kompliziertesten Fälle, an denen ich je gearbeitet habe, und ich kann ständig spüren, wie DCI Flint mir im Nacken sitzt und alle zwei Minuten wissen will, ob wir schon irgendetwas haben.«

»Sie sollten sich lieber das Essen reinziehen. Sie werden all ihre Hirnleistung brauchen.« Er warf einen Blick auf seine Armbanduhr. »Ich muss los. Viel Glück. Und essen Sie brav auf.« Er hob eine Hand zum Abschied und verließ den Raum.

Robyn aß ein paar Gabeln voll von dem Salat. Sie hatte überhaupt nicht ans Essen gedacht, bevor es ihr angeboten worden war. Das Zitronendressing auf dem Salat war ihr Lieblingsdressing und sie nahm sich einen Moment, um den knackigen Salat und die süßen Maiskörner zu genießen. Ihr Handy vibrierte. Es war Mitz.

»Ich habe unseren Fremden gefunden. Bin mit der Aufnahme der Überwachungskamera noch mal zum Towers Business Park gefahren und diesmal hatte ich Glück. Sein Name ist Luke Sanderson. Er gehört nicht zu den Stammkunden von Vitamed. Er wurde von einem Mitarbeiter bedient, so einem jungen Kerl, der normalerweise hinten in der Fertigung am Fließband arbeitet. Als Matt das Foto dort herumgezeigt hat, war der Junge nicht da. Ich habe Luke befragt. Er hatte keine neuen Informationen, außer dass Frank Cummings ihn gebeten hatte, ihm beim Tragen der Truhe zu helfen und dass Joanne Hutchinson die beiden ständig darauf hingewiesen hatte, die Truhe gerade zu halten wegen der Wertsache darin. Er dachte, es wäre vielleicht etwas aus Glas oder so, weil die Truhe nicht allzu schwer war. Es war schwierig, das Ding auszuladen und durch den Korridor zu der Einheit zu bringen. Er hat der Frau aber nicht allzu viel Aufmerksamkeit geschenkt. Allerdings hat er gesagt, dass sie sich ziemlich hochtrabend ausdrückte, und ihm ist aufgefallen, dass sie Handschuhe mit Leopardenmuster trug.«

Robyn stöhnte. »Dann werden wir also nirgends Fingerabdrücke finden, selbst wenn wir den Transporter auftreiben sollten?«

»Die wären sowieso weggewischt worden. Die ist gründlich.«

»Ich muss mir die Hoffnung bewahren, Mitz. Wir haben einfach kein Glück.«

»Wir schließen Verdächtige aus und am Ende wird uns das dabei helfen, den Kreis einzugrenzen.«

»Außer, uns gehen vorher die Verdächtigen aus.«

»Das klingt aber gar nicht nach Ihnen, Boss. Sie sind doch sonst so optimistisch. Sie haben mir beigebracht, jeden Ansatz zu verfolgen und niemals aufzugeben.«

Robyn seufzte. »Und damit haben Sie absolut recht. Ich habe nur schlechte Laune, weil ich zu wenig geschlafen und gegessen habe, und wegen einer ärgerlichen Zerrung.«

»Soll ich Ihnen ein Sandwich vorbeibringen?«

»Tom Shearer hat mir schon etwas zu Essen vorbeigebracht.«

»DI Shearer? Wirklich?«

»Ich kann Ihrer Stimme anhören, dass sie da zu viel hineininterpretieren.«

»Ich bin eben ein Gefühlsmensch, Boss.«

»Konzentrieren Sie sich zuerst mal auf Ihr eigenes Liebesleben.«

»Das tue ich. Habe heute Abend ein heißes Date.«

»In dem Fall können Sie uns ja morgen davon erzählen. Wenn Sie da drüben fertig sind, dann sollten Sie jetzt nach Hause gehen, Mitz. Alle anderen sind schon weg und ich mache mich jetzt auf den Weg, um Ambers Hausbetreuerin zu befragen. Dann können Sie sich schon einmal für Ihr Date zurechtmachen.«

»Danke Boss.«

Robyn beendete das Gespräch. Sie schaufelte noch ein bisschen von dem Salat in sich hinein und packte den Joghurt und den Müsliriegel für später in ihre Tasche. Dann drehte sie sich noch einmal zu dem Whiteboard um. Darauf befand sich ein Gewirr aus Namen und Überlegungen. Sie strich ›Guter Samariter‹ durch – ein weiterer Ermittlungsansatz abgehakt. Doch sie hatte noch immer viele offene Fragen und war kein Stück näher daran, die Frau zu finden, die sich Joanne Hutchinson nannte.

Deborah Hampton hatte einen frischen Teint und sah viel jünger aus als ihre sechsunddreißig Jahre. Das Chapel Boarding House verfügte über einen Anbau für die Abschlussklasse und befand sich inmitten eines ausgedehnten Gartens, der Ruhe und Zufriedenheit ausstrahlte. Es beherbergte fünfundsiebzig Schülerinnen. Deborah bat Robyn herein und sie folgte ihr in die Küche, in der ein fröhliches Chaos herrschte, für das zwei kleine Jungen verantwortlich waren, die gerade an einem Tisch saßen und malten. Die beiden trugen übergroße T-Shirts, die früher einmal einem Erwachsenen gehört haben mussten, und waren so beschäftigt damit, die bunten Farben auf riesige Blätter zu spritzen, dass sie die Polizistin überhaupt nicht bemerkten.

»Bitte entschuldigen Sie das Chaos. Normalerweise passt Dan auf die Kinder auf, aber freitags hilft er immer im Kulturzentrum aus.«

»Ich werde Sie nicht lange aufhalten.«

»Bitte nehmen Sie sich so viel Zeit, wie Sie brauchen. Die Mädchen sind noch im Unterricht, also werde ich erst einmal nicht gebraucht, bis sie zum Tee zurückkommen.«

»Sie essen gemeinsam mit den Mädchen?«

»Ja, jedes Haus hat einen eigenen Speisesaal und einen Koch. Charles und Bianca tun mir so leid. Sie werden an dem Verlust zerbrechen.« Ihr Blick schweifte in die Ferne und sie kämpfte darum, die Tränen zurückzuhalten. »Es ist furchtbar. Einfach schrecklich. Einige der Mädchen waren von ihrem Verschwinden wirklich geschockt. Als das neue Halbjahr begann und Amber plötzlich verschwunden war, war das schon schlimm genug, aber das Personal wurde mittags über ihren Tod informiert, und ich weiß wirklich nicht, wie die Mädchen reagieren werden. Der Schulleiter plant, es ihnen später bei einem Gedenkgottesdienst mitzuteilen, der extra angesetzt wurde. Die arme Amber.« Sie machte eine kurze Pause, nahm einen tiefen Atemzug und fuhr fort. »Wie Sie wissen, hat sie hier nicht gewohnt, aber sie war dennoch ein fester Bestandteil dieses Hauses, so wie alle Schüler, die nur tagsüber hier sind. Sie alle haben ihr eigenes Zimmer zum Lernen, sodass Chapel für sie wie ein zweites Zuhause sein kann. Ambers Zimmer ist noch immer genauso wie vorher, auch wenn die Polizei sich darin genau umgesehen hat, als sie verschwand.«

Einer der Jungen stieß ein Marmeladenglas mit dreckigem Malwasser um, und ein großer, schmutziger Fleck breitete sich auf der Tischdecke aus. Deborah reagierte blitzschnell, wischte die Sauerei mit Küchentüchern auf und füllte fast gleichzeitig das Glas mit frischem Wasser auf.

»Sie haben gute Reflexe.«

»Reine Übungssache.« Sie beugte sich über die Bilder, gab bewundernde Laute von sich, und kehrte dann wieder zu Robyn zurück. »Wie unhöflich von mir. Ich hätte Ihnen etwas zu trinken anbieten sollen. Ich fühle mich ein wenig ... betäubt, schätze ich.«

»Vielen Dank, aber ich brauchte nichts. Es ist eine sehr schwierige Zeit für Sie. Ich würde gerne von Ihnen wissen, was für ein Verhältnis Amber zu den anderen Mädchen im Haus hatte. Hat sie sich gut mit den anderen verstanden? Soweit ich weiß, gab es mal einen Vorfall nach einem Musikwettbewerb.«

Deborah dachte kurz nach. »Das ist schon eine Weile her. Dieser hausübergreifende Musikwettbewerb ist hier ein großes Ereignis und wir hatten gute Chancen auf den Sieg. Wir hatten einige sehr talentierte Musikerinnen und Sängerinnen. Amber gehörte dazu und ihr wurde die Verantwortung für die Gesangsgruppe übertragen. Aber obwohl die Mädchen wirklich schön sangen, landeten sie nur auf dem zweiten Platz. Amber hat sich diese Niederlage sehr zu Herzen genommen. Sie gab Shannon die Schuld daran und warf ihr vor, falsch gesungen zu haben. Sie war wirklich sehr gemein zu ihr.«

»Das habe ich auch gehört.«

»Shannon gehörte nicht unbedingt zu den selbstbewussteren Mädchen hier im Haus und es hat uns einiges an Überzeugungsarbeit gekostet, damit sie überhaupt an dem Wettbewerb teilnahm, daher können Sie sich sicherlich vorstellen, was das bei ihr anrichtete. Sie hat sich in ihrem Zimmer eingeschlossen und damit gedroht, sich die Pulsadern aufzuschneiden. Wir haben sie dazu überredet, wieder herauszukommen, und anschließend hat sie ein paar Tage im Krankenzimmer bei der Schulschwester verbracht. Amber hat es allerdings geschafft, die ganze Situation so zu verdrehen, dass man den Eindruck hatte, Shannon sei an allem schuld. Einige der anderen Mädchen wandten sich daraufhin von ihr ab. Ich glaube, dass ein paar von ihnen sich auf Shannons Seite schlugen und der Meinung waren, dass Amber sich zu egoistisch aufführte. Ich habe versucht, mit ihr darüber zu sprechen, aber sie gab nicht nach. Zu ihrer Verteidigung muss ich allerdings sagen, dass viele Schüler diesen Wettbewerb sehr ernst nehmen. Wenn ein Haus gegen das andere antritt, dann steht das eigene immer an erster Stelle, da spielt es keine Rolle mehr, ob es innerhalb des Hauses irgendwelche Unstimmigkeiten gibt. Es ist wie in einer extrem loyalen Familie.«

»Dann war das also ein einmaliger Zwischenfall?«

»Es fällt mir sehr schwer, über ein Mädchen zu sprechen, dessen Leiche gerade erst gefunden wurde«, flüsterte sie leise, damit die Kinder sie nicht verstehen konnten. Der ältere von beiden fing an herumzuzappeln und versetzte seinem kleinen Bruder einen Stoß. »Mummy, Leo hat auf mein Bild gespuckt.«

»Okay, Kyle. Warum siehst du dir mit deinem Bruder nicht eine *Peppa Wutz*-DVD an? Ich komme in ein paar Minuten zu euch.«

Die Jungen veranstalteten einigen Radau, als sie von ihren Stühlen kletterten und dann aus ihrem Sichtfeld verschwanden. Deborah wandte sich wieder Robyn zu. »Im Großen und Ganzen mochte ich Amber. Sie war eine intelligente junge Frau. Sie war höflich, voller Energie und scheute sich nicht vor harter Arbeit. Ihre Lehrer sprachen immer in den höchsten Tönen von ihren akademischen Leistungen und ihre Eltern gehören zu den nettesten, die wir hier an der Schule haben. Sie unterstützen uns bei jeder Schulveranstaltung. Ich möchte wirklich nicht schlecht von ihr reden. Aber es gab ein paar Gelegenheiten, bei denen sie sich nicht ganz so tadellos verhielt, wie sie sich gerne darstellte. Ich habe die Vermutung, dass Amber an einigen der ›Vorfälle‹ hier beteiligt war.«

»Wie zum Beispiel?«

»Eines der Mädchen hat Alkohol hereingeschmuggelt und mehrere wurden daraufhin zusammen in einem der Zimmer erwischt, alle betrunken. Amber wurde zwar nicht beim Trinken ertappt, aber als sie dazu befragt wurde, hatte sie so einen süffisanten Gesichtsausdruck – sie sah aus, als wäre sie die Unschuld vom Lande, aber ich hatte das Gefühl, dass sie uns anflunkerte. Dann gab es noch einen ernsteren Vorfall. Eine Gruppe von Jungs fand das Passwort eines der Lehrer heraus und verschaffte sich damit Zugriff zu seinem E-Mail-Account. Zwei der Jungen wurden daraufhin der Schule verwiesen, ein anderer gab zu, beteiligt gewesen zu sein und wurde suspendiert. Aber es ging das Gerücht um, dass auch zwei Mädchen daran beteiligt waren. Wir hatten Amber im Verdacht, aber sie hat alles abgestritten.« Sie schüttelte den Kopf bei der Erinnerung.

»Jedem Monat fällt es einem anderen Mädchen aus der Abschlussklasse zu, die jüngeren beim Lernen zu beaufsichtigen. Mir kam zu Ohren, dass Amber einigen von ihnen gedroht hatte, sie zu schlagen, weil sie nicht still genug gearbeitet hatten, während sie etwas am Computer recherchierte. Sie hat das natürlich wieder abgestritten. Als ich mit den jüngeren Mädchen darüber reden wollte, sagten sie keinen Ton mehr. Es kam mir vor, als wären sie gezwungen worden, den Mund zu halten. Die Blicke, die Amber ihnen im Speisesaal zuwarf, die leisen Worte, die sie ihnen zuraunte – es passte alles zusammen, aber ich konnte nichts beweisen. Das ist alles, was ich Ihnen sagen kann. Bei den meisten Dingen handelt es sich lediglich um Vermutungen, und Amber ist ein glänzendes Beispiel dafür, was wir hier in Sandwell hervorbringen können – ein wahrhaft begabtes Mädchen.« Ihre Augen wurden feucht. »Es spielt keine Rolle, ob sie manchmal Fehler begangen oder sich mal danebenbenommen hat. Die meisten der Mädchen haben hin und wieder ihre Aussetzer. Sie hätte sich noch verändert, wäre erwachsen und zu einer erfolgreichen Frau geworden. Aber jetzt ...«

Deborah zupfte an ihrem Ärmel herum und versuchte, die Fassung wiederzuerlangen. »Diese Möglichkeit wurde ihr jetzt genommen. Wir sind eine glückliche Familie hier in Chapel House, DI Carter. Dan und ich fühlen uns geehrt, für die Mädchen so etwas wie ›Eltern‹ sein zu dürfen. Wir nehmen Anteil an den Erfolgen dieser Familie, wir helfen den Mädchen, mit Rückschlägen fertig zu werden, und wir kümmern uns um sie. Heute haben wir ein geliebtes Mitglied dieser Familie verloren. Es wird lange dauern, über diesen Verlust hinwegzukommen.«

»Das verstehe ich. Wäre es in Ordnung, wenn ich mich kurz in ihrem Zimmer umsehe, bevor die anderen Mädchen vom Unterricht zurückkommen?«

»Ja, das wäre wahrscheinlich am besten. Dann wird hier das Chaos ausbrechen. Die Mädchen sind wahrscheinlich schon über den Gottesdienst um sechs informiert worden und es werden allerlei Gerüchte im Umlauf sein. Es wäre besser, wenn sie Sie hier nicht zu Gesicht bekommen. Aber Sie dürfen sich natürlich gerne kurz dort umsehen.« Deborah erklärte Robyn, wie sie zu Ambers Zimmer gelangen konnte, und zog dann einige Papiertaschentücher aus einer Box auf der Küchentheke, um sich die Nase zu putzen und anschließend ihre rot geweinten Augen zu trocknen. »Ich darf die Mädchen nicht enttäuschen«, sagte sie. »Wir müssen jetzt für sie da sein.«

Robyn schenkte ihr ein ermutigendes Lächeln. »Es wird ihnen gut gehen. Sie haben hier so viel Unterstützung, sowohl von Ihnen als auch untereinander.«

Robyn ließ Deborah zurück und wanderte durch das Haus. Sie hörte ein Klappern aus der Küche. Sie warf einen Blick ins Speisezimmer – drei lange Reihen aus Tischen und Bänken. Die Wände waren mit hölzernen Tafeln geschmückt, auf denen die Namen jener Mädchen aufgeführt waren, die Stipendien erhalten hatten. Die Jahreszahlen reichten zurück bis ins Jahr 2002, dem Jahr, in dem Chapel House eröffnet worden war. Auf einem hohen Regal standen mehrere glänzende Trophäen, darunter auch ein großer silberner Pokal für den Sieg bei einem Hockeywettbewerb, bei dem die Häuser gegeneinander antraten.

Sie öffnete die Tür zum Gemeinschaftsraum, in dem die jüngeren Schülerinnen ihre Hausaufgaben erledigten. Es handelte sich um einen gemütlichen, hellen Raum mit weichen Sesseln in verschiedenen Farben, großen Kissen und Sitzsäcken, die alle auf eine Seite des Zimmers geschoben worden waren, um auf der anderen Seite Platz für sechs Schreibtische und Stühle zu schaffen. In einem modernen Bücherregal aus Kiefernholz, das eine ganze Wand ausfüllte, befanden sich eine Reihe von Taschenbuchromanen sowie ein Arbeitsbereich mit einem Apple-Computer. Durch ein großes Erkerfenster konnte man den Garten mit seinen ordentlichen Rasenflächen überblicken.

Robyn ging weiter zu Ambers Treppenabsatz. Die Wände neben der Treppe, die dorthin führte, waren mit Gemälden behängt. Robyn musste kurz an Florence denken, die ebenfalls künstlerisch begabt war und deren Talent selbst im zarten Alter von dreizehn Jahren dem ebenbürtig schien, das hier an den Wänden ausgestellt wurde. Im Haus roch es nach Deodorant, Parfüm und Duschgel. Der Raum mit den Gemeinschaftsduschen, einer von mehreren entlang des langen Korridors, lag in der Nähe von Ambers Zimmer. Robyn warf einen Blick in das erste Zimmer, in dem Schuhe, Jogginghosen und Hockeystiefel auf dem Boden herumlagen, auf dem Bett mit der leuchtend gelben Tagesdecke darauf waren mehrere Ordner im DIN-A-4-Format verteilt. Auf einer Kommode stand ein Bild, das eine Gruppe von Freunden zeigte, die vor dem Haus standen und in die Kamera strahlten. Ein großer, flauschiger Bär saß auf einem Stuhl und an den Wänden hingen Aufnahmen verschiedener Prominenter, die aus Zeitschriften ausgeschnitten und dann in einer Art Collage angeordnet worden waren. Das Zimmer gehörte ganz sicher einer Internatsschülerin.

Im Vergleich dazu erschien ihr Ambers Zimmer geradezu kahl. An einer Pinnwand waren mit bunten Reißzwecken allerlei Notizen befestigt worden, in denen es um Abgabetermine und Titel für Aufsätze ging. Schulbücher und Ordner standen ordentlich auf Regalen, und ihr Schreibtisch war komplett leer bis auf einen Stifthalter, der prall gefüllt mit Kugelschreibern und Bleistiften war.

Robyn sah sich die Pinnwand an. Amber hatte alle Abgabetermine für Schularbeiten dort vermerkt. Am neunten Januar, dem Tag, an dem die Schule wieder angefangen hatte, waren zwei Aufsätze fällig gewesen. Sie schien also die Wahrheit gesagt zu haben, als sie ihren Eltern mitteilte, sie könne sie nicht in den Urlaub begleiten, weil sie noch Schularbeiten zu erledigen habe. Robyn zog einen der Ordner hervor, der mit dem Wort »Englisch« beschriftet war, und warf einen Blick auf die Unterlagen darin. Ambers Handschrift war ordentlich und gut lesbar, ganz anders als Robyns eigenes Gekritzel. Sie blätterte durch die Notizen und staunte über Ambers Betrachtungen zu den Gedichten, die sie im Unterricht behandelt hatten.

Sie zog eine Ausgabe von *Die Erbärmlichkeit des Krieges* von Wilfred Owen aus dem Regal. Das erste Gedicht in dem Buch war ihr vertraut, »Dulce et Decorum est«. Die letzte Zeile des Gedichts bedeutete: »Süß und passend ist es, für das Vaterland zu sterben«. Einen Moment lang musste sie wieder an Davies denken, der für sein Land gestorben war. Er hatte sein Leben gegeben, und doch wusste niemand wirklich, was er in den Jahren, in denen er für den Geheimdienst gearbeitet hatte, alles geleistet hatte, noch wie viel sicherer das Land wegen ihm und anderen wie ihm war. Entschlossen schlug sie das Buch zu. Sein Tod war nicht umsonst gewesen. Ohne Menschen wie Davies wäre die Welt ein noch schlechterer Ort.

Als sie sich gerade zum Gehen wandte, fiel ihr Blick auf ein zusammengefaltetes Stück Papier auf dem Fußboden. Es war aus dem Buch gefallen. Darauf erkannte sie Ambers perfekte Handschrift. Sie hatte drei Namen darauf notiert – Orion, Horus und Wōden – und sie mit verschnörkelten Herzchen umkreist. Es ergab keinen Sinn, dass sich dieses Stück Papier in dem Buch befunden hatte. Robyn beschloss, es mitzunehmen. Vermutlich war es nicht wichtig, doch es war, wie Mitz ihr in Erinnerung gerufen hatte: Sie mussten jeden Ansatz verfolgen.

33

Amélie ging Florence Hallows auf die Nerven. Sie war so eine Streberin. Sie hatte den Buchstabierwettbewerb am Freitag gewonnen und konnte seitdem über nichts anderes mehr reden. Normalerweise hätte Florence sich darüber gefreut, aber heute hatte sie schlechte Laune und es beeindruckte sie nicht im Geringsten. Amélie war in allem gut. Sie hatte ein ausgezeichnetes Gedächtnis und bekam immer nur Einsen in der Schule.

Was Florence noch mehr nervte, war, dass sie wirklich versucht hatte, sich die Schreibweise der Wörter einzuprägen. Sie hatte Stunden damit verbracht und war endlich einmal der Meinung gewesen, dass sie ein gutes Ergebnis erzielen würde. Mr. Chambers hatte den Test gestellt und sie wollte ihn beeindrucken. Er war einer der besten Lehrer, die sie hatten, auf jeden Fall der jüngste und interessanteste. Er legte im Unterricht oft Pausen vom Schulstoff ein und diskutierte stattdessen mit ihnen über das neueste angesagte Drama im Fernsehen oder aktuellen Promi-Klatsch, und manchmal hörte er sich auch einfach nur die Beschwerden seiner Schüler an. Er ermutigte sie dazu, in Diskussionen oder Aufsätzen ihre Meinung zu äußern, und sie wollte ihm mit ihrer guten Leistung zeigen, wie sehr sie es schätzte, von ihm unterrichtet zu werden. Seit er Interesse an ihren Bildern bekundet hatte, hatte sie sich in Englisch wirklich ins Zeug gelegt, obwohl es ihr schwerfiel, sich zu merken, was ein Verb, ein Adjektiv und ein Nomen waren, ganz zu schweigen vom Unterschied zwischen einem Doppelpunkt und einem Semikolon.

Auch Amélie mochte ihn und das nervte Florence noch mehr. Den ganzen Weg vom Klassenzimmer zu Schulbibliothek über sprach sie über ihn. »Er hat so verträumte Augen, und er sieht dich an, als seiest du der wichtigste Schüler in der ganzen Klasse.«

Florence schnaubte. »Du solltest Liebesromane schreiben. Wenn du so redest, könnte man meinen, er sein irgendein kitschiger Romanheld.«

»Das ist eine gute Idee. Vielleicht sollte ich Mr. Chambers danach fragen.«

»O bitte. Das war doch nur ein Witz. Wirst du nun endlich damit aufhören, ständig über ihn zu reden?«

»Warum denn?«

»Weil es mir mittlerweile zum Hals raushängt, dass du ständig herunterleierst, wie wundervoll Mr. Chambers ist. Er ist ein Lehrer. Das war's. Er unterrichtet uns in Englisch. Er ist auch nicht anders als Mrs. Donaldson oder Mr. Roberts.«

»Doch, ist er. Er ist nicht so alt wie sie. Und er mag alle möglichen Filme und Musik und so, die wir auch mögen. Mr. Donaldson hätte nicht den blassesten Schimmer, wer Rag'n'Bone Man oder One Direction oder Ed Sheeran sind.« Amélie lachte. »Außerdem glaube ich, dass du heimlich auch auf ihn stehst.«

Florence zog ihre Schultern hoch. »Halt die Klappe.«

Amélie wedelte mit den Händen vor ihrem Gesicht herum und kicherte. »O ja, das tust du. Ich sehe es in deinem Gesicht. Du stehst *tatsächlich* auf ihn. Außerdem starrst du ihn immer an, wenn er etwas vorliest! Florence steht auf Mr. Chambers!«, sang sie.

Florence lief knallrot an. »Nicht so laut. Du klingst wie ein blödes kleines Kind. Ich stehe überhaupt nicht auf ihn. Er ist sowieso uralt.«

Amélie kicherte erneut. »Nein, ist er nicht. Er ist erst Anfang zwanzig.«

»Und damit mindestens zehn Jahre älter als wir.«

»Das ist nicht zu alt. Es gibt viele ältere Männer, die sich jüngere Frauen suchen. Wenn er Mitte dreißig ist, sind wir Mitte zwanzig. Viele Paare haben so einen Altersunterschied.«

»Ich kann nicht glauben, dass wir gerade wirklich dieses Gespräch führen. Bist du wahnsinnig? Er ist ein Lehrer. Er interessiert sich doch nicht für Dreizehnjährige.«

»Du bist schon sehr reif dafür, dass du erst dreizehn bist. Du hast Brüste und als wir im Kino waren, hast du viel älter ausgesehen mit deinem Make-up und den falschen Nägeln. Oh, das ist es!« Sie verzog das Gesicht, ihre Lippen bildeten ein rundes O. »Du versuchst, für Mr. Chambers erwachsener auszusehen. Deswegen hast du angefangen, in der Schule Make-up zu tragen. Ich weiß, dass du Mascara trägst, ich sehe das. Und ein bisschen Lipgloss.« Amélie kicherte.

Florence dachte an Hunter und errötete erneut. Sie versuchte tatsächlich älter auszusehen, allerdings nicht für irgendeinen Lehrer. Sie probierte ihren neuen Look aus für den Fall, dass Hunter sich mal mit ihr treffen oder mit ihr skypen wollte. Amélie brachte sie nun dazu, sich mies zu fühlen, und machte sich über sie lustig, was ihre Laune nur noch weiter verschlechterte.

»Halt die Klappe, Amélie. Ich meine es ernst.«

Endlich schien Amélie zu erkennen, dass sie in schlechter Stimmung war, und hörte auf herumzualbern. Sie versuchte, sich bei Florence unterzuhaken, doch diese hatte die Arme fest an ihre Seite gepresst. »Ich mache doch nur Spaß, Florence. Ich meine das nicht ernst. Jeder mag ihn. Er ist ein wirklich netter Lehrer.«

»Tja, ich eben nicht.«

»Weil du in dem Test schlecht abgeschnitten hast?«

»Nein. Weil ich ihn gruselig finde. Er lächelt die ganze Zeit und ist immer so freundlich zu allen. Es ist nicht normal, wenn ein Lehrer sich so verhält. Ihr behandelt ihn alle wie irgendeinen Popstar und er liebt das. All diese Aufmerksamkeit.«

»Also jetzt bist *du* aber albern. Das tut er nicht. Er ist einfach ... nett. Du bist nur wegen dieses Tests schlecht auf ihn zu sprechen.«

Florence stapfte davon und überließ es Amélie, ihr hinterherzulaufen. »Florence, warte!«

»Hau ab, Amélie. Ich habe keine Lust mehr, mit dir rumzuhängen. Ich habe die Nase voll davon, dass du mich ständig runtermachst. Ich werde nie so sein wie du. Jeder lacht über mich, weil ich mit dir befreundet bin. Die schlaue, hübsche Amélie und ihre dicke, hässliche Freundin.«

»Florence, hör auf damit! Ich mache dich nicht runter! Das habe ich nie. Und niemand denkt so über dich. Bitte, Florence. Ich habe nur Spaß gemacht. Du weißt doch, dass ich es nicht so meine.«

Florence ignorierte ihre Einwände, sie sah nur noch rot. »Du hast nicht annähernd solche Probleme in der Schule wie ich, und ich habe keine Lust, mir das jedes Mal wieder anhören zu müssen, wenn du mal wieder was toll machst. Ich habe mir für den Test heute wirklich Mühe gegeben und war trotzdem die Schlechteste. Du hast nicht einmal gefragt, wie es bei mir gelaufen ist. Du hast einfach von vornherein angenommen, dass ich genauso schlecht war wie immer. Weißt du, wie sich das für mich anfühlt? Hast du irgendeine Vorstellung davon, wie es ist, immer die Schlechteste in der Klasse zu sein? Nein. Hast du nicht.«

»Ich wusste nicht, dass du die Schlechteste warst. Oh,

Florence, es tut mir so leid. Ich habe mich so darüber gefreut, dass ich die Beste war. Ich hatte ja keine Ahnung ...«

»Versuch doch ab und zu mal an andere Leute zu denken, Amélie. Wir sind nicht alle so perfekt wie du. Und jetzt hau ab. Ich will nicht mehr deine Freundin sein.«

Sie schlug ihrer Freundin die Tür der Bibliothek vor der Nase zu und stapfte davon, wütend darüber, dass der einzige Mensch, der eigentlich verstehen sollte, wie sie sich fühlte, sie anscheinend überhaupt nicht kannte.

34

Siobhan lag auf der Matratze, die leicht nach Urin roch, und schluchzte. Der Wahnsinnige, der sie gefangen hielt, hatte den Raum verlassen und die einzige Lichtquelle mitgenommen. Das Blut war auf ihrem Gesicht getrocknet wie eine Gesichtsmaske aus Tonerde. Es spannte sich straff über ihre Haut und sorgte dafür, dass ihre Stirn furchtbar schmerzte. Die Wunde hatte stark geblutet, doch er hatte keinen Finger gerührt, um das Blut wegzuwischen, und sie nur anzüglich angegrinst, während er ihre Stirn zerschnitt.

Sie bewegte sich ungelenk. Sie brauchte dringend Schmerzmittel. Ihre Kehle war staubtrocken von dem Stoff, den er ihr in den Mund gerammt hatte, um zu verhindern, dass sie um Hilfe rief. Er hatte ihn herausgenommen, nachdem sie vor Schmerz ohnmächtig geworden war. Sie hatte keine Ahnung, wie lange sie bewusstlos gewesen war, und konnte sich nur undeutlich daran erinnern, dass er vor sich hin gesummt hatte, als er den Knebel entfernte und sie vom Tisch hob. Dann war sie wieder in die Schwärze zurückgesunken und erst auf dem Bett wieder aufgewacht, wo sie sich nicht getraut hatte, auch nur die kleinste

Bewegung zu machen, damit er sie nicht hörte und möglicherweise zurückkehrte, um ihr noch mehr Schmerzen zuzufügen.

Wenn sie sich doch nur nicht mit Adam gestritten und ihm vorgeworfen hätte, mit einer Kollegin geschlafen zu haben. Sie wusste in ihrem tiefsten Inneren, dass er sie niemals betrügen würde. Sie hätte nie mit ihm Schluss machen dürfen. Ihre Beziehung war ein bisschen turbulent, aber Adam verstand ihre Launenhaftigkeit. Das war es, was ihm so an ihr gefallen hatte. Sie war manchmal temperamentvoll. Sie passten gut zusammen. Wenn sie hier lebend herauskam, dann würde sie ihm sagen, wie sehr sie ihn liebte. Sie würde ihn nie wieder anschreien.

Ein scharfer Schmerz in ihrer Stirn brachte sie zum Wimmern. O Gott, sie brauchte wirklich Schmerzmittel. Sie kniff ihre Augen fest zusammen und konzentrierte sich nur auf ihre Gedanken an Adam. Wenn sie nicht total ausgerastet wäre und ihn aus ihrer gemeinsamen Wohnung geschmissen hätte, wäre er jetzt auf der Suche nach ihr. Vielleicht war er das trotzdem. Vielleicht war er zurückgekommen, wie er das nach einem Streit normalerweise tat, und hatte festgestellt, dass sie verschwunden war. Das war nicht unwahrscheinlich. Er kam immer zurück. Er stand jetzt wahrscheinlich vor ihrer Wohnung, mit einem Strauß Blumen in der Hand, und rief nach ihr. Er würde wissen, dass etwas passiert sein musste, und würde bei Lucy nachfragen, ihrer Chefin bei Tesco. Er würde herausfinden, dass sie nicht zur Arbeit erschienen war und sich Sorgen machen. Er würde die Polizei rufen. Er würde sie finden. Alle würden nach ihr suchen. Dafür würde Adam sorgen.

»Bitte, Adam. Such nach mir«, wimmerte sie. »Bitte komm her und finde mich.«

Das Geräusch eines Schlüssels im Türschloss ließ sie die Worte verschlucken und ein unkontrollierbares Zittern überkam sie. Sie zog die Knie an die Brust, legte die Arme darum und rollte sich zu einem festen Ball zusammen.

»Tss, also Siobhan. Du führst dich auf wie ein Baby. Reiß

dich zusammen. Ich habe dir ein paar Schmerztabletten mitgebracht. Dein Kopf muss ziemlich wehtun.«

Das sanfte Murmeln ließ sie erschaudern. Er war grausam und machte sich über sie lustig. Sie blickte auf, ihre Augen waren nass.

»O wie ekelhaft. Du siehst furchtbar aus. Wisch mal lieber das widerliche Blut weg.« Das Licht der Lampe auf seinem Helm erleuchtete eine Schüssel, die er neben ihr auf dem Bett abgestellt hatte. Im Wasser trieb ein schmutziger Waschlappen. Er reichte ihr zwei Tabletten und eine Flasche Wasser. »Nimm zuerst die hier. Die werden die Schmerzen mildern.«

Sie entrollte sich und hob eine zitternde Hand, um die Tabletten entgegenzunehmen, die sie ohne Zögern einnahm.

»Jetzt das Gesicht«, zischte er und deutete auf den Waschlappen. »Das Wasser ist warm.«

Siobhan wrang den Waschlappen aus und rieb sich damit über die Wange. Das Blut war festgetrocknet und sie musste es erst befeuchten, bevor es sich entfernen ließ. Ihre Stirn jedoch war zu empfindlich, um es einfach wegzurubbeln. Sie presste den Stoff mehrere Male darauf und wimmerte, als sie die Stelle berührte. Nach ein paar Tupfern legte sie den Waschlappen wieder zurück in die Plastikschüssel. Ihr Blut hatte das Wasser rostrot gefärbt.

»Du könntest dich wenigstens bedanken.«

»Danke«, murmelte sie.

»Gern geschehen, Siobhan. Jetzt siehst du ein bisschen besser aus. Leider nicht so gut wie früher. Wie schade. Nun kannst du nicht mehr so herumstolzieren. Jetzt bist du eins von diesen normalen Mädchen – nein, nicht einmal das. Du gehörst jetzt zu den Außenseitern.« Er lachte gackernd.

»Zeit für ein Foto.« Er zückte ihr Smartphone. »Mal sehen, wie sollen wir es machen? Möchtest du auf dem Bett posieren oder lieber im Stehen?«

Siobhan zog die Knie wieder an die Brust.

»Na komm schon. Du liebst es doch, Fotos von dir zu machen. Sei nicht so schüchtern. Dein ganzes Handy ist voll mit solchen Bildern.«

»Nein, bitte nicht«, flüsterte sie.

»Nein, bitte nicht«, äffte er sie nach, mit einer mädchenhaften Stimme. Dann wurde er lauter. »Siobhan, entweder du posierst jetzt für die Kamera, oder ich komme zu dir rüber und breche dir die Arme.«

Siobhans Augen füllten sich erneut mit Tränen und sie fing an zu schniefen. »Bitte«, flehte sie ihn an, »Bitte hör auf damit.«

»Womit soll ich aufhören, Siobhan? Ich mache doch gar nichts. Ich habe dir sogar Schmerzmittel, Wasser und einen Waschlappen gebracht. Und ich werde ein Foto von dir machen. Das ist wirklich nett von mir, oder nicht? Du liebst es ja so, fotografiert zu werden. Schau dir nur all diese tollen Bilder auf deinem Handy an.«

»Hör auf, mich zu quälen.«

Er lachte laut. »Quälen, das ist das Stichwort. Du weißt genau, wie man andere quält. Und ich bin noch nicht fertig damit, dich zu quälen. Und jetzt lach für die Kamera oder ich schlage dein Gesicht zu Brei.«

Siobhan starrte mit großen Augen in die Dunkelheit und zwang ihre Lippen zu einem Lächeln. Das Zittern war zurückgekehrt. Sie hatte ihre Knie fest angezogen und hielt den Kopf gerade. Als er auf den Auslöser drückte, blendete sie der Blitz.

»Gut. Ich denke, das ist ganz in Ordnung. Hm. Was meinst du?« Er drehte den Bildschirm so, dass sie ihn sehen konnte. Siobhan schluckte ein Schluchzen hinunter und stammelte: »Lass mich gehen. Bitte. Was möchtest du denn noch? Du hast mein Gesicht zerstört. Du hast mein Leben zerstört. Ich weiß nicht, was ich noch sagen soll, damit du mich gehen lässt. Bitte, bitte ...«

»Halt den Mund! Ich kann so weinerliche Heulsusen nicht

ertragen. Ich dachte, du wärst eine Kämpferin. Ich dachte, du würdest kämpfen, dich wehren, schreien und dich mir entgegenstellen.

Du bist so von dir selbst überzeugt, und dennoch führst du dich auf wie ein hilfloses kleines Mädchen.« Er sang die Worte fast, und seine Stimme wurde höher.

Siobhan atmete scharf ein. »Bitte ...« Ein Ton bahnte sich seinen Weg tief aus ihrem Körper und erfüllte den Raum mit einem lauten Heulen. Er schob das Handy zurück in seine Tasche und presste sich die Hände auf die Ohren.

»Halt den Mund! Bewahre dir doch wenigstens ein bisschen von deiner Würde.«

Siobhan kämpfte darum, die Kontrolle über sich wiederzuerlangen, bis aus dem Heulen schließlich ein leises Schluchzen wurde.

»Oje, oje. Ich fürchte, ich werde dich früher loswerden müssen, als ich gehofft hatte. Mit dir kann man einfach nicht so viel Spaß haben wie gedacht.« Er ging im Zimmer auf und ab.

Siobhan versuchte zu sprechen. »Bitte. Ich werde Geld auftreiben oder was immer du willst. Sag mir einfach, was du willst.«

Mit zwei schnellen Schritten war er bei ihr und ließ sich neben ihr aufs Bett fallen. »Aber du gibst mir doch längst, was ich möchte. Was ich mir wünsche, ist dich leiden zu sehen. Weißt du, Siobhan, ich hatte wirklich gehofft, dich eine Weile bei mir behalten zu können. Für ein oder zwei Tage. Dich mit falschen Hoffnungen verhöhnen zu können. Dich davon zu überzeugen, dass ich dich freilassen würde. Dich damit aufzuziehen, dass Adam und die Polizei versuchen, dich zu finden. Dass die Leute sich tatsächlich genug für dich interessieren, dass sie nach dir suchen.« Er kicherte, gab leise he-he-he-Laute von sich, die sie verwirrten.

»Aber die Wahrheit ist, dass sie sich alle einen Dreck um

dich scheren. Adam hat keine Ahnung, dass du verschwunden bist. Und deine Kollegen könnte es nicht weniger interessieren, wo du bist. Niemand weiß, dass du überhaupt vermisst wirst.«

Siobhan konnte ihn kaum verstehen, so laut schlug das Herz in ihrer Brust. Ihre Angst war nun so groß, dass sie glaubte, daran ersticken zu müssen. Er neigte seinen Kopf auf die eine Seite und dann auf die andere, studierte ihr Gesicht und grinste sie die ganze Zeit über wahnsinnig an, bis ihre Augen brannten und sie ihm am liebsten ins Gesicht geschrien hätte.

»Was willst du von mir?«

Er zog das Handy wieder hervor, tippte auf den Bildschirm und zeigte ihn dann Siobhan. Er reichte ihr das Smartphone.

»Verstehen. Betroffenheit. Reue. Ich will, dass du verstehst.«

»Aber das tue ich nicht«, sagte Siobhan. »Ich verstehe es nicht. Bitte. Lass mich gehen. Ich habe nichts getan.«

Er gab ein langes Zischen von sich, das ihr durch Mark und Bein fuhr. »Doch, das hast du. Denk nach, Siobhan. Denk nach. Sieh hin. Sieh hin und verstehe endlich.«

Sie schüttelte manisch den Kopf. »Das ist total verrückt. Du bist komplett wahnsinnig.«

»Verrückt? Du hast keine Ahnung, oder? Du selbstherrliche Kuh.«

»Ich habe … nichts … Falsches … getan«, wiederholte sie, und ihre Stimme zitterte vor Angst.

Er riss ihr das Handy aus der Hand und marschierte ans andere Ende des Raums. Sie schluckte, als er den Lichtstrahl erneut auf sie richtete und sie blendete, sodass sie die Augen erst zusammenkneifen und schließlich ganz schließen musste. Sie konnte hören, wie er sich ihr wieder näherte und murmelte: »Siobhan, ich habe beschlossen, dass deine Zeit um ist. Ich bin mittlerweile extrem gelangweilt von dir.«

Bei diesen Worten zog er von irgendwoher eine Plastiktüte, zog sie ihr über den Kopf und hielt sie eng an ihren Hals gepresst. Sie schlug nach ihm, ihre Hände rissen an seinen. Sie versuchte ihn zu treten, doch sie traf ihn nicht. Ein paar Minuten lang nur schlug sie um sich, bevor ihr Körper schließlich schlaff wurde und ihre Hände kraftlos nach unten sanken. Sie hatte keine Kraft mehr weiterzukämpfen.

gepresst. Sie schlug nach ihm, ihre Hände rissen an seinen. Sie versuchte ihn zu treten, doch sie traf ihn nicht. Ein paar Minuten lang nur schlug sie um sich, bevor ihr Körper schließlich schlaff wurde und ihre Hände kraftlos nach unten sanken. Sie hatte keine Kraft mehr weiterzukämpfen.

35

Es war still im Büro, lediglich das Klackern der Tastaturen und das gelegentliche, unterdrückte Gähnen von Matt Higham waren zu hören. Es war fünf Uhr nachmittags und draußen war es bereits stockdunkel. Auf der Straße vor der Polizeidienststelle herrschte reger Verkehr, die Menschen konnten es kaum erwarten, ihre Büros zu verlassen, nach Hause zu fahren und das Wochenende zu beginnen. Der Tag hatte sich eher wie eine ganze Woche angefühlt. Robyn las sich gerade die Ergebnisse durch, die ihr Team zusammengetragen hatte, und rieb sich abwesend über die Hüfte. Sie sollte sie wirklich im Fitnessstudio massieren lassen.

»Kaffee, Boss?« Annas Augen saßen tief in ihren Höhlen, ihr Gesicht war blass.

»Danke.« Robyn scrollte durch die Ergebnisse der Suchmaschine. Ambers Notiz lag vor ihr. Doch im Internet gab es einfach zu viele Informationen, um ihr in dieser Hinsicht Klarheit zu verschaffen. Orion, ein Mann mit einem Bogen, war in der griechischen Mythologie der Gott der Jagd und die gleichnamige Sternenkonstellation war nach ihm benannt. Horus, eine ägyptische Gottheit, wurde mit dem Körper eines Mannes und dem Kopf eines Falken dargestellt, und wie bei Orion handelte es sich auch bei ihm um einen Gott der Jagd. Der dritte Name brachte ihr seitenweise Suchergebnissen ein, die sie nun durchsehen musste. Anna stellte einen Becher mit einer dunkelbraunen Flüssigkeit auf Robyns Schreibtisch ab.

»Danke. Anna, kennen Sie sich zufällig mit Mythologie aus?«

»Früher habe ich mich ein bisschen damit beschäftigt. Warum?«

»Orion, Horus, Wōden. Diese Namen hat Amber auf ein kleines Stück Papier geschrieben.« Sie reichte Anna die Notiz.

»Da kann ich nicht helfen, tut mir leid. Mir kommt nur Orion bekannt vor, und ich bin nicht einmal sicher, was für ein Gott er war.«

Robyn richtete ihren Blick wieder auf den Bildschirm. »Jagd. Bei den ersten beiden Namen handelt es sich um Jagdgötter. Oh, Moment mal, ich glaube, ich habe hier was.« Sie überflog die Seite, lehnte sich dann in ihrem Stuhl zurück und nahm eine bequemere Position ein. »Wōden ist das angelsächsische Äquivalent zum nordischen Gott Odin. Wenn das, was auf dieser Website steht, stimmt, das war er der Anführer einer Gruppe von räuberischen Kriegern. Ich vermute, das macht auch ihn zu einem Jäger.«

»Scheint so. Warum ist das wichtig?«

»Das weiß ich noch nicht. Vielleicht hat Amber sich einfach gerne neues Wissen angeeignet, aber es ist seltsam, dass sie diese Namen dann mit Herzchen umkringelt hat.«

»Die sehen aus wie kleine Kritzeleien. Ich mache so was manchmal, wenn ich am Telefon bin. Ich male Dreiecke, die miteinander verbunden sind, oder Anker. Keine Ahnung, warum.«

Robyn blickte wieder auf die Notiz. »Ich nehme an, es ist möglich, dass sie mit jemandem telefoniert hat und dabei vor sich hingekritzelt hat. Amber hatte die Schulfächer Englisch und Wirtschaft, aber nichts in Verbindung mit Mythologie, und dennoch hat sie sich die Namen von drei Gottheiten notiert, die alle mit der Jagd in Verbindung gebracht werden. Das passt irgendwie nicht und macht mich misstrauisch.«

Sie trank einen Schluck von ihrem Kaffee und verzog das Gesicht. »Ich muss mich darum kümmern, dass sich jemand diese Kaffeemaschine ansieht. Der ist viel zu stark. Das Ding hat wahrscheinlich wieder eine ganze Ladung Pulver in den Becher gekippt.«

»Wahrscheinlich hat sich jemand daran zu schaffen gemacht, in dem heimtückischen Versuch, uns noch leistungsfähiger zu machen.« Matt grinste. »Ich hole mir mal lieber einen Becher. Ich brauche jedes Gramm Koffein, das ich kriegen kann.«

»Nehmen Sie meinen. Ich kann das nicht trinken. Ich bin ohnehin schon viel zu überdreht.«

David Marker klopfte leise an die Tür zum Büro. »Boss, Jade North ist jetzt da.«

Robyn stand auf. »Wer meldet sich freiwillig, um mich zu begleiten?«

»Ich komme mit. Ich komme hier sowieso nicht voran.« Anna schob ihren Stuhl unter den Schreibtisch. »Ich habe die Vanillepuddingkekse abgezählt, Matt.«

»Ich bin nicht derjenige, der sie ständig klaut«, sagte er, die Hände abwehrend erhoben.

»Egal. Ich habe sie gezählt, versteh das als Warnung«, antwortete sie mit todernstem Gesichtsausdruck.

Jade North sah deutlich mitgenommener und verwirrter aus als bei ihrer letzten Unterhaltung.

Robyn begann zu sprechen, als sie sich auf ihren Stuhl sinken ließ. »Hi, Jade. Vielen Dank, dass Sie hergekommen sind.«

»Wann können wir Carrie beerdigen? Mr. Miller sagt mir überhaupt nichts. Er möchte nicht darüber sprechen. Er ertränkt seinen Kummer in Alkohol. Leah sieht auch total scheiße aus. Ich habe die beiden besucht. Sie sagt, er ist die meiste Zeit über betrunken und war nicht mehr bei der Arbeit, seit Carrie gefunden wurde.«

»Es tut mir leid, das zu hören.« Sie atmete ein und dann langsam wieder aus. »Wir würden Carrie gerne so bald wie möglich nach Hause kommen lassen, aber da es sich um eine noch laufende Ermittlung handelt, war es uns nicht möglich, sie so schnell freizugeben, wie wir es gerne getan hätten. Wir tun aber unser Bestes, damit es nicht mehr allzu lange dauert.«

Jade schmollte wie ein bockiges Kind. »Ich finde, das ist bescheuert. Wir brauchen sie zurück, wissen Sie? Damit wir uns anständig von ihr verabschieden können.«

Robyn nickte, um die Verärgerung, die sich in Jade aufbaute, etwas zu besänftigen. »Das verstehe ich. Bitte haben Sie noch ein wenig Geduld und Verständnis für uns. Und ich werde einen unserer Trauerbegleiter bitten, Mr. Miller einen Besuch abzustatten und mit ihm zu sprechen.«

Jade schien sich ein wenig zu entspannen. »Ja. Das klingt gut.«

»Jade, wenn es Ihnen nichts ausmacht, würde ich Ihnen gerne ein paar Fragen zu Ihrer gemeinsamen Schulzeit mit Carrie stellen. Sie waren ihre beste Freundin.«

Jades Lippen verzogen sich zu einem Lächeln. »Beste Freundinnen, ja. Das waren wir. Haben fast alles zusammen gemacht. Sie hat mich immer zum Lachen gebracht. Ich werde nie wieder eine Freundin wie sie finden.«

»Sie schien sehr beliebt gewesen zu sein.«

Auf Jades Wangen bildeten sich kleine Grübchen, als sie sich erinnerte. »Das lag daran, dass sie sich jeder Herausforderung stellte und schon so erwachsen war. Sie trug immer die angesagtesten Klamotten und Frisuren, und wenn Lehrer sie dazu aufforderten, ihre bunten Extensions aus den Haaren zu nehmen, oder die Piercings, die sie in Nase und Ohren hatte, dann weigerte sie sich einfach. Sie hat ihnen die Stirn geboten. Ich glaube, deswegen war sie so beliebt. Sie war rebellisch. Die meisten von uns wollten ein bisschen so sein wie sie, weil sie sich nicht um die Lehrer, die Unterrichtsstunden oder die Prüfungen geschert hat. Sie war einfach nur Carrie. Sie ist auch mit vielem durchgekommen, weil sie so viel älter aussah. Wenn in Derby ein Konzert stattfand, ist sie irgendwie an Tickets gekommen und hat uns dort reingeschmuggelt. Sie musste nur dem Türsteher ein bisschen schöne Augen machen und dann wurden wir reingelassen.«

»Hatte sie Sex mit diesen Männern?«

Jade presste die Lippen zusammen.

»Ich versuche nur herauszufinden, wer ihr vielleicht Schaden zufügen wollte, Jade. Ich erlaube mir kein Urteil darüber, was für ein Mensch sie war. Sie war Ihre beste Freundin. Helfen Sie mir dabei, ihren Mörder zu finden. Hat sie mit irgendeinem von diesen Türstehern Sex gehabt?«

Jade rutschte auf ihrem Stuhl hin und her und spielte an ihrem Armband herum. »Sie war kein Flittchen. Da war so ein Kerl vor dem Stardust, der uns ein paar Mal reingelassen hat. Sie ist mit ihm um die Ecke gegangen. Hat ihm einen geblasen.«

»Können Sie sich zufällig an den Namen dieses Mannes erinnern?«

»Logan. Seinen Nachnamen weiß ich nicht. Er hat Carrie gesagt, er sei verheiratet.«

Anna notierte sich den Namen des Türstehers und des Nachtclubs und schenkte Jade ein ermutigendes Lächeln.

»Und können Sie ihn beschreiben?«

»Groß, sehr breite Schultern, große Hände. Carrie sagte, er habe auch einen riesigen Ständer gehabt. Sie meinte, es war, als würde man versuchen, an einer riesigen Gurke zu saugen, und dass sie ihren Mund total dehnen musste, um ihn ganz reinzukriegen. Sie hat so eine Grimasse geschnitten.« Jade hakte die Finger in ihre Mundwinkel und dehnte ihren Mund übertrieben weit auseinander. »Sie hat gesagt, sie wäre fast daran erstickt. Und ich habe mir fast in die Hose gepinkelt vor Lachen.« Dann schwieg sie, die Augen tränennass. »Er sah nicht schlecht aus, hatte sich die Haare abrasiert und ein großes Tattoo auf einem Arm. Es war eines dieser Tribal-Tattoos, ein Hirsch mit Geweih. Er hat es uns gezeigt. Carrie fand es toll. Sie wollte auch so eines. Ich glaube, sie hätte sich eines stechen lassen, wenn sie genug Geld dafür gehabt hätte.«

Robyn warf Anna einen kurzen Blick zu. »Das hilft uns sehr. Vielen Dank. Gab es noch andere Männer in ihrem Leben?«

»Sie wollte keine feste Beziehung. Sie genoss ihre Freiheit, und dass sie machen konnte, was immer sie wollte und mit wem sie wollte. Sie hatte schon eine Weile keinen Typen mehr gehabt. Deswegen war ich auch so überrascht, als sie plötzlich diesen neuen Freund hatte und mit ihm durchbrannte, ohne mir vorher etwas davon zu sagen. Wir haben uns immer alles erzählt. Ich dachte, sie hätte sich schließlich doch in jemanden verliebt. Das hat sie mir geschrieben.« Jade biss sich auf die Lippen und versuchte, die Tränen zurückzuhalten.

Robyn korrigierte sie nicht. Jade musste Carries Tod auf ihre Weise verarbeiten. Irgendwann würde sie die Tatsache akzeptieren, dass es nie einen neuen Freund gegeben hatte. »Ich möchte Ihnen auch gerne ein paar Fragen zu einem Vorfall im vergangenen Jahr stellen, an der Fairline Academy. Mr. Shah, ihr Klassenlehrer, hat mir erzählt, dass er Sie beide verwarnen musste, weil Sie ein anderes Mädchen in der Klasse fertiggemacht hatten.«

»Ich verstehe nicht, was das mit Carries Tod zu tun hat.«

»Wie ich schon sagte, Jade, wir untersuchen alles, das sich als wichtig erweisen könnte.«

»Das war nur ein bisschen Spaß. Die blöde Kuh wurde ein bisschen frech. Hat einen Kommentar über Carries Haare abgelassen. Carrie hat ihr gesagt, sie solle die Klappe halten oder wir würden ihr den Kopf rasieren, und dann würde sie es bitter bereuen, den Mund aufgemacht zu haben. Da wurde sie plötzlich ganz kleinlaut. Carrie hat sich von niemandem was sagen lassen. So ist es nun einmal in der Schule.«

»Und Sie waren immer auf ihrer Seite, nicht wahr, Jade?«

»Klar. Sie war meine Freundin. Sie hätte dasselbe für mich getan.«

»Hat Carrie öfter anderen Mädchen gedroht?«

Jade legte die Stirn in Falten. »Sie ist für sich eingestanden und manchmal bedeutete das, dass sie so blöde Ziegen in ihre Schranken verweisen musste. Das ist alles. Niemand hat sich mit Carrie oder mir angelegt.«

Sie unterhielten sich noch eine Weile über Carrie und die Fairline Academy. Jade schien es zu genießen, über ihre Freundin sprechen zu können. Als sie schließlich ging, wurde sie von Anna begleitet. Robyn starrte ins Nichts und hing ihren Gedanken nach. Als Anna den Raum wieder betrat, sprang sie auf. »Überprüfen Sie diesen Logan. Der Mann hat ein Tattoo mit einem Jagdmotiv, und ich frage mich, ob zwischen diesem Tattoo und Ambers Notiz mit den drei Jagdgöttern eine Verbindung besteht. Jemand im Stardust muss wissen, wo er wohnt. Außerdem muss ich Siobhan Connors finden. Ich werde ihren Freund Adam Josephs anrufen, nachdem ich mich noch einmal mit Harry McKenzie unterhalten habe. Der Killer hat ein Stück Haut aus Ambers Stirn geschnitten. Ich frage mich, ob er auch Carries Stirn verletzt hat.«

Anna verließ den Vernehmungsraum und ließ Robyn allein. Sie dachte darüber nach, was Jade gesagt hatte. Die Schulzeit konnte hart sein für manche Schüler, und an der Fairline Academy schien es eine klar definierte Hackordnung zu geben. Um an die Spitze zu gelangen, hatte Carrie andere eingeschüchtert und kontinuierlich rebelliert, um Mitläufer wie Jade auf ihrer Seite zu haben. Jade hatte das andere Mädchen eindeutig bewundert. Sie hatte fast ehrfürchtig von ihr gesprochen. Robyn fragte sich, ob die wahre Carrie eigentlich nur eine Mobberin gewesen war oder sich aus Selbstschutz so verhalten hatte. Sie schnappte sich ihren Notizblock, verließ den Raum und zog die Tür hinter sich zu. Als sie sich umdrehte, um zu gehen, blickte sie in ein ihr vertrautes, strahlendes Gesicht.

»Ross. Was machst du denn hier?«

»Ich hoffe, ich störe dich nicht. Ich habe eventuell eine vermisste Person. Dachte, ich sollte das lieber melden.«

»Warum haben sich die Verwandten nicht an die üblichen Stellen gewandt?«

»Sie wussten gar nicht, dass sie verschwunden ist. Haben an Weihnachten das letzte Mal von ihr gehört. Sie hat Irland vor einer Weile verlassen und keinen Kontakt zu ihnen gehalten. Ihre Freundin Lauren hat Alarm geschlagen. Ich habe mich mit dem Freund des Mädchens unterhalten, einem Adam Josephs, der behauptet, dass sie sich nach einem heftigen Streit vor ein paar Wochen getrennt haben. Er hat seitdem nichts mehr von ihr gehört. Die einzige Person, die noch in Kontakt mit ihr stand, ist Lauren. Sie hat eine Nachricht erhalten, die ihr komisch vorkam und in der ihre Freundin schrieb, dass sie mit einem neuen Freund auf und davon ist. Das hat sie misstrauisch gemacht und daher hat sie mich gebeten, dem Ganzen nachzugehen. Ich habe mir die Sache genauer angesehen und bin der Meinung, dass es gute Gründe für die Annahme gibt, dass sie verschwunden ist. Ich dachte, ich spreche erst einmal mit dir darüber und frage dich, ob du denkst, dass man der Sache auf offiziellem Wege nachgehen sollte.«

Robyn fühlte, wie sich ihr Bauch verkrampfte, und plötzlich verwandelte sich das Zitronendressing, das sie mittags so genossen hatte, in ihrem Hals in Säure.

Sie hielt den Atem an. Auch Carrie hatte ihrer Freundin Jade eine Nachricht geschickt, in der sie geschrieben hatte, dass sie einen Mann kennengelernt und sich mit ihm abgesetzt hatte. Das hörte sich langsam ziemlich verdächtig an.

»Das Mädchen heißt Siobhan. Siobhan Connors.«

»Oh, Mist.«

Ross sah sie überrascht an. »Das hier ist ernst, oder?«

Robyn musste schlucken, um den Säuregeschmack in ihrem Mund zu beseitigen. »Möglicherweise. Kannst du ihre Freundin Lauren bitten, herzukommen und sich mit mir zu unterhalten?«

»Ich weiß nicht, ob sie das möchte. Ich glaube nicht, dass sie uns Polizisten viel Vertrauen entgegenbringt.«

»Dann gehe ich zu ihr.« Sie warf einen Blick auf die Uhr. »Es ist fast sechs. Begleitest du mich? Vielleicht bringt das etwas, da sie dich ja schon zu kennen scheint.«

»Klar. Lass uns gehen. Ich rufe sie vorher an, um sicherzugehen, dass sie zu Hause ist.«

»Du fährst. Ich muss noch mit Mitz sprechen, bevor wir gehen. Wo müssen wir hin?«

»Gallow Street, Derby.«

Ross ging ihr voraus zum Wagen, Robyn lief hinter ihm her und tippte eine Nummer in ihr Handy. Den Joghurt und den Müsliriegel hatte sie völlig vergessen.

36

Lauren saß neben dem Küchentisch auf dem Boden, neben sich Brandon, der zwischen ihren ausgestreckten Beinen mit ein paar knallbunten Bausteinen spielte.

»Also, wenn du kein Problem damit hast, mit Robyn zu sprechen, dann kann sie Siobhans Verschwinden näher untersuchen.«

Lauren warf einen Blick auf Robyn und nickte. »Sie ist wirklich verschwunden, nicht wahr?«

»Das können wir noch nicht mit Gewissheit sagen, aber du hast uns genug Grund zur Sorge geliefert.«

Die Hintertür öffnete sich mit einem Schlag und ein aufgeregter Staffordshire Bullterrier sprang herein. Seine Besitzerin Susanne zog er hinter sich her. »Oh, entschuldige, Liebes. Ich wusste nich, dass wir Gäste haben. Sonst wär ich früher heimgekommen. Hi, Ross.«

Princess beschnupperte die beiden Gäste und ließ sich dann neben Brandon auf den Boden fallen, mit heraushängender Zunge und offensichtlich sehr zufrieden damit, Teil des Geschehens sein zu dürfen.

»Also was gibt's? Warum sind Sie hier?«

Robyn mischte sich ein. »Es geht um Siobhan Connors.«

Susanne schnaubte. »Das is ne ganz Hitzige. Is wahrscheinlich abgehauen, um für Wirbel zu sorgen. Das hab ich Lauren auch gesagt, nachdem sie Ross gebeten hatte, da nachzuforschen. Wollt nich, dass sie seine Zeit verschwendet.«

»So ist sie nicht«, sagte Lauren, die aufgestanden war und nun die Arme verschränkte.

»Sie is genau so. Ich hab dir schon öfter gesagt, was ich von der Madam halte. Sie ist wild, um es vorsichtig auszudrücken, und ich bin nicht so begeistert von ihr. Aber du bist kein Kind mehr und kannst natürlich befreundet sein, mit wem auch immer du willst. Ich bin kein Experte, wenn es um die Beurteilung des Charakters von Leuten geht. Hab selber genug Fehler gemacht.«

»Wäre es in Ordnung, wenn wir uns an einem etwas ruhigeren Ort mit Lauren unterhalten?«, fragte Robyn Susanne.

»Natürlich. Wollen Sie ins Wohnzimmer geh'n? Ich mach dem Kleinen sein Abendessen.«

Robyn, Ross und Lauren gingen ins Wohnzimmer, das hübsch eingerichtet war und von einem großen, grauen Ecksofa dominiert wurde, auf dem strahlend gelbe Kissen angeordnet waren.

»Könnten Sie mir noch einmal erzählen, was Sie Ross gesagt haben, Lauren? Das könnte uns dabei helfen, herauszufinden, was Siobhan zugestoßen sein könnte.«

Lauren starrte sie mit ihren grauen Augen an. »Siobhan war schon seit über einem Jahr mit Adam zusammen. Sie leben zusammen in Uttoxeter. Vor ein paar Wochen haben sie sich getrennt und wir wollten einen Mädelsabend zusammen machen, ich wollte sie ein wenig aufmuntern. Sie hatte auch Lust darauf, also haben wir ausgemacht, uns auf ein paar Drinks zu treffen und dann in den Nachtclub zu gehen, in dem wir uns kennengelernt haben. Ich habe am Bahnhof in Derby auf sie gewartet, aber sie ist nicht aufgetaucht. Zuerst dachte ich, sie hätte vielleicht ihren Zug verpasst, und dann wurde ich wütend, weil sie nicht Bescheid gesagt hatte, und versuchte sie anzurufen. Sie ist nicht rangegangen. Ich schrieb ihr eine Nachricht und fragte sie, wo zu Hölle sie war und dass ich mir gerade am Bahnhof den Arsch abfror. Sie hat fast sofort geantwortet und meinte, es tue ihr leid, aber sie habe das Treffen total vergessen. Sie habe einen neuen Freund und sie hätten die ganze Zeit rumgemacht. Ich versuchte mehrmals sie anzurufen, aber landete wieder nur auf der Mailbox. Zu diesem Zeitpunkt war ich echt sauer und bin nach Hause gegangen. Danach habe ich mir um sie keine Gedanken mehr gemacht. Das Problem war gar nicht, dass sie nicht aufgetaucht war, sondern dass sie mir nie von diesem neuen Freund erzählt hatte. Normalerweise erzählt sie mir alles. Und es war wirklich seltsam, dass sie überhaupt was mit ihm angefangen hatte. Davor hat sie ständig über Adam geredet und dass sie ihn unbedingt zurückwollte. Sie ließ ihn nur ein bisschen warten. Ich dachte, dass sie ihn wirklich liebt. Und dann bekam ich vor ein paar Tagen diese Nachricht, in der sie mir erzählte, dass sie mit diesem neuen Typen weggegangen ist. Ich habe versucht sie anzurufen, habe aber wieder nur die Mailbox erreicht. Dann habe ich es bei Adam versucht, aber er hatte keine Ahnung, wo sie sein könnte, und er meinte, es sei ihm sowieso egal. Ich rief bei Tesco an und ihre Chefin erzählte mir, dass Siobhan nach Irland zu ihrer Familie gefahren sei, und ich wusste, dass das nicht stimmen konnte. Sie redet nicht einmal gern über ihre Familie, also bin ich zu ihrer Wohnung gefahren, aber sie war nicht da und auch ihre Nachbarn wussten nicht, wo sie sein könnte. Ich hätte auch bei ihrer Mum und ihrem Dad angerufen, aber ich hatte ihre Nummern nicht und Adam auch nicht. Es war einfach so seltsam, dass sie einfach so abgehauen sein sollte, also habe ich Ross gebeten, sie zu finden.«

»An welchem Tag wollten Sie sich mit Siobhan treffen?«

»Letzten Freitag. Freitag, der Dreizehnte. Ich habe am

Bahnhof in Derby auf ihren Zug gewartet. Er sollte um halb sieben kommen.«

»Und sie hat Ihnen geantwortet, nachdem Sie ihr eine Nachricht geschickt hatten?«

»Ja, aber wie ich schon sagte, als ich sie direkt danach angerufen habe, ist sie nicht ans Telefon gegangen, um mit mir zu sprechen. Das ist doch seltsam, oder nicht?«

»Die zweite Nachricht haben Sie vor zwei Tagen erhalten, am Mittwoch, den Achtzehnten?«

Lauren nickte und reichte Robyn ihr Smartphone, die die Nachricht vorlas. »Hi Lauren. Mir geht's super. Mein neuer Freund ist wundervoll. Werde eine Weile nicht nach Hause kommen.« Sie machte eine Pause. »Glauben Sie, es könnte sein, dass Siobhan abgehauen ist, wie Ihre Mum es ausgedrückt hat?«

»Nein, und ich glaube auch nicht, dass sie mit einem neuen Freund durchgebrannt wäre. Und dass sie nur so tun könnte, glaube ich auch nicht. Sie liebt Adam. Ich weiß, dass sie ihn liebt. Deswegen denke ich, dass ihr etwas passiert sein muss. Das klingt ganz und gar nicht nach ihr.«

»Wie haben Sie beide sich kennengelernt?«

»In einem Nachtclub in Derby. Wir haben uns an der Bar getroffen. Am Ende haben wir uns ein oder zwei Flaschen Wein geteilt und danach bei mir zu Hause übernachtet.«

Robyn nickte und machte sich laufend Notizen. »Und das war auch der Club, in den Sie am Dreizehnten gehen wollten?«

»Sie haben dort freitags einen guten DJ und bis neun gibt es alle Getränke zum halben Preis.«

Plötzlich fiel es Robyn wie Schuppen von den Augen, dass sie die Antwort auf ihre nächste Frage bereits kannte. »Welcher Nachtclub war das?«

»Das Stardust.«

37

TAG SECHS – SAMSTAG, 21. JANUAR

Um sechs Uhr morgens hatte Robyn ein Notfallmeeting mit ihrem Team einberufen. Sie hatte Siobhans Namen den anderen auf dem Whiteboard hinzugefügt und alle darüber informiert, was sie von Lauren erfahren hatte. Dann, um sieben Uhr, war sie nach Uttoxeter gefahren und hatte sich mit Lucy, Siobhans Chefin, unterhalten. Diese hatte ihr bestätigt, dass Siobhan sie unter Tränen angerufen und um Sonderurlaub gebeten hatte. Sie hatte nicht gezögert, diesen zu bewilligen, da ihre Anwesenheitsbilanz sonst immer makellos gewesen sei.

Während Lucy ihre Fragen beantwortete, machte Robyn sich Notizen.

»Sie haben vor einer Woche das letzte Mal von Siobhan gehört?«

»Es war am Samstagmorgen, am Vierzehnten. Ich wollte gerade zu meiner Schicht aufbrechen und Siobhan rief mich an. Am Anfang dachte ich noch, sie habe sich erkältet, weil ihre Stimme so rau klang, aber dann wurde mir klar, dass sie weinte. Ich habe sie gefragt, ob alles in Ordnung sei und ob ich ihr irgendwie helfen könne, aber sie meinte, es sei nichts, bei dem ich sie unterstützen könne. Sie müsse für ein paar Wochen nach

Irland fahren. Es gäbe einen Notfall in ihrer Familie – hatte etwas mit ihrer Mum und ihrem Dad zu tun – über den sie nicht sprechen könne, und sie bat mich um Sonderurlaub. Ich habe ihr gesagt, dass das natürlich in Ordnung sei.«

Robyn wusste bereits, dass es bei den Connors keinerlei Probleme gab. Früher am Morgen hatte Mitz mit beiden Eltern gesprochen und diese hatten ihm bestätigt, was sie auch schon Ross gesagt hatten: Sie hatten nichts von Siobhan gehört. Mr. Connors, der nun mit seiner neuen Frau zusammenlebte, hatte seit Weihnachten nichts mehr von ihr gehört und ihre Mutter hatte zuletzt am Neujahrstag mit ihr gesprochen.

Keiner der beiden hatte irgendeine Ahnung, wo ihre Tochter sich aufhalten könnte, doch nach Ross' Anruf hatten sie bei sämtlichen Familienmitgliedern nachgefragt, falls Siobhan dort aufgetaucht war. Sie zeigten sich allerdings wenig besorgt über das Verschwinden ihrer Tochter. Ihr Vater hatte verkündet, Siobhan sei ein Freigeist und täte, was auch immer sie wolle, ohne dabei über die Folgen für andere nachzudenken. Robyn vermutete, dass die Familienmitglieder keine besonders engen Beziehungen untereinander pflegten. Der einzige Mensch, der Siobhan wirklich nahestand, schien Adam zu sein.

»Hat Siobhan bei Tesco irgendwelche Freunde?«

Lucy schüttelte den Kopf. »Siobhan steht niemandem hier wirklich nahe, aber das ist nicht ungewöhnlich. Wir haben hier Leute jeder Altersgruppe, die in Voll- oder Teilzeit arbeiten. Wie Sie sehen können, haben wir hier rund um die Uhr geöffnet, daher hat jeder einen anderen Schichtplan, die Mitarbeiter sind über den gesamten Laden verteilt und nehmen ihre Mittagspausen zu unterschiedlichen Zeiten – das hier ist nicht wirklich der richtige Ort für lange Unterhaltungen und das Knüpfen neuer Freundschaften. Man schafft es vielleicht, ab und zu ein paar Worte zu wechseln, aber das war's dann auch schon. Die Kunden scheinen sie aber zu mögen. Ich glaube, das liegt an ihrem irischen Akzent. Sie kommt immer pünktlich, macht ihre Arbeit gut und geht pünktlich nach ihrer Schicht nach Hause. Ihre Pausen verbringt sie in der Regel draußen mit einer Zigarette, das Handy in der Hand. Ist alles in Ordnung? Geht es ihr gut?«

»Ich hoffe es«, sagte Robyn. »Wir stellen im Moment Nachforschungen an, um sicherzugehen, dass sie auch wirklich dort ist, wo sie behauptet zu sein.«

»Jetzt mache ich mir Sorgen. Ich werde sie nach der Arbeit gleich anrufen.«

Robyn schüttelte leicht den Kopf. »Ich denke nicht, dass Sie sie erreichen werden, aber falls doch, lassen Sie es mich bitte sofort wissen.«

Robyn verließ Lucy und machte sich auf den Weg zur Hamilton Road, in der sich Siobhans Erdgeschosswohnung befand, und die nur einen Steinwurf entfernt lag. Es handelte sich um ein überraschend schickes Gebäude mit einer Fassade aus cremefarbenem und braunem Backstein und breiten Parkplätzen, die den einzelnen Wohneinheiten zugeordnet waren. Adam Josephs wartete davor auf sie, eine Zigarette zwischen den vom Nikotin verfärbten Fingern. Er begrüßte Robyn, trat seine Zigarette aus und rieb sich über sein stoppeliges Kinn. Er versuchte, ein Gähnen zu unterdrücken. »Sorry, ich bin nicht ganz auf der Höhe. Im Moment arbeite ich nachts – von zehn bis sechs«, sagte er. »Deswegen habe ich heute noch keinen Schlaf bekommen. Nachdem Sie mich angerufen hatten, konnte ich nicht anders, als mich zu fragen, ob es Siobhan gut geht. Sie ist manchmal wirklich ein richtiges Luder, aber ich hoffe trotzdem, dass ihr nichts zugestoßen ist.«

Er sperrte die Haustür auf und drehte sich nach links. Dann stand er vor der Wohnungstür und zögerte. »Ich bin nicht mehr hier gewesen, seit sie mich vor ein paar Wochen rausgeschmissen hat. Habe meine Sachen gepackt und bin gegangen. Aber ich hatte vergessen, dass ich noch einen Wohnungsschlüssel habe, er war an meinem Autoschlüssel befestigt. Fast wäre ich hergekommen und hätte ihn in den Briefkasten geworfen, aber ich wollte nicht, dass sie versucht, mich zum Bleiben zu überreden. Jedes Mal, wenn wir uns streiten und sie mich rauswirft, entschuldige ich mich danach und wir versöhnen uns wieder. Aber so sollte es diesmal nicht laufen. Ich hatte genug von Siobhans Wutanfällen.«

Die Tür öffnete sich und sie standen in einem relativ großen Wohnzimmer. Ein cremefarbenes Sofa aus Kunstleder war an die gegenüberliegende Wand geschoben, davor stand ein hölzerner Couchtisch mit einem roten Teppich darunter.

Robyn ging in die Küche, die im direkten Vergleich sehr unordentlich wirkte. Auf einem Stuhl stapelten sich bergeweise zerknitterte Klamotten und die Küchentheke war mit allerlei Dingen vollgestellt. Auf dem kleinen, runden Tisch, der in eine Ecke gequetscht worden war, stand ein großes Weinglas. Die Außenseite glitzerte blau, die Innenseite war silbern, und in die Vorderseite war mit Strasssteinchen der Buchstabe ›S‹ eingearbeitet. Robyn zog sich ein Paar Plastikhandschuhe über, hob das Weinglas an und schnupperte daran. Der saure, essigähnliche Geruch drehte ihr den Magen um und erinnerte sie daran, dass sie nicht gefrühstückt hatte.

»Ich habe ihr dieses Glas gekauft. Sie hat es ihren Diamantkelch genannt. Sie hatte so einen einmal bei Big Brother gesehen und fand ihn so toll, dass sie gar nicht mehr aufhören konnte, davon zu reden. Ich habe ihn ihr zu Weihnachten geschenkt.« Adam zog seine dichten Augenbrauen zusammen, kleine Fältchen bildeten sich dazwischen. »Vielleicht ist sie bei Freunden. Vielleicht feiert sie die größte Party aller Zeiten und ist nicht ganz zurechnungsfähig. Das wäre ihr zuzutrauen. Sie hat so was schon früher gemacht, vor allem, wenn sie sauer auf mich war.«

»Adam, würde es Ihnen etwas ausmachen, draußen zu warten? Ich muss unter Umständen Fingerabdrücke sicherstellen. Den Rest der Wohnung kann ich mir allein ansehen.«

Adam starrte das Weinglas mit einer solchen Intensität an, als könne es ihm den Aufenthaltsort seiner Ex-Freundin offenbaren. »Sie denken doch nicht, dass ihr irgendwas Schreckliches passiert ist, oder?«

»Ich weiß es nicht, Adam. Im Moment handelt es sich um eine reine Vorsichtsmaßnahme.«

Sobald er gegangen war, ging Robyn hinüber ins Schlafzimmer, wo ein silberner Rock, ein schwarzes Top mit Spaghettiträgern und ein Paar High Heels mit unglaublich hohen Absätzen in einem unordentlichen Haufen auf dem Bett lagen, zusammen mit einem blauen Jumpsuit und einem engen Jerseykleid – die Outfits, die Siobhan verworfen hatte. Die Szene vermittelte den Eindruck, als habe sie sich darauf vorbereitet, abends auszugehen: Über einem Hocker neben dem Frisiertisch hing ein großes Handtuch, ein Glätteisen lag offen herum, auf dem Boden ein Föhn, auf dem Tisch Make-up und Pinsel ordentlich aufgereiht und daneben einige Ohrringe, die wohl nicht zum finalen Outfit gepasst hatten. Robyn schloss die Augen, um die Eindrücke besser aufnehmen zu können. War es möglich, dass Siobhan ihre Sachen gepackt hatte, um anderswo ein neues Leben zu beginnen? Robyn öffnete den Kleiderschrank und erblickte einen kleinen, roten Koffer im obersten Fach. Falls Siobhan nicht zwei Koffer besaß, schien es sehr unwahrscheinlich, dass sie so plötzlich aufgebrochen sein könnte. Das alles sah viel eher danach aus, als hätte sie einfach vorgehabt, abends auszugehen, statt länger wegzufahren. Als sie Adam fragte, der draußen rauchend auf einer niedrigen Mauer saß, bestätigte er, dass er den einzigen weiteren Koffer bei seinem Auszug mitgenommen hatte.

Zurück in der Wohnung machte sich Robyn auf die Suche nach einer Handtasche, einem Schlüsselbund, einem Portemonnaie oder einem Handy, aber sie fand nichts davon. Alles deutete darauf hin, dass Siobhan ausgegangen war, doch wohin war sie gegangen, und warum war sie bis jetzt nicht zurückgekehrt? Als sie die Wohnungstür hinter sich zuzog, hatte Robyn das ungute Gefühl, dass Siobhan sich in den Händen des Killers befand.

Dem finsteren Gesichtsausdruck nach zu urteilen, mit dem er sie anstarrte, war DCI Flint nicht gerade bester Laune.

»So, Miss Connors ist nach der Trennung von ihrem langjährigen Freund einfach verschwunden?« Er schniefte ein paar Mal, als habe er eine Erkältung – eine Angewohnheit, die Robyn auf die Nerven ging. »Sie hat ihre Vorgesetzte angerufen, Sonderurlaub beantragt und einer Freundin erzählt, dass sie mit einem neuen Freund wegfährt. Das ist ganz und gar kein ungewöhnliches Verhalten. Mr. Josephs zufolge hatte Miss Connors schon früher mehrmals die gemeinsame Wohnung verlassen, in der Regel immer nach einem Streit. Sie kam jedes Mal nach ein paar Tagen zurück. Ihre Nachbarn haben in der Vergangenheit Streitereien, Schreie und zuschlagende Türen durch die Wände gehört.«

»Das ist richtig, Boss. Aber wir sollten trotz ihres Verhaltens in der Vergangenheit die Möglichkeit nicht außer Acht lassen, dass sie entführt wurde. Auch Carrie Miller ist einige Male von zu Hause weggelaufen.« Robyn wartete, während er noch einmal die Zeugenaussage von Adam Josephs las. Robyn wusste, was darin stand. Sie war vor Ort gewesen, als er diese Aussage gemacht hatte.

»Ich bin nicht davon überzeugt, dass diese Frau irgendetwas mit unserem Fall zu tun hat. Soweit ich weiß, ist Miss Connors einige Jahre älter als unsere Opfer, sie befindet sich in einer festen Beziehung und hat einen Job. Ihre Vorgesetzte hält sie für vertrauenswürdig und sieht keinen Grund, ihr die Geschichte, dass sie nach Hause nach Irland gefahren ist, nicht zu glauben. Es erscheint mir logisch, dass sie zu ihrer Familie fahren würde, wenn es ihr nach der Trennung von ihrem

Freund nicht gut geht. Wie sagten Sie, haben die Eltern auf die Neuigkeit, dass sie verschwunden ist, reagiert?«

Robyn verfluchte den Mann innerlich. »Sie waren nicht allzu besorgt, aber sie haben ihre Tochter schon seit einer Weile nicht mehr gesehen und wissen nicht viel über ihr Leben.«

»Und wie viele ihrer Freunde und Arbeitskollegen machen sich Sorgen um sie?«

»Eine, Sir.«

»Und wir sind uns darüber einig, dass sie schon früher das eine oder andere Mal weggelaufen ist, nicht wahr? Laut der Aussage von Adam Josephs ist sie ›bei jedem größeren Streit wütend davongestürmt. Einmal ist sie nach Derby gefahren und das ganze Wochenende nicht zurückgekommen. Sie ließ mich gerne im Ungewissen.‹ Miss Connors könnte sich ebenso gut absichtlich irgendwo versteckt halten, damit er sich Sorgen macht.«

»Sie hat ihren Koffer aber nicht mitgenommen, und ihre Kleider und ihr Make-up liegen auf ihrem Bett verteilt, ganz so, als habe sie sich zum Ausgehen fertig gemacht.«

»Oder für ein paar Tage wegzufahren, DI Carter. Es könnte auch sein, dass sie ihre Klamotten durchgesehen hat, um zu entscheiden, welche sie mitnimmt. Dann hat sie diese Sachen und noch ein paar andere Dinge, die sie brauchte, in eine kleine Reisetasche oder sogar eine Plastiktüte gepackt.«

Robyn weigerte sich nachzugeben. »Meiner Meinung nach gibt es genug Gemeinsamkeiten zwischen ihrem Verschwinden und dem von Amber und Carrie, um sich Sorgen zu machen. Sie geht nicht an ihr Handy und hat lediglich einer Freundin eine Nachricht geschrieben, in der sie behauptet, mit einem neuen Freund unterwegs zu sein, genau wie Carrie das getan hat.«

»Hat sie den Namen dieses Freundes genannt? Und war es derselbe Name wie bei Carrie?«

»Nein, Sir.«

»Ich verstehe, dass Sie da gewisse Parallelen sehen. Allerdings könnte sie sich die Geschichte mit dem neuen Mann auch nur ausgedacht haben, um Mr. Josephs zu provozieren.« Dieser Gedanke war Robyn auch schon gekommen, doch sie hatte ihn wieder verworfen. Flint tippte mit dem Finger auf die Zeugenaussage.

»Die Tatsache, dass sie auf Facebook eine Nachricht bekommen hat, die identisch ist mit jener, die Amber erhalten hat, ist tatsächlich ein Grund zur Sorge. Aber bis wir nicht mehr Beweise dafür haben, dass sie tatsächlich verschwunden ist und sich nicht nur eine kleine Auszeit genommen hat, um die Trennung von ihrem Freund zu verarbeiten, oder mit Absicht versucht, ihm Sorgen zu bereiten, dürfen wir keine voreiligen Schlüsse ziehen.« Er schniefte erneut. »Ich möchte, dass Sie sich darauf konzentrieren, die Person oder Personen aufzuspüren, die für den Tod von Amber Dalton und Carrie Miller verantwortlich sind. Das ist Ihre absolute Priorität. Im Moment möchte ich, dass sie sämtliche Ihnen zur Verfügung stehenden Kräfte darauf ansetzen. Carrie Miller wurde bereits vor sechs Tagen gefunden. Habe ich mich klar ausgedrückt?«

Robyn nickte. Sie würde Flint nicht umstimmen können. Sie würde tun, was er verlangte, doch sie würde nicht zulassen, dass Siobhan Connors das dritte Opfer des Killers wurde.

»In der nächsten halben Stunde werden wir Logan Crompton befragen, Sir.«

»Sie denken, er ist unser Mann?«

»Er ist die einzige Person, die wir bisher mit beiden Mädchen in Verbindung bringen konnten. Ich werde Sie auf dem Laufenden halten, Sir.«

Er reagiert darauf mit einem kurzen Nicken.

Als sie Flints Büro verließ, wählte sie Ross' Nummer. »Ross, du wirst doch weiterhin nach ihr suchen, oder?«

»Darauf kannst du wetten«, war alles, was er darauf antwortete. Sie hörte die Entschlossenheit in seiner Stimme. Ross glaubte an sie und im Moment reichte ihr das.

Sie ging nach draußen und atmete die kalte Luft ein. Louisa Mulholland hätte sie in ihrem Vorhaben unterstützt. Louisa war mit Robyns Methoden nicht immer einverstanden gewesen, doch sie hatte nur selten ihre Instinkte angezweifelt. Vielleicht sollte sie sich tatsächlich nach Yorkshire versetzen lassen. Mit Flint würde sie niemals warm werden und sie wollte nicht so an der kurzen Leine gehalten werden. Fast glaubte sie, Davies' Stimme zu hören: »Tue, was *du* für richtig hältst.« Das hatte er ihr immer geraten. Auch er hatte auf ihre Instinkte vertraut. Flint wollte Beweise dafür, dass sie es mit einem Killer zu tun hatten, der wieder zuschlagen würde, und Robyn wusste, dass sein nächstes Opfer Siobhan sein würde. Sie würde den nötigen Beweis finden müssen, um Flint davon zu überzeugen. Sie wählte eine weitere Nummer.

»Harry, können Sie für mich noch einmal einen Blick auf Carrie Miller werfen? Konzentrieren Sie sich auf ihre Stirn. Ich möchte wissen, ob dort ein Stück Haut weggeschnitten worden sein könnte.« Sie schaltete ihr Handy aus. Jetzt musste sie sich dem Türsteher dieses Nachtclubs widmen. Sie würde nicht zulassen, dass noch ein weiteres Mädchen starb.

38

Mitz steckte den Kopf zur Tür hinein. »Er ist da.«

»Gut. Haben Sie das Aufnahmeequipment schon aufgebaut?«

»Alles fertig. Ich treffe Sie gleich im Vernehmungsraum zwei.«

Robyn schob ihren Stuhl zurück. Sie brannte förmlich darauf, mit Logan Crompton zu sprechen, dem Türsteher aus dem Stardust.

Anna durchkämmte seitenweise Facebook-Posts auf der Suche nach irgendetwas, das ihnen einen Hinweis darauf liefern könnte, wie und warum Carrie, Amber und nun auch Siobhan miteinander in Verbindung standen.

»Immer noch kein Glück«, sagte sie, als Robyn aufstand, um zu Logans Befragung aufzubrechen.

»Halten Sie durch, Anna. Falls es da etwas Wichtiges zu entdecken gibt, bin ich mir ganz sicher, dass Sie es finden. Währenddessen können Sie die Augen nach irgendeiner Erwähnung des Stardust offenhalten.«

Logan Crompton füllte den Plastikstuhl, auf dem er saß, komplett aus. Er hatte die muskulösen Arme verschränkt und seine Oberschenkel waren dicht aneinandergepresst. Er trug typische Bikerklamotten: Stiefel, Jeans, ein Halstuch um den Hals und über dem T-Shirt eine Lederweste. Eine schwere Lederjacke hing über seiner Stuhllehne. Als Robyn den Raum betrat, wandte er ihr den Kopf zu.

»Dann kann ich ja jetzt endlich erfahren, um was es hier überhaupt geht«, sagte er und seine haselnussbraunen Augen bohrten sich in ihre. »Was auch immer es ist, da liegt ein Fehler vor. Ich habe nichts damit zu tun.«

Seine Stimme war sehr sanft und ganz im Gegensatz zu seinem restlichen ruppigen Aussehen war sein Gesicht weich und glattrasiert. Es war ein angenehmes Gesicht mit angehobenen Augenbrauen, die sie belustigt anzusehen schienen.

»Es tut mir sehr leid, dass Sie herkommen mussten, Mr. Crompton. Wir müssen Ihnen einige Fragen stellen.«

Er zuckte die Schultern. »Brauche ich einen Anwalt?«

»Das hängt von Ihnen ab, Sir, aber im Moment wird Ihnen noch nichts zur Last gelegt. Es geht lediglich darum, ein paar Informationen bestätigt zu wissen, die mit unseren Ermittlungen in Verbindung stehen.«

»Und was bedeutet das genau?«

Robyn schenkte ihm ein kurzes Lächeln. »Würde es Ihnen etwas ausmachen, wenn wir dieses Gespräch aufzeichnen?«

Er winkte ab. »Machen Sie nur. Ich habe kein Verbrechen begangen, also warum nicht. So, worum geht es denn jetzt?«

Mitz sprach sehr deutlich. »Die Befragung von Mr. Logan Crompton beginnt um elf Uhr zwanzig vormittags. Anwesende Polizcibeamte: Sergeant Mitz Patel und DI Robyn Carter.«

»Mr. Crompton, arbeiten Sie aktuell in einem Nachtclub namens Stardust in Derby?«

»Ja. Ich arbeite dort jeden Freitag- und Sonntagabend. Ich bin eigentlich ausgebildeter Landschaftsgärtner, aber am Wochenende arbeite ich als Türsteher dort, vor allem zu dieser Jahreszeit. Da gibt es nicht viel zu tun für Gärtner.«

»Wie lange arbeiten Sie schon für diesen Club?«

Logan lehnte sich zurück. »Ich schätze so zwei Jahre. Immer mal wieder.«

»Kennen Sie dieses Mädchen?«

Robyn schob ein Foto von Carrie Miller zu dem Mann hinüber, der einmal schluckte und in seinem Stuhl hin und her rutschte. »Ja.«

»Wo sind Sie ihr begegnet?«

»Sie war ein paar Mal im Club.«

Mitz dokumentierte erneut. »DI Carter hat Mr. Crompton soeben eine Fotografie von Carrie Miller gezeigt.«

»Wie gut kannten Sie dieses Mädchen, Carrie Miller?«

»Nicht besonders gut. Sie und ihre Freundin sind an einem Freitag vor dem Club aufgetaucht und wollten reingelassen werden. Aber sie konnten sich nicht ausweisen. Ich hatte nicht allzu viel zu tun an diesem Abend, deshalb habe ich sie reingelassen.«

»Hatten Sie nicht den Verdacht, dass die beiden minderjährig sein könnten?«

»Nein. Überhaupt nicht. Sie sahen ganz sicher alt genug aus, um in den Club zu dürfen. Sie meinten, sie hätten ihre Ausweise zu Hause vergessen. Ich hätte sie nicht reingelassen, wenn ich gedacht hätte, dass sie minderjährig ist. War sie es?«

Robyn ignorierte seine Frage, ließ sein Gesicht keine Sekunde lang aus den Augen. »Mr. Crompton, hatten Sie als Gegenleistung dafür, dass sie Miss Miller in den Club ließen, jemals Sex mit ihr?«

Logans Augen wurden groß, sein Gesicht lief rot an und er fing an zu stottern. »Nein. Absolut nicht. So was würde ich nie tun. Hat sie Ihnen das erzählt? Verdammte Lügnerin. Glauben Sie mir, das habe ich nicht getan.«

»Haben Sie sexuelle Gefälligkeiten in irgendeiner Form von Miss Miller angenommen?«

Eine tiefblaue Ader pulsierte in seiner Stirn. »Nein. Was

meinen Sie mit ›sexuelle Gefälligkeiten‹? Ich habe sie nicht angefasst.«

Robyn ignorierte seine Unschuldsbeteuerungen und bombardierte ihn stattdessen weiter mit Fragen. »Haben Sie es zugelassen, dass Miss Miller sexuelle Handlungen an Ihnen vornahm?«

»Machen Sie Witze? Das denkt sie sich doch alles nur aus. Ich will einen Anwalt haben und der wird Ihnen einen Riegel vorschieben. Dann wird sie die Wahrheit sagen müssen.«

»Und was ist die Wahrheit, Mr. Crompton?«

»Sie hat sich mir buchstäblich an den Hals geworfen. Ich stand hinter dem Club und habe eine Zigarette geraucht, als sie nach draußen kam. Sie hat sich mir förmlich aufgedrängt und ich musste sie von mir wegstoßen. Sie fragte mich, ob ich sie für attraktiv hielte, und ich sagte ja, das täte ich. Ich habe ihr das nur gesagt, um sie loszuwerden. Sie war angetrunken und ich wollte nicht, dass sie ein Theater macht.«

»Sie haben also die Tatsache ausgenutzt, dass sie betrunken war?«

»Nein! Absolut nicht. Ich habe ihr gesagt, sie solle zu ihrer Freundin zurückkehren und nach Hause fahren.«

»Und wie hat sie darauf reagiert?«

Logan lief knallrot an und schluckte erneut. »Sie hat versucht, mir ihre Arme um den Hals zu legen, aber ich habe sie weggeschoben. Da ist sie einfach in die Knie gegangen, hat nach meinem Hosenschlitz gegriffen und den Reißverschluss runtergezogen.«

Er dehnte seinen Hals von einer Seite zur anderen. »Was auch immer Sie Ihnen erzählt hat, es ist gelogen. Ich habe sie überhaupt nichts machen lassen.«

»Sie wollen mir also erzählen, dass eine attraktive junge Frau mit Ihnen flirtet und sich Ihnen dann in einer dunklen Gasse hinter dem Club anbietet, und Sie tun überhaupt nichts?«

Logan blickte eine Weile auf seine Hände, dann sah er wieder auf. »Ich habe ihr gesagt, sie soll nach Hause gehen. Ich habe ihr gesagt, ich sei verheiratet.«

»Unseren Aufzeichnungen zufolge sind Sie aber nicht verheiratet.«

Er schüttelte den Kopf. »Ich dachte, sie verzieht sich vielleicht, wenn sie denkt, ich sei verheiratet.«

»Mr. Crompton, hat Miss Miller Sie oral befriedigt?«

»Beschuldigen Sie mich, sie vergewaltigt zu haben?«

»Nein, Mr. Crompton. Ich habe Ihnen eine Frage gestellt.«

»Das hat sie nicht.«

»Ich fürchte, wir haben Grund zur Annahme, dass sie es doch getan hat. Und dass Sie das als Gegenleistung dafür akzeptiert haben, dass Sie sie in den Club gelassen haben.«

Seine Stimme wurde wieder lauter. »Das habe ich nicht. Ich meine, *sie* hat mich nicht oral befriedigt. Ich habe Ihnen gesagt, was passiert ist. Ich dachte wirklich, dass sie achtzehn ist und ihren Ausweis vergessen hatte. Haben Sie sie mal gesehen? Sie sieht aus, als wäre sie mindestens achtzehn. Um was geht es hier überhaupt?«

»Bitte beruhigen Sie sich, Mr. Crompton. Wir haben nur noch ein paar weitere Fragen. Sehen Sie sich bitte dieses Foto an und sagen Sie mir, ob sie das Mädchen darauf erkennen.«

Robyn schob das Foto von Amber Dalton zum ihm hinüber. Er schüttelte den Kopf, seine Augen waren groß. »Nein. Ich habe sie noch nie gesehen. Ich kenne sie nicht.«

»Soeben wurde Mr. Crompton eine Fotografie von Amber Dalton gezeigt.«

»Und wie ist es bei dieser jungen Frau?« Robyn zeigte ihm das Bild von Siobhan Connors. Der Mann stöhnte.

»Sie kommt öfter in den Club. Ist eine Irin. Ich habe auch mit ihr keinen Sex gehabt. Soweit ich weiß, hatte sie ihren Ausweis immer dabei. Bitte, um was geht es hier eigentlich?«

»Mr. Crompton, haben Sie ein Hirsch-Tattoo auf ihrem Arm?«

Zwischen seinen Augenbrauen erschienen tiefe Falten. »Ja.«

»Haben Sie noch andere Tattoos?«

»Ich habe einen Pfeil und einen Bogen auf meinem Handgelenk«, sagte er, hob seinen linken Arm und zeigte ihr ein schwarzes Tattoo. »Und einen Adler auf der rechten Schulter. Geht runter über den ganzen Rücken. Warum?«

»Jagen Sie, Mr. Crompton?«

»Das sind ganz schön seltsame Fragen. Was spielt das denn für eine Rolle?«

»Bitte beantworten Sie einfach die Fragen. Je schneller wir diese Antworten bekommen, desto schneller kann es weitergehen.«

»Ich jage Vögel, Tauben und Hasen mit einem Luftgewehr. Hin und wieder. Mein Vater hat mir das Schießen beigebracht, als ich noch jünger war. Er ist Farmer.«

»Welche Bedeutung haben ihre Tattoos dann?«

»Sie haben eigentlich keine Bedeutung. Ich schaue mir viele Naturdokumentationen an und beide Tierarten gefallen mir sehr. Es sind wunderschöne, kraftvolle Geschöpfe. Daher wollte ich sie auf meinem Körper tragen. Das ist ja wohl nicht verboten, oder? Hilft Ihnen das irgendwie bei Ihren Ermittlungen und haben Sie mir irgendwas vorzuwerfen? Ich finde die ganze Situation nämlich langsam ganz schön ungemütlich und verstehe nicht, warum Sie mir diese Fragen stellen.«

Robyn behielt ihren stählernen Blick bei. »Sie sind uns eine große Hilfe, Sir. Messen Sie dem Namen Orion irgendeine Bedeutung bei?«

»Ist ein Stern, oder?«

»Horus?«

»Was? Wollen Sie mich auf den Arm nehmen? Ich weiß nicht, wer das ist.«

»Wōden?«

»Ist das überhaupt Englisch?«

Robyn antwortete nur mit einem ärgerlichen Schnauben, lehnte sich zurück und schlug die Beine übereinander. »Haben Sie je mit einer Frau namens Joanne Hutchinson zu tun gehabt?«

Logan schüttelte langsam den Kopf, versuchte, mit Robyns Fragen Schritt zu halten. »Der Name sagt mir nichts. Wie sieht sie denn aus?«

»Sie ist in ihren Dreißigern, blond, schlank, drückt sich sehr gewählt aus.«

Er zuckte die Schultern. »Kann nicht behaupten, dass mir das bekannt vorkommt. Behauptet die etwa auch, dass ich was mit ihr hatte?« Er senkte den Blick wieder auf seine Hände und seufzte erneut.

»Vielen Dank. Mr. Crompton, ich würde Sie gerne noch einmal nach Siobhan Connors fragen. Hatten Sie je Kontakt zu ihr?«

»Ich habe ein paar Mal mit ihr gesprochen. Sie hat mich immer gegrüßt.«

»Und mehr nicht?«

»Einmal hat sie mich nach einer Zigarette gefragt. Sie hatte eigentlich mit dem Rauchen aufgehört, aber ohne Nikotin hat sie es nicht ausgehalten. Wir haben uns darüber unterhalten, wie schwer es ist aufzuhören.«

»Hat Sie Ihnen irgendwelche sexuellen Avancen gemacht?«

Er legte seine Unterarme auf den Tisch, streckte die Hände aus und schüttelte den Kopf. »Nein, sie ist dann wieder in den Club reingegangen. Danach habe ich sie nicht mehr gesehen. Ich habe sie schon seit einer Weile nicht mehr gesehen. Beim letzten Mal war sie mit einer Brünetten unterwegs. Die beiden hatten sich ganz schön herausgeputzt und waren nicht mehr ganz nüchtern. Habe sie schon seit einer Weile nicht mehr gesehen.«

»Haben Sie am Freitag, den Dreizehnten im Stardust gearbeitet?«

»Letzten Freitag war ich wegen Magenschmerzen krank, das geht gerade rum. «

»Sie sind an diesem Abend nicht ins Stardust gegangen? «

»Nein, wie schon gesagt, ich war krank. Mir war schon seit Freitagmorgen schlecht. Ich lag bis Sonntagnachmittag flach.«

»Hat Sie während dieser Zeit irgendjemand besucht und kann das bezeugen?«

Er stieß ein langes, lautes Seufzen aus. »Werden Sie mir endlich erklären, warum ich hier bin? Diese Fragen werden langsam ermüdend. Brauche ich einen Anwalt? Wird mir irgendetwas zur Last gelegt?«

»Wir sind fast fertig, Mr. Crompton. Ich danke Ihnen vielmals für Ihre Kooperation. Ich möchte gerne noch einmal darauf zurückkommen, was sie vorhin gesagt haben. Als Sie die Frage, ob Sie Sex mit Carrie Miller hatten, verneint haben. Ich fürchte, wir haben gute Gründe zur Annahme, dass sie sexuelle Handlungen mit Ihnen vollzogen hat. Möchten Sie ihrer ursprünglichen Aussage noch irgendetwas hinzufügen?«

»Zum letzten Mal, es ist nichts passiert.« Seine Nasenlöcher blähten sich, als er sprach. »Sie zog schon meinen Reißverschluss runter, bevor ich überhaupt kapiert hatte, was sie vorhatte, und versuchte an meinen Schwanz zu kommen. Ich habe sie weggestoßen. Sie ist hingefallen und hat mich verflucht. Ich habe meinen Reißverschluss hochgezogen, ihr auf die Füße geholfen und ein Taxi für sie gerufen. Da hat sie mich gegen das Schienbein getreten, geflucht und gesagt, sie könne sich ihr Taxi selbst rufen. Danach kam sie nicht mehr wieder.«

»Vielen Dank.« Robyn nickte.

Logan stöhnte. »Ich wünschte, ich hätte sie nie in diesen verdammten Club gelassen. Sie denkt sich das alles nur aus. Holen Sie sie her. Ich weiß nicht, warum sie mir das andichtet. Es ist nichts passiert. Das schwöre ich bei meinem Leben.«

»Dann fühlten Sie sich überhaupt nicht geschmeichelt oder erregt?«

Ein erneutes langes Seufzen war zu hören. »Ich war nicht im Geringsten an ihr interessiert und auch an keinem anderen Mädchen in dem Club.« Er legte seine Hände in den Schoß. »Ich bin homosexuell. Ich habe einen Freund und wir sind schon seit fast einem Jahr in einer festen Beziehung. Er wird Ihnen bestätigen, dass ich am Freitag krank war. Er wird Ihnen auch sagen, dass ich keine dieser Frauen angefasst hätte. Sie haben den falschen Mann. Also , was auch immer diese Miss Miller erzählt hat, ist von hinten bis vorne gelogen. Nun, wenn Sie mir nicht vorwerfen, ich hätte irgendwen belästigt oder vergewaltigt oder was auch immer, dann lassen Sie mich bitte einen Anruf tätigen – einer meiner Nachbarn ist Anwalt und ich würde ihn gerne anrufen.«

39

Florence rollte sich auf ihrem Bett zu einer Kugel zusammen und kuschelte sich an einen großen, weichen Teddybären. Sein Kopf war ganz feucht von ihren Tränen. *Was war nur los mit ihr?* Sie hatte sich mit ihrer besten Freundin gestritten und ihr sogar gesagt, sie solle abhauen. Sie konnte sich nicht entscheiden, ob sie sie anrufen und sich entschuldigen oder weiterhin wütend auf sie sein sollte. Wenn sie sich entschuldigte, würde Amélie ihr sicherlich verzeihen, aber wenn sie am Montag dann wieder zusammen in der Schule waren, würde alles ganz genau so sein wie zuvor. An irgendeinem Punkt würde die Eifersucht Florence erneut übermannen und sie würde wieder diesen Hass auf Amélie spüren, einfach nur, weil sie ein besserer Mensch war als sie selbst.

Florence hasste ihren Körper. Es spielte keine Rolle, wie wenig sie aß, neben der langbeinigen Amélie mit ihrem perfekten, schlanken Körper und ihrem glänzenden, dunklen Haar sah sie immer fett aus. Es war völlig egal, wie viel Mühe sie sich beim Lernen gab, sie war trotzdem immer eine der Schlechtesten in der Klasse.

Sie war nicht in Mr. Chambers verknallt. Sie mochte ihn,

aber das war etwas ganz anderes, warum also war sie so zickig gewesen, als Amélie sie deshalb aufgezogen hatte? Es lag an Hunter. Er war fast genauso alt wie Mr. Chambers. Florence machte sich selbst etwas vor, wenn sie dachte, dass sie so einen Mann zum Freund haben könnte. Er war viel zu alt für sie. Selbst mit dem Make-up und den Outfits, die sie so viel älter aussehen ließen, war sie noch immer erst dreizehn Jahre alt und hatte in einer Traumwelt gelebt, als sie wirklich geglaubt hatte, sie könnte seine Freundin werden.

Bis heute hatte Florence sich ausgemalt, wie es wäre, Hunter im echten Leben zu treffen, seine Hand zu halten, mit ihm auf einer Bank im Park zu sitzen und ihn vielleicht sogar zu küssen. Sie war sich nicht einmal sicher, wie sie das anstellen sollte. Sie hatte zwar im Internet recherchiert, aber auf einen richtigen Kuss konnte man sich so nicht vorbereiten. Die Realität war, dass sie keine Ahnung hatte, wie man sich als Erwachsener verhielt, und falls er mehr als nur Küsse wollte, falls er vielleicht sogar ihre Brüste berühren wollte ... Der Gedanke daran war gleichzeitig aufregend und beängstigend für sie.

Sie musste heute mit ihm abschließen und ihm sagen, dass sie sich nicht mit ihm treffen konnte. Sie würde sich irgendeine Ausrede einfallen lassen, würde behaupten, dass sie wegen ihres Jobs leider wegziehen musste. Danach würde sie die App nicht mehr anrühren. Das hatte sowieso keinen Sinn, wenn man erst dreizehn war.

Sie würde einfach abwarten müssen. Morgen wäre sie dann wieder die hässliche, langweilige, dumme Florence, die niemanden mehr hatte, der ihr ein gutes Gefühl gab. Sie drückte den Teddybären fester an ihre Brust und schluchzte, und Tränen der Wut strömten aus ihren Augen. Als sie keine Tränen mehr hatte, die sie vergießen konnte, wusch sie sich das Gesicht und blickte aus dem Fenster. Dort unten bellte ihre Mutter gerade einer neuen Reitschülerin Anweisungen zu. Das

Mädchen saß steif im Sattel, die Zügel ängstlich umklammert. *Zu steif*, dachte Florence. Das Mädchen musste sich entspannen. Die Schärfe in der Stimme ihrer Mutter half dabei vermutlich nicht. Christine Hallows war sicher keine leise Frau.

Florence hatte ihr Handy am Freitag nach der Schule ganz bewusst ausgeschaltet und nun stellte sie fest, dass Amélie sie dreimal angerufen und ihr sechs Nachrichten geschickt hatte. Sie löschte sie alle, ohne sie vorher zu lesen. Sie brauchte eine Pause von Amélie. Sie waren schon zu lange befreundet und mittlerweile hatte Florence das Gefühl, neben Amélie zu ersticken. Sie würde auch allein klarkommen. Auf dem Bildschirm ploppte eine Erinnerung auf. Es war Zeit für ein Gespräch mit Hunter. Sie setzte sich auf ihr Bett, ein Kissen im Rücken, und öffnete die Fox or Dog App. Sie sah ein paar Hunde-Emojis und ein anderer Nutzer hatte gefragt, ob sie Pickel habe. *Das sind Sommersprossen.* Ein Mädchen, das sich LaBelle18 nannte, hatte sich über ihr rotes Haar lustig gemacht. Der Kommentar hatte Florence so verletzt, dass sie zurückschlagen wollte und selbst eine ziemlich gemeine Antwort geschrieben hatte.

Wenigstens sehe ich nicht aus wie ein Schwein mit Schnurrbart.

Sie bereute den Satz, sobald sie ihn abgeschickt hatte, doch es war zu spät, um ihn jetzt noch zu löschen. Sie redete sich ein, dass LaBelle18 nichts anderes verdient hatte. Sie warf noch einen Blick auf ihr Profilbild. Auf einmal kam sie sich darauf nicht mehr so erwachsen und schön vor, wie sie anfangs gedacht hatte. Es schien ihr plötzlich offensichtlich, dass sie nur ein kleines Mädchen war, dass gerne eine erwachsene Frau sein wollte. Sie war tatsächlich nur jemand, der vorgab, jemand anderes zu sein – genauso, wie andere ihr vorgeworfen hatten. Sie biss sich auf die Lippe. Hunter war online und sie konnte ihm schreiben. Sie atmete einmal tief durch und setzte ihren eigenen Profilstatus auf online. Hunter begrüßte sie:

Hunter: Hey. Wie geht's dir?

Kitten. Ganz okay.

Hunter: Bist du sicher?

Kitten: Hatte keinen guten Tag. Fühle mich nicht besonders. Auf meiner Profilseite stehen ein paar fürchterliche Kommentare über mich.

Hunter: Ignorier die einfach. Du bist wunderschön. Das haben Mädchen geschrieben, die nur eifersüchtig sind, das ist alles. Aber jetzt bist du hier und sprichst mit mir. Das sollte dich doch aufmuntern.

Sie lächelte. Es war schön, mit Hunter zu sprechen. Er sah immer alles so positiv und es war leicht, sich mit ihm zu unterhalten. Aber der Stein, der auf ihrem Herzen lag, würde nicht einfach so weggehen. Sie musste ihm entweder die Wahrheit sagen oder mit ihm Schluss machen. Sie begann zu tippen:

Kitten: Ich muss dir etwas sagen.

Hunter: Bevor du jetzt irgendwas sagst: Ich habe es wirklich genossen, mich mit dir zu unterhalten. Du bist das witzigste, netteste und süßeste Mädchen, das mir auf dieser Seite bisher begegnet ist. Die andere sind nichts im Vergleich zu dir. Du bringst mich zum Lachen und ich mag dich wirklich sehr. Ich würde mich gerne mit dir treffen.

Kitten: Das geht nicht.

Hunter: O nein. Du hast es herausgefunden, oder?

Kitten: Was herausgefunden?

Hunter: Dass ich nicht wirklich bei der Arbeit bin und auch noch nicht über zwanzig.

Kitten: Bist du nicht?

Hunter: Ich dachte, du hättest das herausgefunden und das wäre der Grund, warum du dich nicht mit mir treffen willst. Ich sehe älter aus als ich wirklich bin. Aber ich bin mir sicher, dass wir trotzdem gut zusammenpassen. So groß kann der Altersunterschied ja nicht sein.

Kitten: Wie alt bist du denn?

Es gab eine kleine Pause. Florence wartete, ihr Herz schlug schnell in ihrer Brust.

Hunter: Ich bin erst sechzehn. Na ja, eigentlich werde ich im Mai sechzehn. Ich verstehe es, wenn du dich jetzt nicht mehr mit mir treffen möchtest. Aber ich bin schon sehr reif für mein Alter. Bitte gib uns nicht auf, weil du denkst, ich sei zu jung für dich.

Florence begann zu kichern – ein lautes, unkontrollierbares Kichern.

Kitten: Oje. Ich muss zugeben, ich habe auch gelogen. Ich arbeite weder in einem Büro, noch muss ich auf irgendwelche Geschäftsreisen. Und ich bin auch nicht neunzehn.

Hunter: NEIN!

Kitten: Ich werde im November vierzehn.

Hunter. OMG! Wir gehen beide noch zur Schule. Als ich dein Bild gesehen habe, dachte ich, du wärst viel älter. Wir haben uns gegenseitig angeschwindelt? Das ist total witzig. Würdest du dich trotzdem noch mit mir treffen, obwohl ich dich so angeflunkert habe?

Kitten: Würdest du dich denn trotzdem noch mit mir treffen?

Hunter: Aber klar. Ich würde mich gerne mit dir treffen. Alles, was ich vorhin gesagt habe, war die Wahrheit. Du bist toll.

Florence wurde ganz rot.

Kitten: Wo sollen wir uns treffen? Ich wohne in der Nähe von Uttoxeter.

Hunter: Ich bin Schüler an der Sandwell. Am Mittwoch haben wir eigentlich Sport, aber wenn kein Spiel ansteht, dürfen wir uns den Nachmittag freinehmen und nach Derby fahren. Ich kann den Zug nach Uttoxeter nehmen. Dann könntest du die letzten Stunden schwänzen und dich mit mir treffen, oder ich warte auf dich, bis dein Unterricht vorbei ist. Welche Uhrzeit würde dir passen?

Ihr Puls beschleunigte sich. Ihre Schule lag nicht weit vom Bahnhof entfernt. Sie könnte nach dem Unterricht hinüberlaufen, und mittwochs hatte sie Kunst, da könnte sie sich früher rausschleichen, wenn sie wirklich wollte. Ihrer Kunstlehrerin würde das nichts ausmachen, Florence war in Kunst sowieso gut. Bis zum Bahnhof von Uttoxeter würde sie nicht lange brauchen.

Kitten: Ich könnte um fünfzehn Uhr fünfzehn am Bahnhof in Uttoxeter sein.

Hunter: Das klingt gut. Ich werde dort auf dich warten. Bist du dir sicher, dass du dich mit mir treffen möchtest?

Kitten: Na klar.

Hunter: Ich kann es kaum erwarten, dich endlich wirklich zu sehen. Wir werden so viel Spaß zusammen haben. Aber jetzt muss ich los. Habe noch eine Menge Hausaufgaben zu erledigen und ich habe ein paar wirklich strenge Lehrer. Einer von denen kontrolliert, ob wir auch wirklich lernen, und eigentlich sind dabei keine Handys erlaubt. Ich schalte es mal lieber aus.

Sie grinste erneut.

Kitten: Das verstehe ich. Wir sehen uns am Mittwoch.

Hunter schickte ihr noch einen lächelnden Smiley und einen Kuss und ging dann offline. Florence lehnte sich gegen das Kissen, auf dem Gesicht ein breites Grinsen. Sie fühlte sich nicht länger hoffnungslos. Sie hatte einen richtigen Freund.

40

Robyn lehnte sich in ihrem Stuhl zurück, die Augen geschlossen. Crompton schien ehrlich zu ihnen gewesen zu sein und sie war davon überzeugt, dass er Carrie Miller nicht gekannt hatte. Mitz war zum selben Schluss gekommen. Sie öffnete die Augen. »Er war unser einziger Verdächtiger. Ich habe nicht einmal genug Gründe zur Durchsuchung seines Hauses oder zur Überprüfung seiner elektronischen Geräte. Und sein verflixter Freund hat darauf bestanden, dass Logan am Freitag zu krank war, um irgendetwas zu tun, also kann er wohl unmöglich Siobhan Connors entführt haben.« Sie warf die Akten auf ihren Schreibtisch, wo sie mit einem dumpfen Geräusch landeten. Robyn rieb sich den Nacken.

Sie überflog noch einmal ihre Notizen, überprüfte erneut alle Daten auf der Suche nach irgendeinem Muster, das wichtig sein könnte, doch nichts ergab einen Sinn. Am Montag, dem sechzehnten Januar, war Carrie Miller in der Selfstorage-Anlage gefunden worden, sechs Monate nach ihrem Verschwinden. Ihre letzte Facebook-Nachricht an Jade North hatte sie am zwanzigsten Dezember 2016 abgeschickt. War sie zu diesem Zeitpunkt noch am Leben gewesen? Dem Bericht des Gerichtsmediziners zufolge lag Carries Todeszeitpunkt irgendwo zwischen Ende Juli und Mitte August, das war also eher unwahrscheinlich. Amber Dalton war irgendwann nach dem zweiten Januar verschwunden, ihre letzte Nachricht war am siebten Januar verschickt worden und dreizehn Tage später hatten sie ihre Leiche gefunden, am Freitag, den zwanzigsten Januar. Die Gerichtsmedizin hatte festgestellt, dass sie irgendwann zwischen dem siebten und dem dreizehnten Januar getötet worden war. Siobhan Connors dagegen war am Freitag, dem dreizehnten Januar, verschwunden. Ihre letzte Nachricht hatte sie am Mittwoch, dem achtzehnten Januar, verschickt. Wo war sie in dieser Zeit gefangen gehalten worden, und hatte sie Kontakt zu Amber gehabt? Und was noch wichtiger war: War sie noch am Leben? Robyn konnte kein Muster erkennen, das Sinn ergab. Carries Leiche war in Rugeley gefunden worden, und Ambers am Cannock Chase. Wo, o wo nur war Siobhan? Wurde sie überhaupt gefangen gehalten? Sie suchte in den Unterlagen nach den Berichten der Gerichtsmedizin. Irgendwo musste sie ein Muster ausmachen können. Sie öffnete die Mappe und begann zu lesen.

Carrie Millers Kehle war durchgeschnitten worden und sie war daraufhin verblutet. Die Untersuchung von Gewebeproben hatte ergeben, dass ihre Leiche zu irgendeinem Zeitpunkt gefroren gewesen sein musste. Sie fragte sich, wie Harry McKenzie vorankam und ob er ihr würde bestätigen können, dass auch auf Carries Stirn ein rechteckiges Stück Haut fehlte.

Amber Dalton war vergiftet worden, mit welchem Toxin genau das geschehen war, würden sie aber erst wissen, wenn der toxikologische Befund endlich da war. Die Ergebnisse der bisherigen Untersuchungen hatten gezeigt, dass die Lungengefäße des Mädchens verstopft waren, in ihrer Luftröhre hatte man Blut gefunden, und ihre Magenwände zeigten Anzeichen einer Entzündung. Auch hier ließen Gewebeproben darauf schließen, dass die Leiche kalt gelagert worden war. Beide

Mädchen hatten ein grausames und schreckliches Ende gefunden.

Das Telefon klingelte. Matt Higham war am anderen Ende der Leitung. »Boss, ich rufe von einer B&Q-Filiale aus an. Ich bin hergekommen, um ein paar Meter Tapete zu besorgen, und an der Kasse stand ein Kerl mit einem riesigen Haufen Gipskarton. Ich habe Witze gemacht und ihm gesagt, dass ich hoffe, dass sein Auto groß genug dafür ist, und er antwortete, das sei kein Problem, denn man könne sich hier stundenweise Transporter mieten. Ich habe das überprüft und man kann hier wirklich Transporter mieten, und zwar so lange, wie man sie benötigt. Auf den Fahrzeugen befindet sich seitlich das Logo von B&Q und außerdem noch das gelbe Logo von Hertz. Aber die älteren Fahrzeuge in der Flotte haben noch das ursprüngliche Logo, und zwar weiße Schrift auf einem orangen Quadrat.«

»Oh, Sie Topermittler«, sagte Robyn und sprang schlagartig auf. »Das könnten die Fahrzeuge sein, die wir suchen. Wir kümmern uns darum. Genießen Sie ihren freien Tag und übertreiben Sie es nicht mit dem Tapezieren.«

Sie wandte sich an Anna. »Können Sie E-Mails an alle B&Q-Filialen in Staffordshire und den Leihwagenfirmen rausschicken, mit denen sie zusammenarbeiten? Ich möchte herausfinden, wer am neunzehnten und zwanzigsten Dezember letzten Jahres dort Transporter gemietet hat, vor allem, wenn es sich dabei um Frauen handelte.«

Sie wagte fast nicht zu hoffen, dass Joanne Hutchinson dort dasselbe Pseudonym verwendet hatte, aber es waren schon seltsamere Dinge passiert. Robyn sah sich eine Karte aller B&Q-Filialen in der Umgebung an und beschloss, auch die im angrenzenden Derbyshire County unter die Lupe zu nehmen, besonders, weil Carrie in Derby gewohnt hatte. Sie seufzte, als auch diese Filialen auf der Karte erschienen. Das würde eine ganze Weile dauern.

Mitz arbeitete gerade an seinem Schreibtisch, als er über eine neue E-Mail benachrichtigt wurde. »Ich habe hier auch was, Boss.« Seine Augen leuchteten. »Ich habe eine Antwort von einer Firma in Manchester erhalten, die Reisetruhen nach Maß anfertigt. Sie bestätigen, dass eine Truhe in genau den Abmessungen, die wir ihnen beschrieben haben, bei ihnen gekauft und an eine Adresse in Manchester geliefert wurde. Es gibt aber weder einen Namen noch eine Rechnung, weil der Kunde bar bezahlt hat. Sie werden aber nie erraten, wem die Adresse gehört, an die die Truhe geliefert wurde. Es ist ausgerechnet Mr. Dev Khan, der Inhaber der Selfstorage-Anlage in Rugeley.«

Einen Moment lang herrschte absolute Stille, während das Team darauf wartete, dass Robyn ihnen weitere Anweisungen erteilte. Sie schlenderte zum Fenster hinüber, ihr Puls raste wieder. Möglicherweise hatten sie einen Verdächtigen verloren, aber dafür hatten sie nun zwei neue Hinweise. Endlich kamen die Dinge ins Rollen. Es schien undenkbar, dass Dev Khan ein Mädchen ermordete und dann dessen Leiche in seinem eigenen Lagerhaus versteckte. Das widersprach jeder Logik. Oder war es vielleicht genau dieser Eindruck, den er hatte vermitteln wollen? Es könnte sich um einen doppelten Bluff handeln. Wie auch immer, er schuldete ihnen eine Erklärung. Eine Truhe, die genau den Abmessungen derer entsprach, in der die Leiche gefunden worden war, war an eine seiner Adressen geliefert worden. Vielleicht war das nicht mehr als ein Zufall, aber Robyn glaubte nicht an solche Zufälle. Sie würde herausfinden, was er selbst dazu zu sagen hatte.

Sie beobachtete, wie die Regentropfen draußen an der Fensterscheibe hinunterliefen, während sie ihre Möglichkeiten abwog. Sie könnte ihn anrufen und nach der Truhe fragen, oder sie könnte ihn bitten, auf die Dienststelle zu kommen. Sie traf die Entscheidung im Bruchteil einer Sekunde. »Bringen Sie ihn zu einer Befragung her, Mitz.« Vor ihrem inneren Auge sah sie die Gesichter von Carrie und Amber. Robyn blinzelte eine Träne weg. Sie würde den beiden Mädchen Gerechtigkeit widerfahren lassen. Sie würde sicherstellen, dass Mr. Khan diese Dienststelle nicht verließ, bevor sie jede noch so kleine Information aus ihm herausgepresst hatte. Sie würde die beiden nicht enttäuschen.

41

Der Anruf kam, kurz nachdem Mitz nach Manchester aufgebrochen war. Amy Walters klang gekränkt.

»Ich habe meinen Teil des Deals eingehalten, aber irgendjemand hat diese Informationen dennoch an eine konkurrierende Zeitung weitergegeben.«

Robyn setzte sich in ihrem Stuhl auf. Das konnte sie gerade überhaupt nicht gebrauchen. Nicht jetzt. Nicht, wo sie doch gerade auf eine heiße Spur gestoßen waren und sie bald einen Verdächtigen vernehmen musste.

»Welche Zeitung?«

»Die *Derby Times*. Victoria Kenilworth hat einen Artikel für die heutige Sonderausgabe über die vermisste Schülerin Amber Dalton verfasst.«

Robyn hackte auf ihre Tastatur ein und öffnete die Website der *Derby Times*. Natürlich fand sie die Schlagzeile direkt auf der Startseite, zusammen mit einem Foto von Ambers Eltern, die gerade ein Bestattungsinstitut verließen. Biancas Gesicht war aschfahl, doch auf verstörende Weise wunderschön, und Charles, der aussah wie ein Zombie, hatte einen Arm um seine

Frau gelegt. Die Schlagzeile lautete: »Wurde Amber das Opfer eines Schulmädchenmörders?«

»Ist es wahr?«, jammerte Amy. Sie klang wie ein nerviger Moskito.

»Lassen Sie es mich erst lesen.« Robyn überflog den Artikel:

Nach dem Fund einer Leiche, bei der es sich um Amber Dalton (16) zu handeln scheint, zeigen sich Lehrer wie Schüler tief betroffen.

Amber, Schülerin an einer Privatschule, deren Besuch die Eltern sich 30.000 Pfund im Jahr kosten lassen, galt als eine der talentiertesten Schülerinnen ihres Jahrgangs.

Ihr Vater Charles Dalton (52) und ihre Mutter Bianca (46) standen leider nicht für einen Kommentar zur Verfügung. Nachbarn zufolge befinden sich die Eltern nach dem Leichenfund am Cannock Chase Anfang der Woche noch immer im Schockzustand. Die Derbyshire Police befand sich seit dem achten Januar auf der Suche nach Amber, nachdem sie von den Daltons als vermisst gemeldet worden war. Das Mädchen verschwand aus dem 850.000 Pfund teuren Anwesen der Familie in Tutbury, wo es sich aufgehalten hatte, während die Eltern Urlaub in der Algarve machten.

»Bianca und Charles sind hingebungsvolle Eltern und Amber war eines der höflichsten jungen Mädchen, die mir je begegnet sind«, sagte Mr. Wilfred Jones (67), ein Nachbar der Familie.

Heute trauert ganz Sandwell um Amber, eine zielstrebige Schülerin und Oxbridge-Anwärterin. Samantha Dancer (17), eine von Ambers engsten Freundinnen, sagte: »Ich kann einfach nicht glauben, dass sie tot ist. Ich denke immer, ich sehe sie gleich am Schreibtisch sitzen. Sie war so clever und so wunderschön.«

Auf allen sozialen Medien werden derweil Abschiedsgrüße wie dieser hier geteilt: »RIP Amber. Ich hoffe, du strahlst im Himmel genauso hell, wie du es hier auf Erden getan hast.«

Der letzte Absatz störte Robyn am meisten.

Des Weiteren besteht der Verdacht, dass das Verschwinden von Amber Dalton mit dem von Carrie Miller aus Derby zusammenhängen könnte, einer ehemaligen Schülerin der Fairline Academy, deren Leiche Anfang des Monats gefunden wurde. Das wirft die Frage auf: Treibt da draußen ein Mörder sein Unwesen, der es auf Schulmädchen abgesehen hat?

Ein kleiner Muskel zuckte in Robyns Kiefer. »Diese Informationen hat sie nicht von uns bekommen. Wir geben nur das Allernötigste raus.«

»Dann bestreiten Sie, dass zwischen den Morden eine Verbindung besteht?«

»Ich sage: Kein Kommentar. Fragen Sie Victoria Kenilworth, woher sie ihre Informationen hat.«

»Sie vermeidet es, mit mir zu sprechen. Victoria ist etwas übereifrig, wenn es um ihren Beruf geht. Sie weigert sich, über irgendetwas zu sprechen, dass mit einer ihrer Storys zu tun hat. Natürlich wird sie ihre Quelle niemals preisgeben. Um es kurz zu sagen, sie ist eine hinterhältige Ziege.«

Robyn biss sich auf die Zunge. Soweit sie das beurteilen konnte, war Victoria keineswegs schlimmer als Amy selbst. Amy würde für eine gute Story ihre Seele verkaufen. Und dieser Artikel, der doch eigentlich den Fokus darauf richten sollte, wie schrecklich dieses Verbrechen war und was die Eltern des Mädchens nun durchmachen mussten, konzentrierte sich stattdessen auf den Reichtum der Familie Dalton und wagte es überdies auch noch anzudeuten, dass deren Abwesenheit überhaupt erst zum Verschwinden ihrer Tochter geführt haben könnte. Sie taten Robyn furchtbar leid, und sie hoffte sehr, dass sie diesen Artikel nicht gesehen hatten. Man hatte ihnen nahegelegt, unter keinen Umständen mit der Presse zu sprechen, und nun würden sie auch Unterstützung dabei erhalten, mit der Reaktion der Öffentlichkeit umzugehen. Journalisten waren wahre Parasiten, sie lauerten auf Emotionen und Ängste, und sie feuerten die Sensationsgier der Öffentlichkeit nur zu gerne noch an. Amy schnaubte ärgerlich in den Hörer.

»Und? Gibt es da nun eine Verbindung zwischen den beiden Mädchen?«

»Das kann ich Ihnen nicht sagen.«

»Sie können nicht oder Sie wollen nicht?«

»Ich kann nicht. Wir wissen es wirklich noch nicht. So einfach ist das. Und wenn ich es herausfinde, dann werde ich einen Teufel tun und die Ermittlungen torpedieren, indem ich die Informationen an Sie oder irgendjemand anderen weitergeben. Sie wissen, wie ich arbeite. Aber ich habe Ihnen ein Versprechen gegeben. Sie werden Ihre Story bekommen.«

»Haben Sie schon einen Verdächtigen?«

»Kein weiterer Kommentar, Amy. Gehen Sie Victoria damit auf die Nerven. Vielleicht ist sie in der Lage, ihren unkontrollierbaren Durst nach einer guten Story zu stillen.«

Robyn knallte das Telefon auf ihren Schreibtisch. Auf Leute wie Amy Walters und Victoria Kenilworth konnte sie wirklich verzichten. Die Presse hatte sicherlich ihre Daseinsberechtigung, und manchmal war sie sogar hilfreich. Aber Artikel wie dieser halfen niemandem. Sie las ihn noch einmal. Es gab ein Foto von Samantha Dancer, Ambers Freundin, auf dem sie gerade eine rote Rose vor Chapel House ablegte.

»Schon etwas gefunden?«, fragte sie Anna.

»Ambers Facebook-Seite wird mit Nachrichten überflutet,

daher muss ich immer wieder nach unten scrollen. Aber ich glaube, ich habe da was. Es gibt einen Abschnitt, auf dem die Seiten aufgeführt werden, denen sie gefolgt ist. Da sind alle möglichen Filme, Prominente, Onlinespiele, Modeseiten – und dann noch das hier.« Sie deutete auf eine Seite, auf deren Banner ein Cartoonfuchs und -hund zu sehen waren. »Das ist eine Dating-App für Volljährige namens Fox or Dog. Ich habe auf Carrie Millers Profil nachgesehen und auch sie folgt der Facebook-Seite von Fox or Dog. Allerdings muss das nichts heißen, es gibt einige Seiten, denen beide gefolgt sind.«

Robyn notierte sich den Namen der App auf einem ihrer Post-its. »Können Sie nachsehen, ob auch die anderen Mädchen der Seite von Fox or Dog folgen?«

»An wen haben Sie da gedacht?«

»Jedes der Mädchen, die während der Ermittlungen bisher eine Rolle gespielt haben.«

»Das kann ich machen. Es geht wahrscheinlich schneller, wenn ich Jade North und Samantha Dancer einfach frage, als wenn ich versuche, ihre Accounts einzusehen. Ich rufe die beiden an.«

»Tun Sie das zuerst und dann überprüfen Sie bitte das Profil von Siobhan Connors.«

Endlich nahmen die Ermittlungen an Fahrt auf. Sie konnte spüren, dass sie endlich auf der richtigen Spur waren. Das Gesicht von Siobhan Connors starrte sie vom Whiteboard an. Robyn konnte nur hoffen, dass sie rechtzeitig da sein würde, um sie zu retten.

42

Dev Khan sah in seinem strahlend blauen, eng anliegenden Anzug sehr elegant aus. Das makellos weiße Hemd, das er trug, war am Hals ein Stück geöffnet und offenbarte eine dezente Goldkette, und die dunklen Schuhe aus Nubukleder mit den blauen Schnürsenkeln machten das Outfit komplett. Außerdem war er überraschend charmant. Robyn war fest entschlossen gewesen, die Befragung mit einer ganzen Kanonade an Fragen zu beginnen, und nun fühlte sie sich geradezu entwaffnet.

»Guten Tag, DI Carter. Wie ich höre, haben Sie einige Fragen bezüglich einiger meiner Grundstücke in Manchester. Hätte dafür ein Anruf nicht gereicht? Ich bin ein viel beschäftigter Mann. Genau wie Sie muss auch ich an den Wochenenden leider arbeiten.« Er ließ sein BlackBerry und sein Smartphone, das in einer Lederhülle steckte, demonstrativ auf den Tisch fallen.

»Das ist mir bewusst, vielen Dank, dass Sie hergekommen sind.«

»Ich hatte ja wohl kaum eine Wahl, oder? Sergeant Patel hat mich gejagt.« Er nickte in Richtung von Mitz, der neben der Tür stand.

»Sehr interessante Formulierung, er hat Sie ›gejagt‹«, sagte sie.

Er zog die linke Augenbraue spöttisch nach oben. »Nicht wirklich. Meiner Sekretärin zufolge hat Sergeant Patel genau im Auge behalten, wo ich mich aufgehalten habe. Er hat den perfekten Zeitpunkt ausgewählt, um mir aufzulauern. Ich war gerade unterwegs nach Milton Keynes, um mir ein Grundstück für ein neues Lagerhaus anzusehen.«

»Mr. Khan, wie viele Immobilien in Manchester besitzen Sie?«

»In unserem Immobilienportfolio befinden sich fünfzehn Objekte, alle davon in und um Manchester. Mein Bruder und ich haben abgesehen von den Lagerhäusern auch noch ein Immobilienunternehmen.«

»Gehört 13 Edgar Street auch zu den Objekten, die Sie noch besitzen?«

»Allerdings.«

»Leben Sie dort selbst?«

Devs weiße Zähne funkelten, als er lachte. »Keine Chance. Das ist nicht unbedingt meine Vorstellung von einem Traumhaus. Ich vermiete es an Studenten. Bei allen meinen Objekten handelt es sich um Studentenwohnungen. Das Gebäude ist nicht weit von der Universität entfernt, und die Räume sind schön groß. Vor ein paar Jahren habe ich es aus dem Verzeichnis der Universität streichen lassen, weil ich keine Lust mehr darauf hatte, jeden Studenten, der mir passend erschien, einzeln zu überprüfen. Jetzt finden die Mieter mich nur noch über Mundpropaganda und ich nehme nur Studenten, die mir von bereits bestehenden Mietern empfohlen werden.«

»Wie viele Studenten leben in dem Haus?«

»Es hat drei Schlafzimmer, also drei. Es ist eines unserer besten Objekte, daher vermieten wir es nur an Studenten, die kurz vor ihrem Abschluss stehen. Zu diesem Zeitpunkt haben sie die wilde Partyphase hoffentlich schon hinter sich.«

»Können Sie mir sagen, wer das Haus im letzten Jahr gemietet hat, also zwischen September 2015 und Juni 2016?«

»Dominic Granger. Sein Cousin hatte es im Jahr davor gemietet.«

»Lebt dieser Dominic noch immer in Manchester?«

»Keine Ahnung. Ich halte zu keinem meiner ehemaligen Mieter Kontakt.« Er schnaubte und rollte die Augen.

»Sie sagen, dort hätten drei Studenten gewohnt. Wer waren die anderen beiden?«

Der Bildschirm von Devs Handy leuchtete blau auf und unterbrach ihre Unterhaltung. »Kann ich einen kurzen Blick auf diese Nachricht werfen? Ich glaube, es könnte wichtig sein.«

»Wir befinden uns mitten in einer Befragung.«

»Ich möchte Sie daran erinnern, dass ich freiwillig hergekommen bin. Ich bin hier, um die Polizei zu unterstützen. Ich hätte mich auch weigern und stattdessen zu meinem Meeting fahren können.« Seine Miene war weiterhin gelassen, doch seine Augen funkelten.

»Mr. Khan, die Namen der anderen beiden Studenten, bitte.«

Er schnaubte. »Lassen Sie mich in meinen E-Mails nachsehen. Vielleicht finde ich ihre Daten dort noch.« Er tippte ein paar Minuten lang auf seinem BlackBerry herum und blickte dann wieder auf. »Stephen Robinson und Phil Eastwood.«

»Ich nehme an, dass sie auch ihre Kontaktdaten noch irgendwo gespeichert haben. Vermieter sollten in der Regel über solche Aufzeichnungen verfügen.«

Dev hustete trocken. »Da muss ich Ihnen wohl leider etwas gestehen. Ich habe zwar die Kontaktdaten der genannten Studenten, weil sie alle einen Mietvertrag unterschrieben und eine Kaution von sechshundert Pfund gezahlt haben, Stephen Robinson hat das Zimmer am Ende dann aber doch nicht bezogen. Ich glaube, er hat seine Prüfungen nicht bestanden und ist dann für das Abschlussjahr gar nicht mehr wiedergekommen. Die Jungs haben mir nicht gesagt, dass stattdessen jemand anderes eingezogen war, bis sie wieder auszogen und Dominic mir das Ganze beichtete.«

»Hat Dominic Ihnen den Namen des dritten Studenten verraten?«

»Dazu kam es nicht mehr. Dominic lud gerade sein Auto ein und wollte so schnell wie möglich los, als ich ihn dort antraf. Ich wollte das Haus auf mögliche Schäden überprüfen. Ich bestätigte ihm, dass alles in Ordnung war, wir schüttelten uns die Hände und verabschiedeten uns. Das war alles.«

Robyn schürzte die Lippen. »Ich hätte gerne sämtliche Kontaktdaten, die Sie haben, wenn Ihnen das nichts ausmacht.«

»In meinen E-Mails habe ich die leider nicht. Aber ich werde Sie scannen und ihnen zusenden lassen. Meine Sekretärin müsste noch im Büro sein. Ist es in Ordnung, wenn ich sie kurz anrufe?«

Robyn bedeutete ihm ihre Zustimmung. Dev hob sein Smartphone an und las die Nachricht, die er bekommen hatte. Dann wählte er eine Nummer, bat um die geforderten Unterlagen, legte das Handy zurück auf den Tisch und fragte: »War das dann alles, DI Carter?«

»Es beunruhigt mich ein wenig, Mr. Khan, dass sie keinerlei Daten über diesen dritten Studenten haben, der ihr Haus gemietet hatte. Ich möchte sie gerne daran erinnern, dass sie auch die Kontaktdaten von Joanne Hutchinson nicht korrekt erfasst hatten.« Robyn lehnte sich zurück und verschränkte die Arme.

»Ich leugne nicht, dass das ein Fehler war, DI Carter. An manchen Tagen habe ich einfach zu viel um die Ohren, und dann entgeht mir hin und wieder etwas. Aber keines dieser Missgeschicke ist ein Verbrechen, und ich habe versucht, Ihnen so gut ich kann zu helfen.« Der Mann war aalglatt, redegewandt und ging ihr gehörig auf die Nerven.

»Hätte sich nicht Ihr Bruder um die Überprüfung der Studenten kümmern können? Immerhin gehört Ihnen das Immobilienunternehmen gemeinsam.«

Dev lächelte und schüttelte den Kopf. »Er hat mit den Supermärkten schon genug zu tun. Die sind über das ganze Land verteilt. Er ist noch beschäftigter als ich. Ich verbringe viel mehr Zeit in Manchester als er, daher liegt es in meiner Verantwortung, mich um die Objekte hier zu kümmern.« Robyn zuckte leicht die Achseln und gab Mitz damit zu verstehen, dass er sich zu ihnen gesellen und an der Befragung teilnehmen sollte.

»Mr. Khan, eine Truhe wurde in Auftrag gegeben und dann zur 13 Edgar Street liefern lassen. Haben Sie diese Bestellung aufgegeben?«

»Warum sollte ich das tun? Nein, das war nicht ich.« Er blickte Mitz einen Moment lang nachdenklich an. »Ich verstehe. Es geht um die Truhe, die sie in der Selfstorage-Einheit gefunden haben, nicht wahr? Ich kann mit hundertprozentiger Sicherheit sagen, dass ich weder eine Truhe gekauft, gemietet oder bestellt habe, noch habe ich eine an diese Adresse liefern lassen, und auch sonst nirgendwohin, übrigens. Es wäre auch ziemlich verrückt, so eine Truhe für eine Leiche zu einer meiner eigenen Immobilien schicken zu lassen, und irgendetwas – besonders eine Leiche – in meinem eigenen Lagerhaus zu verstecken. Und eines kann ich Ihnen versichern: So verrückt bin ich nicht.« Sein Ton wurde eisig.

»Ist Ihnen in dem Haus je eine solche Truhe aufgefallen?«

»Wenn das so wäre, hätte ich es bereits erwähnt. Mir ist nie irgendeine Truhe aufgefallen, bis zu dem Tag, an dem Sie dieses arme Mädchen gefunden haben. Sind Sie nun zufrieden?«

»Sie müssen zugeben, Sir, dass es ein ziemlich großer Zufall ist, dass so eine Truhe ausgerechnet an eines Ihrer Häuser geliefert wurde und genau eine solche Truhe in einer Ihrer Selfstorage-Anlagen gefunden wurde«, sagte Mitz völlig unbeeindruckt von dem frostigen Blick, mit dem Dev ihn musterte. Er fuhr einfach mit seinen Fragen fort.

»Wir suchen noch immer nach Mrs. Joanne Hutchinson, und da Sie ja nun einmal eine der wenigen Personen sind, die diese Frau zu Gesicht bekommen haben, habe ich mich gefragt, ob Sie uns noch ein wenig mehr über Sie erzählen könnten?«

»Nein. Ich habe Ihnen bereits alles gesagt. Ich würde sie sofort wiedererkennen, wenn ich ihr begegnen würde, aber mehr kann ich Ihnen nicht sagen, da sie uns ja leider einen falschen Namen und eine falsche Adresse genannt hat.« Er hob einen Finger. »Eine Sache fällt mir noch ein. Sie erwähnte eine Broschüre über unsere Anlage, so hat sie uns gefunden. Das hatte ich ganz vergessen. Diese Broschüren werden in ganz Staffordshire verteilt. Wir versenden sie mit der Post, sie hätte sie also überall in Staffordshire erhalten können.«

Mitz machte sich eine Notiz. »Vielen Dank, Sir.«

»Wie ich eben schon sagte, ich hätte absolut verrückt sein müssen, um eine Truhe, eine Leiche oder Drogen in einem meiner eigenen Lagerhäuser zu verstecken. Es ist reiner Zufall, dass so eine ähnliche Truhe an eines meiner Mietshäuser geliefert wurde. Ich habe achtundvierzig Lagerhäuser, fünfzehn Mietshäuser, zwanzig Supermärkte und eine Reihe von anderen kleinen Geschäften. Auf irgendeine Art und Weise habe ich Verbindungen zu der Hälfte der Menschen, die hier in der Umgebung wohnen. Und Zufälle passieren. Sind wir uns da einig oder muss ich meinen Anwalt hinzuziehen?«

Mitz schüttelte den Kopf. »Das wird nicht nötig sein. Und noch einmal fürs Protokoll, können Sie mir sagen, wo Sie am Freitag, dem Dreizehnten waren?«

Dev schnaubte. »Geben Sie mir eine Sekunde.« Er griff nach seinem BlackBerry und neigte den Kopf, um in seinem Kalender nachzusehen. »Um zehn war ich in Manchester bei einer Grundstücksbesichtigung, nachmittags habe ich der Selfstorage-Anlage in Bradford einen Besuch abgestattet und Bewerbungsgespräche für die Position des Sicherheitschefs dort geführt. Um sechs war ich fertig, bin nach Hause und dann ins Fitnessstudio gefahren. Dort habe ich zwei Stunden lang trainiert, bin dann nach Hause zurückgekehrt, habe noch ein paar E-Mails beantwortet und bin ins Bett gegangen.«

»Und es gibt Leute, die bezeugen können, dass Sie im Fitnessstudio waren?«

Dev nickte bestätigend.

»Darf ich Sie fragen, wann Sie das letzte Mal in Ihrem Lagerhaus in Rugeley waren?«

»Das war, als ich das letzte Mal mit Ihnen gesprochen habe, Officer Patel. Seitdem war ich nicht mehr in dieser Gegend. Ich stecke bis zum Hals in Arbeit. Meine Sekretärin kann Ihnen sicherlich sagen, wo ich mich seitdem genau aufgehalten habe, falls Sie diese Information benötigen. Sind wir hier dann fertig? Ich würde es heute Nachmittag wirklich gerne noch nach Milton Keyes schaffen. Und es wird langsam spät.«

Robyn hatte keine Gründe, ihn noch länger dazubehalten, also schob sie ihren Stuhl zurück und streckte ihm ihre Hand hin. »Wir sind Ihnen sehr dankbar für Ihre Hilfe, Mr. Khan. Vielen Dank, dass Sie uns ihre kostbare Zeit geschenkt haben.«

Auch Dev erhob sich. Er steckte seine Smartphones wieder ein und reichte ihr die Hand, ein sardonisches Lächeln auf den Lippen. »Es war mir ein Vergnügen. Wenn Sie mich das nächste Mal brauchen, DI Carter, hetzen Sie mir nicht Ihren Sergeant auf den Hals. Rufen Sie mich einfach an.«

Robyn ließ sich zurück auf ihren Stuhl fallen. Es war spät, genau wie Mr. Khan gerade gesagt hatte. Ihr Team war erschöpft und es gab nicht mehr viel, was sie hier noch tun konnten. Als Dev den Raum verlassen hatte, sagte sie: »Sie und Anna sollten nach Hause gehen. Wir arbeiten alle besser, wenn wir gut erholt sind. Sie haben morgen beide frei, nicht wahr?«

Mitz nickte. »Es macht mir aber nichts aus, trotzdem herzukommen, Boss. Ich möchte den Täter finden.«

Robyn schenkte ihm ein Lächeln. »Das weiß ich. Das wollen wir alle. Gönnen Sie sich eine Pause und kommen Sie am Montag frisch und erholt wieder. Matt und Dave sind morgen hier. Wir kümmern uns um alles.«

»Okay, Boss. Lassen Sie mich wissen, wenn Sie mich doch brauchen.« Sie winkte ihm zum Abschied. Dann starrte sie ins Leere und überdachte ihre Entscheidung, Mitz loszuschicken, um Dev Khan herzubringen. Sie musste zugeben, dass sie da etwas übers Ziel hinausgeschossen war. Die Verärgerung in Dev Khans dunklen, funkelnden Augen war unmissverständlich gewesen – in seinem Blick hatte eine Mischung aus Verachtung und Gereiztheit gelegen. Und die Beweise, die sie gegen ihn in der Hand hatten, waren dürftig. Sie stützte ihren Kopf in die Hände. Sie war so darauf versessen, endlich jemanden für die Morde hinter Gitter zu bringen, dass sie Siobhans Leben gefährden könnte, wenn sie nicht ein wenig vorsichtiger war. Wenn es sich bei Khan um den Täter gehandelt und Siobhan sich in seiner Gewalt befunden hätte, dann hätte ihr Verhalten durchaus dazu führen können, dass er vorschnell handelte und ihr etwas antat. Sie gähnte und rieb ihren schmerzenden Nacken. Auch sie brauchte eine kleine Pause. Seit sie Carrie Millers Leiche gefunden hatten, hatte sie kaum ein Auge zugemacht.

Anna klopfte an die Tür.

»Entschuldigen Sie, Boss. Bei Fox or Dog ist leider nichts herausgekommen. Ich habe mit Samantha Dancer und Jade North gesprochen. Keine der beiden kennt diese App. Carrie und Amber haben sie nie erwähnt. Ich habe mir auch Siobhans Facebook-Account angesehen und sie ist der Facebook-Seite von Fox or Dog nicht gefolgt. Ich habe alle Seiten, denen die Mädchen gefolgt sind, miteinander abgeglichen, und es ist eine bunte Mischung, von Schönheitsprodukten bis hin zu Handyspielen ist alles dabei. Wie ich vorhin schon sagte, gab es bei den gefolgten Seiten einige Überschneidungen. Ich fürchte, dass beide der Seite dieser Dating-App gefolgt sind, ist doch nicht der Durchbruch, den wir uns zuerst erhofft hatten.«

Robyn schüttelte den Kopf. »Schade. Schien so vielversprechend. Irgendwelche anderen Seiten, die uns weiterhelfen könnten?«

»Nichts Auffälliges. Jade meinte, es seit ganz normal, diese Seiten relativ willkürlich zu liken. Sie werden einem von Facebook vorgeschlagen, und man kann sie auch einfach nur liken, weil sie einem interessant vorkommen. Sie sagte, Carrie habe es nicht nötig gehabt, so eine App zu verwenden. Sie war so schon beliebt genug.«

»Stimmt. Da hat sie recht. Okay. Danke, dass Sie das alles durchgesehen haben. Ich sehe Sie dann am Montag. Machen Sie sich einen schönen freien Tag.«

Als Anna die Tür hinter sich geschlossen hatte, erhob sich Robyn von dem harten Stuhl. Sie würde in ihr Büro zurückkehren und dort eine Liste an Aufgaben für David und Matt hinterlassen. Morgen würde sie versuchen, sich ein wenig zu entspannen. Ihr Körper konnte ein wenig Erholung wahrlich gebrauchen.

43

TAG SIEBEN – SONNTAG, 22. JANUAR

Amélie hatte Robyn eine Nachricht geschrieben, in der stand, dass sie dringend mit ihr sprechen müsse. Robyn hatte den Morgen im Fitnessstudio verbracht und war gerade erst nach Hause gekommen. Ihre Spannungskopfschmerzen waren über Nacht so schlimm geworden, dass sie es für nötig befunden hatte, sich drei Stunden lang richtig auszupowern. Es hatte sich gut angefühlt, die volle Kontrolle über ihren Körper zu haben. Ihr verletzter Hüftstreckmuskel wurde langsam wieder stärker, und Robyn schrieb das unangenehme Gefühl in ihren Beinen schlicht der Tatsache zu, dass sie zu lange nicht mehr trainiert hatte, statt eine Verletzung in Betracht zu ziehen. Es waren einige sehr harte Tage gewesen und sie hatte ihr regelmäßiges Training vermisst. Die Endorphine, die während des Trainings ausgeschüttet wurden, waren genau die Medizin, die sie benötigte.

In dem Bewusstsein, wie locker ihre Jeans mittlerweile auf ihren Hüften saß, warf sie sich ein paar Nüsse und Rosinen in den Mund, bevor sie Amélie anrief. Sie nahm sofort ab.

»Hey, was gibt's?«

»Mum meint, es wäre nur eine Kleinigkeit, aber das stimmt nicht. Ich habe mich mit Florence gestritten.«

»Und hast du versucht, dich mit ihr auszusprechen?«

»Sie weigert sich mit mir zu reden. Ich habe ihr Nachrichten geschrieben und versucht sie anzurufen, aber sie geht einfach nicht ran.«

»Wart ihr nicht letztes Jahr schon einmal in einer solchen Situation, als Florence sauer war wegen irgendeines Jungen?«

»Das hier ist was anderes. Es kam ganz plötzlich. Am Freitag haben wir über einen unserer Lehrer geredet, Mr. Chambers, und sie wurde auf einmal richtig zickig zu mir. Ich habe Witze gemacht und herumgealbert, habe gesagt, dass sie auf ihn steht, aber als ich mich dafür entschuldigen wollte, ist sie ausgerastet. Und sie beschimpfte mich. Das tut sie sonst nie. Sie meinte, ich würde immer nur an mich selbst denken und dass sie die Nase voll davon hat, mit mir befreundet zu sein. Sie sagte, sie habe genug davon, dass ich immer die Schlaue bin und sie die Dumme. Und wie sie mich angesehen hat ... als würde sie mich hassen.«

»Also ging es in diesem Streit um den Lehrer oder darum, dass sie denkt, sie wäre nicht so intelligent wie du?«

Amélies Worte waren unverständlich und abgehackt. Robyn hörte geduldig zu, während das Mädchen versuchte, ihre Sorgen in Worte zu fassen.

»Ich war die Beste in einem Englischtest, und ich wusste das da noch nicht, aber Florence war die Schlechteste. Sie hat sich das wirklich zu Herzen genommen, und ich habe es nicht einmal gemerkt. Das macht mich zu einer schlechten Freundin, oder?«

»Deine Mum hat recht mit dem, was sie gesagt hat. Du und Florence seid schon seit Ewigkeiten beste Freundinnen. Sie wird darüber hinwegkommen. Bald seid ihr wieder Freunde.«

»Nein, sind wir nicht. Sie hasst mich wirklich. Könntest du nicht mal für mich mit Florence reden? Sie ignoriert meine

Anrufe und Mum sagt garantiert nein, wenn ich sie darum bitte, Florence anzurufen. Kannst du ihr sagen, dass es mir wirklich leidtut?«

Robyn verzog das Gesicht. Sie hatte keine Ahnung, wie sie mit den beiden Mädchen umgehen sollte. Die ganze Sache kam ihr ziemlich belanglos vor, aber sie konnte es nicht ertragen, dass Amélie so traurig war.

»Wie wär's damit: Ich mache morgen einen Abstecher zur Delia Marsh, um dich abzuholen, damit du nicht den Bus nehmen musst, und dann treffe ich ganz *zufällig* auf Florence? Ich könnte so tun, als wüsste ich nicht, dass zwischen euch etwas vorgefallen ist, und biete ihr an, sie nach Hause zu fahren. Und dann sehen wir weiter.«

»Das wäre super. Wir haben montags Erdkunde in der letzten Stunde. Das Klassenzimmer ist im Hauptgebäude. Wenn du in der Nähe des Eingangs wartest, dann komme ich erst nach Florence raus und dann hast du Zeit, um dich mit ihr zu unterhalten. Bitte überzeuge sie davon, mit mir zu sprechen.« Nun klang sie schon etwas hoffnungsvoller.

»Klar. So machen wir es. Wir sehen uns morgen. Falls etwas dazwischenkommen sollte, rufe ich dich an, dann kannst du ganz normal den Bus nehmen.«

»Danke, Robyn. Du bist die Beste.«

Robyn lächelte ihr Handy an. Amélie war fast wie eine Tochter für sie. Wenn ein Kind zu haben bedeutete, dass sie das gebrochene Herz eines kleinen Mädchens wieder zusammenflicken musste, dann würde sie das tun. Florence hatte sich in letzter Zeit sicherlich verändert, sowohl körperlich als auch was ihre Einstellung betraf. Sie war doch bestimmt nicht eifersüchtig auf ihre Freundin? Robyn erinnerte sich an den Abend im Kino zurück, an das Theater, das Florence veranstaltet hatte, als sie so tat, als hätte sie Bauchschmerzen, damit sie auf der Toilette ihr Handy benutzen konnte. Eine Liebesgeschichte musste die Quelle allen Übels sein. Sie würde versuchen müssen, Florence zum Reden zu bringen.

Eine neue Nachricht wurde auf dem Bildschirm angezeigt. Diesmal kam sie von Tom Shearer und darin stand lediglich: *Vergessen Sie nicht zu essen.* Sie warf sich die restlichen Nüsse in den Mund und kaute nachdenklich.

Sie ordnete ihre Post-its neu und musterte sie. Direkt vor sich hatte sie die Namen der drei Mädchen aufgereiht. Auf den neon-orangen Zetteln standen ihre Verdächtigen, auf den blauen Zetteln stand, wo diese lebten, und auf den pinken Zetteln hatte sie die Orte notiert, an denen Amber und Carrie gefunden worden waren. Sie öffnete auf ihrem Computer eine Karte der Umgebung und sah sie sich genau an, versuchte die Verbindung herzustellen, doch sie konnte sie einfach nicht greifen. Ihr Handy summte erneut und unterbrach ihre Konzentration. Die nervtötende Stimme am anderen Ende der Leitung ließ Robyn die Augen verdrehen.

»Dieses Mal möchte ich mich nicht beschweren. Aber Mr. und Mrs. Dalton wurden heute Morgen von BBC Radio Derby interviewt und ich habe vor, mit den beiden heute auch selbst noch ein Interview zu führen. Ich dachte, ich bin mal großzügig und informiere Sie vorher.«

»Amy, ich weiß, ich kann Sie nicht davon abhalten. Aber lassen Sie bitte Vorsicht walten.«

»Aus genau diesem Grund wollte ich gerne Ihre Meinung dazu hören. Mrs. Dalton hat im Radio gesagt, dass sie der Meinung ist, Amber sei von einem Serienmörder ermordet worden, und dann hat sie alle Eltern gewarnt und ihnen geraten, ihre Töchter nicht mehr aus den Augen zu lassen.«

Robyn stieß einen Laut der Verzweiflung aus. »Das ist genau die Art von Gerücht, von der ich nicht wollte, dass sie an die Öffentlichkeit dringt. Jetzt werden alle Eltern wahnsinnig vor Sorge sein. Können Sie da irgendwie Schadensbegrenzung betreiben?«

Amy schwieg eine Minute lang. »Was schlagen Sie vor? Das ist eine richtig große Story und ich finde nicht, dass wir das runterspielen sollten. So gefühllos das auch klingen mag, aber Serienmörder machen Auflage. Sie werden sich selbst dazu äußern müssen, wenn sie möchten, dass der Artikel in etwas neutralerem Ton gehalten wird.«

»Verflucht noch mal, Amy. Es führt kein Weg daran vorbei, oder?« Sie rieb sich die Schläfen. »Sie werden mit der Presseabteilung hier darüber sprechen müssen. Ich kann nicht persönlich Stellung nehmen.«

»Ist das so?«

»Ich fürchte, ja.«

»Jetzt mal ganz unter uns. Denken Sie, dass die Möglichkeit besteht, dass ein und dieselbe Person diese beiden Mädchen umgebracht hat?«

»Kein Kommentar.« Robyn wollte nur noch, dass Amy auflegte.

»Wollen Sie wissen, was ich denke? Ich denke, dass sie bezüglich dieser beiden Morde *tatsächlich* nur nach einer Person suchen, und ich hoffe sehr, dass ich da falschliege. Ein Wahnsinniger, der Jagd auf junge Mädchen macht, ist wirklich eine furchtbare Vorstellung. Ich werde nicht dazu in der Lage sein, das unter Verschluss zu halten, schon gar nicht jetzt, nachdem Mrs. Dalton ihre Bedenken live im Radio geäußert hat. Ich werde meinen Artikel nicht übermäßig aufbauschen, aber sie werden sehr schnell arbeiten müssen. Die Presse wird Ihnen im Nacken sitzen und ausnahmsweise werde einmal nicht ich die Meute anführen.«

Amy beendete das Telefonat und Robyn stieß einen schweren Seufzer aus. Die Einmischung der Presse konnte sie gerade nun wirklich nicht gebrauchen. Sie rief in der Dienststelle an und gab weiter, was Amy ihr gerade erzählt hatte. Ihr Handy klingelte. Sie fürchtete schon, es könnte Flint sein, doch es war Harry McKenzie. Er bestätigte ihre Befürchtungen.

»Robyn, ihre Vermutung scheint richtig gewesen zu sein. Ich habe mir Miss Millers Kopf noch einmal angesehen, ganz besonders die ausgefransten Hautränder auf ihrem Schädel, wo der Verwesungsprozess wirklich schon weit fortgeschritten ist. Bei einer genaueren Betrachtung, und vor allem, nachdem ich die Haut etwas weggekratzt und die verbliebenen Hautschüppchen entfernt hatte, kamen in den Hautschichten unter der Epidermis klare Linien zum Vorschein, die von der Schneide eines scharfen Messers stammen könnten. Außerdem habe ich auf Carrie Millers Schädel auch noch einige Kratzer gefunden, die auf den Röntgenbildern, die ich angefertigt hatte, nicht erkennbar waren. Offensichtlich hatten sie recht und es wurde ein Stück Haut von Carries Stirn entfernt. Und wenn ich mich nicht irre, hatte es die Form eines Rechtecks.«

Noch während sie sprachen, summte ihr Handy erneut und teilte ihr mit, dass ihr Vorgesetzter sie sprechen wollte. Sie beendete das Telefonat mit Harry und wählte Flints Nummer.

»Wir müssen uns unterhalten«, war alles, was er sagte. Sie seufzte und schnappte sich ihren Autoschlüssel.

Flint hatte extrem schlechte Laune. Nicht nur war sein Hals rot angelaufen, auch seine Wangen waren gerötet.

»Also, wer hat die Daltons dazu angestiftet?«, bellte er, sobald sie Platz genommen hatte.

»Soweit ich weiß, haben die Daltons das Ganze selbst organisiert und Kontakt zu dem Radiosender aufgenommen. Ich habe auf dem Weg hierher mit dem Moderator gesprochen. Sie hatten wohl Angst, dass noch andere Mädchen verschwinden könnten und wollten dafür sorgen, dass die Leute vorsichtiger sind.«

»Ich muss Ihnen ja wohl nicht sagen, dass wir es uns nicht leisten können, dass die Öffentlichkeit nun wegen eines Serienmörders in Panik gerät. Für die Presse ist das ein wahres Festmahl.«

»Da stimme ich Ihnen zu, Sir.«

»Ich muss darüber nachdenken, ob eine Pressekonferenz sinnvoll wäre.« Er sprach nun mehr mit sich selbst als mit Robyn. »Das ist eine Katastrophe. Haben Sie irgendetwas, mit dem ich die Öffentlichkeit etwas besänftigen kann?«

»Ich fürchte, nein. Tatsächlich habe ich erst vor einer halben Stunde mit Harry McKenzie gesprochen und bin mir nun sicher, dass wir es mit einem Serienmörder zu tun haben.«

Er stöhnte laut auf und lehnte seinen Kopf gegen die Lehne seines Stuhls. »Sprechen Sie weiter«, ächzte er.

Sie erzählte ihm von dem fehlenden Stück Haut auf Ambers Stirn, und dass sie auch auf Carries Stirn Schnitte und Kratzer gefunden hatten, die darauf hindeuteten, dass auch dort ein Stück Haut entfernt worden war. Sie fügte noch hinzu, dass beide Leichen gefroren gewesen waren und wiederholte ihre Vermutung.

»Ich fürchte, wir werden die Wahrheit sagen müssen. Eine solche Geschichte können wir der Öffentlichkeit nicht vorenthalten. Ich werde für morgen eine Pressekonferenz anberaumen lassen. Es wäre sehr hilfreich, wenn Sie einen weiteren Verdächtigen auftreiben könnten.«

»Wir geben uns die größte Mühe. Wir ermitteln in alle Richtungen, und wir werden den Verantwortlichen dingfest machen.«

Einen Moment lang saß er nur bewegungslos in seinem Stuhl, dann nickte er. »Ich werde mit den Leuten aus der Presseabteilung sprechen. Mal sehen, wie wir diese Sache am besten angehen. Ich finde, Sie sollten sich für diese Geschichte mit Tom Shearer zusammentun. Wir brauchen schnelle Ergebnisse.«

»Mit allem Respekt, Sir, aber seit Beginn dieser Ermittlung gab es jede Menge Informationen zu verarbeiten und Leute zu befragen. Am Anfang hatte ich nur sehr wenig Unterstützung und ich glaube, dass wir seitdem in alle Richtungen ermittelt, Verdächtige ausgeschlossen und einige Fortschritte gemacht haben. Wir haben es hier mit einem wirklich verschlagenen Täter zu tun – er ist schlau genug, um sämtlichen Überwachungskameras aus dem Weg zu gehen, falsche Namen zu verwenden und junge Mädchen zu entführen, ohne dabei gesehen zu werden. Ich bin mir sicher, dass wir bald auf den entscheidenden Hinweis stoßen werden. Das werde ich persönlich sicherstellen, und zwar so schnell wie möglich. Es würde nur unseren Fortschritt behindern, wenn Sie uns nun neue Beamte zuteilen würden, die wir zuerst auf den Stand der Dinge bringen müssten. Ich würde es bevorzugen, wenn Sie mich diese Ermittlungen auf meine Weise leiten lassen würden.«

Sie sah, wie sich sein Kiefer an- und dann wieder entspannte. Er musterte sie genau, während sie aufrecht auf ihrem Stuhl saß und seinen Blick erwiderte.

»Okay.«

»Ich danke Ihnen, Sir.«

»Finden Sie diese Person, DI Carter. Und zwar schnell, bevor ich es mir wieder anders überlege.«

David und Matt waren im Büro. Beide sahen erschöpft aus.

»Wir haben Sie heute nicht erwartet, Boss«, sagte Matt.

»Die Sache wird langsam heiß, Matt. Wir müssen schneller arbeiten.« Sie informierte die beiden über die neuesten Entwicklungen.

»Finden Sie die Studenten, die dieses Haus von Dev Khan gemietet haben, ja? Vielleicht können Sie uns weiterhelfen. David, wir müssen unbedingt Siobhan Connors finden. Sagen Sie Bescheid, wenn Sie irgendetwas haben.«

Sie klemmte sich hinter ihren Schreibtisch, wo sie einmal

mehr ihre Post-its neu anordnete: zuerst Carrie, daneben Amber und darunter Siobhan. Carrie hatte Siobhan dieselbe Nachricht geschrieben, die sie Amber geschickt hatte: *Du scheinst mir sehr ähnlich zu sein. Ich hoffe, wir können uns bald kennenlernen.* Wenn der Killer diese Nachricht geschrieben hatte, befand sich Siobhan in größter Gefahr. Robyn dachte über die mögliche Bedeutung dieser Nachrichten nach. Vielleicht wollte der Absender all diese Mädchen im Tod vereinen.

Sie konnte sich nicht auf ihre Aufgabe konzentrieren. Es gab zu viele lose Enden, die sich einfach nicht verbinden ließen. Davies hätte ihr bestimmt sagen können, wie sie es angehen musste. Die Post-its reichten einfach nicht aus. Wie sehr sie ihn vermisste. Er hätte ihr geduldig zugehört, während sie ihn mit allen möglichen Ideen bombardierte, und dann hätte er ihr dabei geholfen, diese Gedanken zu sortieren. Sie brauchte ihn gerade mehr denn je. Das hier war der verworrenste Fall, an dem sie je gearbeitet hatte, und sie hatte niemanden, der ihr dabei helfen konnte, die richtigen Schlüsse zu ziehen. Sie hatte Verdächtige vernommen, nur um dann herauszufinden, dass sie überhaupt nichts mit der Sache zu tun hatten. Sie war überall herumgerannt und hatte Leute befragt, und dennoch hatte sie noch immer nichts vorzuweisen. Und das alles, während der Killer noch immer irgendwo da draußen war.

Mit einem schweren Seufzen schnappte sie sich den Obduktionsbericht vom Tisch. Sie hatte eine Aufgabe zu erledigen. Diese jungen Frauen, deren Namen sich auf ihren Post-its wiederfanden, brauchten sie. Und es galt, einen Killer zu schnappen.

44

TAG ACHT – MONTAG, 23. JANUAR

Die Delia-Marsh-Schule in Uttoxeter befand sich auf einem weitläufigen Grundstück und bestand aus mehr als zwanzig verschiedenen Gebäuden. Robyn behielt den Haupteingang im Auge und wartete darauf, dass sich dort etwas tat.

Florence und Amélie besuchten diese Schule nun schon seit achtzehn Monaten und waren in der achten Klasse. Amélie genoss die Herausforderungen, die der Unterricht dort ihr bot, und auch die große Auswahl an verschiedenen Fächern. Robyn hatte kleine Veränderungen an ihr festgestellt – ihre Prioritäten schienen sich verschoben zu haben, und sie verhielt sich auch etwas anders. Sie wurde schnell erwachsen, genau wie Florence, und Florence war der Grund, warum Robyn nun an einem bitterkalten Nachmittag im Januar vor dieser Schule stand, statt in ihrem Büro zu sitzen, wo sie hingehörte.

Matt hatte herausgefunden, wo die Studenten, die Dev Khans Haus gemietet hatten, mittlerweile lebten, und sie hatte Mitz dorthin geschickt, um sie zu befragen. Die anderen Mitglieder ihres Teams waren mit diversen anderen Aufgaben beschäftigt, von denen sie sich verzweifelt erhoffte, dass sie ihnen endlich einen neuen Verdächtigen verschaffen und sie, was noch viel wichtiger war, endlich zu Siobhan Connors führen würden.

Sie wölbte ihre Hände vor dem Mund und blies hinein. Eine laute Glocke ertönte und verkündete das Ende des Unterrichts. Nach und nach strömten Schüler aus dem Gebäude und schon bald erspähte sie in der Menge Florence, die ihre wilde Mähne hinten zusammengebunden hatte. Sie rief ihren Namen. Doch Florence, ihre Schultasche an die Brust gedrückt, reagierte nicht.

»Florence.« Robyn positionierte sich so, dass das Mädchen sie sehen musste, bevor es das Tor erreichte.

»Oh, hey. Was machst du denn hier?« Ihre Stimme klang angespannt.

»Ich bin hier, um Amélie abzuholen.«

Florence schien nicht zu wissen, wie sie darauf antworten und wohin sie ihren Blick wenden sollte. Schüler drückten sich an ihnen vorbei, darauf versessen, einen der wartenden Busse zu besteigen und den Schultag hinter sich zu lassen. »Soll ich dich auch mitnehmen? Dann musst du nicht den Bus nehmen.«

Florence' Haare hüpften, als sie den Kopf schüttelte. »Das ist schon okay. Es macht mir nichts aus, den Bus zu nehmen.«

»Aber in meinem Auto ist es gemütlicher und du bist früher zu Hause.« Robyn bereute ihre Worte sofort. Sie ging völlig falsch an die Sache heran. Da hatte sie jahrelange Erfahrung als Ermittlerin bei der Polizei vorzuweisen, und sie konnte sich nicht einmal anständig mit einem dreizehnjährigen Mädchen unterhalten. Sie seufzte. »Die Wahrheit ist, dass Amélie mich gebeten hat, mit dir zu sprechen.«

Florence drückte ihre Tasche noch ein wenig fester an ihre Brust.

»Es macht sie wirklich fertig, was zwischen euch vorgefallen ist. Es scheint ein alberner Anlass zu sein, um sich so zu zerstreiten.«

Ein Muskel in ihrem Kiefer begann zu zucken. »Was hat sie dir denn erzählt?«

»Dass sie herumgealbert und einen blöden Kommentar darüber gemacht hat, dass du einen der Lehrer toll fändest. Und dass sie eine furchtbare Freundin ist, weil sie sich keine Gedanken darüber gemacht hat, wie du dich fühlst.«

Florence schob trotzig das Kinn vor. »Robyn, das hier ist eine Sache zwischen Amélie und mir. Sie hätte dich da nicht mit reinziehen dürfen. Das zeigt nur, wie kindisch sie immer noch ist. Sie kann damit allein nicht umgehen.«

»Zu ihrer Verteidigung muss ich sagen, dass sie das ja wohl versucht hat. Sie sagt, dass du dich weigerst, ihre Anrufe entgegenzunehmen.«

»Wie auch immer. Ich möchte nicht mehr mit ihr abhängen. Das ist alles. Mehr gibt es dazu nicht zu sagen.«

»Aber warum, Florence?«

»Weil es an der Zeit ist, dass mein eigenes Ding mache und nicht mehr nur Amélies Schatten bin. Es wäre schon schwer genug, ich zu sein, wenn meine beste Freundin nicht jemand wie sie wäre. Ich brauche meinen Freiraum. Ich muss herausfinden, was ich für ein Mensch bin, wenn ich allein bin. Wie es eigentlich ist, *ich* zu sein. Verstehst du das?«

Robyn konnte das nicht ganz nachvollziehen, aber es ließ sich nicht leugnen, dass Florence in dieser Sache nicht nachgeben würde. »Ich verstehe das, aber musst du sie denn so abservieren? Sie war sechs Jahre lang deine beste Freundin. Das ist eine enge Freundschaft, der du da den Rücken zukehrst. Ich habe mit ihr darüber gesprochen, und sie ist bereit, dir deinen Freiraum zu geben und sich nur hin und wieder mit dir zu treffen. Das ist besser, als sie ganz aus deinem Leben zu streichen.«

Florences Augenlider flatterten. »Ich habe meine Entscheidung getroffen. Es ist für uns beide an der Zeit, neue Freunde zu finden.« Ihre Worte klangen wie einstudiert. »Ich muss jetzt zum Bus. Sag Amélie, dass es mir leidtut.«

»Du solltest ihr das selbst sagen. Du siehst sie jeden Tag. Sie fühlt sich wirklich schrecklich, Florence.«

»Dann weiß sie ja jetzt, wie ich mich oft fühle.«

Sie blickte Robyn traurig an, schob sich an ihr vorbei und stieg in einen Bus auf der anderen Seite des Tores. Amélie kam hinter einer Gruppe von Teenagern aus dem Schulgebäude. Sie entdeckte Robyn und winkte ihr zu. Robyn legte ihr einen Arm um die Schultern und gemeinsam machten sie sich auf den Weg zu ihrem Auto.

45

KAPITEL FÜNFUNDVIERZIG

Es war schon nach sieben, als Robyn endlich nach Hause kam. Wie immer wirkte das Haus völlig leblos. Wenn sie ihr Zuhause mit jemandem teilen würde, wäre das ganz anders. Ihre Gedanken wanderten wieder zu Davies. Selbst wenn er nicht da war, hatte sie seine Anwesenheit jederzeit spüren können. Das Kissen hatte nach seinem Aftershave gerochen und irgendwie hatte sich das ganze Haus viel heimeliger angefühlt, viel lebendiger. Wie sehr sie ihn vermisste.

Sie sollte sich wirklich eine Katze zulegen. Dann hätte sie wenigstens ein Lebewesen um sich, mit dem sie ihr Leben teilen und um das sie sich kümmern könnte. Das war genau das, was sie brauchte. Shearer hatte recht gehabt, sie waren tatsächlich wie zwei Seiten einer Münze. Ihre Arbeit war das einzige, das sie antrieb. Sie starrte auf die Eieruhr aus Keramik, die Davies für sie gekauft hatte. Er hatte seine Frühstückseier immer exakt drei Minuten lang gekocht. Er hatte es lustig gefunden, ihr diese Eieruhr zu schenken, nachdem sie sie eines Morgens einmal etwas zu lang gekocht hatte. Seit seinem Tod hatte sie sie nicht mehr verwendet. Sie nahm die Uhr in die Hand und wischte mit ihrem Ärmel den Staub weg, der sich darauf abgesetzt hatte, dann machte sie sich etwas zu essen und setzte sich damit an den Küchentisch. Während sie aß, ging sie noch einmal ihre Unterlagen durch.

Sie überdachte die möglichen Szenarien. Sowohl Carrie als auch Amber waren in Derby zur Schule gegangen. Die Leichen beider Mädchen waren eingefroren worden, bevor der Täter sie dann irgendwo anders versteckt hatte. Und allem Anschein nach hatte der Mörder bei beiden Mädchen ein Stück Haut entfernt. Hatte Joanne Hutchinson sie umgebracht? Und falls das so war, was war der Grund dafür? Robyn spießte mit ihrer Gabel ein wenig Salat auf. Sie brauchte mehr Informationen. Die Hinweise, auf die sie bisher gestoßen waren, waren nur bruchstückhaft und es gab noch viel zu viele lose Enden.

Auf dem Tisch summte ihr Handy.

»Jade North hat gerade noch einmal hier angerufen.« Annas Stimme zitterte leicht. »Sie hat da etwas für uns.«

Robyn ließ ihre Gabel auf den Teller fallen.

»Nachdem ich ihr von der Facebook-Seite von Fox or Dog erzählt hatte, hat sie ein wenig über Carrie nachgedacht und da ist ihr noch etwas eingefallen, das uns vielleicht weiterhelfen könnte. Es tut ihr sehr leid, dass ihr das nicht früher eingefallen ist. In der Nacht, in der Carrie sie anrief, um ihr zu sagen, dass sie von zu Hause weggelaufen war, konnte Jade eine Lautsprecheransage im Hintergrund hören, wegen der Carrie ihr Gespräch einen Moment lang unterbrach. Sie glaubt, dass Carrie von einem Bahnhof aus bei ihr angerufen hat. Denken Sie, dabei könnte es sich um den Bahnhof in Derby handeln?«

»Können wir die Aufnahmen der Überwachungskameras am Bahnhof von dieser Nacht auftreiben? Das ist ja schon eine Weile her.«

»Ich habe sie bereits angefordert. Außerdem habe ich von Carries Mobilfunkanbieter eine Liste ihrer Anrufverbindungen erhalten. Ich kann also genau nachvollziehen, zu welcher Zeit sie bei Jade angerufen hat. Dann kann ich nachsehen, welche

Züge zu dieser Uhrzeit oder kurz darauf in Derby gehalten haben. Das hilft uns natürlich nur, wenn sie auch einen dieser Züge genommen hat und nicht auf einen späteren wartete.«

»Das Risiko ist es mir wert. Es wäre perfekt, wenn sie auf den Aufnahmen der Bahnhofskameras zu sehen wäre. Dann kann ich jemanden mit einem Foto von ihr dorthin schicken, um herauszufinden, ob sich dort jemand an sie erinnert. Das halte ich zwar für eher unwahrscheinlich, aber im Moment können wir nichts weiter tun.«

Eine weitere Information, deren Nachverfolgung ihre Zeit in Anspruch nehmen würde. Am Ende könnte es auch nur in eine Sackgasse führen. Sie dachte kurz nach. Carrie könnte auch einen Zug genommen haben, der aus Derby kam. Ein Hoffnungsschimmer.

»Amber lebte in Tutbury, oder? Gibt es einen Bahnhof in der Nähe ihres Hauses?«

Robyn hielt den Atem an und lauschte auf die Klickgeräusche von Annas Computermaus.

»Es gibt dort einen kleinen Bahnhof, Tutbury and Hatton. Da gibt es weder einen Fahrkartenschalter noch eine Bahnhofshalle oder Toiletten. Er liegt an der Bahnlinie von Crewe nach Derby und es halten stündlich Züge dort. Von dort aus braucht man ungefähr achtzehn Minuten nach Derby. Und«, sagte Anna mit hörbarer Befriedigung in der Stimme, »vom Haus der Daltons braucht man zu Fuß nur zehn Minuten dorthin.«

»Ich nehme an, dass die Derbyshire Police im Zuge ihrer Ermittlungen zu Ambers Verschwinden die Möglichkeit, dass sie einen Zug genommen haben könnte, bereits in Betracht gezogen hat.«

»Das stimmt. Niemand am Bahnhof Tutbury and Hatton hat sie dort gesehen.»

»Vielleicht bin ich da auf der falschen Spur. Okay, danke, Anna. Wir sehen uns morgen.«

Robyn nahm ihre Gabel vom Teller, trug dann beide zum

Spülbecken und stellte sie hinein. Sie machte sich viel zu viele Gedanken über diesen Fall. Aber irgendwie erschien ihr dieser Bahnhof wichtig. Sie klappte ihren Laptop auf und sah nach, welche anderen Bahnhöfe an der Linie von Derby nach Crewe lagen. Insgesamt gab es acht. Der erste Halt war Tutbury and Hatton. Der zweite war Uttoxeter.

Carrie, Amber und Siobhan waren nicht nur übers Internet miteinander verbunden, sondern auch durch diese Bahnlinie.

46

TAG NEUN – DIENSTAG, 24. JANUAR

Der nächste Morgen hielt weitere Neuigkeiten für sie bereit. Matt Higham wartete mit einer Liste aller Personen auf, die bei den diversen B&Q-Filialen in der Umgebung Transporter ausgeliehen hatten.

»Auf dieser Liste sind insgesamt siebzehn Frauen, aber keine davon heißt Joanne. Kann ich denn nicht einfach mal Glück haben?«

»Sie haben doch nicht wirklich erwartet, dass es so einfach wird, oder Matt? Joanne hat sicherlich einen anderen Decknamen verwendet.«

»Natürlich nicht, Boss. Tut mir leid. Ich bin heute ein wenig empfindlich, weil Poppy die ganze Nacht geschrien und Mrs. Higham mich dazu gezwungen hat, aufzustehen und die Kleine zu füttern und zu wickeln.«

»Mrs. Higham, was? Sie müssen wirklich sehr schlechte Laune haben.«

Er stieß einen tiefen Seufzer aus, der sich anhörte wie das Pfeifen eines alten Teekessels. »Da haben Sie verdammt recht. Das ist schon die dritte Nacht in Folge, in der ich kaum ein Auge zubekommen habe. Es ist eine wahre Tortur.«

»Wie wär's, wenn Sie freiwillig eine Nachtschicht einlegen und sich in einem der Vernehmungsräume aufs Ohr legen?«

»Sie haben ja keine Ahnung, wie verführerisch sich das anhört.« Er hackte auf seine Tastatur ein, stöhnte und tippte weiter. »Ich habe alle Namen durch unsere Datenbank gejagt und sieben davon könnten als diese Frau infrage kommen. Ich werde mit jeder davon sprechen.«

»Gute Arbeit, Matt.«

Mitz schlenderte herein, eine Tupperdose in der Hand. »Meine Mum hat gekocht. Die hier sind für uns.« Er öffnete die Dose und ein paar klebrige, frittierte, zuckrige Teigbällchen kamen zum Vorschein. »Sie ist ein wenig übers Ziel hinausgeschossen, als sie *Gulab Jamun* gemacht hat.« Er reichte die Dose an David, der ihm am nächsten war.

»Was sind das für Bällchen?« David steckte seine Hand in die Dose und nahm eines davon heraus. Dann biss er hinein, kaute und brummte anerkennend.

»Eine Art süßer Milchknödel. Meine Mum fügt noch ihre Geheimzutat hinzu, und ihre sind wirklich die allerbesten.«

David schluckte und wedelte mit dem Rest des Bällchens in seiner Hand umher. »Die sind köstlich.«

»Boss?«

»Danke.« Robyn trennte zwei zusammenklebende Teigbällchen voneinander und probierte. Sie schmeckten sehr süß und machten Lust auf mehr.

»Ihre Mutter ist wirklich ein Schatz.«

Mitz' Mutter war dafür bekannt, dass sie oft kleine Köstlichkeiten für das Team zubereitete. Manchmal kam sie sogar selbst vorbei und brachte ihnen eine Kleinigkeit, wenn sie mal wieder bis spät in die Nacht ackern mussten. Sie behauptete dann immer, sie habe zu viel gekocht. Eine perfekte Mutter.

»Was gibt's denn für einen Anlass? Sie hat die doch sicherlich nicht nur für uns gemacht.«

Mitz grinste. »Sie hat mitbekommen, dass ich ein zweites

Date mit einer Frau habe, und da war sie ganz aus dem Häuschen. Daher hat sie zur Feier des Tages gekocht.«

»Ein zweites Date. Wow! Das ist wirklich ein Grund zum Feiern. Also, was ist das für eine Frau?« Matt leckte seine Finger ab.

»Sie ist sehr nett.«

»Das ist alles?«, sagte Matt. »Komm schon. Da muss doch noch mehr sein. Du hast doch immer was zu erzählen. Deine Dates gehen immer schief.«

»Dieses eben nicht, und mehr sage ich dazu nicht.«

Matt deutete mit seinem Stift auf seinen Kollegen. »Du wirst noch mehr sagen müssen, sonst sehe ich mich gezwungen, dich über Nacht in eine unserer Zellen zu stecken.«

Mitz legte den Kopf in den Nacken und lachte.

David griff noch einmal in die Dose. »Tss, tss«, machte Matt. »Du solltest ein paar davon für Anna übrig lassen. Außerdem wirst du total überdreht, wenn du noch mehr Zucker futterst, und ich möchte nicht, dass du die ganze Zeit herumhampelst, wenn wir diese Damen befragen.«

Robyn schnaubte. David Marker war der letzte Mensch im Universum, den sie sich überdreht vorstellen konnte. Er sah Matt mit leidendem Gesichtsausdruck an.

»Wo ist Anna?«

Robyn wischte sich die leicht klebrigen Finger an ihrem T-Shirt ab. »Sie ist zum Bahnhof in Derby gefahren. Sie versucht nachzuvollziehen, wohin Carrie Miller gegangen ist, nachdem sie das Haus ihres Vaters verlassen hatte. Jade North glaubt, dass Carrie sie vom Bahnhof in Derby aus angerufen hat.«

»Das könnte uns weiterbringen. Dann müssen wir nur noch herausfinden, wo sie mit dem Zug hingefahren ist. Kommt es nur mir so vor, oder ist das einer der fürchterlichsten Fälle, die wir je hatten?« Matt rieb sich übers Kinn.

»Er ist kompliziert, aber ich weiß, dass ich mich auf Sie alle verlassen kann.« Robyn meinte das genauso, wie sie es sagte. Sie konnte sich glücklich schätzen, ein so engagiertes Team um sich zu haben.

Matt schnaubte. »Bin froh, dass wenigstens Sie den Glauben an uns noch nicht verloren haben. Ich sehe mir immer wieder das Whiteboard an und frage mich, wohin das Ganze noch führen wird.«

Robyn wusste genau, was er meinte. Auf dem Whiteboard befanden sich mittlerweile Fotos von allen drei Mädchen. Joanne Hutchinson hatten sie noch immer nicht aufgespürt, aber zumindest konnten sie – dank der Bestätigung seiner Aufenthaltsorte durch seine Sekretärin – Dev Khan von der Liste der Verdächtigen streichen. Auch Frank Cummings hatte ein Alibi für die Woche, in der Amber verschwunden war – er hatte seine Tochter in Schottland besucht. Robyn war mittlerweile überzeugt davon, dass keiner der beiden etwas mit den Morden zu tun hatte. Nun hatte sie nicht mehr allzu viele Optionen. Im Laufe ihrer Ermittlungen hatten sie mehr und mehr Namen abgehakt, weil die betreffenden Personen ein Alibi vorweisen konnten, und noch immer konnten sie kein Motiv für die Morde erkennen. »Dann hatten sie kein Glück am Cannock Chase?«

Mitz schüttelte den Kopf. »Niemandem dort ist ein Fahrzeug aufgefallen. Ich fahre aber heute noch einmal zurück zu dem Parkplatz und versuche es erneut.«

Robyn stand auf und streckte sich. »David, sie haben nach den drei Studenten gesucht, die Dev Khans Haus gemietet hatten. Haben Sie da was gefunden?«

David räusperte sich. »Ich konnte Dominic Granger nicht erreichen, also habe ich mit seinen Eltern gesprochen. Er hält sich im Moment in Australien auf, ist aber auf einem Katamaran unterwegs und nicht auf einer Rucksacktour, wie wir dachten. Er wird wohl noch drei bis vier Tage lang nicht erreichbar sein. Stephen Robinson ist zum Militär gegangen. Er ist gerade bei einer Truppenübung und erst morgen Abend wieder erreichbar. Und Phil Eastwood ist Schauspieler geworden. Er probt aktuell in Birmingham für ein neues Stück. Sein Handy war den ganzen Tag über ausgeschaltet, daher habe ich dort im Theater angerufen und warte nun darauf, dass er zurückruft.«

»Um welches Theater handelt es sich? Ich werde hinfahren und persönlich mit ihm sprechen. Ich möchte nicht den ganzen Tag hier herumsitzen und auf seinen Rückruf warten.«

Mitz notierte die Adresse für sie. »Ich kann gut verstehen, wie Matt sich fühlt. Wir strampeln und strampeln und kommen doch nicht von der Stelle.« Er verschloss die Tupperdose wieder und stellte sie auf Annas Schreibtisch.

Robyn drehte sich mit ihrem Stuhl so, dass sie das Whiteboard betrachten konnte. Ihr Team war zunehmend entmutigt. Sie musste einen Weg finden, um ihren Mitarbeitern wieder neue Hoffnung zu schenken. Sie brauchten einen Durchbruch, und zwar bald.

47

Phil Eastwood wischte sich mit einem feuchten Tuch den Schweiß von der Stirn und wandte sich dann Robyn zu. Der Rest des Tanzensembles war noch immer mit den Proben für ihr neues Stück *Bat out of Hell* beschäftigt und die Bässe ließen die Bodendielen vibrieren.

»Es ist nicht unbedingt die Art von Schauspielkarriere, die ich mir vorgestellt hatte«, sagte er und nickte in Richtung der Tänzer, die zu den Klängen eines Songs von Meatloaf noch immer wild über die Bühne wirbelten. »Aber immerhin muss ich so nicht verhungern. Und im Gegensatz zum vergangenen Monat stellt das hier schon eine enorme Verbesserung dar. Da wurde ich in ein Truthahnkostüm gesteckt, musste Flyer für einen Tiefkühlkostanbieter verteilen und dabei auch noch gackern.«

Robyn betrachtete die Tänzer, die in orchestrierter Ekstase über die Bühne sprangen, bis sich schließlich eine Gestalt aus dem Schatten des Zuschauerbereichs löste und der Gruppe eine Anweisung zubellte. Das Spektakel kam zu einem abrupten Ende und die Tänzer warteten ab, während der Regisseur Teile der Choreografie abänderte. Phil entfernte sich von ihr, zog eine Wasserflasche aus einer Plastiktüte und senkte die Stimme. »Ich sollte nicht allzu lange fehlen.«

»Natürlich, ich würde Ihnen nur gerne ein paar Fragen über ihre Mitbewohner aus ihrer Zeit als Student stellen. Sie haben sich ein Haus mit Dominic geteilt und hätten auch mit Stephen Robinson zusammengewohnt, wenn er sein Studium nicht abgebrochen hätte.«

Er stürzte das Wasser herunter und steckte die Flasche zusammen mit dem Tuch zurück in die Plastiktüte. »Der blöde Idiot hat einfach nicht genug gelernt. Er war damals mit einer Medizinstudentin zusammen und hat viel zu viel Zeit mit anatomischen Studien verbracht, wenn Sie verstehen, was ich meine. Dann hat er auch noch die Wiederholungskurse während der Ferien geschwänzt. Nur ein paar Wochen vor Semesterbeginn hat er uns dann angerufen. Dominic und ich waren so sauer auf ihn. Wir hatten uns um dieses tolle Haus gekümmert, und es ist nicht leicht, was Anständiges für eine WG zu finden, schon gar nicht, wenn es sich um drei Studenten handelt. Wir haben ein paar Objekte besichtigt und die waren entweder total verdreckt, unbezahlbar oder meilenweit vom Stadtzentrum entfernt. Und dann hat Dominics Cousin bei Mr. Khan ein gutes Wort eingelegt und Bingo! Wir waren total aus dem Häuschen, bis Stephen den Plan vermasselt hat, weil er von der Uni geflogen ist.«

»Also haben Sie jemanden gesucht, der Stephens Platz einnehmen würde.«

»Genau. Ich kannte da einen Typen, der im selben Englisch- und Theaterkurs war wie ich – Elliot ... Elliot Chambers. Er wollte eigentlich nicht auf dem Campus wohnen, hatte aber niemanden gefunden, der mit ihm zusammenziehen wollte. Am Ende war er dann der perfekte Mitbewohner, nur ein bisschen seltsam. Sein Zimmer war immer penibel aufgeräumt und an seinen freien Tagen hat er sogar den Rest des Hauses geputzt, und er konnte kochen. Seine Currys waren unglaublich gut. Den Großteil seiner Zeit hat er aber in seinem Zimmer verbracht. Wir haben ihn kaum gesehen.«

Robyn schenkte ihm ein ermutigendes Lächeln.

»Sobald er seine letzte Prüfung hinter sich hatte, hat er seine Sachen gepackt und ist verschwunden, ohne ein Wort zu sagen! Ich weiß nicht, wo er jetzt ist. Ich habe versucht, ihn über die Nummer, die er mir gegeben hatte, zu erreichen, aber sie funktioniert nicht mehr. Dominic ist auf Reisen und auch von ihm höre ich nur selten. Er ist der Typ für so was. Liebt Abenteuer und die freie Natur. Ich kann mir nicht vorstellen, dass er jemals einen regulären Job annimmt.«

Robyn nickte. »Können Sie sich zufällig daran erinnern, je eine große Truhe in Elliots Zimmer oder irgendwo anders im Haus gesehen zu haben? Oder haben Sie vielleicht mitbekommen, wie eine geliefert wurde?«

Er neigte den Kopf. »Nein. Ich bin nur selten in Elliots Zimmer gewesen. Er war sehr auf seine Privatsphäre bedacht – er war der Typ, der zwar die Tür öffnet, um mit einem zu sprechen, einen aber nicht rein lässt. Im letzten Semester hat er nicht einmal mehr geantwortet, wenn jemand an seine Tür geklopft hat. Dominic und ich haben uns darüber lustig gemacht. Wir haben Witze darüber gemacht, dass er einen Haufen nackter Frauen da drinnen versteckt. Aber solange er seine Miete gezahlt hat, war uns das relativ egal. Wir waren ja nicht beste Freunde oder so.«

»Gibt es sonst noch etwas, das Sie mir über Ihre Mitbewohner sagen können?«

»Im Vergleich zu einigen anderen Studenten waren wir ziemlich langweilig. Haben uns auf unser Studium konzentriert. Nicht viel Unsinn gemacht. Irgendjemand hat mir erzählt, dass Elliot Lehrer geworden ist. Ich habe vergessen, wer das war. Er ist zurück in seine Heimatstadt gezogen. Wo war das noch mal? Irgendein Ort mit einer Rennstrecke? Uttoxeter. Das ist es.«

Robyns Herz setzte einen Schlag aus. Elliot Chambers. Hatte Amélie nicht einen Lehrer namens Mr. Chambers erwähnt? Könnte es sich dabei um denselben Mann handeln?

Phil sprach noch immer. »Das hat mich überrascht. Er war ein unglaublich talentierter Schauspieler, viel besser als ich. Aber ich vermute mal, als Lehrer verdient man einfach deutlich besser und hat einen sicheren Arbeitsplatz. Ich lebe von der Hand in den Mund und muss alle möglichen Rollen annehmen.« Er grinste erneut und strich sich die Haare aus dem Gesicht. »Wir sind am Ende unseres zweiten Jahres zusammen in einer modernen Adaption von Oscar Wildes *Ernst sein ist alles* aufgetreten. Ich habe ein Foto von uns beiden auf meinem Handy. Einen Moment.«

Er wühlte in der Plastiktüte herum, zog ein Smartphone daraus hervor, schaltete es ein und scrollte durch seine Fotos. »Das sind wir.« Phil zeigte ihr ein Foto, auf dem eine Gruppe von neun Personen zu sehen war. Phil trug darauf einen eleganten Anzug und strahlte glücklich in die Kamera, den Arm um ein hübsches Mädchen gelegt.

Robyn musterte die einzelnen Gesichter. »Welcher davon ist Elliot?«

Phil grinste sie triumphierend an. »Ich wusste, das würden Sie nie erraten. Da.« Er deutete auf eine Frau, die auf dem Foto hinter ihm stand und ein ärmelloses Kleid trug. »Das ist Elliot. Er hat die hochnäsige Lady Bracknell gespielt. Sieht er nicht fantastisch aus? Niemand konnte glauben, dass er in Wahrheit ein Mann war. Er war die überzeugendste Lady Bracknell, die es je gab.«

48

»Ich will alles wissen, was Sie über Elliot Chambers herausfinden können.« Robyn nahm ihren Fuß nicht ein einziges Mal vom Gas, während sie über die M6 rauschte. Sie versuchte zwar, die Geschwindigkeitsbegrenzung nicht zu überschreiten, doch sie wollte so schnell wie möglich zurück nach Stafford. Für einen Dienstagnachmittag fünf Uhr war auf den Straßen zwar vergleichsweise wenig los, aber die Versuchung, ihren Golf auf neunzig Meilen zu beschleunigen, war trotzdem groß.

Sie konnte Mitz' Stimme anhören, dass er lächelte. »Anna hat die Aufnahmen der Sicherheitskameras bekommen. Sie geht sie gerade durch.«

»Gut. Bitten Sie Matt und David, in die Dienststelle zurückzukommen. Ich möchte etwas mit Ihnen allen besprechen. In etwa dreißig Minuten bin ich wieder da.«

»Sie halten sich aber an die Geschwindigkeitsbegrenzung, oder Boss?«

»Als ob.« Sie lächelte leicht. Ganz plötzlich kamen ihre Ermittlungen in Fahrt. Möglicherweise war ihr sogar der

Durchbruch gelungen, den sie sich so sehr erhofft hatte. Elliot Chambers könnte durchaus zu einem Verdächtigen werden. Sie hatte bereits genug Informationen, um ihn zu einer Befragung auf die Dienststelle zu bitten, doch sie machte sich Sorgen um Siobhan. Falls er sie tatsächlich gefangen hielt und dann den Eindruck bekam, sie könnten ihm auf die Schliche gekommen sein, könnte er ihr etwas antun. Zuerst mussten sie sich eine Strategie überlegen. Sie durften Siobhans Leben nicht gefährden. Robyn wollte nicht, dass noch einem weiteren Mädchen etwas zustieß. Sie wählte Amélies Nummer. Das Mädchen schien sich über ihren Anruf zu freuen.

»Hey. Ich wollte nur fragen, wie es dir geht, und ob du und Florence euch wieder vertragen habt?«

Amélies Stimme veränderte sich. »Nein. Sie hat sich heute neben Ingrid gesetzt. Sie ignoriert mich.«

»Sie wird sich schon wieder einkriegen. Mach dir keine Sorgen. Es ging doch um etwas total Banales, oder? Ich glaube, du sagtest, es ging um einen Lehrer?«

»Es war total dumm. Ja, ich habe behauptet, dass sie auf Mr. Chambers steht. Er ist ziemlich süß. Er unterrichtet Englisch und leitet die Theatergruppe. Was soll ich nur tun? Soll ich versuchen, mit ihr zu reden?«

»Gib ihr noch ein bisschen Zeit. Hab Vertrauen in eure Freundschaft. Sie muss sich erst ein wenig beruhigen und dann wird sie feststellen, dass es albern war, sich über etwas so Unwichtiges so aufzuregen. Okay, ich muss los. Ich wollte nur sichergehen, dass es dir gut geht.«

»Ja. Danke, Robyn. Du hast mich ein bisschen aufgemuntert.«

Robyn fuhr weiter. Sie musste so viel wie möglich über diesen Mann herausfinden. Sie hatte nicht nur gute Gründe für die Vermutung, dass er etwas mit dem Verschwinden und den Morden an Carrie und Amber zu tun haben könnte, er war auch einigen Menschen, die ihr sehr viel bedeuteten, gefährlich nahe.

In ihrem Büro waren alle sehr beschäftigt, als sie dort ankam. Anna in einer Ecke des Raumes klebte geradezu an ihrem Bildschirm, damit ihr kein einziges Detail in den Aufnahmen der Sicherheitskameras, die sie sich gerade ansah, entgehen konnte. Ihre Hand schwebte über der Maus, damit sie jederzeit sofort pausieren und zurückspulen konnte. Auch Mitz starrte hoch konzentriert auf seinen Bildschirm. Als Robyn den Raum betrat, wedelte er mit einem Blatt Papier herum. »Elliot Chambers, dreiundzwanzig Jahre alt, hat letztes Jahr im September einen Job an der Delia-Marsh-Schule in Uttoxeter angenommen.«

Robyn fühlte wieder ein bedrohliches Kribbeln, genauso wie während ihrem Telefonat mit Amélie, als sie über den Mann gesprochen hatten. Sie bedeutete Mitz fortzufahren. Sie konnte es sich nicht leisten, das eigentliche Problem zu verdrängen. Handelte es sich bei Chambers um den Täter?

»Er hat an der Manchester University studiert und sein Studium im Juni letzten Jahres mit einem Bachelor abgeschlossen, Englisch und Schauspiel. Keine Vorstrafen. Er hat zwar einen Führerschein, aber auf seinen Namen ist kein Fahrzeug gemeldet. Der Vater, Thomas Chambers, ist im Januar 2006 verstorben. Die Mutter, Cheryl Denise Chambers, fünfundvierzig Jahre alt, ist im Moment arbeitslos und bezieht Krankengeld. Chambers wohnt in einer Mietwohnung in der Derby Road in Uttoxeter in unmittelbarer Nähe zur Schule. Seine Mutter lebt knapp außerhalb des Ortes in der Field Lane in einem Anwesen namens ›The Oaks‹.«

»Okay, okay, okay. Lasst uns das einmal durchdenken.« Sie hob einen Finger. »Erstens, wir glauben, dass diese Truhe an

Elliot Chambers geliefert wurde, eine Truhe, die dieselben Maße hat wie die, in der Carrie Miller gefunden wurde.« Sie hob einen zweiten Finger. »Zweitens, Chambers hat Schauspielerfahrung. Mitz, haben Sie den Anhang aus Phil Eastwoods E-Mail ausgedruckt?«

»Ja, Boss.« Mitz reichte jedem eine Kopie des Fotos.

»Chambers ist die Frau im gelben Kleid.« Matt stieß einen Laut des Erstaunens aus. Robyn gab ihnen genug Zeit, um diese Information zu verarbeiten, bevor sie fortfuhr. »Denken Sie nicht auch, er könnte sich vielleicht – nur vielleicht – als Frau verkleidet haben, um die Einheit in Rugeley zu mieten?« Sie legte eine Pause ein und sah in die Runde.

»Er sieht wirklich wie eine Frau aus.«

»Ich habe seinen ehemaligen Mitbewohner Phil nach der Rolle gefragt und anscheinend wird Lady Bracknell in der Regel als sehr vornehm dargestellt. Er meinte, Chambers sei außerordentlich gut darin, solche Rollen zu spielen. Und unsere Zeugen haben ausgesagt, dass Joanne sich sehr vornehm ausdrückte.«

Matt nickte. »Er könnte es gewesen sein. Auf diesem Foto ist er schlank, groß und gut aussehend. Er könnte tatsächlich die unauffindbare Joanne Hutchinson sein.«

»Sind wir uns einig, dass es sich dabei um eine plausible Theorie handelt?«

Alle nickten. »Zu guter Letzt, und mit dieser Idee lehne ich mich vielleicht etwas zu weit aus dem Fenster, aber Chambers Wohnung liegt sehr nahe am Bahnhof, und ich kann einfach nicht anders, als mich zu fragen, ob sowohl Amber als auch Carrie den Zug genommen haben und am Ende dort gelandet sind. Ich bin mir fast sicher, dass Siobhan am Bahnhof in Uttoxeter in den Zug nach Derby gestiegen ist.« Sie ging hinüber zum Fenster und beobachtete die dunklen Wolken, die über den Himmel zogen.

»Chambers wohnt in der Derby Road. Mitz, wie weit ist das vom Bahnhof entfernt?«

»Zu Fuß? Sechzehn Minuten. Es ist weniger als eine Meile.«

»Dann ist es also vorstellbar, dass er die Mädchen am Bahnhof oder irgendwo in der Nähe getroffen und sie mit in seine Wohnung genommen hat. Oder vielleicht sind sie allein zu seiner Wohnung gegangen?«

David fuhr fort, sich am Ohr zu kratzen. »Aber niemand hat die beiden dabei gesehen, wie sie aus einem Zug gestiegen oder in Richtung seiner Wohnung gelaufen sind.«

Anna klinkte sich ein. »Der Bahnhof in Uttoxeter hat nur zwei Gleise. Jemand könnte auf dem Parkplatz auf die Mädchen gewartet und sie aus Uttoxeter weggebracht haben. Oder vielleicht haben die Mädchen den Bahnhof zu Fuß verlassen, den Parkplatz des Dovefields Retail Park überquert und sind so zur Derby Road gelangt, ohne von jemandem gesehen zu werden. Da sind immer so viele Menschen unterwegs.«

Robyns Lippen zuckten, während sie nachdachte. »Chambers könnte einfach nur in diese Wohnung gezogen sein, weil sie in der Nähe der Delia-Marsh-Schule liegt, aber ich habe so ein Gefühl, dass wir dem nachgehen sollten.« Sie verschränkte die Arme. »Ich möchte, dass er überprüft wird, aber ich will ihn nicht verschrecken. Wenn er Siobhan entführt hat und sich weigert, mit uns zu sprechen, finden wir sie vielleicht nie. Sie ist schon seit zwölf Tagen verschwunden. Siobhans Fall hat nicht gerade höchste Priorität unter den aktuellen Vermisstenfällen. Sie ist schon neunzehn und alle glauben, sie hat sich nach der Trennung von ihrem Freund einfach eine Auszeit genommen. Aber ich habe Sorge, dass sie unserem Verdächtigen zum Opfer gefallen sein könnte. Die leichtsinnige Entsorgung von Ambers Leiche lässt mich vermuten, dass er Siobhan töten könnte, wenn er das Gefühl hat, dass wir an ihm dran sind. Das ist eine knifflige Situation. Eigentlich möchte ich seinen Arsch herbeordern und ihn vernehmen, aber das könnte sich als Fehler erweisen. Ohne handfeste Beweise könnte er uns durch die Lappen gehen, und wer weiß, wer dann sein nächstes Opfer werden könnte.«

Anna sah zu ihr hinüber, die Augenbrauen zusammengezogen. »Ich sage das nur ungern, aber Siobhan könnte bereits tot sein.«

Robyn nickte düster. »Ich wünsche mir wirklich, dass sie unrecht haben, Anna. Die Nachricht, die angeblich Carrie ihr auf Facebook geschickt hat – ›Ich hoffe, wir können uns bald kennenlernen‹ – lässt mir keine Ruhe. Matt, überprüfen Sie bitte noch einmal die Leihwagenfirmen, aber fragen Sie diesmal, ob ein gewisser Elliot Chambers ein Fahrzeug gemietet hat. Wenn dabei nichts herauskommt, dann sammeln sie bitte Informationen über Freunde und Kollegen von Chambers, die eines für ihn gemietet haben könnten. Lassen Sie uns einen Blick auf den Weg vom Bahnhof zu seiner Wohnung werfen. David, Sie fahren bitte zum Dovefields Retail Park und nehmen die Fotos von Amber, Carrie und Siobhan mit. Finden Sie heraus, ob irgendjemand die Mädchen dort allein oder in Begleitung gesehen hat.« Sie sah auf ihre Uhr. Wenn sie bald losfuhr, konnte sie Uttoxeter bis sieben Uhr erreichen. »Informationen über Chambers' Familie könnten ebenfalls hilfreich sein.« Sie sah Mitz an. Er bemerkte ihren Blick und begann zu recherchieren.

Robyn marschierte hinüber zum Whiteboard und schrieb Elliot Chambers' Namen darauf. Wo lag die Verbindung zwischen ihm, Carrie, Amber und Siobhan? Sie starrte auf das Whiteboard, als hielte es irgendwo die Antwort für sie bereit. Die Mädchen kamen alle aus unterschiedlichen Orten, waren nicht im selben Alter und nicht einmal auf Facebook miteinander befreundet. Nur die Nachrichten, die über Carries Account verschickt worden waren, verbanden sie miteinander. Sie ließ sich auf ihren Stuhl fallen und öffnete Ambers Facebook-Profil. Unter ihren Freunden befand sich kein Elliot Chambers. War es möglich, dass er sich unter einem anderen Namen dort angemeldet hatte? Sie scrollte durch Ambers Freundesliste und sah sich die Gesichter genau an. Nach vierzig Minuten lehnte sie sich zurück, kein bisschen schlauer als zuvor. Mitz hatte mehr Erfolg gehabt.

»Ich habe Informationen über seine Familie, allerdings nicht viele. Sein Vater hat bis zu seinem Tod für einen großen Molkereibetrieb gearbeitet. Seine Mutter Cheryl, war freiberufliche Visagistin und hat bis letztes Jahr am örtlichen Theater gearbeitet. Dann hat sie ihren Job aufgegeben und bezieht seitdem Krankengeld. Ihre Tochter, Charlotte May Chambers, hat am dritten März 2016 Selbstmord begangen. Sie war gerade erst fünfzehn geworden.«

Das betretene Schweigen, das daraufhin herrschte, wurde nur vom Klang einer Sirene unterbrochen, die sich der Dienststelle näherte.

Robyn runzelte die Stirn. »Chambers' Schwester hat sich umgebracht?«

Anna unterbrach die Unterhaltung. »Ich habe sie! Ich habe Carrie gefunden!«

Robyn und Mitz eilten zu Annas Schreibtisch und drängten sich vor dem Bildschirm. Anna hatte die Aufnahme pausiert, das körnige Standbild zeigte Carrie Miller, die eine große, schwarze Tasche über der Schulter trug und gerade ein Drehkreuz verließ.

»Lassen Sie es laufen.« Robyn hielt den Atem an, als sie dabei zusah, wie das Mädchen am Gleis entlanglief.

»Das ist definitiv Carrie. Gibt es noch weitere Aufnahmen?«

Anna nickte, die Augen weit aufgerissen. »Hier.« Sie spulte die Aufnahme vor, bis sie zur gewünschten Stelle gelangte. Sie konnten sie deutlich erkennen. Carrie Miller hockte auf ihrer schwarzen Tasche und hatte ihr Handy am Ohr.

»Das ist sie eindeutig.« Robyn fühlte ihr Herz hämmern. »Welches Gleis ist das, Anna?«

»Gleis 2B. Und dem Fahrplan zufolge hat Carrie auf den Zug nach Crewe gewartet.«

»Der Zug, der auch in Uttoxeter hält.«

49

TAG ZEHN – MITTWOCH, 25. JANUAR

»Meiner Meinung nach sollten Sie handeln. Bringen Sie Chambers her und unterziehen Sie ihn einer Befragung.«

Das Gesicht von DCI Flint war knallrot, er sah aus wie ein gekochter Hummer. In der Sekunde, in der Robyn die Dienststelle betreten hatte, war sie in sein Büro beordert worden.

»Sir, ich kann nicht riskieren, Chambers zu verschrecken. Falls er Siobhan Connors tatsächlich in seiner Gewalt hat, dann würden wir sie damit in Lebensgefahr bringen.«

»Das ist nichts weiter als eine Vermutung. Miss Connors könnte überall sein. Wir haben diese Diskussion bereits geführt. Ich verstehe ihre Bedenken, aber uns liegen keine eindeutigen Beweise dafür vor, dass sie mit diesem Fall überhaupt etwas zu tun hat.«

Robyn konnte fühlen, wie sich ihr Nacken verspannte, ein klares Zeichen für ihre Anspannung. Flint machte es ihr nicht leicht. »Ich habe eine riesige Menge an Informationen eingeholt ...«

»Und dabei eine riesige Menge an Ressourcen aufgewendet.«

»Bei allem Respekt, Sir, wir sprechen hier über den Tod

zweier Mädchen und unter Umständen wird es noch einen weiteren geben, wenn wir die Sache falsch angehen.«

Flints dunkle Augen bohrten sich in ihre. »Mir ist zu Ohren gekommen, dass sie Mr. Khan zu einer Befragung hergeschleppt haben.«

»Er ist freiwillig hergekommen.«

»Da habe ich aber anderes gehört. Soweit ich informiert bin, haben Sie Sergeant Patel losgeschickt, um ihn aufzuspüren und herzubringen, obwohl man ihn auch leicht telefonisch hätte erreichen können.«

»Sir, zu diesem Zeitpunkt hatten wir gute Gründe zu glauben, dass er etwas mit dem Mord an Carrie Miller zu tun haben könnte. Ich fand es durchaus angebracht, Mitz nach Manchester zu schicken. Ich wollte vermeiden, dass Mr. Khan plötzlich untertaucht.«

»Sie haben auch Mr. Logan Crompton, einen Türsteher des Stardust, zu einer Befragung hergebeten. Und dennoch weigern Sie sich, Mr. Chambers herzubitten. Können Sie mir die Logik dahinter bitte erklären?«

»Das war falsch.« Robyn sah ihrem Vorgesetzten in die Augen. »Ich habe vorschnell gehandelt, und wenn einer dieser Männer in den Fall verwickelt gewesen wäre, hätte ich Siobhan dadurch in Gefahr gebracht. Ich habe seitdem sehr viel darüber nachgedacht und ich möchte sichergehen, dass wir wirklich stichhaltige Beweise gegen ihn haben. Ich kann es mir nicht erlauben, ihn davonkommen zu lassen. Er ist heute zur Arbeit gegangen, daher bezweifle ich, dass er ahnt, dass wir ihm auf der Spur sind. Ich brauche nur noch ein wenig mehr Zeit, Sir.«

Flint erwiderte ihren festen Blick und zog das Kinn an die Brust. Nach einem Moment des Schweigens sprach er. »Ich gehe die Dinge anders an als DCI Mulholland. Es gibt gewisse Abläufe, an die man sich halten sollte und die Ihnen mit Sicherheit bekannt sind. Beamte willkürlich durchs ganze Land zu schicken, verschwendet nicht nur deren Zeit, sondern auch unsere Ressourcen. Ganz genauso verhält es sich, wenn Sie aus einer Laune heraus unschuldige Bürger zu Befragungen antanzen lassen.«

»Ich war der Ansicht, dass es meine Pflicht war, diese Befragungen durchzuführen.«

»Ich möchte trotzdem, dass Sie Mr. Chambers zu einer Befragung herbitten.«

Robyn nahm einen tiefen Atemzug. »Wenn er etwas mit dem Verschwinden dieser Mädchen und ihren Ermordungen zu tun hat, könnte er ebenso gut Siobhan Connors verschleppt haben. Wir brauchen stichhaltigere Beweise, bevor wir ihn vernehmen. Bis jetzt wissen wir nur, dass eine Truhe an seine Adresse geliefert wurde. Das könnte die Truhe sein, in der wir in Rugeley die Leiche von Carrie Miller gefunden haben, aber es könnte auch ganz anders sein.

Sir, wir haben es hier mit einem Täter zu tun, der gerissen genug war, Carries Leiche für mehrere Monate versteckt zu halten, dann eine Selfstorage-Einheit zu mieten, ohne den geringsten Verdacht zu erregen, sich als Frau zu verkleiden und drei Mädchen zu entführen, ohne dass jemand irgendetwas davon mitbekommen hat. Wir haben schlicht und einfach nicht genug Beweise, um Elliot Chambers zu überführen. Ich wage es nicht, ihn auf gut Glück herzubitten oder seine Wohnung durchsuchen zu lassen. Wenn er herausfindet, dass wir ihn verdächtigen, könnte er Siobhan Connors töten. Fall er das nicht längst getan hat.«

Flint musterte seinen Handrücken, der mit braunen Flecken übersät war. »Okay. Ich kann nicht gerade behaupten, dass ich mit dieser Entscheidung glücklich bin, aber ich werde Ihnen in dieser Sache vertrauen. Sie gelten als eine hervorragende Ermittlerin, die Ergebnisse liefert, und ich gebe Ihnen diese eine Chance, mir zu beweisen, dass ich unrecht habe. Eine einzige Chance. Mehr nicht.«

»Ich danke Ihnen, Sir.«

»Danken Sie DCI Mulholland. Sie hat mir gesagt, dass Sie einer ihrer besten Ermittler waren. Im Moment lasse ich Sie die Ermittlungen auf Ihre Weise leiten. Meine eigene Meinung über Sie muss ich mir erst noch bilden.«

Robyn schloss die Tür zu DCI Flints Büro hinter sich und atmete hörbar auf.

»Sie haben mich also vermisst?«

Tom Shearer schien aus dem Nichts aufgetaucht zu sein.

»Sie sind schon wieder zurück? Es kommt mir vor, als wären erst fünf Minuten vergangen, seit Sie nach Newcastle aufgebrochen sind.«

»Fall gelöst. Bin wieder da. Muss einen riesigen Haufen Papierkram durcharbeiten.« Shearer sah sie verdrossen an. »Irgendwelche Fortschritte bei Ihnen?«

»Möglicherweise. Wurde auch Zeit. Flint ist nicht besonders zufrieden mit mir. Wir liefern nicht schnell genug Ergebnisse und ich verbrauche zu viele Ressourcen.«

Shearer sah leicht amüsiert aus. »Er ist manchmal ein wenig unentspannt. Wahrscheinlich kriegt er eine Menge Druck von oben.«

»Druck. Wir stehen alle unter Druck.« Sie hob eine Hand zum Abschied und schlenderte dann den Korridor entlang auf ihr Büro zu. »Kommen Sie mit, Mitz. Wir plaudern ein wenig mit Mrs. Chambers.«

Die Field Lane war übersäht mit großen Pfützen, in denen sich der tintenschwarze Himmel über ihnen spiegelte. Auf der Fahrt von Uttoxeter zu The Oaks hatte der Einsatzwagen, mit dem sie unterwegs waren, die ordentlichen Hecken am Straßenrand gründlich durchnässt. Das graue Haus, benannt nach den Bäumen, die es einst umgeben hatten, stand nun inmitten verwilderter Wiesen und Unkraut. Die Bäume waren längst gefällt worden. Das ganze Gebäude strahlte Vernachlässigung und Traurigkeit aus, so als habe es zu viele Tragödien mitansehen müssen. Neben dem Haupthaus befanden sich mehrere Nebengebäude, die sich alle im selben baufälligen Zustand befanden. Das Tor des einen war aus dem Rahmen gefallen und zurückgeblieben waren lediglich zwei rostige Türangeln. Im Inneren stand ein dunkelblauer Opel Zafira, auf dem Armaturenbrett lag ein Behindertenausweis.

Mitz gesellte sich zu Robyn, die gerade an die Haustür klopfte. Sie öffnete sich quietschend und Cheryl Chambers, auf zwei Krücken gestützt, erschien in der Tür. Ihr graues Haar war ungekämmt und hing schlaff herunter. Als sie Ihnen voran durch den kalten Flur ging und das Wohnzimmer betrat, gab sie selbst zu, dass das Haus schon bessere Tage gesehen hatte.

»Ich sollte eigentlich umziehen, aber irgendwie bringe ich es nicht über mich.« Cheryl hievte sich mithilfe ihrer Krücken in einen Sessel mit verstellbarer Rückenlehne, der vor dem Fernseher stand, und bedeutete ihnen sich ebenfalls zu setzen.

»Ich hoffe, unser Besuch macht Ihnen nichts aus.«

»Sie wollten mir ein paar Fragen über Charlotte stellen. Nach ihrem Anruf habe ich mich gefragt, ob ich es schaffe, noch einmal darüber zu sprechen. Ich versuche ständig, den Schmerz, den ihr Verlust ausgelöst hat, zu verdrängen. Aber er hört nie auf.«

Robyn nickte. »Das verstehe ich. Ich untersuche gerade das Verschwinden eines anderen Mädchens und habe mich gefragt, ob sie mir vielleicht weiterhelfen können.«

»Ein Mädchen wird vermisst?«

»Siobhan Connors?«

»Diesen Namen habe ich noch nie gehört. Lotty hat sie nie erwähnt. Ist sie eine Freundin von Lotty?«

»Ehrlich gesagt weiß ich das nicht. Hatte Charlotte viele Freunde?«

Sie schüttelte traurig den Kopf. »Nein, sie blieb eher für sich. Sie war sehr schüchtern und ging nicht gern auf andere zu.

Es ist jetzt zehn Monate her. Ich kann noch immer nicht glauben, was passiert ist. Manchmal wache ich morgens auf und bin glücklich, aber dann fällt mir wieder ein, dass sie fort ist, und der Schmerz trifft mich wieder aufs Neue. Sie ist fort. Sie wird nie wiederkommen. Ich habe sie im Stich gelassen. Wir alle haben das.«

»Können Sie mir ein wenig über sie erzählen?«

Cheryl zuckte kurz zusammen, als sie sich in ihrem Stuhl zurücklehnte und versuchte, eine bequeme Position einzunehmen.

Der Verlust Charlottes hatte seinen Tribut gefordert. Sie sah älter aus, als sie in Wirklichkeit war, ihre Stirn war von tiefen Furchen durchzogen. Sie räusperte sich und begann zu sprechen. »Lotty war wie ein Wunder für mich.

Sie wurde mit einer lebensbedrohlichen Erkrankung geboren, sodass sie die ersten zwanzig Monate ihres Lebens im Krankenhaus verbringen musste.« Cheryls Augen füllten sich mit Tränen und sie zog ein Taschentuch aus ihrem Ärmel und betupfte sich damit die Augen. »Einer ihrer Lungenflügel war zu klein. Niemand konnte sagen, ob sie leben oder sterben würde. Sie musste als Baby zahllose Operationen über sich ergehen lassen. Fünfundzwanzig waren es insgesamt, glaube ich – fünfundzwanzig Operationen an diesem winzigen, fragilen Körper. Es kam zu Komplikationen und sie mussten eine Tracheostomie vornehmen. Sie musste mit einer Sonde in ihrem Hals und – nach einer Gastrostomie – in ihrem Magen leben. Jahrelang musste sie so ihre Nahrung aufnehmen. Aber ohne diese Sonden wäre Lotty ganz sicher gestorben.« Sie seufzte leise.

»Sie war eine solche Kämpferin und irgendwann wurden ihre Lungenflügel tatsächlich stark genug, dass sie ohne den Schlauch atmen konnte. Das war ein wundervoller Tag. Es bedeutete, dass es ihr langsam besser ging und dass wir sie nach all diesen Jahren, in denen wir ständig Angst hatten, dass sie es nicht schaffen könnte, nicht verlieren würden. Sie war noch immer sehr schwach und sehr anfällig für Krankheiten, und obwohl sie eine Menge Schultage verpasste, schaffte sie es dennoch – sie schaffte es, am Leben zu bleiben. Ich war so stolz auf meine Tochter. Als sie acht war, entfernten die Ärzte auch ihre Magensonde und sie konnte endlich ein normales Leben führen, auch wenn diese ganzen Strapazen dazu geführt hatten, dass sie kleiner, zierlicher und schwächer war als andere Mädchen in ihrem Alter. Doch sie überraschte uns immer wieder. Meine tapfere Lotty.« Ihre Stimme brach. »Es tut mir leid. Ich kann nicht weitersprechen.«

»Soll ich Ihnen ein Glas Wasser oder etwas anderes bringen?«

Cheryl schüttelte den Kopf, auf ihren Wangen glänzten Tränen. »In einer Minute geht es wieder.« Sie rieb sich die Augen. »Sie war so voller Freude und Liebe. Sie hatte ihr Leben lang darum gekämpft zu überleben, und dann gab sie das alles auf. Warum? Warum hätte sie das tun sollen?«

Robyn konnte ihr darauf keine Antwort geben. Eines sonnigen Nachmittags im März hatte Charlotte sich auf ihr Bett gesetzt, sich eine Plastiktüte über den Kopf gezogen, diese mit einer Schnur um ihren Hals fixiert und sich selbst erstickt. Mitz hatte ihr den Obduktionsbericht auf der Fahrt nach Uttoxeter vorgelesen.

»Ich habe den Abschiedsbrief noch, den sie hinterlassen hat. Die Polizisten haben ihn damals mitgenommen, aber ich habe sie gebeten, ihm mir wiederzugeben. Er ist dort in der Schublade.« Sie deutete darauf. Robyn stand auf und öffnete sie. Der Brief lag ganz oben. Charlotte hatte ihre letzten Worte auf mit Blumen verziertes Papier geschrieben, ihre Handschrift war ausladend und schwungvoll. Dort stand:

Es tut mir leid, Mum. Ich ertrage mein Leben einfach nicht mehr. Ich fühle mich, als würde ich in einem Meer aus Hass ertrinken. Ich hoffe, dass Dad schon auf mich wartet, wenn ich die andere Seite erreiche, und dass es dort einfacher sein wird als hier. Ich liebe dich. Ich liebe Elliot. Es tut mir so leid, dass ich nicht stärker sein konnte.

Robyn konnte den Kummer der Frau beinahe selbst fühlen. »Sie hatten natürlich keine Ahnung, dass sie sich so fühlte.«

»Nein, und fühle mich schuldig deshalb. In jeder Sekunde, jeden Tag. Mir ist nichts Ungewöhnliches aufgefallen. Sie lebte sehr zurückgezogen und verbrachte viel Zeit in ihrem Zimmer, wo sie im Internet surfte. Ich habe das einfach darauf geschoben, dass sie ein Teenager war. Elliot war in dem Alter genauso und bei ihm wurde es irgendwann besser, also ging ich einfach davon aus, dass auch Lotty diese Phase irgendwann hinter sich lassen würde, genau wie er. Bis sie vierzehn wurde, hatten wir eine außergewöhnlich enge Beziehung. Dann begann sie langsam, sich von mir zu lösen. Mädchen in diesem Alter tasten sich langsam an das Erwachsenwerden heran. Aber heute frage ich mich immer wieder, ob sie mich mehr in ihr Leben einbezogen hätte, wenn ich nicht so krank gewesen wäre. War es meine Schuld?«

»Hatte sie eine enge Beziehung zu Elliot?«

»Er ist fast acht Jahre älter als sie. Als sie endlich nach Hause kommen durfte, war Elliot zehn. Am Anfang war er nicht besonders begeistert davon, eine kleine Schwester zu haben, vor allem eine so kranke kleine Schwester, die unsere gesamte Aufmerksamkeit in Anspruch nahm. In der ersten Zeit waren Tom und ich ständig bei ihr im Krankenhaus und Elliots Leben veränderte sich dramatisch, aber er war ein guter Junge. Nach Toms Tod 2006 übernahm Elliot die Rolle ihres Beschützers. Es war, als brauchte er etwas, das ihn den Schmerz über den Verlust seines Vaters vergessen ließ, also schenkte er Lotty seine ganze Aufmerksamkeit. Er fütterte sie, spielte mit ihr, ging mit ihr in den Park, las ihr Geschichten vor. Einmal fand ich ihn sogar nachts in ihrem Zimmer, als sie eine Erkältung hatte. Er hatte sich in einem Sessel eingerollt und war eingeschlafen. Ich fragte ihn, was er dort machte, und er antwortete, dass er sich sichergehen wollte, dass sie die Nacht überlebte.« Kleine Grübchen erschienen auf ihren Wangen, als sie diese ergreifende Erinnerung durchlebte.

»Er hat sie sehr geliebt. Selbst nachdem er ausgezogen war, um zu studieren, kam er uns oft besuchen. Dann saß er mit Lotty in ihrem Zimmer und sie hörten Musik oder unterhielten sich.« Cheryl schluckte schwer. »Vor seinen Abschlussprüfungen hatte er eine Woche frei, um sich darauf vorbereiten zu können. Diese Zeit wollte er nutzen, um uns zu besuchen. Lotty hatte den ganzen Nachmittag in ihrem Zimmer verbracht. Sie sagte mir, sie müsse ein Kunstprojekt fertigstellen. Kunst war ihr Lieblingsfach und sie war sehr talentiert. In anderen Fächern war sie nicht annähernd so gut. All die Jahre, in denen sie so viel verpasst hatte, hatten Spuren hinterlassen und sie hatte Probleme mit dem Stoff. Aber nicht in Kunst. Da war sie Klassenbeste.« Sie machte eine kurze Pause, ihr Blick verschwamm, und sie schien in Erinnerungen zu schwelgen. »Ich habe sie in Ruhe gelassen. Sie mochte es nicht, wenn sie beim Malen oder Zeichnen gestört wurde. Elliot hatte hier im Wohnzimmer gelernt und ging nach oben, um ihr zu sagen, dass wir bald Tee trinken wollten. Ich glaube, den Schrei, den er von sich gab, als er sie fand, werde ich nie wieder vergessen können. Er klang wie ein verwundetes Tier. Ich rannte die Treppe hinauf und dachte die ganze Zeit nur: *Beeil dich, beeil dich.*«

Sie blinzelte die Tränen weg. »Aber es war zu spät. Den Rest wissen Sie schon. Sie hatte sich das Leben genommen und bis zum heutigen Tag weiß ich nicht, was der Grund dafür war.«

Robyn beugte sich vor und berührte die Hand der Frau. Cheryl fuhr fort.

»Ich weiß nicht, ob dieses Mädchen, von dem Sie erzählt haben, eine Freundin von Lotty war. Aber ich hoffe, dass Sie sie finden. Es ist furchtbar, ein Kind zu verlieren.«

»Lebt Elliot noch bei Ihnen?«, fragte Robyn, auch wenn sie die Antwort bereits kannte.

Cheryl schüttelte den Kopf. »Er ist in die Stadt gezogen. Ich glaube, er brachte es nicht über sich, wieder hier zu leben, wo Lotty doch nun nicht mehr da ist – und mit all den Erinnerungen an diesen Tag. Sie verstehen das sicher. Nach ihrer Beerdigung kehrte er an die Universität zurück. ›Mum, ich weiß nicht, was ich sonst tun soll‹, hat er gesagt. ›Ich muss zurückgehen. Ich muss weitermachen, für uns beide.‹ Er hat es irgendwie geschafft, sein Studium fortzusetzen, trotz der Qualen, die er durchleiden musste. Er war auch gut in dem, was er tat. Machte einen tollen Abschluss und bekam direkt im Anschluss ein Jobangebot. Er ist so ein tapferer Junge. Ich bin so stolz auf ihn. Ich habe zwei tapfere Kinder bekommen.

Schon bevor das alles passierte, hatte ich gesundheitliche Probleme, doch nach Lottys Tod wurde ich sehr krank, und wie Sie sehen können, fällt mir das Gehen mittlerweile schwer. Es gibt Tage, da kann ich mich vor Schmerzen kaum bewegen. Die Diagnose der Ärzte lautet Fibromyalgie. Ich weiß nicht, wie es mit mir weitergehen wird. Ich nehme einfach jeden Tag, wie er kommt. Ich kann nicht von Elliot verlangen, dass er sich um mich kümmert. Er kommt mich einmal im Monat besuchen, manchmal auch öfter, und er ist ja nicht weit weg, wenn ich ihn brauche.«

»Dann hat er den letzten Sommer also hier in The Oaks verbracht?«

Cheryl kniff die Augen zusammen und musterte Robyn misstrauisch. »Ja. Er ist letztes Jahr im Juni nach Hause gekommen. Warum?«

»Es gibt keinen besonderen Grund. Manchmal fangen

Absolventen ja schon im Sommer an zu arbeiten, um ihre Studienschulden abbezahlen zu können.«

Cheryl runzelte die Stirn. »Nein. Er hat das Haus in Schuss gehalten und mir beim Putzen und Kochen geholfen. Er ist ein guter Koch.« Sie machte eine kurze Pause und deutete auf etwas oberhalb des Tisches. »Das ist Lotty.«

Auf dem Regalbrett standen mehrere Fotografien, die die Familie Chambers zeigten: Cheryl und Tom, die breit lächelnd neben zwei Schweinen standen, die durch Gitterstäbe in die Kamera blickten; die ganze Familie in Gummistiefeln vor dem grauen Haus; ein junger Elliot in Shorts; ein älterer Elliot, der den Arm um seine Schwester gelegt hatte. Robyn griff nach einem Foto, das ein schüchternes Mädchen in Schuluniform zeigte – es war ein Schulfoto. Das Mädchen wirkte unsicher, zart und sehr jung. Robyn wünschte, sie könnte Mrs. Chambers helfen und ihr ihre Tochter wiedergeben. Doch das lag nicht in ihrer Macht, und nun würde sie dieser Frau möglicherweise noch ihr zweites Kind nehmen müssen. Das hatte sie nicht verdient. Robyn hoffte, dass sie falschlag, und Elliot Chambers nichts mit ihrem Fall zu tun hatte. Denn falls dem so war, würde es dieser Frau einmal mehr das Herz brechen.

50

Robyn ließ ihren Blick durch das Büro schweifen. Matt und David waren zu einem Vorfall in Stafford gerufen worden und Anna war gerade mit den Technikern dabei, Ambers Laptop noch einmal unter die Lupe zu nehmen. Mitz arbeitete die Liste an Leihwagenfirmen ab, um herauszufinden, ob Elliot Chambers sich einen Transporter gemietet hatte. Der Besuch bei Mrs. Chambers hatte Robyn beunruhigt.

Nach Charlottes Selbstmord hatte es eine Untersuchung gegeben. Wie es schien, war sie in der Schule nicht übermäßig beliebt gewesen und hatte es nicht geschafft, sich dort einem Freundeskreis anzuschließen. Aufgrund ihrer Krankheit und der vielen Fehlzeiten war es ihr schwergefallen, Beziehungen zu den anderen Mädchen aufzubauen, die sich schon seit Jahren kannten.

Ihre Mutter hatte ausgesagt, dass Charlotte weder ein Smartphone noch einen Computer besessen hatte – ihr Einkommen hatte für solche ›Luxusartikel‹ nicht ausgereicht. Charlotte war eine Einzelgängerin gewesen und hatte keinerlei Soziale Netzwerke genutzt. Nun wollte Robyn mehr über Elliot herausfinden, doch sie war sich nicht sicher, ob sie sich nun wünschen sollte, dass er der Täter war, oder ob sie hoffte, dass er es nicht war.

Nichts ließ bisher darauf schließen, dass es sich bei ihm um irgendetwas anderes als einen alleinlebenden, jungen Lehrer handeln könnte. Er hatte keinerlei Vorstrafen und noch nie Probleme mit der Polizei gehabt. Robyn breitete ihre Post-its auf einem ungenutzten Schreibtisch aus. Die Namen von Carrie, Amber und Siobhan ordnete sie in einer geraden Linie an, und darunter legte sie den Zettel, auf den sie den Namen des Stardust geschrieben hatte, einen weiteren, auf dem Facebook stand und schließlich einen dritten für den Bahnhof in Uttoxeter. Nur Carrie und Siobhan hatten den Nachtclub besucht, hier konnte die Verbindung also nicht liegen. Sie schob den Zettel zur Seite und ließ nur Facebook und Uttoxeter liegen.

Ihre Gedankengänge wurden unterbrochen, als ein Anruf von Amélie auf ihrem Smartphone einging.

»Hey. Alles in Ordnung?«

»Mir geht es gut, aber ich mache mir Sorgen um Florence.«

Robyn widerstand dem Bedürfnis, einen Seufzer auszustoßen. »Ich bin mir sicher, dass sie sich bald wieder einkriegen wird. Sie kämpft im Moment mit der Tatsache, dass sie langsam erwachsen wird. Gib ihr den Raum, den sie braucht.«

»Nein, darum geht es nicht. Sie ist heute nicht wie sonst mit dem Bus nach Hause gefahren und ist aus dem Kunstunterricht verschwunden, bevor die Stunde zu Ende war. Ich habe versucht sie anzurufen, um sie zu fragen, ob alles okay ist, aber sie ist nicht rangegangen. Ich dachte, sie hätte vielleicht einen Zahnarzttermin oder so was, aber ich habe mich mit Grace unterhalten und sie meinte, sie habe Florence auf der Straße gesehen und sie sei angezogen gewesen, als sei sie unterwegs zu einer Party. Grace hat sie fast nicht erkannt. Sie muss sich aus dem Kunstunterricht geschlichen haben, um sich fertigzumachen. Was denkst du darüber?«

Robyn seufzte. »Auf welcher Straße war das?«

»Auf der Hauptstraße.«

Florence könnte auf dem Weg zu einem der zahlreichen Cafés oder Geschäfte entlang der Straße gewesen sein. Nur wenige Tage zuvor hatte Robyn sie genau dort getroffen und nach Hause gefahren. Sie schüttelte den Kopf. Nichts daran klang besorgniserregend. »Wahrscheinlich wollte sie shoppen gehen oder sich heimlich mit einem Jungen treffen. Es ist Mittwochnachmittag. Da ist es sehr unwahrscheinlich, dass sie zu einer Party wollte.«

»Ich habe darüber nachgedacht, ob ich es Mrs. Hallows sagen soll. Was ist, wenn Florence von zu Hause weglaufen will?«

»Ich kann mir nicht vorstellen, dass Florence weglaufen möchte. Dann hätte sie ja eine Tasche mitgenommen. Aber wenn sie sich mit einem Jungen trifft und ihre Mutter das wegen dir herausfindet, wird sie definitiv sauer auf dich sein. Freunde verraten solche Geheimnisse doch nicht, oder?«

Am anderen Ende der Leitung herrschte Schweigen, während Amélie über das Gesagte nachdachte.

»Vielleicht weiß ihre Mum sogar, dass sie in der Stadt unterwegs ist.«

»Ja, vermutlich. Danke dir. Ich werde es gut sein lassen. Ich möchte nicht, dass unsere Beziehung sich noch weiter verschlechtert.«

Sie legte auf. Robyn kämpfte mit ihrem schlechten Gewissen. Florence' Verhalten wurde immer besorgniserregender. Christine Hallows hatte ihrer Tochter schon immer mehr Freiheiten zugestanden, als viele andere Eltern für angemessen halten würden, und bisher hatte Florence keinerlei Grenzen überschritten. Doch was, wenn Amélies Besorgnis begründet war, wenn Florence neue Freunde hatte, die älter waren als sie und möglicherweise Drogen nahmen? Robyn hatte aufgrund ihrer Arbeit schon oft mit jungen Drogenabhängigen zu tun gehabt. Sie musste mit Christine sprechen. Sie lebten in einer gefährlichen Welt und Teenager hatten so viele Herausforderungen zu meistern.

Sie überlegte, ob sie die Frau anrufen sollte, doch dann dachte sie, dass Florence nicht sehr erfreut sein würde, wenn sie herausfand, dass Robyn sie verraten hatte. Das könnte dazu führen, dass sie in Zukunft noch mehr auf Geheimhaltung achtete. Es war nicht leicht abzuschätzen, wie man mit einem Teenager umgehen sollte. So langsam spürte Robyn eine gewisse Frustration in sich aufkommen und wünschte sich, die beiden würden sich einfach wieder vertragen. Doch Amélie hatte so viel durchgemacht und es war in keiner Weise überraschend, dass ihr der Gedanke, ihre beste Freundin zu verlieren, solche Angst machte.

Sie zog ihre Schultern nach oben und ließ sie dann wieder nach unten sacken. Aus dieser Sache würde sie sich heraushalten. Es gab dringendere Angelegenheiten, um die sie sich kümmern musste. Ihr Blick wanderte zurück zu den Unterlagen über Charlottes Tod. Mit den Sorgen von Teenagern konnte sie nicht wirklich umgehen, aber Siobhan Connors konnte sie helfen.

Es war sehr hilfreich, dass sie Carrie auf den Aufnahmen der Kameras am Bahnhof von Derby entdeckt hatten. Nun konnten sie wenigstens davon ausgehen, dass sie sich am achtundzwanzigsten Juli auf dem Weg nach Crewe befunden hatte. Doch war sie kurz darauf nach Derby zurückgekehrt oder war sie entführt worden? Die Nachrichten an Jade, die mutmaßlich Carrie verschickt haben sollte, stammten aus der Gegend um Derby. Nein, die Nachrichten waren definitiv vom Täter verfasst worden. Er oder sie hatte sie aus Derby versendet. War es denkbar, dass Elliot Chambers diese Nachrichten von Derby aus verschickt hatte, wo er doch in Uttoxeter wohnte und arbeitete, rund zwanzig Meilen von Derby entfernt? Oder könnte er sie an den Tagen verschickt haben, an denen er frei hatte? Es musste eine Erklärung geben. Sie würde Anna fragen, ob es möglich war, auf Facebook seinen Standort zu ändern, damit es so aussah, als befände man sich in Derby.

Robyn stützte den Kopf in die Hände. Sie drehte sich im Kreis. Sie musste irgendwie ausbrechen. Ihr Instinkt riet ihr, der Sache mit dem Bahnhof nachzugehen. Es war denkbar, dass alle drei Mädchen sich zu irgendeinem Zeitpunkt am Bahnhof in Uttoxeter befunden hatten und das war zumindest im Moment ihr einziger Anhaltspunkt. Sie würde noch einmal nach Uttoxeter fahren und nach weiteren Hinweisen suchen.

51

Florence war furchtbar schlecht und sie fühlte sich ganz benommen. Sie konnte sich nicht erklären, was passiert war. Sie rollte sich auf der Matratze zu einer Kugel zusammen und wünschte sich einfach nur, dass ihr Körper sich wieder normal anfühlte. Sie wollte sich nicht übergeben müssen. Sie wollte nach Hause.

Es war stockdunkel in dem Zimmer und es der Gestank nach Bleichmittel war so stark, dass er ihren Hals reizte und sie fast würgen musste. Sie fühlte sich schrecklich. Sie konnte nicht klar genug denken, um herausfinden zu können, was hier eigentlich los war.

Sie wartete darauf, dass die Wellen von Übelkeit verschwanden. Neben ihr war eine Wand. Mit den Fingern fuhr sie über die Tapete. Etwas zu berühren, half ein wenig gegen die Panik, die langsam in ihrer Brust aufzusteigen drohte. Sie befand sich in einem Zimmer. Wenigstens war es kein Sarg. Sie hatte mal einen Horrorfilm gesehen, in dem ein Mädchen lebend in einem Sarg begraben worden war. Der Gedanke daran jagte ihr einen kalten Schauer über den Rücken. Sie setzte sich auf, ihre Füße baumelten über den Rand der Matratze. Kalte Luft strich über ihre nackten Fußsohlen. Wo waren ihre Schuhe? Sie streckte einen Arm aus und tastete auf dem Boden nach ihnen. Sie standen nicht neben dem Bett.

Florence kniff die Augen fest zusammen, um gegen eine weitere Welle der Übelkeit anzukämpfen. Und als diese nachließ, rutschte sie an den Rand des Bettes, sodass ihre Füße die hölzernen Bodendielen berührten. Atmen. Es musste eine einfache Erklärung für ihre Situation geben. Sie musste ihre Tasche und ihr Handy finden. Dann würde sie ihre Mum anrufen. Mum würde wissen, was sie tun sollte. Sie streckte ihre Hand aus und tastete nach einem Nachttisch. Auf ihrem Nachttisch zu Hause stand eine Lampe. Sie müsste sie nur berühren, dann würde das Licht angehen. Doch hier gab es keinen Nachttisch. Wo war der Lichtschalter?

Ihr blieb keine andere Wahl, als sich an der Wand entlangzutasten und zu hoffen, dass sie eine Tür und somit auch einen Lichtschalter finden würde oder — was noch besser wäre — einen Weg, der aus diesem Raum hinausführte. Sie tappte über den Fußboden, während ihre Hände an der Wand auf- und abglitten, zögerlich, weil sie Angst hatte, plötzlich auf etwas Scharfes zu stoßen, an dem sie sich verletzen könnte.

Als ihre Finger endlich den Türrahmen fanden, vernahm sie ein leises Zischen, so als habe jemand einen Atemzug ausgestoßen, den er lange zurückgehalten hatte. Sie hörte es erneut. Jemand stand hinter ihr. Sie stand da wie angewurzelt, konnte keinen klaren Gedanken mehr fassen. Ihr größter Albtraum schien gerade wahr zu werden. Jemand würde sie umbringen.

Ein gespenstisches orangefarbenes Licht prallte von der Wand vor ihr ab.

»Ich hoffe, du möchtest mich noch nicht verlassen. Dreh dich um. Ich möchte dich richtig ansehen können.«

Sie drehte sich langsam um, versuchte verzweifelt die Angst, die sich in ihrem Inneren aufbaute, unter Kontrolle zu halten. Vor ihr stand eine Gestalt, einen Fahrradhelm mit einer hellen Lampe darauf auf dem Kopf.

»Wie siehst du nur aus? Oje, oje, Florence. Du und ich haben ein ernstes Wörtchen miteinander zu reden.«

52

Mitz und Robyn fuhren erneut zum Bahnhof in Uttoxeter. Es hatte zwar aufgehört zu regnen, doch es wehte ein kalter Wind. Robyn war bedrückt. Der Besuch bei Mrs. Chambers heute Morgen hatte ihr nicht viel gebracht. Sie hatte nicht viel vorzuweisen, das Elliot mit dem Fall in Verbindung brachte, und er war ihr einziger Verdächtiger.

Mitz warf einen Blick auf den Fahrplan und sah sich am Bahnsteig um. »In zwei Minuten kommt ein Zug.«

»Okay. Dann warten wir.«

Robyn zog ihren Mantel fester um sich und wartete ab, als der Zug zischend in den Bahnhof einfuhr. Eine Tür öffnete sich und heraus trat ein Schaffner in blauer Uniform, der die Fahrgäste aussteigen ließ. Mitz wartete, bis alle ausgestiegen waren, bevor er den Mann ansprach. »Mir ist aufgefallen, dass es nur zwei Abteile gibt.«

»Das ist ganz normal«, antwortete der Mann. »Wir haben normalerweise nicht allzu viele Fahrgäste, obwohl deutlich mehr los ist, wenn in Uttoxeter ein Rennen stattfindet.«

»Dann begleiten Sie diese Strecke oft?«

»Relativ oft, warum?«

Robyn zog Fotos vom Amber und Carrie aus ihrer Tasche. »Haben Sie eines dieser Mädchen schon einmal im Zug gesehen?«

»Kann mich nicht an sie erinnern«, sagte er.

Robyn hielt das Foto von Amber hoch. »Hilft es Ihnen, wenn ich sage, dass dieses Mädchen möglicherweise in Tutbury and Hatton zugestiegen ist? Irgendwann am zweiten Januar?«

Er musterte das Foto erneut. »Nein. Ich würde mich bestimmt an ihr Gesicht erinnern, ist ein hübsches Mädchen, nicht wahr? Tut mir leid. Ich kann Ihnen da nicht weiterhelfen. Wir müssen weiterfahren, der Fahrplan muss eingehalten werden.«

Er kletterte zurück in den Zug. Die Türen schlossen sich zischend und der Zug fuhr ab.

Robyn fühlte sich niedergeschlagen. Hier stand sie nun an einem regnerischen Mittwochabend und klammerte sich an diesen Strohhalm. Mitz ließ seinen Blick über den leeren Parkplatz schweifen. »Ich bin mir nicht sicher, ob uns das hier weiterbringt, Boss.«

»Ich auch nicht. Ich dachte, wir wären fast am Ziel, und jetzt ...« Sie marschierte zurück zum Einsatzwagen und ließ sich auf den Beifahrersitz fallen. Als sie wegfuhren, warf sie noch mal einen Blick zurück auf den Bahnsteig. Sie konnte das Gefühl einfach nicht abschütteln, dass er eine wichtige Rolle spielte. Sie musste auf ihr Gefühl vertrauen. Etwas anderes blieb ihr nicht übrig.

»Gehe ich das alles falsch an, Mitz?«

»Nein, Boss. Wir wissen nur einfach nicht, worauf wir achten sollen.«

Sie starrte ins Leere, während Mitz den Wagen zurück zur Dienststelle steuerte. Flint würde ihr nicht mehr viel Zeit geben. Sie musste herausfinden, welche Rolle Chambers in diesem Fall spielte. Sie schloss die Augen. Was hatten sie bisher in der Hand? Drei Mädchen, deren einzige Verbindung ein

Bahnhof zu sein schien, und eine kryptische Nachricht auf Facebook. Sie riss die Augen auf. Das war es. Mitz hatte recht. Sie hatte keine Ahnung, wonach sie suchte. Sie hatte sich auf den Bahnhof von Uttoxeter konzentriert. Doch es gab noch andere Möglichkeiten, die zu prüfen waren. Sie dachte an ihr neongrünes Post-it, auf das sie das Wort Facebook geschrieben hatte. Amber und Carrie waren dort beide der Seite von Fox or Dog gefolgt. Diese Information hatte sich als Sackgasse entpuppt, zumindest hatten sie das geglaubt. Sie wählte die Nummer ihres Büros. Anna hob ab.

»Anna, haben Sie sich schon einmal die Website von Fox or Dog angesehen? Nein. Okay, dann tun Sie das bitte jetzt für mich.«

Mitz hob eine Augenbraue. »Fox or Dog?«

»Eine Art Dating-App.«

»Das weiß ich«.

Robyn hob eine Hand, um ihn zu unterbrechen, und wandte sich wieder an Anna. »Vergessen Sie, was ich gesagt habe, Anna. Ich kümmere mich darum, wenn ich zurück bin.«

Mitz fuhr fort. »Ich habe diese App schon verwendet. Aber sagen Sie das bitte nicht den anderen aus dem Team. Ich habe nur ein paar Mal reingeschaut und dann festgestellt, dass dort eigentlich nur jüngere Leute sind, Jugendliche im späten Teenageralter oder höchstens um die zwanzig. Die App schlägt einem Leute aus der näheren Umgebung vor. Man erstellt ein Profil, ganz ähnlich wie bei Tinder, lädt ein Foto hoch und schreibt ein, zwei Zeilen über sich und darüber, was einem bei anderen wichtig ist. Dann spuckt die App eine Liste an Mädchen aus der Umgebung aus. Es ist eigentlich nur eine Liste von Namen und Fotos, und die kann man durchscrollen. Wenn einem jemand gefällt, kann man auf dem Profil der Person ein bestimmtes Emoji hinterlassen – einen Fuchs. Wenn die Person sich auch für einen interessiert, kann man sich private Nachrichten schreiben.«

Robyn nickte heftig. »Und was passiert dann?«

»Ich weiß es nicht. Habe die App nach nur einer Woche wieder deinstalliert. Das Ganze war mir zu kindisch und gemein. Dort geht es nur darum, Leute nach ihrem Aussehen zu beurteilen. Schon der Name hätte mich eigentlich stutzig machen müssen – Fox or Dog. Wenn jemandem das Aussehen einer anderen Person nicht gefällt, hinterlässt er auf diesem Profil ein Hunde-Emoji. Darauf hatte ich wenig Lust. Mittlerweile nutze ich solche Apps nicht mehr. Ich habe stattdessen auf meine Mum gehört, die mir geraten hat, die Dinge einfach ihren Lauf nehmen zu lassen.«

Sie blickte verstohlen zu ihm hinüber. Er hatte ein leichtes Lächeln auf den Lippen.

»Dann läuft es also gut mit Ihrem letzten Date?«

Er grinste sie an. »Sieht ganz so aus. Wie haben Sie das nur herausbekommen? Sie sollten zur Polizei gehen.«

Ihre Lippen verzogen sich zu einem Lächeln. »Es freut mich, dass es so gut läuft.«

»Es läuft besser als gut.« Mitz wackelte mit den Augenbrauen.

»Das wird auch Zeit. Sie hatten zu viele katastrophale Dates. Werden Sie uns bald mehr über sie erzählen?«

»Erst, wenn ich mir sicher bin, dass etwas daraus wird.«

»Na schön. Wenn ich unsere Unterhaltung für mich behalte, helfen Sie mir dann dabei, mich bei dieser App anzumelden?«

»Wollen Sie mich etwa erpressen?«

Sie lachte. »Nein. Aber ich könnte wirklich Ihre Hilfe damit gebrauchen. Ich möchte nachsehen, ob eines unserer Opfer oder Siobhan Connors dort angemeldet sind.«

53

Das Büro war verlassen, als sie zurückkehrten. »Sie können entweder ihr Handy oder den Computer benutzen«, sagte Mitz. Er huschte zu seinem eigenen hinüber und fuhr ihn hoch. Dann öffnete er die Website in seinem Browser und wartete darauf, dass seine Vorgesetzte sich zu ihm gesellte. Robyn schob einen zusätzlichen Stuhl zu seinem Schreibtisch. »Wie können wir nach anderen Profilen suchen?«

»Wie gesagt, das funktioniert über den Standort.«

»Sowohl Amber als auch Carrie lebten in oder um Derby.«

»Ich erstelle ein neues Profil und gebe Derby als Standort an. Dann sollten wir eine Liste an Mädchen erhalten, die dort in der Nähe wohnen.« Die Tastatur klackerte, als er die erforderlichen Informationen eingab. Robyn war erstaunt darüber, dass er innerhalb nur weniger Minuten ein neues Profil aufsetzen konnte, es gab keinerlei Sicherheitsmaßnahmen oder eine Überprüfung ihrer Identität. Die Liste an Ergebnissen umfasste über zweihundert Namen.

»Autsch! Das wird eine Weile dauern. Ich kümmere mich darum.«

»Nein, das ist schon in Ordnung. Ich erledige das. Sollte

unser Täter die Mädchen über diese Seite kennengelernt haben, dann kann ich nach allem, was Sie mir darüber gesagt haben, davon ausgehen, dass er in derselben Gegend wohnt wie sie, oder?«

»Im Umkreis von zwanzig Meilen. Die Seite kann über Google auf den jeweiligen Standort zugreifen.«

»Können Sie für mich herausfinden, wie groß die Entfernung zwischen Uttoxeter und Derby ist und das Gleiche dann noch einmal mit Sandwell machen?«

Mitz rollte hinüber zu einem anderen Schreibtisch und tippte dort etwas in einen weiteren Computer. »Uttoxeter ist fast zwanzig Meilen von Derby entfernt. Und zwischen Uttoxeter und Sandwell liegen sechzehn Meilen.«

»Und zwischen Uttoxeter und Tutbury?«

»Zehn Meilen, fast elf.«

»Wenn unser Verdächtiger also in Uttoxeter leben würde, dann könnte er sich über diese Website also mit Carrie, Amber und Siobhan verbinden?«

Mitz nickte. »Oder auch, wenn er in Derby lebt.«

Robyn stieß ein Seufzen aus. Mitz hatte recht. Dann fiel ihr ein, dass Dev Khans Werbebroschüren an Häuser in Staffordshire ausgeliefert worden waren, was nahelegte, dass der Täter aus dieser Gegend stammte. Sie hoffte, dass das hier nicht reine Zeitverschwendung war. Die offizielle Suche nach Siobhan war auf ein Minimum reduziert worden. Es gab nicht ausreichend Informationen, um zu beweisen, dass sie nicht freiwillig verschwunden war. Freunde und Kollegen hatten ausgesagt, dass sie launenhaft war und gern die Aufmerksamkeit anderer auf sich zog. Es schien plausibel, dass Siobhan sich einfach eine Auszeit gegönnt hatte, doch die Nachricht, die sie Lauren geschrieben hatte, störte Robyn nach wie vor. Auch Carrie hatte sich angeblich mit einem neuen Freund davongemacht, und dann gab es da noch die zwei identischen Nachrichten an Siobhan und Amber. In dieser Sache vertraute

Robyn auf ihr Bauchgefühl. Es lag an ihr, weiter nach Siobhan zu suchen, und sie war sich sicher, dass das Mädchen sich in der Gewalt des Täters befand.

Sie scrollte durch die Fotos der jungen Frauen. Niemand auf der Seite hatte seinen echten Namen angegeben, daher musste sie eine Menge Zeit dafür aufwenden, auf jedes Profil zu klicken, das Foto zu vergrößern und nachzusehen, ob das Gesicht auf dem Bild irgendeine Ähnlichkeit zu einem der Mädchen hatte. So langsam verließ sie der Mut. Sie hatte sich nun schon sechzehn verschiedene Gesichter angesehen, ohne Erfolg. »Es wäre so viel einfacher, wenn wir einfach ihre Smartphones oder Computer hätten finden können. Dann könnten wir darauf nach Apps oder Zugangsdaten suchen.«

»Wir haben uns ja Ambers Laptop angesehen, aber nichts darauf gefunden.«

»O hi, Anna. Ich habe gar nicht gehört, dass Sie hereingekommen sind.«

Anna winkte ab. »Sie sahen so beschäftigt aus. Ich habe mich reingeschlichen. Ich habe mir noch einmal die Facebook-Seiten der Mädchen angesehen, aber leider nichts Neues entdeckt.«

Robyn lehnte sich mit ihrem Stuhl gefährlich weit nach hinten. »Kommt es Ihnen nicht auch ein bisschen seltsam vor, dass ein sechzehnjähriges Mädchen nichts anderes als Schulsachen auf ihrem Laptop hat? Sie war doch sicherlich auch manchmal auf Websites, die nichts mit ihren Recherchen zu tun hatten. Ich kann mir einfach nicht vorstellen, dass sie so dermaßen fleißig war.«

»Soweit ich das verstanden habe, hatten ihre Eltern den Laptop gerade erst für sie gekauft. Vielleicht waren sie sehr streng in Bezug auf das, wofür sie ihn nutzen durfte.«

Robyn tippte mit dem Stift gegen ihre Zähne und dachte über die Situation nach. Sie stellte sich Amélie in ihrem Zimmer vor, die über Skype mit ihren Freunden chattete, obwohl ihre Mutter es nicht gerne sah, wenn sie so spät noch online war. Es war ganz natürlich für Teenager, dass sie manchmal rebellierten oder die Grenzen ausloteten. Sie jedenfalls hatte das in ihrer Jugend ganz sicher getan. Und dann war da noch Florence. Florence, die ihre ruhige, schüchterne, umgängliche Persönlichkeit einfach abgestreift hatte und sich nun wie eine erwachsene junge Frau aufführte und ständig online war. Christine Hallows hatte vermutlich keine Ahnung, wie viel Zeit ihre Tochter im Internet verbrachte. Sie würde sich mit Christine über den Vorfall im Kino unterhalten und auch ihre Besorgnis in Bezug auf den Streit zwischen ihr und Amélie zum Ausdruck bringen. Florence könnte mit allen möglichen Personen übers Internet kommunizieren – und es war nur richtig, sich um ihr Wohlergehen zu sorgen. Robyn machte sich eine gedankliche Notiz und nahm sich vor, mit Christine darüber zu sprechen.

Auch Amber war ein Teenager. Sie musste irgendwelche sozialen Netzwerke benutzt haben. Hätte sie auf diese nur über ihr Smartphone zugegriffen? Tatsache blieb jedenfalls, dass sie auf ihrem Laptop absolut nichts gefunden hatten. Sie wandte ihre Aufmerksamkeit wieder der Dating-Website zu.

Anna kam an ihren Schreibtisch. »Ist es in Ordnung, wenn ich für heute Schluss mache, Boss?«

Robyn blickte auf. Es war schon fast acht Uhr abends. »Natürlich. Ich habe nicht gemerkt, wie spät es schon ist. Vielen Dank, dass sie so lange geblieben sind. Mitz, Sie sollten auch nach Hause gehen. Ich möchte nicht riskieren, den Unmut ihrer Mum auf mich zu zichen, weil ich Sie so lange dabehalten habe.«

Er lachte. »Daran ist sie gewöhnt.«

Robyn lächelte müde. »Ja. Und ich schätze das sehr. Vielen Dank, Leute.«

Sie beugte sich wieder über den Schreibtisch.

»Gute Nacht, Boss.«

»Gute Nacht, Ihnen beiden.« Robyn schlenderte hinüber zum Fenster. Sie sollte ebenfalls nach Hause gehen. Sie musste den Fall mit neuen Augen sehen, und im Büro herumzusitzen half ihr dabei kein bisschen. Vielleicht sollte sie eine Runde laufen. Sie wollte dem Fenster gerade den Rücken zuwenden, als sie einen Blick auf Mitz erhaschte, der sich von der Dienststelle entfernte und gerade einen Arm um Anna legte. Sie wandte dem Fenster den Rücken zu und lächelte.

54

TAG ELF – DONNERSTAG, 26. JANUAR

Robyn war voller Entschlossenheit, als sie ins Büro kam. Der Gedanke, dass Amber über einen Computer auf Fox or Dog zugegriffen haben könnte, hatte sich in ihrem Gehirn festgesetzt. Doch die Tatsache, dass sich auf dem Laptop des Mädchens nur Schulsachen befunden hatten, schien diese Möglichkeit auszuschließen. Irgendetwas daran störte Robyn. Teenager waren versessen darauf, miteinander in Kontakt zu bleiben, und obwohl Amber ihr Handy zu diesen Zwecken hatte nutzen können, hätte sie sicherlich auch ihren Laptop dafür verwendet.

Der Einfall war ihr in den frühen Morgenstunden gekommen. Robyn erinnerte sich daran, einen Laptop im Gemeinschaftsraum vom Chapel House gesehen zu haben. Deborah Hampton, die Hausbetreuerin dort, hatte erwähnt, dass die älteren Schüler ihn verwendeten, wenn sie die jüngeren bei den Hausaufgaben beaufsichtigten. Sie hatte außerdem erzählt, dass Amber ihn eines Nachmittags verwendet hatte, während sie dort Aufsicht hatte, und dass sie ein paar der Mädchen scharf angegangen war, weil sie sich unterhalten hatten.

Sie wühlte in den Unterlagen herum und zog die Notiz

daraus hervor, die sie in Ambers Zimmer gefunden hatte. Die Namen dreier Gottheiten, die alle einen Bezug zur Jagd hatten – Orion, Horus und Wōden – und die mit verschnörkelten Herzchen verziert worden waren. Anna hatte angemerkt, dass sie selbst solche Kritzeleien anfertigte, wenn sie telefonierte. War es möglich, dass sich Amber online mit ihrem Mörder unterhalten hatte, während sie die jüngeren Schüler beaufsichtigte? Das klang plausibel. Sobald ihre Mitarbeiter eintrafen, würde sie dieser Eingebung folgen.

Sie öffnete die Website von Fox or Dog und sah sich jedes der Gesichter an in der Hoffnung, dass sie eines der drei Mädchen dort wiederfinden würde. Anna und Mitz kamen ein paar Minuten später und Mitz klemmte sich sofort hinter seinen Schreibtisch.

»Anna, können Sie für mich einen Laptop aus Sandwell abholen? Er befindet sich im Chapel House. Ich rufe Deborah Hampton an und sage Bescheid, dass Sie kommen. Sobald Sie wieder hier sind, sehen Sie sich bitte den Verlauf an. Ich werde Ihnen bestimmte Daten geben, die Sie überprüfen können, sobald ich mit Mrs. Hampton gesprochen habe. Ich möchte, dass sie nach der Fox or Dog Website suchen.«

»Bin schon unterwegs.« Anna schnappte sich ihre Mütze, die sie gerade erst ausgezogen hatte, und verschwand.

Robyn überprüfte weiter ein Profil nach dem anderen. David hatte keinen Erfolg in Uttoxeter gehabt. Er hatte in jedem Geschäft, jedem Restaurant und jedem Pub im Dovefields Retail Park Fotos von Amber, Carrie und Siobhan herumgezeigt. Auch hatte niemand namens Elliot Chambers einen Transporter gemietet, sodass sie einmal mehr ohne weiterführende Hinweise dastanden. David war wieder nach Uttoxeter gefahren, um sein Glück zu versuchen, während Matt gerade mit einem Einbruch auf einem Schrottplatz beschäftigt und nicht verfügbar war, um ihr zu helfen. Nicht, dass sie im Moment viel mehr tun konnten.

»Boss.« Mitz' Stimme klang nervös und erregt. »Ich glaube, ich habe Carrie Miller gefunden.«

Das Profilbild von Miss Mischief zeigte eine junge Frau, die dem Betrachter die Zunge herausstreckte. Die Beschreibung lautete: *Mit mir gibt's immer was zu lachen. Ich nehme das Leben nicht so ernst und stelle mich jeder Herausforderung. Ich bin wild und weiß genau, was ich will. Denkst du, du bist mir gewachsen?*

Es bestand kein Zweifel daran, dass es sich um das Profil von Carrie Miller handelte. Robyns Herz begann zu rasen. »Gut. Gut. Wir kommen voran. Können Sie die Profile aller Männer überprüfen, denen Carries Profil gefallen hat und die ihr ein Fuchs-Emoji hinterlassen haben? Einer davon könnte der Mörder sein.«

Sie wählte die Nummer von Deborah Hampton und informierte sie über Annas Besuch. Deborah klang niedergeschlagen und erschöpft.

»Den Mac? Natürlich. Ich werde ihn abstecken und für Ihre Kollegin abholbereit machen. Die Mädchen wollen morgen nach dem Gottesdienst einen Kirschbaum für Amber pflanzen, draußen im Garten. Ihre beste Freundin, Samantha Dancer, wird ein paar Worte sagen und wir werden uns alle angemessen von ihr verabschieden. Ich habe auch mit der Familie Dalton gesprochen. Sie werden unserer kleinen Abschiedsfeier beiwohnen. Ich hoffe, das wird auch ihnen ein bisschen dabei helfen, einen Schlussstrich zu ziehen.«

Robyn bezweifelte, dass sie jemals einen Schlussstrich würden ziehen können. Sie befürchtete viel mehr, dass sie sich für immer die Schuld am Tod ihrer Tochter geben würden, weil sie weggefahren waren und sie allein zu Hause zurückgelassen hatten. Sie beendete das Telefonat und dachte darüber nach, wie ungerecht das Leben war. Sie konnte nichts mehr daran ändern, was geschehen war, doch sie konnte versuchen, den Verantwortlichen seiner gerechten Strafe zuzuführen.

Die Zeit verflog rasch, während Robyn und Mitz sich von Profil zu Profil klickten. Robyn war so vertieft, dass sie zuerst überhaupt nicht bemerkte, dass das Telefon zu klingeln begonnen hatte. Amy klang eingeschnappt. »Sie haben mich überhaupt nicht auf dem Laufenden gehalten. Ich habe erfahren, dass nun ein weiteres Mädchen vermisst wird. Hat das etwas mit Ihrem Fall zu tun?«

»Amy, lassen Sie mich in Frieden. Kein Kommentar. Ich stecke bis zum Hals in Arbeit. Lassen Sie mich bitte einfach meinen Job machen. Sprechen Sie mit der Presseabteilung. Ich habe gerade keine Zeit für so was.«

»Ich muss ebenfalls meinen Job machen.«

Robyn knallte den Hörer auf die Gabel. Woher wusste diese Frau, was hier vor sich ging? »Mitz, steht in den Zeitungen irgendetwas über Siobhan Connors?«

Sie widmete sich wieder den Gesichtern auf dem Bildschirm, die alle zu ein und demselben zu verschmelzen schienen.

»Es gibt einen Absatz in der *Uttoxeter Daily*:

Die Suche nach der achtzehnjährigen Siobhan Connors, die zuletzt am Freitag, den 13. Januar, in Uttoxeter gesehen wurde, geht weiter. Die Polizei appelliert an mögliche Zeugen, die Miss Connors gegen neunzehn Uhr jenes Abends gesehen haben, sich zu melden. Miss Connors trug vermutlich Jeans und einen schwarzen Mantel und war auf dem Weg zum Bahnhof von Uttoxeter, als sie verschwand.«

»Die Leute aus der Abteilung für Vermisstenfälle müssen das in Auftrag gegeben haben. Ich nehme an, dass Amy ihre Informationen aus diesem Aufruf hatte.«

»Ist sie noch in der Leitung?«

»So leicht gibt sie nicht auf, oder?«

»Ganz wie Sie, Boss.« Mitz grinste sie an. »Ich habe eine

Liste aller Männer, die auf Carries Profil ein Fuchs-Emoji hinterlassen haben. Das sind eine Menge, aber dieser hier dürfte sie ganz besonders interessieren. Er nennt sich Hunter.«

Robyns Finger verharrten auf der Tastatur. Könnte es sich bei diesem Hunter um Chambers handeln? Hatte sie endlich den Hinweis gefunden, den sie so dringend brauchte? Mitz drehte den Bildschirm in ihre Richtung. Der junge Mann auf dem Foto war höchstens Anfang zwanzig, hatte dunkles Haar und war sehr gut aussehend.

»Lassen Sie uns das mal durchspielen. Der Täter würde natürlich nicht sein eigenes Foto verwenden, also sagt das Bild rein gar nichts aus. Wir müssen Kontakt zu den Betreibern von Fox or Dog aufnehmen und sie bitten herauszufinden, wer sich hinter diesem Account verbirgt. Sie müssten in der Lage sein, uns den entsprechenden Standort oder die IP-Adresse mitzuteilen. Anna wird wissen, wie man das anstellen muss.« Robyn fühlte sich plötzlich kraftlos. Sie hatten so viel Energie verschwendet. Sie musste raus aus diesem Büro und wieder einen klaren Kopf bekommen.

Sie schlenderte den Korridor hinunter und trat hinaus an die frische Luft. Sie wollte sich etwas die Beine vertreten und stapfte los in Richtung Parkplatz. In ihrer Nähe stellte Anna gerade den Einsatzwagen ab. Sie holte den Laptop aus dem Wagen und klemmte ihn sich unter den Arm.

»Hab ihn, Boss. Ich setze mich gleich dran.«

Die junge Frau hatte rosige Wangen, ihr ganzes Gesicht strahlte Optimismus aus. Robyns Herz wurde schwer. Was, wenn sie wieder unrecht hatte? Sie konnte es nicht zulassen, dass ihr Team entmutigt wurde. Sie schätzte ihre Mitarbeiter, ihre Loyalität und das Vertrauen, dass sie ihr entgegenbrachten. Schon ihre Bahnhoftheorie hatte sie nicht weitergebracht, was würde geschehen, wenn nun auch die Theorie mit dieser Website ins Nichts führte? Das war durchaus möglich, wenn sie den genauen Standort dieser Person namens Hunter nicht ermitteln konnten. Wie sollten sie dann weitermachen? Sie warf einen Blick auf ihre Uhr. Es war früher Nachmittag. Sie hatte nicht mehr viel Zeit, bis DCI Flint sie zur Rede stellen und von ihr verlangen würde, endlich Chambers zu befragen. Sie ignorierte das Knurren, mit dem sich ihr Magen bemerkbar machte.

Sie musste einfach daran glauben, dass ihr Team das schaffen würde. In der Zwischenzeit machte sie sich Gedanken darüber, warum Chambers eine maßgefertigte Truhe in Auftrag geben sollte, doch ihr wollte beim besten Willen kein Grund dafür einfallen. Es musste sich um die Truhe handeln, in der sie Carrie Millers Leiche gefunden hatten. Sie könnte Mrs. Chambers danach fragen. Möglicherweise hatte ihr Sohn die Truhe mitgebracht, als er nach dem Studium dorthin zurückkehrte. Das einzige Problem daran war nur, dass akute Fluchtgefahr bestand, sollte er herausfinden, dass sie sich nach ihm erkundigt hatten. Wie sollte sie vorgehen? Sie musste das Netz um Chambers enger ziehen. Er musste einfach der Täter sein. Sie versuchte, ihren Herzschlag zu beruhigen. Robyn hatte keine Wahl. Sie würde Mrs. Chambers fragen und das Risiko eingehen müssen, dass diese ihrem Sohn davon berichtete. Sie fand Mrs. Chambers Telefonnummer und begann zu wählen. Es dauerte eine Weile, bis die Frau abhob.

»DI Carter hier. Wir haben uns gestern Vormittag unterhalten. Sie sagten mir, Elliot sei nach seinem Studium nach Hause zurückgekehrt und habe eine Weile bei Ihnen gewohnt?«

»Ja. Warum fragen Sie mich das?«

»Das darf ich Ihnen leider nicht sagen, Mrs. Chambers, aber wir würden Ihre Hilfe sehr zu schätzen wissen.«

Am anderen Ende der Leitung herrschte Schweigen. »Ich verstehe nicht, warum Sie plötzlich nach Elliot fragen. Schließlich war es Charlotte, die gestorben ist.«

Robyns Worte waren sanft, ihre Stimme ruhig und freundlich. »Meine Frage mag Ihnen verständlicherweise etwas seltsam vorkommen, doch wir ermitteln im Moment in einem anderen Fall und würden Ihre Hilfe wirklich sehr zu schätzen wissen.«

Die Stimme der Frau wurde kalt. »Ich weiß nicht, wie Ihnen diese Fragen nach Elliot bei irgendeinem Ihrer Fälle helfen könnten.«

»Ich möchte Ihnen nur eine ganz einfache Frage stellen, Mrs. Chambers, und danach werde ich Sie nicht weiter belästigen.«

Robyn wartete. Sie hoffte sehr, dass Cheryl Chambers nicht einfach auflegte. Schließlich antwortete die Frau. »Okay. Eine einzige Frage.«

»Vielen Dank, Mrs. Chambers. Als Elliot nach seinem Studium wieder nach Hause kam, hatte er alle seine Besitztümer bei sich. Hat er diese Sachen in Koffern und Umzugskartons transportiert oder hatte er eine Truhe dabei?«

Es folgte eine weitere Minute der Stille, bevor die Frau schließlich etwas verwirrt antwortete. »Kartons. Er hatte eine Menge Kartons dabei.«

»Keine Truhe?«

»Nein, das sagte ich doch. Er brachte Kartons voller Bücher und Kochutensilien mit, alle beschriftet. Er ist sehr ordentlich. In seinem alten Zimmer war nicht genug Platz für all die Sachen, daher hat er sie in einem der alten Nebengebäude verstaut, bis er dann in seine neue Wohnung zog und die Kartons mitnahm.«

»Und wie hat er die ganzen Kartons nach Hause transportiert, Mrs. Chambers?«

»Das ist eine weitere Frage und ich verstehe noch immer nicht, warum Sie das interessiert.«

»Bitte haben Sie noch ein wenig Geduld mit mir. Es ist wirklich wichtig.«

»Er hat sich unseren alten Wagen geliehen. Ich fahre ja heutzutage kaum noch selbst. Und er konnte die ganzen

Kartons ja nicht im Zug mitnehmen, nicht wahr? Ich habe ihm das Auto geliehen. Es war groß genug, um alles darin zu verstauen. Es ist ein alter Opel Zafira. Er gehörte früher meinem Mann.«

»Vielen Dank, Mrs. Chambers.«

»Elliot kommt doch nicht in Schwierigkeiten, weil er sich das Auto ausgeliehen hat, oder?«

»Nein, natürlich nicht. Vielen Dank noch mal.«

Was war mit der Truhe passiert? Hatte Elliot sie nicht nach Hause mitgenommen, oder hatte er sie vor seiner Mutter versteckt? Das reichte einfach nicht, um weiterzukommen. Doch etwas anderes hatte sie nicht. Zum x-ten Mal an diesem Tag fragte sie sich, wo Siobhan Connors gefangen gehalten wurde und ob sie noch am Leben war. »Halte durch«, flüsterte sie. »Wir werden dich finden.«

55

Annas Augen blieben auf den Bildschirm des Mac geheftet, als sie sprach. »Im Verlauf ist eine Unmenge von Seiten gespeichert. Soll ich mir bestimmte Daten ansehen?«

Robyn warf einen Blick auf ihre Notizen. »Amber hatte im November jeden Abend Aufsicht.«

»Dann gehe ich alle Seitenaufrufe während der Hausaufgabenzeit durch, in Ordnung?« Anna manövrierte ihren Mauszeiger flink über den Bildschirm.

Robyn betrachtete die junge Kollegin. »Ja, und wenn Sie da nichts finden, dann suchen Sie bitte gezielt nach Fox or Dog und notieren, wann die Seite aufgerufen wurde.«

Sie schlenderte zum Whiteboard hinüber und fügte die Worte ›Truhe‹ und ›Zafira‹ hinzu. Dann begann sie mit ihrer Onlinerecherche.

»Kennt sich einer von Ihnen mit Autos aus?«

Mitz zuckte die Schultern. »Nicht wirklich. Was möchten Sie denn wissen?«

Robyn sah auf. »Wie viel Stauraum der Kofferraum eines Opel Zafira bietet.«

»Da passt sicher einiges rein, denn man kann die Sitze umlegen.«

»Denken Sie, die Truhe, die Sie gefunden haben, würde da reinpassen?«

Er nickte. »Ich denke schon. Warum fragen Sie nicht einfach Google?«

»Gute Idee, Mitz.« Nach einigen Versuchen und Berechnungen fand sie die Information, nach der sie gesucht hatte. Ein Opel Zafira war groß genug, damit die Truhe hineinpasste. Elliot hätte sie damit zu The Oaks transportieren können, als er nach seinem Studium zurückkehrte, und dann verstecken können. Aber wo hatte er Carrie Miller in der Zwischenzeit verborgen? Es gab immer noch zu viele Fragen, deren Antwort sie nicht kannte. Sie rieb sich die Stirn und stand auf. »Möchte jemand Kaffee?«

Mitz gähnte ausgiebig, dann stutzte er, den Mund immer noch weit aufgerissen. »Siobhan. Siobhan Connors.«

Robyn blieb wie angewurzelt stehen. »Sie haben sie gefunden.«

Mitz deutete auf den Bildschirm. »Sexy S.«

»Sie nennt sich selbst Sexy S?« Robyn durchquerte den Raum und stellte sich neben ihn.

»Ja, das ist sie.« Mitz neigte den Bildschirm, damit Robyn bessere Sicht hatte.

Sie nickte, die Nachricht ließ sie neue Kraft schöpfen und die Worte sprudelten nur so aus ihr heraus. »Finden Sie heraus, ob irgendwelche Männer sowohl Siobhans als auch Carries Profilbild geliked haben. Und fangen Sie mit diesem Hunter an.« Sie kehrte zurück an ihren Schreibtisch, den Kaffee hatte sie vollkommen vergessen.

»Der Umgangston auf dieser Seite ist nicht sehr freundlich«, sagte Robyn, während sie die Liste der Profile an ihrem eigenen Computer durchsah. »Einige Leute schreiben richtig gemeine Kommentare über andere. Ich dachte eigentlich, es geht um Dating. Die Kommentare sind mir zuerst gar nicht aufgefallen, sie sind unter den Profilen versteckt und man muss die Kommentarsektion anklicken, um sie lesen zu können. Einer oder zwei sind mir ins Auge gefallen. Jemand namens Twiglet hat einen anderen Nutzer namens Angel19 als ›schwanzlutschende Missgeburt‹ bezeichnet. Was ist denn in diese Leute gefahren, dass sie sich so verhalten?«

»Einige enden mit ›LOL‹. Ich glaube, die ziehen sich gegenseitig auf«, sagte Mitz.

»Ich habe wirklich keinen Schimmer, wie die jungen Leute heutzutage ticken«, sagte Robyn mit einem traurigen Schulterzucken.

»Ich auch nicht und ich bin selbst gerade erst aus den Windeln raus«, sagte Mitz und erntete dafür ein Lächeln.

»Wie läuft es bei Ihnen, Anna?«

Annas Gesichtsausdruck verriet Robyn alles, was sie wissen musste. »Sie hatten recht. Eines der Mädchen hat in der letzten Novemberwoche jeden Abend zwischen sieben und acht Uhr die Website von Fox or Dog aufgerufen.«

»War es Amber?«, fragte Robyn.

»Das überprüfe ich gerade. Ja. Es war Amber. Es ist ihre Profilseite.«

Amber Dalton blickte ihnen vom Bildschirm entgegen, mit großen Augen und wunderschön. Robyn stockte der Atem. Das Mädchen sah einfach umwerfend aus.

»Jedes der Mädchen war auf dieser Seite angemeldet. Ich bin mir sicher, dass das etwas zu bedeuten hat. Mitz, wie kommen Sie voran?«

»Langsam. Viele Männer haben sowohl Carries als auch Siobhans Bild geliked. Unter ihren Fotos sind so viele Fuchs-Emojis, dass es schwierig ist herauszufinden, mit wem davon sie Kontakt gehabt haben könnten.«

»Ich helfe dir«, sagte Anna. »Es geht schneller, wenn wir uns zusammentun.«

Mitz zwinkerte ihr zu. Sie schenkte ihm ein warmes Lächeln.

Robyn starrte mit leerem Blick auf ihren Bildschirm. Dann stand sie auf und schrieb ›Dating-App‹ auf das Whiteboard. Ein Gedanke schoss ihr durch den Kopf und war sofort wieder verschwunden. Sie hatte ihn nicht lange genug festhalten können, um seine Bedeutung zu erkennen.

56

Als PC David Marker das Büro betrat, war seine Frisur vom Wind völlig platt gedrückt. »Da draußen ist es erbärmlich.«

»Was hast du denn erwartet? Es ist Januar«, sagte Anna.

»Ich habe mir den ganzen Vormittag draußen im Dovefields Retail Park den Arsch abgefroren, während ihr es euch hier im Büro gemütlich gemacht habt.«

»Wir waren auch unterwegs«, warf Mitz ein.

David grummelte nur und schlurfte hinüber zur Kaffeemaschine. »Ich habe möglicherweise jemanden gefunden, der Amber Dalton gesehen hat.«

»Möglicherweise?«, fragte Robyn.

»Es handelt sich um eine Kellnerin. Sie arbeitete in dem Frankie & Benny's Restaurant dort und war gerade draußen, um eine schnelle Zigarette zu rauchen. Sie glaubt gesehen zu haben, wie Amber über den Parkplatz gelaufen ist, den Blick auf ihr Handy gerichtet.«

Robyn sprang auf und schnappte sich ihren schwarzen Marker. »Welcher Tag?«

»Dienstag, der dritte Januar. Bei der Uhrzeit war sie sich

nicht ganz sicher, ihrer Schätzung nach war es zwischen neunzehn Uhr fünfzehn und neunzehn Uhr dreißig.«

»Um welche Uhrzeit kommt der Zug aus Tutbury and Hatton in Uttoxeter an?«

»Um fünf nach sieben.« David nahm seinen Kaffeebecher und legte die Hände darum. »Ich habe die Zeit gestoppt und zu Fuß dauert es nur zehn Minuten zum Dovefields Retail Park. Ich fahre später noch einmal hin, um herauszufinden, ob noch andere Angestellte dort Amber in dieser Nacht gesehen haben. Es gibt dort eine Kneipe, ein Kino, eine Bowlingbahn und eine Eisbahn. Sie muss noch von jemand anderem dort gesehen worden sein.«

»Gut gemacht, David.« Robyn notierte sich diese neue Information auf einem weiteren Post-it.

David nippte an seinem Kaffee. »Und wie ist der Stand hier?«

Robyn verschränkte die Arme. »Wir haben drei junge Frauen, die sich bei derselben Dating-App angemeldet haben und jetzt tot sind, oder – im Fall von Siobhan Connors – noch immer vermisst werden. Wir glauben, dass sie über diese App alle mit einem bestimmten Mann in Kontakt standen. Mitz hat einen Typen gefunden, der sich Hunter nennt, und wir haben bereits die Betreiber der Seite kontaktiert, um seine Identität herauszufinden.«

Anna stieß ein leises Quietschen aus. »Ich habe alle Personen überprüft, die unter den Bildern der Mädchen Emojis hinterlassen haben. Hunter ist der Einzige, der bei jeder der drei ein Fuchs-Emoji hinterlassen hat. Es ist also möglich, dass alle drei eine Unterhaltung mit ihm begonnen haben.«

Robyn wedelte mit ihrem Marker. »Gut. So langsam lassen sich die Einzelteile zu einem Bild zusammenfügen. Wenn wir seine wahre Identität ermitteln können, haben wir einen möglichen Verdächtigen. Anna, bitte kontaktieren sie die Betreiber der Seite noch einmal. Wir müssen den wahren Namen von dem Kerl herausfinden, der sich Hunter nennt.« Sie blickte auf ihre Armbanduhr. Es war schon fast fünf Uhr nachmittags. Wie viel Zeit blieb ihr noch, bevor DCI Flint darauf bestand, dass sie Chambers endlich verhörte?

»Boss?« Mitz hatte sich zu ihr umgedreht. »Kommt Ihnen das Mädchen hier irgendwie bekannt vor?«

Robyn musterte das Bild. Das junge Mädchen wirkte sehr zierlich. Sie blickte mit einem zögerlichen Lächeln in die Kamera. *Ich bin nicht perfekt, aber ich habe eine Menge zu bieten. Ich bin auf der Suche nach jemandem, der mich so mag, wie ich bin. Ich mag die freie Natur, Tiere und Kunst. Ich suche nach jemandem, der ruhig und zärtlich ist und mein Freund sein möchte.*

Die Worte versetzten ihr einen Stich. Tausend verschiedene Szenarien wirbelten durch ihren Kopf. »Das sieht aus wie Charlotte Chambers.«

»Finde ich auch. Und sie nennt sich sogar ›Likeable Lotty‹.«

»Ist unter ihrem Bild auch ein Fuchs-Emoji von Hunter?«

Mitz scrollte weiter nach unten und schüttelte den Kopf. »Nein. Da sind überhaupt keine Fuchs-Emojis. Allerdings so einige Hunde. Und auch Kommentare.« Während er las, rümpfte er angewidert die Nase. »Das ist furchtbar. Ein Kommentar nach dem anderen über ihr Gewicht, ihr Gesicht und sogar über ihre Sexualität.«

»Wurde sie etwa online gemobbt?« Robyn lehnte sich vor, um die gemeinen Kommentare lesen zu können. »›Du solltest gar nicht erst versuchen, einen Typen zu finden. Du bist eine hässliche Kuh.‹ Das ist wirklich fies. Sie war ja noch ein Kind«, sagte Robyn entrüstet.

»Menschen können grausam sein, aber wenn sie sich dann auch noch hinter der Anonymität des Internets verstecken können, stumpfen sie völlig ab«, warf Anna ein.

Robyn las einen weiteren Kommentar vor. »Der hier hält sich auch nicht erst mit Höflichkeiten auf: ›Niemand könnte je auf dich abfahren. Du bist nichts weiter als ein dummer Köter. Wuff, wuff!‹ Das ist so unnötig.« Sie schüttelte den Kopf. »Ich sehe hier, dass Charlotte darauf geantwortet hat. Sie hat sich einen regelrechten Schlagabtausch mit dieser Person geliefert. Scheint sich zu einem richtigen Internetstreit entwickelt zu haben.«

Auch Mitz las sich die Kommentare durch. Er atmete scharf ein. »Haben Sie gesehen, wer diesen Kommentar geschrieben hat? ›Mach mich nicht blöd an, du dumme kleine Schlampe. Schau lieber mal in den Spiegel.‹«

»Sexy S. Das ist der Name, den Siobhan Connors verwendet hat.«

Plötzlich verstand Robyn und schnappte nach Luft. »Wie hieß Amber auf dieser Seite?«

»Enchantress«, rief Anna.

»Sie hat auch mitgemischt. Hat Charlotte einen Freak genannt«, sagte Mitz.

»Okay, was soll das hier? Warum haben diese Mädchen sich dazu entschieden, Charlotte so fertigzumachen?«

»Carrie hat auch kommentiert. Alle drei haben Charlotte runtergemacht.« Anna las sich die Kommentare durch. »Sie haben alle bei diesem Spielchen mitgemacht. Sieht so aus, als hätten sie sich zusammengetan, um Charlotte zu beleidigen. Das hier sind die neuesten Kommentare, aber es geht ziemlich weit zurück. Ich drucke sie aus, dann können Sie sie in Ruhe durchlesen, ohne ständig runterscrollen zu müssen.«

Die Stimmung im Raum hatte sich spürbar verändert. Robyn stieß ein zufriedenes Grunzen aus. »Ich glaube, wir haben ein mögliches Motiv gefunden. Anna, finden Sie bitte heraus, ob abgesehen von diesen dreien noch andere solche Kommentare hinterlassen haben, und ermitteln sie deren Identität. Sie könnten ebenfalls in Gefahr sein. Mitz, Sie erstellen bitte eine Liste all derer, die auf Charlottes Profil ein Hunde-Emoji hinterlassen haben.« Mehr und mehr deutete darauf hin, dass Elliot Chambers sich dazu entschieden hatte, seine verstorbene Schwester zu rächen. Doch das Netz um ihn zog sich langsam zu. Der Drucker surrte und spuckte dann Ausdrucke der Unterhaltungen der Mädchen aus.

Robyn schnappte sich mehrere Seiten und setzte sich damit an ihren Schreibtisch. Sie nahm mehrere verschiedenfarbige Textmarker zur Hand, um jedes Mädchen mit einer eigenen Farbe markieren zu können. Zuerst wählte sie einen blauen aus und strich damit über den ersten Kommentar, den Siobhan geschrieben hatte. Diese Mädchen hatten sich im Internet zusammengerottet und Charlotte systematisch fertiggemacht. Falls auch Elliot auf diese Kommentare gestoßen war, könnte ihm das Anlass zur Vergeltung gegeben haben. Doch wie war es überhaupt zu diesem Zusammenschluss gekommen? Die Mädchen kannten sich überhaupt nicht.

Sie startete ihren Computer, um die Profilbilder der Mädchen vergleichen zu können. Es half ihr, wenn sie die Gesichter vor Augen hatte, während sie sich die Kommentare durchlas. Als ihr Blick auf Siobhans Profil fiel, bemerkte sie zum ersten Mal einen kleinen Stern neben ihrem Namen. Auch Amber und Carrie hatten einen solchen Stern auf ihrem Profil, Charlotte jedoch nicht. Es dauerte einen Moment, bevor sich Robyn die Bedeutung dieses Sternchens offenbarte. Sie klickte auf den Stern neben Carries Namen und ein neues Fenster öffnete sich. Sie erblickte eine neue Seite, die ihr zuvor noch nicht aufgefallen war. Dort waren die ›Top 10 Füchse‹ aufgelistet und auf dieser Rangliste befanden sich die Namen aller drei Mädchen. *Sie gehörten alle zu den Top Ten.*

Neben Charlottes Namen gab es kein solches Sternchen. Stattdessen fand sich dort ein Cartoonbildchen von einem Hundeknochen. Robyn klickte es an. Endlich ergab alles einen Sinn. Sie überflog die Unterhaltungen der Mädchen, markierte die ein oder andere Passage und endlich offenbarte sich ihr, was hier vorgefallen war. Sie wirbelte auf ihrem Stuhl herum und blickte in die Gesichter ihres Teams.

»Ich glaube, ich weiß, was hier passiert ist. Es gibt eine Rangliste, in der die beliebtesten Jungen und Mädchen der Seite aufgelistet sind.«

»Wirklich?«, sagte Mitz. »Wie konnte mir das entgehen?«

»Wir haben nicht danach gesucht. Wir haben uns darauf konzentriert herauszufinden, ob diese drei Mädchen diese Website benutzten und ob sie alle mit Hunter in Kontakt standen. Siobhan, Amber und Carrie gehörten alle zu den Top Ten Füchsen. Es gibt jeden Monat eine Rangliste, in der die Nutzer aufgelistet sind, die die meisten Fuchs-Emojis bekommen haben. Wenn ein Nutzer es auf diese Liste schafft, erhält sein oder ihr Profil automatisch eine bevorzugte Platzierung innerhalb der Website, und das bedeutet, dass neuen Nutzern automatisch zuerst die heißesten Top Ten Füchse angezeigt werden, bevor weiter unten dann die anderen Profile folgen.«

»Oh, stimmt. Ich erinnere mich, dass mir am Anfang diese Füchse vorgeschlagen wurden, als ich mich dort angemeldet habe«, sagte Mitz.

»Du hast dich auf dieser Seite angemeldet?« Anna sah ihn belustigt an.

Er lief rot an. »Das ist schon eine Weile her. Ich habe nur ein paar Mal reingeschaut, bevor ich zu dem Schluss kam, dass es nicht das Richtige für mich war«, sagte er, als er ihren Blick bemerkte. Sie schenkte ihm ein Grinsen.

Mitz fuhr fort. »Dann ist diese Top-Ten-Liste also so etwas wie ein Online-Wettbewerb? Es geht darum, welche Nutzer am beliebtesten sind. Man sammelt Fuchs-Emojis und je mehr man bekommt, desto höher steigt man in der Rangliste auf?«

Robyn nickte. »Ja, ganz genau. Auf der Seite geht es in erster Linie darum, neue Leute kennenzulernen und Kontakte zu knüpfen, aber dann gibt es noch diese zusätzliche Funktion. Es ist alles ein bisschen verwirrend, aber es scheint so, als ginge es nicht nur darum, möglichst viele Fuchs-Emojis zu sammeln, sondern man wird in dieser Tabelle – oder Rangliste, wie sie es nennen – auch wieder heruntergestuft, wenn man ein Hunde-Emoji erhält. Aber noch schlimmer ist, dass es auch eine Rangliste der Top Ten Hunde gibt. Charlotte und die drei anderen Mädchen haben im Januar 2015 begonnen, miteinander zu kommunizieren, das war kurz nachdem Charlotte sich auf der Seite angemeldet hatte. Anscheinend hat Charlotte ein Hunde-Emoji auf Siobhans Profil hinterlassen, denn Siobhan hat daraufhin geschrieben: ›Hey, du Schlampe. Warum hast du bei mir ein Hunde-Emoji hinterlassen? Du musst entweder blind sein oder verdammt dämlich. Ich bin besser als ein Hund.‹ Daraufhin hat Charlotte geantwortet: ›Ich fand dich eben nicht attraktiv. Das ist alles.‹ Anna, können Sie bitte Kopien für sich und Mitz anfertigen und die Kommentare durchgehen?«

»Klar.« Sie huschte hinüber zum Drucker, schnappte sich die Ausdrucke, sobald er sie ausspuckte, und reichte Mitz eine der Kopien. Dann beugten sich die beiden gleichzeitig über die Blätter und begannen zu lesen. Robyn wartete darauf, dass sie zum selben Schluss gelangten wie sie selbst, und überflog noch einmal den Teil der Konversation, den sie bereits auf ihrem Bildschirm durchgelesen hatte:

Siobhan/Sexy S: Fick dich. Du hast das Hunde-Emoji wenigstens verdient, das ich bei dir hinterlassen habe.

Charlotte/Likeable Lotty: Habe ich nicht. Du bist nur sauer, weil ich dir eines gegeben habe.

Amber/Enchantress: Sie hat mir auch ein Hunde-Emoji gegeben und jetzt bin ich nicht mehr auf Platz eins in den Top Ten.

Siobhan/Sexy S: Das hat sie mit Absicht gemacht, Ench-

antress. Sie ist total eifersüchtig auf uns. Ist ja keine
Überraschung. Sie ist eine Schlampe.

Amber/Enchantress: Mein Gott! Sieh dir nur ihre Brille
an. Sie muss blind sein.

Charlotte/Likeable Lotty: Ich kann gut genug sehen, um
zu erkennen, dass du nicht besonders hübsch bist.

Siobhan/Sexy S: Such dir ein Leben, Loser. Dank dir bin
ich gerade aus den Top Ten geflogen. Ich weiß überhaupt
nicht, was du hier eigentlich willst. Mit dir will sicher
keiner chatten, du blöde Brillenschlange.

Charlotte/Likeable Lotty: Lass mich in Ruhe. Ich habe
nur das gemacht, wofür diese Seite da ist. Ich habe
Fuchs- und Hunde-Emojis verteilt. Ich war nur ehrlich.
Es war meine Meinung. Niemand sonst hat sich darüber
beschwert.

Carrie/Miss Mischief: Du blöde Fotze. Ich habe gerade
gesehen, dass du mir auch einen Hund gegeben hast. Du
bist der einzige Nutzer hier, der mir je ein Hunde-
Emoji hinterlassen hat. Liegt das daran, dass du mir und
den anderen nicht gönnst, dass wir in den Top Ten sind?
Du wirst es niemals in diese Liste schaffen, Likeable
Lotty – ein besserer Name für dich wäre Lachhafter
Loser.

Amber/Enchantress: Der war gut, Miss Mischief. Zeig
der Schlampe, wie das hier läuft.

Charlotte/Likeable Lotty: Ich habe nur das gemacht, was
man auf dieser Seite tun soll. Ich habe Hunde und

Füchse verteilt, mehr nicht. Warum macht ihr mich jetzt fertig?

Carrie/Miss Mischief: Warum bist du so auf uns fixiert? Dir ist doch wohl klar, dass du dir eigentlich die Profile von Jungs ansehen solltest, du Freak, und nicht die der anderen Mädchen. Du sollst die Profile der Jungs bewerten.

Siobhan/Sexy S: Wahrscheinlich steht sie einfach mehr auf Mädchen als auf Jungs. Stehst du auf Mädchen?

Amber/Enchantress: Ja, genau. Sie steht auf Muschis, Leute.

Charlotte/Likeable Lotty: Das ist nicht wahr. Ich stehe auf Jungs. Sei nicht so eine Schlampe. Ich finde manche Mädchen eben attraktiv, aber ich stehe nicht auf sie.

Amber/Enchantress: Ich bin eine Schlampe? Deine Mum ist eine Schlampe, weil sie eine Schlampe wie dich zur Welt gebracht hat. Sieh es ein, niemand mag dich und ich wette, dass du tief im Inneren auch genau weißt, dass dich alle hassen. Deswegen bist du hier und versuchst, uns runterzuziehen.

Carrie/Miss Mischief: Ich wette, jeder, der dich kennt, hält dich für einen Freak und lästert hinter deinem Rücken über dich.

Charlotte/Likeable Lotty: Verpisst euch!

Carrie/Miss Mischief: Ooh, du kannst ja fluchen wie ein Erwachsener! Ich bin ja so beeindruckt – nicht! Du bist *ein dummes kleines Mädchen, das sich für was Besseres hält. Aber hier legst du dich gerade mit richtigen Erwachsenen an, also sei lieber vorsichtig, du widerlicher Lesben-Freak.*

Amber/Enchantress: Gehst du jetzt heulen, Loser?

Charlotte/Likeable Lotty: Nein.

Amber/Enchantress: Du solltest aber heulen. Wenn ich dein Gesicht hätte, würde ich ständig heulen.

Siobhan/Sexy S: Ich werde allen meinen Freunden von dir erzählen, und dann hast du bald so viele Hunde-Emojis auf deinem Profil, dass du die Top Ten Hunde anführen wirst.

Charlotte/Likeable Lotty: Ich wusste nicht, dass es diese Ranglisten gibt. Bitte mach das nicht. Es tut mir leid, okay?

Amber/Enchantress: Gute Idee. Wir werden dich auf den ersten Platz katapultieren.

Mitz lehnte sich in seinem Stuhl zurück. »Das ist furchtbar«, sagte er.

Anna meldete sich zu Wort. »Es scheint, als wären diese Mädchen alle gerne jede Woche in den Fox Top Ten gewesen, aber als Charlotte ihnen Hunde-Emojis hinterlassen hat, hat sich das auf ihr Ranking ausgewirkt und verloren ihre Platzierung. Zuerst haben sie sie dafür kritisiert und am Ende nur noch beleidigt.« Sie blätterte durch die Seiten. »Dann hat sich die Situation noch mehr zugespitzt und sie haben Charlotte damit gedroht, andere davon zu überzeugen, ihr Profil mit

Hunde-Emojis zu bewerten, damit sie schließlich in den Top Ten Hunden landet.«

Robyn nickte ernst. »Es sollte eine Bestrafung für ihr Verhalten sein, aber für sie war es ein persönlicher Angriff. Soweit ich das beurteilen kann, sind die späteren Kommentare eher aus Rache entstanden. Die Mädchen hatten Spaß daran, wie sehr ihre Worte sie getroffen haben, und haben ihre eigene Beliebtheit genutzt, damit ihr Profil so lange wie möglich in den Top Ten der Hunde angezeigt wurde.«

Anna verzog das Gesicht. »Das ist eine furchtbare Seite. Jeder kann da fertiggemacht oder erniedrigt werden.«

»Sieht so aus, als hätten unsere Opfer diese Rangliste und die Emojis ziemlich ernst genommen.«

»Aber das ist so kleinlich«, sagte Anna. »Das ist doch nur eine dumme Liste, die sich irgendwer ausgedacht hat. Das ist doch nicht wichtig.«

»Diesen Mädchen war es offenbar wichtig. Stellen Sie sich einmal vor, was das bei Charlotte angerichtet hat. Das muss sie gebrochen haben. Ihr ganzes Leben lang hatte sie ihrer Krankheit wegen in der Schule Probleme dabei, Anschluss zu finden, und dann wurde sie auf dieser Seite auch noch von drei jungen Frauen fertiggemacht, die sie nicht einmal kannten. Mädchen in diesem Alter haben oft Probleme mit ihrer Selbstwahrnehmung, und diese Situation hat sicher ausgereicht, um Charlottes Selbstbewusstsein, das vermutlich sowieso schon deutlich zerbrechlicher war als das anderer, komplett zu zerstören. Aber wir werden die Wahrheit erst erfahren, wenn wir Siobhan Connors finden. Vielleicht kann sie uns mehr sagen. Es ist sehr gut möglich, dass Charlotte sich aufgrund der Geschehnisse und Kommentare auf Fox or Dog das Leben genommen hat. Und ich denke, das deutet ebenfalls auf Elliot Chambers als Täter hin. Es erscheint mir immer wahrscheinlicher, dass er beschlossen hat, sich für den Selbstmord seiner Schwester zu rächen.«

»Wie sollen wir weiter vorgehen, Boss? Sollen wir ihn herbringen?«

Robyn verschränkte die Arme und stützte ihr Kinn auf eine ihrer Handflächen. »Ich bin mir nicht sicher. Ich mache mir große Sorgen um Siobhans Wohlergehen. Ich möchte nicht, dass er ihr etwas antut, weil er von unseren Verdächtigungen erfährt. Lassen Sie mich einen Moment darüber nachdenken.«

Der Bildschirm ihres Computers war schwarz geworden. Sie bewegte die Maus, um ihn wieder zum Leben zu erwecken, und führte aus Versehen einen Doppelklick aus. Statt Ambers Profil erschien auf dem Bildschirm das eines Mädchens, das sich Kitten nannte. Robyn riss die Augen auf. Das Mädchen auf dem Foto, das in aufreizender Unterwäsche posierte und unschuldig in die Kamera blickte, war Florence Hallows.

Als sie sich überrascht zurücklehnte, klingelte ihr Handy. Es war Christine Hallows. »Robyn. Ich weiß nicht, was ich tun soll. Florence ist verschwunden.«

57

Christine Hallows wrang eine gemusterte Wollmütze in den Händen. »Ich habe nicht weiter darüber nachgedacht. Sie hat mich gestern nach der Schule angerufen und gefragt, ob es okay wäre, wenn sie den Nachmittag bei Amélie verbrachte, weil sie zusammen an einem Schulprojekt arbeiten wollten. Ich habe es ihr erlaubt. Etwa um sechs Uhr hat sie mir dann eine Nachricht geschickt, in der stand, Brigitte habe vorgeschlagen, dass sie über Nacht blieb, weil sie noch nicht fertig waren und das Projekt heute abgeben müssten. Ich war nicht besonders begeistert darüber, aber ich wollte auch nicht eine dieser nörgelnden Mütter sein. Wir hatten diese Woche ohnehin schon eine Auseinandersetzung, weil es mir nicht gefällt, dass sie Make-up trägt.« Bei dem Gedanken daran ließ sie die Schultern hängen.

»Wann haben Sie realisiert, dass sie verschwunden ist?« Robyn hätte gerne mehr Zeit mit Christine verbracht, die Informationen langsam aus ihr herausgekitzelt und ihr dann versichert, dass alles gut werden würde. Aber das konnte sie nicht. Wenn es sich bei der Person, die Florence entführt hatte, um dieselbe handelte, die die anderen Mädchen in ihre Gewalt gebracht hatte, mussten sie sofort handeln. Auch Florence war auf Fox or Dog angemeldet, und obwohl sie nicht zu denen gehörte, die sich dort über Charlotte lustig gemacht hatten, konnten sie diese Gemeinsamkeit nicht ignorieren. Es schien ganz so, als hätten sie nun noch einen weiteren Grund, Elliot Chambers zu verdächtigen: Er kannte und unterrichtete Florence. Christine war in die Dienststelle gekommen und saß Robyn gegenüber, vor ihr auf dem Tisch stand eine Tasse Tee, die bisher unangetastet geblieben war.

Robyn hatte bereits mit Flint gesprochen, und seine Worte verfolgten sie noch immer. »Ich habe sie gebeten, Chambers herzubringen und einer Befragung zu unterziehen, und nun ist ein weiteres Mädchen verschwunden – eines, das er selbst unterrichtet. Das hätte verhindert werden können.«

»Ich kann mich nur vielmals entschuldigen, Sir. Sie haben darauf vertraut, dass ich den Täter finde, und ich habe mich stattdessen darauf konzentriert, erst genügend Beweise zu finden, um unseren Mörder überführen zu können.«

Seine Stimme wurde zu einem eisigen Zischen. »Dieser Zufall ist zu groß, als dass wir ihn ignorieren könnten. Bringen Sie ihn sofort her und beten Sie, dass er dem Mädchen nichts angetan hat.«

Sie hätte Flints Anweisungen befolgen sollen. Wenn Sie Chambers sofort auf die Dienststelle gebracht hätte, wäre er nicht in der Lage gewesen, Florence zu entführen. Robyn fühlte sich schrecklich, weil sie nicht schon früher herausgefunden hatte, um was es in dieser Geschichte eigentlich ging, doch sie wusste auch, dass wenig Hoffnung auf eine Festnahme bestanden hätte, wenn sie ihn ohne ausreichendes Beweismaterial hergebracht hätte. Sie hätte ihn dann wieder gehen lassen müssen und sie hätten sich nun in derselben Situation befunden, wenn nicht sogar in einer noch schlimmeren. Doch das war ihr kein Trost. Florence war verschwunden. Mehrere Polizisten waren nach Uttoxeter geschickt worden, um nach ihr zu suchen. Ihr Vater Grant war in seinem Auto unterwegs und durchkämmte die Gegend, weil er sich weigerte, das allein der Polizei zu überlassen. Florence war heute nicht im Unterricht erschienen. Robyn fühlte sich miserabel. Das war allein ihre Schuld. In der letzten Zeit hatte sie allen Grund gehabt, sich um Florence zu sorgen, und doch hatte sie Amélie nicht ernst genommen, als diese sie angerufen und von ihrer Besorgnis um ihre Freundin berichtet hatte. Weder hatte sie Florence noch einmal auf die Episode im Kino angesprochen noch ihre Besorgnis Christine gegenüber geäußert. Sie hatte sie auch nicht darüber informiert, dass Florence am Tag zuvor früher den Unterricht verlassen hatte und am Mittwochnachmittag dabei gesehen worden war, wie sie durch Uttoxeter lief. Und um dem Ganzen noch die Krone aufzusetzen, hatte sie auch noch gewusst, dass es sich bei Chambers um einen Verdächtigen handelte und er an der Delia-Marsh-Schule unterrichtete. Sie hatte einen folgenschweren Fehler begangen. Sie hatte sich so tief in ihre Ermittlung verstrickt, dass sie Florence darüber völlig vergessen hatte, und nun schwebte das Mädchen in Lebensgefahr. Christines eigene Schuldgefühle waren an ihrer Haltung klar abzulesen. Sie drehte die Mütze in ihren Händen herum und knautschte sie fest zusammen.

»Oh, Robyn, was habe ich nur getan? Ich hätte sie anrufen müssen oder bei Brigitte nachfragen, um sicherzugehen, dass sie wirklich bei Amélie war, aber ich habe ihr einfach geglaubt. Sie ist ein vernünftiges Mädchen. Ich vertraue ihr. Sie hat mir nie einen Grund gegeben, das nicht zu tun.«

Robyn legte ihr eine Hand auf die Schulter. »Machen Sie sich keine Sorgen. Wir werden sie finden. Ich lasse Sie jetzt in der Obhut von PC David Marker. Er wird Sie nach allen Details fragen. Ich melde mich später bei Ihnen.«

Christine biss sich auf die Lippe. »Danke, Robyn.«

Robyn eilte den Korridor entlang und in ihr Büro, wo Mitz sie schon erwartete. »Chambers hat die Schule um fünfzehn Uhr dreißig verlassen, zusammen mit einem Kollegen, der

Mathematik unterrichtet – Joe Furnish. Wir wissen nicht, ob er direkt nach Hause gegangen ist. Matt ist zu seiner Wohnung gefahren und wartet dort auf Ihre Anweisungen. Ich habe auch den Durchsuchungsbefehl, den Sie haben wollten.«

»Danke. Ich bin nicht sehr glücklich darüber, aber ich sehe keine andere Möglichkeit. DCI Flint hat mir sehr deutlich zu verstehen gegeben, dass wir Chambers in Verbindung mit dem Verschwinden von Florence Hallows und Siobhan Connors festnehmen sollen. Ich kann es mir nicht leisten, dass einem der beiden Mädchen etwas zustößt.«

Robyn schüttelte niedergeschlagen den Kopf. Irgendetwas stimmte nicht. Warum hatte er Florence entführt? Wenn sie mit ihrer Theorie richtiglag, dann hatte Chambers es nur auf diejenigen abgesehen, die seiner Schwester gegenüber grausam gewesen waren. Doch hier schien das nicht der Fall zu sein. Hatte er seine Vorgehensweise geändert und war nun auch hinter anderen Mädchen her, die er online kennenlernte? Anna hatte sich Florence' Profil auf Fox or Dog genauer angesehen und festgestellt, dass auch sie mit Hunter in Kontakt gekommen war. Er hatte ihr Profil geliked und sie seines ebenfalls. Aber Florence hatte Charlotte überhaupt nicht gekannt. Warum sollte Chambers sie entführen oder ihr Schaden zufügen wollen? Sie wusste nur, dass sie schnell handeln musste. Falls es tatsächlich Elliot Chambers alias Hunter war, der sie entführt hatte, durfte sie keine Zeit verschwenden. Er ließ reihenweise Mädchen wie von Zauberhand verschwinden. Auf Robyns Schultern lastete nun die Verantwortung, sie sicher nach Hause zurückzubringen. Sie musste sich ganz darauf konzentrieren.

»Wir müssen Elliot Chambers herbringen. Aber eine Sache bereitet mir noch Kopfzerbrechen. Florence hat keinerlei Nachrichten oder Kommentare auf Charlotte Chambers' Profil hinterlassen. Diese Entführung folgt nicht demselben Muster wie die davor.«

»Wir haben nicht wirklich eine Wahl, Boss«, sagte Mitz. »DCI Flint hat seine Vernehmung angeordnet.«

Robyn nickte schwach. »Okay, holen wir ihn uns.«

Matt befand sich in der Derby Street und er war gut versteckt. Robyn gesellte sich zu ihm. Matt zuckte die Schultern. »Er ist da drin. Er kam etwa zehn Minuten nach mir hier an, eine Einkaufstüte in der Hand. Seitdem hat er die Wohnung nicht mehr verlassen.«

»Bleiben Sie hier, ich gehe mit Mitz und Anna da hoch. Halten Sie sich bereit für den Fall, dass er abhauen will.«

Sie winkte die beiden anderen zu sich und gemeinsam stiegen sie die Treppe hinauf.

Elliot Chambers trug Jeans und ein Sweatshirt. Als er Robyn und Mitz vor seiner Tür stehen sah, weiteten sich seine Augen. Er wischte sich die Hände an einem Geschirrtuch ab. »Wie kann ich Ihnen behilflich sein?«

Robyn hielt ihm den Durchsuchungsbefehl vor die Nase. »Wir haben einen Durchsuchungsbefehl für Ihre Wohnung vorliegen, Mr. Chambers.«

Er stand einfach nur da, den Mund leicht geöffnet, und auf seinen jungenhaften Zügen zeichnete sich Verwirrung ab. »Ich verstehe nicht«, stammelte er.

Robyn fuhr fort. »Bitte lassen Sie uns herein, Sir.«

Er trat zur Seite und ließ Robyn, Mitz und Anna in den Flur treten. Mitz und Anna machten sich sofort an die Arbeit und verschwanden hinter der ersten Tür links. Elliot legte den Kopf schief. »Warum durchsuchen Sie meine Wohnung?«

Robyn atmete tief ein. »Würde es Ihnen etwas ausmachen, mir ein paar Fragen zu beantworten, Mr. Chambers?«

»Worum geht es hier überhaupt?«

»Ich ziehe es vor, selbst die Fragen zu stellen, Sir. Aber falls Ihnen das lieber ist, können Sie mich auch auf die Dienststelle begleiten und sie dort beantworten.«

»Das ist absurd. Sie können hier nicht ohne Grund einfach

reinmarschieren und meine Wohnung durchsuchen.« Sein Gesicht lief rot an.

»Ich fürchte, wir haben einen guten Grund und außerdem einen gültigen Durchsuchungsbefehl.«

Elliot ging auf eine Tür auf der rechten Seite zu und drückte sie auf. »Hier herein, bitte«, murmelte er. Sie betraten eine Wohnküche, in der es nach italienischen Kräutern duftete – Basilikum, Rosmarin und Thymian. Auf der Herdplatte blubberte eine Pfanne fröhlich vor sich hin und daneben lag ein leeres Schneidebrett. »Ich war gerade dabei, das Abendessen zuzubereiten«, sagte er.

Robyn nickte. »Am besten schalten sie den Herd noch einmal aus. Ist das eine Gefriertruhe, Mr. Chambers?«

Sie deutete auf eine weiße Tiefkühltruhe an der Wand.

»Ja, ich koche gern vor. Dann muss ich nicht jeden Abend kochen. Heute mache ich eine Ausnahme.«

»Kommt mir sehr groß vor für eine einzige Person.«

»Ich koche immer die doppelte Menge und bringe dann meiner Mutter etwas vorbei. Es geht ihr nicht gut. Und ich koche gern«, sagte er.

Robyn hob den Deckel an und spähte ins Innere. Ein eisiger Luftzug strich über ihr Gesicht, als ihr Blick auf mehrere Plastikbehälter fiel. Sie schloss die Truhe wieder. »Setzen Sie sich bitte, Sir.«

Er tat wie ihm geheißen und bot ihr einen Stuhl an der Theke an. Sie lehnte ab. »Mr. Chambers, wann haben sie Florence Hallows zum letzten Mal gesehen?«

»Florence?« Erneut spiegelte sich Verwirrung auf seinen Zügen wider. »Warum?«

»Ich habe Ihnen eine Frage gestellt, Sir.«

Elliot hob eine Hand und rieb sich die Stirn. »Gestern. In der dritten Stunde. Warum? Ist ihr etwas passiert?«

»Haben Sie gesehen, wie sie gestern Nachmittag die Schule verlassen hat?«

Elliot schüttelte den Kopf. »Ich gehe normalerweise erst nach den Schülern. Gestern war es nicht anders. Ich bin noch ins Lehrerzimmer gegangen, um einen Stapel Tests zu holen, die ich korrigieren musste. Dann habe ich mich noch eine Weile mit Sue Jones unterhalten, der Fachleitung für Englisch. Danach bin ich sofort nach Hause gegangen, aber Florence habe ich auf dem Weg oder an der Schule nirgendwo gesehen. Sagen Sie mir nun, um was es eigentlich geht?«

»Zum geeigneten Zeitpunkt. Darf ich fragen, ob Ihnen der Name Carrie Miller bekannt ist?«

Elliots Mund klappte auf. »Nun ja. Das ist das Mädchen, das tot in Rugeley aufgefunden wurde, aber sie war keine unserer Schülerinnen. Ich kannte sie nicht. Ich habe nur ihr Bild in der Zeitung gesehen.«

Robyn machte sich Notizen. Sie erinnerte sich an Phil Eastwoods Worte, dass Elliot ein sehr guter Schauspieler war. Er zeigte auf jeden Fall die angemessene Reaktion für einen fassungslosen und unschuldigen Verdächtigen – weit aufgerissene Augen, die Augenbrauen verwirrt zusammengezogen. Sie beschloss, ihre Strategie fürs Erste beizubehalten. Sie hätte später noch genug Gelegenheit ihm zuzusetzen. »Amber Dalton.«

Er stöhnte. »Sie war diese Woche ebenfalls in der Zeitung. Sie besuchte diese Privatschule in Sandwell. Auch sie kenne ich nicht.« Er fuhr sich mit einer Hand durchs Haar, seine Augen beteuerten seine Unschuld.

»Siobhan Connors?«

Er schüttelte den Kopf. »Ich kenne sie nicht. Würden Sie mir bitte sagen, worum es hier geht?«

Robyn konnte hören, wie Mitz einen Raum verließ und dann einen anderen betrat. »Soweit ich informiert bin, haben Sie bis zum vergangenen Jahr an der Manchester University studiert.«

Er atmete tief durch, offensichtlich erleichtert über die Wendung, die das Gespräch nahm.

»Das ist richtig.«

»Wo haben Sie während Ihres Abschlussjahres gewohnt?« Sie ließ sein Gesicht nicht aus den Augen.

»In einem Haus in der Edgar Street.«

»Haben Sie eine maßgefertigte Truhe bestellt und bezahlt, Mr. Chambers, und sich diese Truhe dann zu diesem Haus liefern lassen?«

Erneut fuhr er sich mit den Fingern durchs Haar und nickte.

»Warum haben Sie eine solch große Truhe gekauft?« Sie wartete ab, während er ihre Worte zu verdauen schien.

»Sie war nicht für mich«, stieß er dann hervor. »Sie war Teil meiner Schauspielprüfung. Einige von uns haben zusammen ein Stück über einen Entfesselungskünstler geschrieben, Harry Houdini. Für dieses Stück habe ich die Truhe bestellt. Sie musste groß genug sein, dass ich hineinpasse. Ich habe Houdini gespielt, wissen Sie, und ich wollte mich nicht so hineinquetschen müssen. Auf der Bühne musste ich es über eine halbe Stunde lang darin aushalten.«

Robyn hob die Augenbrauen. »Sie haben eine so teure Truhe lediglich für ein Theaterstück gekauft? Wie konnten Sie sich das leisten?«

»Ich hatte vor, sie danach wieder zu verkaufen. Ich habe von der Schauspielfakultät ein wenig finanzielle Unterstützung dafür bekommen.«

Ihr Gesicht zeigte keine Regung. »Und Sie wären in der Lage, einige Ihrer ehemaligen Kommilitonen oder Universitätspersonal aufzutreiben, die diese Geschichte bestätigen können?«

Er nickte. »Ziemlich sicher, obwohl ich keine Ahnung habe, wo die anderen aus meinem Kurs jetzt sind.«

Wie Robyn erwartet hatte, hatte er sich gut überlegt, was er ihr sagen würde. Er hatte sich eine plausible Geschichte zu der Truhe einfallen lassen. »Wo ist diese Truhe jetzt, Mr. Chambers?«

»Das ist das Seltsame daran. Als ich zurück zu meiner Mutter gezogen bin, habe ich sie in einem der Nebengebäude dort gelagert und sie ist einfach verschwunden. Ich weiß nicht, was passiert ist – Zigeuner, Einbrecher oder einfach nur jemand, der die Gelegenheit genutzt hat – irgendjemand muss um die Gebäude herumgeschlichen sein, sie gesehen und dann mitgenommen haben.«

»Sie haben sie aber nicht als gestohlen gemeldet?«

Er zuckte die Schultern. »Ich wollte die Polizei nicht wegen einer Truhe behelligen. Es war nichts Wertvolles darin. Und mich haben andere Dinge beschäftigt. Ich bereitete mich gerade auf meine Stelle an Delia-Marsh-Schule vor und sah mich nach einer neuen Wohnung um.«

»Sie haben die Universität im Juni vergangenen Jahres verlassen?«

»Ja.«

»Und dann sind Sie in das Haus Ihrer Mutter, The Oaks, zurückgekehrt und haben dort gelebt, bis Sie am zwanzigsten Dezember letzten Jahres in diese Wohnung gezogen sind?«

Er nickte und veränderte leicht seine Haltung.

»Während Sie bei Ihrer Mutter wohnten, haben Sie sich aber nicht nach einem Übergangsjob umgesehen? Sie müssen durch Ihr Studium einiges an Schulden aufgebaut haben.«

Elliot schluckte hart. »Ich hatte einige Schulden. Aber es ging nicht um viel. Durch mein Gehalt als Lehrer kann ich sie Monat für Monat abbezahlen.«

»Dann waren Sie also praktisch arbeitslos, während Sie von Juni bis September bei Ihrer Mutter wohnten. Was haben Sie in dieser Zeit den ganzen Tag zu Hause gemacht, Mr. Chambers?«

Er blickte auf seine Füße. »Dies und jenes. Nicht viel.

Wissen Sie ... Ich habe hart für meinen Abschluss gearbeitet. Ich habe einfach für eine Weile gechillt.«

»Sie haben drei Monate lang ›gechillt‹.«

»Hören Sie, ich weiß nicht, was das für eine Rolle spielt«, sagte er, die Fäuste geballt.

Mitz tauchte in der Tür auf und schüttelte den Kopf. Er hatte nichts gefunden. Sie winkte ihn in die Küche, wo er sofort damit begann, die Schubladen zu durchsuchen.

Robyn wartete ab, während Elliot den Polizisten dabei beobachtete, wie er den Kopf in einen Schrank steckte. »Wenn Sie mir sagen, wonach Sie suchen, kann ich Ihnen sagen, wo es ist.«

Mitz schloss die Schranktür leise. »Das ist schon in Ordnung, Sir.«

Elliot wandte sich ihr wieder zu. »Haben Sie schon einmal die Fox or Dog App benutzt?«

»Nie davon gehört«, sagte er.

»Sie müssen davon gehört haben. Sicherlich haben Sie mitbekommen, wie ihre Schüler sich darüber unterhalten haben?«

Er schüttelte den Kopf und ließ die Schultern hängen, als Mitz sich durch einige Papiere in einer Schublade wühlte. »Bitte machen Sie keine Unordnung. Ich kann Unordnung nicht ausstehen.«

»Sind Sie sich ganz sicher, dass Sie noch nie von dieser App gehört haben, Mr. Chambers?«

Er nickte verärgert. »Natürlich bin ich sicher. Was ist das für eine App? Ein Spiel?«

»Es ist eine Dating-App«, sagte Robyn kühl.

Elliot beobachtete Mitz mit stechendem Blick. »Hier muss es sich um ein Missverständnis handeln«, sagte er. »Ich habe keine Ahnung, worum es hier eigentlich geht.«

Es klopfte an der Tür. Anna winkte Robyn zu sich in den

Flur, und sie wandte sich von Elliot ab. »Warten Sie hier, Mr. Chambers.«

Draußen auf dem Flur ging Anna ihr voran auf Elliots Schlafzimmer zu.

Sie zog eine Schachtel hervor, auf der ›Requisiten‹ stand, und nahm einen Stapel ordentlich gefalteter Kleidung heraus, den sie auf dem Bett ablegte.

»Was haben Sie gefunden?«, fragte Robyn.

»Das hier«, sagte Anna und hob eine blaue Lederjacke und ein blaues Haarband von dem Stapel.

58

Elliot saß vornübergebeugt auf einem Stuhl im Vernehmungsraum auf der Dienststelle und hatte seinen Kopf in die Hände gestützt. Robyn und Mitz saßen ihm gegenüber.

»Mr. Chambers, können Sie uns erklären, warum diese Kleidungsstücke sich in einer Schachtel in Ihrer Wohnung befunden haben?«

Robyn schob die Lederjacke und das Stirnband über den Tisch auf ihn zu. Er hob nicht einmal den Kopf. »Das sind Sachen, die ich zum Theaterspielen brauche. Manchmal spiele ich weibliche Rollen. Das ist alles.«

Robyn fuhr fort. »Haben Sie diese Kleidungsstücke am achtzehnten oder zwanzigsten Dezember auch getragen?«

Er schüttelte den Kopf. »Nein. Die Sachen liegen schon in der Schachtel, seit ich mein Studium beendet habe. Ich habe sie da reingepackt, als ich zurück nach Hause gezogen bin. Dachte, ich könnte sie eines Tages vielleicht noch einmal brauchen.«

»Wo waren Sie am zwanzigsten Dezember?«

»An diesem Tag bin ich in meine neue Wohnung eingezogen.«

»Wie haben Sie ihre Besitztümer dorthin transportiert?«

Er stieß einen langen Atemzug aus. »Ich habe mir das Auto meiner Mum geliehen.«

»Und zu welcher Zeit war das?«

»Ich habe das Auto am Abend zuvor eingeräumt und bin dann gleich morgens damit zur Wohnung gefahren. Ich war den ganzen Tag dort.«

»Den ganzen Tag?«

»Ich musste alles auspacken und an seinen neuen Platz räumen. Das dauert eine Weile.« Er richtete sich auf und sah sie mit versteinerter Miene an.

Robyn ignorierte seinen Blick. »Mr. Chambers, wo waren Sie am dritten Januar?«

»Oh, um Himmels willen! Ich weiß es nicht mehr. Zu welcher Zeit?«

»Abends, ungefähr gegen sieben Uhr.«

Er hob die Hände. »Ich war unterwegs. Eigentlich wollte ich mit ein paar Freunden ein Stück im Garrick Theatre in Lichfield ansehen, aber sie haben in letzter Minute abgesagt. Die beiden hatten eine Magenverstimmung. Ich habe kein eigenes Auto und hatte keine Lust, mir ein Taxi zu rufen, also bin ich rüber ins CineBowl im Dovefields Retail Park gegangen, um mir einen Film anzusehen.«

»Welchen Film haben Sie sich angesehen?«

Er musterte einen Moment lang seine Hände. »Ich habe mir *Sieben Minuten nach Mitternacht* angesehen.«

»Wovon handelt der Film?«

»Es geht um einen Jungen, der von seinen Klassenkameraden gemobbt wird und sich in eine Traumwelt flüchtet.«

Robyn verlagerte ihr Gewicht und richtete sich auf. »Das ist interessant. Ein seltsames Thema für einen jungen Mann wie Sie.«

Er zuckte die Schultern. »Es geht um ein Kind, das gemobbt wird. Ich dachte, das könnte mir vielleicht helfen, mich in solche Kinder besser hineinversetzen zu können. Es gibt immer wieder Mobbing in den Schulen. Auch an unserer Schule kommt das vor und ich wollte gerne helfen. Möchte einen Unterschied machen. Ich möchte gut sein in dem, was ich tue.« Seine Stimme wurde leiser.

»Was denken Sie über solche Mobber?«

»Was ist das denn für eine Frage? Ich bin Lehrer. Ich bilde junge Menschen aus, versuche, sie dazu zu ermutigen, das Beste aus sich zu machen. Ich bin der Meinung, dass sie oft unabsichtlich grausamer sein können als Erwachsene. Und ich weiß nicht, welche Auswirkungen Mobbing auf die Opfer haben kann. Was für eine Antwort haben Sie denn erwartet? Dass ich es gutheiße? Wenn es hier um meine persönlichen Ansichten geht, dann muss ich Sie warnen. Ich verurteile viele Verhaltensweisen, Inspector Carter. Soll ich Ihnen alle Dinge, die mich an dieser Welt stören, einmal auflisten?« Er schlug mit der flachen Hand auf den Tisch. »Das ist eine einzige Farce. Warum stellen Sie mir all diese Fragen?«

»Beruhigen Sie sich bitte, Mr. Chambers. Ich muss Ihnen diese Fragen stellen. Können Sie mir sagen, wo Sie sich am Abend des achtzehnten und in den frühen Morgenstunden des zwanzigsten Januars aufgehalten haben?«

Er zuckte hilflos die Schultern. »Nicht wirklich. Ich vermute, ich war zu Hause und habe ferngesehen oder Tests benotet, bevor ich schlafen gegangen bin. Ich gehe normalerweise gegen zehn ins Bett. Später war ich sicher nicht mehr wach.«

»Sie haben den ganzen Abend über Ihre Wohnung nicht verlassen?«

»Nein, habe ich nicht.«

»Wann haben Sie sich zum letzten Mal das Auto Ihrer Mutter ausgeliehen?«

Er hob die Schultern und ließ sie dann wieder hängen. »Ich habe es nicht mehr genutzt, seit ich hier eingezogen bin. Vermutlich steht es seitdem in ihrer Garage. Während der letzten Monate war sie zu krank, um Auto zu fahren. Sie hat mich gefragt, ob ich es haben möchte, aber es ist nicht wirklich meine Art von Auto und ich kann es hier nirgendwo abstellen. Auf der Straße hier ist meistens ziemlich viel Verkehr.«

Robyn atmete durch und neigte den Kopf zur Seite. »Ich verstehe«, sagte sie.

Die Hände des Mannes begannen zu zittern. »Bitte«, flüsterte er. »Was werfen Sie mir vor?«

»Sie sagten, Sie sind ins Haus Ihrer Mutter zurückgekehrt, nachdem Sie ihr Studium beendet hatten, und haben dort dann mehrere Monate lang gewohnt, bevor Sie schließlich in Ihre eigene Wohnung gezogen sind. In dieser Zeit müssen Sie noch andere Dinge getan haben, als nur zu entspannen. Es handelt sich um fast drei Monate. Ich würde gerne mehr über Ihre Aktivitäten in dieser Zeit wissen. Sind Sie ab und zu ausgegangen? Haben sich mit Freunden getroffen? Sie müssen mehr getan haben, als nur in diesem Haus herumzusitzen.«

»Nein, ich bin nicht ausgegangen. Es ging mir nicht besonders gut.« Seine Stimme verklang und er ließ den Kopf hängen.

»Mr. Chambers, können Sie uns sagen, wo Sie Siobhan Connors und Florence Hallows versteckt halten?«

Er öffnete den Mund und schloss ihn dann wieder. »Ich habe keine Ahnung, wovon Sie sprechen.«

Es klopfte an der Tür. Es war Anna. »Boss, da ist ein Anruf für Sie. Es ist dringend.«

Robyn nickte. »Danke. Können Sie Mr. Chambers etwas zu trinken bringen, während ich weg bin?«

Sie machte sich auf den Weg in ihr Büro. Ross war am anderen Ende der Leitung.

»Hey, wie läuft's?«

»Wir machen Fortschritte.«

»Ich weiß, es steht mir nicht zu, mich in eine Polizeiermittlung einzumischen, aber ich war heute noch einmal am Bahnhof in Uttoxeter, habe das Personal und einige Pendler befragt, die regelmäßig den Zug von Crewe nach Derby nehmen. Ich wollte wissen, ob jemand Laurens Freundin Siobhan am Dreizehnten dort gesehen hat. Während ich auf den Zug gewartet habe, traf ich auf einen Mann, der in dem kleinen Gemeinschaftsgarten neben dem Bahnhof arbeitet. Er gehört zu den Freiwilligen, die den Garten pflegen, und zufällig hielt er sich auch am Abend des Dreizehnten dort auf.«

Robyn fühlte, wie sich ihr Puls beschleunigte.

»Er war vorher im Pub gewesen und entschied spontan, dort vorbeizuschauen, um einen Blick auf ein paar Bäumchen zu werfen, die er gepflanzt hatte. Am Tag zuvor war es sehr windig gewesen und daher mussten einige der Baumgurte wieder befestigt werden, die sich gelöst hatten. Da hörte er plötzlich laute Stimmen. Er sah eine junge Frau, die gerade in ein Auto gezogen wurde. Er glaubt, dass es sich um einen Opel handelte. Sie sah aus, als wäre sie betrunken, und der Mann im Inneren des Wagens hatte Probleme damit, sie hineinzuzerren. Mein Zeuge hat ausgesagt, dass das Mädchen gerufen hat: ›Lass mich los, du Bastard.‹ Dann kam es zu einem kleinen Handgemenge und sie fiel dem Mann in die Arme. Dazu hat er nur gesagt: ›Das sieht man heutzutage oft, dass die jungen Mädchen zu viel trinken. Und es war gerade erst sieben.‹ Das Auto ist dann davongerast und er hat nicht weiter darüber nachgedacht.«

»Konnte dein Zeuge das Mädchen beschreiben?«

»Die Beleuchtung in dem Wagen war nicht sehr hell, aber er konnte einen Blick auf ihr Gesicht werfen. Ich habe ihm ein Foto von Siobhan gezeigt und er meinte, so habe sie ausgesehen. Ich werde jetzt gleich bei den Leuten anrufen, die sich um Vermisstenfälle kümmern. Aber ich dachte, dir könnte diese Information vielleicht weiterhelfen.«

»Darauf kannst du wetten, ich danke dir. Wirst du deine Suche nach Siobhan fortsetzen?«

»Fragst du mich das ganz offiziell als Polizistin?«

»Nein.«

»Dann lautet meine Antwort ja. Ich habe es Lauren versprochen und ich bin ein Mann, der zu seinem Wort steht.«

Robyn ließ ihren Blick noch einmal über das Whiteboard schweifen, ihre Augen wurden von Chambers' Namen magisch angezogen. Sie brauchte so viele Beweise, die ihn belasteten, wie nur irgend möglich. Es würde nicht leicht werden, Chambers zum Reden zu bringen, aber sie würde es schaffen. Und sie gab sich selbst das Versprechen, dass sie Siobhan und Florence finden würde, noch bevor die Nacht zu Ende war.

59

Es war schon fast acht Uhr, doch sie hatte noch immer nichts Neues aus Elliot Chambers herausbekommen. Er hatte sich geweigert, über seine Aktivitäten in den Monaten Juni, Juli und August zu sprechen; er bestritt, in Derby gewesen zu sein; er blieb standhaft bei seiner Geschichte über den Grund für den Kauf der Truhe und über seinen Aufenthaltsort an dem Tag, an dem Joanne Hutchinson diese Truhe in Rugeley abgegeben hatte sowie der Nacht, in der Amber Dalton in der Nähe der Derby Road in Uttoxeter gesehen worden war. Er bestritt vehement, in der Nacht des Dreizehnten, als Siobhan Connors verschwunden war, im Auto seiner Mutter unterwegs gewesen zu sein, konnte jedoch kein konkretes Alibi vorweisen. Ebenso bestritt er, das Auto am Neunzehnten gefahren zu sein. Darüber hinaus beharrte er darauf, nichts über den Aufenthaltsort von Florence und Siobhan zu wissen.

Schließlich hatte Robyn ihn nach seiner Schwester gefragt. Er hatte das Gesicht verzogen, als ob sie ihn geschlagen hätte.

»Bitte, ich möchte nicht über Charlotte sprechen. Ich *kann* nicht darüber sprechen, was passiert ist. Das ist zu viel für mich. Bitte holen Sie das alles nicht wieder an die Oberfläche. Ich kann das nicht noch einmal durchleben.«

Er hatte unkontrolliert zu zittern begonnen und sein Gesicht war tränenüberströmt gewesen. Seine Worte waren unverständlich geworden und Robyn hatte ihn in eine der Zellen geführt, damit er sich wieder beruhigen konnte.

Nun stand sie vor ihrem Team. »Ich kann einfach nicht glauben, dass er ein so guter Schauspieler ist. Er sieht zutiefst erschüttert aus. Ich weiß nicht, was ich davon halten soll.«

Mitz zog einen Keks aus einer Packung hervor und reichte ihn Anna. »Das sehe ich genauso.«

Robyn hob die Hände in einer hilflosen Geste. »Wir sprechen hier über einen talentierten Schauspieler, der schon in viele verschiedene Rollen geschlüpft ist, eine davon die sehr überzeugende Rolle einer Frau aus der Oberschicht.«

»Dieser Teil seiner Geschichte stimmt. Eine Frau namens Veronica von der Schauspielfakultät hat uns bestätigt, dass Elliot im Rahmen seiner Abschlussarbeit eine Truhe für ein Stück bestellt hat«, sagte Anna. »Sie wollten eine ganz normale Truhe verwenden, aber er hat nicht reingepasst.«

Robyn stöhnte. »Dass er einen guten Grund dafür hat, dieses Ding zu besitzen, ändert aber nichts an der Tatsache, dass er es nun einmal besitzt.«

Anna zuckte die Schultern, sie wirkte wenig überzeugt.

»Es ist hoffnungslos. Lassen Sie uns alles noch einmal durchgehen.« Robyn hielt ein Post-it hoch, auf das sie ›Fox or Dog‹ geschrieben hatte. »Wir haben drei Mädchen, die alle gemeine Nachrichten auf der Profilseite von Charlotte Chambers hinterlassen haben. Im März vergangenen Jahres hat Charlotte sich das Leben genommen und einen Brief hinterlassen, in dem folgendes stand: ›Ich ertrage mein Leben einfach nicht mehr. Ich fühle mich, als würde ich in einem Meer aus Hass ertrinken.‹ Für mich klingt das, als hätte sie das Cybermobbing nicht mehr ausgehalten. Irgendwelche Anmerkungen bis hier?«

Alle schüttelten die Köpfe. Sie lief hinüber zum Whiteboard und wischte das Geschriebene weg, um von Neuem zu beginnen. Sie schrieb ›Fox or Dog‹ und Charlottes Namen darauf, dann fügte sie die Namen der drei jungen Frauen hinzu, die online mit Charlotte in Kontakt gekommen waren. Jeden Namen verband sie mit dem Charlottes. Darunter schrieb sie Elliots Namen und wiederholte: »Möglicherweise hat Charlotte Chambers sich das Leben genommen, weil sie die Angriffe dieser drei Mädchen nicht mehr ertragen konnte. Alle drei scheinen mit Hunter in Kontakt gewesen zu sein.« Sie schrieb den Namen Hunter neben den Elliots. »Alle drei Mädchen sind spurlos verschwunden. Wir haben bisher nichts anderes gefunden, das die drei miteinander verbinden könnte. Charlotte ist die einzige Verbindungsstelle zwischen den drei Mädchen und das führt uns zurück zu Elliot Chambers – einem liebenden Bruder, der seine tote Schwester in deren Schlafzimmer auffinden musste.«

»Elliot hat ein Motiv. Er kann für die Nächte, in denen die Mädchen verschwunden sind, keine wasserfesten Alibis vorweisen. Zu dem Zeitpunkt, als Carrie Miller verschwand, war er zu Hause und hat ›gechillt‹. In dieser Zeit hatte er reichlich Gelegenheit, sie zu entführen, gefangen zu halten und schließlich zu töten. Er bleibt dabei, dass er den gesamten zwanzigsten Dezember – den Tag, an dem Carries Leiche in einem Mietwagen zu einer Selfstorage-Einheit transportiert wurde – damit verbracht hat, seine Umzugskartons auszuräumen, doch es gibt keine Zeugen dafür, dass er sich tatsächlich in der Wohnung aufgehalten hat. Außerdem besitzt er eine Gefriertruhe. Das kommt mir seltsam vor. Ein alleinstehender Mann braucht keine so große Gefriertruhe. Sowohl Carrie Miller als auch Amber Dalton wurden irgendwo sehr kühl gelagert. Könnten sie in dieser Gefriertruhe gelegen haben? Die Leute von der Spurensicherung müssen Chambers' Gefriertruhe nach Spuren von DNA absuchen oder nach irgendetwas, das darauf hinweist, dass die Leichen dieser Mädchen sich darin befunden haben.«

»Ich kümmere mich darum, Boss«, sagte Mitz.

Robyn schrieb das Wort ›Bahnhof‹ unter Elliots Namen und deutete mit ihrem Stift darauf.

»Ich habe das sichere Gefühl, dass der Bahnhof von Bedeutung ist. Chambers lebt in der Nähe des Bahnhofs von Uttoxeter. Carrie Miller wurde dabei gesehen, als sie in einen Zug stieg, der dort hält. Am dritten Januar wurde Amber Dalton am Dovefields Retail Park gesehen, sie kam aus der Richtung des Bahnhofs und war unterwegs in Richtung der Derby Road, wo Chambers wohnt. Und ein Zeuge hat gesehen, wie ein junges Mädchen, das Siobhan Connors bemerkenswert ähnlich sah, auf dem Bahnhofsparkplatz in ein Auto gezogen wurde – ein Auto, das durchaus ein Opel Zafira gewesen sein könnte.«

Sie drehte sich schwungvoll um und fügte neben ›Bahnhof‹ noch ›Opel Zafira‹ hinzu. »Chambers hatte Zugang zum Auto seiner Mutter. Er hat es sich ausgeliehen, um seine Umzugskartons und die Truhe zu transportieren, als er die Universität verließ. Er *könnte* es auch in den frühen Morgenstunden des Zwanzigsten genutzt haben, um die Leiche von Amber Dalton am Cannock Chase abzuladen.«

Anna hob eine Hand. »Ich habe mit Mrs. Chambers gesprochen und sie gefragt, ob sie mit ihrem Auto mal abends unterwegs war. Sie sagte, sie gehe wegen ihrer Krankheit kaum mehr vor die Tür. Sie hat sogar schon darüber nachgedacht, den Wagen zu verkaufen. Am Neunzehnten hat sie ein paar starke Schmerztabletten gegen ihre Rückenschmerzen genommen und ist deshalb auch sehr früh schlafen gegangen. Sie konnte sich noch erinnern, dass es ihr an diesem Tag sehr schlecht ging, und gegen Abend hat sie es nicht mehr ausgehalten.«

»Danke, Anna. Elliot könnte also ihr Auto aus der Garage gefahren haben, ohne dass sie es mitbekam«, sagte Robyn. Sie rieb sich den Nacken. Ihre Spannungskopfschmerzen stellten sich wieder ein. »Ich möchte gerne eine weitere Befragungsrunde in der Penkridge Park Road. Beim letzten Mal konnten wir zwar keine Zeugen ausfindig machen, aber möglicherweise haben wir jemanden übersehen, der dort nur hin und wieder entlangläuft. Ja, ich greife nach jedem Strohhalm. Vielleicht haben wir auch kein Glück, aber wenn irgendjemand einen Opel Zafira in der Nähe des Cannock Chase gesehen hat, dem Fundort von Ambers Leiche, dann können wir dieses Fahrzeug mit zwei der Mädchen in Verbindung bringen. Matt, können Sie sich darum kümmern?«

»Ich wohne da ganz in der Nähe, ich kann das also gerne erledigen. Wenn ich gleich losfahre, treffe ich dort vielleicht noch auf ein paar Leute, die abends ihren Hund dort ausführen.«

»Danke, Matt. Danach können Sie nach Hause gehen.«

»Vielen Dank, Boss. Aber wenn Mrs. Higham vorschlägt, dass ich die Baby-Nachtschicht übernehme, bin ich wieder hier im Büro, noch bevor Sie ›Windeln wechseln‹ sagen können.«

Die Tür schloss sich leise hinter ihm, als er ging, und Robyn schrieb das Wort ›Truhe‹ auf das Whiteboard.

»Wir wissen über die Truhe Bescheid. Chambers hat sie für ein Theaterstück gekauft. Er hat sie von der Universität mitgebracht und im Auto seiner Mutter transportiert, und er bleibt dabei, dass sie aus einem der unabgeschlossenen Nebengebäude auf ihrem Grundstück gestohlen wurde. Das ist natürlich sehr praktisch für ihn, ein wenig zu praktisch für meinen Geschmack. Was wissen wir ansonsten noch? Irgendetwas? David?«

David streckte seine Hand aus und schnappte sich eine Liste von Matts Schreibtisch. »Tut mir leid, Boss. Die Suche nach dem Leihwagen hat nichts ergeben. Weder eine Joanne Hutchinson noch ein Elliot Chambers haben einen gemietet, allerdings *gibt* es auf der Liste einen Mr. Chambers«, sagte er den Blick auf die Liste geheftet und runzelte die Stirn. »Mr. Thomas Chambers.«

Robyn wirbelte herum. »Thomas Chambers.«

»Aber es ist nicht Elliot, Boss – dieser Kerl ist Ende vierzig.«

»Lassen Sie mich mal sehen.« Robyn starrte das Blatt an, wühlte sich dann durch ihre Post-its und hielt dann eines davon hoch. »Elliots Vater hieß Thomas, geboren im Jahr 1958 und gestorben im Januar 2006. Er wurde achtundvierzig Jahre alt. David, bitte bringen Chambers zurück in den Vernehmungsraum.«

Sobald David das Büro verlassen hatte, wandte sie sich an Mitz und Anna. »Es gibt etwas, das ich an dieser ganzen Sache noch nicht verstehe. Welche Rolle spielt Florence dabei? Sie hatte nichts mit Charlotte Chambers zu tun. Die einzige Verbindung, die mir einfällt, ist die Tatsache, dass sie die Schule besucht, an der Elliot Chambers unterrichtet. Sie haben in dieser App miteinander gechattet. Was entgeht mir da?«

Einen Moment herrschte Stille, dann meldete sich Anna zu Wort. »Vielleicht hat Florence irgendetwas gesehen, hat mitbekommen, dass Chambers sich seltsam verhalten hat, oder herausgefunden, dass er hinter dem Namen Hunter steckt. Also musste er sie daran hindern, etwas auszuplaudern.«

Robyn nickte langsam, während sie sich diese neue Idee durch den Kopf gehen ließ. »Ja. Das ist möglich. Es würde auf jeden Fall erklären, warum er sie entführt hat. Ich danke Ihnen.«

Anna öffnete auf ihrem Computer Florence' Profilseite. »Sie hat bei keinem anderen Mann ein Fuchs-Emoji hinterlassen, nur bei Hunter. Unter ihrem Bild befinden sich aber so einige Hunde-Emojis, die Arme. Und es gibt einige Kommentare über ihre Haare, ihr Gewicht und ihre Sommersprossen.«

Robyn stellte sich hinter sie und las sich die gemeinen Bemerkungen durch. Florence hatte die Schreiber lediglich darum gebeten, nicht so gemein zu sein, doch einem Mädchen

namens LaBelle18 hatte sie eine recht boshafte Antwort gege-
ben. *Wenigstens sehe ich nicht aus wie ein Schwein mit Schnurrbart.*
Daraufhin hatte LaBelle18 geschrieben: *Fick dich, du rothaarige
Missgeburt.*

Anna blickte auf, plötzlich wirkte sie besorgt. »Auf einen
Außenstehen mag das nur wie eine harmlose Stichelei wirken,
aber diese Kommentare könnte eine sensible Person wirklich
treffen. Sie denken doch nicht, dass Florence sich diese Beleidi-
gungen so zu Herzen genommen hat wie Charlotte, oder?«

Robyns Blut gefror in ihren Adern. Sicher nicht. Florence
würde doch nicht versuchen, sich umzubringen, oder etwa
doch?

60

»Ich habe nicht die leiseste Ahnung, wovon Sie sprechen.« Elliot sah verhärmt aus, seine Augen waren geschwollen und durch die vielen Tränen, die er in seiner Zelle vergossen hatte, blutunterlaufen. »Ich schwöre, ich habe nichts getan. Ich kenne keines dieser Mädchen. Ich habe die Fox or Dog App noch nie benutzt. Sie können mein Handy überprüfen. Und meinen Laptop. Tun Sie, was immer Sie tun müssen, aber ich habe zu keinem dieser Mädchen Kontakt gehabt.«

Die Fotos von Amber, Carrie und Siobhan lagen vor ihm auf dem Tisch ausgebreitet. Robyn legte ein Foto von Florence daneben, lehnte sich zurück und beobachtete seine Reaktion. Elliot stieß ein Wehklagen aus und raufte sich die Haare. »Ich habe Florence seit der Englischstunde gestern nicht mehr gesehen. Wie oft werden Sie mir diese Frage noch stellen?«

»Sie bestreiten also, dass Sie den Namen Ihres Vaters verwendet haben, um sich einen Transporter zu mieten?«

»Ja ... Ja ... Ja! Ich habe mir noch nie irgendeinen Transporter gemietet.« Er stütze seinen Kopf in die Hände.

Robyn blieb ruhig. Sie betrachtete ihn einen Moment prüfend, bevor sie weitersprach. »Der dreizehnte Januar.«

»Nicht das schon wieder. Ich habe meine Wohnung in dieser Nacht *nicht* verlassen. Ich bin zu Hause geblieben, habe einige Tests benotet und ferngesehen.«

»Ist es nicht etwas ungewöhnlich für einen Mann Anfang zwanzig an einem Freitagabend nicht auszugehen?«

»Nicht im Januar. Es war furchtbar kalt. Muss ich mich denn immer wieder wiederholen? Ist es das, was Sie wollen? Ich bin an diesem Freitag nicht ausgegangen. Ich kann mich nicht mehr daran erinnern, was im Fernsehen lief. Was habe ich da angesehen? O ja! Jetzt erinnere ich mich.« Seine Augen leuchteten einen Moment lang auf. »Die erste Folge der neuen Comedyserie *Not going out* mit Lee Mack startete an diesem Abend um neun. Die habe ich mir angesehen. Das beweist ja wohl, dass ich zu Hause war.«

»Ich fürchte, das beweist lediglich, dass Sie wissen, was in dieser Nacht im Fernsehen lief.«

Er ließ wieder den Kopf hängen. »Ich gebe auf. Was wollen Sie von mir hören?«

Robyn lächelte höflich. »Die Wahrheit.«

Mit einem Klatschen landeten seine Handflächen auf dem Tisch. »Ich sage die ganze Zeit schon die Wahrheit.«

»Wussten Sie, dass Ihre Schwester bei Fox or Dog angemeldet war?«

Elliots Gesicht wurde grau. Seine Augen flackerten eine Sekunde lang und seine Lippen wurden zu einer schmalen Linie. »Ich habe sehr deutlich gesagt, dass ich nicht über meine Schwester sprechen möchte.«

»Hat Charlotte diese App Ihnen gegenüber jemals erwähnt?« Robyn wandte ihre Augen keine Sekunde lang von seinem Gesicht ab. Er ignorierte sie und starrte auf seine Hände, nicht gewillt, auch nur ein weiteres Wort zu sagen.

»Mr. Chambers, wussten Sie, dass ihre Schwester die Fox or Dog App benutzt hat?«

Er weigerte sich, seinen Blick zu heben. Stille Tränen liefen über seine Wangen.

Mitz brachte ihn zurück in seine Zelle und kehrte ein paar Minuten später ins Büro zurück. »Er streitet alles ab. Wenn das so weitergeht, können wir ihm absolut nichts zur Last legen«, knurrte Robyn.

»Wir behalten ihn weiterhin im Auge«, sagte Mitz. »Wir stellen sicher, dass er seine Wohnung nicht verlässt, und wenn er es doch tut, folgen wir ihm.«

Robyn schüttelte den Kopf. »Sobald wir Chambers gehenlassen, war's das, außer wir finden einen neuen Grund, ihn herzubringen. Er wird auf der Hut sein, und ich bezweifle, dass er uns plötzlich zu Florence oder Siobhan führen wird.«

Anna sah nachdenklich aus. »Was ist, wenn Chambers die Wahrheit sagt und wir den Falschen im Verdacht haben?«

Nachdem sie Chambers' Reaktion auf ihre Fragen beobachtet hatte, machte Robyn sich ähnliche Gedanken. Sie hatte das Gefühl, in einer Sackgasse gelandet zu sein – wenn sie ihn gehen ließ, würde er Siobhan und Florence womöglich töten, und wenn sie ihm etwas zur Last legte ... bestand die Möglichkeit, dass der wahre Mörder noch irgendwo da draußen war? ... »Ich hoffe wirklich, dass dem nicht so ist. Wir haben keine anderen Verdächtigen.« Das Telefon klingelte und sie hob beim zweiten Klingeln ab. »Carter.«

»Hier ist Matt. Ich habe einen Herrn gefunden, Stuart Glover, der in der Penkridge Park Road wohnt. Am Freitag, den zwanzigsten Januar, hat er in den frühen Morgenstunden einen Minivan dabei beobachtet, wie er auf dem Standstreifen wendete. Zu diesem Zeitpunkt war Mr. Glover gerade auf dem Weg zum Flughafen. Er war die ganze Woche über in Deutschland und wusste nichts von Amber Dalton. Er war sich nicht ganz sicher, um welche Automarke es sich handelte, aber er konnte sich an einen Teil des Nummernschildes erinnern. Die beiden letzten Buchstaben waren Sierra Golf. Das konnte er sich merken, weil es seine Initialen sind.«

Nachdem sie das Telefonat beendete hatte, streckte sie sich und stieß einen langen Seufzer aus, bevor sie schließlich sprach. »Der Opel Zafira von Mrs. Chambers. Wie lautet das Kennzeichen, Mitz?«

Mitz blättere durch seine Notizen und las es vor.

Robyn legte ihre Finger aneinander. »Die Beweislast gegen ihn wird immer erdrückender. Ein Opel Zafira mit einem Kennzeichen, das mit denselben Buchstaben endet wie der von Mrs. Chambers, wurde in der Penkridge Road gesehen. Wenn ich Chambers danach frage, wird er es allerdings nur abstreiten. Geben Sie mir eine Minute. Ich muss darüber nachdenken, wie wir am besten weiter vorgehen.« Sie warf sich ihren Mantel über. »Bin bald zurück.«

Draußen biss ihr die Kälte in die Wangen und schärfte ihren Verstand. Sie überquerte den Parkplatz und schlenderte die Straße entlang. Chambers musste der Täter sein. Alles deutete auf ihn hin. Sie führte sich noch einmal die Fakten vor Augen, die Aussagen, und rief sich Chambers' Reaktionen auf ihre Fragen in Erinnerung. Er hatte jede einzelne Anschuldigung vehement abgestritten. Er war bei seiner Version geblieben. Als sie darauf zu sprechen gekommen war, wo er sich in den Monaten Juli und August aufgehalten hatte, war er ausgewichen, und er hatte kein Alibi für die Tage, an denen die Mädchen verschwunden waren. Und dennoch fühlte sich das alles nicht richtig an. Anna hatte Robyns Bedenken in Worte gefasst. Sie musste auf ihren Instinkt vertrauen und der sagte ihr, dass sie den falschen Mann hatte. Warum hatte sie dieses Gefühl? Der Mann war Schauspieler, er war in der Lage, sich als Frau zu verkleiden und er besaß ein Outfit, das exakt so aussah wie jenes, das Joanne Hutchinson getragen hatte. Er besaß eine Kühltruhe, die im Moment auf DNA-Spuren untersucht wurde. Er bestritt, auch nur eines der Mädchen gekannt zu haben. Er weigerte sich, Ihnen zu sagen, wo er sich zu dem Zeitpunkt, als Carrie verschwunden war, aufgehalten hatte. Chambers hatte keine Alibis.

Alibis.

Sie blieb wie angewurzelt stehen. Der Wind peitschte ihr das Haar ins Gesicht, doch sie spürte das beißende Gefühl auf ihrer Haut nicht. Das war es. Wenn Chambers ein Mörder war, der sich den ausgeklügelten Plan ausgedacht hatte, diese Truhe in einer Selfstorage-Anlage zu verstecken, und sich dann auch noch eine plausible Erklärung einfallen lassen konnte, warum er besagte Truhe überhaupt besaß, warum hatte er Ihnen dann nicht auch ein paar sorgfältig konstruierte Alibis für die betreffenden Nächte und die Monate Juli und August aufgetischt? Das ergab keinen Sinn. In seiner Wohnung hatten sie keine weiteren Hinweise darauf gefunden, dass er an den Entführungen und den Morden beteiligt gewesen war, und wo hätte er die Hautstücke, die der Mörder den Mädchen aus der Stirn geschnitten hatte – die Trophäen – sonst verstecken sollen? In der Kühltruhe in seiner Wohnung waren sie jedenfalls nicht. Wo sonst könnte er sie versteckt haben?

Robyn marschierte zurück in die Dienststelle. Der Wind schob sie vorwärts, so als wollte er sie zurück an die Arbeit drängen. Wenn Chambers nicht der Mörder war, der den Tod seiner Schwester rächen wollte, wer sonst könnte es dann sein? Die Antwort kam ihr so plötzlich in den Sinn, dass sie stehen bleiben musste. Nur eine einzige andere Person kam infrage.

61

Robyn rannte den Korridor entlang, stürmte ins Büro und überraschte ihre Mitarbeiter, die an ihren Schreibtischen plauderten.

»Wir haben das alles aus dem falschen Blickwinkel betrachtet. Die Tatsache, dass Chambers derart schwache oder sogar gar keine Alibis für die Nächte hat, in denen die Mädchen verschwunden sind, passt überhaupt nicht zu der sorgfältigen Planung, die dem Versteck der ersten Leiche vorangegangen ist. Was ich damit sagen will«, sagte sie und schnappte sich ihren Marker, »ist, dass irgendjemand sich richtig viel Mühe dabei gegeben hat, Carrie Millers Leiche zu verstecken. Unsere mysteriöse Joanne Hutchinson hat ihre Einheit in bar bezahlt, ist den Überwachungskameras in dem Lagerhaus ausgewichen und hat sich einen Transporter gemietet, ohne dabei irgendwelche Spuren zu hinterlassen. Das Einzige, woran sich die wenigen Menschen, die sie gesehen haben, überhaupt erinnern können, ist ihre eloquente Ausdrucksweise und wie gepflegt sie war. Sie trug eine schicke Lederjacke, hochhackige Stiefel und ein farblich passendes Stirnband. Was war es noch einmal, was einer der Zeugen über sie gesagt hat?« Sie suchte in ihren Notizen. »Dass sie ›hübsch zurechtgemacht war wie eine Stewardess‹. Es kam mir damals seltsam vor, dass eine Frau sich so aufbrezelt, nur um einen Transporter durch die Gegend zu fahren und eine Truhe in einer Selfstorage-Anlage abzugeben. Jetzt denke ich, dass das Absicht war.« Sie schrieb: ›Joanne Hutchinson: overdressed, übertrieben zurechtgemacht, vornehme Ausdrucksweise.‹

Anna zog konzentriert die Augenbrauen zusammen. »Wollen Sie damit andeuten, dass, wer auch immer sich so viel Arbeit gemacht hat, um ein solches Ablenkungsmanöver zu inszenieren, sicherlich auch wasserdichte Alibis für den dritten und den dreizehnten Januar hätte, als Amber und Siobhan verschwunden sind?«

Robyn wedelte mit ihrem Marker herum wie ein Dirigent. »Ganz genau das will ich damit andeuten. Seit ich das Foto von Elliot Chambers gesehen habe, auf dem er als Lady Bracknell verkleidet ist, war ich mir ganz sicher, dass er sich als Joanne Hutchinson ausgegeben hat. Aber was, wenn Joanne Hutchinson wirklich eine Frau war?«

Mitz stieß einen tiefen Seufzer aus. »Ich verstehe überhaupt nichts. Stehe ich heute ganz besonders auf dem Schlauch?«

Robyn schüttelte den Kopf. »Überhaupt nicht. Das sind lediglich Theorien. Ich könnte auch völlig falschliegen und daher brauche ich Ihre Meinung dazu. Was, wenn diese Frau dazu in der Lage wäre, sich jünger wirken zu lassen, indem sie einen Haufen Make-up verwendet, in ein schickes Outfit schlüpft und eine Perücke trägt? Sie könnte den Eindruck noch verstärkt haben, indem sie sich – wie unsere Zeugen ausgesagt haben – ›vornehm‹ ausdrückte.«

»Das kann ich nachvollziehen, aber wie passt Hunter da rein?«, sagte Mitz.

Robyn wedelte erneut mit ihrem Marker. »Dazu komme ich gleich. Wir haben mittlerweile festgestellt, dass jeder irgendein

Foto als Profilbild auf Fox or Dog hochladen kann. Niemand kann wissen, wer sich tatsächlich hinter dem Bild verbirgt, bis er dieser Person im realen Leben gegenübersteht. Hunter hat nicht sein eigenes Foto verwendet, da bin ich mir ganz sicher. Wir müssen noch immer herausfinden, woher dieses Bild stammt, aber die Techniker können uns da sicherlich weiterhelfen. Vermutlich stammt es aus dem Internet oder aus irgendeiner Zeitschrift, aber woher es auch kommt, es zeigt nicht den Mann, der sich Hunter nennt. Und was, wenn Hunter überhaupt kein Mann ist? Es könnte auch eine Frau hinter diesem Profil stecken.« Sie fügte den Namen ›Hunter‹ hinzu, daneben schrieb sie: ›Weiblich?‹

»Das führt uns zum Warum. Unsere Theorie lautet, dass Hunter es auf die jungen Frauen abgesehen hat, die Charlotte Chambers gemobbt haben. Elliot hatte eine sehr enge Beziehung zu seiner Schwester und hätte durchaus den Entschluss fassen können, Rache zu nehmen. Wir wissen sicher, dass er eine Truhe bestellt hat, die dieselben Maße hat wie die, in der Carries Leiche gefunden wurde, doch er beharrt darauf, dass sie gestohlen wurde. Das *klingt* zu praktisch, um wahr zu sein, aber er bleibt dabei. Er glaubt, dass sie aus einem der Nebengebäude von The Oaks gestohlen wurde.«

Anna rutschte auf ihrem Stuhl hin und her, ihr Kopf wippte auf und ab vor Aufregung. Mitz lächelte. »Jetzt verstehe ich. Ich weiß, worauf Sie mit dieser Theorie hinauswollen.«

»Gut. Es gibt zwei Personen, auf die sich der Tod von Charlotte Chambers direkt ausgewirkt hat – eine davon ist Elliot. Die andere ist Cheryl Chambers.«

Anna legte den Kopf schief. »Mrs. Chambers ist zu schwach, um diese Verbrechen begangen zu haben. Sie ist durch ihre Fibromyalgie teilweise gelähmt. Mitz hat mir erzählt, dass sie kaum laufen konnte. Sicherlich hätte Elliot da mithelfen müssen?«

»Das dachte ich auch, Anna. Sie ist arbeitslos und bezieht

Krankengeld, aber wir haben nur ihr Wort, dass sie an dieser kräftezehrenden Krankheit leidet. Leider kommen wir an so sensible Daten ohne einen Durchsuchungsbefehl nicht ran.«

»Dann denken Sie also, sie könnte uns ihre Krankheit nur vorspielen?«, sagte Mitz.

»Das tue ich.«

»Denken Sie wirklich, dass sie stark genug ist, eine Truhe zu heben, in der eine Leiche liegt, Amber zum Cannock Chase zu tragen, ein Grab auszuheben und sie dann da reinzulegen, ganz allein?«, fragte Mitz. »Das erscheint mir unwahrscheinlich. Sie würde Hilfe dabei benötigen. Ich stimme Anna zu, dass beide darin verwickelt sein könnten.«

»Wenn ich ehrlich bin, Mitz, kann ich mir das auch nur schwer vorstellen. Es ist eine sehr schwere Truhe.«

»Sie könnte es vielleicht schaffen, die Truhe in leerem Zustand in den Transporter zu heben. Das könnte sie getan haben, und sobald sie im Wagen war, könnte sie Carries Leiche reingelegt haben«, sagte Anna. »Das würde auch erklären, warum sie beim Entladen Hilfe benötigte. Sobald Carrie darin lag, konnte sie sie nicht mehr selbst heben.«

»Stimmt. Gutes Argument, Anna. Meinem Empfinden nach drückt Elliots Verhalten die reinste Unschuld aus. Er war in Tränen aufgelöst, als wir ihn in seine Zelle geführt haben. Wir wissen, dass er Schauspieler ist, aber er müsste unglaublich gut sein, um die Show abzuziehen, die wir im Befragungsraum zu sehen bekommen haben. Mein Kopf sagt mir, dass er uns das alles vorspielen könnte, um seinen Hintern zu retten. Aber mein Instinkt sagt mir, dass er nicht der Täter ist. Wenn ich mich irre und er tatsächlich schuldig ist, dann als Komplize. Wir müssen richtig tief graben. Tragen Sie alles zusammen, was sie über Cheryl Chambers und ihren Sohn finden können, und ich meine wirklich alles. Wir müssen das hier richtig machen. Einer oder beide von ihnen müssen in diese Sache verwickelt sein.«

Sie klemmte sich hinter ihren Computer und konzentrierte sich voll und ganz auf ihre Aufgabe. Im Raum wurde es still.

Mitz sprach als Erster wieder. »Ich habe hier etwas aus der öffentlich einsehbaren Datenbank des Staatsarchivs. Cheryl Denise Chambers, geboren am zweiten Juni 1972. Mädchenname Cheryl King. Ist in Birmingham zur Schule gegangen. Von 1990 bis 1993 hat sie an der Universität in Birmingham Schauspiel studiert. Hat in einigen Stücken dort mitgewirkt. Dann hat sie die Schauspielerei an den Nagel gehängt und ist stattdessen Visagistin geworden. Hat regelmäßig an Stücken am Theater in Lichfield mitgearbeitet. Arbeitete für Stagecoach Productions in Uttoxeter. Viel mehr Interessantes ist hier nicht aufgeführt. Im Jahr 1994 hat sie Thomas David Chambers geheiratet. Später im selben Jahr kam Elliot auf die Welt.«

Robyn blickte zu ihm hinüber. »Das ist interessant und stützt sicherlich meine These, dass sie sich als jüngere Frau verkleidet haben könnte. Ich vermute, sie hat Zugang zu Theaterrequisiten und Make-up, wenn sie an Theatern in der Umgebung gearbeitet hat.«

»Ich habe ein Foto von ihr gefunden, auf dem sie jünger ist«, sagte Mitz.

»Drucken Sie es aus, Mitz. Dev Khan oder Frank erkennen darauf vielleicht ihr Gesicht. Ich habe eines gefunden, das sie mit ihrem Ehemann in einem Molkereibetrieb zeigt, aber ihr Gesicht ist darauf nicht klar zu erkennen.«

Der Drucker brummte und spuckte das Foto aus. Robyn betrachtete es eingehend. »Man sieht, dass Elliot ihr Sohn ist. Sie haben dieselbe Nase, dieselben Augen und dieselben Wangenknochen.«

Flint wollte, dass sie Elliot Chambers festnahm. Ihr Instinkt sagte ihr aber, dass Chambers nicht der Täter war. Sie betrachtete das Foto erneut. Einmal mehr begab sie sich auf dünnes Eis. Sie würde die Wünsche ihres Vorgesetzten ignorieren müssen. Wenn ihm das nicht gefiel, würde sie sich nach Yorkshire versetzen lassen. Florence und Siobhan zu finden, war viel wichtiger.

»Weiß jemand von Ihnen, ob DCI Flint noch da ist? Ich brauche einen weiteren Durchsuchungsbefehl. Diesmal für The Oaks.«

62

»Es ist schon nach zehn. Denken Sie, sie ist noch wach?« Mitz schob seine Hände tief in die Taschen seines Mantels.

»Sobald ich an die Tür hämmere, wird sie es jedenfalls sein«, flüsterte Robyn. Flint war anfangs nicht sonderlich begeistert gewesen, doch als sie ihm ihre Beweggründe erklärt hatte, ihm die Fotos und ihre neuesten Erkenntnisse präsentiert hatte, hatte er die erforderlichen Anrufe getätigt und sie hatte ihren Durchsuchungsbefehl bekommen.

Sie liefen die Auffahrt entlang und bemühten sich, so leise wie möglich zu sein. Anna und David gingen hinter ihnen. Robyn deutete auf das Nebengebäude, in dem der Opel Zafira geparkt war. »Überprüfen Sie das Gebäude. Wenn sie Amber in ihrem Auto transportiert hat, finden Sie darin vielleicht etwas. Sehen Sie sich genau um.« Die beiden Polizisten verschwanden in der Dunkelheit, das Licht ihrer Taschenlampen wies ihnen den Weg.

Im Erdgeschoss brannte Licht und sie hörten den Klang von Lachkonserven. Cheryl Chambers sah fern. Robyn hämmerte an die Tür. Ein Vorhang bewegte sich. Dann erschien plötzlich ein Gesicht, das jedoch genauso schnell wieder verschwand, wie es aufgetaucht war.

»Mrs. Chambers, bitte öffnen Sie die Tür. Hier ist DI Carter.«

Es dauerte eine Ewigkeit, bevor Cheryl in ein wollenes Nachthemd gehüllt endlich erschien. Sie lief gebeugt und stützte sich kraftlos auf ihre Gehhilfen, das Gesicht schmerzverzerrt. Ihre Stimme zitterte. »Was wollen Sie hier?«

»Wir würden uns gerne mit Ihnen unterhalten.«

»Sie können jetzt nicht hereinkommen. Es ist spät. Ich fühle mich nicht sehr gut. Ich habe den ganzen Tag im Bett gelegen.«

»Wir sind dazu befugt, Ihr Haus zu betreten«, sagte Robyn.

»Warum? Ich verstehe nicht.« Cheryls Stimme klang unsicher.

»Wir haben Grund zur Annahme, dass Sie möglicherweise Informationen über die Entführungen mehrerer junger Mädchen sowie über die Morde an Amber Dalton und Carrie Miller haben könnten.«

Die Frau hob alarmiert die Augenbrauen. »Es muss sich um ein fürchterliches Missverständnis handeln. Ich weiß nichts darüber. Ich verlasse doch kaum das Haus. Sehen Sie mich an – ich kann kaum gehen.«

»Können wir bitte einen Moment hereinkommen, Mrs. Chambers?«, sagte Robyn.

»Ich habe ja keine Wahl, oder?« Cheryl schimpfte vor sich hin und verzog das Gesicht, während sie zurückschlurfte. Aus dem Fernseher kam weiteres Gelächter. Robyn begleitete die Frau ins Wohnzimmer.

»Ich muss mich setzen«, sagte Cheryl und hievte sich in ihren Sessel. »Die Schmerzen sind heute kaum zu ertragen.«

»Natürlich«, antwortete Robyn. »Mrs. Chambers, wo waren Sie am Abend des dreizehnten Januars um circa sieben Uhr?«

»Hier natürlich. Das haben ich auch Ihrer Kollegin schon

gesagt. Sie hat mir Fragen zu meinem Wagen gestellt. Ich verlasse nicht oft das Haus. Im Moment kann ich dank meines Rückens auch nicht Auto fahren.«

»Wie erledigen Sie Ihre Einkäufe?«

»Ich bestelle alles online und lasse es mir dann liefern«, sagte Cheryl.

Robyn fuhr fort. »Und am zwanzigsten und einundzwanzigsten Januar waren Sie zu Hause?«

Cheryl nickte.

»Wir haben Grund zur Annahme, dass ihr Wagen sich am dreizehnten Januar in Uttoxeter befand und in den frühen Morgenstunden des Zwanzigsten am Cannock Chase.«

»Das war nicht mein Wagen. Ich bin seit Monaten nicht mehr damit gefahren.« Sie zuckte träge die Schultern.

Robyn seufzte. »Ich dachte mir schon, dass Sie das sagen würden. Die einzige andere Person, die Zugang zu Ihrem Wagen hat, ist Ihr Sohn Elliot.«

»Nein, ich wüsste es, wenn er sich den Wagen geliehen hätte.« Cheryl schüttelte entschlossen den Kopf.

»Möglicherweise haben Sie es nur nicht gehört, als er damit weggefahren ist. Falls Sie hier ferngesehen haben oder ihre Medikamente Sie müde gemacht hatten, dann hätten Sie den Wagen nicht wegfahren gehört.«

Der Sessel quietschte, als sie sich darin bewegte. »Nein, Elliot hat das Auto nicht genommen. Er hätte mir Bescheid gesagt, wenn er es hätte benutzen wollen. Fragen Sie ihn. Er hat sicherlich an einem dieser Abende etwas unternommen. Wahrscheinlich war er mit Freunden unterwegs.«

»Wir haben ihn bereits gefragt.«

»Dann wissen Sie ja, dass er ein Alibi für diesen Abend hat.«

Robyn schüttelte den Kopf. »Leider hatte er keines.«

»Er muss eines haben. Ich bin sicher, das war der Tag, an dem er nach Lichfield oder so gefahren ist, um sich mit

Freunden ein Theaterstück anzusehen. Und ich glaube mich zu erinnern, dass er am Dritten ausgehen wollte.«

Robyn lächelte leicht. »Das war nicht der Fall. Wir mussten ihn als Verdächtigen festnehmen.«

Cheryls Mund öffnete und schloss sich dann wieder, sie blinzelte mehrmals. »Nein, er kann den Wagen nicht genommen haben. Ich habe die Schlüssel hier im Haus. Er hat keinen eigenen Haustürschlüssel.« Sie blickte Robyn mit großen Augen an – Augen, die denen ihres Sohnes so ähnlich sahen. »Er kann ihn nicht genommen haben. Sie irren sich.«

Robyn warf einen Blick auf ihre Notizen. »Soweit ich weiß, verfügen Sie über einen Ersatzschlüssel für Elliots Wohnung.«

»Für Notfälle, ja.«

»War das Ihre Idee?«

Cheryl blinzelte erneut, ihre Miene wurde misstrauisch. »Ich glaube, es war seine Idee. Falls er seinen Wohnungsschlüssel verlieren sollte. Dann hätte ich hier einen Ersatz.«

»Erscheint mir sinnvoll«, sagte Robyn.

Cheryl verzog die Lippen zu einem schwachen Lächeln. »Kinder, nicht wahr? Sie verlieren ständig etwas.«

Robyn zog ein Foto hervor. »Kommt Ihnen dieses Bild bekannt vor?«

»Das bin ich.« Sie zog die Brauen zusammen.

»Wie ich hörte, haben Sie an der Universität Schauspiel studiert.«

»Ich habe nach meinem Abschluss ein paar Rollen bekommen, aber ich war sehr oft arbeitslos. Ich lernte Tom kennen, wurde schwanger und gab die Schauspielerei auf. Als Lotty dann älter war, habe ich mich selbstständig gemacht. Habe bei ein paar Stücken in Lichfield und der näheren Umgebung ausgeholfen.« Auf ihre Oberlippe hatte sich ein Schweißtropfen gebildet. Robyn lächelte erneut, stand auf und lief hinüber zu dem Regal mit den Fotografien. Sie nahm eine in die Hand, die Cheryl und ihrem Ehemann Tom zeigte.

»Wann wurde das aufgenommen?«, fragte sie.

»Vor etwa fünfzehn Jahren.« Cheryl rieb sich beständig mit den Fingern übers Handgelenk.

»Sie waren ein hübsches Paar. Sie hätten Model werden sollen.«

Cheryl bedankte sich murmelnd. Robyn betrachtete das nächste Foto, auf dem ein schon etwas älterer Elliot mit seiner Schwester zu sehen war. »Elliot sieht Ihnen sehr ähnlich.« Sie musterte Cheryl, die in sich zusammenzusinken schien. Robyn ging auf die Frau zu und bliebt direkt vor ihrem Sessel stehen.

»Sie sagten, dass Sie Ihre Einkäufe online erledigen.«

»Ich habe einen Laptop.« Ihre Worte waren kaum zu verstehen.

»Mrs. Chambers, ich werde ihn konfiszieren müssen, ebenso wie Ihr Mobiltelefon, falls Sie eines besitzen.«

Cheryl stützte sich ab und drückte sich nach vorne. »Machen Sie nur. Ich habe nichts Falsches getan.«

»Dann haben Sie sicher nichts dagegen, wenn wir die Sachen mitnehmen, um sie zu untersuchen.«

Cheryl verschränkte die Arme, ihre Höflichkeit verwandelte sich in Trotz. »Sie werden nichts darauf finden.«

»Wahrscheinlich nicht, aber unsere Techniker sind sehr gut darin, gelöschte Informationen wiederherzustellen.«

Cheryl blinzelte mehrmals.

»Mrs. Chambers, denken Sie sehr gut nach, bevor Sie die nächste Frage beantworten. Kennen Sie dieses Mädchen?«

Robyn hielt ein Foto von Carrie Miller hoch.

Cheryl warf einen flüchtigen Blick darauf. »Nein.«

»Und dieses Mädchen?« Robyn zeigte ihr ein Foto von Amber Dalton. Cheryl schüttelte den Kopf.

»Und wie ist es mit dieser jungen Frau, Siobhan Connors?« Wieder schüttelte Cheryl den Kopf.

»Ich kenne keine davon. Sollte ich?«

»Wir glauben, dass alle drei sich an Cybermobbing beteiligt

haben.« Robyn beobachtete Cheryls Reaktion sehr aufmerksam. Ihr Gesicht blieb teilnahmslos. »Wir glauben, dass sie Ihre Tochter gemobbt haben.«

»Sind Sie wegen Lotty hier oder wegen dieser Mädchen? Ich bin sehr müde und ich fürchte, dass ich nicht mehr viele Fragen beantworten kann.«

Robyn seufzte und ging in die Knie, um der Frau ins Gesicht sehen zu können. »In gewisser Weise *sind* wir wegen Charlotte hier. Wir haben Grund zur Annahme, dass Elliot etwas mit den Entführungen dieser Mädchen und den Morden an mindestens zwei von ihnen zu tun hatte.«

Cheryl reagierte nur langsam. Sie blinzelte erneut, dann sagte sie: »Elliot würde so etwas nicht tun. Er könnte das nicht ...« Ihre Stimme verlor sich.

»Wir glauben, dass er etwas damit zu tun hat. Ihre Tochter wurde online gemobbt. Sie verwendete eine App, die den Nutzern die Möglichkeit bietet, Personen des anderen Geschlechts kennenzulernen, sich mit ihnen zu unterhalten und vielleicht eine Beziehung einzugehen. Diese Mädchen haben sich über Charlotte lustig gemacht. Sie war zu jung, zu naiv für diese App und wusste nicht, auf was sie sich da eingelassen hatte. Elliot hat davon erfahren. Er muss ihr Smartphone an sich genommen haben, als er ihre Leiche entdeckte. Er fand heraus, was passiert war und hat in den letzten Monaten versucht, online Kontakt zu diesen Mädchen aufzunehmen, indem er diese App benutzte und so tat, als wäre er an ihnen interessiert. Er hat die ganze Zeit versucht, Charlottes Tod zu rächen. Er ist für die Entführungen und die Morde verantwortlich. Er wird für eine sehr lange Zeit ins Gefängnis gehen.« Robyn beobachtete Cheryls Reaktion. Sie schluckte mehrere Male. Ihre Augen blieben auf Robyns Mund geheftet, dann begann sie zu sprechen.

»Sie liegen so falsch. Mein Elliot ist ein sanfter, fürsorglicher Mann.«

»Sie sind seine Mutter. Natürlich sehen Sie ihn so. Ich kann das verstehen.« Robyn lächelte schwach. »Es tut mir leid.«

Cheryl schüttelte den Kopf. »Nein, das ist er wirklich. Er kann keiner Fliege etwas zuleide tun. Er ist sehr sensibel. Er hat Lotty abgöttisch geliebt. Er würde niemals solche Verbrechen begehen.«

Robyn zeigte ihr ein viertes Foto. »Okay. Das hier ist ein Foto von Florence Hallows, einem dreizehnjährigen Schulmädchen, deren Mutter ganz krank vor Sorge ist. Wo ist sie, Mrs. Hallows? Ich glaube, Sie wissen es. Hat Elliot bei ihrer Entführung geholfen?«

»Ich habe sie noch nie gesehen«, knurrte Cheryl. »Ich habe keine Ahnung, wovon Sie sprechen. Dieses Gespräch strengt mich sehr an und das ist nicht gut für meine Gesundheit. Die Schmerzen werden unkontrollierbar, wenn ich gestresst bin. Ich werde mich über Sie beschweren. Ich werde mich an Ihren Vorgesetzten wenden. Sie können nicht einfach um diese Uhrzeit hier herein marschieren und meinen Sohn des Mordes bezichtigen. Bitte gehen Sie jetzt. Ich muss mich hinlegen. Ich kann fühlen, wie die Schmerzen schlimmer werden. Ich brauche meine Medikamente.«

Robyn erhob sich. »Wo sind sie? Ich hole sie für Sie.«

»Gehen Sie. Verlassen Sie mein Haus und nehmen Sie Ihre Kollegen mit!« Cheryl griff nach einer Krücke und fuchtelte damit in Robyns Richtung. Robyn spürte ihr Herz klopfen. Sie war ein Risiko eingegangen, als sie Cheryl so provoziert hatte. Während der vergangenen Stunde hatte sie auf ihren Instinkt vertraut, der ihr sagte, dass Florence irgendwo in The Oaks gefangen gehalten wurde. Sie hatte erfahren, dass Cheryl als Schauspielerin und Visagistin gearbeitet hatte. Sie verfügte über die erforderlichen Fähigkeiten, um ihr Aussehen zu verändern und wie eine jüngere oder ältere Frau auszusehen, oder sogar wie ein junger Mann. Zuvor war Robyn so sehr auf die Theorie fokussiert gewesen, dass es sich beim Täter um einen

Mann handeln musste, dass sie Cheryl Chambers überhaupt nicht in Betracht gezogen hatte; doch nun war sie sich sicher, dass die Frau ihre Finger im Spiel hatte. Sie war eine gute Schauspielerin, doch unbewusste Gesten verrieten sie wie die subtilen Veränderungen im Gesicht eines Pokerspielers. Sie mochte keine Miene verzogen haben, doch das schnelle Blinzeln und das leichte Zittern ihres linken Augenlids hatten Robyn bestätigt, was sie hatte wissen wollen. Cheryl steckte hinter den Morden.

Der Laptop würde Ihnen Cheryls Suchanfragen offenbaren, selbst dann, wenn sie ihren Suchverlauf gelöscht haben sollte. Dev Khan, Frank Cummings und Luke Sanderson würden sie alle als Joanne Hutchinson identifizieren können. Sie war nicht die schwache, kranke Frau, die sie vorgab zu sein. All das würde später passieren, doch im Moment musste Robyn sich darauf konzentrieren, Siobhan und Florence zu finden. Sie betete, dass diese Frau keiner von beiden etwas angetan hatte. Sie hielt die Fotos von Siobhan und Florence hoch.

»Mrs. Chambers, diese Mädchen verdienen es nicht, auf diese Weise bestraft zu werden. Wir werden sicherstellen, dass Siobhan zur Verantwortung gezogen wird. Cybermobbing tolerieren wir nicht. Doch Florence ist ein liebes Mädchen. Sie ist weder rachsüchtig noch grausam und sie kannte Ihre Tochter nicht einmal.«

Cheryl starrte sie finster an. »Ich sagte doch, Sie sollen gehen.«

»Lassen Sie mich Florence zu ihrer Mutter zurückbringen. Bitte sagen Sie mir, wo sie ist. Ihre Mutter ist außer sich vor Sorge. Tun Sie ihr das nicht an. Sie wissen, wie es sich anfühlt, eine Tochter zu verlieren.« In diesem Moment erkannte Robyn, dass sie eine unsichtbare Grenze überschritten hatte. Das höhnische Lächeln auf Cheryls Lippen war beängstigend.

»Eine Tochter zu verlieren? Sie haben keine Ahnung, wie es einen zerreißt, wie es jeden wachen Augenblick beherrscht und einen zerstört.« Sie richtete sich auf, ihre Hände lagen in ihrem Schoß. »Ich … weiß … nicht … wo … sie … ist.« Sie fixierte Robyn. Robyn verfluchte sich selbst. Sie hatte die Situation komplett falsch eingeschätzt. Sie hatte geglaubt, die Frau dazu überreden zu können, ihr Florence zu übergeben, und nun hatte sie alles ruiniert. Sie richtete sich auf, erlangte wieder die Kontrolle über die Situation.

»Sergeant Patel wird eine Hausdurchsuchung durchführen und dann werden wir sie auf die Dienststelle mitnehmen. Wir werden sowohl Sie als auch Elliot erneut einer Befragung unterziehen. Ihr Sohn befindet sich noch immer in Haft.«

Cheryls Stimmung wandelte sich erneut. »Warum haben Sie meinen Sohn in Haft genommen? Er hat nichts mit diesem Unsinn zu tun. Lassen Sie meinen Jungen in Frieden. Er hat schon genug durchgemacht.«

Es klopfte an der Tür und Mitz öffnete sie. Anna stand davor, die Augen weit aufgerissen. »Wir haben einen versteckten Raum am hinteren Ende der Garage gefunden. Der Wagen hatte den Zugang verstellt. Da ist etwas, das Sie sich ansehen sollten. Wir glauben, dass es sich um eine Leiche handelt.«

63

Robyn ließ Mitz zurück, damit er ein Auge auf Cheryl haben konnte und eilte nach draußen. Anna begleitete sie, der Lichtstrahl ihrer Taschenlampe hüpfte über den Boden, während sie sich dem verwahrlosten Nebengebäude näherten. Anna sprach mit gedämpfter Stimme. »Wir haben eine Leiche in einer Gefriertruhe gefunden. Wir konnten aber nicht feststellen, um wen es sich handelt, und wollten dort auch nichts anfassen.«

Robyns Herz setzte einen Schlag aus. Sie kam zu spät. Sie hatte die Mädchen im Stich gelassen. Und nun war eine davon oder sogar beide, tot. Sie verlangsamte ihre Schritte, wollte nicht wahrhaben, was sie gleich sehen würde. Ihre Lippen waren trocken. Sie folgte Anna und quetschte sich an dem Wagen vorbei. Vor ihr lag eine geöffnete Tür. Der Raum war klein und bis auf die Gefriertruhe, die in einer Ecke leise vor sich hin summte, vollkommen leer. Matt stand neben der Truhe. Robyn nickte ihm zu und er hob den Deckel an. Sie spähte hinein. Im Licht der Taschenlampen konnte sie nur schwer ausmachen, was genau sie da vor Augen hatte, doch es bestand kein Zweifel daran, dass es sich um einen Menschen handelte. Das Mädchen war in eine dicke Plastikplane gewickelt, ihr Gesicht war kaum zu erkennen. Ihre Augen waren geschlossen, die Lippen bläulich-schwarz verfärbt. Robin wandte sich ab. »Rufen Sie die Spurensicherung an, bringen Sie Mrs. Chambers auf die Dienststelle und sorgen Sie dafür, dass ein Team hergeschickt wird. Ich will, dass das ganze Haus auf den Kopf gestellt wird.«

Sie warf einen weiteren Blick auf den Körper, der vor ihr lag, und ihr Herz wurde schwer. *Zu spät.* Ihr Puls begann wieder zu rasen. Die Kühltruhe bot lediglich Platz für einen einzigen Körper. Irgendwo musste noch ein weiteres Mädchen versteckt sein. *Bitte lass das nicht Florence sein.* Als der Lichtstrahl ins Innere der Truhe fiel, offenbarte er ein kleines Stückchen Plastik, das hinter der Leiche steckte. »Matt, können Sie das bitte herausholen?«

Matt zog einen Gefrierbeutel aus der Truhe und beleuchtete ihn mit seiner Taschenlampe. Robyn zog sich ein Paar Handschuhe über, nahm den Beutel entgegen und strich ihn glatt. Anna schnappte nach Luft. In dem Beutel befanden sich Stücke menschlicher Haut, beinahe durchsichtig – drei rechteckige Stück von fast exakt derselben Größe.

»Ich brauche etwas mehr Licht«, sagte Robyn ruhig. Anna richtete den Lichtstrahl ihrer Taschenlampe ebenfalls auf den Beutel. Robyn atmete einmal tief ein und wieder aus – ein langes, trauriges Seufzen. In jedes der Stücke war ein Wort eingeritzt – DOG. Sie reichte den Beutel an Matt. »Legen Sie ihn genau dahin zurück, wo wir ihn gefunden haben«, sagte sie.

Sie kniete sich hin und untersuchte die Kühltruhe. Es waren weder Kratzer und Verschmutzungen zu erkennen und auf einer Seite klebte noch immer der Energieaufkleber. Sie verfolgte das Kabel bis zur Steckdose und sah, dass auch der Stecker weiß und makellos war. »Finden Sie, diese Truhe sieht neu aus?«, fragte sie.

»Sie ist zumindest nicht verschmutzt, wenn Sie das meinen. Aber sie könnte gereinigt worden sein«, antwortete Matt.

»Wenn das der Fall wäre, würde man das diesem Sticker aber ansehen, oder man hätte ihn entfernt. Ich denke, dass diese Truhe erst vor Kurzem gekauft wurde. Eine Gefriertruhe, die in einem Nebengebäude steht, müsste staubig und dreckig sein, vor allem der Stecker. Niemand säubert Stecker. Wir müssen nach einer Rechnung suchen und herausfinden, wann diese Truhe gekauft wurde.«

»Ja, Boss«, sagte Anna. »Darf ich fragen, warum?«

»Das ist nur eine Vermutung, aber wenn ihre alte Gefriertruhe letzte Woche den Geist aufgegeben hat, würde das erklären, warum sie Ambers Leiche loswerden musste. Carries Leiche wurde über mehrere Monate kühl gelagert, bis sie schließlich in diese Selfstorage-Einheit verfrachtet wurde. Ich vermute, dass Cheryl Ambers Leiche in derselben Truhe verstecken wollte, doch dann ging sie kaputt und Cheryl musste die Leiche schnell loswerden.« Sie hob den Kopf und betrachtete die Decke, leuchtete mit ihrer Taschenlampe die Ecken aus, die von Spinnweben überzogen waren. Dann leuchtete sie über den Boden. »Hier drin ist es definitiv nicht sauber«, sagte sie.

Annas große, dunkle Augen hoben sich stark von ihrem bleichen Gesicht ab. »Glauben Sie, das ist Siobhan?«

Robyn warf erneut einen Blick auf das Mädchen in der Kühltruhe und versuchte, die Emotionen, die sie zu überwältigen drohten, zurückzuhalten. Der Körper erschien ihr ein wenig zu groß, um Florence zu gehören, doch es war schwer zu sagen. Am liebsten hätte sie die Plastikplane aufgerissen und nachgesehen, um welches Mädchen es sich handelte, doch das durfte sie nicht – nicht, bevor die Spurensicherung eingetroffen war. Sie schloss die Augen und schüttelte den Kopf.

»Ich weiß es wirklich nicht, Anna.« Einen Moment lang konnte sie weder denken noch einen Finger rühren. Die Angst, dass das Mädchen in der Truhe Florence sein könnte, machte es ihr unmöglich, sich zu konzentrieren oder zu fokussieren. Sie kämpfte dagegen an. Florence musste am Leben sein. Aller

Wahrscheinlichkeit nach handelte es sich bei dieser Leiche um Siobhan, falls es nicht noch ein weiteres Opfer gab, von dem sie bis jetzt noch nichts wussten. Sie verwarf den Gedanken. Es musste Siobhan sein. Florence war noch am Leben. In Gedanken wiederholte sie die Worte wieder und wieder. Wenn es nur eine Kühltruhe gab, war Florence vermutlich nicht tot. Sie wappnete sich mental für die nächsten Schritte. »Matt, schließen Sie die Truhe bitte wieder und kommen Sie ins Haus.«

Die Last der Verantwortung, die sie trug, wog schwer auf ihren Schultern und sie drohte darunter zusammenzubrechen. Nun war ein weiteres Mädchen gestorben. Sie riss die Haustür auf. »Wo ist sie?«, schrie sie, als sie ins Wohnzimmer marschierte. Cheryl Chambers gab ihr keine Antwort.

Robyn neigte den Kopf, ihre Augen glühten. »Wo ist Florence?«

Cheryl starrte sie an, dann verzogen sich ihre Lippen zu einem Lächeln, das Robyn das Blut in den Adern gefrieren ließ. »Sie kommen zu spät.«

»Wenn Sie ihr etwas angetan haben, ich schwöre bei Gott …«

»Boss, kommen Sie.« Mitz legte ihr eine Hand auf die Schulter. »Wir haben zu tun.«

Robyn zitterte vor Wut und Angst; die Angst davor, dass Florence Hallows tot war. »Sie haben recht. Fangen Sie an, das Haus zu durchsuchen.«

Matt betrat geräuschvoll den Raum. »Ich habe das Team herbeordert«, sagte er.

Robyn atmete tief durch und versuchte, die Fassung wiederzuerlangen. »Danke. Würden Sie Mrs. Chambers bitte über Ihre Rechte aufklären und sie dann auf die Dienststelle bringen?«

Sie zog Mitz in den Flur. »Sehen Sie sich genau um, aber fassen Sie nichts an, falls eines der Mädchen irgendwo Fingerabdrücke hinterlassen hat. Wir brauchen ihren Laptop und ihr Handy. Werfen Sie einen Blick auf den Dachboden und in alle Schränke – überall, wo man ein Mädchen verstecken könnte.«

Cheryl Chambers saß steif und aufrecht neben Anna im Auto. Sie warf Robyn einen letzten selbstgefälligen Blick zu, bevor die Innenbeleuchtung des Wagens erlosch und Matt losfuhr. Robyn blieb auf dem Absatz vor der Haustür stehen und atmete die kalte Luft ein. Die Leiche, die sie in der Gefriertruhe gefunden hatten, behinderte noch immer ihr Denken. Obwohl sie sich wegen aller Morde, die sie nicht hatte verhindern können, schuldig fühlte, empfand sie Florence gegenüber doch ein deutlich ausgeprägteres Verantwortungsgefühl. Wenn dem Mädchen irgendetwas zugestoßen war, würde sie sich das niemals verzeihen können. Amélie hatte sie angerufen, ihr erzählt, dass Florence in Richtung Bahnhof gelaufen war, und doch hatte Robyn ihre Bedenken einfach beiseitegewischt, ohne weiter darüber nachzudenken. Sie trat nach einem Stein. Er landete mit einem dumpfen Aufschlag ein paar Meter weiter auf dem Boden. Sie hätte Amélie ernst nehmen müssen. Heiße Tränen schossen ihr in die Augen und sie blinzelte sie weg. Es würde ihr nicht helfen, wenn sie jetzt in Tränen ausbrach. Sie musste Florence finden.

Eine kalte Brise ließ sie frösteln. Sie würde ein Geständnis von Cheryl Chambers bekommen. Sie würde keine Ruhe geben, bis sie jedes noch so kleine Informationsfragment aus der Frau herausgekitzelt und sie wegen Mordes vor Gericht gebracht hatte. Sie warf einen Blick auf das harmlos wirkende Nebengebäude, ein simples Bauwerk, das ein dunkles Geheimnis hütete. Cheryl hatte Carrie umgebracht, sie in eine Kühltruhe gelegt und ihre Leiche dann bei nächster Gelegenheit weggeschafft. Sie zog die Schultern hoch, um sich vor der Kälte zu schützen. Sie musste das Ganze logisch angehen. Warum hatte Cheryl Carries Leiche nicht in der Kühltruhe liegenlassen? Sie war ein großes Risiko eingegangen, als sie die Leiche bewegt hatte.

Robyn schaltete ihre Taschenlampe wieder ein und lief hinüber zu dem Gebäude, in dem der Opel Zafira geparkt war. Daneben blieb sie stehen. Sie zwang sich zur Konzentration. Hatte Cheryl die Truhe leeren wollen, damit sie Platz für das nächste Opfer – Amber Dalton – bot? Wenn Robyn mit ihrer Theorie über die neugekaufte Truhe richtiglag, war Cheryl dazu gezwungen gewesen, Ambers Leiche zu entsorgen, und hatte die Kühltruhe dann für ihr drittes Opfer genutzt – Siobhan Connors. Ein kleiner Funken Hoffnung entflammte in ihrer Brust. Florence konnte noch immer am Leben sein und sich irgendwo auf diesem Grundstück befinden.

Sie kehrte ins Haus zurück und begann damit, das Wohnzimmer zu durchsuchen. Sie verschob die abgewetzten Sessel, die auf verblichenen Teppichen standen, und hob in der Hoffnung, darunter vielleicht eine Falltür zu entdecken, die Ecken an. Doch sie fand nichts. Sie versuchte, einen großen Schrank zu verschieben, um nachzusehen, ob sich dahinter eine Tür verbarg. Sie zog daran und die Muskeln in ihren Armen brannten, als der Schrank sich Zentimeter für Zentimeter von der Wand entfernte, bis dahinter endlich genug Platz war, damit sie etwas erkennen konnte. Keine Tür. Sie hörte Mitz nach Florence rufen. Ein kleines, schmerzhaftes Feuerwerk schien in ihrer Brust zu explodieren. Es war hoffnungslos. Florence war nicht hier. Sie ging in die Küche, wo sie eine verriegelte Holztür öffnete, die in eine dunkle Vorratskammer voller Einmachgläser, Konservendosen und Plastikbehälter führte. Sie zog die Tür wieder zu und fragte sich, wo sie als Nächstes suchen sollte, als sie Mitz ihren Namen rufen hörte.

»Ich bin im Keller«, rief er. »Am anderen Ende des Korridors.«

Sie folgte dem Klang seiner Stimme. Am Ende des Korridors stand eine Tür offen und dahinter erkannte sie das schwache orange Glühen einer einzigen Glühbirne. Sie stieg die Stufen hinab, eine Hand an dem wackeligen, hölzernen Geländer. Mitz stand vor einer Kühltruhe, das Gesicht voller Sorge. Ihr Herz setzte aus. Sie hatte sich vollkommen geirrt. Cheryls Gefriertruhe war überhaupt nicht kaputtgegangen. Sie hatte sie nicht durch eine neue Truhe ersetzt. Cheryl besaß zwei Kühltruhen. *Eine für Siobhan und eine für Florence.* Robyn konnte keinen klaren Gedanken mehr fassen. Sie würde sich das niemals verzeihen können. Sie zwang sich zu sprechen.

»Öffnen Sie sie«, flüsterte sie.

Mitz hob mit beiden Händen den Deckel an und stieß einen erleichterten Seufzer aus. »Sie ist leer.«

Sie lehnte sich vor und stieß den Atem aus, ihre Hände hatte sie auf die Knie gestützt, so als hätte sie gerade einen Marathon hinter sich gebracht. »Gott sei Dank.«

Mitz umrundete die Truhe und stöhnte. »Sie ist überhaupt nicht angeschlossen. Ich hätte das überprüfen sollen, bevor ich Sie hergerufen habe. Ich habe nur die Truhe entdeckt und bin in Panik geraten.«

»Das verstehe ich. Sie haben das Richtige getan, als Sie nach mir gerufen haben«, sagte Robyn.

Mitz öffnete den Deckel wieder und untersuchte ihn. »Die Scharniere sind kaputt und das ganze Teil riecht nach Bleichmittel.« Er rümpfte die Nase.

»Die Spurensicherung wird sie untersuchen.«

Robyn sah sich in dem Raum um. An der Wand waren mehrere Plastikboxen aufeinandergestapelt. »Was ist das?«, fragte sie und deutete auf einen Helm.

»Sieht aus wie ein Fahrradhelm. Da ist eine wirklich helle Stirnlampe dran. Damit könnte man andere Verkehrsteilnehmer blenden. Da wollte irgendjemand im Dunkeln gesehen werden.«

»Haben Sie hier irgendwo ein Fahrrad gesehen?«

Mitz schüttelte den Kopf.

Robyn ging neben der ersten Box in die Hocke und warf einen Blick auf den Inhalt. Darin lagen mehrere Putzlappen und eine Saftflasche, in der sich eine Flüssigkeit befand. Sie schraubte den Deckel ab und schnupperte daran. »Riecht nach Frostschutzmittel.«

»Das ist seltsam. Warum sollte irgendjemand Frostschutzmittel in eine Saftflasche kippen? Warten Sie mal, wurde Amber Dalton nicht vergiftet? Denken Sie, ihr wurde Frostschutzmittel verabreicht?«

»Mitz, an manchen Tagen erstaunt mich ihre Klarsichtigkeit. Diese Flasche könnte sich als wichtiges Beweismittel erweisen. Gut gemacht.«

»Danke, aber mir wäre es lieber, ich hätte Florence lebendig gefunden. Ich habe alle Räume im oberen Stockwerk und unter dem Dach überprüft, aber ich konnte sie nirgendwo finden, Boss.«

»Sie muss hier sein, Mitz.«

Die Furche zwischen seinen Augenbrauen vertiefte sich. »Was, wenn sie nicht hier ist?«

Robyn dachte über seine Worte nach. Dann erinnerte sie sich an den Blick, den Cheryl Chambers ihr zugeworfen hatte. Die Frau hatte Florence definitiv entführt, aus welchem Grund auch immer. Florence *musste* hier sein.

»Wir geben noch nicht auf, Mitz. Sehen wir uns draußen um.«

Sie verließen das Haus durch die Vordertür. Robyn ließ den Strahl ihrer Taschenlampe nach links und rechts wandern. Sie weigerte sich, ohne Florence hier wegzugehen. Ein Einsatzwagen kam vor dem Haus zum Stehen. Tom Shearer stieg aus.

»Ich war auf dem Rückweg zur Dienststelle, als ich den Funkspruch hörte. Sie haben Ihren Mörder also gefunden?«

»Es scheint so.« Sie hatte wieder zu zittern begonnen. Sie schob es lieber auf die Kälte als auf die Angst, die sie verspürte. Sie wollte nicht, dass er das Zittern bemerkte, und schritt energisch auf ihn zu. »Wollen Sie mir dabei helfen, das Grundstück abzusuchen? Ich bin auf der Suche nach einem Mädchen namens Florence.«

»Klar. Habe nichts Besseres zu tun, als mich zum ersten Mal seit drei Tagen mal wieder aufs Ohr zu hauen. Außerdem wird Schlaf sowieso überbewertet.« Er zuckte die Schultern.

Sie schaffte es, ihn schwach anzulächeln. »Wir haben hinter der Rückwand dieser Garage einen Raum gefunden. In den beiden anderen Nebengebäuden könnten sich weitere solcher Räume befinden.«

Tom ging auf das ihm am nächsten gelegene Gebäude zu, ein baufälliges Gebäude aus Holz, das früher zur Lagerung von Landwirtschaftsgeräten genutzt worden war. Robyn bewegte sich in Richtung des am weitesten entfernten Gebäudes, und stolperte über Steine und zerbrochene Bodenplatten. Mitz beleuchtete mit seiner Taschenlampe den Weg vor ihnen und suchte nach dem Eingang. Das Gebäude bestand aus Beton und hatte ein Blechdach. Die Tür – eine kaputte Holzpalette – war nicht annähernd so schwer, wie sie aussah. Mitz zog sie beiseite und lehnte sie gegen die Wand. Robyn rümpfte die Nase. »Was ist das für ein Geruch?«

Mitz schnupperte und verzog das Gesicht. »Feuchtes Heu? Chemikalien zum Spritzen der Felder? Das hier war früher mal ein landwirtschaftlicher Betrieb.«

Robyn schnupperte erneut. »Es ist eine Chemikalie. Ich denke, es könnte Bleichmittel sein. Warum sollte jemand eine Hütte wie diese mit Bleichmittel säubern? Es gibt keinen richtigen Fußboden mehr und was davon noch übrig ist, ist total zerbröckelt.«

»Um Blutflecken zu entfernen?« Mitz' Stimme klang ernst. Der Lichtstrahl seiner Taschenlampe fiel auf einen dunklen Fleck auf dem Boden. Robyn ging daneben in die Knie.

»Könnte Blut sein. Aber in diesem Licht ist das schwer zu sagen. Gibt es noch mehr Flecken? Vielleicht ist irgendeine alte

Maschine ausgelaufen – könnte Öl sein oder etwas in der Art.«
Ihre Worte klangen hohl, selbst in ihren eigenen Ohren. Sie
konnte sich keinen anderen Grund dafür vorstellen, dass
jemand diese Hütte gesäubert hatte, wenn nicht, um verdächtige Flecken zu entfernen. Handelte es sich um Florence' Blut?
Ein Schauer der Angst lief ihr über den Rücken.

Mitz ließ den Lichtstrahl erneut über den Boden gleiten.
Abgesehen von dem einen Fleck war er jedoch makellos. Robyn
erhob sich, unsicher, was sie als Nächstes tun sollte. Sie war
erfüllt von der Angst, Florence zu verlieren. Sie musste sich
zusammenreißen, sonst würde sie das Mädchen nie finden.
Dieser Fleck musste identifiziert werden.

»Stellen Sie sicher, dass die Spurensicherung sich das
ansieht.«

Tom erschien in der Tür und schüttelte den Kopf. »Ich
habe eine Hütte gefunden, aber im Inneren waren lediglich
eine uralte Mähmaschine und ein paar Mäuse. Es hat nach
Mäusepisse gestunken.« Er rümpfte die Nase. »Hier riecht es
auch nicht sonderlich gut.«

»Könnte auch Bleichmittel sein«, sagte Robyn. »Sieht das
für Sie nach einem Blutfleck aus?«

»Könnte sein. Die Spurensicherung kann das sicherlich
feststellen.« Tom leuchtete mit seiner Taschenlampe im Raum
hin und her und zuckte die Schultern. »Ich möchte hier nicht
das Offensichtliche aussprechen, aber es kann gut sein, dass
Florence sich nicht auf diesem Grundstück befindet, Robyn.
Vielleicht wurde sie auch nie hergebracht.«

Robyn enthielt sich eines Kommentars. Ihre Instinkte
trogen sie nicht. Das konnte nicht sein. Florence war zu diesem
Haus gebracht worden. Sie setzten ihre Suche fort, der Lichtschein ihrer Taschenlampen erhellte das Innere des Gebäudes«
wie Stroboskoplicht in einem Club. Robyn fluchte. »Hier ist
nichts. Keine Tür, kein weiterer Raum, nichts. Nicht wie bei
dem anderen Gebäude, in dem wir die Kühltruhe gefunden

haben. Mitz, versuchen Sie es noch einmal dort. Suchen Sie nach versteckten Türen, Schränken, irgendetwas.« Sie war ein wenig lauter geworden. Ihre Hand zitterte.

Mitz machte sich sofort auf den Weg, doch Tom blieb zurück. »Ich weiß, Sie wünschen sich, dass sie hier ist, aber Sie sollten für eine mögliche Enttäuschung gewappnet sein.«

»Nein. Sie liegen falsch. Ich werde sie finden.« Sie lief los, bevor er die Verzweiflung in ihren Augen bemerken konnte. Es schien immer wahrscheinlicher, dass er recht hatte. Aber er durfte nicht recht haben. Florence hatte Kontakt zu Hunter gehabt. Genau wie die anderen Mädchen war auch sie in Uttoxeter oder der näheren Umgebung verschwunden. *Aber sie war nicht am Bahnhof.* Sie brachte die zweifelnde Stimme in ihrem Kopf zum Schweigen. Florence war auf der Main Street gesehen worden. Sie könnte auf dem Weg zum Bahnhof gewesen sein. Sie konnte ihre Zweifel nicht zerstreuen. Was, wenn Anna recht hatte, und Florence wegen der Kommentare im Internet weggelaufen war, oder noch viel schlimmer, sich wie Charlotte Chambers das Leben genommen hatte? Sie verbannte diese Gedanken ein für alle Mal und stolperte weiter über Kies und zerbrochene Steine, das Licht ihrer Taschenlampe wanderte über die Seitenwand des Gebäudes.

Tom zuckte die Schultern und überließ sie sich selbst, stattdessen ging er zu Mitz in das Gebäude. Sie kletterte über einen niedrigen Lattenzaun und betrat den Garten hinterm Haus, der mittlerweile nicht mehr als Gras und Unkraut zu bieten hatte. Die Feuchtigkeit drang durch ihre Stiefel. Sie suchte nach Brunnen, einem Kohlebunker oder einem alten Spielhäuschen für Kinder, irgendetwas, in dem Florence versteckt sein könnte. Die ganze Zeit über rief sie ihren Namen. Sie kniete sich auf den feuchten Untergrund und spähte unter Büsche, hob Äste an und betete still, dass sie nicht auf einen leblosen Körper stoßen möge. Schließlich musste sie sich entkräftet, unterkühlt und mit nassen Füßen eingestehen, dass sie aufgeben musste. Das Gewicht dieser Erkenntnis drohte sie zu überwältigen.

Der Mond war aufgegangen und sein silbernes Licht tanzte über die angrenzenden Felder. Sie marschierte zur Hecke hinunter. Was nun? Sie war sich sicher gewesen, dass sie Florence finden würden, doch bisher hatte ihre umfangreiche Suche nichts zutage gefördert, das darauf hindeutete, dass sie sich auf The Oaks aufhielt oder auch nur jemals aufgehalten hatte.

Der Schrei einer Eule ließ sie erschrocken herumfahren. Dabei fiel der Lichtstrahl ihrer Taschenlampe auf die Rückseite des Gebäudes, das sie mit Tom durchsucht hatte, und auf eine hölzerne Tür. Es gab einen Hintereingang, doch als sie das Innere des Gebäudes untersucht hatten, hatten sie am Ende des Raumes lediglich eine Wand vorgefunden. Plötzlich schaltete ihr Gehirn einen Gang höher. Sie rannte zu der Tür und tastete mit zitternden Fingern nach dem Türknauf. Sie ruckelte daran, doch die Tür war verschlossen. Sie hämmerte dagegen und rief Florence' Namen. Niemand antwortete. *Zu spät? Nein, das kann nicht sein. Komm schon – denk nach, Robyn.* Sie ließ den Lichtstrahl erneut über das Gebäude wandern, suchte es von oben bis unten ab und stieß dann ein leises Keuchen aus. Sie sah die Verbindungsstelle, an der das Gebäude erweitert worden war. Es handelte sich zweifellos um einen geheimen Raum an der Rückseite des großen Gebäudes vor den Augen aller verborgen.

Sie hob ein Bein und trat gegen die Tür, eine Bewegung, die sie im Fitnessstudio viele Male ausgeführt hatte. Die Tür bewegte sich kaum. Der Aufprall brachte ihre Hüfte zum Ächzen, doch sie ignorierte den Schmerz und trat wieder und wieder gegen die Tür. Sie gab nur wenig nach. Sie schrie nach Hilfe, und innerhalb weniger Sekunden tauchte Mitz auf und rannte auf sie zu.

»Die Tür«, keuchte sie. »Helfen Sie mir, sie zu öffnen.«

Tom erschien an ihrer Seite. »Ich habe Ihr Gekreische oben im Schlafzimmer gehört. Sie können vielleicht schreien. Brauchen Sie Hilfe?«

»Öffnen Sie einfach die Tür«, knurrte Robyn.

Mitz und Tom drückten, traten und zerrten an der Tür herum, bis sie schließlich zersplitterte und nur noch einige große Holzstücke übrig blieben, die an den Scharnieren hingen. Tom grunzte laut und versetzte der Tür noch einen letzten, kräftigen Tritt, damit Robyn hindurchpasste. Sie schob einen schweren, blickdichten Vorhang zur Seite, der hinter der Tür hing und bis zum Boden reichte. Im Inneren des Raumes war der Geruch nach Bleichmittel noch stärker und Robyn rümpfte die Nase, als sie im Eingang stand und ihren Lichtstrahl durch das Zimmer wandern ließ. Es handelte sich um ein Schlafzimmer, die Wände waren mit Raufasertapete bedeckt, und es standen lediglich eine Kommode und ein Einzelbett darin, das an der Wand stand. Auf dem Bett war eine kleine Gestalt unter einer Decke zu erkennen. Sie lief hinüber, ließ sich auf die Knie sinken und zog die Decke zurück. Florence hatte sich darunter zu einer kleinen Kugel zusammengerollt, ihr Gesicht war bleich, die Augen geschlossen, und ihr langes, erdbeerblondes Haar umgab sie wie ein Heiligenschein. Sie regte sich nicht. In Robyns Schläfen pochte das Blut. *Zu spät?* Sie legte ihre Finger an Florence' Hals, suchte nach einem Anzeichen von Leben. Da war nichts. *O Robyn, was hast du nur getan?* Ihre Finger zitterten. Sie zog sie zurück und legte sie dann erneut an den Hals des Mädchens. Mitz beobachtete sie, die Augen weit aufgerissen. Tom konnte sich nicht ruhig verhalten und räusperte sich leise, als wolle er zum Sprechen ansetzen. Sie warf ihm einen scharfen Blick zu. »Sagen Sie es nicht, Tom.«

Er neigte den Kopf von einer Seite zur anderen, starrte an die Decke und versuchte, Robyns Suche nach irgendwelchen Lebenszeichen keine Beachtung zu schenken.

Endlich fand sie, was sie gesucht hatte. »Sie lebt.« Tränen

brannten in ihren Augen. Sie verspürte das überwältigende Bedürfnis, das bewusstlose Mädchen in die Arme zu schließen. Als sich eine Hand auf ihre Schulter legte, gewann sie die Fassung zurück.

»Gut gemacht«, sagte Tom. »Ich bin sehr stolz auf Sie. Sie hatten recht.«

Sie lehnte sich gegen ihn, fühlte seine starken Arme um sich. Einen Moment lang ließ sie die Erleichterung ihren Körper durchfluten. Sie hörte, wie Mitz einen Krankenwagen anforderte. »Ohne Ihre Hilfe hätte ich es nicht geschafft.« Sie entzog sich ihm und wandte sich wieder Florence zu.

Ein Lächeln flackerte über sein Gesicht. »Natürlich hätten Sie das. Aber wenn Sie nichts dagegen haben, verabschiede ich mich jetzt – ich brauche meinen Schönheitsschlaf. Bin dann mal weg. Falls Sie einen Bericht von mir brauchen, haben Sie Pech gehabt. Sie kriegen ihn, wenn ich morgen wieder zu Arbeit erscheine.« Er hob die Hand und kehrte dann zu seinem Einsatzwagen zurück.

»Danke, Mitz.«

Mitz grinste sie fröhlich an. »Jederzeit, Boss. Ich kann Ihnen gar nicht sagen, wie froh ich bin, dass wir Florence gefunden haben.«

»Ich auch, Mitz. Ich auch.« Sie wischte eine Träne weg, die ihr über die Wange zu laufen drohte. Dann richtete sie ihre Aufmerksamkeit auf das Team der Spurensicherung, deren Wagen nur Sekunden später auf den Hof fuhr. Robyn wartete bei der immer noch bewusstlosen Florence. Sie hoffte, dass sie keine bleibenden Schäden erlitten hatte. Der Krankenwagen würde in ein paar Minuten eintreffen. Sie hielt die Hand des Mädchens in ihrer und flüsterte: »Wach auf, Florrie. Wir wollen alle, dass du nach Hause kommst – ich, deine Mum, dein Dad und Amélie. Wir lieben dich alle. Wach auf, meine Kleine.« Obwohl ihr ein schwerer Stein vom Herzen gefallen war, blieb noch immer abzuwarten, ob Florence unverletzt war und das Bewusstsein wiedererlangen würde. Und dann waren da noch immer drei tote Mädchen, deren Familien mit dieser Sache abschließen mussten und Gerechtigkeit fordern würden. Sie hatte eine Pflicht zu erfüllen. Shearer widmete sich nun vielleicht seinem Schönheitsschlaf, doch wenn es sein musste, würde Robyn die ganze Nacht durcharbeiten, um Cheryl Chambers ein Geständnis zu entlocken. Das immerhin war sie den Mädchen schuldig.

64

Florence sah erschöpft aus, aber sie saß aufrecht in ihrem Krankenhausbett. Christine und Grant Hallows waren an ihrer Seite. Als sie Robyn erblickte, schenkte sie ihr ein schwaches Lächeln.

»Hey«, sagte sie.

Robyn ließ sich den Eltern gegenüber aufs Bett sinken. »Es freut mich, dass du wach bist. Eine Zeit lang habe ich mir ziemliche Sorgen um dich gemacht.«

»Und wir auch«, sagte Grant.

»Der Arzt hat mir gesagt, dass es ihr gut geht.« Robyn lächelte das Mädchen an, während sie sprach.

Christine nickte. »Ihr ist nichts passiert, Gott sei Dank. Man hat Florrie eine starke Dosis Valium verabreicht. Aber der Arzt sagte, dass ihr Körper es bald abgebaut haben wird. Sie soll über Nacht hierbleiben, damit sie sichergehen können, dass es ihr gut geht.«

»Wir haben dasselbe Medikament in Cheryl Chambers' Badezimmer gefunden. Ihr Arzt hatte es ihr gegen ihre Depressionen verschrieben. Wir glauben, dass sie es verwendet hat, um Florence zu betäuben. Möchtest du mir davon erzählen?«

Sie blickte Florence an. »Wenn du dich dafür stark genug fühlst.«

Florence warf einen Blick auf ihre Mutter. »Ich komme mir so dumm vor.«

Christine nahm ihre Hand und drückte sie. »Sprich weiter, Florrie. Wir denken nicht, dass du dumm bist. Es ist nur Robyn. Auch sie wird nicht schlecht über dich denken.«

Florence schluckte ihre Tränen hinunter. »Es fing alles an, als ich mich auf Fox or Dog angemeldet habe. Da habe ich einen Jungen namens Hunter kennengelernt und wir haben uns wirklich gut verstanden. Wir haben uns ein paar Nachrichten geschrieben und uns unterhalten, und ich habe ihm von den Pferden erzählt und dass ich Kunst mag und alles Mögliche – Musik, Filme, all diese Dinge. Wir beschlossen, uns endlich zu treffen.« Sie schniefte, ihre Augen waren rot umrandet. »Ich hätte das nicht tun sollen, aber ich habe Mum erzählt, dass ich am Mittwoch nach der Schule zu Amélie gehen wollte, und habe stattdessen ein Treffen mit Hunter vereinbart. Jetzt kommt mir das so dumm vor. Wir wollten nur ein paar Stunden miteinander verbringen. Ich dachte nicht, dass irgendetwas passieren könnte. Ich dachte, wir würden einen Spaziergang machen, vielleicht einen Kaffee trinken, uns ein bisschen besser kennenlernen und dann würde ich wieder nach Hause gehen. Oh, Mum!« Ihre Augen füllten sich mit Tränen. Christine tröstete sie und streichelte ihr übers Haar.

»Sie steht unter Schock«, sagte Robyn. »Lass dir Zeit, Florence. Du musst nicht weitersprechen, wenn du das nicht möchtest.«

Florence schniefte laut. »Nein, ich möchte dir alles erzählen. Ich bin zehn Minuten früher aus dem Kunstunterricht abgehauen, um Hunter am Bahnhof treffen zu können. Ich wartete und wartete, aber er ist nicht aufgetaucht. Ich fühlte mich schrecklich und hatte die Nase voll davon, im Stich gelassen zu werden. Ich schickte ihm eine Nachricht in der

App, aber ich bekam keine Antwort. Ich dachte, er hätte es sich vielleicht anders überlegt oder dass er es von Anfang an nicht ernst gemeint hatte. Ich gab auf und beschloss, nach Hause zu gehen. Ich überquerte den Parkplatz, um zur Straße zu gelangen und in den nächsten Bus zu steigen, als plötzlich jemand hinter mir auftauchte und mir die Arme auf den Rücken drehte, sodass ich sie nicht mehr bewegen konnte. Dann wurde mir ein Lappen aufs Gesicht gedrückt. Er stank fürchterlich. Ich habe versucht zu treten und meinen Kopf weggedreht, aber ich konnte nicht entwischen. Es fühlte sich wie eine Ewigkeit an. Und die ganze Zeit über hatte ich diesen Gestank in der Nase. Am Ende fühlte ich mich plötzlich ganz benebelt und wurde bewusstlos.«

Christine streichelte sie erneut. Florence lächelte leicht. »Es tut mir leid, Mum.«

»Wichtig ist nur, dass du in Sicherheit bist und es dir gut geht. Nicht wahr, Grant?« Ihr Mann legte ihr einen Arm um die Schultern.

»Absolut richtig«, sagte er und zwinkerte seiner Tochter zu.

Florence sprach weiter. »Ich bin in einem Schlafzimmer aufgewacht, aber es war kein richtiges Schlafzimmer. Es war total dunkel und kalt dort. Ich habe versucht, eine Lampe zu finden und als ich mich an der Wand entlanggetastet habe, hörte ich plötzlich, dass noch jemand anderes mit mir in diesem Raum war. Ich dachte, ich würde umgebracht werden. Ich wollte schreien und weglaufen, aber ich konnte nicht. Ich drehte mich um und da war diese Frau mit mir im Zimmer. Sie sagte mir, ich solle keine Angst haben und dass sie sich nur mit mir unterhalten wolle und ich danach wieder nach Hause gehen könne. Es war so seltsam. Sie hatte einen Fahrradhelm mit einer Lampe darauf auf. Das Licht hat mich geblendet und ich konnte ihr Gesicht nicht erkennen. Am Anfang hatte ich furchtbare Angst, aber sie sagte immer wieder, dass sie mir nichts tun würde, und fragte mich sogar, ob ich etwas essen wolle.

Sie sagte mir, dass es sehr dumm von mir gewesen war, mich auf Fox or Dog anzumelden, doch dass sie mich vor dieser ›bösen‹ App beschützen würde. Dann murmelte sie ein paar komische Sachen darüber, dass es ihre Pflicht sei, die Unschuldigen zu schützen und die Schuldigen zu jagen. Sie war ›auf Patrouille‹ gewesen, wie sie es nannte, und als sie mein Profil gefunden hatte, tat ich ihr leid, weil ich so viele Hunde-Emojis bekommen hatte. Sie saß neben mir auf dem Bett und streichelte mein Haar und summte ein Schlaflied. Es war so merkwürdig. Dann stand sie auf, hob einen Finger und sagte mir, dass ich hübsch sei und es nicht nötig habe, im Internet nach einem Freund zu suchen, und dass ich all diese fürchterlichen Menschen einfach ignorieren solle.« Florence unterbrach sich. »Könnte ich bitte einen Schluck Wasser haben?«

Christine reichte ihr einen Plastikbecher. Sie trank einen Schluck, und ihr fielen fast die Augen zu.

»Ein paar Mädchen hatten sich über meine Haarfarbe lustig gemacht und das hat mich wirklich genervt. Ich wusste, dass sie nur Spaß machten, aber es hat mich so aufgeregt, dass ich einen ziemlich gemeinen Kommentar auf dem Profil eines der Mädchen hinterlassen habe. Ich schätze, es war dumm, sich auf ihr Niveau zu begeben. Wie auch immer, die Frau mit dem Fahrradhelm sagte mir, dass ich es einfach hätte ignorieren sollen. Sie sagte, es passiere zu schnell, dass man sich zu einem gemeinen Mobber wie diese anderen Mädchen entwickelt und dass sie nicht wolle, dass ich irgendwann auch so wurde. Dann erklärte sie mir, dass Hunter kein echter Junge war. *Sie* war Hunter und sie sagte, dass sie die Gespräche mit mir wirklich genossen habe. Ich sei schlau und fröhlich und solle mir keine Sorgen darüber machen, ob ich die Klassenbeste sei oder einen Freund habe. Sie hat mir einen Vortrag darüber gehalten, dass ich mein Leben genießen solle, weiterhin malen und Künstlerin oder so was werden solle. Ich fragte sie, ob ich nach Hause gehen könne, und da wurde sie plötzlich sauer und sagte, ich hätte meine Lektion noch nicht gelernt. Ich müsse verstehen, dass das Internet ein gefährlicher Ort sein könne. Mein Handy hatte sie mir schon weggenommen und schrieb damit eine Nachricht an Mum. Ich wurde wütend und sagte ihr, dass ich es wiederhaben und nach Hause gehen wollte. Ich sprang vom Bett und versuchte, es ihr aus der Hand zu reißen. Aber sie hat nach meiner Hand gegriffen, sie festgehalten und wieder gelacht. Sie sagte, es sei nett, mal wieder ein Mädchen mit Temperament zu haben, und dann ging sie und schloss mich in dem Raum ein. Ich habe versucht, die Tür einzutreten. Ich hämmerte so lange dagegen, bis ich so müde war, dass ich nicht einmal mehr meine Arme heben konnte. Da habe ich aufgegeben und mich wieder auf das Bett gesetzt. Kurz darauf tauchte sie wieder auf, mit einer Tasse heißer Schokolade und ein paar Keksen. ›Du hast es jetzt verstanden, nicht wahr?‹, sagte sie. Ich hatte keine Ahnung, wovon sie eigentlich sprach. Aber ich stimmte ihr zu, weil ich nicht wollte, dass sie durchdrehte oder so. Sie schien plötzlich glücklicher und sagte, ich sei ein reizendes Mädchen. Dann wurde ich auf einmal müde, richtig müde. Ich konnte die Augen nicht mehr offenhalten. Das nächste, an das ich mich erinnere, ist, dass ich im Krankenwagen aufgewacht bin.« Florence schaute beschämt drein. »Ich war so ein Idiot.«

Robyn schüttelte den Kopf. »Wir alle machen Fehler, aber wir lernen aus ihnen. Ob du es glaubst oder nicht, ich war auch einmal jung und geriet in allerlei Schwierigkeiten. Ich habe mir alle möglichen Ausreden ausgedacht, damit ich mich rausschleichen und mich mit einem Jungen treffen konnte, der in einer Metzgerei arbeitete. Meine Mutter konnte ihn nicht leiden, weil er ein Motorrad besaß. Sie hatte furchtbare Angst, dass ich einen Unfall damit haben könnte.«

Florence lachte. »Du hast deine Eltern angelogen?«

»Ich fürchte, ich habe die Wahrheit manchmal ein wenig zurechtgebogen. Eines Morgens hat er mich abgeholt, um mich zur Schule zu bringen, und in einem Kreisverkehr kamen wir ins Schleudern. Es war nichts Ernstes, aber mein Bein war aufgeschürft und die neue Jeans, die ich zur Feier des Tages angezogen hatte, war kaputt. Ich habe meine Lektion gelernt. Wir machen alle manchmal dumme Sachen. Sagen wir einfach, es ist besser, diese Sachen vorher mit deinen Eltern zu besprechen, bevor du losläufst und sie einfach machst.« Sie tätschelte den Arm des Mädchens. »Wie auch immer, ich bin froh, dass es dir gut geht.«

Florence seufzte. »Danke, Robyn.«

Robyn schenkte ihr ein erneutes Lächeln. »Ruh dich aus. Das ist eine ganz schön spannende Geschichte, die du den anderen aus deiner Klasse da zu erzählen hast.«

»Ich will nicht wie ein Idiot dastehen. Vielleicht erzähle ich überhaupt nichts darüber.«

»Ich kenne da jemanden, der bestimmt nicht so denken wird. Sie ist draußen und wartet darauf, dass sie dich besuchen kann.«

Florence biss sich auf die Lippe und nickte. »Kannst du sie bitten, reinzukommen?«

65

David Marker reichte Robyn das Blatt Papier, um das sie ihn gebeten hatte. Sie hatten Elliots Chambers' Vergangenheit genau durchleuchtet und waren dabei auf ein wichtiges Beweisstück gestoßen. Außerdem hatten sie dem Krankenbericht, den sie nun in der Hand hielt, entnehmen können, dass Elliot Chambers am siebten Juli in eine private psychiatrische Klinik in Oxfordshire eingewiesen worden war und sie erst am siebenundzwanzigsten August wieder verlassen hatte. Obwohl der Grund für die Behandlung selbst aufgrund der ärztlichen Schweigepflicht nicht offengelegt werden durfte, war dem Bericht zu entnehmen, dass sie Ende März begonnen hatte, als Elliot noch die Manchester University besuchte. Im Juni war sie dann in einer ambulanten Klinik fortgesetzt worden, bis er im Juli dann schließlich in die private Klinik eingewiesen worden war. Es schien, als hätte Charlottes Tod ernste Auswirkungen auf seine mentale Gesundheit gehabt. Außerdem bedeutete es, dass er unmöglich Carrie Miller entführt und getötet haben konnte.

Robyn machte sich mit entschlossenen Schritten auf den Weg zum Vernehmungsraum. Cheryl Chambers war schon dort und betrachtete sie mit kühlem Blick. Neben ihr saß ein Anwalt, den Robyn noch nie gesehen hatte. Der Mann war in seinen Vierzigern, hatte seine Haare auf fürchterliche Weise über die kahle Stelle auf seinem Schädel gekämmt und trug einen schlecht sitzenden Anzug, der wahrlich schon bessere Tage gesehen hatte.

»Sie wissen, warum Sie hier sind, Mrs. Chambers. Ihnen wird vorgeworfen, Carrie Miller, Amber Dalton und Siobhan Connors getötet sowie Florence Hallows entführt zu haben.«

Cheryl lehnte sich in ihrem Stuhl zurück, die Arme verschränkt, das Gesicht teilnahmslos. Robyn fuhr fort.

»In einer Kühltruhe im Keller von The Oaks wurden DNA-Spuren sichergestellt, die mit denen von Carrie Miller übereinstimmen. Auf dem Fußboden eines der Nebengebäude und im Kofferraum eines Opel Zafira, der auf Ihren Namen gemeldet ist, wurden DNA- und Blutspuren sichergestellt, die Amber Dalton zugeordnet werden konnten.« Sie hob den Blick von ihren Notizen, um der Frau in die Augen sehen zu können, doch Cheryl starrte beharrlich ins Leere. »In einer Kühltruhe, die sie am Freitag, den zwanzigsten Januar, bei Argos in Uttoxeter gekauft haben, und die am darauffolgenden Tag, Samstag, den einundzwanzigsten Januar, zu ihrem Haus geliefert wurde, wurde die Leiche von Siobhan Connors gefunden. Möchten Sie sich dazu in irgendeiner Weise äußern, Mrs. Chambers?«

Cheryl blinzelte einmal. Robyn war auf ihr Schweigen vorbereitet, mit nichts anderem hatte sie gerechnet.

»Mrs. Chambers, bestreiten Sie, Carrie Miller im Juli des vergangenen Jahres entführt zu haben?«

Sie blickte auf, doch Cheryl zeigte noch immer keine Reaktion.

»Bestreiten Sie, Carrie Miller getötet zu haben, indem Sie ihr die Kehle durchschnitten, sie dann in einer Kühltruhe gelagert zu haben, und schließlich in eine Truhe gelegt und in einem Transporter, den Sie auf den Namen Ihres verstorbenen

Ehemannes Thomas Chambers gemietet hatten, nach Rugeley transportiert und dort in einer Selfstorage-Einheit versteckt zu haben?«

Der Anwalt hielt den Kopf gesenkt, wich Robyns Blicken aus und rutschte unbehaglich auf seinem Stuhl herum.

»Bestreiten Sie, am dritten Januar Amber Dalton entführt und in einem der Nebengebäude auf Ihrem Grundstück gefangen gehalten zu haben, und sie dann am Donnerstag den neunzehnten Januar mit Frostschutzmittel vergiftet zu haben? Bestreiten Sie außerdem, Siobhan Connors entführt und erstickt zu haben, und ihre Leiche anschließend in einer Kühltruhe, die auf Ihrem Grundstück sichergestellt wurde, versteckt zu haben?«

Robyn entfuhr ein leises, verärgertes Zischen. Cheryl ignorierte ihre Fragen vollkommen. Sie stellte noch eine letzte.

»Haben Sie am Donnerstag den sechsundzwanzigsten Januar Florence Hallows entführt und in ihr Haus The Oaks gebracht, wo Sie sie dann gegen ihren Willen in einem Nebengebäude gefangen gehalten haben?«

Cheryl reagierte nicht. Robyn seufzte und schlug den Ordner zu, der ihre Notizen enthielt. Mitz verzog keine Miene. Er wusste, was jetzt kommen würde, sie hatten darüber gesprochen, bevor sie den Vernehmungsraum betreten hatten.

»Sehen Sie, Mrs. Chambers. Ich werde hier nicht meine Zeit verschwenden. Ich habe alle nötigen Beweise, die ich brauche, um diese Anschuldigungen zu belegen. Wir haben das Frostschutzmittel gefunden, mit dem Amber Dalton vergiftet wurde. Wir haben Fingerabdrücke, DNA-Spuren und Blut gefunden, die sich diesen jungen Frauen zuordnen lassen. Wir *wissen*, dass Sie diese Taten aus Rache für den Tod Ihrer Tochter begangen haben, die online von diesen drei Mädchen gemobbt wurde. Wir sind auf Charlottes Profil bei Fox or Dog gestoßen. Es ist noch immer einsehbar, genauso wie die Kommentare, die dort über sie verfasst wurden.« Sie ließ ihre

Worte kurz wirken, denn sie wusste, dass sie Cheryl treffen würden.

»Es besteht kein Zweifel daran, was passiert ist. Wir haben die Smartphones der Mädchen gefunden, die Sie benutzt haben, um ihren Angehörigen und Freunden Nachrichten zu schicken, um sie glauben zu machen, es ginge ihnen gut. Auf diesen Smartphones befinden sich Teilfingerabdrücke.« Sie wartete auf eine Reaktion.

Cheryl blinzelte zweimal schnell und schluckte.

»Sie haben nicht gedacht, dass wir die finden würden, nicht wahr? War ein kluger Schachzug, sie in Cornflakes-Packungen zu stecken.«

Cheryl zuckte leicht die Schultern. Endlich kam Robyn voran. Sie würde dieser Frau ein Geständnis abpressen, und wenn es das Letzte war, was sie tat.

»Wir wissen, dass sie in die Morde an diesen Mädchen verwickelt waren. Ich kann nur annehmen, dass Sie durch Ihr Schweigen eine weitere beteiligte Person schützen wollen, und dabei muss es sich um Ihren Sohn Elliot handeln. Doch Ihr Schweigen wird für ihn alles nur noch schlimmer machen, wissen Sie. Wir haben Beweise, die ihn mit diesen Taten in Verbindung bringen. Die Truhe, in der die Leiche von Carrie Miller gefunden wurde, hat ihr Sohn gekauft und auch bezahlt. Seine Fingerabdrücke wurden darauf gefunden. In seiner Wohnung wurden Kleidungsstücke sichergestellt, die die Person, die sich als Joanne Hutchinson ausgab, getragen hat. Er hat keine Alibis für die Tage, an denen diese Mädchen verschwunden sind, und er weigert sich, uns zu sagen, wo er die Monate Juli und August verbracht hat, als Carrie Miller entführt und dann getötet wurde. Er behauptet, dass er zu Hause ›gechillt‹ hat, was, um es deutlich zu sagen, nicht als Alibi durchgeht. Alle Beweise deuten auf seine Beteiligung hin, und dafür erwartet ihn eine Anklage.« Sie stieß einen betrübten Seufzer aus. »Ich verstehe, warum Sie versuchen, ihn zu schützen. Sie sind seine Mutter. Es ist völlig normal, dass Sie ihn schützen wollen. Doch es wird nichts nützen, denn in ein paar Minuten wird er ein Geständnis ablegen. Als ich mit ihm gesprochen habe, nur ein paar Minuten, bevor ich hier ankam, war er bereits am Ende seiner Kräfte.«

Robyn sammelte ihre Notizen ein, erhob sich und bereitete sich darauf vor, die Vernehmung zu beenden. Sie hoffte, dass Cheryl angebissen hatte. Es war ihre einzige Chance. »Ich denke, wir sind hier fertig, Sergeant Patel. Wir verschwenden ganz offensichtlich unsere Zeit. Wir machen mit der Vernehmung von Mr. Chambers weiter. Bitte sorgen Sie dafür, dass er aus seiner Zelle geholt wird.«

»Ja, Ma'am.« Auch Mitz erhob sich und bewegte sich auf die Tür zu. Erst dann machte Cheryl den Mund auf. Ihre Stimme klang ruhig und souverän. »Ich habe es getan. Elliot weiß von gar nichts. Stellen Sie ihm keine Fragen über Charlottes Tod. Das wird ihn erneut in ein tiefes Loch stürzen. Es hat Monate gedauert, bis er wieder ein einigermaßen normales Leben führen konnte, und selbst jetzt hat er noch einen langen Weg vor sich. Charlottes Tod war zu viel für ihn. Er musste sich danach in Therapie begeben und wurde dann in eine Klinik eingewiesen. Er kann noch nicht über sie sprechen. Er muss weiterhin so tun, als wäre sie noch da, oder er wird daran zerbrechen. Wir haben seine Einweisung unter Verschluss gehalten. Wir wollten nicht riskieren, dass sein neuer Arbeitgeber erfährt, dass er eine Weile in einer psychiatrischen Einrichtung verbracht hatte. Stellen Sie sich vor, was passiert wäre, wenn die Schüler das herausgefunden hätten. Er versucht gerade, etwas aus seinem Leben zu machen. Bitte machen Sie ihm das nicht kaputt.«

Robyn legte den Kopf schief. »Sie wollen mir erzählen, dass Ihr Sohn absolut nichts mit diesen Morden zu tun hatte? Es fällt mir schwer, das zu glauben, Mrs. Chambers.«

Der Anwalt flüsterte Cheryl etwas zu. Sie schüttelte den

Kopf. »Es hat keinen Sinn. Sie werden mich sowieso verurteilen, ob ich mich nun schuldig bekenne oder nicht. Ich kann nicht zulassen, dass Elliot da hineingezogen wird.«

Robyn stand hinter ihrem Stuhl. »Möchten Sie diese Vernehmung noch weiterführen, Mrs. Chambers?«

Cheryl nickte. »Ja. Sie müssen mir glauben. Elliot hatte keine Ahnung.«

Robyn gab Mitz ein Zeichen. »Mrs. Chambers, Sie stehen kurz davor, drei Morde zu gestehen. Ist Ihnen bewusst, welche Folgen das für Sie haben wird?«

»Das ist mir bewusst.«

»Mrs. Chambers, gestehen Sie, die Morde an Carrie Miller, Amber Dalton und Siobhan Connors begangen zu haben?«

Cheryl Chambers atmete einmal tief durch und sagte dann mit klarer Stimme: »Ja, ich habe sie getötet. Sie waren für Lottys Tod verantwortlich. Ich konnte sie nicht ungestraft davonkommen lassen.« Sie verschränkte die Arme, die Hände waren unter ihre Achseln geklemmt.

»Glauben Sie mir, eigentlich wollte ich sie nicht töten. Ich wollte ihnen nur Angst machen. Sie so verängstigen, dass sie nie wieder daran denken würden, eine solche Seite zu benutzen, und noch wichtiger: Ich wollte, dass sie erkannten, dass ihre Sticheleien und ihre gemeinen Kommentare mein Mädchen in den Selbstmord getrieben hatten.« Sie hielt inne, wandte ihren Blick jedoch nicht von Robyn ab.

»Gefühle machen etwas mit dem Kopf. Sie verändern einen. Ich war noch nie im Leben so unglaublich unglücklich. Nicht einmal, als ich meinen Ehemann Tom verlor. Lotty zu verlieren, war das Schlimmste, was ich je durchmachen musste. Anfangs war ich so verdammt wütend auf mich selbst. So wütend und dann so traurig, dass ich am liebsten gestorben wäre. Ich fühlte mich so allein. Tom war tot, Lotty war tot und Elliot hatte sich in sich selbst zurückgezogen. Ich schaffte es nicht, zu ihm durchzudringen, damit er mit mir sprach. Sobald

Lottys Beerdigung vorbei war, kehrte er nach Manchester zurück. Er konnte mir nicht einmal in die Augen sehen. Ich weiß nicht, ob es an dem Schock lag oder weil er mir Vorwürfe machte, weil ich nicht gewusst hatte, was in Lottys Kopf vor sich ging – weil ich es nicht verhindert hatte.« Sie hielt erneut inne, sammelte ihre Gedanken und begann ihr Geständnis.

»Nachdem die Sanitäter Lotty weggebracht hatten, ging ich in ihr Zimmer. Ihr Handy lag auf ihrem Bett. Ich hob es auf und schaltete es ein. Ich weiß nicht einmal, warum. Vielleicht wollte ich einfach das Gefühl haben, noch mit ihr verbunden zu sein – ihr Gesicht auf Fotos sehen – so tun, als wäre nichts davon wirklich passiert. Ich weiß es nicht. Ich stieß beinahe sofort auf die Fox or Dog App. Sie war gleich auf dem Startbildschirm zu finden. Ich tippte sie an und sah ihr Profilbild. Bald hatte ich herausgefunden, was meinem geliebten Mädchen zugestoßen war. Als am nächsten Tag die Polizei eintraf, um mit mir zu sprechen, sagte ich ihnen, dass Lotty weder ein Smartphone noch einen Laptop besessen, sondern lediglich die Bibliotheks-computer verwendet hätte. Zum Glück stellten sie Elliot nicht dieselbe Frage, denn er hätte meiner Aussage widersprechen können.

Ich wusste, warum Lotty sich das Leben genommen hatte. Der Grund war diese Website, die jungen Leuten versprach, sie mit Menschen des anderen Geschlechts zusammenzubringen. Doch stattdessen hatten einige grausame Mädchen ihren Lebenswillen gebrochen. Worte. Worte hatten sie verletzt und sich in ihre Seele gebrannt. Worte waren der Grund für ihren Tod. Und welche Konsequenzen hätte die Polizei daraus gezo-gen? Diese Mobber verwarnt? Die Website aus dem Netz genommen? Für so etwas würden sie doch niemanden hinter Gitter bringen, nicht wahr? Obwohl diese Mädchen meiner Tochter so lange zugesetzt hatten, bis sie sich völlig wertlos fühlte und sich das Leben nahm, wie wäre der Gerechtigkeit Genüge getan worden? Und wäre die Strafe für ein solches

Verbrechen eine gerechte gewesen?« Ihre Augen funkelten grimmig. »Ich musste die Dinge selbst in die Hand nehmen.

Elliot vergrub sich unter einem Berg von Arbeit für sein Studium und die Pillen vom Arzt halfen ihm, das Ganze durchzustehen. Doch ich hatte nichts, das mich von meinem Schmerz ablenkte. Er wurde größer und größer, trieb mich in den Wahnsinn, und so beschloss ich, diese Mädchen reinzulegen, mich mit ihnen zu treffen und sie für das, was sie Lotty angetan hatten, irgendwie bezahlen zu lassen.

Mit Carrie Miller fing ich an. Ich erstellte mir ein Konto in der Fox or Dog App, gab mich als Hunter aus und hoffte, dass sie mein Profilbild liken würde. Und genau das hat sie getan. Wir haben uns regelmäßig geschrieben. Sie erzählte mir viel über sich und wie sehr sie die neue Freundin ihres Vaters hasste. Sie war eine eingebildete junge Dame, die nur an sich selbst dachte. Zumindest wirkte sie so auf mich. Es war sehr leicht, sie zu manipulieren. Ich erzählte ihr eine Lüge nach der anderen. Am Ende war sie davon überzeugt, dass ich irgendein netter Kerl war, mit dem sie sich gerne treffen wollte. Sie schrieb mir am achtundzwanzigsten Juli am späten Nachmittag und erzählte mir, dass sie einen furchtbaren Streit mit der Freundin ihres Vaters, Leah, gehabt hatte. Ich schlug ihr vor, mich zu besuchen und ein paar Tage mit mir und ein paar Freunden auf einem Musikfestival zu verbringen. Sie war total begeistert. Sie kam am Bahnhof in Uttoxeter an, wo ich mich auf dem Parkplatz verborgen hielt. Sie lief zur Bushaltestelle und stellte sich dort an die Straße, um auf ihn zu warten. Ich musste nur ein paar Minuten abwarten, bevor alle anderen Fahrgäste verschwunden waren. Dann schlich ich mich von hinten an sie heran, betäubte sie mit Chloroform und zerrte sie in mein Auto. Ich brachte sie in das Schlafzimmer an der Rückseite des vordersten Nebengebäudes. Ich hatte es vorbereitet, während Elliot in der Klinik gewesen war, und es in ein anständiges Zimmer verwandelt. Ich gestaltete es so, dass es wie

Lottys Zimmer aussah. Ich habe sogar dieselbe Tapete verwendet.« Sie schniefte kurz und fuhr dann fort.

»Ich wollte Carrie dort ein paar Tage oder Wochen einsperren, bis sie richtig verängstigt war und eingesehen hatte, wie falsch ihr Handeln gewesen war, und sie dann gehen lassen. Natürlich musste ich mich verkleiden, damit sie nicht in der Lage wäre, irgendjemandem zu sagen, wer sie entführt hatte. Ich funktionierte den Fahrradhelm so um, dass sie zu jeder Zeit von der Lampe geblendet wurde und mein Gesicht nicht erkennen konnte, und flüsterte oft nur. Ich kann Akzente und Stimmen nachahmen, aber auf Dauer eine Männerstimme zu imitieren ist sehr schwierig. Das schaffe ich nur für kurze Zeit. Ich wollte, dass sie der Polizei später sagte, ein Mann habe sie entführt. Dann würde ich keine Aufmerksamkeit auf mich ziehen oder unter Verdacht geraten.«

Sie hielt inne und starrte in den Spiegel, der ihr gegenüber angebracht war. Auf der anderen Seite des Einwegspiegels befanden sich Matt Higham, Tom Shearer, DCI Flint und Anna Shamash und wurden Zeugen von Cheryl Chambers' Vorstellung, die sie weiterführte, als stünde sie vor einem Publikum.

»Ich nahm ihr Handy an mich. Es war klar, dass die Leute in ihrem Umfeld sich fragen würden, wo sie abgeblieben war. Ich hatte mich darauf vorbereitet, jegliche Textnachrichten zu beantworten. Doch wie sich herausstellte, gab es nur eine einzige Person, die sich Sorgen um sie machte – ein Mädchen namens Jade. Ich dachte mir eine lächerliche Geschichte aus über einen Jungen, mit dem sie durchgebrannt war, und sie glaubte mir. Carrie betäubte ich eine Weile lang. Ich gab Valium in ihre Getränke. Ich hoffte, dass sie die Tragweite dessen, was sie getan hatte, erfassen würde. Ich zeigte ihr ein Foto von meiner Lotty, aber sie verstand es einfach nicht. Ich erzählte ihr, wie ihre Kommentare Charlotte in den Selbstmord getrieben hatten, und wollen Sie wissen, was sie darauf antwortete? ›Niemand nimmt diese Dinge so ernst. Es sind nur Sticheleien. So läuft das eben heutzutage. Wenn du von jemandem gedisst wirst, disst du eben zurück. Keine große Sache.‹ Was soll das denn heißen? Die Rolle, die sie bei dieser Sache gespielt hatte, tat ihr kein bisschen leid.«

Cheryl schüttelte den Kopf. »Das ist inakzeptabel, oder nicht? Sie schien zu denken, dass es sich dabei um ganz normales Verhalten handelte und scherte sich nicht um die Konsequenzen. Wie auch immer, ich beschloss, dass es an der Zeit war, sie außer Gefecht zu setzen und wieder loszuwerden. Also gab ich Beruhigungsmittel in ihr Essen. Ich denke, sie hatte wohl den Verdacht, dass ich ihr etwas in die Getränke mischte, um sie ruhigzustellen, und hatte begonnen, sie wegzuschütten, denn das gerissene Biest lag hinter der Tür bereits auf der Lauer. Als ich das Zimmer betrat, schubste sie mich weg und rannte los. Das Tablett landete auf dem Boden und ein Glas zerbrach. Doch sie war orientierungslos und stolperte nur ein paar Meter von dem Raum entfernt. Ich fing sie wieder ein. Sie wehrte sich und schlug nach mir. In meiner Hand hielt ich eine Glasscherbe. Ich erinnere mich nicht daran, sie aufgehoben zu haben. Sie schrie. Ich wollte, dass sie still war. Ich konnte nicht denken. Ich stieß ihr die Scherbe einfach in den Hals.«

Hinter dem Spiegel zuckte Anna zusammen.

»Ich wickelte das Bettlaken aus dem Zimmer um ihren Hals, doch es hörte nicht auf zu bluten. Sie starb schnell. Ich kaufte ein paar riesige Plastikhüllen im örtlichen Baumarkt, wusch so viel Blut ab, wie ich konnte, wickelte sie in eine davon und legte ihre Leiche dann in die Kühltruhe im Keller. Ich ließ sie dort liegen und dachte gar nicht darüber nach, sie an einen anderen Ort zu bringen, bis ich eines Tages eine Broschüre im Briefkasten vorfand. Sie bewarb eine Selfstorage-Anlage in Rugeley. Elliot hatte eine Truhe mit nach Hause gebracht, die in etwa die richtige Größe für ihren Körper hatte, und er hatte sie in einem der Nebengebäude stehen gelassen, zusammen mit einigen Kartons, in denen sich Kostüme, Bücher, Küchenutensilien und noch so einiges andere befanden. Ich lieh mir eines von Elliots Kostümen, setzte eine Perücke auf und trug reichlich Make-up auf und fuhr dann nach Rugeley, wo ich mir eine Einheit in dem Lagerhaus mietete und bar bezahlte. Der Inhaber war viel zu sehr mit seinem Smartphone beschäftigt, um mir viel Aufmerksamkeit zu schenken.«

Robyn hielt den Atem an. Das hier war ein detailliertes Geständnis. Danach würde es absolut keinen Zweifel mehr daran geben, dass Cheryl Chambers schuldig war. Die Frau sprach weiter.

»Unter dem Namen meines Mannes mietete ich einen Transporter. Ich hatte seinen Führerschein behalten, und niemand wurde misstrauisch, als ich in einem seiner Outfits dort auftauchte. Ich fuhr den Transporter nach Hause, wechselte meine Verkleidung und fuhr zurück nach Rugeley. Ich legte eine anständige Performance hin und gab mich als hochnäsige Dame aus, die eine Truhe mit Wertsachen vor den neugierigen Augen ihres baldigen Ex-Mannes in Sicherheit bringen wollte. Ich bat den Mann bei dem Selfstorage-Lagerhaus darum, die Truhe für mich in die eigentliche Einheit zu tragen, weil ich sie nicht heben könne. In Wahrheit wollte ich nicht auf den Aufnahmen der Sicherheitskameras auftauchen. Ich war mir sicher, dass Carrie Miller eine sehr lange Zeit lang unentdeckt bleiben würde. Seit Lottys Tod war mir nicht mehr so leicht ums Herz gewesen. Und ich hatte wieder Platz in meiner Kühltruhe geschaffen, die ich nun für meine neueste Internetbekanntschaft wiederverwenden wollte – Amber Dalton. Es stimmte mich glücklich und zufrieden, dass ich ein wenig Gerechtigkeit für meine Tochter erkämpft hatte.«

Mitz lehnte sich über den Tisch, es gelang ihm nicht, noch länger zu schweigen. Seine Stimme bebte vor Entrüstung. »Mrs. Chambers, diese jungen Frauen hatten es nicht verdient zu sterben. Sie verhielten sich grausam, aber sie hatten nie vor, ihrer Tochter zu schaden. Sie haben nicht für Gerechtigkeit gesorgt. Mord ist niemals eine Form der Gerechtigkeit.«

Cheryls Augen bohrten sich in seine. »Sie kennen doch sicher dieses Sprichwort: ›Worte sind Schall und Rauch?‹ Aber das stimmt nicht, Officer, Worte *können* verletzen. Sie können so tief schneiden wie ein Messer, und so tödlich sein wie eine Schusswunde. Diese Mädchen haben meine Tochter mit ihren Worten umgebracht. Sie hatten es verdient zu sterben. Ich bin mit ihrer Strafe zufrieden.«

Eine Träne lief über Annas Wange. Mitz hatte recht. Die Mädchen hatten diese Strafe nicht verdient. Sie wischte die Träne weg, bevor einer der anderen sie bemerken konnte. Sie konzentrierte sich ganz auf Robyn, die ihre schonungslose Vernehmung weiterführte. Robyn würde dafür sorgen, dass die Frau ihre gerechte Strafe erhielt. Davon war Anna überzeugt.

66

Die Trauergäste hatten sich vor der Kirche unter einem blassblauen Himmel versammelt. Zu beiden Seiten der Kiesauffahrt standen farbenfrohe Krokusse in Reih und Glied, als die Menschen das Gelände verließen und nur am Tor noch einmal kurz innehielten, um dem Mann, der dort stand, die Hand zu schütteln. Maneesh Shah, Carries ehemaliger Klassenleiter, und Kevin Winters, der Schulleiter, gingen Seite an Seite. Ihnen folgten etwa fünfzig Schüler der Fairline Academy, alle im Teenageralter, die Carrie die letzte Ehre hatten erweisen wollen.

Die Zeremonie war eher hoffnungsvoll als traurig gestaltet worden – sie alle hatten Carries kurzes Leben so gut wie möglich feiern wollen. Ihr Vater Vince hatte ein Gedicht über Liebe und Dankbarkeit vorgelesen, in der letzten Zeile hatte seine Stimme versagt. Jade North hatte die Trauerrede gehalten und sie alle überrascht, als sie sehr eloquent über Carries Traum gesprochen hatte, in der Modeindustrie Fuß zu fassen, und amüsante Geschichten über ihre Freundin zum Besten gegeben hatte. Jeder Schüler hatte eine rote Rose auf den Sarg gelegt, so viele, dass vom Holz des Sarges nichts mehr zu erkennen war. Nun wartete er im Bestattungswagen darauf, seine letzte Reise ins Krematorium von Derby anzutreten.

Robyn hatte der Trauerfeier nicht nur aus reinem Pflichtbewusstsein beigewohnt. Carrie hatte die Strafe, die sie erhalten hatte, nicht verdient. Hinter der rebellischen Fassade hatte sich ein Mädchen verborgen, dass sich nichts anderes als Liebe und Aufmerksamkeit wünschte. Die Herzcollage in ihrem Schlafzimmer hatte Robyn berührt, und sie wünschte sich sehnlichst, Carrie hätte niemals versucht, über eine so grausame App die wahre Liebe zu finden.

Sie wartete, bis sich die Menge vor ihr aufgelöst hatte, und ging dann auf Vince Miller zu. »Wie kommen Sie zurecht?«, fragte sie. Er hatte abgenommen.

»Ganz okay, schätze ich. Es ist ein langsamer Prozess. Ich wünsche mir noch immer, ich hätte sie angerufen und gebeten nach Hause zu kommen. Ich werde mir niemals verzeihen, dass ich ihr den Rücken zugekehrt habe.«

Robyn berührte kurz seinen Handrücken. »Es hätte nichts geändert. Sie hätte Ihnen nicht antworten können. Das wissen Sie.«

Er nickte leicht. »Sie haben recht. Sie war bereits tot, nicht wahr? Wenigstens kann ich sie nun zur letzten Ruhe betten.«

Jade, die einen schwarzen Parka mit Fellbesatz an der Kapuze trug, erschien an seiner Seite. »Kommen Sie später noch mit zum Haus?«, fragte sie an Robyn gewandt. »Wir haben genug Essen für alle. Sie wären herzlich willkommen.«

»Vielen Dank, aber ich kann leider nicht. Ich habe noch zu tun. Sie haben das toll gemacht heute«, sagte Robyn. »Ihre Trauerrede war wunderschön.«

»Ich habe nur meine Gefühle ausgesprochen. Carrie war eine wahre Freundin. Sie hat auf mich aufgepasst. Ich hätte es in der Schule schwerer gehabt, wenn es sie nicht gegeben hätte. Sie war wie mein persönlicher Schutzengel. Wer sie wirklich kannte, der wusste, dass sie eigentlich ein ganz anderer Mensch war, als sie gerne zu sein vorgab. Wir alle verstellen uns manchmal, um zurechtzukommen. Darin war sie sehr gut, doch ich weiß, wie sie wirklich war. Sie hatte ein großes Herz.«

Vince stimmte zu. »Es war eine wunderschöne Anerkennung. Ich habe mich so gefreut, dass all ihre Schulfreunde dabei waren.«

»Ja«, sagte Jade. »Es war wirklich schön, dass so viele gekommen sind. Ich habe die Nachricht über Facebook verbreitet. Ich wünschte, Carrie hätte es sehen können. Sie wäre so glücklich gewesen. Sie liebte es, im Zentrum der Aufmerksamkeit zu stehen.«

Leah, die sich mit dem Vikar unterhalten hatte, gesellte sich nun zu ihnen und drückte leicht Vince' Arm. »Wir sollten lieber losfahren«, sagte sie. »Wir müssen sie zum Krematorium begleiten.«

Vince nickte Robyn zu und entfernte sich. Er war sichtlich gealtert. Leah hatte einen Arm um ihn gelegt und Jade lief auf seiner anderen Seite wie ein weiblicher Bodyguard.

Robyn drehte sich um und warf einen letzten Blick auf die Kirche, deren riesiges Eichenportal nun geschlossen war. Die letzte Beerdigung, der sie beigewohnt hatte, war die von Davies gewesen. Es war eine ruhige Zeremonie gewesen, teilgenommen hatten nur ein paar seiner Kollegen, sein Vorgesetzter, Peter Cross, und einige enge Angehörige – seine Ex-Frau Brigitte mit Richard, ihrem neuen Ehemann, eine sehr blasse Amélie und Robyn, seine Verlobte. Ross hatte Robyn begleitet und sie gestützt, wann immer ihre Beine unter ihr nachzugeben drohten. Wie gewünscht war auf den Sargschmuck verzichtet worden. Die Zeremonie war sehr kurz gewesen, nur ein einziges Lied war gespielt worden – ›I Vow to Thee My Country‹. Sie war nicht in der Lage gewesen mitzusingen. Tränen hatten ihr die Augen verschleiert und ihr die Kehle zugeschnürt. Der Vikar hatte ein paar Worte gesagt über den Mann, der sein Leben gegeben hatte, um sein Vaterland zu schützen, und sie alle aufgefordert, stolz auf ihn zu sein. Und sie war stolz auf ihn, trotz der klaffenden Wunde in ihrem Herzen. Ein leises Hüsteln hinter ihr ließ sie herumfahren.

»Sind Sie bereit zur Abfahrt, Boss?« Anna stand hinter ihr.

»Ja. Und vielen Dank, dass Sie mitgekommen sind, Anna.«

Anna schüttelte leicht den Kopf. »Ich wollte das tun. Ich musste. Sie verstehen das, nicht wahr?«

»Das tue ich. Nun, was halten Sie davon, wenn wir auf dem Weg zurück zur Dienststelle noch einen Zwischenstopp einlegen und ein paar Stücke Kuchen für das Team mitnehmen, um uns ein wenig aufzuheitern?«

»Planen Sie lieber ein paar extra Stücke für Matt ein, Boss. Vielleicht hält ihn das davon ab, alle Kekse aufzufuttern.«

67

Robyn stand neben der Vogelvoliere im Stafford Park. Die Wellensittiche zwitscherten und flatterten hin und her – ein Wirbel aus blauen, gelben und grünen Federn flatterte fröhlich durch die Luft, bevor sich die Vögel dann auf einer der Sitzstangen niederließen. Sie wandte sich Ross zu, der gerade angekommen war und die ganze Aufregung ausgelöst hatte.

»Und wer ist das?«

»Das ist Duke.«

Der Staffordshire-Bullterrier-Welpe hob den Kopf und wedelte mit dem Schwanz, zog an seiner Leine und ließ sich dann auf den Rücken fallen.

»Er ist meine Bezahlung dafür, dass ich nach Siobhan Connors gesucht habe. Ich wollte Laurens hartverdientes Geld nicht annehmen, vor allem, da ich es ja nicht geschafft habe, ihre Freundin lebendig zu finden. Jeannette sagt schon seit Jahren, dass wir uns einen Hund zulegen sollten. Es ist Teil ihres Plans, damit ich jeden Tag spazieren gehe. Ein einnehmender kleiner Kerl, nicht wahr?«

Während er sprach, knabberte der Hund an seinen Schnürsenkeln herum. »Glückwunsch zur Lösung des Falls, du hast gute Arbeit geleistet. Wie ich höre, hat Cheryl Chambers gestanden.«

»Sobald sie davon überzeugt war, dass Elliot die Morde zur Last gelegt würden, konnte sie gar nicht mehr aufhören zu reden.«

»Und Elliot hatte keine Ahnung, was seine Mutter trieb?«

»Nicht die geringste. Sie sagte, sie hätte Carrie unabsichtlich getötet. Sie versteckte sie in der Kühltruhe in ihrem Keller und brachte sie dann in das Selfstorage-Lagerhaus, um Platz für ihr nächstes Opfer zu schaffen. Da Elliot sich aber in der psychiatrischen Klinik befand, hielt sie sich zurück und versuchte erst, an Amber heranzukommen, als er sich etwas eingelebt und die Stelle an der Delia-Marsh-Schule angetreten hatte. Sie wusste, dass Elliot am dritten Januar mit Freunden nach Lichfield fahren wollte, daher überredete sie das Mädchen, sich an diesem Tag vor seiner Wohnung mit ihr zu treffen. Sie hatte einen Schlüssel zu dem Gebäude und wartete dort auf Amber. Dann setzte sie sie mit Rohypnol außer Gefecht, verfrachtete sie in ihr Auto, das sie ganz in der Nähe abgestellt hatte, und brachte sie dann in das Zimmer, das sie auf The Oaks vorbereitet hatte.«

»Warum wurde Amber nicht misstrauisch, als ihr statt diesem Hunter eine Frau die Tür öffnete?«

Robyn betrachtete die Mädchen, die auf einer Bank saßen und plauderten. Florence hielt sich wacker nach ihrer Entführung. Sie war ein paar Tage nicht zur Schule gegangen und hatte ihre Differenzen mit Amélie beseitigt. Der Klang ihres Lachens drang zu ihnen herüber. Dukes Ohren stellten sich auf, als er es vernahm.

»Cheryl war früher Schauspielerin und hat jahrelang am Theater gearbeitet. Sie hatte eine riesige Sammlung an Perücken und Make-up und verwendete diese Sachen, um sich zu maskieren. In dem dämmrigen Licht der Wohnung ist es ihr gelungen, Amber lange genug an der Nase herumzuführen, um sie zu betäuben.«

»Die kann nicht richtig im Kopf gewesen sein«, sagte Ross.

»So kann man es auch sagen.« Robyn erinnerte sich zurück an ihr Gespräch mit Cheryl Chambers, und an das langatmige Geständnis, das Robyn völlig ausgelaugt hatte. Die Frau hatte keinerlei Reue gezeigt für die Leben, die sie genommen hatte, oder Mitgefühl für die Hinterbliebenen. Sie hatte die Worte heruntergeleiert wie einen auswendig gelernten Text, sie hatte vollkommen ausdruckslos und emotionslos geklungen. Sie hatte ihnen erklärt, dass ihr Plan fehlgeschlagen war, als die Kühltruhe, in der sie die Leiche von Amber versteckt hatte, den Geist aufgab. Sie war dummerweise in Panik geraten und habe Ambers Leiche zum Channock Chase gebracht, sie an eine abgelegene Stelle, eine Kuhle im Boden, gezerrt und dann mit Laub bedeckt. Sie hatte die Schultern gezuckt, als spiele das alles keine Rolle. Robyn hatte an Florence gedacht und es hatte all ihre Willenskraft erfordert, sich davon abzuhalten, die Frau zu packen und fest zu schütteln.

»Und Siobhan?« Ross schürzte die Lippen. »Ich habe das Gefühl, ich schulde Lauren die ganze Wahrheit.«

»Sie hat versucht, Siobhan auf dieselbe Weise wie die anderen Mädchen in ihre Falle zu locken, doch Siobhan wollte sich nicht mit ihr treffen. Sie erzählte Hunter, dass sie versuchen wollte, sich wieder mit ihrem Freund Adam zu versöhnen. Cheryl konnte natürlich nicht so einfach aufgeben, also fing sie an, vor Siobhans Wohnung auf sie zu warten, in der Hoffnung, dass sich eine Gelegenheit zu ihrer Entführung bieten würde. Die kam am Freitag, den Dreizehnten, als Siobhan nachts zum Bahnhof unterwegs war, um ihre Freundin Lauren zu treffen. Cheryl folgte ihr in ihrem Wagen, und sobald sie erkannte, dass Siobhans Ziel der Bahnhof war, fuhr sie voraus, um sicherzugehen, dass die Luft rein war. Als Siobhan dann dort auftauchte, sprach sie das Mädchen an und behauptete, sie habe sich verirrt. Siobhan lehnte sich vor, um Cheryl besser zu verstehen. In diesem Moment zerrte Cheryl sie in ihr Auto, fesselte sie und drückte ihr einen mit Chloroform getränkten Lappen aufs Gesicht, ganz ähnlich, wie sie das mit Florence gemacht hat. Sie nahm Siobhans Handy an sich, beantwortete Laurens Textnachricht und besaß sogar die Geistesgegenwärtigkeit, bei Tesco anzurufen und sich als Siobhan auszugeben. Sie schaffte es, überzeugend die Rolle eines verzweifelten irischen Mädchens zu spielen. Das reichte aus, um zu verhindern, dass irgendjemand nach ihr suchte. Ich bin noch nie jemandem begegnet, der so kalt und berechnend vorgeht wie sie.«

»Aber wie passt Florence da ins Bild?«

»Elliot brachte sie ins Spiel. Er erzählte seiner Mutter von dem schrecklichen Mobbing, das an seiner Schule stattfand. Er wollte etwas dagegen unternehmen und dachte darüber nach, ein Theaterstück über Mobbing zu schreiben und in der Schule aufzuführen, um auf das Problem aufmerksam zu machen. Cheryl hatte seit Charlottes Tod die Fox or Dog App im Auge behalten, und nachdem er ihr das erzählt hatte, suchte sie nach Profilen aus der näheren Umgebung von Uttoxeter. Sie wollte sicherstellen, dass keine seiner Schülerinnen die App verwendete, und falls doch, wollte sie sichergehen, dass sie nicht gemobbt wurden. Eigentlich hatte sie gute Absichten. Auf Profilen, die viele Hunde-Emojis bekommen hatten, hinterließ sie nette Kommentare. Als sie das Profil von Florence entdeckte, beschloss sie dafür zu sorgen, dass das Mädchen sich von dieser Seite fernhielt. Sie wollte für Florence tun, was sie für Charlotte nicht hatte tun können.« Sie warf einen Blick auf die beiden Mädchen, die noch immer plauderten und kicherten.

»Sie dachte, sie könnte Florence eine wertvolle Lektion erteilen – eine, die sie in Zukunft davon abhalten würde, solche Apps zu verwenden.«

Ross schüttelte betroffen den Kopf. »Wie ich gesagt habe,

die ist nicht ganz richtig im Kopf. So kann man doch niemandem eine Lektion erteilen.«

»Da bin ich ganz deiner Meinung. Cheryl besteht darauf, dass sie vorhatte, Florence in der Nacht, in der wir sie gefunden haben, wieder nach Hause zu fahren. Sie war mit Valium betäubt worden, daher hatte sie keine Ahnung, wo sie gefangen gehalten wurde, und Cheryl wollte sie vor ihrem Haus absetzen. Doch dann tauchten wir auf und machten ihr einen Strich durch die Rechnung.«

Ross atmete tief durch. »Verrückt. Manche Leute sind total verrückt.«

»Manchen spielt das Leben übel mit. Es kann einem den Verstand rauben. Charlottes Tod war zu viel für Cheryl, das hat sie nicht verkraftet.« Cheryl Chambers war es gelungen, ihnen vorzuspielen, sie leide an Fibromyalgie. Sie hatte sie erfolgreich hinters Licht geführt. Robyn hatte während der Ermittlungen einige folgenschwere Fehler begangen und beinahe den Falschen verhaftet. Hatte sie ihr Gespür verloren?

Die Mädchen sahen sich etwas auf Amélies Handy an und kicherten. Die Sonne spendete bereits ein wenig Wärme, und unter den Bäumen im Stafford Park streckten ihr die ersten Narzissen die Köpfe entgegen.

»Ich wette, du bist froh, dass es jetzt vorbei ist«, sagte Ross.

Robyn sah ihn an, ein kleines Lächeln auf den Lippen. »Es ist nie wirklich vorbei, oder? Es wird weiterhin Cybermobbing geben, mehr Schmerz, mehr Kummer und mehr Morde. Für Leute wie uns ist es nie vorbei.«

Duke erhob sich und stieß ein Winseln aus. »Solange es Leute wie uns gibt, wird es aber weniger davon geben, und wir müssen auch an sie denken«, fügte er hinzu und nickte in Richtung der Mädchen. »Sie sind die Zukunft. Und wir müssen versuchen, diese Zukunft so angenehm wie möglich zu gestalten. So, jetzt hör mal auf zu grübeln. Du hast uns ein Abendessen bei McDonald's versprochen, und dieser kleine Kerl hier hätte gerne einen extragroßen Burger.«

Robyn lachte. »Du weißt doch, dass man sagt, dass Hunde ihren Besitzern sehr ähneln können ...«

»Wag es erst gar nicht«, sagte Ross und zog an der Leine.

Sie schenkte ihm ein warmes Lächeln und rief dann nach den Mädchen.

»Amélie, Florence, kommt her. Ross muss gefüttert werden.«

Robyn wartete, während die Mädchen zu ihnen herüberschlenderten, die Arme ineinander gehakt, die Köpfe gesenkt, ganz im Gespräch versunken. Ross hatte recht. Sie waren die Zukunft.

68

Zurück zu Hause sammelte Robyn erst einmal die Post auf ihrer Fußmatte ein – eine Stromrechnung und ein DIN-A4-Umschlag, der aus London kam. Sie warf sie auf die Küchentheke, machte sich eine Tasse Tee und überlegte, ob sie einen Ausflug ins Fitnessstudio machen sollte. Den Rest des Tages hatte sie frei, worauf sie sich freuen konnte. Während sie darauf wartete, dass das Wasser kochte, öffnete sie den größeren der beiden Umschläge und zog eine Fotografie daraus hervor. Die Zeit stand plötzlich still. Blut rauschte in ihren Ohren und vor Überraschung blieb ihr der Mund offenstehen. Das Foto, das anscheinend an einem Flughafen aufgenommen worden war, zeigte einen dunkelhaarigen Mann mit Brille, der einen unscheinbaren, dunkelgrauen Anzug trug und eine abgewetzte Aktentasche dabeihatte. Die Tatsache, dass er fotografiert wurde, war ihm offensichtlich nicht bewusst. Er rieb sich das stoppelige Kinn, während er neben einem Zeitschriftenregal wartete.

Robyn konnte nicht fassen, was sie da vor Augen hatte. Der Mann auf dem Foto war zweifellos ihr Verlobter Davies Hilton. Doch was sie nach Luft schnappen ließ, war der Zeitstempel in der oberen Ecke des Bildes. Das Foto war am fünfzehnten März 2015 um fünfzehn Uhr dreißig aufgenommen worden. Sie las das Datum wieder und wieder. Ihr Gehirn konnte den Sinn nicht erschließen. Das Datum konnte nicht stimmen. Es konnte nicht stimmen, denn am fünfzehnten März 2015 um fünfzehn Uhr dreißig hatte sie gerade in einem Hotelzimmer in Marrakesch gesessen und erfahren, dass Davies ums Leben gekommen war. Sie betrachtete das Foto erneut. Konnte es jemand bearbeitet haben? Handelte es sich hier um einen grausamen Scherz? Ihre Gedanken wanderten zurück zu jenem Morgen ...

Der erste Gebetsaufruf weckt sie. Davies liegt noch im Halbschlaf, einen Arm hat er um ihre Schulter gelegt und drückt sie an sich. Sie spürt, wie er sich bewegt und lächelt. Es war eine gute Idee, ihn in Marokko zu besuchen. Hier ist es genauso wunderschön und exotisch, wie er ihr das versprochen hat, und später wird sie ihm auf der Terrasse dieses unglaublich romantischen Riads endlich die Neuigkeit verkünden, die sie bisher noch geheim gehalten hat. Dass er Vater wird.

Normalerweise besucht sie Davies nie bei seinen Missionen. Es ist verboten, und sonst verrät er ihr auch nie, wo er sich aufhält, aber diesmal hat er eine Ausnahme gemacht.

»Es ist nur ein zwangloses Treffen mit einem Informanten. Nichts Gefährliches. Ich bin mir nicht einmal sicher, ob es überhaupt stattfinden wird. Ich werde vermutlich vier Tage lang Däumchen drehen und dann wieder nach Hause fliegen. Komm schon, Robyn. Marra-

kesch ist wunderbar, du wirst es lieben. Es ist eine faszinierende Stadt. Warum begleitest du mich nicht?«, hatte er gesagt. Anfangs hatte sie sich geweigert, doch dann hatte sie es sich anders überlegt. Es wäre ein wunderbarer Ort, um ihm die Neuigkeit von dem neuen Leben, das in ihr heranwuchs, zu verkünden.

Als sie richtig wach wird, zieht er sie noch näher an sich heran und murmelt ihr ins Ohr. »Guten Morgen, meine Schöne. Wenn ich nicht diesen Ausflug auf die andere Seite des Atlasgebirges machen müsste, würde ich heute den ganzen Tag mit dir hierbleiben. Ich hatte wirklich gehofft, dieses Treffen würde nicht stattfinden. Aber was soll's, es ist nur ein kurzes Treffen und den Rest der Zeit gehöre ich ganz dir. Wirst du noch hier sein, wenn ich zurückkomme?«

Die Liebe zu ihm erfüllt sie noch mehr. Sie könnte ihn gar nicht noch mehr lieben, als sie es ohnehin schon tut. »Ich werde hier sein.«

»In dem Fall werde ich sicherstellen, dass ich so früh wie möglich zurückkomme, rechtzeitig für ein wenig Leidenschaft vor dem Abendessen.«

Er knabbert an ihrem Ohr. Sie kann spüren, wie jede Zelle ihres Körpers von Wärme durchflutet wird. Sie kann den Abend gar nicht erwarten, wenn sie einen ganz besonderen Anlass haben werden, um zu feiern.

Erneut nahm sie das Foto in die Hand und musterte sein Gesicht. Es war zweifellos Davies. Er trug dasselbe Outfit, das er angehabt hatte, als sie ihn zum letzten Mal gesehen hatte: einen unscheinbaren, dunkelgrauen Anzug, dazu die Brille mit der dunklen, quadratischen Fassung, die er immer getragen hatte. Doch Davies war auf dem Weg zu einem Dorf in der Nähe von Ouarzazate gewesen, drei Stunden entfernt und auf er anderen Seite des Atlasgebirges. Wie hatte er sich an diesem Flughafen befinden können?

Sie musterte das Zeitschriftenregal neben Davies. Alle waren auf Englisch. War er an einem britischen Flughafen? Auf dem Bild waren keine anderen Personen zu sehen und auch keine weiteren Hinweise darauf, wo er sich befinden könnte. Sie atmete tief durch und nahm das Foto noch einmal genau unter die Lupe, strengte ihre Augen an, damit ihr auch nicht der kleinste Hinweis auf seinen Aufenthaltsort entging. Dann sah sie es. Versteckt hinter dem Regal und beinahe außerhalb des Blickfelds entdeckte sie einige Souvenirs aus der Region. Die meisten davon waren nur verschwommen zu erkennen, bis auf eines – einen Doppeldeckerbus, den die britische Flagge zierte. Davies befand sich in Großbritannien.

Das war einfach nicht möglich. An diesem verhängnisvollen Morgen hatte er Marrakesch gegen fünf Uhr in einem offenen Geländewagen verlassen, Hassan, ein Mann mit rabenschwarzem Haar und strahlend weißen Zähnen, am Steuer.

Sie schließt die Augen und atmet den Duft der Orangenblüten ein, der durch das geöffnete Fenster strömt. Im Inneren der Riad ist es wunderbar kühl und so ruhig. Wenn Davies wiederkommt, wird sie ihm sagen, was ihrem Körper schon eine Weile klar war: Er wird Vater. Das zaghafte Klopfen an der Tür unterbricht ihre glücklichen Gedanken. Sie wirft einen Blick auf ihre Armbanduhr. Es ist erst fünfzehn Uhr dreißig. Sie springt aus dem Bett, ihr Herz rast. Er ist zu früh dran! Sie rennt zur Tür und reißt sie weit auf in der Erwartung, das Gesicht des Mannes zu erblicken, den sie so sehr liebt. Doch es ist nicht Davies. Es ist Peter Cross,

Davies' Vorgesetzter. Sie ist verwirrt. Woher weiß Peter Cross, dass sie hier ist? Er beantwortet ihre unausgesprochene Frage.

»Davies hat mich angerufen. Er hat mir erzählt, dass Sie hier sind. Nur für den Fall, dass irgendetwas schief läuft. Er wollte Sie in Sicherheit wissen.« Sein Gesicht verrät ihr alles, was sie wissen muss. Seine Worte bestätigen ihre schlimmsten Befürchtungen.

»Robyn, es tut mir so leid. Es hat einen Angriff auf mehrere Fahrzeuge gegeben, in der Nähe von Toufliht am Fuße des Atlasgebirges. In einem davon saß Davies.«

»Nein.«

Er schüttelt traurig den Kopf. »Er hat nicht überlebt. Er war sofort tot.«

Sie hebt die Fäuste und schlägt auf Peters Brust ein, legt ihre ganze Kraft in die Schläge. Ruhig greift er nach ihren Händen, hält sie fest in seinen.

»Es tut mir wirklich leid. Er war einer meiner besten Männer. Das ist für uns alle ein furchtbarer Verlust. Sie werden Zeit brauchen, Robyn«, sagt er. »Wir alle werden Zeit brauchen.«

Sie richtete ihre Aufmerksamkeit wieder auf das Foto. Es musste sich um eine Fälschung handeln. Erneut nahm sie es ganz genau unter die Lupe, dann drehte sie es um. Auf die Rückseite hatte jemand drei Worte geschrieben: »Fakten statt Fiktion«.

Ihr Herz klopfte so laut, dass sie nichts anderes mehr hören konnte. Wenn dieses Foto echt war, dann war Davies an diesem Tag nicht ums Leben gekommen. Zweiundzwanzig Monate lang hatte sie diese enorme Schuld in sich getragen – sie hatte geglaubt, dass er durch ihre Reise nach Marrakesch aufgeflogen war und dass man ihn aufgrund dessen hatte aufspüren und töten können. Doch das hier rückte die Sache in ein anderes Licht. Wer konnte es ihr geschickt haben? Und, falls Davies tatsächlich noch am Leben war, warum hatte er dann keinen Kontakt zu ihr aufgenommen? Angeblich hatte er sie geliebt. Was war mit seiner Tochter Amélie? Das hätte er seinem Kind niemals angetan.

Das Foto konnte nicht echt sein. Ihr Geist konnte weder die Bedeutung des Bildes noch die möglichen Konsequenzen erfassen. Sie war fast zwei Jahre lang durch die Hölle gegangen. Sie hatte um ihn getrauert und um ihn geweint. Nach seinem Tod und der Fehlgeburt, die sie wenig später erlitten hatte und die ihrer Überzeugung nach durch den Schock ausgelöst worden war, war sie fast zusammengebrochen.

Robyn ging hinüber zum Waschbecken und spritzte sich kaltes Wasser ins Gesicht, während sich in ihrem Kopf alles drehte. Was sollte sie nun tun? Nach Davies suchen? Und wenn er tatsächlich am Leben war, sollte sie ihn dann einfach so wieder mit offenen Armen empfangen und ihm einen solchen Verrat, eine solche Täuschung verzeihen? Nein. Er konnte nicht auf diese Weise mit den Gefühlen anderer spielen, egal aus welchem Grund. Mögliche Szenarien spielten sich in ihrem Kopf ab. Der Davies, den sie gekannt hatte, würde seinen Lieben niemals absichtlich solchen Schmerz zufügen. Dann war er also in Gefangenschaft geraten und nicht in der Lage gewesen, sie zu kontaktieren? Sicherlich hätte Davies sie niemals bewusst einem solchen Schmerz ausgesetzt – oder doch? Es musste einen guten Grund für das alles geben. Sie presste ihre Stirn gegen den Schrank, versuchte das Zittern ihrer Hände in den Griff zu bekommen und atmete ein paar

Mal tief durch, um ihren Herzschlag zu beruhigen. Wenn dieses Foto bewies, dass er am fünfzehnten März noch am Leben gewesen war, war er es dann noch immer? Und wenn ja, wo war er jetzt? *Dieser verdammte Kerl! Wie hatte er ihnen das antun können?* Heiße, wütende Tränen stiegen ihr in die Augen. Sie legte den Kopf in die Hände und ließ sie einfach laufen.

Liebe Leserinnen und Leser,

ich danke euch vielmals, dass ihr *Ich kann dich sehen* gekauft und gelesen habt. Ich hoffe sehr, dass euch dieser Fall gefallen hat. Dieses Buch zu schreiben, hat mir – zumindest bis jetzt – mit Abstand am meisten Spaß gemacht. Mit jedem Buch in dieser Reihe wachsen mir die Charaktere mehr ans Herz, vor allem Robyn, die jetzt auch noch einen ganz persönlichen Fall zu lösen hat. Im Moment ist sie sehr zwiegespalten und weiß noch nicht, ob sie dieser Geschichte weiter nachgehen soll. Wenn das nächste Buch erscheint, wird sie ihre Entscheidung getroffen haben. Was denkt ihr? Sollte sie sich auf die Suche nach Davies begeben? Glaubt ihr, dass er noch am Leben ist?

Wenn ihr Informationen zu meinem nächsten Buch erhalten wollt, könnt ihr euch für meine E-Mail-Liste anmelden. Ich werde eure E-Mail-Adresse nicht weitergeben und ihr könnt euch jederzeit wieder abmelden.

www.bookouture.com/bookouture-deutschland-sign-up

Die Idee zu diesem Buch kam mir bei einem Gespräch mit einem Freund, dessen Sohn in der Schule gemobbt wurde. Er hatte erst kurz zuvor eine größere Operation durchstehen müssen, nach der auf seinem Gesicht und seinem Kopf viele Narben zurückgeblieben waren, wegen derer er von seinen Mitschülern terrorisiert wurde. Das Mobbing hörte auch zu

Hause nicht auf und verfolgte ihn, sobald er seine Social-Media-Konten öffnete. Glücklicherweise fand seine Mutter heraus, was da vor sich ging, führte ein Gespräch mit dem Schulleiter und nahm den Jungen, unzufrieden mit der Reaktion des Lehrpersonals, von der Schule. Nun geht er auf eine neue Schule, ist glücklich und blüht richtig auf, doch nicht jede Geschichte hat ein solches Happy End. Ich war mir der negativen Auswirkungen sozialer Medien immer bewusst, doch während meiner Recherchen für dieses Buch stieß ich auf wirklich furchtbare Fälle von Cybermobbing und auf Apps, die junge Menschen ohne das Wissen ihrer Eltern nutzen.

Ich hoffe, dass *Ich kann dich sehen* dazu beitragen kann, auf einige der Schwierigkeiten und Gefahren, mit denen junge Menschen konfrontiert werden, wenn sie sich ohne Kontrolle im Netz bewegen, aufmerksam zu machen, und auch auf die schrecklichen Auswirkungen hinzuweisen, die Mobbing und Cybermobbing auf sie haben können.

Ich fange langsam an, DI Tom Shearer wirklich zu mögen, auch wenn er jedes Mal, wenn er hinter seiner Deckung hervorkommt, sofort wieder dichtmacht. Ich habe das Gefühl, dass sich unter seiner harten Schale ein netter Kerl verbirgt, aber wir werden wohl noch ein wenig abwarten müssen, um herauszufinden, ob dem wirklich so ist.

Und dann hat mein Lieblingscharakter Ross nun eine neue große Liebe gefunden – Duke! Einige von euch haben mir geschrieben, dass Ross eigentlich seine eigene Reihe verdient hätte. Haltet die Augen offen.

Wenn euch *Ich kann dich sehen* gefallen hat, würde es mich sehr freuen, wenn ihr euch ein paar Minuten Zeit nehmt und eine Rezension verfasst, egal wie kurz sie auch sein mag. Dafür wäre ich euch unendlich dankbar. Eure Meinung ist mir sehr wichtig.

Ich liebe es, von meinen Lesern zu hören, wenn ihr euch

also bei mir melden möchtet, findet ihr mich auf Twitter, Facebook oder über meine Website.

Carol

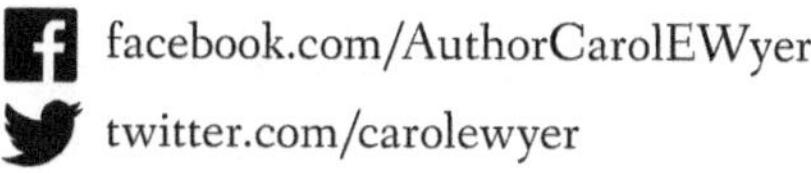

DANKSAGUNG

Ich habe großen Spaß daran, an der Reihe rund um DI Robyn Carter zu arbeiten, und *Ich kann dich sehen* zu schreiben habe ich sehr genossen. Obwohl auf dem Cover mein Name prangt, erfordert es eine ganze Menge Teamarbeit, jedes einzelne dieser Bücher zu verwirklichen. Ein großes Dankeschön daher an meine wunderbare, coole, ruhige und besonnene Lektorin, Natalie Butlin, die meine Ausschweifungen in Grenzen hält, und an Kim Nash, meine fantastische Werbeleiterin, die mich bei Laune gehalten hat. Vielen Dank auch an alle bei Bookouture: Oliver, Lauren, Claire, Kate und den Rest des Teams.

Ich danke außerdem allen Bloggern und Rezensenten, die sich die Zeit nehmen, meine Bücher zu lesen und über sie zu schreiben. Ihr seid zu viele, als dass ich hier jeden Einzelnen erwähnen könnte, doch ich würde keinen einzigen von euch missen wollen, und ich bin euch allen extrem dankbar – dankbarer, als ihr es euch vorstellen könnt.

Meinen aufrichtigen Dank auch an mein Facebook-Smile-Team, das mich jeden Tag aufs Neue unterstützt; Ihr seid eine wunderbare Gruppe von Menschen und ich habe euch alle sehr gern.

Und zu guter Letzt möchte ich euch, liebe Leserinnen und Leser, meinen größten Dank aussprechen. Nicht nur dafür, dass ihr meine Bücher lest, sondern auch für eure E-Mails und Nachrichten auf Social Media. Während der langen Nächte, in denen mir die Augen schon fast zufallen und ich mit einem

Charakter einfach nicht vorankomme, helft ihr mir dabei, durchzuhalten.